Reader's Digest
Auswahlbücher

Reader's Digest Auswahlbücher

BESTSELLER-SONDERBAND

Verlag DAS BESTE
Stuttgart · Zürich · Wien

PRINTED IN GERMANY
ISBN 3 87070 079 3

Inhalt

Ins Deutsche übertragen von Fritz und Li Zielesch
und nach der Übersetzung von Rudolf Frank
Illustrationen von Connell Lee
Deutsche Buchausgabe: „Eine Stadt wie Alice" (A Town Like Alice)
Benziger Verlag, Zürich – Einsiedeln – Köln, 1967

Eine Stadt wie Alice

Eine Kurzfassung des Buches von

NEVIL SHUTE

„Herr Strachan, ich weiß jetzt, was ich als erstes tun möchte."

„Nämlich?" fragte ich.

Sie zögerte. „Wahrscheinlich werden Sie es sehr sonderbar und töricht finden. Aber es wäre das, was mir am meisten am Herzen liegt. Ich möchte wieder nach Malaya gehen, Herr Strachan. Ich möchte dort einen Brunnen bauen."

Noel Strachan, ein alternder Londoner Anwalt, der Jean Pagets Erbschaft zu verwalten hat, findet ihren Plan wirklich sonderbar – er weiß noch sehr wenig über seine anziehende junge Klientin, wenn sie ihm auch erzählt hat, daß sie während des Krieges Gefangene der Japaner in Malaya gewesen war. Doch erst jetzt erfährt Noel Strachan – und mit ihm der Leser – vom Überlebenskampf einer im malayischen Dschungel herumgestoßenen Gruppe von Frauen und Kindern, für die Jean bald allein die Verantwortung trug. Und zum erstenmal spricht Jean jetzt auch vom erschütternden Selbstopfer eines Mannes, den sie nicht mehr vergessen kann.

Dem Anwalt, der nun zu begreifen beginnt, aus welcher Quelle Jean Paget Unternehmungsgeist und Willenskraft schöpft, wird ihre weitere Geschichte zum wichtigsten „Fall" seines Lebens; denn der Brunnen für das malayische Dorf ist erst der Anfang. Was Jean später Stück für Stück im australischen Busch verwirklicht, ist – nicht nur für Noel Strachan – eine wahre Offenbarung menschlichen Pioniergeistes.

Daß Nevil Shute ein unvergleichlicher Geschichtenerzähler ist, hat der Erfolg seiner vielen Bücher bewiesen – und „Eine Stadt wie Alice" ist eines seiner besten.

1. KAPITEL

IM JANUAR 1948 bekam ich eines Nachmittags ein Telegramm aus Ayr: HERR DOUGLAS MACFADDEN HEUTE NACHT GESTORBEN. ERBITTE WEISUNGEN BETREFFS BEISETZUNG. DOYLE.

Macfadden ... erst nach einer Weile fiel mir ein, um wen es sich handelte. In meinen Akten fand ich dann alle Angaben.

Ich hatte Douglas Macfadden 1935, vor dreizehn Jahren, kennengelernt. Er war Klient der Londoner Anwaltsfirma Owen, Dalhousie und Peters, der ich jetzt als Seniorpartner angehöre. Er wollte sein Testament umschreiben. Da er als Halbinvalide nicht nach London reisen konnte, erklärte ich mich bereit, ihn auf der Rückfahrt aus meinem Urlaub, den ich in Schottland mit Angeln verbracht hatte, in Ayr zu besuchen. Er war ein netter alter Herr; er dankte mir in reizender Weise, daß ich zu ihm gekommen war. Wie er mir erzählte, war seine einzige nahe Verwandte seine Schwester Jean Paget, Witwe eines Hauptmanns Arthur Paget, der auf einer Kautschukplantage in Malaya gearbeitet hatte und kürzlich bei einem Autounfall ums Leben gekommen war. Frau Paget war nach England zurückgekehrt, um mit ihren Kindern zusammen zu wohnen, dem 1918 geborenen Donald und der 1921 geborenen Jean. Die beiden waren bis dahin in einem Internat in Southampton gewesen.

Herr Macfadden wollte, daß seine Schwester seine Erbin blieb, jedoch unter Treuhänderschaft. „Als ich das Testament machte", sagte er, „lebte ihr Mann noch; ich hatte damit gerechnet, daß er ihre geschäftlichen Angelegenheiten in die Hand nähme."

Offenbar hatte er die fixe Idee, daß Frauen nicht mit Geld umgehen könnten. Jedenfalls wollte er einen Treuhänder einsetzen. Sein Neffe Donald, der damals noch ein Schuljunge war, sollte den ganzen Nachlaß bekommen, sobald er mündig war.

„Gesetzt aber", sagte ich, „daß Donald und seine Mutter vor Ihnen sterben? In diesem Fall ginge der Nachlaß auf Ihre Nichte Jean über. Sie soll das Erbe dann ja wohl gleichfalls bei Erreichung der Volljährigkeit antreten."

„Mit einundzwanzig?" Er schüttelte den Kopf. „Ich glaube, das wäre höchst unklug, Herr Strachan. Ein Mädel in diesem Alter ist noch viel zu sehr von weiblichen Gefühlen beeinflußt. Ich möchte, daß die Treuhänderschaft aufrechterhalten bleibt, bis sie mindestens vierzig ist."

Ich entgegnete, meines Erachtens sei das fünfundzwanzigste Lebensjahr das richtige. Nur widerwillig ging er auf fünfunddreißig zurück. Und davon war er nicht mehr abzubringen.

Ich setzte in London das neue Testament auf und schickte es ihm zur Unterzeichnung.

Ich fuhr damals jedes Frühjahr vierzehn Tage mit meiner Frau zum Angeln nach Schottland und hatte mir vorgenommen, Herrn Macfadden nächstes Jahr wieder zu besuchen. Doch sollte es nicht zu einem zweiten Besuch kommen. Im Winter 1935 starb Lucy. Wir waren siebenundzwanzig Jahre verheiratet gewesen, und – nun, es traf mich sehr tief, und ich mochte nicht mehr nach Schottland fahren.

Man muß in einer solchen Lage sein ganzes Leben ändern. Ich verkaufte unser Haus in Wimbledon und nahm mir eine Wohnung in London in der Nähe meines Klubs, vergrub mich in die Arbeit, aß mittags eine Kleinigkeit am Schreibtisch und ging abends zum Essen und zu einer Partie Bridge in den Klub. Das war damals mein Leben. Dann kam der Krieg. Ich wurde Luftschutzwart in meinem Bezirk Westminster und tat meinen Dienst in den ganzen langen Jahren der Luftangriffe auf London. Nach und nach wurden fast alle meine Angestellten eingezogen, so daß ich in meiner Kanzlei so gut wie allein war. An Urlaub war in diesen Jahren nicht zu denken. Zum Schlafen kam ich nachts kaum fünf Stunden. Als 1945 endlich Friede wurde, hatte ich weißes Haar und ein nervöses Kopfzittern. Wenn ich mich auch langsam wieder erholte, war ich doch unwiderruflich ein alter Mann geworden.

So standen die Dinge, als ich 1948 die Nachricht vom Tode des Herrn Macfadden bekam. Ich saß an meinem Schreibtisch, las das Telegramm noch einmal und meldete ein Gespräch mit Frau Doyle in Ayr an. Sie war Macfaddens Wirtin gewesen und hatte ihn viele Jahre betreut. Wie sie mir sagte, kenne sie keine Verwandten des Verstorbenen, auch keine Bekannten, er habe seit Jahren keinen Besuch bekommen. So wisse sie nicht, an wen sie sich wegen der Beisetzung wenden sollte. Da blieb mir nichts anderes übrig, als selbst nach Ayr zu fahren. Ich sagte es meinem Partner Lester Robinson, räumte meinen Schreibtisch auf und fuhr nach dem Abendessen im Schlafwagen nach Glasgow und anderntags weiter nach Ayr.

Die Todesursache war eindeutig. Der Totenschein war schon ausgestellt, und es gab keinerlei Schwierigkeiten. Nachdem ich mit einem Beisetzungsinstitut alles geregelt hatte, sah ich Macfaddens Papiere durch. Ich fand einen Brief von seiner Schwester aus dem Jahre 1941 über die Vermietung ihres Hauses, aus dem hervorging, daß die beiden Kinder damals in Malaya gewesen waren. Donald, der zu dieser Zeit dreiundzwanzig gewesen war, hatte auf einer Kautschukplantage bei Kuala Selangor gearbeitet. Im Winter 1939 war ihm seine Schwester Jean gefolgt und hatte einen Posten in einem Büro in Kuala Lumpur angenommen.

Gegen fünf rief ich meinen Partner an. „Lester", sagte ich, „leider weiß ich hier nicht weiter. Ich habe die Beisetzung zunächst für übermorgen angesetzt, kann aber keine Verwandten ausfindig machen. Macfaddens Schwester, Frau Jean Paget, die Witwe eines Hauptmanns Arthur Paget, hat 1941 in Basset bei Southampton gewohnt, Saint Ronans Road 17. In der Gegend hatten auch Arthur Pagets Eltern gewohnt. Frau Paget hatte zwei Kinder, Donald und Jean; die beiden waren 1941 in Malaya; weiß Gott, was aus ihnen geworden ist. Wir können uns nicht damit aufhalten, sie ausfindig zu machen. Vielleicht aber könnte Harris gleich mal nach Southampton fahren und zusehen, ob er da irgendwo noch die Mutter der beiden, Frau Jean Paget, oder andere Verwandte auftreiben kann, und ihnen von Macfaddens Tod und der Beisetzung berichten."

Am nächsten Morgen rief mich Lester an. „Leider nichts Genaues, Noel", sagte er. „Nur, daß Frau Jean Paget 1942 an einer Lungenentzündung gestorben ist. Im Telephonbuch stehen sieben Pagets, doch hat keiner etwas mit der Familie zu tun. Einer meint, wir müßten nach einem Edward Paget suchen, der nach dem ersten Luftangriff auf Southampton mit seiner Familie nach Nordwales gezogen ist."

„Nichts Näheres?"

„Nein."

„Lassen Sie Harris trotzdem weiter nachforschen. Wir müssen die Erben finden. Ich war eben auf der Bank. Der Nachlaß ist ziemlich bedeutend. Und wir sind ja die Treuhänder, wie Sie wissen."

Dann kam Harris, unser Lehrling, den Erben ohne Schwierigkeiten in einer Woche auf die Spur. Er stieß auf ein Fräulein Agatha Paget, Rektorin einer Mädchenschule in Wales, eine Schwester Arthur Pagets. Sie bestätigte uns in einem Brief, daß ihre Schwägerin Jean Paget 1942 in Southampton gestorben war. Auch der Sohn, Donald, sei tot, er sei im Krieg in einem Gefangenenlager in Malaya gestorben. Seine Schwester Jean aber lebe noch, sie sei Büroangestellte bei der Firma Pack & Levy, London-Perivale, The Hyde.

Ich sah im Telephonbuch nach, um zu sehen, was für eine Firma das war. Dann trat ich ans Fenster und blickte eine Weile hinaus. Ich denke gern erst einmal nach, bevor ich etwas unternehme. Darauf ging ich zu Robinson hinüber. „Ich habe den Macfadden-Erben."

„Den Sohn?"

„Nein, die Tochter. Der Sohn ist tot."

„Herrje", sagte er, „dann haben wir ja die Treuhänderschaft auf dem Hals, bis sie fünfunddreißig ist. Wie alt ist sie denn jetzt?"

„Sechs- oder siebenundzwanzig."

„Alt genug, uns die Hölle heiß zu machen."

„Ich weiß."

„Was macht sie denn?"

„Sie arbeitet im Büro einer Handtaschenfabrik in Perivale. Ich werde ihr schreiben."

Mein Brief lautete:

Sehr geehrtes Fräulein Paget,

zu unserem Bedauern müssen wir Ihnen mitteilen, daß Herr Douglas Macfadden am 21. Januar in Ayr gestorben ist.

Wir haben als Testamentsvollstrecker einige Schwierigkeiten, die Erben festzustellen. Sollten Sie die Tochter von Arthur Paget und seiner Frau Jean, geborene Macfadden sein, die seinerzeit in Southampton und in Malaya gelebt haben, so dürften Sie einen Anspruch auf den Nachlaß haben.

Wir bitten Sie, telephonisch mit uns eine Zusammenkunft zu vereinbaren. Zum Nachweis der Identität brauchen wir die Geburtsurkunde, die polizeiliche Anmeldung und andere dienliche Urkunden.

Hochachtungsvoll
N. H. Strachan
in Firma Owen, Dalhousie und Peters

Sie rief am nächsten Tag an. Ihre Stimme verriet die routinierte Sekretärin. „Könnte ich Samstag vormittag kommen?" fragte sie. „Da ich berufstätig bin, wäre das für mich der günstigste Tag."

Wir verabredeten uns für halb elf. Sie erschien auf die Minute pünktlich, ein schwarzhaariges junges Mädchen von mittlerer Größe und einem unauffällig angenehmen Äußeren; sie hatte die innere Ruhe und Anmut, die man häufig bei Frauen schottischer Herkunft findet.

Ich bat sie, Platz zu nehmen. Sie legte mir ihre Geburtsurkunde, ihren Personalausweis sowie Geburtsurkunde und Trauschein ihrer Mutter hin.

Ich sah mir alles genau an. Kein Zweifel, sie war die Gesuchte. Ich fragte sie, ob sie ihren verstorbenen Onkel, Herrn Douglas Macfadden, einmal persönlich kennengelernt habe.

„Ich denke schon dauernd darüber nach", sagte sie. „Beschwören kann ich's nicht, aber ich glaube, wir sind einmal auf einer Reise nach Schottland, als ich zehn war, bei ihm gewesen – Mutter, ich und mein Bruder Donald."

„Erzählen Sie mir von Donald", sagte ich. „Lebt er noch?"

Sie schüttelte den Kopf. „Er ist 1943 in der Gefangenschaft gestorben. Bei der Kapitulation Singapurs geriet er in die Hände der Japaner und wurde zur Eisenbahn geschickt."

„Zur Eisenbahn?" fragte ich verständnislos.

In ihrem kühlen Blick lag Nachsicht mit der Unwissenheit derer, die damals in England gewesen waren. „Zu der Eisenbahn zwischen Siam und Birma, die die Japaner von asiatischen Arbeitern und Kriegsgefangenen bauen ließen. Jede Schwelle, die gelegt wurde, kostete ein Menschenleben – und die Strecke war über dreihundertfünfzig Kilometer lang. Donald war eines der Opfer."

Ich sprach ihr mein Mitgefühl aus. Nach einer Weile fragte ich, ob sie einen Totenschein besitze.

„Ich glaube nicht", sagte sie betroffen.

Ich nahm das Testament zur Hand. „Das hier ist Herrn Douglas Macfaddens Letzter Wille. Ich habe eine Kopie für Sie, möchte Ihnen aber lieber in nichtjuristischer Sprache sagen, was Ihr Onkel verfügt hat." Ich erklärte ihr, daß ihr Bruder Donald mit einundzwanzig Jahren den ganzen Nachlaß geerbt hätte, daß sie aber erst mit fünfunddreißig Jahren, also 1956, die Verfügungsgewalt bekomme und bis dahin nur die Nutznießung des Vermögens habe. „Sie werden verstehen“, setzte ich hinzu, „daß wir unter diesen Umständen einen gültigen Beweis für den Tod Ihres Bruders brauchen.“

Sie sah mich fragend an. „Ich bin in diesen Dingen schrecklich dumm, Herr Strachan. Ich verstehe, daß Sie einen Beweis dafür brauchen, daß Donald tot ist. Was aber geschieht dann? Bedeutet das Testament, daß mir alles zufällt, was Onkel Douglas hinterlassen hat?“

„Im großen und ganzen – ja.“

„Wieviel ist es denn?“

Ich blickte auf eine Aufstellung, die dem Testament beilag. „Nach Abzug der Erbschaftssteuer und aller Legate dürfte es sich nach dem heutigen Geldwert um etwa dreiundfünfzigtausend Pfund handeln.“

Sie starrte mich an. „Dreiundfünfzigtausend Pfund? Wie hoch wären denn da die jährlichen Zinsen?“

„In mündelsicheren Papieren angelegt, dürften es nach Abzug der Einkommensteuer rund neunhundert Pfund sein, über die Sie verfügen könnten.“

„Neunhundert Pfund ...“ Den Blick auf meinen Schreibtisch geheftet, dachte sie eine ganze Weile nach. Dann lächelte sie. „Ich muß das erst mal verkraften – es bedeutet ja wohl, daß ich, falls ich nicht will, nicht mehr zu arbeiten brauche.“

„So ist es“, sagte ich. „Falls Sie nicht wollen.“

„Ich wüßte nicht, was ich anfangen sollte, wenn ich nicht mehr ins Büro ginge. Ein anderes Leben kann ich mir im Augenblick gar nicht vorstellen.“

„Dann würde ich an Ihrer Stelle bei der Büroarbeit bleiben.“

Sie lachte kurz auf. „Mir wird wohl nichts anderes übrigbleiben.“

Ich lehnte mich in meinem Stuhl zurück. „Fräulein Paget, ich habe in meinem langen Leben gelernt, daß es unklug ist, irgend etwas zu überstürzen. Wenn ich Ihnen einen Rat geben darf, behalten Sie einstweilen Ihre Stellung. Und sprechen Sie vorläufig nicht über Ihre Erbschaft. Es dürfte ohnehin noch Wochen dauern, bis Sie die Nutznießung antreten können. Sagen Sie, wie leben Sie jetzt eigentlich?“

„Ich habe eine Einzimmerwohnung, Campion Road 43, gleich bei den Ealing-Anlagen. Soweit ganz hübsch, ich hab nur gar keinen Umgang. Ich bin ja dreieinhalb Jahre in Malaya gewesen – auch gewissermaßen in Gefangenschaft. Und in den zwei Jahren hier bei Pack & Levy habe ich nur wenige Menschen kennengelernt.“

Ich notierte mir die Adresse. „Also, Fräulein Paget, ich will mal sehen, ob ich am Montag im Kriegsministerium eine Bestätigung bekommen kann, daß Ihr Bruder in Malaya gestorben ist." Ich ließ mir von ihr Einheit und Kennziffer nennen. „Daraufhin bekomme ich dann den Erbschein für Sie."

„Wie ist das eigentlich mit der Treuhänderschaft?" fragte sie. „Ich kenne mich da nicht aus."

„Sie finden alles in der Kopie des Testaments. Wissen Sie, Ihr Onkel hatte von der Fähigkeit der Frauen, mit Geld umzugehen, keine große Meinung – ich bedaure, Ihnen das sagen zu müssen."

Sie lachte. „Sie brauchen sich doch nicht für meinen Onkel zu entschuldigen, Herr Strachan."

„Ich will Ihnen die Treuhänderschaft kurz erklären", sagte ich. „Die Treuhänder – in diesem Fall ich und mein Partner – haben ihr Bestes zu tun, das Kapital zu erhalten und zu pflegen und es dem Erben – also Ihnen – bei Erlöschen der Treuhänderschaft zur Verfügung zu stellen."

Sie dachte eine Weile nach. „Sie verwalten das Kapital also, bis ich fünfunddreißig bin, und zahlen mir bis dahin die Zinsen aus – neunhundert Pfund im Jahr? Und was berechnen Sie dafür, Herr Strachan?"

„Eine sehr gescheite Frage", sagte ich lächelnd. „Sie werden im Testament – ich glaube unter Nummer acht – eine Klausel finden, die uns berechtigt, von den Zinsen unsere Gebühren abzuziehen."

„Herr Strachan, ich fühle, daß ich bei Ihnen in guten Händen bin."

„Das will ich hoffen, Fräulein Paget. Hier und da könnte Ihnen die Treuhänderschaft vielleicht lästig werden. Ich werde alles tun, daß es nicht dazu kommt, das versichere ich Ihnen. Sie werden im Testament lesen, daß die Treuhänder bevollmächtigt sind, Geld vom Kapital für die Erbin flüssigzumachen, sofern sie davon überzeugt sind, daß es für sie von wesentlichem Vorteil ist."

„Sie meinen, falls ich wirklich einen größeren Betrag für irgend etwas brauchen sollte – vielleicht für eine Operation oder so etwas –, könnte ich ihn mit Ihrem Einverständnis bekommen?"

„Gewiß."

Sie lächelte. „Eigentlich ist es, als wäre ich Ihr Mündel, Herr Strachan."

Ich fand den Vergleich rührend. „Wenn Sie es so ansehen wollen, Fräulein Paget, soll es mir eine Ehre sein." Ich reichte ihr die Kopie des Testaments. „Lesen Sie sich alles in Ruhe durch. Wahrscheinlich werden Sie dann noch manche Fragen zu stellen haben. Kommen Sie dann bitte getrost wieder zu mir."

„Vielen Dank. Im Augenblick geht mir natürlich alles im Kopf durcheinander – es kommt so plötzlich."

Ich blickte auf meinen Terminkalender. „Wollen wir sagen, Mitte nächster Woche? Wann gehen Sie aus Ihrem Büro nach Hause?"

„Um fünf."

„Wäre Ihnen dann Mittwoch um sechs recht?"

„Natürlich – aber ist das für Sie nicht etwas spät, Herr Strachan? Sie müssen doch auch mal nach Hause kommen!"

„Ich gehe bloß in meinen Klub", sagte ich zerstreut. Ich überlegte einen Augenblick. „Wie wär's denn, Sie würden nach der Besprechung in den Klub mitkommen? Da ist natürlich nicht viel los, aber das Essen ist recht gut."

„Schrecklich gern, Herr Strachan, sehr lieb von Ihnen."

Ich erhob mich. „Also Mittwoch um sechs. Und wie gesagt, nichts übereilen, Fräulein Paget – das tut nie gut."

Als sie gegangen war, räumte ich meinen Schreibtisch auf und nahm mir ein Taxi in den Klub. Nach dem Mittagessen ging ich ziellos durch die Straßen. Wie mochte so ein frisches junges Ding das Wochenende verbringen? Fuhr sie mit einem Freund hinaus? Eigentlich sollte es ihr an Verehrern doch nicht fehlen. Bei ihrer hübschen Erscheinung und ihrem reizenden Wesen war es kaum zu verstehen, daß sie noch nicht verheiratet war.

Am Abend unterhielt ich mich im Klub mit einem Herrn aus dem Innenministerium darüber, wie man den Tod eines Kriegsgefangenen feststellen lassen kann, und am Montag fand ich durch eine Reihe Telephongespräche mit dem Kriegsministerium und dem Innenministerium heraus, daß in Beckenham ein Dr. Ferris praktizierte, der seinerzeit im Gefangenenlager 206 im Bezirk Takunan an der Birma-Siam-Eisenbahn Lagerarzt gewesen war.

Der Weg nach Beckenham ist ziemlich weit, doch wollte ich in Jean Pagets Interesse rasch Klarheit schaffen. So sagte ich mich denn schon für den nächsten Abend bei Dr. Ferris an. Als ich zu ihm kam, war er gerade mit dem letzten Patienten fertig. Er war ein frischer, heiterer Mensch, wohl kaum älter als fünfunddreißig.

„Leutnant Paget", sagte er, „aber gewiß, ich erinnere mich sehr gut an ihn. Ich schreibe Ihnen gern einen Totenschein aus – wenn's dem armen Kerl auch nichts mehr nützt."

„Es nützt seiner Schwester", sagte ich. „Es geht um eine Erbschaft, und je schneller wir die erforderlichen Formalitäten erledigen, desto besser für sie."

Er zog sich einen Block heran. „Möcht wissen, ob sie auch so zäh und couragiert ist, wie es ihr Bruder war."

„War er ein braver Kerl?"

Er nickte. „Eine äußerlich etwas zarte Natur, aber eine gute Konstitution. Es war ein schmerzlicher Verlust für uns."

„Woran ist er denn gestorben?"

Er hielt den Füller in der Schwebe. „Das weiß ich nicht genau. Er war einfach eines Tages tot. An dem, was er durchgemacht hatte, wäre ein Dutzend anderer Männer kaputtgegangen. Warten Sie mal ... ja, jetzt fällt mir alles wieder ein. Er hatte am linken Bein eine große tropische Geschwulst, eine Orientbeule. Wissen Sie, er gehörte zu den Menschen, die sich nicht krank melden, solange sie noch laufen können. Während er mit der Geschwulst im Lazarett lag, bekam er Malaria. Wir hatten nichts, womit wir diese verdammte Sache behandeln konnten, und brauten uns schließlich selbst eine Chininlösung zur Einspritzung in die Vene zusammen – verteufelt riskant, aber es blieb uns nichts anderes übrig. Paget überstand es recht gut. Dann brach im Lager und im Lazarett die Cholera aus. Es war die Hölle, ich möchte so etwas nicht noch einmal erleben. Wir hatten nichts, aber auch gar nichts zur Behandlung – keine Medikamente, keine Instrumente, nicht einmal Kochsalz. Aber ob Sie's glauben oder nicht, er überstand auch die Cholera. Und eine Woche darauf starb er plötzlich im Schlaf. Vielleicht das Herz. Ich gebe Cholera als Todesursache an."

Auf der Rückfahrt nach London ging es mir durch den Sinn, wie verhältnismäßig leicht ich es in meinen Kriegstagen gehabt hatte.

Als ich Jean Paget am Mittwoch erzählte, daß ich von einem ehemaligen Lagerarzt den Totenschein bekommen hatte, fragte sie, woran Donald gestorben sei.

Ich zögerte. Ich wollte einer so jungen Frau nicht die ganze gräßliche Geschichte erzählen, die ich von Dr. Ferris gehört hatte. „An Cholera", sagte ich. Um ihr den Gedanken erträglicher zu machen, fuhr ich fort: „Ich habe mit dem Arzt lange darüber gesprochen. Ihr Bruder ist ganz friedlich im Schlaf gestorben."

Sie starrte mich an. „Auf die Weise stirbt man doch nicht an Cholera. Hat er noch etwas anderes gehabt?"

Jetzt blieb mir nichts anderes übrig, als ihr alles zu erzählen, was ich erfahren hatte. Ich war erstaunt, wieviel sie von tropischen Krankheiten wie der Orientbeule wußte. Dann fiel mir ein, daß sie ja auch in Malaya in japanischer Gefangenschaft gewesen war.

Um sie abzulenken, kam ich auf die Bestimmungen des Testaments zurück. Dann fuhren wir zum Abendessen in meinen Klub.

Ich hatte mit dieser ersten Einladung eine bestimmte Absicht verbunden: Ich wollte mich über ihr Leben und ihren Bildungsstand unterrichten – es hatte mich verwirrt, daß sie so viel von tropischen Krankheiten wußte. Ich wollte sie bei einem guten Essen und einem Glas Wein zum Sprechen bringen. Es mußte mir meine Aufgabe als Treuhänder erleichtern, wenn ich ihre Interessen und ihre Denkweise kennenlernte. Ich ließ ihr einen Sherry kommen. „Wie haben Sie das Wochenende verbracht?" fragte ich sie. „Haben Sie gefeiert?"

„Nein, ich habe nichts Besonderes unternommen. Samstag habe ich mit einer Kollegin zusammen zu Mittag gegessen."

„Haben Sie ihr von der Erbschaft erzählt?"

„Ich habe keinem Menschen etwas davon erzählt." Sie lachte. „Es klingt ja auch viel zu unwahrscheinlich. Ich glaube es selbst noch gar nicht richtig."

„Wenn Sie den ersten Monatsscheck bekommen, werden Sie es schon glauben", sagte ich lächelnd. „Es sind fünfundsiebzig Pfund. Ich vermute, daß Sie – wenn Sie diesen Betrag jeden Monat bekommen – Ihre gegenwärtige Stellung doch nicht beibehalten möchten."

„Das allerdings nicht." Sie dachte einen Augenblick nach. „Wenn es eine Arbeit wäre, die einem etwas gibt, würde ich gern bei Pack & Levy bleiben. Aber daran fehlt es eben. Wir machen Handtaschen und Damenschuhe und elegante Aktenköfferchen aus Krokodilleder – teure Sachen für Damen, die mehr Geld als Verstand haben. Wenn man sich seinen Lebensunterhalt verdienen muß, ist solch eine Stellung gar nicht übel, sie ist interessant, und man erwirbt sich eine Menge Branchenkenntnis. Mit so viel Geld aber sollte ich mir wohl eine Tätigkeit suchen, die mich mehr ausfüllt – ich weiß nur nicht, was das sein könnte. Außer Stenographie und Schreibmaschine und ein bißchen Buchhaltung habe ich nichts gelernt. Ich habe auch keine höhere Bildung mitbekommen."

Ich dachte einen Augenblick nach. „Darf ich Ihnen eine sehr persönliche Frage stellen, Fräulein Paget?"

„Selbstverständlich, Herr Strachan."

„Glauben Sie, daß Sie in absehbarer Zeit heiraten werden?"

„Weder in absehbarer Zeit noch überhaupt", sagte sie lächelnd. „Das heißt, wissen kann man's ja nicht."

„Haben Sie daran gedacht zu studieren?"

Sie zog die Brauen hoch. „Das kann ich doch gar nicht, Herr Strachan. Dazu bin ich erstens nicht gescheit genug und zweitens zu alt."

„So ein uraltes junges Ding!" sagte ich scherzend.

Irgendwie kam ich mit dem kleinen Kompliment nicht bei ihr an. „Einigen meiner Kolleginnen gegenüber komme ich mir wie siebzig vor", sagte sie leise.

Beim Essen bat ich sie dann, mir zu erzählen, wie es ihr im Krieg ergangen war.

„Ich hatte eine Bürostellung bei der Kuala Perak Plantation Company, für die mein Vater früher gearbeitet hatte. Jetzt war auch Donald dort."

„Waren Sie kriegsgefangen?"

„Gewissermaßen, ja."

„Mußten Sie in einem Lager leben?"

„Nein, man hat uns ziemlich viel Freiheit gelassen." Sie ließ das Thema fallen. „Und Sie, Herr Strachan? Waren Sie den ganzen Krieg über in London?"

Ich konnte sie natürlich nicht nötigen, mir von ihren Kriegserlebnissen zu berichten. Also erzählte ich ihr von meinen und kam dann auch auf meine beiden Söhne zu sprechen, Harry, der bei der Marine im Chinesischen Meer stationiert gewesen war, und Martin, der in Basra gekämpft hatte. „Ich bin dreifacher Großvater", sagte ich, „und ich glaube, der vierte Enkel ist schon unterwegs."

Ich lenkte das Gespräch auf ihre Angelegenheit zurück und sprach von Wohlfahrtsorganisationen, für die eine unbezahlte erstklassige Stenotypistin ein wahres Gottesgeschenk wäre, doch schien ihr der Gedanke nicht recht zu gefallen. „Wenn die Institution etwas taugt, kann sie auch zahlen", sagte sie. Sie hatte offenbar eine starke kommerzielle Ader.

„Lassen Sie sich nur Zeit", sagte ich. „Übereilen Sie nichts."

Sie lachte. „Das scheint ja Ihre Regel Nummer eins zu sein."

Ich lächelte. „Bestimmt ist es nicht die schlechteste."

Beim Kaffee kamen wir darauf, daß sie wenig Berührung mit dem gesellschaftlichen Leben hatte. Ich fand das schade und bat sie, mich demnächst einmal in die Oper zu begleiten.

Sie meinte, sie verstünde vielleicht zuwenig davon. Ich versprach ihr, eine leichte, englisch gesungene Oper zu wählen. In den Wochen darauf nahm ich sie zu Veranstaltungen aller Art mit, in die Oper, zu Konzerten, zu Kunstausstellungen. Einige Male kam sie in meine Wohnung in Buckingham Gate und machte uns Tee. Es war für mich etwas ganz Neues, denn außer gelegentlichen Besuchen meiner Schwiegertöchter hatte ich nie eine Dame bei mir gesehen.

Als sie den Erbschein bekommen hatte, konnte ich ihr, es war im März, ihren ersten Scheck schicken. Ihre Stellung gab sie nicht sofort auf, sie wollte sich vernünftigerweise aus den Monatszahlungen erst einmal eine kleine Kapitalreserve anlegen. Zudem hatte sie noch keine Zukunftspläne gemacht.

So standen die Dinge eines Sonntags im April. Ich hatte mit ihr einen kleinen Ausflug nach Hampton Court machen wollen, doch regnete es natürlich wieder einmal. Wir standen mittags in meiner Wohnung am Fenster und sahen zu, wie der Regen auf das gegenüberliegende Marstallgebäude pladderte. Ich hatte den Eindruck, daß sie über etwas nachdachte. Beim Kaffee vor dem Kamin kam sie damit heraus. „Herr Strachan, ich weiß jetzt, was ich als erstes tun möchte."

„Nämlich?" fragte ich.

Sie zögerte. „Wahrscheinlich werden Sie es sehr sonderbar und töricht finden. Aber es wäre das, was mir am meisten am Herzen liegt. Ich möchte wieder nach Malaya gehen, Herr Strachan. Ich möchte dort einen Brunnen bauen."

2. KAPITEL

Ich wusste lange nicht, was ich dazu sagen sollte. Offenbar las sie aus meinem Schweigen einen Tadel heraus. „Ich weiß", sagte sie, „es klingt komisch. Soll ich es Ihnen erklären?" Sie verfiel in Nachdenken. „Es ist jetzt alles so fern – als wäre nicht ich es, sondern eine andere Person, die das alles vor so vielen Jahren erlebt hat."

„Wäre es dann nicht besser, nicht daran zu rühren?"

Sie schüttelte den Kopf. „Jetzt, wo ich Geld habe ..." Sie schwieg eine Weile. „Herr Strachan, Sie sind so gut zu mir. Ich möchte es Ihnen so gern verständlich machen."

Ihr bisheriges Leben zerfiel, wie ich hörte, in drei Abschnitte. Als Schulkind hatte sie mit ihrer Mutter in Southampton gewohnt. An die Zeit vorher, als sie alle in Malaya gewesen waren, hatte sie nur noch eine dunkle Erinnerung. Als man Malaya verlassen hatte, war sie erst elf gewesen.

In Southampton hatten sie und ihr Bruder Donald wie andere englische Kinder gelebt – Schule und Ferien. Das Ereignis des Jahres war immer die Zeit der großen Ferien im August gewesen. Eins unterschied die Pagets von anderen Familien – man sprach daheim Malaiisch. Das erwies sich nach dem Tod des Vaters als sehr nützlich – die Kuala Perak Plantation Company wollte Donald, sobald er neunzehn war, eine gute Stellung geben.

Jeans schönste Erinnerung an ihre glückliche Kindheit war der Eispalast in Southampton. Immer, wenn sie Waldteufels Schlittschuhwalzer hörte, mußte sie daran denken. „Ein Palast war es natürlich gar nicht", sagte sie. „Nur eine große Holzhalle. Aber die Musik, das schwerelose Dahingleiten, die Jungen und Mädchen, die Zuschauer, die bunten Lampen ..."

Sie sah mich an. „Wissen Sie, als später draußen in Malaya die Menschen ringsum an Malaria und Ruhr starben und wir im Regen zähneklappernd im Fieber lagen und uns niemand haben wollte und wir nicht wußten, wohin, da habe ich oft an meinen Eispalast in Southampton denken müssen und mir geschworen, eines Tages wiederzukommen und Schlittschuh zu laufen." Sie verstummte einen Augenblick. „Ich bin dann auch, sobald ich wieder in England war, da gewesen. Die Halle war nach Bombentreffern ausgebrannt, ich sah nur noch verkohlte Reste und stand mit meinen Schlittschuhstiefeln in der Hand davor und heulte."

Als ihr Bruder 1937 die Stellung auf der Plantage in Malaya angetreten hatte, war sie sechzehn gewesen. Mit siebzehn hatte sie in Southampton eine Handelsschule besucht und danach ein Jahr bei einem Anwalt gearbeitet. Dann bot ihr die Kuala Perak Plantation Company, die mit Donald sehr zufrieden war, eine Stellung in ihrem Hauptbüro in Kuala Lumpur an. Den Krieg, der 1939 ausbrach, nahm man anfangs nicht weiter ernst. So war sie denn im Winter dieses Jahres unbesorgt nach Malaya gefahren.

Über anderthalb Jahre hatte sie es da herrlich. Das Bürogebäude stammte aus der Zeit, als man, um die Macht der britischen Herrschaft sinnfällig zu machen, noch großzügig gebaut hatte. Gegenüber lag hinter dem Kricketplatz das Klubgelände mit einer typisch englischen Dorfkirche. Alles lebte im englischen Stil mit allen Annehmlichkeiten der Tropen, viel Freizeit, viel Spiele, viel Dienerschaft. Jean bekam ein Zimmer in einer Privatpension für junge Mädchen.

„Es war alles so unwahrscheinlich schön", sagte sie. „Jeden Abend Tanz oder Hausball, kaum daß man Zeit fand, einen Brief nach Hause zu schreiben."

Als Japan in den Krieg eintrat, sah man darin für Malaya keine ernste Gefahr. Auch Amerikas Kriegseintritt am 7. Dezember 1941 tat dem ausgelassenen Treiben in Kuala Lumpur keinen Abbruch, nur daß die jungen Männer jetzt in Uniform erschienen. Gegen eine Invasion von Norden fühlte man sich durch einen 500 Kilometer breiten Gebirgs- und Dschungelstreifen gesichert, und daran änderte sich auch nichts, als die Japaner in Nordmalaya landeten. Was bedeutete das schon für eine Neunzehnjährige, die eben den ersten Heiratsantrag zurückgewiesen hatte?

Erst als die Japaner südwärts durch ein Dschungelgebiet vordrangen, das noch nie eine Truppe durchquert hatte, wurde jedem die kritische Lage bewußt. Eines Morgens hörte Jean von ihrem Chef, daß man das Büro schließe. Mit fünf Kolleginnen bekam sie den Rat, zu packen und den nächsten Zug nach Singapur zu nehmen.

Wie man erfuhr, standen die Japaner bereits bei Ipoh, nur noch hundertfünfzig Kilometer entfernt. Jean hob von der Bank ihr ganzes Geld ab, rund 600 Straits-Dollar. Da der Bahnverkehr völlig im Dienst der Militärzüge stand, fuhr sie nach Batu Tasik, einer Ortschaft fünfunddreißig Kilometer nordwestlich von Kuala Lumpur, wo die ihr befreundete Familie Holland wohnte.

Herr Holland, ein Mann um die Vierzig, war Direktor eines Zinnbergwerks. Er bewohnte mit seiner Frau und den Kindern, dem siebenjährigen Freddie, der vierjährigen Jane und dem zehn Monate alten Robin, einen hübschen Bungalow. Jean hatte die Familie schon einige Male besucht und sich immer sehr wohl gefühlt. Jetzt hatte sie gehört, daß auch Frau Holland keinen Zug für sich und die Kinder bekam. Sie wollte ihr daher, bis sich für sie selbst eine Möglichkeit ergab, nach Singapur zu kommen, gern ein wenig helfen. Frau Holland war eine gute Mutter und Hausfrau, aber völlig unfähig, im Trubel der Evakuierung mit drei Kindern zu flüchten.

Jean fand sie in Batu Tasik mit ihren Kindern allein vor. Alle Fahrzeuge des Bergwerks waren vom Militär beschlagnahmt worden.

Zur Flucht nach Singapur hatte man nur noch einen betagten Austin, und bei dem waren zwei Reifen unbrauchbar. Herr Holland war frühmorgens nach Kuala Lumpur gefahren, um Ersatzreifen zu besorgen. Eileen Holland war in heller Angst, weil er noch nicht zurückgekehrt war. Im Bungalow ging alles drunter und drüber. Die Amah hatte ihren Dienst verlassen, überall standen einem halbgepackte Koffer und mutwillige Kinder im Weg. Frau Holland versorgte das Baby, sah nach dem Mittagessen und sorgte sich um ihren Mann – alles zur gleichen Zeit. Jean packte mit an, kümmerte sich um Freddie und Jane, und bald darauf konnten sie zusammen essen.

Bill Holland kam erst am späten Abend zurück – mit leeren Händen. Sämtliche Reifenlager waren beschlagnahmt worden. Immerhin hatte er in einem Eingeborenenbus, der anderntags um acht nach Singapur fahren sollte, für seine Angehörigen Plätze belegen können. Auf dem Rückweg hatte er die letzten acht Kilometer zu Fuß gehen müssen – es gab dort keine Verkehrsmittel mehr. Er war durchgeschwitzt und erschöpft. An Schlaf war in dieser Nacht kaum zu denken.

Inzwischen waren japanische Patrouillen durch die Front nach Bidor gelangt und anderntags früh bereits nach Slim River vorgestoßen, also kaum noch achtzig Kilometer entfernt.

Im Morgengrauen belud Holland den Austin mit dem Gepäck und ließ alle einsteigen, drei Erwachsene und drei Kinder. Der Wagen war überlastet. Nach den ersten drei Kilometern platzte der eine der beschädigten Reifen, nach einem weiteren Kilometer der andere. In seiner Verzweiflung fuhr Holland weiter. Plötzlich brach ein Rad, man lag fest. Es war halb acht. Bis Kuala Lumpur waren es noch gut vierundzwanzig Kilometer. Es blieb nichts anderes übrig, als nach Batu Tasik zurückzulaufen. Das Gepäck mußte man zurücklassen. Jeder Erwachsene nahm ein Kind an sich.

In der Mittagshitze kam man todmüde daheim an. Eine Stunde darauf hielt ein Militärlastwagen vor dem Bungalow. Ein junger Offizier kam hereingestürmt. „Sie müssen hier sofort weg. Ich nehme Sie mit. Wieviel Personen sind es?“

„Mit den Kindern sechs“, sagte Holland. „Können Sie uns nach Kuala Lumpur bringen? Unser Wagen ist entzwei.“

Der Offizier lachte auf. „Ausgeschlossen! Die Japse waren vor kurzem bereits in Kerling und stehen jetzt vielleicht schon noch weiter südlich.“ Kerling war nur fünfunddreißig Kilometer entfernt. „Ich bringe Sie nach Panong. Dort bekommen Sie ein Boot nach Singapur." Das Gepäck zu holen war keine Zeit mehr.

Kuala bedeutet Flußmündung, und Kuala Panong ist ein kleiner Ort an der Panongmündung. Unterwegs nahm der Wagen noch vierzig Männer, Frauen und Kinder auf. Er hielt vor dem Gebäude des Bezirkskommissars. Der Beamte kam heraus, er war ganz verstört. „Mein Gott!" murmelte er, als er die Frauen und Kinder und die paar Männer unter ihnen sah. Er wies den Fahrer an, zum Bürogebäude hinüberzufahren. „Die Leute müssen ein oder zwei Stunden auf der Veranda warten, vielleicht kann ich ein paar Fischerboote auftreiben – ein Motorboot habe ich nicht. Auf keinen Fall dürfen sie hier viel herumlaufen."

Bill Holland ging mit Jean zum Einkaufen in den Ort. Sie wollten versuchen, wenigstens einiges von dem zu ersetzen, was man mit dem Gepäck verloren hatte. Sie trieben eine Babyflasche auf, etwas Chinin, Medikamente gegen Ruhr, zwei Dosen Keks, drei Büchsen Fleisch, Nähzeug und einen großen Rucksack, der Jean in den folgenden drei Jahren gute Dienste leisten sollte.

Bei Einbruch der Dunkelheit meldete der Leuchtturmwärter, daß der Zollkutter den Fluß heraufkomme. Es war ein großes Boot mit Dieselmotor, das ständig die Küste hinauf- und hinunterfuhr. Der Bezirkskommissar atmete auf. Der Zollkutter konnte die Flüchtlinge in Sicherheit bringen. Er ging zur Landebrücke hinunter, sah das Boot kommen und erstarrte. Es war mit Soldaten besetzt, stämmigen kleinen Männern in graugrünen Uniformen, kleiner als die Gewehre mit dem aufgepflanzten Bajonett. Japaner. Sie stürmten an Land und besetzten den Ort, ohne daß ein Schuß fiel. Den Flüchtlingen auf der Veranda nahmen sie Uhren, Ringe und Füllhalter ab, taten ihnen aber nichts zuleide. Dann erschien ein Offizier, hinter sich ein paar Soldaten mit dem Gewehr im Anschlag. Er leuchtete allen mit einer Sturmlaterne ins Gesicht und erklärte in gebrochenem Englisch: „Ihr jetzt Gefangene, ihr jetzt schlaft."

Kuala Panong liegt inmitten von Mangrovensümpfen, wo es von Stechmücken wimmelt. Die Kinder jammerten die ganze Nacht und machten es den Erwachsenen dadurch noch schwerer, etwas Schlaf zu finden. Jean erwachte in der Morgendämmerung aus einem Halbschlaf, ganz steif, Gesicht und Arme zerstochen und verschwollen.

Frühstück gab es nicht. Die Soldaten brachten die Flüchtlinge familienweise in das Büro des Bezirkskommissars. Hier wurden sie von einem japanischen Offizier, einem Hauptmann Joniata, verhört. Ein Leutnant trug die Aussagen in ein Schulheft ein. Zum Schluß des Verhörs erklärte Joniata: „Die Männer kommen heute in ein Gefangenenlager, die Frauen und Kinder bleiben hier."

Man hatte so etwas schon befürchtet. Holland fragte, ob man erfahren dürfte, wohin die Frauen und Kinder gebracht werden sollten.

„Die kaiserlich japanische Armee", sagte Joniata, „führt nicht Krieg gegen Frauen und Kinder. Japanische Soldaten immer gut zu ihnen. Vielleicht Frauen kommen nicht in Lager. Wenn gut betragen, vielleicht sie können leben in Wohnungen."

Daß Männer getrennt von Frauen und Kindern in Lagern interniert wurden, war ja nun im Krieg üblich. Man mußte sich, so schwer es auch war, damit abfinden.

Jean sagte sich, daß man, wenn man noch eine Nacht auf der Veranda verbringen mußte, unbedingt etwas gegen die Mückenstiche brauchte. Sie hatte im Ort eine Apotheke gesehen. Vielleicht bekam sie da etwas.

Sie zeigte dem Wachtposten ihre zerstochene Haut, wies auf das Dorf und wollte die Veranda verlassen. Sofort fällte er das Bajonett und jagte sie zurück. Ihr kam eine Idee. Sie tat, als wollte sie zu der hinter dem Gebäude liegenden Latrine gehen. Auf dem Weg dorthin spielten einige malaiische Kinder. Sie winkte sich eins heran, ein etwa zwölfjähriges Mädchen, und fragte es auf malaiisch: „Kennst du den Laden, wo ein Chinese Medizin verkauft?"

Das Kind nickte. „Tschan Kok Fuan."

„Ich gebe dir zehn Cent, wenn du zu ihm gehst. Sage ihm, wir Mem-Sahibs haben Njamokstiche. Er soll mit Salben zur Veranda kommen. Er wird viel verkaufen."

Nach kurzem Zögern ließ der Posten den Chinesen durch. Jean kaufte sechs Tuben Salbe. Die übrigen Tuben wurde der Mann sofort bei den andern Frauen los.

Nachmittags wurden die sieben Männer unter Bewachung weggeführt. Bill Holland wandte sich mit feuchten Augen von seiner molligen, mütterlichen Frau ab. „Leben Sie wohl, Jean, machen Sie's gut. Und bleiben Sie mit ihnen zusammen, wenn's irgend geht, ja?"

Sie nickte. „Wir kommen ja alle ins selbe Lager."

Zurück blieben elf verheiratete Frauen, zwei junge Mädchen – Jean und ein blutarmes Ding namens Ellen Forbes – sowie neunzehn Kinder, vom Säugling bis zu einem vierzehnjährigen Mädchen; insgesamt zweiunddreißig Personen. Die meisten Frauen sprachen nur Englisch, einige, wie Eileen Holland, auch ein paar Worte Malaiisch, doch nicht mehr, als sie für den Umgang mit ihrem Hauspersonal gebraucht hatten.

Man verbrachte in dem Bürogebäude einundvierzig Tage. Nach der ersten Nacht durfte man wenigstens die Zimmer benutzen, doch gab es keine Betten, Decken und Moskitonetze. Einige Frauen hatten Decken, mit denen sie anderen aushelfen konnten, doch waren es viel zuwenig. Frau Horsefall, eine resolute Frau, protestierte bei Hauptmann Joniata energisch gegen diese Zustände.

„Betten nein, Netze nein", sagte er. „Tut mir leid für Sie. Japaner schlafen auf Fußboden auf Matte. Sie haben hochmütige Gedanken, sehr schlechte Sache."

„Wir sind Engländer", sagte sie empört. „Wir schlafen nicht auf dem Boden wie die Tiere."

Er sah sie zornig an und schlug ihr mit der flachen Hand viermal ins Gesicht. „Sehr schlechte Gedanken!" sagte er und drehte ihr den Rücken zu.

Am nächsten Morgen ging sie kaltblütig wieder zu ihm und forderte Wasser. Man brauche es dringend zum Waschen der Säuglinge und auch für die Erwachsenen. Nachmittags brachten Kulis ein Faß Wasser und hielten es fortan immer gefüllt. Man richtete sich das kleinste der Zimmer als Bade- und Waschraum ein. Die meisten Frauen hatten damals noch Geld bei sich. Die Kaufleute des Ortes folgten dem Beispiel des Apothekers Tschan und boten ihnen ihre Waren an. So konnte man sich wenigstens das Nötigste zum Leben beschaffen.

Nach und nach gewöhnte man sich daran, auf dem Fußboden zu schlafen. Als erste lernten es die Kinder. Die jüngeren Frauen brauchten dazu etwas länger, und die älteren wachten kaum einmal ohne Gliederschmerzen auf, doch schliefen auch sie.

Das Essen reichte gerade als Existenzminimum – man bekam täglich zweimal Fischsuppe und Reis. Ärztliche Hilfe und Medikamente gab es nicht. Nach der ersten Woche brach die Ruhr aus. Es waren unheimliche Szenen, wie die Mütter nachts mit den schreienden kleinen Kranken zur Latrine hinausliefen. Und im Hintergrund lauerte immer die Malaria. Man beugte ihr mit dem von Tschan gekauften Chinin vor, dessen Preis von Tag zu Tag stieg. Als Zugeständnis an englische Gewohnheiten gab Hauptmann Joniata nachmittags einen Eimer Tee aus.

Jean half Frau Holland die ganze Zeit bei der Pflege der drei Kinder. Sie war sehr geschwächt und schlief einen Ermattungsschlaf, wurde aber häufig durch Eileen Holland gestört, die schon ganz abgemagert war und sich auf dem harten Fußboden stöhnend hin und her wälzte.

Am fünfunddreißigsten Tag starb die kleine Esmé Harrison. Die Achtjährige hatte die Ruhr gehabt und war immer schwächer und dünner geworden. Sie hatte nur wenig schlafen können und nachts viel geweint. Bei einem Malariaanfall war ihre Temperatur auf vierzig Grad gestiegen. Frau Horsefall hatte dem japanischen Hauptmann erklärt, das Kind brauche einen Arzt und müsse ins Krankenhaus. Es tue ihm sehr leid, hatte er geantwortet, es gebe kein Krankenhaus, und die Ärzte kämpften alle in der siegreichen Armee des Kaisers. Kurz vor Morgengrauen war Esmé unter Krämpfen verschieden.

Man begrub sie auf dem mohammedanischen Friedhof. Dann ging das Leben weiter. Doch hatten die Kinder jetzt Alpträume von Tod und Grab.

Sechs Wochen darauf stellten sich die Frauen mit den Kindern an der Hand wie jeden Morgen zur Inspektion auf, ausgezehrte Elendsgestalten. Hauptmann Joniata musterte sie schweigend. Dann sagte er: „Die kaiserlich japanische Armee hat ganz Malaya befreit und Singapur genommen. In Singapur sind Gefangenenlager. Dort Sie kommen jetzt hin. Morgen Sie machen sich nach Kuala Lumpur auf. Von dort ein Zug bringt Sie nach Singapur. Sie bestimmt sehr zufrieden."

Von Panong nach Kuala Lumpur sind es über fünfundsiebzig Kilometer. „Wie kommen wir nach Kuala Lumpur?" fragte Frau Horsefall. „Mit einem Lastwagen?"

„Kein Lastwagen, leider", sagte er. „Sie laufen. Kleine Tagesstrecken. Japanische Soldaten helfen."

„Wir können doch den Weg mit diesen Kindern nicht zu Fuß machen, wir brauchen einen Lastwagen!" sagte sie. Das waren wieder „sehr schlechte Gedanken". Joniatas Blick wurde hart.

„Und was tun wir mit all dem Gepäck?" fragte sie.

„Sie tragen, was Sie können." Er drehte sich um und ging.

Die Frauen waren vor Entsetzen wie gelähmt. Frau Horsefall, eine frühere Rektorin, nahm die Zügel in die Hand und wies sie an, Lebensnotwendiges in tragbare Bündel zu packen. Sie hatte selbst ein Kind, den zehnjährigen John. Für ein einziges Kind konnte eine Mutter das Nötigste tragen. Wer aber mehrere Kinder hatte, war sehr übel daran.

Jean und Frau Holland hatten nach dem Verlust ihres Gepäcks nicht viel zu tragen. Ihre paar Kleidungsstücke gingen bequem in Jeans Rucksack. Aus einer ihrer beiden Decken machten sie Bündel, das die zweite Decke und das Eßgeschirr enthielt. Man wollte abwechselnd Rucksack und Bündel tragen. Schlimm stand es mit den Schuhen, die einmal so elegant gewesen und jetzt für einen Marsch völlig ungeeignet waren. Frau Holland ließ die Arme sinken. „Ach Jean“, sagte sie, „wenn ich mich auch noch so sehr zusammennehme – ich fürchte, ich komme nicht weit, ich bin zu schwach.“

„Es wird schon gehen“, sagte Jean tröstend. Doch glaubte sie es selber nicht.

Frühmorgens erschien Hauptmann Joniata mit vier Soldaten, die den Zug begleiten sollten. „Heute Sie gehen bis Ayer Penchis“, sagte er. „Schöner Tag, leichter Marsch. In Ayer Penchis gutes Essen. Sie bestimmt sehr zufrieden.“

Jean fragte Frau Horsefall, wie weit das sei.

„Ich glaube, zwanzig bis fünfundzwanzig Kilometer. Das schaffen manche von uns gar nicht.“

Man formierte sich und wanderte die Schotterstraße hinunter. Zum Schutz vor der heißen Sonne hielt man sich, wo es Bäume gab, im Baumschatten. Jean ging neben Frau Holland; sie trug das schwere Bündel und hielt die vierjährige Jane an der Hand. Der siebenjährige Freddie ging an der Seite seiner Mutter, die ihr Baby und den Rucksack trug. Voran trottete ein japanischer Feldwebel. Den Schluß bildeten seine drei Mann.

Man kam nur sehr langsam vorwärts, weil alle Augenblick eine Mutter ihr Kind in das Buschwerk am Wege führen mußte und der Feldwebel nicht weiterging, wenn jemand zurückblieb. Soweit es ihnen ihr dienstlicher Auftrag erlaubte, waren die Soldaten menschlich und hilfsbereit, und nach einer Weile nahm jeder von ihnen ein Kind auf den Arm.

Eine Ruhepause und Essen gab es unterwegs nicht. Mehr als zweieinhalb Kilometer in der Stunde vermochte man nicht zurückzulegen. Die Fußschmerzen wurden immer quälender, namentlich für die älteren Frauen. Manche konnten bald nur noch hinken. Als Jean bemerkte, daß einige Kinder barfuß gingen, zog auch sie ihre Schuhe aus. Frau Holland aber war dazu nicht zu bewegen.

Kurz vor Dunkelheit erreichte man Ayer Penchis, eine Malaiensiedlung, die von Arbeitern nahe gelegener Kautschukplantagen bewohnt war. Man wies den Frauen einen mit Palmblättern gedeckten Schuppen an. Von Erschöpfung wie betäubt, sanken sie in sich zusammen. Die Soldaten brachten ihnen Reis und Fisch und einen Eimer Tee. Den Tee tranken sie gierig, essen aber mochten nur wenige.

Jean ging hinaus. Die Soldaten kochten sich Essen auf einem kleinen Lagerfeuer. Sie fragte den Feldwebel, ob sie in den Ort gehen dürfe. Er nickte. Wenn Hauptmann Joniata nicht da war, nahm er es mit der Disziplin nicht so genau.

Sie kaufte ein Dutzend Mangofrüchte und verteilte sie im Schuppen an die anderen. Die Freude war groß, denn in Kuala Panong hatte man nur wenig Obst bekommen. Die Frauen gaben ihr Geld, und sie kaufte weitere vier Dutzend Früchte. Als die Soldaten wieder Tee brachten, bekam jeder für seine Mühe eine Frucht. Durch die Mangos erfrischt, aßen die Frauen jetzt auch mit Appetit den Reis. Nachts stellte sich heraus, daß der Schuppen von Ratten wimmelte. Mehrere Kinder wurden gebissen.

Ein Weitermarsch erschien den Frauen anderntags unmöglich. Der Feldwebel aber bestand darauf. Es ging nach Asahan. Es waren nur fünfzehn Kilometer, doch brauchte man dafür ebensoviel Zeit wie für den Marsch am Vortag. Das lag hauptsächlich daran, daß Frau Collard, eine korpulente Frau von fünfundvierzig, die zwei Kinder bei sich hatte, durch Malaria und Ruhr geschwächt war und alle zehn Minuten ausruhen mußte. Die jüngeren Frauen taten ihr Bestes, ihr weiterzuhelfen. Am Nachmittag lief ihr rotes Gesicht blau an. Sie klagte immerfort über heftige Brustschmerzen. In Asahan mußte man sie auf dem Weg in die Unterkunft, es war wieder ein Schuppen, halb stützen, halb tragen. Man setzte sie an die Wand, wo sie sich anlehnen konnte, holte Wasser und kühlte ihr das Gesicht. „Danke, danke", sagte sie. „Ihr seid so lieb zu mir. Kümmert euch bitte auch um Harry und Ben." Eine halbe Stunde darauf starb sie.

Jean und Frau Horsefall gingen zu dem Feldwebel hinaus und suchten sich mit ihm im flackernden Licht des Kochstellenfeuers durch Gesten zu verständigen – er sprach nur ein paar Worte Englisch. „Morgen nicht marschieren", sagten sie. „Wenn marschieren, mehr Frauen sterben. Immer einen Tag marschieren, einen Tag ausruhen." Sie wußten nicht, ob er sie verstanden hatte. „Morgen tote Frau in Erde", sagte er. Später kam er, das Gesicht vom Begreifen erhellt, wieder zu ihnen. „Ein Tag marschieren, ein Tag ausruhen – Frauen sterben nicht“, sagte er. Alle nickten ihm, menschlich angerührt, heftig zu und bedankten sich mit einer Banane.

Die Frauen reagierten auf die Anstrengungen je nach ihrem Alter verschieden. Die unter dreißig und die Kinder waren jetzt größtenteils in besserer Verfassung als in Panong; die Abwesenheit des strengen Hauptmanns Joniata, die Bewegung auf den Märschen und die Verbesserung der Kost durch die Mangofrüchte – das alles hatte ihre Stimmung gehoben. Die älteren Frauen aber waren so erschöpft, daß sie diese Wohltat kaum spürten; sie lagen apathisch im Dunkeln, zu müde, um essen, ja um schlafen zu können.

Der malaiische Dorfälteste zeigte den Frauen eine Stelle, wo sie Frau Collard begraben konnten – neben einem Abfallhaufen. Man hüllte die Tote in eine Decke und legte sie in die Grube. Frau Horsefall las einige Stellen aus dem anglikanischen Gebetbuch vor. Die Decke zog man später aus dem Grab heraus, man konnte sie nicht entbehren. Jean machte einen Schreiner ausfindig, der ein kleines Holzkreuz zimmerte. Man schrieb JULIA COLLARD darauf und hoffte, daß der Regen die Schrift nicht verwischte.

Gegen Mittag erschien Hauptmann Joniata – er fuhr den Wagen des Bezirkskommissars. Wütend darüber, daß man nicht schon wieder unterwegs war, beschimpfte er den Feldwebel ausgiebig und wandte sich dann wutbebend den Frauen zu. „Warum Sie nicht marschieren? Sehr schlechte Sache. Nicht marschieren, kein Essen!“

Frau Horsefall trat auf ihn zu. „Heute nacht ist Frau Collard gestorben. Wenn Sie uns zwingen, jeden Tag zu marschieren, werden wir bald alle tot sein, das wissen Sie ja selbst.“

Er trat in den Schuppen, sah ein paar Frauen teilnahmslos im Halbdunkel sitzen und wandte sich zu Frau Horsefall um. „Sehr traurig, Frauen sterben. Ich versuchen, Lastwagen nach Kuala Lumpur zu bekommen.“ Er stieg in seinen Wagen und fuhr davon.

Die Aussicht, nicht mehr marschieren zu müssen, sondern mit einem Lastwagen nach Kuala Lumpur und von dort mit der Bahn nach Singapur zu kommen, munterte die Frauen auf. In Singapur brachte man sie gewiß zu anderen englischen Frauen in ein richtiges Lager, wo man sich einrichten und um die Kinder kümmern konnte und einen Lagerarzt und ein Lazarett hatte. Nachmittags verwandten sie große Mühe auf ihr Äußeres. In Kuala Lumpur, ihrer Einkaufsstadt, kannte sie jeder.

Eine Stunde vor Dunkelwerden kam Hauptmann Joniata zurück. „Sie nicht gehen nach Kuala Lumpur. Engländer haben Brücken zerstört. Keine Eisenbahn nach Singapur. Sie gehen nach Port Swettenham und fahren mit Schiff nach Singapur."

Die Frauen schwiegen betroffen. „Bringt uns ein Lastwagen nach Port Swettenham?" fragte Frau Horsefall.

„Kein Wagen, leider. Sie laufen. Immer bequeme Tagesstrecken."

Es waren über fünfundvierzig Kilometer. „Herr Hauptmann", sagte sie, „nehmen Sie doch bitte Vernunft an. Denken Sie doch an die Kinder!"

„Englische Frauen immer hochmütige Gedanken! Sind sich zu gut, zu laufen wie japanische Frauen. Morgen Sie gehen bis Bakri." Er fuhr davon. Es war das letzte Mal, daß man ihn zu sehen bekam.

Tags darauf machte man sich auf den Weg zu dem rund achtzehn Kilometer entfernten Bakri. Da an Flucht überhaupt nicht zu denken war, nahm der Feldwebel diesmal nur einen Soldaten mit. So hatte man zwei Mann weniger, die je eines der Kinder getragen hätten.

Frau Holland wurde das Gehen so schwer, daß ihr Jean den kleinen Robin abnehmen mußte. Jean, die nach wie vor barfuß ging, entdeckte nach einigen Versuchen, daß sich das Kind am besten nach malaiischer Art auf der Hüfte tragen ließ. Überraschenderweise ging es dem Kleinen sehr gut, während Freddie und Jahe jetzt blaß und ausgezehrt waren.

Nachts schlief man in dem verlassenen Bungalow eines der englischen Direktoren des Bakri-Zinnbergwerks. Der Feldwebel hatte den Frauen zugesagt, dort einen Ruhetag einzulegen, und er hielt sein Versprechen.

Als man anderntags nach Dilit weiterzog, konnte man eine Fahrstraße der Kautschukplantagen benutzen, die größtenteils im Schatten von Bäumen lag. So wurde der Weg auch für die älteren Frauen erträglich.

Als Ben, der jüngere Sohn der verstorbenen Frau Collard, nachmittags barfuß durch das Gras ging, wurde er von einer Giftschlange gebissen. Obwohl Frau Horsefall sofort die Wunde aussaugte, schwoll der Fuß an, und ein roter Entzündungsstreifen wanderte zum Knie hinauf. Frau Horsefall trug das Kind eine Stunde, dann nahm es ihr der Feldwebel für den Rest des Weges ab. Als man Dilit erreichte, war der Knöchel des Kleinen dick angeschwollen und das Knie steif.

Dilit erwies sich als typisches Malaiendorf. Die palmgedeckten

Holzhütten standen auf über meterhohen Pfählen. Der Platz darunter war für Hunde und Hühner bestimmt. Der Dorfälteste erklärte dem Feldwebel, man könne eine Reismahlzeit nur gegen Bezahlung abgeben. Eine Unterkunft gebe es nicht, die Leute müßten unterhalb der Hütten bei den Hunden und Hühnern schlafen. Erst nach einigem Hin und Her wies er den dreißig Gefangenen eine Hütte an.

Frau Horsefall nahm sogleich den kleinen Ben in Behandlung. Sie schnitt die Wunde, sosehr der Junge auch schrie und jammerte, mit einer alten Rasierklinge auf und wusch sie mit übermangansaurem Kali aus, verband sie und machte heiße Umschläge.

Jean ging hinaus. Der Dorfälteste, ein grauhaariger alter Mann in einem Sarong und einer verschossenen Khakijacke, hockte auf den Fersen vor seiner Hütte und rauchte eine lange Pfeife. Sie trat zu ihm und sagte etwas befangen auf malaiisch: „Es tut mir leid, daß man uns gezwungen hat, herzukommen und Ihnen Ungelegenheiten zu bereiten."

Er stand auf und verbeugte sich. „Keine Ungelegenheiten. Es tut uns leid, die Mem-Sahibs in einem solchen Zustand zu sehen." Er bat sie in seine Hütte. Sie setzte sich neben ihm am türlosen Eingang auf den Fußboden. Seine Frau brachte schwarzen Kaffee. Jean dankte ihr. Sie lächelte scheu und zog sich zurück.

„Der kleine Mann", sagte der Alte, er meinte den Feldwebel, „erklärte mir, daß Sie morgen noch hierbleiben müssen."

„Wir können nicht jeden Tag marschieren, wir sind zu schwach", sagte Jean. „Es würde uns sehr helfen, einen Tag auszuruhen. Der Feldwebel meint, er könne für das Essen bezahlen."

„Die kleinen Männer bezahlen nie für Essen. Auch so aber werden Sie bei uns bleiben."

„Ich weiß nicht, wie ich Ihnen danken soll."

Er hob den grauen alten Kopf. „In der vierten Sure des Korans steht geschrieben: Die Seelen der Männer sind geizig, wer aber freundlich zu den Frauen ist und sich davor hütet, sie zu kränken, so sieht es Allah huldvoll an."

Die andern Frauen waren sehr froh, Jean bei sich zu haben, die mit den Eingeborenen in ihrer Sprache reden konnte. „Worüber haben Sie mit ihm gesprochen?" fragten sie.

„Ach, über dies und das. Auch ein wenig über Gott."

„Über seinen Gott oder über den richtigen?"

„Über Gott – da ist doch kein Unterschied."

Nach dem Ruhetag machte man sich auf den Weg nach Klang, das nur noch etwa sechs Kilometer von Port Swettenham entfernt war. Bens Zustand war unverändert, das Bein stark geschwollen. Essen konnte er nicht – er behielt nichts bei sich. Auch die andern Kinder hatten keine Kraftreserven mehr. Der Dorfälteste ließ eine primitive Tragbahre machen. Man trug den kleinen Kranken abwechselnd.

In Klang, wo man nachmittags eintraf, ließ man sich in einem leeren Schulhaus nieder. Der Feldwebel ging zu dem nahen Militärlager hinüber, um Meldung zu erstatten. Alsbald erschien ein Offizier mit sechs Mann, ein Major Nemu, wie man später erfuhr. Er sprach gut Englisch. „Wer seid ihr, Leute?" fragte er. „Was wollt ihr hier?"

„Wir sind Gefangene aus Panong", sagte Frau Horsefall. „Hauptmann Joniata hat uns unter Bewachung hergeschickt – wir sollen hier ein Schiff nach Singapur bekommen."

„Hier gibt's keine Schiffe. Sie hätten in Panong bleiben sollen."

„Man hat uns hergeschickt", wiederholte sie hilflos.

„Dazu hat man gar kein Recht gehabt. Wir haben hier kein Gefangenenlager."

Die Frauen starrten ihn verzweifelt an. Frau Horsefall nahm ihre letzte Kraft zusammen. „Können wir einen Arzt haben? Einige von uns sind sehr krank. Der Zustand eines der Kinder ist kritisch."

„Ich schicke einen Arzt. Heute nacht können Sie hierbleiben, viel länger aber nicht. Ich habe nicht einmal genug Lebensmittel für meine eignen Leute. Gefangene kann ich nicht auch noch verpflegen."

Vor dem Schulhaus zog ein Posten auf. Den freundlichen Feldwebel und den anderen Soldaten sah man nicht wieder. Nach einer Weile erschien ein junger japanischer Militärarzt und untersuchte alle auf ansteckende Krankheiten. Sie zeigten ihm Ben Collards geschwollenes Bein und fragten ihn, ob man den Jungen nicht in ein Lazarett bringen könne. Er wolle sich erkundigen, sagte er achselzuckend.

Ein Tag nach dem andern verging. Man blieb unter Bewachung im Schulhaus. Am dritten Tag verschlimmerte sich Bens Zustand. Der Arzt ließ sich endlich dazu herbei, ihn mit einem Militärwagen ins Lazarett zu bringen. Am sechsten Tag erfuhr man, daß er gestorben war.

Jean Paget saß müde am Kamin in meinem Wohnzimmer. Der Londoner Regen trommelte gegen die Fenster.

„Leute, die im Krieg in einem Gefangenenlager waren, haben über ihre Leiden dicke Bücher geschrieben", sagte sie leise. „Die ahnen ja nicht, wie es einem ergangen ist, wenn man nicht in einem Lager war."

3. KAPITEL

Die Frauen blieben elf Tage in Klang, ohne zu wissen, was nun werden sollte. Am zwölften Tag kommandierte Major Nemu einen Unteroffizier zu ihnen ab und erklärte ihnen, sie müßten nach Port Dickson laufen, da bekämen sie vielleicht ein Schiff nach Singapur.

Es war Mitte März 1942. Für die achtzig Kilometer nach Port Dickson brauchten die Frauen die ganze zweite Hälfte des Monats. Frau Horsefall erkrankte an Malaria, und wenn sie sich auch nach einer Woche so weit erholte, daß sie wieder laufen konnte, gewann sie ihre alte Energie doch nicht zurück. Die Führung fiel mehr und mehr auf Jeans Schultern.

Jean war jetzt wie eine Malaiin gekleidet. Sie hatte einem indischen Juwelier für dreizehn Dollar eine Brosche verkauft und sich für zwei der kostbaren Dollar einen Sarong gekauft, das leichteste und kühlste aller tropischen Kleidungsstücke – ein gebatiktes Tuch, das man sich um den Körper wickelt. Dazu nähte sie sich aus einem Baumwollkleid eine Art Tunika. Anfangs mißbilligten die andern Frauen ihre Eingeborenentracht als unwürdig, bald aber folgten die meisten ihrem Beispiel – sie fanden heraus, wie angenehm der kühle Sarong war.

Auch in Port Dickson bekam man kein Schiff. Nach zehn Tagen fand der japanische Kommandant ihre Anwesenheit lästig und setzte sie nach Seremban in Marsch – es waren ja nicht seine Gefangenen, er fühlte sich für sie nicht verantwortlich.

In Siliau, auf halbem Weg zwischen Port Dickson und Seremban, erlitt die Familie Holland einen schweren Schicksalsschlag. Die kleine Jane war auf dem letzten Tagesmarsch an einem Tropenfieber erkrankt. In einem halbdunklen, übelriechenden Schuppen, wo nachts die Ratten umherhuschten, kämpften Jean und die Mutter mit den Resten des Chininvorrats um ihr Leben. Umsonst – am Abend des zweiten Tages starb das Kind.

Frau Holland hielt sich besser, als Jean erwartet hatte. „Es ist

Gottes Wille", sagte sie still. „Gott wird ihrem Pappi Kraft geben, wenn er es hört, so wie er uns allen jetzt Kraft gibt." Sie stand tränenlos an dem kleinen Grab und half ein kleines Kreuz machen und wählte tränenlos die Worte, die es tragen sollte: Lasset die Kindlein zu mir kommen. In der Nacht hörte Jean sie weinen.

Mitte April erreichten die Frauen die Bahnstation Seremban. Nach Singapur fuhr kein Zug mehr.

Die blutarme junge Ellen Forbes hatte bei einer der Familien gelebt, um da draußen zu heiraten. Daß es ihr nicht gelungen war, verstand Jean bald sehr gut. Ellen war leer, haltlos, gutmütig und ging mit den Japanern gar zu frei um. In Seremban, wo es von Japanern wimmelte, war sie eines Morgens nicht mehr dagewesen. Man sah sie nicht wieder. Jeans Fragen bei den Japanern blieben unbeantwortet.

Nach einem zweitägigen Marsch unter Bewachung gelangten die Frauen nach Tampin, wo sie so gut wie nichts zu essen bekamen. Auf ihre flehentlichen Bitten schickte sie der Ortskommandant unter Bewachung nach Malakka, wo sie ein Schiff zu bekommen hofften. Als sich diese Hoffnung zerschlug, schleppten sie sich in ihrer Verzweiflung nach Tampin zurück. Es war jetzt schon Mitte Mai. Unterwegs starb Judy Thomson. Da es in Tampin unvermeidlich zu weiteren Todesfällen kommen mußte, baten sie um Erlaubnis, den Fußmarsch nach Singapur fortzusetzen. Bis Gemas gab man ihnen einen Unteroffizier mit.

Unterwegs erkrankte Frau Horsefall an Ruhr und starb zwei Tage darauf. Die schwächliche kleine Frau Frith, die schon über fünfzig war und selbst dem Tode nahe zu sein schien, nahm sich des kleinen Johnnie Horsefall an. Es tat ihr gut.

Drei Tage später erreichte man Gemas. Wie gewöhnlich wurde man in einer Schule untergebracht. Als der japanische Ortskommandant, ein Hauptmann Nisui, zu ihnen kam, erklärte ihm Jean, sie seien Gefangene und sollten in ein Lager nach Singapur kommen. Mit der Ruhe, die sie nach vielen Enttäuschungen gewonnen hatte, erzählte sie ihm, daß sie schon zwei Monate Fußmarsch hinter sich hätten. „Wir müssen in ein Lager", sagte sie. „Wir waren zweiunddreißig. Jetzt sind wir nur noch fünfundzwanzig. Sieben sind unterwegs gestorben. Wir müssen unbedingt nach Singapur in ein Lager – das müssen Sie doch einsehen."

„Keine Gefangenen mehr nach Singapur", sagte er. „Tut mir sehr leid für Sie, aber ist strenger Befehl. In Singapur schon zu viele Gefangene."

„Könnten wir dann nicht hier bleiben und uns selbst ein Lager machen? Und könnten wir wohl einen Arzt bekommen?"

„Nein, hier keine Gefangenen", sagte er scharf. „Morgen Sie erfahren, wohin Sie gehen."

Die Frauen nahmen es apathisch hin, sie hatten sich schon daran gewöhnt, in den Tag hineinzuleben. Und Singapur war ohnehin hoffnungslos weit weg.

Frau Frith meinte, man solle sie doch einfach in Ruhe lassen, sie könnten sich ein Dorf suchen und dort bis Kriegsende bleiben. Jean sah sie nachdenklich an. Es war der Keim einer Idee. Sie wollte es sich durch den Kopf gehen lassen.

Tags darauf kam Hauptmann Nisui wieder. „Sie gehen nach Kuantan. Dort Frauenlager, sehr gut. Sie dort sehr glücklich. Kuantan an der Küste."

„Aber das ist doch entsetzlich weit weg", sagte eine der Frauen. „Gibt es einen Zug dahin?"

„Leider kein Zug. Sie gehen. Jeden Tag fünfundzwanzig Kilometer. Sie dann sehr glücklich."

„Herr Hauptmann", sagte Jean, „sieben von uns sind gestorben. Auf einem solchen Marsch werden noch mehr sterben. Können wir nicht wenigstens einen Lastwagen haben?"

„Kein Lastwagen, leider. Sie bald in Kuantan."

Es war eine weglose Strecke von zweihundertsiebzig Kilometer, die längste, die man bisher zurückgelegt hatte. Nach Jeans Berechnung brauchte man gut sechs Wochen dafür.

Anderntags brachen die Frauen auf, bewacht von einem Feldwebel und einem Soldaten. Sie gingen auf den Gleisen der außer Betrieb gesetzten Bahn, die nach Norden zur Ostküste führte. Den größten Teil des Tages waren sie der prallen Sonne ausgesetzt.

Eine Woche marschierten sie jeden zweiten Tag fünfzehn Kilometer. Da brach unter den Kindern das Sumpffieber aus. Da man die Kinder nicht voneinander trennen konnte, verbreitete es sich rasch unter ihnen, und bald waren acht erkrankt. In Bahau starben vier – Harry Collard, Susan Fletcher, Freddie Holland und die dreijährige Doris Simmonds. Doch auch gegen Gram und Trauer war man nun schon abgehärtet und nahm Todesfälle fatalistisch hin.

Jeans ganze Sorge war jetzt Frau Holland, die ihre beiden älteren

Kinder verloren hatte. Sie gab ihr den kleinen, erst zwölf Monate alten Robin zurück, den sie bisher getragen hatte. Nicht daß sie ihn loswerden wollte. Sie hoffte lediglich, Frau Holland damit einen Auftrieb zu geben. Es war ein vergebliches Bemühen. Frau Holland war zu schwach, das Baby zu tragen, und zu müde, mit ihm zu spielen.

„Ich hab das Gefühl, Robin gehört gar nicht mehr richtig zu mir", klagte sie. „Nehmen Sie ihn doch bitte wieder zu sich – bei Ihnen fühlt er sich wohl." Von da an teilte man sich in die Pflege des Kindes. Von der Mutter bekam Robin seinen Reis und seine Suppe, von Jean seine kleinen Freuden.

Am Stellwerk von Bahau ließen die Frauen vier kleine Gräber zurück. Auf dem Weitermarsch mußten sie die schwächsten Kinder auf zwei Bambusbahren tragen. Die beiden Japaner waren sehr kinderlieb, nahmen den Frauen abwechselnd eine Tragbahre ab und trugen stundenlang ein Kind huckepack.

Die kleine Frau Frith, die in der Fürsorge für Johnnie Horsefall überraschend aufgelebt war, marschierte jetzt wacker im Tempo der anderen Frauen. Sie hatte viele Jahre in Malaya gelebt, und wenn sie auch nur ein paar Worte Malaiisch sprach, verfügte sie doch über eine ausgezeichnete Landeskenntnis. Die Aussicht, nach Kuantan zu kommen, stimmte sie sehr froh. „Schön ist es da", sagte sie, „viel gesünder als an der Westküste und viel nettere Menschen. Wir werden es da gut haben, paßt nur auf!" Jean freundete sich mehr und mehr mit ihr an und ließ sich von ihr beraten und über die vielen Nöte hinwegtrösten.

In Ayer Kring war Frau Holland mit ihren Kräften am Ende. Sie kam noch ohne Hilfe ins Dorf, wechselte aber die Farbe, ganz wie man es bei Frau Collard erlebt hatte, ein böses Zeichen.

Der Dorfälteste machte nach längeren Verhandlungen ein Haus für die Frauen frei. Man legte Frau Holland in eine schattige Ecke, bettete ihren Kopf auf ein Kissen und legte ihr Umschläge aufs Gesicht. Sie aß abends ein wenig Suppe, lehnte aber alles andere ab.

Nachts flüsterte sie Jean zu: „Es tut mir so leid, daß ich Ihnen so viel Umstände mache. Sollten Sie Bill wiedersehen, so sagen Sie ihm, er soll ruhig wieder heiraten, er ist ja noch kein alter Mann." Etwas später sagte sie leise: „Es ist so hübsch, wie Ihnen der kleine Robin zugetan ist, liebe Jean. Es muß Sie doch glücklich machen, nicht?"

Am Morgen war sie besinnungslos, und gegen Mittag starb sie. Man beerdigte sie auf dem mohammedanischen Friedhof.

Die Frauen kamen nun in das ungesündeste Gebiet, das sie bis dahin durchwandert hatten. Auf dem Marsch nach Norden hatten sie das Zentralgebirge Malayas im Westen. Sie waren jetzt im Flachland, einer von Schlangen und Krokodilen bewohnten Region der Sümpfe und Mangrovenwälder, die von Stechmücken wimmelte. Tagsüber herrschte eine feuchte Hitze, die einem den Atem nahm, und nachts wurde man von kalten Nebeln erbarmungslos durchgefroren.

Nach zwei Tagen erkrankten mehrere Frauen am Sumpffieber. Man hatte kaum etwas zu ihrer Behandlung. Der japanische Feldwebel trieb zur Eile. Man müsse so rasch wie möglich aus diesem Gebiet herauskommen. Auch Jean erkrankte. Sie sah alles nur noch wie durch einen Schleier.

„Er hat ja recht", sagte Frau Frith. „Je schneller wir aus den Sümpfen herauskommen, desto besser. Wenn Sie mich fragen, sollten wir jeden Tag weitergehen."

Die Frauen taten es, schleppten sich tagaus, tagein weiter, schwach und elend, geschüttelt vom Fieber. Erst nach elf Tagen erreichten sie hinter Temerloh ein höher gelegenes, sumpffreies Gebiet. Unterwegs hatten sie Frau Simmonds, Frau Fletcher und die kleine Gillian Thomson begraben. Jean hatte die Krankheit überstanden, war aber noch sehr schwach.

Vier Tage darauf kam man abends nach Maran. Der Ort hat etwa fünfzig Häuser, eine Schotterstraße und ein paar von Malaien betriebene Geschäfte. Die Frauen waren überglücklich, hier ein wenig Zivilisation vorzufinden. Vor sich sahen sie zwei Lastwagen, an denen unter japanischer Bewachung zwei ölverschmierte Gefangene arbeiteten.

Die Männer hatten den einen Wagen mit dem Wagenheber hochgewunden und sich daruntergelegt, um die Hinterachse zu reparieren. Sie trugen Kniehosen und an den bloßen Füßen Armeestiefel. Es waren braungebrannte, magere, aber muskulöse Gestalten, sichtlich bei guter Gesundheit – die ersten Weißen, die man seit fünf Monaten sah.

Während sich die beiden Wachmannschaften miteinander unterhielten, scharten sich die Frauen um den Wagen. Einem der Männer kamen die Füße und die Sarongs ins Blickfeld. Er schob sich, den Schraubenschlüssel in der Hand, ein Stück seitwärts und sagte in schleppendem Ton zu seinem Kameraden: „Sag doch mal, die dreckigen Frauenzimmer sollen mir aus dem Licht gehen!“

„Was für eine Sprache, junger Mann!“ sagte Frau Frith auflachend.

Die Männer rollten sich unter dem Wagen hervor und starrten die Frauen und Kinder an, die Sarongs, die bloßen Füße, die braune Haut. „Wer war das eben?“ fragte der mit dem Schraubenschlüssel. „Wer von euch spricht Englisch?“

„Wir sind alle Engländerinnen“, sagte Jean.

Er musterte sie, den geflochtenen schwarzen Zopf, die braunen Arme und Füße, den Sarong, das braune Baby auf ihrer Hüfte – und den Streifen weiße Haut im Ausschnitt der zerrissenen Bluse. „Hier im Lande geboren?“ fragte er.

„Nein, in England. Wir sind Gefangene. Sind Sie doch auch?“

Er stand auf, ein breitschultriger blonder Mann von etwa siebenundzwanzig Jahren. „Ob wir Gefangene sind?“ Er lächelte breit. „Kann man wohl sagen.“

„Sind Sie auch Engländer?“ fragte sie.

„Ach wo, wir sind Aussies. Aus der australischen Armee. Wir fahren Transporte für die Japaner. Untergebracht sind wir in Kuantan.“

„Da wollen wir ja auch hin“, sagte sie. „Ins Frauenlager.“

Er sah sie groß an. „In Kuantan ist kein Frauenlager, bloß ein provisorisches Lager für uns Fernfahrer. Wer hat Ihnen denn etwas von einem Frauenlager gesagt?“

„Die Japaner.“

„Die verdammten Japse quatschen alles mögliche zusammen.“ Er lächelte. „Ich hatte gedacht, ihr seid Boongs, wie wir die Farbigen nennen. Und Sie sagen, Sie sind waschechte Engländerinnen? Richtig aus England?“

Jean nickte. „Einige von uns sind schon zehn, fünfzehn Jahre hier. Aber wir sind alle Engländerinnen.“

„Ich hab mir nie träumen lassen, daß eine englische Dame so aussehen könnte! Wo kommen Sie denn jetzt her?“

„Aus Panong.“

„Den ganzen Weg von Panong hat man euch zu Fuß laufen lassen? Hat man Worte! So eine Gemeinheit! Wie kriegt ihr denn unterwegs euer Tucker?“

„Tucker?“ fragte sie verständnislos.

„Eure Fressalien.“

„Wir bleiben nachts immer in einem Dorf und essen, was wir bekommen können."

„Du lieber Himmel! Möcht wissen, was mein Kumpel dazu sagt." Er drehte sich zu dem andern Australier herum. „Hast du das gehört, diese Gemeinheit? Lassen die Frauen den ganzen Weg zu Fuß machen, statt sie in ein Lager zu stecken!" Er wandte sich wieder Jean zu. „Und wenn eine krank wird?"

„Wir müssen gesund bleiben oder sterben. Ursprünglich waren wir zweiunddreißig. Jetzt sind wir noch siebzehn."

Der Australier pfiff durch die Zähne.

„Bleiben Sie heute nacht hier?" fragte Jean.

„Bleiben Sie denn hier?"

„Ja, und morgen auch – falls man uns nicht mit Ihnen fahren läßt. Wir können mit den Kindern nicht jeden Tag marschieren. Wir legen immer einen Ruhetag ein."

„Wenn Sie bleiben, Frau Boong, bleiben wir auch. Wir können die verdammte Hinterachse notfalls so zurichten, daß sie unbrauchbar ist." Er dachte eine Weile nach. „Habt ihr Medikamente? Was braucht ihr?"

Sie ging über sein „Frau Boong" hinweg. „Hätten Sie vielleicht Glaubersalz? Und Chinin? Und irgend etwas gegen die Hautkrankheiten der Kinder? Kann man hier etwas kaufen?"

„Haben Sie denn Geld?"

„Nach sechs Monaten bei den Japanern?" stieß Frau Frith hervor. „Die haben uns alles weggenommen, sogar die Eheringe!"

„Wir haben aber noch ein bißchen Schmuck", sagte Jean. „Wenn wir davon etwas verkaufen könnten?"

„Muß mich erst mal umhören", sagte er. „Man wird Ihnen ja wohl einen Platz zum Schlafen anweisen. Wir sehen uns dann noch."

Er kroch wieder unter den Wagen. „So eine bodenlose Gemeinheit!" sagte er zu seinem Kumpel. „Was machen wir jetzt mit dem Mistding hier, damit wir die Nacht dableiben können? Ich will sehen, ob ich nicht ein paar Medikamente bekommen kann – hab ich den Frauen versprochen."

„Wir ziehen einfach die Welle ein Stück aus dem Differential heraus. Da können wir lauter schmutzige Teile vorweisen. Und dann läßt man uns hier im Wagen übernachten. Wie willst du denn Medikamente bekommen?"

„Gegen Benzin. Das zieht immer."

Es wurde schon dunkel. Die Männer zogen die an beiden Enden geflanschte Welle einen guten Meter aus der Hinterachse heraus und zeigten die Bescherung zum Beweis ihres Fleißes dem japanischen Bewacher. „*Jasme* hier heute nacht", sagten sie. Der Mann warf einen argwöhnischen Blick auf die Maschinenteile, erklärte sich dann aber einverstanden. Es blieb ihm ja auch nichts anderes übrig. Er machte sich auf den Weg, für die Gefangenen eine Reismahlzeit zu besorgen.

Der Blonde schlich sich im Halbdunkel hinter eine Häuserreihe und kam am Ende der Straße bei einem Chinesen heraus, der einen gebrechlichen Bus fuhr – der Australier kannte die Stelle, er war schon oft daran vorbeigefahren.

„Johnnie", sagte er leise, „du kaufen Benzin? Was geben dafür?" Es ist eigenartig, wie wenig die Sprachschranke zwischen einem willigen Käufer und einem willigen Verkäufer ausmacht. An einem Punkt der Verhandlungen bediente man sich des geschriebenen Wortes. Der Australier schrieb auf ein Stück Packpapier mit Blockbuchstaben auf englisch GLAUBERSALZ, CHININ und SALBE GEGEN HAUTKRANKHEITEN.

Gegen zehn Uhr kam er im Nachtdunkel zum Schulhaus, wo man die Frauen untergebracht hatte. Eigentlich hätte einer der beiden Japaner auch nachts Wache stehen müssen, doch da die Frauen fünf Wochen nicht die geringste Fluchtabsicht gezeigt hatten, waren die beiden schon lange davon abgekommen. Der Australier sah sie draußen mit seinem Bewacher auf dem Erdboden hocken und schlich sich in das Schulhaus.

In der Tür sagte er leise: „Mit welcher Dame habe ich heute abend gesprochen? Ich meine die mit dem Baby."

Jean hatte schon geschlafen. Jetzt schlüpfte sie rasch in ihre Bluse, zog den Sarong herauf und lief zur Tür. Er gab ihr einige Päckchen. „Das hier ist Chinin", sagte er. „Wenn Sie wollen, kaufe ich noch mehr. Glaubersalz habe ich nicht bekommen, aber ein chinesisches Mittel gegen Ruhr. Falls es nützt, sollten Sie sich das Etikett aufheben, vielleicht können Sie in einer chinesischen Apotheke mehr davon bekommen. Gegen die Hautkrankheiten hat man mir Zam-Buk gegeben, auch davon kann ich mehr beschaffen."

Sie dankte ihm. „Das ist ja wunderbar", sagte sie. „Was hat es gekostet?"

„Nichts. Die Japse haben's bezahlt – sie wissen's nur nicht."

Sie fragte ihn, wann die Lastwagen weiterführen.

„Eigentlich hätten wir heute noch in Kuantan sein müssen. Aber Ben Leggat – das ist mein Kumpel – hat die Achse in ihre Teile zerlegt, so daß wir nicht fahren können. Vielleicht könnten wir die Reparatur noch einen Tag hinziehen, aber es wäre ziemlich riskant."

Jean erfuhr, daß sie sechs waren und für die Japaner sechs Lastwagen fuhren – regelmäßig von Kuantan zu der Bahnstation Jerantut, eine Strecke von gut zweihundert Kilometer. Sie luden dort Schienen und Schwellen, die aus den Gleisen herausgerissen wurden, und brachten sie anderntags nach Kuantan, von wo die Japaner das Material an einen unbekannten Bestimmungsort beförderten. Wahrscheinlich bauten sie irgendwo eine neue Bahn. Wenn die Fahrer nicht vor Einbruch der Dunkelheit nach Kuantan gelangten, übernachteten sie in einem Dorf. „Ich fahre schon etwa zwei Monate", sagte der Australier. „Immer noch besser als in einem Gefangenenlager versauern."

Sie setzte sich auf die Freitreppe des Schulhauses. Er hockte sich auf den Boden. Sie sah ihm interessiert zu. Er saß nach Eingeborenenart auf der rechten Ferse und streckte das linke Bein aus.

„Sind Sie in Australien auch Fernfahrer?" fragte sie.

„Ach wo – ich bin Ringer."

„Ringer?"

„Ja, Viehtreiber. Ich bin in Queensland geboren. Mein Papa war aus Hammersmith, das ist irgendwo in London, nach Australien gegangen. Er war Droschkenkutscher gewesen und verstand sich auf Pferde. So kam er bei Cobb & Co. in Queensland an. Da hat er Mama kennengelernt. Ich habe weiter draußen im Westen gearbeitet, auf der Viehstation Wollara, etwa hundertfünfundsiebzig Kilometer südwestlich von Springs."

„Springs?" Sie lächelte.

„Ja, Alice Springs. Das liegt direkt im Mittelpunkt von Australien, halbwegs zwischen Darwin und Adelaide."

„Ich denke, da ist nur Wüste?"

Er war von so viel Unwissenheit ganz betroffen. „Hat man Worte!" sagte er. „Alice ist eine Wucht! Massenhaft Wasser! Die Leute lassen den Rasensprenger die ganze Nacht laufen. Natürlich gibt's da auch Trockengebiete. Aber auch an den Trockenbetten der Flußläufe findet man meist noch gutes Futter. Die Flußläufe führen nur ein paar Monate im Jahr Wasser. Gräbt man aber in einem versandeten Seitenarm, so stößt man meist schon in kaum einem halben Meter Tiefe auf Wasser." Sein schleppender, gleichmäßiger Tonfall hatte für Jean sonderbarerweise etwas Wohltuendes. „Im ganzen Busch gibt's Wasser, man muß es nur zu finden wissen."

„Und was tun Sie da in diesem Wollara? Haben Sie da Schafzucht?"

Er schüttelte den Kopf. „Für Schafe ist Wollara zu heiß. Wollara ist eine Rinderstation."

„Und wieviel Rinder haben Sie da?"

„Als ich wegging, waren's achtzehntausend. Manchmal sind's mehr, manchmal weniger – je nach dem Wasserstand."

„Achtzehntausend! Und wie groß ist es?"

„Wollara? Rund sechstausend."

„Sechstausend Hektar! So groß?"

Er sah sie verwundert an. „Nicht Hektar. Quadratkilometer."

Sie staunte. „Und das ist alles eine einzige Farm?"

„Eine einzige Station. Ein einziger Besitz."

„Wieviel Menschen arbeiten denn da?"

Er sah im Geist den geliebten Schauplatz vor sich. „Da ist Tommy Duveen, der ist der Verwalter. Dann komme ich. Ich bin Oberviehtreiber – oder war es jedenfalls. Tommy hat gesagt, er hält mir meine Stelle offen. Möcht wieder hin, eines Tages." Er dachte einen Augenblick nach. „Dann hatten wir noch drei andere Viehtreiber, Weiße. Und dann noch neun Boongs."

„Boongs?"

„Schwarze. Schwarze Viehhirten. Eingeborene."

„Vierzehn Mann für so viele Rinder?"

„Ja, in Wollara ist das leicht, weil wir keine Zäune haben. Zäune machen Arbeit. Vierzehn Mann – das ist für eine Station wie Wollara genug. Nur daß diese verdammten Boongs ständig auf Wanderschaft gehen. Plötzlich kommt einer und sagt, Boß, ich geh jetzt auf Wanderschaft. Und dann tippelt er los, mit nichts als Hose und altem Hut und einer Flinte, wenn er eine hat, oder einem Speer und vielleicht einem Bumerang. Hat er vom Tippeln genug, dann kommt er zurück und arbeitet wieder."

Die beiden saßen still in der Tropennacht, Verbannte, weit weg von der Heimat. „Achtzehntausend Rinder ...", sagte sie sinnend.

„Mehr oder weniger", sagte er. „Wir verlieren jedes Jahr durch die Trockenheit schätzungsweise dreitausend Stück."

Man unterhielt sich über eine Stunde. Dann stand der Australier auf. „Darf nicht länger bleiben. Wenn einer der Japse kommt und ich bin nicht da, schlägt er Krach. Und mein Kumpel wird sich auch wundern, wo ich bleibe. Er hat inzwischen abgekocht."

Jean stand auf. „Es war so lieb von Ihnen, uns alle diese Sachen zu besorgen. Wie heißen Sie eigentlich?"

„Joe Harman, Feldwebel." Er schwieg verlegen. „Entschuldigen Sie, daß ich Frau Boong zu Ihnen gesagt habe. War wirklich ein dummer Witz."

„Ich heiße Jean Paget." Sie reichte ihm die Hand. „Gute Nacht, Herr Harman. Es war schön, mal wieder mit einem Weißen zu sprechen."

Er nahm ihre Hand in seine Pranke. Der männliche Händedruck hatte etwas Tröstliches für sie. „Frau Paget", sagte er, „ich will mal sehen, ob wir Sie nicht alle nach Kuantan mitnehmen dürfen. Wenn's mir die kleinen Schweinehunde nicht erlauben, sorge ich dafür, daß der Wagen kaputt ist. Möchten Sie noch irgend etwas haben?"

„Könnten Sie vielleicht Seife beschaffen? Ich hab ein kleines Goldmedaillon von einer der Frauen, die gestorben sind, und hatte schon versuchen wollen, dafür Seife zu bekommen."

„Behalten Sie es. Ich besorge Ihnen Seife." Er zögerte. „Entschuldigen Sie, daß ich Sie mit meinem langen Gerede vom Busch und allem so gelangweilt habe. Manchmal kriegt man das heulende Elend und redet sich ein, man kommt gar nicht mehr nach Hause."

„Es hat mich nicht gelangweilt", sagte sie weich. „Gute Nacht, Herr Harman."

Am nächsten Morgen hatten die Australier mit ihren Wachen einen heftigen Streit. Die Japaner lehnten es rundweg ab, die Frauen mitfahren zu lassen. Sie meinten, die ohnehin schon überlasteten Wagen würden unter dem Gewicht von siebzehn Frauen und Kindern womöglich zusammenbrechen. Harman und Leggat setzten die Hinterachse wieder zusammen. Als sie damit fertig waren, sagte Joe Harman zu seinem Kameraden: „Lenke die kleinen Schweinehunde einen Augenblick ab, ich mach mal was an der Benzinleitung." Als man abfuhr, Harman voran, tropfte Benzin aus einer gelockerten Rohrverbindung. Man brauchte ein Alibi, wenn einem unterwegs der Treibstoff ausging – der Chinese hatte vierundzwanzig Liter bekommen.

Tags darauf wanderten die Frauen auf der Schotterstraße weiter. Jean schaute den ganzen Tag nach Joe Harmans Laster aus, der ja inzwischen aus Kuantan zurückkommen mußte. Sie konnte nicht wissen, daß er nachts mit leerem Benzintank in Pohoi liegengeblieben war. Die Frauen blieben anderntags in einem Schuppen in Buan und paßten abwechselnd auf, ob sich der Wagen nicht sehen ließ. Umsonst. Abends brachte ihnen ein malaiisches Mädchen ein Päckchen mit sechs Stück Seife, adressiert an Frau Paget. Es enthielt eine kurze Nachricht.

> Verehrte Dame, ich schicke Ihnen etwas Seife. Es ist alles, was wir auftreiben konnten, doch bekommen Sie noch mehr. Die Japse hatten uns nicht halten lassen. Ich habe das Päckchen daher einem Chinesen in Maran gegeben, er will es Ihnen zustellen. Wenn wir Sie auf der nächsten Fahrt nach Kuantan sehen sollten, werde ich zu halten versuchen.
>
> Joe Harman

Die Frauen waren selig. „Seife!" sagte Frau Warner und roch entzückt an einem Stück. „Wo haben die das bloß her?"

„Entweder haben sie es gestohlen", sagte Jean, „oder sie haben etwas gestohlen und es gegen die Seife eingetauscht." Die zweite Vermutung war richtig.

Am nächsten Tag zogen die Frauen nach Berkapor weiter. Sie kamen jetzt in ein viel besseres Gebiet, eine schöne, verhältnismäßig gesunde Gegend. Die Straße wand sich durch ein Hügelgelände und lag meist im Schatten überhängender Bäume. In Berkapor erblickten sie kurz vor Dunkelwerden die vertrauten beiden Laster, die wieder schwer beladen zur Küste unterwegs waren.

Jean lief mit einigen anderen Frauen über die Straße, um die Männer zu begrüßen. „Ben hat ein Schwein erwischt", flüsterte Joe.

„Ein Schwein?" Alles drängte sich um Leggats Wagen. Obenauf lag ein schon mit Fliegen bedecktes Wildschwein. Leggat hatte es auf der Straße erspäht und ein paar hundert Meter gejagt. Harman beugte sich zu Jean hinüber. „Wir lassen die verdammten Japse fressen, soviel sie können. Ich sorge aber dafür, daß für Sie etwas übrigbleibt."

Nachher bekamen die Frauen fünfunddreißig Pfund gekochtes Schweinefleisch in unauffälligen kleinen Portionen zugesteckt. Sie machten sich mit ihrer Reisration ein herrliches Mahl. Nach dem Essen kamen die beiden Australier zu ihnen.

„Wir haben gefuttert und gefuttert", sagte Jean zu Harman, „und es ist noch immer eine Menge für morgen da."

„Ihr habt's auch nötig", sagte Harman. „Von euch hat ja keine mehr ein bißchen Fleisch auf den Knochen, wenn ich so sagen darf." Er hockte sich in seiner eigentümlichen Art auf eine Ferse, das andere Bein ausgestreckt.

„Das Fleisch ist wirklich ein Gottesgeschenk für uns", sagte sie. „Das und die frischen Kokosnüsse, die wir uns heute beschaffen konnten. Wir können von Glück sagen, daß wir noch keine Beriberi oder so etwas bekommen haben."

„Das verdanken wir dem frischen Reis, den wir überall gehabt haben", sagte Frau Frith. „Beriberi bekommt man von geschältem Reis."

Harman wandte sich Jean zu. „Was habt ihr eigentlich alle in Malaya gemacht?"

„Die meisten von uns sind verheiratet. Die Männer hatten hier ihre Arbeit."

„Und alle sind von den Frauen getrennt und interniert worden?"

„Ja", sagte Frau Frith. „Ich glaube, die sind alle in Singapur."

„Wenn ich bedenke", sagte Harman, „wie man euch hier herumschubst, müßte es euch doch nicht allzuschwer werden, einfach irgendwo zu bleiben, bis der Krieg vorüber ist."

„Frau Frith glaubt das auch", sagte Jean Paget. „Ich habe schon oft darüber nachgedacht, seitdem sie den Vorschlag gemacht hat. Die Frage ist nur, womit wir unseren Lebensunterhalt verdienen sollten. Ich sehe da kaum eine Möglichkeit ..."

„Übrigens", sagte Harman, „ich glaube, ich weiß, wie ich cin, zwei Hühner für Sie ergattern kann. Wenn wir übermorgen von Kuantan heraufkommen, werfe ich sic bei Ihnen ab. Ihr Frauen müßt euch erst mal heranfuttern."

„Seien Sie bloß nicht unvorsichtig!" sagte Jean.

„Kümmern Sie sich um Ihre eigenen Angelegenheiten, Frau Boong", sagte er lächelnd.

Sie gab ihm das Lächeln zurück und sagte: „Zu Befehl, Herr Feldwebel." Sie mochte es auf einmal gern, daß er sie Frau Boong nannte. Daß er sie wegen ihrer braungebrannten Haut, ihrer Eingeborenenkleidung und der malaiischen Art, das Baby auf der Hüfte zu tragen, immer wieder neckte, knüpfte zwischen ihr und diesem fremden Menschen ein zartes Band. „Sagen Sie, ist es in Australien sehr heiß?" fragte sie. „Ich meine, in dem Teil, von wo Sie kommen? Heißer als hier?"

„Kann man wohl sagen. Wenn's das Wetter will, kriegen wir manchmal achtundvierzig Grad im Schatten. Doch ist es eine trockne Hitze, die einem guttut und Appetit auf ein kaltes Bier macht."

„Wie ist eigentlich die Landschaft?" fragte sie. Es machte ihm so viel Freude, von seiner Heimat zu erzählen, und sie brachte ihn gern dazu – man hatte ihm so viel zu danken.

„Rot", sagte er. „Überall rot, rings um Alice und wo ich herkomme. Rote Erde. Die Berge – alles rot." Er schwieg einen Augenblick. „Jeder liebt wohl die Gegend, wo er zu Hause ist. Für mich ist das Alice Springs. Manche sagen, Alice ist ein Drecknest. Ich find's da wunderschön. Und wo kommen Sie her?"

„Aus Southampton."

„Wo die großen Kähne anlegen? Wie ist es denn da?"

Sie nahm das Baby auf die andere Hüfte. „Eigentlich eine ruhige Stadt. Und kühl. Und lustig. Es gibt da einen Eispalast. Als ich noch zur Schule ging, habe ich oft Eistanz geübt. Das mache ich bestimmt wieder, wenn ich zurückkomme."

„Ich hab noch nie eine Eisbahn gesehen – nur auf Bildern und in der Wochenschau."

Er stand auf und ging zu seinem Wagen hinüber. Sie begleitete ihn. „Morgen früh fahren wir weiter", sagte er. „Übermorgen kommen wir denselben Weg zurück, hoffentlich mit den Hühnern."

Sie standen im Mondschein auf der Straße, zu der die Geräusche der Tropennacht herüberdrangen. Jean sah ihm voll ins Gesicht. „Hören Sie, Joe, wenn Sie dadurch in Schwierigkeiten kommen könnten, möchten wir kein Fleisch mehr haben. Wir freuen uns so sehr über die Seife, aber bestimmt haben Sie sich schon in Gefahr gebracht."

„Wenn man's erst mal heraus hat, kann man mit den Japanern verfahren wie mit seinem Rindvieh", sagte er bedächtig. „Keine Angst, ich halte schon nicht meinen Hals hin."

„Versprechen Sie mir das?"

„Solange wir am Leben bleiben, müssen wir uns zu behaupten suchen, bis der Krieg vorbei ist."

„Wenn Sie in irgend etwas hineingeraten, könnte ich mir das nie vergeben", sagte sie.

Er streckte ihr die Hand hin, ließ sie aber gleich wieder sinken. „Also, gute Nacht, Frau Boong."

Sie lachte. „Wenn Sie noch einmal Frau Boong zu mir sagen, hau ich Ihnen mit einer Kokosnuß auf den Schädel. Gute Nacht, Joe."

Am nächsten Morgen sah man die beiden nicht mehr, hörte nur die Laster abfahren. Tags darauf wanderten die Frauen nach Pohoi weiter. Dort wies man ihnen ein Haus zum Übernachten an. Abends kam ein malaiischer Junge mit einem grünen Sack zu Jean. Wie er sagte, hatte ihn ein Chinese in Gambang geschickt. In dem Sack waren fünf lebende schwarze Hühner, die Füße zusammengebunden.

Jean betrachtete sie mit einem unguten Gefühl. So einer war dieser Joe Harman also. Er schreckte vor nichts zurück, wenn er glaubte, den Frauen helfen zu können, das war ihr jetzt ganz klar.

Und wie sollte man die Hühner zubereiten, ohne bei den Bewachern unliebsames Aufsehen zu erregen? Wenn man wenigstens wüßte, woher die Tiere stammten. Dann hätte man sich eine Lügengeschichte ausdenken können. Jean beriet sich mit den andern Frauen. Man kam überein, eins der Hühner dem japanischen Feldwebel zu schenken – es war schade, aber notwendig. Man schmeichelte ihm damit und machte ihn zugleich zum Mitschuldigen. Jean ging mit dem Sack zu ihm.

„*Gunso*", sagte sie unter Verbeugungen, „gutes *mishi* heute abend. Wir Hühnchen gekauft." Sie zog eins aus dem Sack. „Für Sie", sagte sie und lächelte so unschuldig, wie sie es vermochte.

Er machte große Augen, er hatte nicht gewußt, daß die Frauen so viel Geld hatten. „Ihr gekauft? Woher Geld?"

Einen flüchtigen Augenblick zögerte Jean, eine innere Stimme sagte ihr, es wäre besser, die Australier nicht zu erwähnen. Doch hatte man sich schon eine Geschichte zurechtgelegt. „Gefangener gibt uns Geld für Hühner. Er sagt, wir zu dünn. Jetzt wir haben gut *mishi* heute abend, Japaner und wir."

Der Feldwebel lächelte und ging mit dem Hühnchen unter dem Arm davon.

In Kuantan war an diesem Abend die Hölle los. Der Ortskommandant war Hauptmann Sugamo, der später, 1946, wegen der von ihm im Lager 302 an der Birma-Siam-Bahn in den Jahren 1943 und 1944 begangenen Grausamkeiten in einem Kriegsverbrecherprozeß der Alliierten abgeurteilt und hingerichtet wurde.

In Kuantan hatte er den Auftrag gehabt, den Transport des Bahnmaterials aus Ostmalaya nach Siam zu überwachen. Er wohnte in dem Haus des früheren englischen Bezirkskommissars, der erlesene, 1939 aus England importierte schwarze Leghornhühner gezüchtet hatte.

Und jetzt mußte Sugamo feststellen, daß fünf von seinen zwanzig schwarzen Leghorns fehlten, dazu der grüne Futtersack, der früher dem Bezirkskommissar als Postsack gedient hatte.

Hauptmann Sugamo war äußerst jähzornig. Er alarmierte sofort die japanische Militärpolizei. Der Verdacht fiel auf die australischen Fernfahrer, die schon dafür bekannt waren, daß sie ihre Bewegungsfreiheit dazu ausnutzten, sich alles mögliche zusammenzustehlen. Man durchsuchte ihre Unterkunft nach dem grünen Sack und verräterischen Federn, fand aber nichts.

Es brachte Hauptmann Sugamo noch mehr in Wut. Es ging um sein Gesicht, er sah in dem Diebstahl eine schwere Beleidigung des Ortskommandanten und damit auch der kaiserlich japanischen Armee. Auf seinen Befehl durchsuchten Soldaten anderntags nach Anweisungen der Militärpolizei jedes Haus in Kuantan nach schwarzen Federn und dem grünen Sack. Die Aktion verlief ebenso ergebnislos wie eine Durchsuchung der japanischen Mannschaftsbaracken.

Es blieb nur noch eine Möglichkeit. Drei der von Australiern gefahrenen Laster waren draußen nach oder von Jerantut unterwegs. Sugamo schickte am nächsten Tag seine Militärpolizei hinter ihnen her. Sie sollten die Wagen untersuchen und Fahrer und Bewacher verhören. Zwischen Pohoi und Blat stießen die Polizisten auf eine Schar Frauen und Kinder. Die Frauen trugen Bündel. Voran ging ein japanischer Feldwebel, über der einen Schulter das Gewehr, über der andern einen grünen Sack.

Das Verhör konzentrierte sich auf Jean. Sie blieb zwei Stunden hartnäckig dabei, daß ihr die Australier etwas Geld gegeben hätten. Davon habe sie die Hühner in Limau gekauft. Man wandte bei ihr eine Art dritten Grad an, schlug ihr ins Gesicht, trat ihr gegen die Schienbeine, stampfte mit den schweren Armeestiefeln auf ihre bloßen Füße. Sie blieb verzweifelt bei ihrer Geschichte. Sie wußte, daß man sie ihr nicht abnahm, wußte aber auch nichts anderes auszusagen. Dann kam eine Kolonne von drei Lastwagen die Straße herunter. Der japanische Feldwebel erkannte in dem Fahrer des zweiten sofort Joe Harman und führte ihn mit vorgehaltenem Bajonett zu Jean. Der Feldwebel der Militärpolizei fragte sie, ob das der Mann sei.

Jean warf Joe einen unglücklichen Blick zu. „Ich sage ihnen ständig, daß ich die Hühner für die vier Dollar gekauft habe, die Sie mir geschenkt hatten, aber man glaubt mir nicht."

„Du Hühner vom *shoko* gestohlen!" brüllte der Militärpolizist. „Hier ist Sack!"

Harman blickte auf Jeans blutendes Gesicht und auf ihre blutenden Füße. „Laßt sie in Ruh, ihr verdammten Mistkerle“, sagte er in seinem schleppenden Tonfall. „Ich habe diese Dreckshühner geklaut und sie ihr geschenkt. Na und?“

In mein Wohnzimmer in London fiel das Abenddunkel ein. Die junge Dame starrte blicklos in das Kaminfeuer. „Sie haben ihn gekreuzigt“, sagte sie leise. „Sie haben uns alle nach Kuantan gebracht. Wir mußten zusehen, wie man ihn mit den Händen an einen Baum nagelte und zu Tode peitschte.“

4. KAPITEL

Mein Gott“, sagte ich, „wie furchtbar für Sie!“

Sie hob den Kopf. „Sie brauchen mich nicht zu bemitleiden. So etwas kommt eben im Krieg vor. Und es ist jetzt schon so lange her – fast sechs Jahre. Hauptmann Sugamo ist gehängt worden – nicht wegen dieser Sache, sondern wegen seiner Untaten beim Bahnbau. Jetzt ist ja alles vorbei und beinah schon vergessen.“

In Kuantan gab es, wie Harman gesagt hatte, kein Frauenlager, und Hauptmann Sugamo war nicht der Mann, der sich wegen der paar Frauen und Kinder den Kopf zerbrochen hätte. Harmans Hinrichtung war zur Mittagszeit erfolgt. Sobald die Zuckungen des blutigen Körpers aufgehört hatten, pflanzte sich der Japaner vor den Frauen auf. „Ihr alle sehr schlecht“, sagte er. „Hier kein Platz für euch. Ich euch schicken nach Kota Bharu. Ihr gleich marschieren ab!“

Sie taumelten wortlos weg, froh, den Schreckensort hinter sich zu lassen. Man gab ihnen wieder den Feldwebel mit. Er war entehrt, weil auch er ein Hühnchen genommen hatte. Es war eine Strafe für ihn, denn in den Augen der Japaner ist der Gefangene ein ehrloses Geschöpf und seine Bewachung eine entehrende, niedrige Aufgabe, die man nur einem Untermenschen zumuten kann.

So ging die Odyssee der Frauen weiter, man lebte von einem Tag zum andern. Inzwischen war es Mitte Juli geworden. Jean berechnete, daß man mit krankheitsbedingten Ruhepausen für die dreihundertfünfzig Kilometer nach Kota Bharu gut zwei Monate brauchte.

Am ersten Tag gelangte man bis Besarah, ein Fischerdorf am Meer mit weißem Korallensand und Palmen. Es war ein bezaubernder Ort, doch schlief man nur wenig, denn die Kinder schrien die ganze Nacht, in der Erinnerung an die Schreckensbilder, die sie gesehen hatten. Dennoch trieb es die Frauen weiter – sie wollten Kuantan so rasch wie möglich weit hinter sich lassen.

Nur nach und nach kam es ihnen zum Bewußtsein, daß sie jetzt an der Nordostküste Malayas in ein schönes Land gekommen waren, ein Gebiet felsiger Vorgebirge und langer, mit Palmen gesäumter und vom erfrischenden Seewind gefächelter Sandstrände.

Auf dem langen Marsch die Küste hinauf besserte sich der Gesundheitszustand der Frauen und Kinder zusehends. Es waren jetzt ganz andere Menschen als die hilflosen Geschöpfe vor einem halben Jahr. Der Tod hatte die Schwächsten genommen und damit die Probleme der Unterkunft und Ernährung vereinfacht. Und da man gelernt hatte, sich nach Art der Malaien zu kleiden, zu waschen und zu schlafen und sich mit ihren Mitteln gegen Ruhr und Malaria zu schützen, hatte man jetzt viel mehr Muße. Einen um den andern Tag zu wandern machte ihnen nichts mehr aus. Frau Warner, eine ehemalige Volksschullehrerin, unterrichtete die Kinder jetzt an jedem Rasttag.

Jean suchte dem kleinen Robin Holland das Gehen beizubringen. Er war jetzt sechzehn Monate alt und wurde ihr allmählich zu schwer. Alsbald kroch er vergnügt wie ein Malaienkind nackt in Sonne und Schatten herum.

Langsam ging es durch zahllose Fischerdörfer weiter nach Norden. Von dem Entsetzlichen, das man in Kuantan erlebt hatte, sprach man nicht.

Die kleine Frau Frith aber suchte in dem Schreckenserlebnis den Finger Gottes. Sie betete morgens und abends, wußte immer, wann Sonntag war, und las allen, die es hören wollten, eine Stunde aus der Bibel vor. Als sie sich in die Geschichte der Kreuzigung vertiefte, sah sie eine Ähnlichkeit mit dem Tod Joe Harmans. Gott hatte in Palästina seinen Sohn auf die Erde entsandt. Hatte er es in Malaya abermals getan?

Menschen in Not sehnen sich oft nach Gottes Hilfe. Als die Zeit hinging, verundeutlichte sich bei den Frauen das Bild des Australiers und wich der Vorstellung von einem verehrungswürdigen Menschen, der er gar nicht gewesen war. Wenn es zutraf, was Frau Frith glaubte, waren sie wirklich in Gottes Hand. Nichts mehr konnte ihnen geschehen, sie waren dazu bestimmt, alle Not zu überstehen. Es gab ihnen Kraft, unermüdlich weiterzuwandern.

Jean, die jüngste von ihnen, die Unverheiratete, machte sich von Joe Harman ein ganz anderes Bild. Für sie war er ein Mensch wie jeder andere gewesen. In seiner Gegenwart hatte sie sich hübsch gefühlt. Er hatte sie Frau Boong genannt, und sie hatte ihn bei der Vorstellung gelassen, daß sie eine verheiratete Frau sei, die ihr Baby auf der Hüfte trug. Es war für sie eine Schutzmaßnahme gewesen. Denn wenn er erfahren hätte, daß sie unverheiratet war, hätte in den heißen Tropennächten alles mögliche geschehen können. Der Gram um seinen Tod ging bei ihr viel tiefer als bei den anderen, er war voll unmittelbarer Wirklichkeit.

Ende August kamen die Frauen nach Kuala Telang am Südufer des Telang, einem bezaubernden Ort mit Palmen und Kasuarinen und einem weißen Sandstrand, wo die Brecher des Südchinesischen Meers niedergingen. Es gab da einen mit Eingeborenenläden besäumten Platz und dahinter einen Reisspeicher, der zur Zeit leer war. Dort wurden die Frauen und Kinder untergebracht.

Der japanische Feldwebel war unterwegs am Tropenfieber erkrankt. Er war mürrisch und bedrückt gewesen und hatte sichtlich darunter gelitten, daß er keinen Kameraden mehr hatte. Die Frauen waren immer kräftiger, er immer schwächer geworden. Anfangs war es ihnen nur recht gewesen, daß der häßliche, ungehobelte kleine Mann so matt gesetzt war. Als sich sein Zustand aber ständig verschlechtert hatte, war ihre Stimmung umgeschlagen. Er war schon so lange bei ihnen und hatte im Rahmen seiner Möglichkeiten alles getan, ihnen ihr Los zu erleichtern, hatte die Kinder getragen und hatte geweint, wenn eins gestorben war. Fortan hatten sie abwechselnd sein Gewehr, seinen Uniformrock und seinen Tornister getragen. So bildeten sie, als sie in das Dorf einzogen, einen merkwürdigen Anblick. Voran ging Frau Warner. Sie stützte den kleinen Japaner, der, nur mit seiner Hose bekleidet, wie betäubt dahinstolperte. Dahinter kamen die andern Frauen, die zu ihren Bündeln auch noch seine Sachen trugen.

Der Dorfälteste, Mat Amin bin Taib, war ein Greis mit kurzgeschorenem Haar und einem kleinen Schnurrbart. Über dem nackten Oberkörper trug er einen Sarong. „Ich habe nichts", sagte er zu Jean, „wo die weißen Mem-Sahibs schlafen möchten."

„Wir sind keine Mem-Sahibs mehr", sagte sie. „Wir sind Gefangene und daran gewöhnt, nach Landesart zu leben.“ Sie erklärte ihm, der japanische Feldwebel werde ihm Quartier- und Verpflegungsscheine ausstellen. „Wir brauchen weiter nichts als ein Dach über dem Kopf, etwas Reis, etwas Fisch oder Fleisch und Gemüse. Schlafen tun wir auf dem Fußboden.“

„Sie können haben, was wir haben“, sagte er. „Doch ist es uns peinlich, weiße Mem-Sahibs so leben zu sehen.“

Die Frauen blieben abwechselnd die ganze Nacht am Lager des Kranken. Am Morgen hatte er hohes Fieber und war sehr schwach. Seine Abwehrkräfte versagten. Man legte ihm feuchte Umschläge aufs Gesicht und suchte mit ihm zu reden. Er antwortete nicht. Abends setzte sich Jean zu ihm. Er war völlig teilnahmslos.

Sie hatte in seinem Rock ein Photo gefunden, eine Japanerin, die mit vier Kindern vor einem Häuschen stand. „Deine Kinder, Gunso?“ fragte sie. Er sah das Bild wortlos an und bedeutete ihr mit einer Handbewegung, es wieder in seinen Rock zu stecken. Später rannen ihm Tränen aus den Augen und vermischten sich mit den Schweißperlen auf seinem Gesicht. Sie wischte sie behutsam ab.

Zwei Tage darauf war er tot. Die Frauen beerdigten ihn draußen vor dem Dorf auf dem mohammedanischen Friedhof. Sie beweinten ihn wie einen lieben alten Freund.

Sie waren jetzt Gefangene ohne Bewachung und sprachen abends lange über die neue Lage. „Warum bleiben wir nicht einfach, wo wir sind?“ sagte Frau Frith. „Es ist hier sehr hübsch, etwas Hübscheres finden wir sowieso nicht. Der Australier hat uns das doch auch geraten.“

„Wenn uns aber“, sagte Jean, „die Japaner hier finden, erschießen sie womöglich den Dorfältesten. Außerdem können wir doch nicht erwarten, daß uns das Dorf soundso lange verpflegt, bloß weil wir weiße Mem-Sahibs sind.“

„Wir könnten doch selbst für unser Essen sorgen“, sagte Frau Frith. „Die Reisfelder, die wir hier gesehen haben, sind in diesem Jahr großenteils nicht bestellt worden.“

Jean sah sie nachdenklich an. „Das ist wahr. Wieso eigentlich nicht?“

„Wahrscheinlich hat man die Männer zur Zwangsarbeit weggeholt – zum Bahnbau oder so.“

Am nächsten Morgen ging Jean zum Dorfältesten. Sie legte lächelnd die Hände zum Gruß aneinander. „Mat Amin, warum sind dieses Jahr so viele Reisfelder nicht bepflanzt worden?"

„Mit Ausnahme der Fischer müssen die Männer für die Japaner arbeiten."

„Läßt man sie zur Bestellung der Reisfelder nicht zurückkommen?"

„Das liegt in Gottes Hand, aber ich glaube, sie werden viele Monate nicht zurückkommen."

„Wer wird denn den Reis pflanzen und ernten?"

„Die Frauen werden ihr möglichstes tun."

Jean kannte die Denkweise der Mohammedaner. „Mat Amin", sagte sie, „wäre ein Mann unter uns, so hätte ich ihn für uns sprechen lassen. Ich hoffe, Sie werden es nicht übelnehmen, wenn eine Frau mit Ihnen über Angelegenheiten von Frauen sprechen möchte."

Er verbeugte sich, nahm sie in sein Haus mit und befahl seiner Frau in herrischem Ton, Kaffee zu bringen.

„Wir sind in einer schwierigen Lage", sagte Jean. „Unser japanischer Bewacher ist gestorben. Was jetzt aus uns wird, darüber müssen wir selbst bestimmen – und Sie. Man hat uns in Panong gefangengenommen und seitdem viele hundert Kilometer unter Bewachung marschieren lassen. Jetzt sind wir hier. Kein japanischer Kommandant will etwas mit uns zu tun haben, jeder schiebt das auf einen andern. Wir haben schon viele Tote gehabt, und wenn wir uns bei den Japanern melden, werden wir auch noch eine nach der andern umkommen. Das steht uns jetzt bevor."

Mat Amin sah sie an. „Es steht geschrieben, daß die Engel sagten: Jede Seele soll den Tod kosten, wir werden euch mit guten und bösen Tagen prüfen, bis ihr zu uns zurückkehrt."

Ihre Gedanken jagten. Die Worte eines anderen malaiischen Dorfältesten fielen ihr ein. „Es steht aber auch geschrieben", sagte sie, „wer freundlich zu den Frauen ist und sich davor hütet, sie zu kränken, so sieht es Allah huldvoll an."

Er hob die Brauen. „Wo steht das geschrieben?"

„In der vierten Sure des Korans."

„Sind Sie unseres Glaubens?" fragte er überrascht.

Sie schüttelte den Kopf. „Ich will Ihnen nicht die Unwahrheit sagen. Ich bin Christin. Wir sind alle Christen. Ein Dorfältester auf unserm Weg war sehr gut zu uns, und als ich ihm dafür dankte, hat er mir diese Worte gesagt. Ich kenne den Koran nicht."

„Sie sind eine sehr gescheite Frau“, sagte er lächelnd. „Sagen Sie mir, was ich für Sie tun soll.“

Als sie ihm ihren Plan entwickelt hatte, sagte er: „Ich habe noch nie gehört, daß weiße Mem-Sahibs im Reisfeld arbeiten.“

„Haben Sie“, fragte Jean, „etwa schon von weißen Mem-Sahibs gehört, die wie wir wochenlang marschieren und viele beerdigen mußten? Unser Schicksal liegt in Ihrer Hand. Wenn Sie uns zwei Wochen arbeiten lassen, werde ich zu einem japanischen Offizier gehen und ihm berichten, was wir getan haben. Sie können ihm dann sagen, daß die Japaner durch uns, wenn sie uns weiterarbeiten lassen, mehr Reis bekommen.“

Der Alte schwieg.

„Wenn Sie uns erlauben“, fuhr sie fort, „hierzubleiben und Ihre Reisfelder zu bestellen, werden Sie von den englischen *tuans* nach unserm Sieg sehr geehrt werden.“

„Das zu erleben wäre mir eine große Freude“, sagte er. Eine Weile trank man stumm den Kaffee, den die Frau in Gläsern hereingebracht hatte. „Die Sache geht das ganze Dorf an“, sagte der Alte dann. „Ich muß mit meinen Brüdern darüber sprechen.“

Abends sah Jean den Dorfältesten mit anderen Männern vor seinem Haus hocken. Es waren alles alte Leute. Junge Männer gab es zu dieser Zeit in Kuala Telang kaum noch. Später kam Mat Amin zum Reisspeicher und fragte nach ihr. Sie ging zu ihm hinaus, das Baby auf der Hüfte.

„Wir haben über Ihren Wunsch miteinander gesprochen“, sagte er. „Es wäre sehr ungewöhnlich, daß weiße Mem-Sahibs in unseren Reisfeldern arbeiten, und einige meiner Brüder fürchten, daß die weißen Tuans, wenn sie wiederkommen, sehr böse werden und sagen, wir hätten euch gegen euren Willen zur Arbeit gezwungen.“

„Ich gebe Ihnen eine schriftliche Erklärung“, sagte sie. „Die können Sie den Tuans zeigen, wenn sie wirklich so etwas sagen sollten.“

Er schüttelte den Kopf. „Es genügt, wenn ihr den Tuans sagt, daß es auf euren eignen Wunsch geschehen ist.“

„Darauf können Sie sich verlassen“, sagte sie.

Anderntags ging man an die Arbeit. Die Gruppe bestand jetzt aus sechs verheirateten Frauen, Jean und zehn Kindern, darunter das Baby Robin. Die sieben Frauen waren robust und arbeitsfreudig, beherzt und humorvoll.

Wenn man sich daran gewöhnt hat, ist die Arbeit im Reisfeld gar nicht unangenehm. Es gibt in einem so heißen Land Schlimmeres. Man zieht so wenig wie möglich an, setzt sich den kegelförmigen, aus Palmblättern geflochtenen Sonnenhut auf und spielt in Wasser und Schlamm damit, kleine Dämme zu bauen und das Geriesel überall hinzuleiten. Nach zwei Wochen hatten sich die Frauen eingearbeitet und fanden ihre Tätigkeit ganz lustig. Und die Kinder waren von dem Herumpanschen von Anfang an begeistert. Japaner kamen in dieser Zeit nicht in die Nähe des Dorfes.

Am sechzehnten Tag machte sich Jean mit Mat Amin auf den Weg nach dem fünfundvierzig Kilometer entfernten Ort Kuala Rakit, wo ein japanisches Kommando stationiert war. Sie nahmen das Gewehr, die Uniform und das Soldbuch des toten Feldwebels mit.

Am Abend des zweiten Tages erreichten sie ihr Ziel. Kuala Rakit war ein sehr großes Dorf. Mat Amin ging mit Jean zu einem Beamten der malaiischen Verwaltung, Tungku Bentara Radscha, einem schmächtigen kleinen Herrn, der fließend Englisch sprach. Er war von der Geschichte der Frauen sichtlich beeindruckt. „Ich spreche morgen mit dem japanischen Zivilverwalter", sagte er. „Ein Frauenlager haben wir hier übrigens nicht."

Tags darauf ging sie mit Tungku Bentara und Mat Amin zu dem Japaner und wiederholte ihren Bericht. Er war sehr teilnahmsvoll, erklärte aber, für Gefangene sei die Armee zuständig, und brachte sie zum Ortskommandanten, einem Oberst Matisaka. Vor ihm wiederholte Jean ihre Geschichte abermals.

Es war dem Oberst sofort anzumerken, daß ihm weibliche Gefangene lästig waren und er gar nicht daran dachte, zu ihrer Bewachung ein paar Leute abzustellen. Nach einigem Hin und Her sagte er dem Zivilverwalter, er solle die Sache nach eignem Gutdünken regeln. Der Zivilverwalter erklärte den Besuchern daraufhin, die Frauen könnten einstweilen in Kuala Telang bleiben.

Sie blieben drei Jahre dort.

Fräulein Paget sah mich an. „Drei Jahre vergeudet, drei Jahre einfach aus einem Menschenleben herausgerissen." Sie dachte einen Augenblick nach. „So kommt es mir jedenfalls vor."

„Ob es vergeudete Jahre waren", sagte ich, „können Sie erst am Ende Ihres Lebens wissen."

„Die Leute in Kuala Telang waren so gut zu uns", sagte sie.

„Fatimah, die uns auf den Reisfeldern anleitete, war eine Seele von Mensch. Ich habe sie gut kennengelernt."

„Ist das der Ort, wohin Sie jetzt gehen wollen?" fragte ich.

Sie nickte. „Wenn die uns da nicht so warmherzig bei sich aufgenommen hätten, wären wir vor Ende des Krieges sämtlich umgekommen. Und jetzt, wo ich so viel habe und sie so wenig haben, so entsetzlich wenig ..."

„Eine Reise nach Malaya kostet sehr viel", sagte ich.

Sie lächelte. „Was ich aber an Ort und Stelle vorhabe, kann nicht viel kosten, höchstens fünfzig Pfund. Wir mußten in dem Dorf damals Wasser holen, das ist in Malaya Frauenarbeit. Eine Plage! In Telang machen sich die Gezeiten noch stark bemerkbar, der Fluß führt Brackwasser. Man kann sich darin waschen, Trinkwasser aber muß man aus einer anderthalb Kilometer entfernten Quelle herbeischleppen. Wir holten es in Kürbisflaschen, in jeder Hand zwei Flaschen an einem Stock. Das ging so jeden Morgen und jeden Abend, anderthalb Kilometer hin, anderthalb Kilometer zurück – täglich sechs Kilometer."

„Und deshalb möchten Sie dort jetzt einen Brunnen bohren?"

Sie nickte. „Es würde den Leuten das Leben erleichtern, und sie haben uns das Leben ja auch erleichtert. Ich denke an einen Brunnen mitten im Dorf, von wo es bis zu jedem Haus nicht mehr als ein paar hundert Schritte sind. Erst wenn ich das geschafft habe, kann ich mich ruhigen Gewissens über mein Geld freuen. Das finden Sie doch sicherlich nicht töricht, Herr Strachan?"

„Nein, natürlich nicht. Sie müssen nur bedenken, daß die Hin- und Rückreise in Ihr Jahreseinkommen ein großes Loch reißt."

„Wenn mir unterwegs das Geld ausgeht, nehme ich in Singapur oder sonstwo für ein paar Monate eine Stellung an und spare mir etwas zusammen."

„Warum sind Sie eigentlich nicht da geblieben? Sie hätten dort doch ebensogut wie in London arbeiten können."

„Wir alle hatten 1945 nur den einen Gedanken, nach Hause zu kommen. Man hat uns nach Singapur geflogen. Da bin ich übrigens mit Bill Holland zusammengekommen. Es war schrecklich, ich mußte ihm berichten, daß seine Frau und Freddie und Jane gestorben waren." Ihre Stimme erstickte. „Alle tot, bis auf Robin. Der war damals vier, ein strammer kleiner Kerl. Ich bin mit Bill zurückgefahren. Robin hat natürlich die Mutter in mir gesehen."

Sie lächelte flüchtig. „Bill wollte mich heiraten, aber ich konnte nicht, ich konnte ihm nicht die Frau sein, wie er sie sich wünschte."

Ich schwieg.

„Dann die Ankunft in England. Es war so grün, so schön. Ich wollte alles vergessen, den Krieg, Malaya, alles. Ich wollte wieder wie jeder andere leben. Ich bin jetzt zwei Jahre bei Pack & Levy – Handtaschen, Aktentaschen, nichts von Krieg und Krankheit und Tod. Es war für mich dort im großen und ganzen eine schöne Zeit."

Bei der Rückkehr war sie recht vereinsamt gewesen, ihre Mutter war tot, ihr Bruder Donald war tot. Sie hatte zuerst ein paar Wochen bei ihrer Tante Agatha in Colwyn Bay verbracht und sich dann in London eine Stellung gesucht.

Ich fragte sie, warum sie sich nicht mit ihrem Onkel in Verbindung gesetzt hatte, dem alten Herrn in Ayr. „Ich hatte ihn", sagte sie, „nur einmal gesehen, als ich elf war. Es war mir gar nicht in den Kopf gekommen, daß er noch leben könnte. Und unsere Familienpapiere waren bei der Ausbombung des Hauses in Southampton verbrannt. Ich hätte gar nicht gewußt, wo Onkel Douglas überhaupt wohnt."

JEAN PAGET buchte eine Fahrt nach Singapur auf einem Frachtdampfer, der etwa zwölf Passagiere mitnahm. Er führte nur Touristenklasse, die verhältnismäßig billig war. Das Schiff sollte am 2. Juni aus London auslaufen. In den Wochen vorher war sie noch einige Male bei mir. Bei Pack & Levy hatte sie zu Ende Mai gekündigt.

Ich traf Maßnahmen, daß sie ihre Monatsraten für Juli, August und September in Singapur abheben konnte, wurde aber die Sorge nicht los, daß sie die Kosten der Reise unterschätzte und womöglich in finanzielle Schwierigkeiten geriet. „Vergessen Sie nicht", sagte ich ihr, „daß mir das Testament Ihres Onkels ziemlich weitreichende Vollmachten gibt. Sollten Sie drüben in Geldverlegenheit kommen, etwa durch Krankheit, so brauchen Sie mir nur zu telegraphieren."

Sie lächelte. „Das ist sehr lieb von Ihnen, aber ich glaube bestimmt, daß ich durchkomme. Wenn mir das Geld knapp wird, werde ich schon eine Stellung finden – ich bin ja nicht daran gebunden, zu einer bestimmten Zeit zurückzufahren."

„Bleiben Sie aber nicht zu lange weg", sagte ich.

„Bestimmt nicht, Herr Strachan", sagte sie.

Sie bat mich, ihr bis zu ihrer Rückkehr im Abstellraum meiner Wohnung einen Schrankkoffer und einen Reisekoffer aufzuheben. Sie nehme nur einen Handkoffer mit.

„Und Ihre Tropenausrüstung?“ fragte ich. „Haben Sie die schon vorangeschickt?“

„Nein, ich habe alles in meinem Koffer. Auch fünfzig Paludrintabletten, Glaubersalz und einige Mittel gegen Stechmücken. Und meinen alten Sarong. Ich will ja in Malaya nicht die Dame spielen.“

Da sie niemanden hatte, der sie zum Schiff begleiten konnte, brachte ich sie mit einem Taxi hin. Sie hatte für die Reise, die sie um die halbe Erde führen sollte, nicht mehr Vorbereitungen getroffen, als es ein junges Mädchen meiner Generation für einen Wochenendausflug getan hätte.

Es war ein neues Schiff, hell und sauber. Als der Steward die Tür ihrer Kabine öffnete, blieb sie überrascht stehen. „Sehen Sie nur, die vielen Blumen!“ rief sie. „Wo kommen die denn her?“ fragte sie den Steward. „Doch wohl nicht von der Schiffsgesellschaft?“

„Die sind gestern abend in drei großen Schachteln geschickt worden. Hübsch, nicht wahr, Fräulein?“

Sie flog zu mir herum. „Jetzt weiß ich – die sind von Ihnen! Was für eine reizende Idee!“

„Englische Blumen“, sagte ich. „Damit Sie unterwegs immer daran denken, bald wiederzukommen.“ Dabei hatte ich eine Vorahnung, daß sie überhaupt nicht wiederkäme.

Ehe ich's mich noch versah, bekam ich einen Kuß auf den Mund. „Das ist für die Blumen, Herr Strachan“, sagte sie mit weicher Stimme. „Für die Blumen und alles.“ Ich war einen Augenblick sprachlos. Dann sagte ich: „Bei Ihrer Rückkehr bekommen Sie wieder welche.“

Ich mochte das Schiff nicht abfahren sehen, flüchtete in mein Taxi und fuhr nach Hause. Ich weiß noch, daß ich lange in meinem Wohnzimmer am Fenster stand und hinausschaute und an sie dachte. So ein Mädel hätte ich mir als Tochter gewünscht.

Sie schrieb mir aus jedem Hafen, aus Marseille und Neapel, aus Alexandria und Aden, aus Colombo, Rangoon und Penang. In Singapur blieb sie nur über Nacht. Anderntags nahm sie das Flugzeug nach Kota Bharu, wo sie nach vielen Zwischenlandungen am frühen Nachmittag ankam. Ich hatte den britischen Berater in Kota Bharu, einen Herrn Wilson-Hays, von ihrer Ankunft verständigt. Er holte sie mit seiner Frau auf dem Flughafen ab, eine große Überraschung für sie.

Ich habe Herrn Wilson-Hays ein Jahr darauf kennengelernt, als er auf Urlaub nach England kam. Sie sei, erzählte er mir, ganz verlegen gewesen. Offenbar habe sie gar nicht gewußt, daß sie in diesem Teil Malayas eine bekannte Persönlichkeit ist. Er kannte ihre Geschichte genau und hatte schon alles für ihre Weiterfahrt vorbereitet. Sein Fahrer sollte sie mit dem Jeep nach Kuala Telang bringen, eine Strecke von etwa hundertfünfzig Kilometer. Allein diesem jungen Mädchen sei es zu danken, sagte er, daß die Engländer dort in hohem Ansehen stünden.

Als sie am nächsten Morgen mit dem Jeep abfuhr, trug sie Eingeborenentracht. Ihren Koffer und die meisten übrigen Sachen hatte sie bei Wilson-Hays gelassen. Sie hatte Sandalen angezogen und trug einen chinesischen Sonnenschirm. Das Haar hatte sie nach malaiischer Art aufgesteckt und mit einem großen Kamm befestigt. In einem kleinen Palmblattkorb nahm sie eine Zahnbürste mit, aber keine Zahnpasta, ein Handtuch, ein Stück medizinische Seife und ein paar Medikamente; zum Wechseln einen neuen Sarong, eine dazu passende Bluse mit Blumenmuster sowie ein paar Broschen und Ringe von Woolworth als Geschenk für ihre alten Freundinnen. Das war alles.

Auf den schlechten Straßen brauchte der Jeep nach Kuala Telang vierzehn Stunden. Bei der Ankunft war es schon dunkel. Alsbald ging ein aufgeregtes Raunen durch das Dorf, die Menschen kamen aus ihren Häusern und strömten auf der Straße zusammen. Der Jeep hielt vor dem Haus des Dorfältesten. Jean stieg aus und begrüßte den Alten nach Malaienart mit zusammengelegten Händen. „Ich bin wiedergekommen, Mat Amin. Sie sollen nicht denken, daß die weißen Mem-Sahibs jetzt, wo ihre Not vorüber ist, vergessen haben, was sie Ihnen verdanken."

Alles drängte sich um sie. Fatimah kam mit einem Baby im Arm und einem Kleinkind im Sarong. Jean drängte sich zu ihr durch und ergriff ihre Hand. „Wie lange haben wir uns nicht gesehen!" sagte sie. Fatimah machte sie mit ihrem jungen Ehemann bekannt. Jean verbeugte sich vor ihm und legte die Hände vor das Gesicht. Sie wünschte, sie hätte einen Schal mitgenommen. Damit hätte sie das Gesicht verhüllen können, wie es sich für eine Frau gehörte, die einem Mann vorgestellt wurde. „Entschuldigen Sie, daß ich keinen Schleier habe", sagte sie.

Er verbeugte sich. „Das macht doch gar nichts."

Man bereitete ihr ein Abendessen aus Reis und *blachan*, einem scharfgewürzten Gericht aus Garnelen und Fisch, das die Malaien sehr schätzen. Nach dem Essen legte sie sich völlig übermüdet auf eine Matte, wie sie es früher tausendmal getan hatte, lockerte den Sarong und schlief sofort ein.

Am nächsten Morgen sprach sie mit Fatimah und anderen Frauen hinter einem Haus, außer Sichtweite der Männer. „Ich habe jeden Tag an euch gedacht", sagte sie, „jeden Tag daran gedacht, wie ihr lebt und arbeitet, ganz wie wir damals gelebt und gearbeitet haben. In England bin ich ins Büro gegangen, wie es mittellose Frauen in meinem Land tun müssen." Alles hörte ihr aufmerksam zu. „Kürzlich ist nun mein Onkel gestorben, und ich habe ihn als einzige lebende Verwandte beerbt. Jetzt brauche ich nur noch zu arbeiten, wenn ich will."

Inzwischen hatten sich noch weitere Frauen eingefunden. „Zum ersten Mal in meinem Leben", fuhr sie fort, „habe ich Geld. Da habe ich noch mehr an euch gedacht und mir überlegt, daß ich eurem Dorf einen Dank schulde, ein Geschenk von einer Frau an die Frauen von Telang, womit die Männer nichts zu tun haben."

Unter allgemeinem Beifallsgemurmel erzählte sie von ihrem Plan, mitten im Dorf einen Brunnen zu bohren. „Damit ihr gleich vor eurer Tür jederzeit frisches, kühles Wasser habt." Sie sah in erstaunte Gesichter. Der Brunnen, so erklärte sie, sollte einen Steinrand bekommen, wo sich die Frauen hinsetzen könnten. In der Nähe sollte ein Waschhaus entstehen, die Becken so gebaut, daß sich die Frauen beim Waschen ansehen und miteinander plaudern könnten. Eine hohe Mauer sollte sie gegen die Blicke der Männer abschirmen. „Ich werde mir Brunnenbauer und Maurer und Zimmerleute holen", sagte sie.

Die Frauen redeten aufgeregt miteinander, und als sie sich mit dem Gedanken vertraut gemacht hatten, besprachen sie den Plan begeistert in allen Einzelheiten und überlegten, wo der Brunnen und wo das Waschhaus hinkommen sollten. Jean hatte das schöne Gefühl, das Richtige getroffen zu haben.

Abends saß sie mit Mat Amin auf der kleinen Veranda seines Hauses bei einer Tasse Kaffee. „Ich höre", sagte er, „daß Sie hier einen Brunnen bohren wollen. Die Frauen sprechen schon den ganzen Tag davon."

Er schwieg eine Weile. Dann sagte er: „Die Quelle war für ihre

Mütter und Großmütter gut genug. Die Frauen werden sich über ihre Stellung im Leben Gedanken machen."

„Mat Amin", sagte sie ruhig, „darf ich Sie an Raihana binti Ismael erinnern, die im dritten Monat beim Wasserholen ihr Kind verlor? Hättet ihr damals schon den Brunnen gehabt, wäre das nicht geschehen."

„Allah bestimmt über das Leben der Frauen wie über das der Männer", sagte er.

Sie lächelte. „Muß ich Sie, Mat Amin, noch einmal daran erinnern, was im Koran geschrieben steht? Die Seelen der Männer sind geizig, wer aber freundlich zu den Frauen ist und sich davor hütet, sie zu kränken, so sieht es Allah huldvoll an."

Er lachte und schlug sich auf den Oberschenkel. „Das haben Sie mir immer gesagt, wenn Sie etwas haben wollten. Seitdem aber habe ich es nicht mehr gehört."

Am nächsten Tag ließen die Männer des Dorfes sie zu sich kommen und fragten sie, wo der Brunnen stehen solle, und alles mögliche andere. Sie drängte sie nicht, sie wußte, daß alles Neue seine Weile haben will. Nach zwei Tagen hatten sich die Männer zu der Erkenntnis durchgerungen, daß sie, wenn der Brunnen gebaut werde, nicht Allahs Zorn treffen werde.

Es gab an der ganzen Küste nur einen Mann, der mit seinen Söhnen die nötige Fertigkeit zum Brunnenbau besaß. Er wohnte acht Kilometer hinter Kuantan. Mat Amin diktierte einen Brief an ihn. Jean bestellte inzwischen schon in Kota Bharu fünf Sack Zement.

Dann hieß es warten. Sie verbrachte viel Zeit bei den Fischern, spielte am Strand mit den Kindern, badete und schwamm und half eine Woche auf den Reisfeldern bei der Ernte. Bei dem langen Zusammenleben mit den Eingeborenen hatte sie Geduld gelernt. Auch brauchte sie viel Zeit, sich über ihre Zukunft klarzuwerden. So vergingen ihr drei Wochen wie im Fluge.

DIE BRUNNENBAUER trafen zu derselben Zeit ein wie der Zement. Der Vater, Suleiman, war ein alter Mann mit grauem Bart. Seine Söhne, Jakob und Hussein, arbeiteten schnell und geschickt von früh bis spät. Der eine der drei bediente den Bohrer, die andern beiden beseitigten das ausgehobene Erdreich, mauerten den Brunnenschacht aus und sicherten ihn mit Pfählen ab.

Der alte Suleiman wußte eine Menge zu erzählen. Bei seiner Arbeit war er an der Ostküste Malayas viel herumgekommen. Die Männer und Frauen in Kuala Telang plauderten gern mit ihm und erkundigten sich nach ihren Verwandten und Bekannten an der Küste.

Eines Tages fragte ihn Jean, ob er sich an den japanischen Offizier erinnern könne, der seinerzeit in Kuantan das Kommando hatte, einen Hauptmann Sugamo.

Er nickte. „Ein sehr böser Mensch. Wir waren froh, als er wegging. Sein Nachfolger, Hauptmann Itschino, war viel besser."

Von Sugamos Tod schien er nichts zu wissen. „Hauptmann Sugamo", sagte sie, „lebt nicht mehr. Man hatte ihn zum Bau der Birma-Siam-Bahn geschickt, und da hat er viele Grausamkeiten und Morde begangen. Die Alliierten haben ihn nach dem Krieg hingerichtet." Der Alte rief die Neuigkeit seinen Söhnen unten im Brunnen zu.

„War er in Kuantan auch so grausam?" fragte Jean. Von der einen Schreckenstat, die ihr noch frisch in Erinnerung war, wollte sie nichts sagen.

„Er hat viele gefoltert", sagte Suleiman.

Sie konnte es nicht mehr zurückhalten. „Einmal habe ich das selbst gesehen. Als wir hungerten und krank waren, hat uns ein Gefangener geholfen. Der Japaner hat ihn an einem Baum mit Nägeln kreuzigen und zu Tode peitschen lassen."

„Ja, ich erinnere mich", sagte der Alte. „Der Mann lag in Kuantan im Krankenhaus."

Jean sah ihn fassungslos an. „Aber er war doch tot!"

„Vielleicht hat es zwei gegeben." Der Alte rief in den Brunnenschacht hinunter: „Hört mal, der englische Soldat, der in Kuantan gekreuzigt wurde – ist der gestorben?"

„Das war ein Australier, kein Engländer", rief Hussein zurück. „Er hatte schwarze Hühner gestohlen."

„Ob der gestorben ist, will ich wissen", rief der Alte.

Jetzt hörte man Jakobs Stimme. „Hauptmann Sugamo hat ihn abends abnehmen und ihm die Nägel aus den Händen ziehen lassen. Der Mann war am Leben geblieben."

5. KAPITEL

Am Abend des furchtbaren Tages im Juli 1942 hatte ein Feldwebel dem Hauptmann gemeldet, daß der Australier noch lebe. Sugamo hatte das äußerst merkwürdig und aufregend gefunden und war sogleich hingelaufen.

Der Soldat hing noch immer an den Nägeln am Baum. Sein Rücken war eine von Fliegen bedeckte schwarze Masse. Das an den Beinen hinuntergelaufene Blut bildete auf dem Boden eine dunkle Pfütze. Als Sugamo herantrat, öffnete der Australier die Augen. Sein Blick verriet, daß er Sugamo erkannte.

Es ist fraglich, ob man im Westen jemals die japanische Denkweise ganz verstehen wird. Hauptmann Sugamo verbeugte sich ehrfurchtsvoll vor dem zerschundenen Körper und fragte in feierlichem Ton: „Möchten Sie, bevor Sie sterben, noch etwas haben?"

Der Australier antwortete mit deutlicher Stimme. „Ja, Sie Schweinehund, eins Ihrer schwarzen Hühnchen und eine Flasche Bier."

Sugamos Gesicht blieb völlig ausdruckslos. Er lief zurück und befahl seiner Ordonnanz, ihm eine Flasche Bier und ein Glas zu bringen, aber nicht einzuschenken.

Der Mann beteuerte, es sei kein Bier da. Sugamo schickte ihn in die Stadt. Nach einer Stunde kam der Soldat verstört zurück. In ganz Kuantan sei kein Bier aufzutreiben.

Für Hauptmann Sugamo war das Todesritual etwas Heiliges. Da er seinem Opfer vor den Ohren seiner Leute versprochen hatte, ihm seine letzten Wünsche zu erfüllen, war er persönlich verpflichtet, für die Erfüllung dieser Wünsche zu sorgen. Er hätte seinen Untergebenen damit ein Beispiel für Ritterlichkeit und *buschido* gegeben. Da es ihm jedoch unmöglich war, eine Flasche Bier zu beschaffen, und er den letzten Wunsch des sterbenden Australiers daher nicht ganz erfüllen konnte, wäre es sinnlos gewesen, ihm eins der noch übrigen schwarzen Leghorns zu opfern.

Aus allem ergab sich, daß der Mann nicht sterben durfte, Sugamo wäre sonst entehrt gewesen.

Er schickte ein paar Mann mit einer Tragbahre hinunter. Sie sollten die Nägel ausziehen, den Australier bäuchlings auf die Tragbahre legen und ins Krankenhaus bringen.

Als Jean hörte, daß Harman am Leben geblieben war, lief sie zum Strand hinunter, sie mußte das Unglaubliche erst einmal ungestört durchdenken, es war ihr, als käme sie nach sechs langen Jahren aus einem dunklen Tunnel. „Herr, erleuchte uns mit deiner großen Güte in unserer Finsternis", betete sie. Und hatte Gott ihre Finsternis nicht schon durch die Worte der Brunnenbauer erleuchtet?

Abends sprach sie wieder mit Suleiman und seinen Söhnen, doch konnten ihr die Männer nur sagen, daß man den Australier eines Tages nach Singapur in ein Gefangenenlager geschickt hatte – er hatte an zwei Stöcken gehen können.

Jean blieb in Kuala Telang, bis der Brunnen fertiggestellt war. Eines Tages waren die Brunnenbauer auf Wasser gestoßen. Zu dieser Zeit stand auch schon das Waschhaus. Zur Einweihung wusch Jean dort ihren Sarong. Die Frauen des Dorfes umringten sie mit fröhlichem Geschnatter. Die Männer standen ein Stück abseits und fragten sich, ob es richtig gewesen war, den Frauen so viel Grund zur Fröhlichkeit zu geben.

Am nächsten Tag bat sie Wilson-Hays telegraphisch um den Jeep. Zwei Tage darauf verließ sie Kuala Telang mit feuchten Augen unter den scheu hervorgestoßenen guten Wünschen der Malaien. In Kota Bharu blieb sie über Nacht im Haus ihrer Freunde Wilson-Hays. Wieder einmal legte sie die malaiische Tracht an. Als sie in einem kühlen, geräumigen Zimmer unter dem Moskitonetz lag, wanderten ihre Gedanken zu Joe Harman und der roten Erde von Alice Springs.

Morgens machte sie mit Wilson-Hays einen Gang durch den Park. Als sie ihm von dem fertigen Brunnen erzählte, zeigte er sich sehr interessiert. „Nachdem Sie den Auftakt gegeben haben, wird jetzt jedes Dorf einen Brunnen haben wollen", sagte er.

Man schlenderte an dem schlammigen braunen Fluß entlang. Jean erzählte von Joe Harman. Sie hatte keine Hemmungen mehr, von ihm zu sprechen. „Glauben Sie", fragte sie, „daß ich in Singapur etwas über ihn erfahre?"

Wilson-Hays dachte einen Augenblick nach. „Sie sagen, er ist Australier? Dann müßten Sie nach Canberra schreiben. Da hat man sicherlich eine Liste aller Soldaten, die in Kriegsgefangenschaft waren. Wissen Sie seine Einheit?"

„Leider nicht."

„Das erschwert die Sache natürlich. Wahrscheinlich hat es eine ganze Reihe Soldaten namens Harman gegeben."

Jean starrte über den Fluß zu den Kautschukbäumen hinüber. „Er hatte vor dem Krieg auf einer Rinderstation namens Wollara gearbeitet, nahe der Ortschaft Alice Springs. Die Leute wollten ihm seine Stellung offenhalten."

Wilson-Hays riet ihr, an diese Adresse zu schreiben. „Ja ... ich hätte ihn gern wiedergesehen", sagte sie zögernd. „Was er erduldet hat, war doch alles unsertwegen ..."

Abends nach dem Essen unterhielt sich Jean wieder mit Wilson-Hays. Eigentlich hatte sie in Singapur auf eine billige Rückfahrt nach England warten wollen, und wenn sie nicht gleich eine bekam, hatte sie sich für ein paar Wochen oder Monate eine Stellung suchen wollen. „Vielleicht möchte ich einen Tag in Kuantan bleiben. Gibt's da heute ein Hotel?"

Er sah sie gütig an. „Wollen Sie da wirklich wieder hin?"

„Ja, ich möchte ins Krankenhaus gehen und sehen, was ich über Harman erfahren kann."

Er nickte. „Da bleiben Sie am besten bei David und Joyce Bowen – er ist Bezirkskommissar und nimmt Sie bestimmt mit offenen Armen auf."

„Ich möchte keinem lästig fallen", sagte Jean.

„Aber ich bitte Sie, Bowen wäre tief gekränkt, wenn Sie nicht zu ihm kämen. Sie sind in diesem Gebiet doch eine bekannte Persönlichkeit. Lassen Sie mich nur alles arrangieren."

Am nächsten Tag holte das Ehepaar Bowen sie auf dem Flugplatz von Kuantan ab. Beim Tee im Haus des Bezirkskommissars, das im Krieg der japanische Hauptmann Sugamo bewohnt hatte, erzählte Jean ihre Geschichte von Joe Harman. Man fuhr sie dann in das Krankenhaus, wo man sich an die Oberin wandte, Schwester Frost, eine Engländerin um die Vierzig.

„Von unserm damaligen Personal ist keiner mehr da", erklärte die Oberin. „Unsere Schwestern werden uns hier draußen in Malaya immer schnell weggeheiratet. Länger als zwei Jahre bleibt keine."

„Was ist denn mit Phyllis Williams – die war hier doch auch mal Schwester", sagte Bowen.

„Ach die!" sagte die Schwester wegwerfend. „Die war nur im ersten Teil des Krieges hier, dann hat sie doch den Kerl da geheiratet – aber sie weiß vielleicht wirklich etwas."

Man machte sich zu Frau Williams auf. Frau Bowen gab Jean unterwegs ein Bild von ihr. „Sie ist Eurasierin, sehr dunkelhäutig. Ihr

Mann hat das Kino hier. Er ist Chinese. Bun Tailin. Eine Mischehe – aber die beiden kommen offenbar sehr gut miteinander aus. Sie haben vier Kinder."

Das Ehepaar bewohnte ein klappriges Holzhaus auf einem Hügel, von wo man den ganzen Hafen überblicken konnte. Die letzte Strecke mußte man einen mit Abfall gesäumten Fußweg gehen.

Phyllis Williams, ein heiteres Wesen mit dunkelbraunem Gesicht, führte die Besucher in ein armseliges Zimmer, das ein Öldruck mit dem Bild des englischen Königspaars schmückte. Sie sprach fließend Englisch. „O ja, ich erinnere mich gut an den armen Joe Harman", sagte sie. „Als er eingeliefert wurde, hatte keiner gedacht, daß er es überstehen könnte. Aber er hat es tatsächlich geschafft. Er muß ein sehr gesundes Leben geführt haben. Er sagte immer, er sei wie ein Hund, bei ihm heile alles schnell."

Sie wandte sich Jean zu. „Sind Sie die Dame, die seinerzeit die Frauen und Kinder aus Panong geführt hat? Er hat immer wieder gefragt, wohin Sie damals weitergewandert wären." Frau Bun schwieg einen Augenblick. „Entschuldigen Sie, ich habe Ihren Namen vergessen."

„Paget. Jean Paget."

„Nein, das war nicht der Name", sagte Frau Bun verwirrt. „Ob er vielleicht von einer anderen gesprochen hat?"

Viel mehr, als Jean bereits wußte, konnte sie ihr nicht erzählen. Seine Wunden seien tatsächlich rasch geheilt. Seine Rückenmuskeln aber könnten ihre alte Kraft, wenn überhaupt, erst nach Jahren wiedererlangen.

Als die Besucher zu ihrem Wagen gingen, kam Frau Bun aus dem Haus gelaufen. „Jetzt weiß ich den Namen!" rief sie. „Frau Boong! War das eine der Damen, die damals bei Ihnen waren?"

Jean lachte. „So hat er mich immer genannt!" rief sie zurück.

Auf der Fahrt nach Hause kam der Wagen an der Stelle vorbei, wo man Harman damals an einen Baum genagelt hatte. Unter diesem Baum saßen jetzt auf dem Erdboden, der mit seinem Blut getränkt war, ein paar malaiische Frauen und plauderten – im Abendlicht ein friedliches Bild.

Jean schrieb mir aus Singapur. Es war ein langer Brief. Hier und da war die Tinte vom Schweiß ihrer Hand verwischt – ein Merkmal des feuchtheißen Klimas. Sie erzählte mir von Kuala Telang und dem Brunnenbau und Joe Harman. Dann fuhr sie fort:

„Ich hoffe, lieber Herr Strachan, Sie werden nicht allzu entsetzt sein und mich nicht für übergeschnappt halten, wenn ich Ihnen sage, daß ich nach Australien fliege. Ich habe noch hundertsieben Pfund. Der Flug nach Darwin kostet sechzig Pfund. Von da gibt es einen billigen Bus nach Alice Springs. Ich möchte mich in Wollara umhören. Vielleicht weiß da jemand, was aus ihm geworden ist und wo er jetzt ist.

Ein paar nette Offiziere der Handelsmarine haben mir gesagt, daß ich wahrscheinlich in Townsville an der Ostküste von Queensland, bestimmt aber in Brisbane, ein Schiff nach England bekomme. Ich habe die Chartered Bank in Singapur beauftragt, mir das nächste Monatsgeld auf die Bank of New South Wales in Alice Springs zu überweisen. Bitte schreiben Sie mir an die Adresse dieser Bank – ich bekomme wahrscheinlich Heimweh."

Sie setzte hinzu, daß sie hoffe, spätestens zu Weihnachten wieder in England zu sein. Ich las ihren tintenverschmierten Brief wieder und wieder mit einem Gefühl bitterer Enttäuschung. Offenbar hatte ich mir Pläne gemacht – alte Männer, die ein etwas leeres Leben führen, kommen leicht auf törichte Gedanken.

Es war wohl etwa eine Woche danach, daß mein Lehrling Derek Harris in mein Arbeitszimmer kam und fragte, ob ich ein paar Minuten für einen Fremden erübrigen könne.

„Was für ein Fremder?" fragte ich.

„Ein gewisser Herr Harman", sagte er. „Er ist vor einer Stunde unangemeldet gekommen und hat mit mir gesprochen, weil Sie beschäftigt waren. Er möchte aber unbedingt zu Ihnen. Es hat irgend etwas mit Fräulein Paget zu tun."

Harman! Das war ja ganz sonderbar. „Was für ein Mensch ist es denn?"

Derek griente. „So einer aus den Kolonien. Wahrscheinlich ein Australier. Jedenfalls einer vom Lande."

Das paßte doch alles! Und doch, wie merkwürdig, daß ein australischer Viehtreiber seinen Weg in meine Kanzlei in der Chancery Lane gefunden haben sollte. „Ist sein Vorname womöglich Joseph?" fragte ich.

„Ach, Sie kennen ihn, Herr Strachan? Soll ich ihn hereinbitten?" Ich nickte.

Als Derek draußen war, stellte ich mich ans Fenster. Was mochte dieser Besuch bedeuten? Wie mochte mich Harman ausfindig gemacht haben? Wieviel durfte ich ihm von den Angelegenheiten meiner Klientin erzählen?

Harman kam herein, ein großer, vierschrötiger Mann mit blondem Haar, den ich auf dreißig bis fünfunddreißig schätzte. Aus seinem tiefbraungebrannten, kantigen Gesicht schauten mich strahlendblaue Augen an. Er trat eigentümlich steifbeinig auf mich zu.

Ich reichte ihm die Hand. „Herr Harman? Mein Name ist Strachan." Während ich sprach, konnte ich der Versuchung nicht widerstehen, auf seine Hände zu schauen. Ich sah auf den Handrücken große, breite Narben. Ich bat ihn, Platz zu nehmen.

„Ich möchte nicht lange stören", sagte er verlegen. „Ich hätte nur gern gewußt, ob Sie mir etwas über Fräulein Jean Paget sagen können. Wo sie lebt und solche Sachen."

„Herr Harman", sagte ich lächelnd, „Fräulein Paget ist eine Klientin von mir. Sind Sie mit ihr befreundet?"

Bei dieser Frage wurde er noch verlegener. „Gewissermaßen. Wir hatten uns im Krieg kennengelernt, in Malaya war es. Aber ich muß Ihnen wohl erst mal sagen, wer ich bin. Ich bin Queensländer. Ich leite eine Rinderstation im Golfland, dreißig Kilometer hinter Willstown." Er sprach sehr langsam und tastend. „Midhurst bei Willstown ist die Postadresse."

Ich machte mir auf meinem Block eine Notiz und lächelte ihn wieder an. „Da sind Sie ja weit weg von Ihrer Heimat."

„Ich bin nur auf einer Ferienreise, sozusagen. Ich kenne niemand in England, aber ich dachte, Fräulein Paget freut sich vielleicht, wenn sie hört, daß ich hier bin – nur, ich weiß ihre Adresse nicht."

„Eine weite Ferienreise", bemerkte ich.

Er lächelte etwas beklommen. „Ich hab Glück gehabt. Ich hab im Casket gewonnen."

„Im Casket?"

„Ja, im Golden Casket. Haben Sie so etwas hier nicht?" Ich schüttelte den Kopf. „Hat man Worte!" sagte er. „Ohne das Casket kämen wir in Queensland gar nicht aus! Es ist die staatliche Lotterie. Vom Überschuß werden Krankenhäuser gebaut. Ich hab tausend Pfund gewonnen, australische natürlich, nicht englische, für uns sind's aber tausend Pfund. Ich kaufe mir immer ein Los. Wenn man nichts gewinnt, kommt's ja dem Krankenhausbau zugute, und das ist am Ende wichtiger. Sie müßten mal das Krankenhaus in Willstown sehen. Drei Stationen mit je zwei Betten, dazu zwei Schwesternzimmer und ein Haus für den Arzt – nur daß wir keinen Arzt bekommen können. Willstown ist den Ärzten zu abgelegen."

Obwohl mich das alles interessierte, kam ich auf unser Thema zurück. „Sagen Sie, Herr Harman, woher wissen Sie eigentlich, daß ich Fräulein Pagets Anwalt bin?"

„Sie hatte mir in Malaya erzählt, daß sie in Southampton gewohnt hat, also fuhr ich hin. Da ich die Adresse nicht wußte, hörte ich mich in der Stadt um, erfuhr aber nur, daß sie eine Tante in Wales hat, in Colwyn Bay. Also bin ich nach Colwyn Bay gefahren. Ich glaube, die Tante hat mich für einen Gauner gehalten. Sie hat nur gesagt, daß Sie Fräulein Pagets Treuhänder sind – ich weiß gar nicht, was das ist. Jedenfalls bin ich dann zu Ihnen gefahren."

„Sind Sie von Australien nach England geflogen?"

„Ja. Ich habe einen guten Mann gefunden, der mich in Midhurst vertritt – Jim Lennon. Für eine Weile kann der das machen. Länger als drei Monate aber möchte ich nicht wegbleiben."

Der Flug nach England mußte ihn ein gut Teil der tausend Pfund gekostet haben. „Sie sind nach London geflogen", sagte ich, „nach Southampton gefahren, von da nach Wales und dann wieder nach London?"

Er nickte. Ich sah ihm lächelnd ins Auge. „Da muß Ihnen wohl sehr viel daran liegen, Fräulein Paget wiederzusehen."

Er wich meinem Blick nicht aus. „Das stimmt genau."

Ich lehnte mich in meinem Stuhl zurück. „Leider muß ich Sie enttäuschen, Herr Harman. Fräulein Paget ist verreist. Sie ist in Südostasien."

Er starrte einen Augenblick seinen Hut an. „Ach so."

Ich mochte diesen Menschen. Und ich achtete seine Gefühle. Er war fast zwanzigtausend Kilometer weit hergekommen, um Jean zu suchen, und jetzt war der ganze Aufwand vergeblich gewesen.

„Ich schlage Ihnen vor", sagte ich, „Sie schreiben ihr einen Brief und bringen ihn morgen vormittag her. Ich schicke ihn mit ein paar erklärenden Worten weiter. Wenn Fräulein Paget Sie sehen will, wird sie sich dann selber mit Ihnen in Verbindung setzen."

„Sie glauben aber, sie möchte das gar nicht?"

„Ich bin ziemlich sicher, daß sie Ihnen schreiben wird", sagte ich lächelnd. „Als ihr Anwalt muß ich aber ihre Interessen wahrnehmen. Sie müssen verstehen, daß ich nicht jedem, der hier hereinkommt, ihre

Adresse geben kann." Ich schwieg einen Augenblick. „Und dann noch eins. Fräulein Paget ist ziemlich wohlhabend. Ich will Sie nicht verdächtigen, daß Sie hinter ihrem Geld her sind. Es ist aber besser, Sie schreiben ihr und überlassen es ihr, ob sie Sie sehen möchte."

Er sah mich groß an. „Ich wußte doch gar nicht, daß sie Geld hat! Mir hat sie gesagt, daß sie eine einfache Stenotypistin ist."

„Das stimmt schon. Das Geld hat sie erst in jüngster Zeit geerbt."

Er schwieg. Ich blickte auf meinen Terminkalender. „Bringen Sie mir den Brief bitte morgen um zwölf, ja? Ich schicke ihn dann weiter. Wo wohnen Sie hier?"

„Im Kingsway Palace Hotel."

Den ganzen Abend verfolgte mich die Frage, ob ich recht getan hatte, ihm Jeans Adresse zu verweigern. Jean wäre mir deshalb bestimmt sehr böse gewesen. Eins aber war mir ein Rätsel. Warum wollte er jetzt plötzlich mit ihr zusammenkommen? Der Vorfall in Kuantan lag doch immerhin schon sechs Jahre zurück.

Er erschien nicht um zwölf. Ich wartete noch bis eins und ging dann zum Essen. Um drei wurde mir die Sache unheimlich. Wenn er verschwand, verzieh mir Jean das nie – und mit Recht! Ich rief im Kingsway Palace Hotel an und erfuhr, daß er nach dem Frühstück weggegangen war und keine Mitteilung hinterlassen hatte. Ich bat, ihm auszurichten, daß er mich sofort anrufen möchte.

Abends um zehn rief ich noch einmal an. Er war nicht da. Am nächsten Morgen um acht versuchte ich es abermals. Man sagte mir, sein Gepäck sei noch in seinem Zimmer, doch sei er nachts nicht dagewesen.

Sobald ich in meine Kanzlei kam, rief ich Derek Harris zu mir, erzählte ihm kurz, was geschehen war, und trug ihm auf, die Polizeigerichte anzurufen. „Ich habe ihm etwas Unangenehmes mitgeteilt. Möglich, daß er deshalb eine Sauftour macht."

Schon nach einer Viertelstunde kam Derek zurück. „Ihre Ahnung!" sagte er. „Er ist total betrunken aufgegriffen worden und hat den Rest der Nacht in der Ausnüchterungszelle zugebracht."

„Und vor welches Polizeigericht kommt er?"

„Vor das in der Bow Street. Richter Horler."

Ich schickte ihn mit dem Auftrag hin, die Geldstrafe zu bezahlen, falls er verurteilt würde, und Herrn Harman dann in meine Wohnung zu bringen. Da ich an diesem Tag nichts Dringendes zu tun hatte, lief ich rasch nach Hause. Meine Putzfrau war noch da. Ich bat sie, allerlei zu essen zu kaufen und das Fremdenzimmer herzurichten. Eine halbe Stunde darauf kam Derek mit dem Australier herein. Die Nacht in der Ausnüchterungszelle war Harman gut bekommen. Er sah zwar ziemlich wüst aus, war aber ganz vergnügt. „Ich hab mich mal ordentlich vollaufen lassen“, sagte er.

„Sie werden gewiß lieber hier baden und sich rasieren als in Ihrem Hotel“, sagte ich und zeigte ihm das Badezimmer.

Dann bedankte ich mich bei Derek und fragte, ob Harman eine Geldstrafe bekommen hätte.

„Vierzig Shilling“, sagte Derek. „Ich hab sie für ihn bezahlt.“

Ich gab ihm das Geld zurück. „War er so blank?“

„Er hatte noch viereinhalb Shilling. Er behauptet, er habe etwa sieben Pfund bei sich gehabt, aber er weiß es nicht genau. Jedenfalls macht er sich nichts daraus, daß das Geld weg ist.“

Ich schickte Derek in die Kanzlei und setzte mich hin, um ein paar Briefe zu schreiben. Dann kam Harman zu mir herein, vom Bad sichtlich erfrischt. „Ich weiß gar nicht, was ich zu meiner Entschuldigung sagen soll. Diese Halunken heute nacht haben mir alles Geld abgenommen. Aber ich zahle Ihnen die Geldstrafe selbstverständlich zurück – ich habe einen Kreditbrief von meiner Bank in Brisbane.“

„Sie haben mir ja den Brief für Fräulein Paget nicht gebracht“, sagte ich.

Er trat ans Fenster. „Ich hab's mir anders überlegt. Ich glaube, ich lasse es lieber.“ Er drehte sich zu mir um. „Ich hab lange über die Sache nachgedacht. Darum bin ich nicht zu Ihnen gekommen.“

„Frühstücken Sie jetzt erst mal“, sagte ich. „Dann redet sich's bestimmt besser.“ Eine Viertelstunde darauf kam er aus dem Eßzimmer zurück.

„Ich werde dann ja wohl gehen“, sagte er verlegen.

„Aber Joe“, sagte ich, „es wird Ihnen bestimmt kein Stein aus der Krone fallen, wenn Sie sich einen Augenblick hinsetzen und mir ein paar Fragen beantworten.“ Ich redete ihn mit Joe an, weil ich mir dachte, er werde dann eher ein bißchen aus sich herausgehen. „Sie haben Fräulein Paget, wenn ich recht verstehe, im Krieg kennengelernt, in Malaya, wo Sie beide kriegsgefangen waren, nicht wahr?“

„Ja, es war 1942.“

„Und seitdem haben Sie sie nicht wiedergesehen und ihr auch nicht geschrieben?“

„Nein.“

„Da begreife ich aber nicht ganz, warum es Ihnen plötzlich so wichtig ist, mit ihr in Verbindung zu kommen – jetzt nach sechs Jahren!" In meinem Kopf rumorte noch die Idee, daß er irgendwie von ihrer Erbschaft gehört hatte.

Er blickte mich mit einem breiten Lächeln an. „Ich hatte all die Jahre geglaubt, sie sei verheiratet. Erst jetzt hab ich erfahren, daß das nicht stimmt. Es war im vergangenen Mai, in Julia Creek. Ich habe da zufällig den Piloten des Flugzeugs kennengelernt, mit dem man sie aus Kota Bharu nach Singapur gebracht hatte."

Er hatte, so erfuhr ich, mit Jim Lennon und zwei eingeborenen Viehtreibern vierzehnhundert Rinder fünfhundert Kilometer von Midhurst zur Bahnstation Julia Creek getrieben. Im Mai waren sie angekommen. Das Verladen des Viehs hatte mehrere Tage gedauert. Und da hatte er eines Abends in einer Bar mit dem Piloten einer Dakotamaschine der Trans-Australia-Air-Line zusammengesessen, die wegen eines Lecks im Benzintank festlag. Im Laufe des Gesprächs hatte sich herausgestellt, daß beide im Krieg in Malaya gewesen waren.

„Das Komischste, was ich da gesehen habe", hatte der Pilot erzählt, „war eine Gruppe Frauen und Kinder, die gern in ein Gefangenenlager wollten, aber keins fanden! Sie verbrachten den größten Teil des Krieges in einem Dorf und arbeiteten mit den malaiischen Frauen auf den Reisfeldern."

„Wo in Malaya?" hatte Harman atemlos gefragt.

„Irgendwo zwischen Kuantan und Kota Bharu. Ich habe die Frauen damals nach Singapur geflogen. Es waren alles Engländerinnen, aber sie sahen wie malaiische Frauen aus – sie trugen Eingeborenentracht und waren dunkelbraun gebrannt."

„War eine Frau Paget dabei?" hatte Harman gefragt.

„Ein Fräulein Paget. Ein tolles Mädel. Verheiratet war die nicht."

„Sie hatte doch ein Kind!"

„Das stimmt schon. Es war ein kleiner Junge, ein Kind von einer der Frauen, die unterwegs gestorben waren. Sie hatte es zu sich genommen."

Harman hatte ihn angestarrt. „Und ich hatte gedacht, sie ist verheiratet!"

„Ich weiß ganz genau, daß sie es nicht war. Die Japaner hatten ihnen alle Eheringe abgenommen. Wir konnten jeder Frau ihren Ring zurückgeben. Die einzige Ausnahme war Jean Paget – die war unverheiratet."

„Jean", hatte Harman gemurmelt. „Das stimmt, das war ihr Name ..." Er war hinausgegangen, hatte sich an ein Pferchtor gelehnt und unter dem hohen Nachthimmel lange über alles nachgegrübelt.

Jetzt, in meiner Londoner Wohnung, vertraute er mir einiges von dem an, worüber er damals nachgesonnen hatte. „Sie ist ein prima Kerl", sagte er. „Wenn ich überhaupt heirate, dann nur so eine! Das ist es, warum ich hergekommen bin."

„Und Ihr Gewinn im Golden Casket?"

„Ich hab das nicht ganz richtig erzählt. Die tausend Pfund habe ich wirklich gewonnen. Aber das war schon gleich nach dem Krieg, als ich wieder in Queensland war. Ich hatte das Geld auf die hohe Kante gelegt, für den Fall, daß ich mal selber eine Station bekommen oder in den Viehhandel einsteigen könnte."

„Wieviel haben Sie denn jetzt noch?"

„Der Kreditbrief lautet auf fünfhundert Pfund. Das ist ja dann wohl alles, was ich habe. Und mein Gehalt als Verwalter natürlich."

Ich saß eine Weile in tiefem Schweigen. „Ich verstehe immer noch nicht", sagte ich schließlich, „warum Sie den Brief an Fräulein Paget nicht geschrieben haben."

Er antwortete nicht gleich. Dann kam es in seiner gedehnten Sprechweise heraus. „Als ich gestern von Ihnen wegging, hab ich mir die Sache noch einmal reiflich überlegt, Herr Strachan. Der Gedanke, eine Frau nur deshalb nicht zu heiraten, weil sie ein bißchen Geld hat, ist mir zu dumm. Aber da sind ein paar andere Punkte. Sehen Sie, ich komme aus dem australischen Busch. Ich leite eine Rinderstation. Das ist nach meinem Herzen, und etwas anderes könnte ich auch gar nicht. In einer der großen Städte käme ich bald auf den Hund. Ich verstehe eine Rinderstation besser zu leiten als die meisten anderen Viehtreiber. Jedenfalls bleibe ich im Busch. Für eine Dame ist das da aber kein Leben, Herr Strachan."

Endlich wurde die Angelegenheit klarer. „Wieso denn nicht?" fragte ich.

„Nehmen wir mal beispielsweise Willstown. Wir haben da keinen Radioempfang, kein Obst- und Gemüsegeschäft, nichts, wo man ein Buch oder eine Zeitschrift kaufen kann, kein Modegeschäft, keine Eisdiele und kein Schwimmbecken – bei der Hitze! Kein Telephon, keinen Arzt, keine anderen jungen Frauen, im ganzen Bezirk gibt es nur fünf. Die Frauen gehen alle, sobald sie nur können, in die Stadt.

Für einen Mann ist es ein herrliches Land, Herr Strachan, aber für Frauen ist das nichts."

„Sind alle Ortschaften im Busch so?" fragte ich.

„Die meisten, ja. Für eine Frau ist nur eine geeignet – Alice Springs. Da hat sie alles, was sie sich wünschen kann, zwei Kinos, Geschäfte, Eddie Macleans Schwimmbecken, viele nette junge Mädchen und Frauen und hübsche Häuser. Alice ist pfundig!"

„Wie kommt es denn, daß Alice so anders ist?"

Er kratzte sich am Kopf. „Das weiß ich selber nicht. Vielleicht, weil es größer ist als die andern."

Ich beließ es dabei. „Jedenfalls könnte sich Fräulein Paget Ihrer Meinung nach in Willstown nicht wohl fühlen, nicht wahr?"

Er nickte. In seine Augen trat ein gequälter Ausdruck. „Wissen Sie, damals in Malaya hatte sich alles ganz anders angesehen. Sie hatte nichts, ich hatte nichts – da paßten wir gut zusammen. Und jetzt komme ich nach England und sehe, wie man hier lebt, und höre, daß sie zu Geld gekommen ist. Das kann doch nicht gut ausgehen, daß ein junges Mädchen aus England direkt in den Busch kommt – noch dazu eins, das Geld hat." Er griente. „Na ja – da hab ich mich eben vollaufen lassen."

Wenn man alles bedachte, waren seine Überlegungen eigentlich sehr vernünftig. Eins aber mußte ich ihm noch sagen. „Fräulein Paget glaubt, Sie seien tot." Er starrte mich an. „Und sie gibt sich die Schuld daran."

„Stimmt ja gar nicht", sagte er. „Sie hatte mich damals ausdrücklich davor gewarnt, unvorsichtig zu sein. Was dann passiert ist, hatte ich einzig und allein mir selber zuzuschreiben."

„Ich meine, Sie sollten ihr schreiben", sagte ich. „Denken Sie mal in Ruhe darüber nach. Wann müssen Sie eigentlich wieder in Australien sein?"

„Spätestens Ende Oktober. Frau Spears, das ist meine Arbeitgeberin, wäre es bestimmt nicht recht, wenn ich noch länger wegbliebe."

„Da haben Sie also noch zweieinhalb Monate. Und Sie besitzen noch fünfhundert Pfund, nicht wahr?"

„Ja."

Da ich wußte, wie kostspielig ein Flug nach Australien war, riet ich ihm, mit einem Frachtdampfer zu fahren. Da bekomme er die Passage schon für etwa achtzig Pfund. Allerdings müsse er dann bald abreisen, schon innerhalb der nächsten zwei Wochen.

Er fand die Idee sehr gut und stand auf, um sich zu verabschieden. Ich bot ihm an, mein Fremdenzimmer zu benutzen, und als ich ihm wiederholt versichert hatte, daß er in keiner Weise störe, nahm er das Angebot mit Dank an.

Es ließ sich nicht leugnen, daß dieser Mensch seine moralischen Meriten hatte. Er war um die halbe Welt geflogen, um das Mädchen zu suchen, das er liebte; sicherlich gäbe er einen guten Ehemann ab.

Ich sorgte dafür, daß er bis zu seiner Abreise noch ein paar erlebnisreiche Tage hatte. Er besuchte das Geburtshaus seines Vaters in Hammersmith und trat in der Live-Sendung *Hartes Tagewerk* auf – man ließ ihn sechs oder sieben Minuten von seiner Arbeit auf der Rinderstation Midhurst berichten. Auch sah er sich, soviel er konnte, Zuchtvieh, Vollblutpferde und Sattelzeug an. Als er von einem zweitägigen Besuch bei dem alten Sir Dennis Frampton zurückkam, der bei Taunton Herefordrinder züchtet, war er noch ganz im Bann all des Neuen, das er gesehen hatte. „In diesen zwei Tagen", rief er, „habe ich von der Zucht mehr gelernt als in zehn Jahren im Golfland."

Ich kam auf Jean Paget zu sprechen. „Joe, ich schreib ihr in ein, zwei Tagen und gebe ihr Ihre Adresse. Wahrscheinlich finden Sie in Midhurst dann schon eine Nachricht von ihr vor."

Bei dem Gedanken erhellte sich sein Gesicht. „Ich schreibe ihr gleich, wenn ich einen Brief von ihr bekomme. Eigentlich bin ich froh, daß ich sie in England nicht angetroffen habe. Jetzt wird vielleicht noch alles gut."

Ich hatte ihm eine billige Überfahrt auf einem Frachtschiff verschafft und brachte ihn am Tag der Ausreise an Bord, ganz wie ich einige Monate zuvor Fräulein Paget begleitet hatte.

Als ich mich, um an Land zu gehen, der Gangway zuwandte, sagte er rauh: „Vielen Dank für alles, Herr Strachan. Ich schreibe Ihnen sofort aus Midhurst." Er drückte mir warm die Hand.

„Schon gut, Joe. Wenn Sie nach Hause kommen, finden Sie bestimmt einen Brief von ihr vor. Vielleicht auch schon mehrere."

Ich hatte ihm nicht erzählt, daß sie in Australien war und ich ihr an dem Tag, bevor er zu mir gekommen war, nach Alice Springs geschrieben hatte. Ich hatte in der Brusttasche einen Brief, der mit der ersten Post gekommen war. Er war in Willstown abgestempelt.

6. KAPITEL

Als Jean Paget auf dem Flughafen Darwin ausstieg, war sie in einer ganz unsinnigen Weise überglücklich. Ich könnte mir denken, daß sie sich bis zu diesem Augenblick noch nicht vom Krieg erholt hatte. Sie war nach England zurückgekommen und hatte bei Pack & Levy gut gearbeitet, aber eher im Stil einer älteren Frau, die keine Ansprüche mehr an das Leben stellt. Tief in ihrem Innern wütete noch die Tragödie von Kuantan und würgte ihre Jugend ab. Es stimmte, daß sie sich, wie sie mir erzählt hatte, wie siebzig fühlte.

Bei ihrer Landung war es schon Abend. Als sie die Zollformalitäten hinter sich hatte, trat ein junger Mann auf sie zu. „Fräulein Paget", sagte er, „ich höre, daß Sie ins Hotel Darwin wollen. Darf ich Sie mit meinem Wagen hinbringen? Ich heiße Stuart Hopkinson und bin hier oben Berichterstatter des *Sydney Monitor*."

„Sehr liebenswürdig, Herr Hopkinson", sagte sie. „Ich möchte aber nicht, daß Sie meinetwegen einen Umweg machen."

„Ich wohne ja auch in dem Hotel." Jean stieg ein. Unterwegs sagte er: „Sie sind doch Engländerin, nicht wahr? Darf ich fragen, warum Sie nach Australien gekommen sind?"

Sie lachte. „Es ist eine reine Privatangelegenheit – das wäre nichts für Ihre Zeitung. Soll ich jetzt lieber aussteigen?"

„Aber ich bitte Sie! Es ist nur so, daß ich schon seit einer Woche keine Story nach Sydney geschickt habe. Sind Sie vielleicht hergekommen, um zu heiraten?"

„Das möchte ich verneinen."

Er seufzte. „Sie scheinen wirklich für mich ganz unergiebig zu sein."

„Etwas anderes, Herr Hopkinson – wissen Sie zufällig, wann ein Bus nach Alice Springs fährt?"

„Natürlich, erst heute früh ist einer gefahren. Der nächste fährt erst Montag. Die Fahrt dauert zwei Tage. Und ist gar nicht übel – von der Hitze abgesehen."

Er trug ihr den Koffer in die Hotelhalle. Es war sehr heiß in Darwin. Sie duschte, legte sich hin und deckte sich ganz leicht zu.

Am nächsten Tag lag sie in der Morgenkühle wach und dachte über ihre Situation nach. Sie mußte unbedingt Joe Harman finden und mit ihm sprechen. Doch konnte ihr Vorhaben unliebsame Begleiterscheinungen haben – das hatte ihr die Begegnung mit dem Journalisten gezeigt. So nett der auch war – sein Beruf forderte von ihm, eine Story beizubringen. Sie hatte keine Lust, in Schlagzeilen zu erscheinen – „Junge Engländerin sucht Aussie, der sich für sie im Krieg kreuzigen ließ."

Sie dachte sich eine Geschichte aus. Sie wollte nach Adelaide zu ihrer Schwester, die dort mit einem Postbeamten namens Holmes verheiratet war. Das klang doch durchaus glaubhaft. Sie war über Darwin ins Land gekommen, weil sie sich erst in Alice Springs nach einem Vetter zweiten Grades erkundigen wollte, Joe Harman, der dort eine Stellung haben sollte, seit neun Jahren aber nicht geschrieben hatte; ihr Onkel wollte wissen, ob er noch lebte. Von Alice wollte sie mit der Bahn nach Adelaide fahren.

Es schien eine recht plausible Geschichte zu sein. Sie probierte sie an Stuart Hopkinson aus, als er ihr vormittags den Weg zur Busfahrkartenstelle zeigte. Er schluckte sie, ohne Fragen zu stellen. Bei einer Unterhaltung in einer Milchbar erkundigte er sich bei ihr, was für einen Beruf dieser Harman vor neun Jahren in Alice gehabt habe.

Sie sog unschuldig an ihrem Trinkhalm. „Er war Cowboy auf einer Rinderstation."

„Ein Viehtreiber? Wissen Sie den Namen der Station?"

„Wollara", sagte sie. „Es liegt in der Nähe von Alice Springs, nicht wahr? Ist da schwer hinzukommen?"

Nach Tisch kam er mit Hal Porter vom *Adelaide Herald* zu ihr. Porter erklärte ihr, daß Wollara gut zweihundert Kilometer von Alice Springs entfernt sei. „Die Station wird von Tommy Duveen verwaltet. Eine Verbindung dahin gibt es nicht, höchstens einen Lastwagen. Aber halt mal – Macleans Postflugzeug könnte Sie vielleicht mitnehmen."

Die beiden Reporter machten mit ihr eine Wagenfahrt in die Umgebung der Stadt. Auf dem herrlich weißen Strand bekam sie Lust, in der tiefblauen See zu baden. „Ich hab was dagegen", sagte Porter. „Wenn Sie über knietief hineingehen, schnappen Haie nach Ihnen. Außerdem gibt's hier Steinfische. Wenn Sie auf einen treten, spritzt er Ihnen einen Liter Gift ins Blut. Und Medusen haben wir hier auch. Das Schlimmste aber ist vielleicht das Korallenohr."

„Und was ist das?"

„Ein Gewächs im Kopf. Es entsteht dadurch, daß man den feinen Korallensand ins Ohr bekommt."

Am Sonntag kam Jean aber doch zu ihrem Bad. Die beiden Journalisten fuhren mit ihr zum fünfundsechzig Kilometer entfernten Berry Springs, wo es ein Flußbad gab. Abends verabschiedete sie sich von ihnen, und anderntags bestieg sie in aller Frühe den Bus nach Alice Springs. Er war stromlinienförmig gebaut und innen sehr bequem, nur hatte er keine Klimaanlage. Auf der breiten Schotterstraße fuhr er achtzig Kilometer. Im Anhänger führte er Gepäck und Stückgut mit.

Das Land war bewaldet, doch durchfuhr man zeitweise weite Wiesen, die gutes Weideland abgegeben hätten, aber nicht genutzt wurden. Nach und nach wurde der Boden unfruchtbarer, und abends war die Gegend wüstenhaft kahl.

Die Nacht über blieb man in Daly Waters, das lediglich aus einem Hotel, einem Postamt und einem großen Flugplatz bestand. Vor dem Hotel sah Jean drei junge Männer hocken, jeder auf einer Ferse, das andere Bein lang ausgestreckt – die eigentümliche Sitzart, die sie von Joe Harman kannte. Sie trugen Reithosen und Stiefel mit seitlichen Gummizügen und auffallend dünnen Sohlen. Sie spielten Karten auf dem Erdboden und waren ganz in ihr Spiel versunken. Zum erstenmal sah sie australische Viehtreiber vor sich. Nur mühsam widerstand sie der lächerlichen Versuchung, sie zu fragen, ob sie etwas von Joe Harman wüßten.

Bei Tagesanbruch war der Bus schon wieder auf der Weiterfahrt nach Süden. Der Pflanzenwuchs wurde spärlicher, die Sonne noch heißer, und als man mittags in Tennant Creek hielt, um zu essen und zu ruhen, war man mitten in einer Sandwüste. Gegen Abend wurden die Macdonnell Ranges sichtbar, kahle rote Bergzüge vor einem blaßblauen Himmel, und bei Einbruch der Dunkelheit fuhr man langsam in Alice Springs ein und hielt vor dem Talbot Arms Hotel.

Wie alle Häuser in Alice Springs war auch das Hotel zweigeschossig gebaut. Jeans Zimmer im ersten Stock ging auf einen Balkon hinaus. Die Gäste, die mit dem Bus gekommen waren, bekamen sofort Tee. Im übrigen war es hier wie überall in Hotels auf dem Land in Australien. Jean hatte es schon gemerkt: wer nicht pünktlich zu den Mahlzeiten erschien, bekam nichts.

Später schlenderte sie die breiten Straßen hinunter. Es war alles, wie es ihr Joe Harman beschrieben hatte, ein reizendes Städtchen mit vielen jungen Leuten. Trotz der tropischen Landschaft und der im Bungalowstil gebauten Häuser spürte man etwas von der Atmosphäre einer englischen Vorstadt – es gab Jean ein heimatliches Gefühl. Jedes Haus stand in einem kleinen Garten, der von einer Hecke umgeben war. Am Rand der Straßen erhoben sich schattenspendende Bäume. Alice war wirklich, wie Joe gesagt hatte, eine Wucht. Jean fühlte, daß sie hier ein glückliches Leben führen könnte, in einem dieser Bungalows, vielleicht mit zwei oder drei Kindern.

Sie ging die Hauptstraße hinunter und sah sich die Geschäfte an. Es war alles da, was man sich wünschen konnte – ein Damenfriseur, Modegeschäfte, zwei Kinos ... Sie trat in eine Milchbar und ließ sich ein Eiscremesoda geben. Wenn das hier, dachte sie, der Busch ist, dann gibt's bestimmt noch viel schlimmere Gegenden in der Welt.

Nach dem Frühstück am nächsten Morgen erzählte sie der Geschäftsführerin des Hotels, Frau Driver, von ihrem angeblichen Plan, nach Adelaide zu fahren, sich vorher aber in Alice Springs nach einem Vetter zu erkundigen, der neun Jahre nicht mehr geschrieben hatte.

„Wie ist denn der Name?" fragte Frau Driver.

„Joe Harman."

„Der in Wollara gearbeitet hat? Der war kurz nach dem Krieg öfter hier. Aber wo er jetzt ist, weiß ich nicht ... Vielleicht weiß es einer von den anderen."

Der alte Art Foster, ein Faktotum, wohnte schon dreißig Jahre in Alice Springs. „Joe Harman? Der war nach dem Krieg zuerst in Wollara und bekam dann einen Posten als Stationsverwalter oben im Golfland. Tommy Duveen draußen in Wollara weiß bestimmt, wo er ist."

„Vermutlich hat Herr Harman seine Familie mitgenommen", sagte Jean beiläufig.

Der Alte sah sie fragend an. „Familie? Wieso? Der ist doch gar nicht verheiratet."

„Mein Onkel in England hatte gedacht ..." Jean überlegte eine Weile, dann fragte sie Frau Driver, ob Wollara Telephon habe. „Wenn Herr Duveen die Adresse weiß, hätte ich ihn gern angerufen."

Nein, Wollara hatte kein Telephon. Doch war die Station an das Funknetz des Krankenhauses angeschlossen, das eine Flugambulanz unterhielt. Jeden Morgen und jeden Abend rief das Krankenhaus vierzig oder fünfzig Stationen über Funk an und tauschte mit ihnen Nachrichten aus. „Heute schaltet sich bestimmt Frau Duveen ein", sagte Frau Driver. „Ihre Schwester liegt hier im Krankenhaus auf der Geburtsstation, und da wird sie sicherlich wissen wollen, ob das

Baby schon in Sicht ist. Schreiben Sie ein Telegramm. Herr Taylor vom Funkdienst des Krankenhauses gibt es dann heute abend durch."

Jean schrieb das Telegramm und ging damit zu Herrn Taylor. Er riet ihr, abends wiederzukommen. „Wenn man die Adresse weiß, habe ich sie dann schon. Wenn man erst nachsehen muß, kriege ich sie wahrscheinlich erst morgen."

Jean hatte also einen freien Tag vor sich. Sie ging in die Milchbar zurück, ließ sich wieder ein Eiscremesoda geben und unterhielt sich mit einer Tischnachbarin, einem jungen Mädchen namens Rose Sawyer. Als Fräulein Sawyer hörte, daß Jean aus England gekommen war, fragte sie mit einem ironischen Unterton, wie ihr Alice gefalle.

„Also, ich mag es", sagte Jean. „Ich glaube, es läßt sich hier sehr hübsch leben!"

Rose Sawyer erzählte ihr etwas von der Geschichte des Ortes. Als 1928 die große Südnordbahn von Adelaide bis hier gebaut war, bestand Alice Springs aus drei Häusern und einer Wirtschaft; 1930 wurde die Flugambulanz geschaffen. In der Umgebung entstanden kleine Krankenhäuser. Im Jahre 1939 betrug die Zahl der Einwohner dreihundert, nach dem Krieg stieg sie auf siebenhundertfünfzig, und jetzt zählte Alice Springs rund zwölfhundert Menschen. „Und es kommen ständig neue hinzu, bauen Häuser und eröffnen Geschäfte", sagte Rose Sawyer. „Für mich habe ich noch nicht das Richtige gefunden. Ich habe eine Nachmittagsstellung in einem Modegeschäft, hätte aber gern etwas Besseres." Sie fragte Jean, ob sie nachmittags zum Schwimmen mitkommen wolle. „Ich rufe Frau Maclean an – sie hat ein wunderschönes Schwimmbecken, gleich beim Flugplatz."

Sie fuhr Jean um fünf hin. Das Schwimmbecken erwies sich als eine Art Treffpunkt der Einwohner. Man sonnte sich und plauderte. Die meisten der verheirateten und der ledigen Frauen waren unter dreißig, liebenswürdige, gastfreundliche Menschen. Sie hungerten nach Nachrichten aus England, von dem sie ganz natürlich als der Heimat sprachen. Keine war schon einmal da gewesen, jede aber hegte den Wunsch, einmal eine Reise „in die Heimat" zu machen. Sie wußten viel von England. Jean schämte sich, daß sie demgegenüber so wenig von Australien wußte.

Harmans Adresse lag abends im Krankenhaus noch nicht vor. Frau Duveen hatte aber versprochen, ihren Mann zu fragen und am nächsten Morgen eine Mitteilung durchzugeben. Jean dachte in dieser Nacht viel über Joe Harman nach. Erstaunlich, daß seine Wunden so gut verheilt waren und er wieder die schwere Arbeit im Busch hatte aufnehmen können. Er mußte unglaublich zäh sein. Es wäre ihr unmöglich gewesen, Australien zu verlassen, ohne ihn wiedergesehen zu haben. Daß die Begegnung sie in Verlegenheit bringen könnte, hielt sie für ausgeschlossen. Sie wollte ihm freimütig die Wahrheit sagen: sie habe gehört, daß er die Tortur überlebt habe, und sei nach Australien gekommen, um sich von seinem Wohlergehen zu überzeugen. Wenn danach etwas geschehen sollte ...

Mit einem Lächeln auf den Lippen schlief sie ein.

Am nächsten Morgen teilte ihr der Funker des Krankenhauses, Herr Taylor, mit, daß Joe Harman Verwalter der Midhurst-Station bei Willstown sei, einem Ort an der Mündung des Gilbert in den Golf von Carpentaria.

„Das ist ein richtiges Kuhdorf", sagte er lachend. „Die haben eine Landepiste, viel mehr aber auch nicht. Muß ein Hundeleben sein."

„Ich muß nach Willstown und Joe Harman sehen", sagte Jean. „Ob's da eine Wirtschaft gibt, wo man übernachten kann?"

„Aber klar! Die müssen doch etwas haben, wo sie ihren Grog trinken können."

In tiefen Gedanken ging Jean in die Milchbar. Als sie ihr Eiscremesoda bestellte, dachte sie, es werde wohl auf lange Zeit das letzte sein. Rose Sawyer fand ihre neue Freundin in Busfahrpläne und Flugpläne vertieft. „Am besten, Sie fliegen", sagte sie. „Das machen heute doch alle. Und Sie sparen die Kosten für Hotel und Mahlzeiten. Ich würde Ihnen raten, nächsten Montag den Maclean-Dienst nach Cloncurry zu benutzen. Wenn Sie wollen, können Sie bis dahin bei uns wohnen. Ach bitte, sagen Sie nicht nein! Es kommt so selten vor, daß wir mit jemandem aus England sprechen können. Und das Hotel ist gewiß nicht übermäßig gut – ich selber war natürlich noch nicht da."

Jean fiel bei dieser Bemerkung ein, daß eine Dame in Australien unter keinen Umständen allein in eine Hotelbar gehen durfte. Da kam ihr Rose Sawyers Angebot sehr zustatten. „Wenn Sie meinetwegen bestimmt keine Umstände machen ..." Sie kehrte sofort ins Hotel zurück und packte ihren Koffer. Dann ging sie ins Postamt, kaute eine Viertelstunde an ihrem Bleistift und brachte folgendes Telegramm an Joe Harman zustande:

HÖRTE ERST KÜRZLICH ZU GROSSER FREUDE DASS SIE TORTUR VON KUANTAN ÜBERLEBT HABEN STOP BIN IN AUSTRALIEN UND KOMME NÄCHSTE WOCHE NACH WILLSTOWN ZU EINEM WIEDERSEHEN JEAN PAGET

Sie wurde von Rose Sawyers Familie so herzlich aufgenommen, daß sie es nach drei Tagen nicht mehr fertigbrachte, ihr die wahre Geschichte von Joe Harman vorzuenthalten. Sie bat lediglich, die Sache nicht weiterzuerzählen – aus Angst, die Zeitungen könnten dahinterkommen.

Herr Sawyer hatte Jean einiges Interessante vom Golfland zu erzählen. „Im Augenblick ist damit ja noch nicht viel los", sagte er. „Aber das kann sich in Australien über Nacht ändern. Und Joe Harman ist ja noch ein junger Mann. Alice Springs war vor zwanzig Jahren auch noch ein Nichts, und sehen Sie sich's heute an! Günstig ist am Golf der jährliche Niederschlag – fünfundsiebzig Zentimeter! Wir hier haben nur fünfzehn bis siebzehn. Auf lange Sicht ist das natürlich von großer Bedeutung. Die da oben haben allerdings nicht viel von ihrem Regen. Er fällt nämlich im Zeitraum von zwei Monaten im Jahr und fließt ins Meer ab. Was Australien in erster Linie braucht, ist Wasserspeicherung."

Jean verließ Alice Springs früh am Morgen. Das Flugzeug, ein Doppeldecker, zickzackte den ganzen Tag über den Einöden Mittelaustraliens, lud auf den Rinderstationen seine Postsäcke aus, nahm Viehtreiber und Polizisten an Bord und setzte sie ein paar hundert Kilometer weiter wieder ab. Bei jeder Landung gab es Tee und einen Schwatz mit dem Eigentümer oder dem Verwalter der Station. Dann ging's weiter. Jean erfuhr auf diese Weise genau, wie das Geschäft einer Rinderstation aussieht und wie es dort hergeht.

In der Abenddämmerung kam man nach Cloncurry, einer ausgedehnten Stadt an der Bahnlinie, die ostwärts in Townsville das Meer erreichte. Man war jetzt in Queensland, und Jean hörte überall die bedächtige, schleppende Sprechweise, die sie von Joe Harman kannte. Cloncurry hatte nichts vom Hochglanz von Alice Springs, es roch nach Rindern, und die Straßen, durch die man die Rinder zu den Viehhöfen trieb, waren für diesen Zweck besonders breit angelegt. Es gab hier viele Gasthöfe, aber nur wenige Geschäfte.

Anderntags ging sie gleich nach dem Frühstück, als es noch kühl war, die Hauptstraße hin und zurück und blickte in ein Geschäft hinein, wo es Spielwaren und Zeitungen gab. Bis auf ein paar Frauenzeitschriften war der ganze Lesestoff ausverkauft. Sie ging in ihr Hotel zurück, legte sich aufs Bett und ließ schwitzend die Tageshitze über sich ergehen. Die meisten Einwohner schienen es ebenso zu halten.

Am nächsten Morgen war sie beim ersten Tageslicht auf dem Flugplatz. Diesmal flog sie mit einem betagten Anderthalbdecker, und wieder ging es im Zickzack von einer Rinderstation zur andern.

Nach vier oder fünf Landungen kam man mittags an der Küste in eine weltverlassene sumpfige Landschaft.

Nachmittags kam Willstown in Sicht. Hier war das Land grün und mit Kautschukbäumen bewaldet. Der Gilbert mündete etwa fünf Kilometer unterhalb der Stadt ins Meer. Er war bis Willstown und noch darüber hinaus tief und wasserreich. Als der Pilot in die Landekurve ging, sah Jean eine hölzerne Mole. Alle übrigen Wasserläufe schienen trockenzuliegen.

Die Stadt bestand aus etwa dreißig Gebäuden, die an zwei ungepflasterten, einander kreuzenden Straßenzügen weit verstreut lagen. Nur ein Gebäude, das Hotel, war zweigeschossig gebaut. Unbefestigte Straßen liefen von der Stadt in verschiedenen Richtungen ins Land hinaus. Der Flugplatz war imponierend. Er war im Krieg für die Landesverteidigung gebaut worden. Das Flugzeug landete auf einer der breiten Pisten und rollte zum Auftanken an einen Tankwagen heran. „Sie steigen hier aus, Fräulein Paget?“ fragte der Pilot. „Werden Sie abgeholt?“

Sie schüttelte den Kopf. „Ich möchte jemanden sprechen, der in diesem Bezirk auf einer der Stationen wohnt – Herrn Joe Harman. Er ist Verwalter der Station Midhurst.“

„Al Burns draußen auf dem Tankwagen kennt hier jeden.“

Er kletterte aus dem Flugzeug, und Jean folgte ihm. „Guten Morgen, Al“, sagte der Pilot. „Ich brauche etwa hundertsechzig Liter. Nach dem Öl schau ich gleich. Ist Joe Harman eigentlich da?“

„Joe Harman? Der ist in England. Macht da Urlaub.“

Jean stand einen Augenblick wie erstarrt. Dann wäre sie beinah losgeplatzt. Die beiden Männer sahen sie neugierig an. „Ich hab ihm nämlich telegraphiert, daß ich komme – da wird er das Telegramm nicht bekommen haben“, sagte sie nicht übermäßig geistvoll.

„Wann haben Sie es denn abgeschickt?“

„Vor vier oder fünf Tagen – in Alice Springs.“

„Dann hat er's natürlich nicht bekommen“, sagte Al Burns.

„Wahrscheinlich hat es Jim Lennon auf der Station Midhurst entgegengenommen. Joe ist vor etwa einem Monat nach England geflogen. Er wird erst Ende Oktober zurück erwartet."

Der Pilot sah Jean an. „Was machen Sie nun, Fräulein Paget? Wollen Sie hier bleiben? Viel ist hier aber nicht los."

Jean biß sich nachdenklich auf die Lippe. „Wann starten Sie? Fliegen Sie wieder nach Cloncurry?"

„Ja, da landen wir wieder morgen früh. Wir starten in einer halben Stunde."

Cloncurry war ja nun das letzte, wo Jean gern die nächste Zeit verbracht hätte. „Ich muß es mir noch überlegen", sagte sie. „Ich muß in Australien bleiben, bis ich mit Herrn Harman gesprochen habe. Wie ist denn Cairns? Das soll doch recht hübsch sein."

„Cairns ist prima", sagte der Pilot. „Wenn Sie sechs oder acht Wochen warten müssen, werden Sie bestimmt nicht hier bleiben wollen."

Man erörterte die verschiedenen Verkehrsmittel. Bahnfahrten waren mit langen Wartezeiten und anstrengenden Tagen verbunden. Flugreisen über die weiten Entfernungen kosteten zuviel. Reisen mit andern Verkehrsmitteln aber grenzten ans Unerträgliche. „Ist es nicht billiger, eine Woche hier zu bleiben und dann die Dakota nach Cairns zu nehmen?" fragte sie den Piloten.

„Klar! Gut zwanzig Pfund."

„Das Hotel hier ist doch sicherlich billig."

Der Pilot wandte sich an den Tankwart. „Al, was nimmt die Frau Connor?"

„Zehneinhalb."

Jean rechnete. Wenn sie hier auf die Dakotamaschine wartete, sparte sie sechzehn Pfund. „Ich glaube", sagte sie, „ich bleibe hier, spreche mal mit Jim Lennon und nehme nächste Woche die Dakota."

„Aber es ist alles sehr primitiv, Fräulein Paget, die Toilette auf dem Hof und so."

Sie lachte. „Meinen Sie, ich muß mich nachts einschließen und einen Revolver neben mich legen?"

Er war leicht beleidigt. „Aber ich bitte Sie, es ist ein anständiges Haus, nur, wie gesagt, etwas primitiv."

Inzwischen war ein Lastwagen mit zwei Männern vorgefahren, die Jean neugierig musterten. Der Fahrer half ihr in den Sitz neben sich. Als er anfuhr, fragte er sie, ob sie in Willstown bleibe.

„Bis nächste Woche, falls mich Frau Connor unterbringen kann. Dann fliege ich mit der Dakota nach Cairns. Ich hatte Joe Harman sprechen wollen, höre aber, daß er verreist ist."

„Ja, er ist in England. Sie sind Engländerin, nicht wahr? Meine Eltern sind auch aus England gekommen – Sam Small ist mein Name."

Der Lastwagen verließ die Rollbahn und bog stoßend und schlingernd auf den unbefestigten Weg zur Stadt ein. In die Fahrerkabine drang Straßenstaub und blauer Qualm von dem dröhnenden Motor. „Was tut denn Joe Harman in England?" schrie Jean durch den Lärm der quietschenden Achsen und ratternden Räder. „Was hat er denn vor?"

„Will sich wohl bloß mal amüsieren, er hat vor ein paar Jahren im Casket gewonnen", sagte Sam Small. „Und um diese Zeit im Jahr gibt's hier sowieso nicht viel zu tun."

Man kam an einer Holzbude vorbei, nach je fünfzig Metern an einer zweiten und einer dritten, und dann war man in der Hauptstraße. Der Wagen fuhr an einem zweigeschossigen Gebäude vor, an dem in verblaßten Buchstaben „Australian Hotel" stand. „Da wären wir", sagte Small. „Kommen Sie mit herein, ich muß erst mal sehen, wo Frau Connor steckt."

Das Hotel hatte im Obergeschoß zehn kleine Zimmer, die auf einen gemeinsamen Balkon hinausgingen. Frau Connor war eine grauhaarige, resolute große Frau. „Ein Zimmer möchten Sie?" Sie musterte Jean von oben bis unten. „Hm, ich weiß nicht recht. Sie reisen allein? Sie haben das Flugzeug nach Cairns verpaßt?"

„Ja, und wie ich höre, fliegt das nächste erst in einer Woche."

„Hm, ich weiß nicht recht – die Männer schlafen meist auf dem Balkon, das wäre für Sie nicht sehr angenehm."

„Wie steht's denn mit den beiden Hinterzimmern, Mutter Connor?" fragte Sam Small.

„Ach ja, davon könnte sie eins haben. Der Balkon geht auf den Hof hinaus." Sie zeigte Jean das Zimmer. Es war klein, aber sauber und hatte ein gutes Moskitonetz. „Hier kommt keiner her, bloß die Annie, das Mädchen. Sie schläft in dem andern Zimmer. Sollten Sie nachts irgend etwas hören, werden Sie's mir hoffentlich sagen. Das Mädel habe ich schon lange im Verdacht."

Ihr Blick streifte Jeans Hand. „Sie sind nicht verheiratet?"

„Nein."

„Na, da werden ja bald die Viehtreiber aus dem ganzen Bezirk anrücken, um Sie sich anzusehen. Darauf müssen Sie sich gefaßt machen."

„Mach ich!" sagte Jean lachend.

Sie duschte und zog sich frisch an. Um halb sieben rief die Glocke zum Essen. Jean ging in den Speisesaal. An dem großen Tisch saßen vier Männer und starrten sie an.

Annie, das Hausmädchen, ein dralles Ding von sechzehn Jahren, wies ihr einen Einzeltisch an, der bereits für sie gedeckt war. „Es gibt Roastbeef oder Hammelbraten oder Truthahn", sagte sie. „Möchten Sie Tee oder Kaffee?"

Es war erstickend heiß. Im Speisesaal wimmelte es von Fliegen, sie setzten sich auf Jeans Gesicht, die Lippen, die Hände. „Truthahn", sagte sie. „Und Tee."

Sie bekam einen Teller mit einem ganzen Berg Fleisch und Büchsengemüse, alles heiß und fett. Die Fliegen stürzten sich darauf, ebenso wie auf die Büchsenmilch, die es zum Tee gab. Es war der kürzeste Weg, sich die Ruhr zu holen. Jean hatte aber zur Vorbeugung genügend Medikamente bei sich. Als sie ein Viertel des Essens herunter hatte, floh sie nach draußen an die frische Luft. Auf der Terrasse unten standen nahe dem Eingang zur Bar ein paar Liegestühle. Es war der einzige Platz im Hotel, wo sie sich ausruhen konnte. Hoffentlich verletzte sie damit kein Tabu. Daß sie als Frau nicht allein in eine Bar gehen durfte, wußte sie ja schon.

Sie setzte sich und ließ den Blick umherschweifen. Es war schon Abend, und doch schien die Sonne noch stark und tauchte die Staubwolken der Straße in ein goldenes Licht. Etwa hundert Meter entfernt war ein Geschäft, das einzige der ganzen Straße, Duncans Gemischtwarenladen. Davor standen Viehtreiber, dunkelhäutige, große, gutgebaute Eingeborene. Sie redeten wortreich aufeinander ein und hatten offenbar viel zu lachen.

Weiter unten auf der andern Straßenseite schoß aus einem Rohrstutzen ein etwa zweieinhalb Meter hoher dampfender heißer Strahl, der in der Ferne in einer kleinen Hütte verschwand und am andern Ende wieder herauskam.

Von Zeit zu Zeit kam ein Mann bei Jean vorbei und ging in die Bar. Frauen sah sie nicht. Auf einmal lächelte sie ein junger Mann an und sagte guten Abend. Sie lächelte zurück. Im selben Augenblick wußte sie, daß sie sich etwas eingebrockt hatte. Er trat zu ihr. „Ich hab gesehen, wie Sie Sam Small heute nachmittag hergebracht hat. Sie sind doch mit dem Flugzeug gekommen, nicht?" An seiner schaukelnden Gangart, den grünen Reithosen und den Stiefeln mit den seitlichen Gummizügen war sofort der Viehtreiber zu erkennen.

Die Dame zu spielen, hielt Jean für unangebracht. „Ja", sagte sie, „ich bin aus Cloncurry gekommen. Sagen Sie bitte, ist das da hinten eine Quelle?"

Sein Blick folgte ihrem Finger. „Nein, das ist ein Geysir. Vielleicht haben Sie noch keinen gesehen? Das Wasser ist ungenießbar, weil Gas mit hochsteigt. Wenn es nachher dunkel ist, stecke ich das Ding mal an. Es gibt eine zwei Meter hohe Flamme."

Er stellte sich vor: Pete Fletcher. Der Tankwart Al Burns trat zu ihnen, und alsbald hatte sich an Jeans Stuhl eine kleine Versammlung gebildet. „Wieso", fragte sie, „ist der Ort eigentlich so langgestreckt? Warum stehen die Häuser nicht näher beieinander?"

Tim Whelan, ein Tischler, erzählte ihr, daß die Häuser einst dicht an dicht gestanden hätten. Willstown sei ja einmal eine Goldsucherstadt gewesen – dreißigtausend Menschen hätten hier gewohnt.

„Und wieviel sind's jetzt?"

„Keine Ahnung", sagte Al Burns. „Was meinst du, Tim?" Er flüsterte Jean zu, daß Whelan der Sargmacher sei, es also eigentlich wissen müsse.

„Hundertfünfzig", sagte Whelan.

„Ach wo, höchstens hundertzwanzig!" rief einer.

Jetzt kam noch Sam Small hinzu, und alsbald entwickelte sich eine lebhafte Diskussion über die Einwohnerzahl. Man einigte sich auf hundertsechsundvierzig. Bei dieser Gelegenheit hörte Jean von den meisten Leuten den Namen und den Beruf.

„Wo sind denn all die Menschen geblieben?" fragte sie. „Hat der Goldsegen aufgehört?"

Die Kosten der Grubenmaschinen hätten sich schließlich nicht mehr gelohnt, erfuhr sie. In den benachbarten Orten sei es ebenso gewesen.

„In Croydon will man ja eine Mine wieder aufmachen", sagte einer.

„Ach, das redet man doch schon seit Jahren", sagte ein anderer.

„Aber die Häuser", sagte Jean. „Wo sind die denn geblieben?"

„Zerfallen", sagte Burns. „Als es mit der Goldsucherei aus war, konnten die Leute ja nicht hier bleiben. All diese Orte am Golf sind Geisterstädte geworden."

Es wurde dunkel. Pete Fletcher und Al Burns gingen zum Geysir und zündeten ihn an. Die hochschießende Flamme bildete einen Feuerschein über der Stadt. Wasser und Dampf des Geysirs ließen sie zucken und flackern und schließlich erlöschen. „Herrlich“, sagte sie. „Ich habe so etwas noch nie gesehen.“ Die Männer, die ihr die Sehenswürdigkeit mit sichtlichem Stolz vorgeführt hatten, wehrten jetzt bescheiden ab. Es sei in ihrem Land keine Besonderheit, die meisten Städte in der Umgebung hätten einen entflammbaren Geysir.

Es war für Jean von dem stundenlangen Flug am Vormittag bis jetzt ein ermüdender Tag gewesen. Um neun sagte sie zu den Männern gute Nacht, zog aber, bevor sie ging, Al Burns zur Seite. „Ich hätte gern mit Jim Lennon gesprochen, dem Mann in Midhurst. Ich möchte ihn vor meiner Abreise am Mittwoch sehen. Wird er vorher herkommen?“

„Höchstwahrscheinlich kommt er am Samstag herüber, um seinen Grog zu trinken. Wenn er nicht kommt, fahre ich Sie gern am Sonntag zu ihm.“

„Das wäre sehr nett von Ihnen.“

„Ach gar nicht – es wäre doch mal was anderes.“

Frühstück gab es anderntags um halb acht. Es bestand in Willstown aus einem halbpfündigen Steak mit zwei Spiegeleiern.

„Ich möchte kein Steak und nur ein Ei“, sagte Jean. Annie bekam runde Augen. „Steak und Spiegeleier – das ist unser Frühstück“, sagte sie zu der sonderbaren Engländerin geduldig.

„Ich hätte gern nur ein Ei und kein Steak.“

„Auf dem ganzen Teller nur ein Spiegelei?“

Sie kam mit einem Steak und zwei Spiegeleiern aus der Küche zurück. „Wir haben nur diese eine Art Frühstück“, erklärte sie. Jean kapitulierte. Nach dem Frühstück fragte sie Frau Connor, ob sie sich ein paar Sachen waschen könne.

„Das macht Ihnen die Annie; geben Sie sie ihr nur gleich“, sagte Frau Connor.

Jean mochte das nicht. „Annie hat doch Arbeit genug. Und ich habe überhaupt nichts zu tun. Wenn Sie mir einfach eine Wanne leihen würden ...“

„Ist recht, Fräulein Paget!“

Jean wusch und bügelte den ganzen Vormittag auf der Hofveranda vor dem Küchenfenster. In der glühenden trockenen Hitze waren die Sachen im Umsehen trocken. Einmal kam Annie heraus und sah neugierig zu. Sie fragte Jean, wieviel Seifenpulver sie nehme.

„Dreißig Gramm auf vier Liter Wasser", sagte Jean. „Es steht auf der Packung."

Annie nahm das Paket und sah es forschend an. Frau Connor kam ans Küchenfenster. „Annie kann nicht gut lesen."

„Doch", sagte Annie.

„Dann lies uns doch mal vor, was da steht", sagte Frau Connor.

Annie stellte das Paket hin. „Ich habe in letzter Zeit keine Übung mehr gehabt. Als ich noch zur Schule ging, hätte ich's gut lesen können."

Später fragte sie Jean, ob sie Krankenschwester sei.

„Nein, Stenotypistin", sagte Jean.

Nach einer Pause sagte Annie: „Schade, ich hätte Sie sonst nämlich um eine Medizin gebeten. Seit einiger Zeit ist mir morgens immer so schlecht. Ich gehe morgen mal ins Krankenhaus und bitte Schwester Douglas um Medizin."

„Ich täte das auch", sagte Jean reserviert.

Im Lauf des Tages lernte sie die Willstowner Honoratioren kennen, den Gemischtwarenhändler Bill Duncan und Fräulein Kenroy, die Lehrerin.

Abends setzte sie sich wieder unten auf die Terrasse, und allmählich kamen abermals, einer nach dem andern, die Viehtreiber zu ihr; sie konnten es nicht lassen, so befangen sie auch waren.

Um sie ein bißchen aufzulockern, ließ sie die Männer von sich selbst erzählen. Einer sagte, er ziehe jetzt zu seinem Bruder, der in Rockhampton bei der Eisenbahn arbeite.

„Bekommen die da mehr Geld?" fragte Jean.

„Nein, das nicht. Unser Lohn hier ist schon in Ordnung", sagte Pete Fletcher. „Das Dumme ist nur, daß hier so gar nichts los ist. Da ist so ein Filmonkel, der wollte alle zwei Wochen kommen. Jetzt hat er sich schon seit vier Wochen nicht mehr sehen lassen."

„Und Tanz?" fragte sie. Ein bitteres Gelächter antwortete ihr. „Fräulein Paget", sagte Pete Fletcher, „wir sind hier fünfzig Viehtreiber und zwei junge Mädchen. Die Mädchen gehen alle in die Großstadt und suchen sich dort Arbeit. Deshalb gehe ich jetzt auch weg – nach Brisbane."

„Leben Sie denn nicht gern auf einer Viehstation?" fragte Jean. Sie dachte an Joe Harman und seine Liebe für den Busch.

Fletcher zögerte mit der Antwort. Wie sollte er es dieser feinen englischen Dame sagen? „Man hat doch wie jeder andere das Recht auf ein Mädel und will auch mal heiraten", brachte er schließlich hervor.

Als sie nachts noch wach lag und über Fletchers Worte nachdachte, sah sie auf dem Balkon eine Gestalt. Es war Annie. „Was ist denn, Annie?" fragte sie.

Annie kam ins Zimmer. „Fräulein Paget – können Sie mir nicht sagen, wie man ein Baby los wird?"

Nach der Unterhaltung am Morgen war Jean schon auf die Frage vorbereitet. Ein tiefes Mitleid mit der kleinen Annie wallte in ihr auf. Sie nahm ihre Hand. „Ich glaube nicht, Annie, daß das eine gute Lösung wäre."

„Ich hatte gedacht, Sie hätten das schon mal bei sich machen lassen und wüßten Bescheid. Mein Vater schlägt mich tot, wenn er das erfährt."

„Sagen Sie doch dem betreffenden Mann, er soll Sie heiraten, und tragen Sie das Kind aus."

„Ich weiß ja nicht, welcher es war. Und wenn ich die frage, sagt jeder, es war ein anderer."

Jean suchte das Mädchen nach besten Kräften zu trösten, einen Ausweg aber wußte sie nicht.

Am Samstag kam, wie prophezeit, Jim Lennon in die Stadt, um den Abend mit Grog zu feiern. Er kam in einem großen Unimog, der, wie Jean erfuhr, Joe Harman gehörte. Jim Lennon war ein sehniger, bronzefarbener, wortkarger Mensch.

„Ich hab gestern einen Luftpostbrief von Joe bekommen", sagte er im schleppenden Ton des Queensländers. „Er ist mit dem Schiff hierher unterwegs. Mitte Oktober ist er wieder da, meint er."

„Ich fliege Mittwoch nach Cairns und warte dort auf ihn", sagte Jean. „Was hat er eigentlich in England gemacht?"

Jim Lennon lachte. „Weiß nicht. In dem Brief sagt er etwas von einer prima Herefordherde, die er bei Sir Dennis Frampton gesehen hat. Vielleicht wollte er sich aus England ein paar Zuchtstiere holen, um seine Rasse zu verbessern."

Jean bat ihn, ihr sofort, sobald er den Tag von Joes Ankunft wisse, eine Nachricht ins Strandhotel in Cairns zu schicken.

Abends brachte Al Burns einen verschüchterten alten Mann, der einen Sack trug, auf die Hotelterrasse mit. „Fräulein Paget", sagte er, „ich möchte Sie mit Jeff Pocock bekannt machen. Er ist der beste Alligatorjäger in ganz Queensland – bist du doch, Jeff, nicht wahr?"

Der Alte wackelte mit dem Kopf. „Hab die Gators schon als Junge gejagt."

„Zeig doch Fräulein Paget mal die Haut, Jeff. So was hat sie in England bestimmt noch nicht gesehen."

Jeff Pocock holte eine aufgerollte Alligatorhaut aus dem Sack und breitete sie auf dem Boden aus. „Die hier hab ich selbst gereinigt, gegerbt und zugerichtet. Sonst salzen wir die Häute nur ein und verkaufen sie an die Gerberei. Die ist schön gezeichnet, nicht?"

Der Anblick weckte bei Jean wehmütige Erinnerungen an Pack & Levy und die Mädchen an ihren Arbeitstischen. Sie lachte etwas krampfhaft. „Das ist die einzige Branche, in der ich mich auskenne", sagte sie. „Ich habe in einer Fabrik gearbeitet, wo man Schuhe, Handtaschen und Aktentaschen aus solchem Leder macht." Sie nahm die Alligatorhaut zwischen die Finger. „Unsere waren härter. Sie haben sehr gut gearbeitet, Herr Pocock."

Inzwischen hatten sich weitere Männer zu Jean und dem alten Alligatorjäger gesellt, und bald wußten alle von Pack & Levy in London. Was aus den Häuten wurde, sobald sie aus dem Golfland exportiert waren, hatte keiner der Männer gewußt. „Daß man Schuhe draus macht, habe ich schon gehört", sagte Jeff Pocock. „Gesehen aber hab ich noch keine."

In Jeans Kopf formte sich ein undeutlicher Gedanke. Sie fragte Jeff, wieviel Häute er im Jahr erbeute. „Letztes Jahr", sagte er, „waren es zweiundachtzig."

„Wollen Sie mir die hier verkaufen?" fragte sie.

„Was wollen Sie denn damit machen?"

„Ich möchte mir Schuhe daraus machen", sagte sie lachend. „Das heißt, falls Tim Whelan mir Leisten anfertigen kann. Was soll ich Ihnen für die Haut bezahlen?"

Der Alte wollte nichts dafür haben, so heftig sie auch mit ihm stritt. Schließlich nahm sie das Geschenk mit ihrem ganzen weiblichen Charme an. „Für die Sohlen muß ich mir noch Rindsleder besorgen und für die Absätze irgendein härteres Material."

Sie liebkoste die Haut mit ihren Händen. „Wunderbar weich ist sie. Ich werde Ihnen zeigen, was man daraus machen kann."

7. KAPITEL

Die Krokodillederschuhe gewannen für Willstown eine solche Bedeutung, daß Jean den Flug nach Cairns um eine Woche und dann noch um eine weitere Woche verschob.

Sie machte die Schuhe auf dem Toilettentisch ihres Hotelzimmers. Erst nach zwei Versuchen gelang ihr ein Paar, das sie tragen konnte. Tim Whelan hatte ihr Leisten aus Akazienholz gemacht, und Pete Fletcher verschaffte ihr ein Stück Rindsleder von der richtigen Stärke für die Sohlen und ein Stück Stierhaut für die Absätze. Als Futter schien sich nichts mehr zu empfehlen als die Haut eines Zwergkänguruhs. Pete Fletcher erlegte eins und gerbte die Haut gemeinsam mit Burns und Duncan hinten in Duncans Laden.

Da das Futter nicht rechtzeitig fertig wurde, behalf sich Jean zunächst mit weißem Satin. Theoretisch wußte sie von der Schuhherstellung allerlei, hatte selber jedoch in London nie einen Schuh gemacht. Das erste Paar war denn auch fürchterlich. Die Schuhe quetschten ihr die Zehen zusammen und drückten auf den Spann, und das Satinfutter war durch die Berührung mit schweißigen Händen unansehnlich geworden. Im ganzen aber waren die Schuhe gar nicht übel. Das zweite Paar sah schon viel besser aus, und das dritte fiel so gut aus, daß Jean damit überall hätte hingehen können. Sie zeigte die drei Paare einigen der Männer, die sofort die andern herbeiriefen – sie sollten sich das Wunder anschauen.

„Die haben Sie selbst gemacht?“ fragte einer. „Hat man Worte! Die sind ja genauso gut wie die Schuhe, die man im Laden kauft!“

„Das stimmt ja nun nicht“, sagte Jean und zeigte ihm die vielen Mängel. Der Gedanke aber, der sie veranlaßt hatte, die Schuhe zu machen, festigte sich in ihr noch mehr.

Inzwischen erfuhr sie, daß die Hütte, die von dem Geysirwasser durchflossen wurde, ein Bad war, und machte, da das Hotel kein Bad hatte, sogleich davon Gebrauch. Man hatte die Badehütte so weit von dem Geysir entfernt angelegt, daß das Wasser hier auf die richtige Temperatur abgekühlt war. Jean legte sich behaglich in die Betonwanne. Durch Ritzen im Holz drang die Sonne herein und ließ Kringel auf dem Wasser spielen. Seitdem Jean von ihrer Erbschaft gehört hatte, bedrängte sie das Problem, was sie mit ihrem Leben anfangen sollte. In ihrem Unterbewußtsein hatte sie immer etwas zum Ausfüllen der Lücke gesucht, die nach ihrem Weggang von Pack & Levy entstanden war. Und jetzt hatte sie es gefunden.

Sie lag in dem mineralischen warmen Wasser ganz still und dachte sich aus, wie alles werden sollte. Sie wollte eine kleine Werkstatt für fünf Arbeiterinnen einrichten, dazu draußen eine kleine Gerberei. Sie brauchte zwei Handpressen und eine Poliermaschine, und das bedeutete, daß sie Strom brauchte. Also mußte sie einen kleinen Generator erwerben. Oder Strom vom Hotel kaufen. Und noch etwas brauchte sie – eine Klimaanlage für die Werkstatt.

Konnte man so hohe Unkosten herauswirtschaften? Sie rechnete. Jeff Pocock bekam für eine unzugerichtete Alligatorhaut siebzig Shilling. Pack & Levy bezahlten, wie sie wußte, für zugerichtete Häute hundertachtzig Shilling. Allgemeine Kosten und Löhne waren in Australien geringer. Vielleicht übernahmen Pack & Levy den Verkauf ihrer Erzeugnisse in England.

Abends kam Sam Small zu ihr auf die Terrasse. „Wegen der Schuhe, die Sie gemacht haben, Fräulein Paget“, sagte er.

„Ja? Was ist damit?“

„Ich wollt mal hören, ob Sie nicht unsere Judy als Lehrling brauchen könnten. Sie wird demnächst sechzehn. In dem Alter müßte sie doch was arbeiten. Hier herum aber gibt’s nichts für sie. So eine Schuhmacherei wäre genau das richtige. Und wir haben dafür in Willstown alles, was Sie brauchen.“

„Schnallen nicht“, sagte Jean halb zu sich selbst. „Da müssen wir uns noch etwas einfallen lassen.“ Sie dachte eine Weile nach. „Ich fürchte, es wird nichts daraus. Dieses Paar Schuhe, das Sie so bewundern, das ist ja Schund. Ich will nicht sagen, daß man in Willstown keine anständigen Schuhe machen kann, dazu aber braucht man die richtigen Maschinen und Materialien.“

Er sah sie interessiert an. „Hatten Sie an eine Fabrik oder so etwas hier in Willstown gedacht?“ Jean bejahte die Frage. Sam Small meinte, sechs, sieben Arbeiterinnen bekäme sie in der Stadt ohne weiteres, Mädchen von sechzehn oder siebzehn, frisch von der Schule. Jean fragte, was sie eine Werkstatt kosten würde – zur Kühlung mit Doppeldach und Veranda. Vierhundert Pfund, schätzte er.

„Sagen Sie mir eins, Herr Small, wäre es den Menschen hier recht, wenn ich so etwas machte?“

„Sie meinen, wenn die jungen Dinger ihr Geld hier verdienen

könnten und nicht in einer Tausende von Kilometern entfernten Großstadt? Aber bestimmt, Fräulein Paget!“

Jean schrieb mir über ihren Plan ein paar Tage später aus dem Strandhotel in Cairns, einem, wie sie berichtete, reizenden, aufblühenden Städtchen an einer landschaftlich schönen Meeresbucht. Cairns hatte moderne Geschäfte und breite, von Blumenrabatten gesäumte Alleen. Sie verlor sofort ihr Herz an die Stadt.

Sie hatte im Strandhotel einen Brief von mir vorgefunden, der sie über Joe Harmans Besuch in England unterrichtete. Sie fragte mich, ob sie von ihrem Kapital fünftausend Pfund haben könne.

„Ich weiß nicht“, schrieb sie, „ob Joe mich, wenn wir uns jetzt sehen, noch haben will. Sechs Jahre sind eine lange Zeit, und der Mensch ändert sich. Ebensowenig weiß ich, ob ich ihn noch heiraten möchte. Was er Ihnen von Willstown erzählt hat, stimmt Wort für Wort. Willstown ist wahrhaftig das allerletzte, Herr Strachan.“

Sie erzählte mir von den Alligatorhäuten und ihrem Plan, eine kleine Werkstatt aufzumachen. Sie habe sich bei Pack & Levy nach der Möglichkeit erkundigt, ihre Schuhe in England zu verkaufen. Doch gingen ihre Pläne noch weiter. Sie schrieb:

> Ich möchte ein Geschäft eröffnen, Herr Strachan, hübsche kleine Dinge für die Frau verkaufen. Eine Art Eisdiele mit Tischen und Stühlen und Ständen für Obst und Gemüse. Auch frische Milch will ich anbieten – Joe müßte sich dafür ein paar Milchkühe halten. Und Zeitschriften und Süßigkeiten und kosmetische Artikel wie Lippenstifte, Puder und Gesichtscreme. Mit fünftausend könnte ich mir den Laden und die Werkstatt einrichten und fünf oder sechs Arbeiterinnen ein Jahr bezahlen – bis dahin müßten die Einkünfte wohl die Unkosten decken.
>
> Bitte, lieber Herr Strachan, helfen Sie mir bei meinem Plan. Es liegt mir so viel daran. Es sind liebe Menschen hier in Willstown, und sie haben so gar keine kleinen Freuden. Ich glaube, ich würde das alles auch dann tun wollen, wenn es keinen Joe Harman gäbe. Doch werde ich nichts unternehmen, bevor ich nicht mit ihm gesprochen habe. Wenn ich dann aber anfangen möchte, darf ich mit dem Geld rechnen?
>
> Ihre Jean

Ich unterstrich die Stellen, die sich auf das Geld bezogen, und schickte den Brief zu meinem Partner Lester hinüber. Als ich später bei ihm hereinschaute, sagte er: „Ich habe mir gerade mal das Testament angesehen. Stammt die Vollmachtsklausel von Ihnen?“

„Ja.“

Er lächelte. „Ein Meisterstück. Danach können wir ihr, glaube ich, das Geld geben.“

„Ich möchte es mir auf jeden Fall noch ein, zwei Tage überlegen“, sagte ich.

Bei näherem Nachdenken empfand ich es als Pflicht, dafür zu sorgen, daß Jean Paget bei dem geplanten Unternehmen kein Geld verlor. Auf meine Bitte kam Herr Pack in meine Kanzlei, ein gemütlicher, dicker kleiner Herr. Wie er mir erzählte, hatte er Jean Paget bereits eine Liste all der Dinge geschickt, die sie für ihre Werkstatt brauchte.

„Und das ist heute früh von ihr gekommen“, sagte er und öffnete ein Paket. Es enthielt ein Paar Krokodillederschuhe. „Die hat sie selber gemacht, in ihrem Hotelzimmer.“

Ich sah mir die Schuhe interessiert an. „Taugen sie was?“

„Für den Verkauf sind sie unmöglich“, sagte er und zeigte mir eine Menge Mängel. „Als Produkt einer Stenotypistin aber, die noch nie einen Schuh gemacht hatte, sind sie bewundernswert.“

„Wie denken Sie über ihren Plan?“

Bei ihrer Unerfahrenheit versprach er sich nicht viel davon. „Die australischen Mädchen, von denen sie schreibt, mögen ja willig und fleißig sein, haben aber noch nie eine Werkstatt gesehen. Wie will sie die denn richtig an die Kandare nehmen? Ich will ihr gern helfen, doch müßte sie ihren Plan ein wenig ändern.“

Er wollte Jean vorschlagen, eine erfahrene Kraft zu engagieren. „Ich denke dabei an meine Vorarbeiterin Aggie Topp. Sie ist fünfunddreißig. Lebt von ihrem Mann getrennt. Die würde schon dafür sorgen, daß Ordnung herrscht und richtig gearbeitet wird.“

„Kennt Fräulein Paget sie?“

„Aber gewiß! Frau Topp hat mir gestern gekündigt. Ich habe sie gefragt, ob sie Lust hätte, nach Australien zu gehen. Wenn Fräulein Paget sie haben will, ist sie bereit.“

Die Reisekosten beliefen sich auf etwa dreihundert Pfund – nicht viel, wenn Jean dafür eine tüchtige Kraft bekam. Herr Pack war gern bereit, ihre Produktion zu verkaufen und ihr von Zeit zu Zeit die jüngsten Modelle zu schicken, um sie über den Wandel der Mode zu unterrichten.

Ich berichtete Jean sofort von dem Gespräch. Auch Herr Pack hatte ihr offenbar geschrieben. Nach mehreren Tagen bekam ich wieder einen Brief von ihr. Sie hielt sehr viel von der Idee, die dürre, strenge Frau Topp bei sich einzustellen, wollte aber noch nichts Endgültiges unternehmen, ohne vorher Joe Harman gesprochen zu haben. Wie mir schien, kam sie sich unter all den fremden Menschen in Cairns recht verlassen vor.

Und später hörte ich denn auch von ihr, das drei Wochen lange Warten in Cairns sei für sie eine schlimme Zeit gewesen. Jeden Tag wachte sie im kalten Dämmerungslicht mit der Überzeugung auf, daß sie sich dem Leben in diesem fremdartigen Land nie anpassen könne und daß es doch wohl das beste sei, Harman gar nicht wiederzusehen, sondern mit dem nächsten Flugzeug nach England zurückzukehren, wohin sie gehörte. Abends dagegen war ihr klar, daß sie, wenn sie Australien verließ, von Dingen weglief, die ihr das Leben kein zweites Mal bot. So ging sie mit dem Entschluß zu Bett, Geduld zu haben. Und am nächsten Morgen begann die ganze Sache von neuem.

Sie wußte, mit welchem Schiff Harman fuhr und wann er in Brisbane eintreffen würde, und schrieb ihm über die Schiffsgesellschaft.

> Lieber Joe, wie ich von Herrn Strachan höre, waren Sie während Ihres Aufenthalts in England bei ihm und waren betrübt, mich nicht anzutreffen. Ich bin seit einigen Wochen hier in Australien und erwarte Sie in Cairns, damit wir ein paar Worte miteinander sprechen können, bevor Sie nach Willstown gehen.
>
> Wir wollen nicht zuviel über die Tage in Malaya sprechen. Wir wollen das alles zu vergessen suchen.
>
> Bitte teilen Sie mir mit, wann Sie in Cairns eintreffen. Ich möchte Sie so gern wiedersehen.
>
> Ihre Jean Paget

Am Dienstag telegraphierte er ihr, daß er Donnerstag mit dem Flugzeug in Cairns ankomme. Als sie zum Flugplatz fuhr, kam sie sich wie eine Siebzehnjährige vor, die zu ihrer ersten Verabredung fährt.

Ich glaube, auch Joe Harman fühlte sich in seiner Haut nicht übermäßig wohl. Sechs Jahre hatte er ihr Bild in seinem Herzen getragen. Nüchterne Tatsache aber war, daß er keine Ahnung hatte, wie sie eigentlich aussah. Die Jean Paget, an die er sich erinnerte, hatte wie eine Chinesin einen Zopf gehabt, war tiefbraun gebrannt gewesen, hatte einen ausgefransten, verblichenen Sarong getragen und war barfuß gegangen. Womöglich erkannte er sie gar nicht. Es war eine scheußliche Situation.

Sie stand wartend in der heißen Sonne an der weißen Schranke. Das Flugzeug landete und bog auf die Rollbahn ein. Sie erkannte ihn sofort, als er mit den anderen Passagieren ausstieg – breitschultrig, blond, blauäugig. Er sah sich suchend nach allen Seiten um. Einen Augenblick ruhte sein Blick auf ihr, dann schweifte er weiter. War sie so alt geworden? Jetzt ging er in einem eigenartigen, etwas steifen Gang in die Halle – die Folter von Kuantan war nicht spurlos an ihm vorübergegangen.

Sie lief hinter ihm her. „Joe!“ Er fuhr herum und starrte sie ungläubig an. Dieses hübsche, flotte Wesen in dem leichten Sommerkleid sollte die abgerissene, ausgezehrte Frau sein, die er in Malaya gesehen hatte, wie nach dem Schlag des Japaners das Blut über ihr Gesicht geflossen war? Da machte sie eine für sie charakteristische Kopfbewegung, und sogleich kamen die Erinnerungen an sie zurück. Kein Zweifel, das war Frau Boong, an die er all die Jahre gedacht hatte.

Gefühle auszudrücken war ihm nicht gegeben. Er griente und brachte ein ungeschicktes „Da sind Sie ja, Fräulein Paget!“ hervor.

Sie griff impulsiv nach seiner Hand und murmelte „O Joe!“ Er drückte ihre Hand und blickte ihr in die Augen. Dann fragte er, wo sie in Cairns untergekommen sei.

„Im Strandhotel.“

„Da wohne ich ja auch. Wenn ich in Cairns bin, geh ich jedesmal ins Strandhotel.“

Als sie beide im Taxi saßen, fragte sie ihn, was er von Herrn Strachan halte.

„So was Nettes wie der!“ sagte Harman. „Er hat mich eine ganze Zeit bei sich wohnen lassen.“

„In seiner Wohnung? Das hat er mir ja gar nicht geschrieben!“ Sie fragte Joe nicht, warum er nach England gereist war – sie wußte es jetzt schon. Und er kam ihr ohnehin mit der entsprechenden Frage zuvor. „Und was machen Sie in Australien, Fräulein Paget?“

Sie lenkte ab. „Wußten Sie denn nicht, daß ich hier bin?“

Er schüttelte den Kopf. „Herr Strachan hatte mir nur gesagt, Sie seien in Ostasien. Als ich in Brisbane Ihren Brief bekam, fiel ich aus allen Wolken.“

Jeans Hotelzimmer ging auf einen Balkon hinaus, von wo man über das Meer bis zu den mit Urwald bedeckten Bergen hinter dem Kap Grafton sah.

Joe wusch sich und ging zu Jean auf den Balkon. Sie bestellte Bier, drei Flaschen für ihn, eine Flasche für sich, und sie empfand es geradezu als Symbol Australiens, daß ihre erste gefühlvolle Aussprache bei vier Flaschen Bier stattfinden sollte. Als die Kellnerin es gebracht hatte, sagte sie: „Lassen Sie sich mal ansehen, Joe."

Er stellte sich vor sie hin. Wie schön sie war! In Malaya hatte er ihr das gar nicht angesehen.

„Sie haben sich überhaupt nicht verändert", sagte sie. „Macht Ihnen der Rücken zu schaffen?"

„Wenigstens kann ich reiten, Gott sei Dank. Nur schwere Sachen heben kann ich nicht." Sie nahm seine Hand und betrachtete die großen Narben auf dem Rücken und in der Handfläche. „Die Hände sind wieder ganz heil – ich kann alles greifen, vor allem meinen Unimog anlassen."

Nach einer Weile fuhr er fort: „Und Sie, Jean? Ich weiß, Sie möchten nicht darüber sprechen, aber bitte erzählen Sie mir, wie nach Kuantan alles gewesen ist. Ich möchte es so gern wissen."

Sie erzählte ihm von Kuala Telang. „Man hat uns bis Kriegsende dagelassen. Wir wohnten im Dorf und arbeiteten in den Reisfeldern."

„Sie sind im Wasser herumgeplanscht und haben Reispflänzchen eingesetzt wie die Malaien? Hat man Worte!"

„Es war gar kein schlechtes Leben – jedenfalls weit besser als in einem Gefangenenlager. Bei Kriegsende waren wir alle gesund und munter. Wir hatten für die Kinder eine Schule eröffnet und unterrichteten darin auch Malaienkinder."

„Ich habe davon gehört", sagte er. „Durch einen Piloten unten in Julia Creek. Er hatte Sie 1945 nach Singapur geflogen."

„Ja, ich erinnere mich an ihn", sagte Jean. „Ein schmächtiger, blonder Junge. Was hat er Ihnen denn von mir erzählt?"

Er lächelte verlegen.

„Raus damit, Joe. Trinken Sie einen Schluck Bier und bringen Sie's hinter sich."

„Er hat gesagt, Sie seien nicht verheiratet, Frau Boong. Und ich hatte damals gedacht, ich hätte es mit lauter Ehefrauen zu tun."

„Und deshalb sind Sie gleich nach England geflogen, Joe?"

Er blickte ihr ins Auge. „Ja, Jean."

Jetzt sollte sie von sich erzählen. Sie berichtete ihm von der Erbschaft, von der er ja schon wußte, und von ihrer Idee, für die Menschen in Kuala Telang etwas zu tun. Sie erzählte von ihrer Reise nach Malaya, von dem Bau des Brunnens und des Waschhauses und der Freude der eingeborenen Frauen. Stockend erzählte sie weiter, wie sie von den Brunnenbauern erfahren hatte, daß er die Auspeitschung überlebt habe. „Ich hatte natürlich geglaubt, Sie seien tot, Joe. Wir alle hatten Sie für tot gehalten. Ich fuhr sofort nach Kuantan und fragte dort im Krankenhaus nach Ihnen. In Kuantan ist jetzt alles sehr friedlich. Unter diesem schrecklichen Baum sitzen Frauen beim Klatsch ..."

„Und warum sind Sie nach Australien gekommen?" fragte Harman nach kurzem Schweigen.

„Ich weiß selbst nicht so genau ..." Sie griff nach ihrem Bier. „Ich bin nach Darwin geflogen und von da mit dem Bus nach Alice Springs gefahren."

„Nach Alice Springs! Hat man Worte! Und von da womöglich nach Wollara zu Tommy Duveen?"

„Nein, ich bekam in Alice Ihre Adresse und flog nach Willstown. Und da erfuhr ich, daß Sie in England seien."

Er starrte sie an. „In Willstown sind Sie gewesen? Das kann doch nicht wahr sein! Aber lange haben Sie es dort bestimmt nicht ausgehalten!"

„Immerhin drei Wochen. Ich habe in Frau Connors Hotel gewohnt und mich viel mit Al Burns und Pete Fletcher und Sam Small unterhalten."

„Das muß in dem Nest ja einen Aufruhr gegeben haben!" Er dachte über die neue Sachlage nach. Gerade als er etwas dazu sagen wollte, wurde zum Tee geläutet.

Als er unten mit ihr am Tisch saß, fragte er sie, was für einen Eindruck sie von Willstown gewonnen habe. „Sie haben nur allzu recht", sagte sie. „Willstown ist nichts für eine Frau." Eine Weile aß er schweigend. Dann fragte er sie, was sie in Cairns gemacht habe. „Waren Sie schon draußen auf dem Riff?"

Sie verneinte. Sein Gesicht erhellte sich. „Hat man Worte! Sie können doch nicht wegfahren, ohne auf dem Großen Barriere-Riff gewesen zu sein! Wollen Sie übers Wochenende auf die Grüne Insel?"

Sie streifte ihn mit einem forschenden Blick. „Wo ist denn das?"

„Es ist eine kleine Koralleninsel im Riff, querdurch etwa achthundert Meter, mit einem Restaurant und Schlafhütten unter den Bäumen für Feriengäste.“ Jean fand, daß sie sich die Sache mit den Schlafhütten noch überlegen müsse. Ein Wochenendausflug mit Joe aber hatte entschieden etwas für sich. Es war eine Gelegenheit, einander gründlicher kennenzulernen.

„Ich hätte große Lust dazu“, sagte sie, und als sie wahrnahm, daß er vor Freude strahlte, freute sie sich mit ihm. „Aber nur bei getrennter Kasse“, setzte sie hinzu. Er widersprach hartnäckig, bis sie erklärte, dann wolle sie lieber gar nicht auf die Insel fahren, denn sie müsse ja beinahe annehmen, daß er schlechte Absichten habe.

Er kümmerte sich gleich um das Boot zur Insel. Später, in der Dunkelheit, die hier rasch hereinbrach, sprachen sie noch lange über dies und das, rührten aber nicht an das Thema Willstown. Er erläuterte ihr seinen Plan, durch den Bau von Staudämmen an den Mündungen der Zuflüsse das Regenwasser zu speichern. „Schwierig ist es natürlich, Arbeitskräfte zu bekommen“, sagte er seufzend. „In so ein Kuhdorf im Busch kriegt man keine Leute.“

Woran das lag, wußte Jean recht gut, doch konnte man darüber noch später reden. Joe erzählte ihr von seinen Pferden und Hunden. Sie konnte sich vorstellen, wie einsam seine Nächte da draußen waren. „Ohne einen Hund, der abends bei einem sitzt, wär's im Busch gar nicht auszuhalten“, sagte er.

Um zehn sagte man einander gute Nacht – man wollte anderntags schon früh auf dem Wasser sein. Als Jean noch einen Augenblick vor ihrer Zimmertür stand, fragte sie ihn, ob sie sich sehr verändert habe.

„Ich hätte Sie nie und nimmer wiedererkannt“, sagte er.

„Das hab ich mir gedacht – nach sechs Jahren ...“

„In Wirklichkeit haben Sie sich überhaupt nicht verändert. Innerlich sind Sie geblieben, wie Sie waren, Frau Boong.“

„Nach dem Krieg kam ich mir so alt vor“, sagte sie nachdenklich. „Und nach diesem schrecklichen Tag in Kuantan dachte ich nicht, daß ich mich jemals wieder richtig freuen könnte – wie auf den Ausflug zur Grünen Insel.“

Am nächsten Morgen glitten sie mit einem tuckernden Motorboot über die spiegelglatte See. Nach einer Stunde wurden am Horizont die Kokospalmen der Grünen Insel und bald auch die weißen Korallenstrände sichtbar.

Sie waren die einzigen Besucher des Eilands. Man gab ihnen zwei

Schlafhütten unter den Bäumen. Die Hütten hatten offene Seiten, so daß die frische Salzluft hindurch konnte; sie waren durch Vorhänge abgeteilt. Jean und Joe zogen sich sofort zum Baden um und trafen sich auf dem Strand. Jeans neuer zweiteiliger weißer Badeanzug erlebte eine schöne Premiere. „Hat man Worte – der ist ja bildhübsch!" rief Joe.

„Ich muß bloß aufpassen, daß ich keinen Sonnenbrand kriege", sagte Jean. „Ich wette, ich bin die weißeste Weiße, die je hier gebadet hat."

Er konnte den Blick nicht von ihr wenden. „Aber oben herum sind Sie gehörig verbrannt", sagte er.

„Das kommt davon, daß ich in Malaya so lange einen Sarong getragen habe – der ist herrlich kühl und schützt den größten Teil des Körpers vor der Sonne."

Auf dem Weg zum Wasser sah sie zum erstenmal seinen Rücken – er war kreuz und quer von riesigen Narben gezeichnet. Dieser Mann, dachte sie in aufwallendem Mitleid, hat genug um dich gelitten, du darfst ihn nicht noch mehr um dich leiden lassen.

Die beiden tummelten sich in dem glasklaren blauen Wasser. Die Sonne warf die Reflexe des Wellengekräusels in silbernen Kringeln auf den Korallensand. Der Haie wegen mußten sie sich dicht am Ufer halten. „In Kuala Telang hatten wir Krokodile im Fluß", sagte Jean. „In heißen Ländern geht doch nichts über ein Schwimmbecken."

„Ich hab noch nie in einem gebadet", sagte Joe.

„In Alice Springs hat sich Frau Maclean eins bauen lassen."

„Ich weiß – vor ein, zwei Jahren. Gesehen hab ich's noch nicht."

Sie drehte sich auf den Rücken und sah einer Seemöwe nach, die sich vom warmen Aufwind der Insel hochtragen ließ. „Sie könnten doch auch in Willstown ein Schwimmbecken haben. Wasser liefert Ihnen in Hülle und Fülle der Geysir – jetzt wird es vergeudet. Sie könnten dem Hotel gegenüber ein hübsches Schwimmbecken anlegen."

„Nicht vergeudet! In der Trockenzeit trinkt es das Vieh."

„Würden es die Rinder vielleicht übelnehmen, wenn wir uns das Wasser für ein Schwimmbecken ausborgten?"

Nach dem Bad saß man noch eine Weile unter den schattigen Bäumen. Dann ging man zum Essen. Joe hatte kaltes Fleisch und Obst bestellt. Während Jean sich bemühte, eine Mangofrucht so zu essen, wie es die guten Manieren verlangten, fragte sie: „Wieso hat man in

Orten wie Willstown eigentlich kein frisches Obst? Wächst da keins?"

„O doch", sagte er. „Aber für Obstgärten und solche Sachen fehlt es an Leuten. Wir bekommen ja nicht mal Viehtreiber für die Stationen."

„In Alice Springs gibt es massenhaft frisches Gemüse", sagte sie.

„Ja, Alice! Das ist doch ganz was andres!"

Nach dem Mittagsimbiß verschlief man die heißesten Stunden des Tages. In der ersten Abendkühle ging man mit dem Angelgerät auf die Mole hinaus. Als sie später den Sonnenuntergang betrachteten, sagte Jean: „Sonderbar – da geht man in ein fernes Land und meint, da müsse alles anders sein, und dann ist vieles genau wie daheim. Solch einen Sonnenuntergang zum Beispiel kann man auch in England haben."

„Werden Sie wieder nach London gehen?"

„Ich weiß nicht. Ich weiß überhaupt nicht, was ich tun soll, Joe."

Sie hatte eigentlich erwartet, daß er in der eigenartigen Stimmung zu ihr finden werde. Doch nichts geschah. Er versuchte nicht einmal, ihr einen Kuß zu geben, und sie war schon ganz niedergeschlagen. Zur Schlafenszeit wünschte er ihr in aller Form eine gute Nacht und ging, ohne ihr auch nur die Hand zu geben, in seine Hütte. Es dauerte lange, bis Jean einschlief.

Anderntags ging es so weiter. Nach einem morgenfrischen Bad in dem kristallklaren Wasser nutzte man die Ebbe zu einer Ruderfahrt in einem Boot mit gläsernem Boden, durch den man die bunten Fische sehen konnte. Und nach wie vor keine zärtliche Geste von Joe. Die Unterhaltung schleppte sich schließlich nur noch schwerfällig hin. Es war eine Quälerei.

Abends beschloß man, einen Rundgang um die Insel zu machen. Jean ging in ihre Hütte und rief zurück, er möchte eine Minute Geduld haben, sie wolle sich rasch etwas anderes anziehen.

Auf einmal trat sie im Halbdunkel zu ihm. Er wandte sich zu ihr um, und er war wieder in Malaya, sechs Jahre zurück. Jean stand im Sarong vor ihm, die braunen Schultern und Arme unbedeckt, das Haar zum Zopf geflochten – wieder ganz die Frau Boong, wie er sie all die Jahre im Gedächtnis behalten hatte. Sie legte ihm scheu die Hände auf die Schultern. „Ist es so besser, Joe?"

An die nächsten Minuten hatte sie später keine deutliche Erinnerung mehr. Er hielt sie fest in den Armen, er bedeckte ihr Gesicht, ihren Hals, ihre Schultern mit Küssen. Im Aufruhr ihrer Gefühle spürte sie, daß dieser Mann sie begehrte wie noch keiner. Und dann war sie plötzlich mit ihm in ihrer Schlafhütte, stand widerstandslos und verwirrt in seinen Armen und spürte, daß sich ihr Sarong löste, und dachte, es mußte ja einmal sein – ich bin froh, daß es Joe ist. Dann dachte sie, ich muß mich setzen, irgendwohin, sonst stehe ich gleich nackt da. Sie entzog sich seinem Griff und setzte sich auf ihr Bett. Er folgte ihr, lachend, und wieder lag sie in seinen Armen.

„Bist du mir böse?" fragte er. Sie zog seinen Kopf näher zu sich heran. „Aber Joe, ich liebe dich doch! Weshalb wäre ich wohl sonst nach Australien gekommen?"

„Willst du mich heiraten?"

„Jeder, der uns jetzt sähe, würde sagen, wir seien schon verheiratet", sagte sie mit strahlenden Augen.

Er legte den Arm um sie. „Aber du, was denkst du von mir?"

„Soll ich's dir sagen?" Sie nahm seine vernarbte Hand und streichelte sie. „Ich denke, du bist der Mann, den ich heiraten und von dem ich Kinder haben möchte." Es schien ihr nichts mehr auszumachen, daß der Sarong bis zur Taille heruntergerutscht war. „Aber heiraten ist eine große Entscheidung, Joe. Wir sollten erst einmal unsere Alltagsgesichter kennenlernen. Wenn du aber meinst, wir sollten nicht mehr warten, dann bin ich sofort bereit – morgen oder heute schon."

Er küßte ihre Fingerspitzen. „Ich habe sechs Jahre gewartet. Da kann ich auch noch ein bißchen warten."

Sie erwachte im ersten Tageslicht mit einem unsagbaren Glücksgefühl und blickte zu Joes Schlafhütte hinüber. Da rührte sich nichts. Sie lief an den Strand und badete. Das Restaurant war schon geöffnet, doch ließ sich keine Menschenseele sehen. Sie brühte Tee auf und ging mit einer Tasse zu Joe hinüber.

Er lag in Shorts auf dem Bett und schlief wie ein Kind. Sie betrachtete ihn eine Weile liebevoll und wünschte sich, daß sie ihn noch oft in ihrem Leben so zu sehen bekäme.

Als sie die Tasse hinsetzte, schlug er die Augen auf und streckte die Arme nach ihr aus. „Komm her und küß mich!"

„Nicht um die Welt", sagte sie lachend. „Steh erst mal auf, bade, und zieh dir etwas an!"

Nach dem Frühstück sprachen sie noch lange miteinander. Sie

hatten sich viel zu sagen, und auch im Schweigen waren sie einander nah.

„Hör mal, Jean", sagte Joe plötzlich. „Ich hab's mir überlegt, ich geh weg von Midhurst, sobald Frau Spears einen Ersatz für mich gefunden hat. Wir suchen uns eine Zuchtfarm bei Adelaide oder einer anderen Stadt, die wir immer leicht erreichen können."

Jean antwortete nicht sofort. Hier mußte sie diplomatisch vorgehen. „Was stört dich an Midhurst?" fragte sie.

„Adelaide ist eine herrliche Stadt. Lange Straßen mit Geschäften und Kinos und Tanzdielen ..."

„Eine Zuchtfarm – würde dir das Spaß machen, Joe? Ich fände das ziemlich langweilig. Ist dir der Busch über?"

„Manche Orte eignen sich für Junggesellen und manche für Ehepaare."

Der Frühstückstisch stand trennend zwischen ihnen. „Ich möchte hinaus", sagte Jean. Sie setzte sich am Ufer auf einen schattigen Grasbuckel. „Ich finde nicht", sagte sie, „daß du, bloß weil du eine Frau hast, aus dem Busch weggehen solltest."

„Das Golfland ist nun mal nichts für eine Frau und schon gar nicht für eine Engländerin, die unter ganz anderen Verhältnissen aufgewachsen ist. Das Leben dort ist zu hart."

„Du hast Angst, unsere Ehe würde in Midhurst nicht lange halten, ja?" Sie nahm seine Hand. „Es sind nicht bloß Engländerinnen, es sind in Willstown geborene Australierinnen, die tausend Kilometer weit weglaufen."

„Na eben! Und du glaubst, du kannst es da aushalten?"

„Ich weiß, ich bin nicht sehr logisch – erst sage ich, ich finde Willstown fürchterlich, und dann sage ich, du sollst nicht anderswo leben."

Er umspannte ratlos ihre Hand. „Wir müssen irgend etwas für uns beide finden."

„Da gibt es nur eine Möglichkeit", sagte sie.

„Nämlich?"

„Wir müssen für Willstown etwas tun, Joe."

8. KAPITEL

Sie verbrachten den Rest des Wochenendes mit Plänemachen und Zärtlichkeiten.

„Du kannst mir nicht erzählen, daß ein Gebiet mit dreimal soviel Regen wie im Landesdurchschnitt nicht eine Stadt wie Alice Springs hervorbringen könnte", sagte Jean, als sie nach einem Bad mit ihm im Schatten einer Kokospalme lag. Willstown zu einer anziehenden Stadt wie Alice zu machen war ihr Hauptthema geworden.

Joe sprach immer wieder davon, das Regenwasser durch Dämme an den Mündungen der kleinen Zuflüsse zu speichern. „Wir hätten dann alle paar Kilometer einen Teich und könnten durch dieses Bewässerungssystem mehr Futter gewinnen und den Viehbestand verdoppeln."

„Dann würde es sich doch lohnen, ein bißchen Kapital in solch ein Vorhaben zu stecken, nicht wahr?"

„Frau Spears ist mit den Kosten einverstanden. Man braucht aber Arbeitskräfte, die ständig hierbleiben. Bis ich die bekomme, können Jahre vergehen. Zur Zeit sind wir auf Midhurst ja nur drei Mann und ein paar Eingeborene."

„Wieviel brauchst du denn?"

„Bei achtzehntausend Stück Vieh vielleicht zwanzig. Wir müssen Zäune und Viehhöfe und alles mögliche bauen."

Jean beugte sich über ihn und gab ihm einen Kuß. „Wenn sich alle Stationen nach deinem Plan entwickelten, hätten wir dreihundert bis vierhundert Viehtreiber in unserm Bezirk, dazu die Frauen und Kinder. Das ergäbe für Willstown schon zwei- bis dreitausend Menschen." Sie richtete sich auf und sah ihn an. „Hör mal, Joe, fändest du es sehr unsinnig, wenn ich in Willstown ein Geschäft aufmachte?"

„Ein Geschäft? In Willstown? Was für eins denn?"

„Du weißt noch sehr wenig von mir", sagte sie und erzählte ihm von den Krokodillederschuhen und Pack & Levy und Aggie Topp.

Er hörte mit runden Augen zu. „Du willst in Willstown Krokodillederschuhe und Aktentaschen und solche Sachen machen?"

„Für den Anfang nur Schuhe. Eine kleine Werkstatt mit sechs, sieben Arbeiterinnen. Wenn es schiefgeht – den Verlust könnte ich verschmerzen. Wenn es gut geht, wäre es für Willstown ein Segen."

„Sechs oder sieben junge Mädchen, die ihr Geld in Willstown verdienen – die kannst du höchstens sechs Wochen halten, dann sind sie samt und sonders verheiratet.“

„Dann muß ich mir eben andere suchen“, sagte sie lachend.

Die Mittagshitze kam. Sie liefen rasch noch einmal an den Strand und legten sich in das silberhelle klare Wasser auf den Korallensand. „Gehst du mir unter, wenn ich noch etwas für dich auf Lager habe? Ich möchte in Willstown eine Eisdiele aufmachen.“

„Eine Eisdiele in Willstown – das würde sich nie und nimmer rentieren!“

„Warte mal ab, was ich für eine Kugel Eiscreme berechne! Auch Obst und Gemüse will ich verkaufen – alles tiefgekühlt, und Zeitschriften und kosmetische Artikel. All die kleinen Dinge, die Frauen lieben. Ich kenn auch schon ein junges Mädchen, das den Laden führen könnte – Rose Sawyer aus Alice Springs. Die würde gern so was machen.“

„Wenn du da ein junges Mädchen hineinsetzt, kann bald keine Frau mehr hinein – der ganze Laden wäre voll Viehtreiber.“

„Die brauche ich auch, Joe. Stell dir mal meine Eisdiele am Sonntag vor, wenn die Hotelbar geschlossen ist! Da kommen alle Männer mit Kind und Kegel in die Eisdiele – ganz wie in Alice Springs. Wär das nicht großartig?“

„Was soll das aber alles kosten?“ warf Joe ein.

„Ich hab ja genug Geld. Rund dreiundfünfzigtausend Pfund unter Treuhänderschaft, bis ich fünfunddreißig bin. Zugegeben, ich verstehe von geschäftlichen Dingen nicht viel. Ich denke mir nur, es wäre goldrichtig, das Geld in dieser Weise in Willstown anzulegen.“

Abends saßen sie wieder draußen auf der Mole und schauten sich den Sonnenuntergang an. „Du sagst, die Männer fliehen den Busch. Das ist doch ganz natürlich – sie können dort ja kein Mädchen kriegen. Für jedes Mädchen, das ich bei mir einstelle, bekommst du, glaub ich, einen Mann nach Midhurst.“

Und doch gab es ihr einen Stich, wenn sie an die Einsamkeit im Busch dachte, an die langen Nächte, wo man es, wie Joe gesagt hatte, ohne einen Hund zur Seite nicht ertragen konnte. „Joe“, sagte sie, „ich möchte mit dem Geschäft beginnen, bevor wir heiraten. Wie ich dich kenne, läßt du mir nach der Trauung nicht viel Zeit mit dem Kinderkriegen.“ Sie zog seinen Kopf zu sich herab und küßte ihn. „Wann fängst du mit dem Auftrieb der Rinder an?“

„Gleich nach Beginn der Regenzeit, gewöhnlich Mitte Februar. Dann brennen wir den Kälbern unser Zeichen ein und treiben das Vieh nach Julia Creek."

„Könnten wir nicht nach dem Auftrieb heiraten, sagen wir, Anfang April? Dann hätte ich fast ein ganzes Jahr, das Geschäftliche in Gang zu bringen. Und dann könnte ich ein, zwei Monate Urlaub machen, und wir könnten uns ganz der Familiengründung widmen."

„Glänzende Idee", sagte er mit seinem breiten Lächeln und verwickelte sie in eine ausgiebige Küsserei.

Das Motorboot brachte die beiden von der Grünen Insel nach Cairns zurück. Sie besuchten eine Gerberei und sprachen mit dem Geschäftsführer, einem Herrn Gordon, über Schuhmaterial. Er riet ihnen, als Futter nur Zwergkänguruhleder zu verwenden. Joe bestellte bei ihm ein Dutzend Häute zur Herstellung von Musterstükken.

Sie verbrachten den Rest des Tages mit Einkäufen und Bestellungen und buchten Plätze für das Frühflugzeug nach Willstown. „Und jetzt muß ich unbedingt erst an Herrn Strachan schreiben und ihm alles erzählen", sagte Jean am Abend.

Sie setzte sich in der duftenden warmen Meeresluft auf die Veranda und schrieb mir einen langen Brief. Joe Harman saß die ganze Zeit neben ihr.

Aufs Briefeschreiben versteht sie sich. Es wurde ein langer Brief von einem sehr glücklichen Menschen, der mir von seiner Liebe erzählte. Ich war natürlich sehr erfreut über alles. Ich las den Brief beim Frühstück, dann gleich noch einmal und dann ein drittes Mal.

Es war kaltes, rauhes Wetter. Auf dem Weg in meine Kanzlei ging ich wie im Traum, ich dachte an Zwergkänguruhs und lachende eingeborene Viehtreiber, an blaues Wasser über weißem Korallensand und Jeans Sarong. Plötzlich hörte ich ein durchdringendes Quietschen und spürte einen heftigen Schlag gegen meinen rechten Arm. Ich stolperte und wäre beinahe gestürzt.

Einen Augenblick wußte ich nicht, wo ich war, und dann merkte ich, daß ich mich mitten auf dem Fahrdamm befand, dicht neben einem quer stehenden Taxi. Der Fahrer war kalkweiß. „Um Himmels willen", sagte er, „wer rennt denn einfach so auf den Fahrdamm hinaus! In Ihrem Alter sollte man ein bißchen mehr Verstand haben! Sind Sie verletzt?"

Es gab bereits einen kleinen Auflauf. „Nur mein Arm hat etwas abbekommen“, sagte ich und bewegte ihn. Er arbeitete tadellos. „Ist ja gar nichts“, fügte ich hinzu.

Der Fahrer fuhr weiter, und ich setzte den Weg zur Kanzlei fort.

Ich hatte vormittags zwei Klienten. Ich gab ihnen juristische Ratschläge, war mit meinen Gedanken aber zwanzigtausend Kilometer weit weg.

Abends kannte ich den langen Brief schon auswendig. Ich nahm ihn mit in den Klub. Nach dem Essen und ein paar Spielen ging ich, um eine Zigarette zu rauchen, in die Bibliothek. Ich fand dort nur meinen Freund Wright vor, der früher Polizeibeamter in Malaya gewesen war und Jean Pagets Geschichte kannte. Ich setzte mich zu ihm. „Das Neueste von der kleinen Paget“, sagte ich. „Sie heiratet den Verwalter einer Rinderstation in Queensland.“

„Na so was! Was für einer ist denn das?“

„Ich habe ihn hier in London kennengelernt. Sehr netter Kerl. Ich glaube, das wird ein glückliches Paar.“

„Kommt sie vor der Trauung noch einmal nach England?“

„Nein“, sagte ich und starrte auf die Bücherreihen an der Wand. „Es gibt nichts, das sie herzieht.“

Ich wurde im Herbst dreiundsiebzig. Ich hätte ihr Großvater sein können. Ich war doch nicht in sie verliebt!

9. KAPITEL

Im November und Dezember arbeitete Jean Paget angestrengter denn je.

Rose Sawyer war nur allzugern bereit, es mit der Eisdiele zu versuchen, und kam sofort nach Willstown. Aggie Topp schiffte sich Anfang November nach Australien ein. Vor ihrer Abfahrt besuchte sie mich, eine dürre, spröde Frau – ich konnte mir vorstellen, daß sie es verstand, junge Dinger zur Arbeit anzuhalten. Ich gab ihr die Fahrkarte und den Flugplan von Sydney nach Willstown.

„Es wird da draußen alles sehr, sehr schwer sein“, sagte ich. „Fräulein Paget muß ihr Unternehmen aus dem Nichts aufbauen. Geld genug hat sie, trotzdem wird sie zuerst viele Schwierigkeiten haben. Gehen Sie gern hinaus?“

„Ach ja. Eine öde Gegend schreckt mich nicht ab. Und es ist ja auch nur für ein Jahr – bis die Sache läuft." Nach einer Weile fügte sie hinzu: „Ich mag Fräulein Paget sehr gern."

Jean bemühte sich sehr, eine Klimaanlage zu bekommen. Ihre Arbeiterinnen durften keine schweißigen Hände bekommen und das feine Schuhleder damit beschmutzen. In Australien hatte sie keine Klimaanlage auftreiben können. Ich beschaffte ihr eine in London und gab sie Frau Topp mit. Sie nahm außerdem ein umfangreiches Paket mit, das man bei Pack & Levy zusammengestellt hatte – Werkzeuge, Leisten und alles mögliche andere. Die Rechnung belief sich auf etwa hundertvierzig Pfund. Ich bezahlte alles für Jean.

Gleich nach der Ankunft in Willstown ging Joe Harman mit Jean zu Tim Whelan. Er arbeitete mit seinen beiden Söhnen in der Sargwerkstatt. Joe hatte in Cairns bereits zwei Lastwagen Holz bestellt. Man ging sofort daran, den Bauplan zu entwerfen. Zuerst sollte die Schuhmacherei gebaut werden. Sie bekam einen Anbau mit drei Wohnschlafzimmern für die Arbeiterinnen. Neben der Schuhmacherei sollte die Eisdiele entstehen. Zwischen beiden Häusern ließ man Platz für einen Erweiterungsbau frei.

Herr Carter, ein Beamter von der Kreisbauverwaltung, stellte ihnen den Pachtvertrag auf ein Grundstück in der Hauptstraße aus. „Das ist eine gute Lage", sagte er sinnend. „Um 1905 stand da eine ganze Reihe Häuser. Die Grundstückspacht betrug für dreißig Meter Hausfront pro Jahr einen Shilling. Wer sich Hühner oder anderes Getier halten wollte, mußte fünf Shilling bezahlen."

Jean fuhr drei Tage nach Brisbane. Sie bestellte dort einen Generator für die Eisdiele, einen großen Kühlschrank, zwei Tiefkühltruhen, einen Ladentisch aus rostfreiem Stahl, acht Glastische, zweiunddreißig Stühle und andere Ausstattungsgegenstände, zwei Spültische, ferner Gläser, Teller, Bestecke und schließlich Stromkabel und Elektrozubehör. Die Sachen sollte man ihr per Lastwagen nach Willstown schicken. Auch besorgte sie sich noch Eisrezepte.

Bei ihrer Rückkehr stand das Gerüst der Werkstatt bereits – beim Holzbau geht ja alles sehr schnell. Ganz Willstown pilgerte zu der Baustelle und bestaunte die Sommernachtsverrücktheit einer jungen Engländerin, im Golfland eine Schuhwerkstatt aufzumachen und ihre Produkte zum Verkauf um die halbe Erde herum nach England zu schicken.

Eines Sonntags, als nicht gebaut wurde, ließ sie sich von Joe im Unimog nach Midhurst abholen, das sie ja noch gar nicht kannte. Die

Sommerhitze hatte den Boden ausgedörrt. Nur hier und da wuchs etwas schütteres Gras. Es war eigentlich Waldland, doch standen die spindeldürren, verzogenen Eukalyptusbäume so weit auseinander, daß der Wagen überall bequem durchfahren konnte.

Auf dreißig Kilometer Strecke sah Jean ein paar Rinder, die bei dem Lärm des auf dem unebenen Boden stoßenden und rüttelnden Wagens die wilde Flucht ergriffen. Ein andermal schrie sie überrascht auf – zwischen den Bäumen huschten drei pelzige braune Wesen vorüber. „Sieh mal, Joe, Känguruhs!"

„Wallabys, Zwergkänguruhs", berichtete er. „Die großen Känguruhs gibt's hier oben nicht. Ich habe drüben auf dem Hof ein zahmes Zwergkänguruh, ich zeige es dir nachher."

Und dann war man ganz plötzlich in Midhurst. Zwei Drähte zogen sich von Baum zu Baum und in einer Baumlücke zu einem Pfahl. Unmittelbar vor dem Wagen lag ein eisernes Tor. Jean stieg aus, öffnete es und sprang wieder auf. „Das ist unsere Hauskoppel", erklärte Joe beim Durchfahren. „Meist für Pferde." Sie sah Pferde unter den Bäumen stehen, schlanke Reitpferde mit langem schwarzem Schweif. „Ich habe etwa fünf Quadratkilometer Gelände rund um das Haus so eingezäunt", sagte er.

An einer Wegbiegung sah sie das Wohnhaus, einen ziemlich großen Holzbau, auf einem niedrigen, von einem Bach umflossenen Hügel hoch über dem Boden auf Pfählen erbaut. Eine zweieinhalb Meter hohe Stiege führte auf die Veranda. Das Haus hatte nur ein Geschoß, darin drei Schlafzimmer und ein Wohnzimmer. Alle gingen auf die umlaufende, fast vier Meter breite Veranda hinaus. Hier standen in zahlreichen Kübeln auf hohen Ständern allerlei Blattpflanzen und weit ausladende Farne und schnitten den Sonnenstrahlen den Weg ab. An einem Balken hing ein großer Wassersack aus Segeltuch, der durch den Luftzug kühl gehalten wurde. Daran hing ein Emailkrug an einer Schnur. An einem Ende des Hauses war eine Küche, am anderen eine Badestube angebaut. In einiger Entfernung stand ein Aborthäuschen.

Ein kleines Rudel Hunde begrüßte den Hausherrn mit freudigem Gekläff. Joe wies auf eine große blaue und gelbe Hündin. Jean hatte ein solches Tier noch nie gesehen. „Das ist Lily", sagte er stolz. „Du mußt dir mal ihren Wurf ansehen – erstklassig, sag ich dir." Er stieg mit ihr auf die kühle Veranda. Sofort hängten sich blau und gelb gezeichnete junge Hunde von sonderbarem Körperbau an sie. Hinter einem Stuhl stand ein Tier auf den Hinterpfoten und beobachtete sie. „Ich habe sie heute früh mal hinausgelassen“, sagte er. „Sie sind bald groß genug für den Hof.“

„Ist das aber hübsch hier!“ rief Jean. „Wer hat diese schönen Blattpflanzen gezogen?“

„Frau Spears, als sie hier gewohnt hat. Ich habe sie behalten. Die Eingeborenenmädchen – wir nennen sie Lubras – begießen sie morgens und abends.“ Es seien Frauen von Viehtreibern, erklärte er, die das Haus in Ordnung hielten und für ihn kochten.

„Da ist das junge Wallaby“, sagte er plötzlich. Das Zwergkänguruh trottete auf der anderen Seite über die Veranda. Es war nur etwa fünfundsechzig Zentimeter hoch. Jean stellte fest, daß es völlig zahm war. Als sie sich bei ihm niederließ, leckte es liebevoll ihre Finger.

Eine dicke, unglaublich häßliche Australnegerin kam herein, um den Tisch zu decken. Joe erzählte Jean, daß sie Palmolive heiße und die Frau eines der drei eingeborenen Viehtreiber sei, der sich Mondschein nenne. Gleich darauf servierte Palmolive das unvermeidliche Frühstückssteak mit Setzeiern und eine Kanne starken Tee. Das Steak war noch zäher als die anderen, die man ihr in Australien vorgesetzt hatte. Während sie daran herumkaute, nahm sie sich vor, die Küche in Midhurst gründlich zu überprüfen.

Vor Einbruch der Mittagshitze führte Joe sie auf der Station herum. Das Gelände war über sechzehnhundert Quadratkilometer groß. Darauf standen weniger Gebäude, als Jean in England auf einer sechzehnhundert Hektar großen Farm gesehen hatte. Sie zählte vier sehr kleine Schlafhütten für verheiratete und zwei kleine Wohnbarakken für unverheiratete Viehtreiber, weiße wie schwarze. In einem Schuppen stand zwischen allerlei Maschinen Joes Unimog. Er zeigte ihr einen Stall für sechs Pferde, die Sattelkammer und den Schlachtraum. Ein von einem Dieselmotor getriebener Generator pumpte Nutzwasser aus dem Bach.

Er fragte sie, ob sie reiten könne. Sie schüttelte den Kopf. „Leider nicht, Joe“, sagte sie. „Könnte ich es hier wohl lernen?“

Er pfiff schrill auf zwei Fingern wie ein Schuljunge. Am Fenster einer Schlafhütte tauchte ein faltiges Gesicht auf. „Bourneville“, rief Joe, „hol mal Auntie und Robin her und sattle sie. Ich bin gleich wieder da und helfe dir.“

Er warf einen Blick auf Jeans Sommerkleid, ging mit ihr zum Haus zurück und gab ihr ein Sporthemd, verblichene Reithosen, einen

Gürtel und ein Paar Reitstiefel mit seitlichen Gummizügen, die ihr viel zu groß waren. Seine Sachen zu tragen gab ihr ein drolliges Besitzgefühl.

Auf dem Rücken der lammfrommen vierzehnjährigen Auntie fühlte sie sich völlig sicher. Der Sattel war von einer Art, die sie noch nie gesehen hatte. Er stieg vor und hinter ihr im Bogen an und sicherte ihre Oberschenkel durch starke Lederzwiesel. „Von solch einem Ding kann man bestimmt nicht herunterfallen“, sagte sie.

Er zeigte ihr die richtige Zügelhaltung und die Benutzung der Hakken und ritt mit ihr anderthalb Kilometer bachaufwärts und dann im Bogen durch den Busch zurück. Er zeigte ihr unter den Bäumen vier flüchtende Keiler und in einer Verbreiterung des Bachs einen Alligator, der auf der Flucht vor ihnen wild das Wasser peitschte.

Zu Mittag gab es Steak und Brot und Marmelade – eine Wiederholung des Frühstücks, nur ohne die Eier. Er entschuldigte sich. „Palmolive hat in Tafeldingen keine große Phantasie.“

„Sie sieht so müde aus, Joe. Gib ihr doch den Nachmittag frei. Ich mache uns den Tee.“

Er bot Jean an, nach dem Essen ein bißchen zu schlafen, doch schien ihr die Zeit mit ihm dafür viel zu kostbar. „Laß uns lieber ein bißchen hier draußen sitzen“, sagte sie und zog zwei Liegestühle in eine luftige Ecke der Veranda. „Sollte ich einschlafen, Joe, ist die Hitze daran schuld.“

„Es ist hier nicht immer so heiß“, sagte er. Es lag ihm so viel daran, daß sie sich hier einlebte. „So schlimm sind nur die letzten beiden Monate des Jahres. Im Januar wird es schon kühler.“ Er erzählte ihr vom Brennen der seit dem letzten Auftrieb geborenen Kälber und dem Kälberklau. Sie war schon wieder im Halbschlaf. „Wieso Kälberklau?“ flüsterte sie. Soweit sie es noch mitbekam, war das eine mehr oder weniger freundschaftliche Dieberei: der eine Viehtreiber suchte dem andern die Kälber abzujagen. Es war in Queensland wohl Landessitte. „Aha ...“, sagte Jean. Die Augen fielen ihr schon wieder zu.

Als sie diesmal erwachte, stand die Sonne schon tief. Joe war nicht mehr da. Sie wusch sich im Badezimmer das Gesicht. Durch das Fenster sah sie ihn. Er arbeitete am Motor seines Wagens. Sie machte einen Inspektionsgang in die Küche. Dort sah sie einen Holzfeuerherd, einen Petroleumkocher und einen kleinen Paraffinkühlschrank. Gekochtes Fleisch wurde in einem Fliegenschrank aufbewahrt, in dem fast ebensoviel Fliegen hausten wie außen. Überhaupt war die ganze

Küche ein Angsttraum. Eier gab es in Massen, und als sie etwas trokkenen Käse fand, buk sie für Joe ein Käseomelett aus acht Eiern. Er sah ihr dabei zu. „Meine Güte, kochen kann sie auch!" rief er.

„Ich hab's in Ealing gelernt", sagte sie, und plötzlich lag alles in weiter Ferne, der graue englische Himmel, die großen roten Autobusse und der Lärm der Untergrundbahn. „Ich habe mir oft mein Abendessen auf einem Elektrokocher gemacht."

Er lächelte verlegen. „Viele Elektrokocher findest du im Busch bestimmt nicht, Jean."

Sie griff nach seiner Hand. „Das weiß ich doch. Es gibt aber so vieles, womit man sich das Leben erleichtern kann. In der Küche müssen wir einige Änderungen vornehmen, alles übrige ist tadellos."

„Bevor du einziehst, lasse ich hier vor allen Dingen erst eine Toilette im Haus einbauen. Für mich ist's ja egal, wenn ich hinausgehen muß, für dich aber fände ich es weniger schön."

Als die Sonne sank, setzte man sich zum Tee auf die Veranda. „Was hast du nächste Woche vor?" fragte sie. „Fährst du in die Stadt?"

Er nickte. „Spätestens Freitag. Ich muß mich noch ein paar Tage an der Gemarkungsgrenze umsehen. Ich habe so ein Gefühl, daß Don Curtis von der Windermerestation hinter meinen Kälbern her war."

Abends gegen neun ließ sie sich von ihm nach Willstown fahren. Vor der Stadt hielt er eine Weile und zog sie in seine Arme, und sie lag gegen seine Schulter gelehnt und lauschte den Geräuschen im Busch, dem krächzenden Quaken der Frösche, dem Zirpen der Grillen, dem Schrei der Nachteule. „Hier zu wohnen muß schön sein, Joe", sagte sie. „Ich brauche bloß eine neue Küche. Das ist aber auch alles. Du mußt dir gar keine Gedanken machen, daß ich hier nicht gern sein möchte."

Er küßte sie. „Wenn du dann kommst, wird alles fertig sein."

„Im April", sagte sie. „Anfang April, Joe."

In der ersten Dezemberwoche, nachdem auch Aggie Topp angekommen war, eröffnete Jean ihre Schuhwerkstatt. Sie fing mit fünf jungen Mädchen an: Judy, der Tochter von Sam Small, der Jean an ihrem ersten Tag in Willstown vom Flugplatz hergebracht hatte; Judys Freundin Lois Strang; und dann der Annie, deren Figur sich bereits stark verändert hatte und die vom Hotel an die Luft gesetzt worden war. Außerdem zwei Fünfzehnjährigen, die gerade von der Schule abgegangen waren.

Damit sich die jungen Mädchen tadellos sauberhalten konnten und auch, um ihnen das Gefühl zu geben, in einem richtigen Beruf zu arbeiten, steckte Jean sie alle in gleiche grüne Kittel. Sie brachte einen großen Spiegel an der Wand an, damit sie auf ihr Aussehen achten konnten.

Schon in den ersten Tagen erkannte sie, daß die eifrigsten Angestellten die Fünfzehnjährigen waren. Sie kamen direkt von der Schule und waren noch an die Einhaltung regelmäßiger Stunden gewöhnt. Die Älteren empfanden die Eintönigkeit als unangenehm. Jean versuchte Abhilfe zu schaffen und bestellte in Cairns ein Grammophon und Platten. Aber die Hauptattraktion der Werkstatt war und blieb die Klimaanlage. Auch gefiel es den Mädchen, am Wochenende das Geld in der Tasche zu fühlen. Jean konnte sich nicht über Mangel an Bewerberinnen beklagen. Doch begnügte sie sich die ersten Monate mit fünf Helferinnen.

Nach der Eröffnung der Werkstatt verbrachte Jean vierzehn aufregende Tage, bis am zwanzigsten Dezember auch die Eisdiele eingerichtet und, mit einem ausreichenden Lager versehen, eröffnet werden konnte.

Sie stand mit Joe auf der von glühender Sonne übergossenen Straße und betrachtete ihr Werk. Die kleine Schuhfabrik und die Eisdiele lagen Seite an Seite. In der Werkstatt waren die Fenster geschlossen, man mußte die gekühlte Luft drinnen behalten. Aber draußen hörte man dennoch, wie die jungen Mädchen bei der Arbeit sangen. Weihnachten stand vor der Tür. „O du fröhliche, o du selige ...", „Stille Nacht, heilige Nacht ..." und andere Weihnachtslieder drangen auf die Straße hinaus.

„Darf ich mir gestatten, dir ein Eiscremesoda zu spendieren?" fragte Joe. Sie gingen hinein und kauften bei Rose Sawyer, die hinter der Theke stand.

„Über das Schuhgeschäft – da wag ich nichts zu sagen, aber daß hier Geld zu machen ist, das weiß ich bestimmt", sagte er. „George Connor macht sich schon jetzt große Sorgen um seine Hotelbar."

„Der? Der braucht sich doch keine Sorgen zu machen", sagte sie, „schließlich verkaufe ich ja kein Bier."

Als sie dann an dem kleinen runden Tisch mit der Glasplatte saßen, schlängelte sich Pete Fletcher zur Theke durch, bestellte Eis bei Rose Sawyer und plauderte und lachte mit ihr. Joe sagte zu Jean: „Wetten, daß du Rose kein halbes Jahr hierbehältst?"

Joe, der noch vor Tagesanbruch nach Midhurst fahren wollte, ging bald, und Jean legte sich, sobald die Arbeit in der Werkstatt abgeschlossen war, erschöpft in ihr Zimmer und schlief gleich ein. Sie schlief zwölf Stunden hintereinander.

Doch am nächsten Sonntag arbeitete sie gemeinsam mit Rose Sawyer in der Eisdiele, ununterbrochen von morgens um neun bis zehn Uhr abends, und als sie nach Feierabend Kasse machte, ergaben sich siebzehn Pfund und dreizehn Shilling. „Donnerwetter!“ sagte sie zu Rose. „Für einen Ort von hundertsechsundvierzig Einwohnern ist das ja allerhand!“

Am Weihnachtsabend öffnete das Lokal nach dem Mittagessen und nahm bis Feierabend zwanzig Pfund ein. Gegen Abend hatten sie den Plattenspieler aus der Werkstatt herübergeholt; Musik und Lichterfülle fluteten aus dem Bretterbau in die dunkle Hauptstraße. Alte verhutzelte Männlein und Weiblein, die Jean bisher nie gesehen hatte, erschienen, angelockt von den Klängen, und genehmigten sich ein Eiscremesoda.

Die Werkstatt hatte unter Aggie Topps Leitung gleichmäßig und zuverlässig gearbeitet, so daß man nach dem Weihnachtsfest zwei Kisten Schuhe nach England schicken konnte. Einige Musterexemplare waren bereits mit Luftpost an Pack & Levy abgegangen.

Am sechsundzwanzigsten Dezember setzte der Regen ein. Dichte Gewitterwolken überzogen den Himmel; es wurde dunkel, und Platzregen ergoß sich in Strömen.

Bald nach Neujahr holte Harman seine heimliche Braut wieder auf einen Tag nach Midhurst. Ihr Instinkt warnte sie davor, über Nacht zu bleiben. Wenn das, was sie hier zum eigenen Nutzen und zur Freude der Frauen begonnen hatte, von Erfolg gekrönt sein sollte, mußte ihr eigenes Verhalten über jeden Tadel erhaben sein. Keine Mutter ließe sonst ihr Töchterchen in diesem Unternehmen arbeiten; und kein Familienvater beträte mit Frau und Töchtern ihre Eisdiele.

Im strömenden, heißen Regen rannte Jean über die Straße in das Fahrerhaus des Unimogs. Als sie glücklich neben Joe saß, fragte sie: „Wie steht's mit den Flüssen?“

„Die steigen weiter! Aber wir kommen noch durch, keine Angst!“

Wenn es noch ein paar Wochen so schüttet, würde er im Unimog nicht mehr von Midhurst bis Willstown gelangen und reiten müssen, wenn sie sich wiedersehen wollten. Für alle Fälle hatte er das Gehöft in den letzten zwei Wochen mit Vorräten hinlänglich versorgt.

Bis zur Niederlassung galt es, zwei Flußläufe zu passieren, deren teils sandiges, teils steiniges Bett bisher eine ausgetrocknete Öde gewesen war, und als nun Jean an der gleichen Stelle einen ausgedehnten Strom von schmutziggelbem Wasser gewahrte, erschrak sie.

„Wir kommen durch", sagte Joe. „Siehst du den Baum mit dem überhängenden Ast? Wenn das Wasser bis zur Astgabelung reicht, dann ist es tief."

Der Unimog durchpflügte die Schlammflut, klomm auf dem andern Ufer empor, holperte über unsichtbares Geröll eines zweiten Gewässers und traf zur Frühstückszeit beim Gehöft ein.

Noch immer hatte der Himmel die Schleusen weit offen, und da sich jegliche Tätigkeit im Freien von selbst verbot, gingen sie an die Planung der Toilette und der neuen Küche. Jean nahm Maß und entwarf den Plan auf einem Schreibblock.

Gegen Mittag hörten sie draußen jemanden antraben. Es war Pete Fletcher. Er übergab Mondschein sein Pferd und kam die Verandastufen herauf. Er triefte vor Nässe. Das Wasser platschte in seinen Stiefeln.

„Habt ihr Radio gehört?" fragte er atemlos.

„Nein. Was gibt's?"

„Aufregung in Windermere. Don Curtis ist vor drei Tagen mit einem schwarzen Viehtreiber an die Gemarkungsgrenze geritten, und nun ist das Pferd ohne ihn zurückgekommen."

„Hat man die Pferdespur zurückverfolgt?" fragte Joe prompt.

„Man hat's versucht, es ging aber nicht. Der Regen hat sie weggewaschen." Der Bursche zog die Stiefel aus und entleerte sie. „Jackie Bacon, das Radiofräulein in Cairns, hat die Nachricht bei der Vormittagssendung erhalten. Phil Duncan und Eddie Page sind nach Windermere unterwegs."

„Weiß man, in welche Gegend Don geritten ist?"

„Zum Disappointment Creek."

„Hat man Worte!" rief Joe. Die Linien um seinen Mund strafften sich. „Der Kerl ist wieder einmal auf meine Kälber aus! Der Strick hat dort oben eine Kälberkoppel. Ich kann dir genau sagen, wo es ist. Nördlich vom Fluß ist so ein Dickicht, dahinter ein kahles Hügelchen; und hinter dem Dickicht – da hat der Strolch seine Koppel. Wenn ihr eine Suchkolonne bilden wollt – ich bin dabei!"

Pete zog seine Stiefel an und stand auf. „Kommst du gleich mit, Joe?"

„Ich denke, ich reite erst einmal an die Gemarkungsgrenze, wo er die Kälber geholt hat. Vielleicht hat er wieder welche schnappen wollen und dabei einen Unfall gehabt. Wenn ich noch Spuren von ihm auf meinem Land entdecke, treffen wir uns morgen oder übermorgen auf halbem Weg. Ich nehme Bourneville mit. Wir brechen auf, sobald ich Fräulein Paget nach Willstown gebracht habe."

Sechzig Kilometer im Unimog bei solch schwierigen Wegverhältnissen konnten ihn drei Stunden kosten, und daher bat Jean: „Um mich brauchst du dich nicht so sorgen, Joe. Ich bleibe hier, bis du zurück bist."

Joe lächelte ihr zu. „Das kann lange dauern. Ich werde Mondschein sagen, er soll dich, sobald du willst, in den Ort begleiten."

Der Regen hatte fast aufgehört, aber die Wolken hingen noch schwer und dunkel über dem Hof, als Pete Fletcher davonritt. Jean eilte ins Haus und trieb Palmolive an, schnell Wegzehrung für die beiden Männer zu richten. Diese zäumten bereits ihre Reitpferde und beluden ein Lastpferd mit dem nötigen Zeltgerät.

Er umarmte sie zum Abschied und rief: „Auf Wiedersehen nächste Woche in Willstown!" und ritt zum Hoftor hinaus, Bourneville an seiner Seite; hinter ihnen an einer Leine lief das Lastpferd.

Es begann wieder zu regnen. Es war das erste Mal, daß sie allein auf Midhurst war. Tief in Gedanken durchwanderte sie langsam die Räume des Anwesens, und hinter ihr drein hopste das Wallaby. Von Zeit zu Zeit streichelte sie es, dafür lutschte es an ihren Fingern. In Joes Stube machte sie halt. Er besaß so wenig! Und doch war dies der Raum, wo er von ihr geträumt und seinen phantastischen Reiseplan nach England entworfen hatte.

Gegen drei Uhr stellte Dave Hope, einer von Joes Viehtreibern, sich ein. Er hatte gehört, daß Don Curtis' Eingeborener zurückgekehrt war, doch von ihm selbst fehlte noch jede Nachricht.

Jean schauderte. Irgendwo in einem Umkreis von sechzig Kilometern im Durchmesser lag ein Mann verunglückt am Boden, vielleicht im Buschwerk, bewußtlos ... „Am besten, Sie helfen suchen, Herr Hope. Hier gibt es nichts zu tun."

Hope machte sich am späten Nachmittag auf den Weg. Bis zum Einbruch der Dunkelheit waren es noch zwei Stunden, aber da er auf der Nachbarstation Windermere gut Bescheid wußte, würde er den Weg auch in der Dunkelheit finden.

Jean beschäftigte sich mit dem Grundriß der künftigen Küche. Bald erschien Palmolive und kochte ihr ein paar Eier zum Abendtee. Als sie gegangen war, befand sich Jean allein in der nächtlichen Siedlung, nur das Wallaby und die Hunde leisteten ihr Gesellschaft.

In diesen einsamen Stunden hat Jean so manches gelernt: wieviel Seelenstärke die Frau auf einer Viehstation aufbringen muß, daß ein Radioempfangs- und Sendegerät geradezu unentbehrlich ist und wie sehr es Einsame zu den Tieren zieht.

Sie ging gegen neun Uhr schlafen. Der Regen hörte auf und begann wieder, hörte auf, setzte wieder ein; sie schlief, wachte auf, schlief, wachte, dämmerte ein, bis sie vor Morgengrauen ein Pferdegewieher weckte. Sie warf ihren Morgenmantel über, ging auf die Veranda, knipste das Licht an und rief: „Wer ist da?"

„Ich, Missy. Bourneville. Missa Hope zurück?" Er sprach mit so starkem Akzent, daß sie ihn kaum verstand. Der Mann – er war schwarz, etwa fünfzig Jahre alt, sein Haupthaar grau, das Gesicht voll Narben und Runzeln – betrat die Veranda.

Er sprach sehr schnell und aufgeregt. „Missa Harman an Grenze. Er Missa Curtis findet, er Bein brochen. Missa Harman, er schicken zurück, Missa Hope holen, er Unimog fahren an Grenze, er Missa Curtis hinunterbringen."

Jean ärgerte sich über sich selbst, daß sie nicht verstand, was der Eingeborene meinte. Er konnte nichts dafür. Eine aus dem Golfland hätte sogleich gewußt, was er wollte. Es war dringend notwendig, daß sie jedes Wort verstand, und sie bat freundlich: „Entschuldigen Sie, Bourneville, sagen Sie das bitte noch einmal, aber langsam!"

Bei der Wiederholung erfaßte sie den Sinn und erklärte: „Herr Hope ist nicht hier, sondern in Windermere. Können Sie den Unimog chauffieren, Bourneville?"

„Nein, Missy."

„Kann es einer der andern Viehtreiber hier?"

„Nein, Missy."

Ihr kam der Gedanke, selber zu chauffieren und sich von Bourneville den Weg zeigen zu lassen. Eine andere Möglichkeit wäre, Bourneville zu Pferd nach Willstown zum Polizeiposten zu schicken, aber der wäre frühestens in sechs Stunden hier.

„Wie ist der Weg?" fragte sie. „Sind Flüsse zu durchqueren?"

Er hielt drei Finger empor. „Drei, nicht tief."

„Gut, Bourneville, ich fahre den Unimog. Sie reiten mit und zeigen mir den Weg", sagte sie entschlossen.

Rasch zog sie Reithosen und ein Männerhemd an. In Joes Kammer hatte sie am vergangenen Abend einen alten Kasten mit Verbandzeug, Schienen und allerhand Medizin entdeckt; sie stopfte noch Decken und Lebensmittel hinein, für den Fall, daß sie steckenblieb und die Nacht im Wagen verbringen mußte. Dann stieg sie ein, sprach ein Stoßgebet und schaltete die Zündung ein. Dann drückte sie die Kupplung durch, zog den Starterknopf heraus, legte den ersten Gang ein, gab langsam Gas und war zugleich erschrocken und erfreut, als der Motor ansprang. Mit Vorsicht griff sie in den Rückwärtsgang und brachte das Fahrzeug ins Freie. Bourneville ritt als Führer voran.

10. KAPITEL

VIER MEILEN jenseits des Bohrloches, in einer von Buschwerk umsäumten Talsohle saß Joe Harman vor dem Eingang seines kleinen Zeltes. Dahinter erstreckte sich eine mit schweren Holzpflöcken eingepfählte Koppel. Die Torpflöcke waren niedergerissen, und die Koppel stand leer.

Drinnen lag unter einer Pferdedecke auf Reisig, über das eine Zeltleinwand gebreitet war, ein Mann. Joe wandte den Kopf nach ihm um und fragte: „Was ist denn passiert, Don? Haben sie dich umgerannt, als du die Querbalken heruntergenommen hast?"

Der Mann im Zelt rief heraus: „Verflucht noch einmal! Sie haben mich umgeschmissen. Und dann ist ein halbes Dutzend über mich weggetrampelt."

„Das geschieht dir verdammt recht", sagte Joe. „Was hast du dich auf anderer Leute Land herumzutreiben?" Pause. „Sag mal: wieviel von meinen Kälbern hast du dir voriges Jahr geholt?"

„Dreihundert höchstens."

„Donnerwetter!" lachte Joe Harman. „Und ich habe von deinen dreihundertfünfzig."

Don Curtis rief aus dem Zelt ein sehr unfeines Wort.

Dann war es wieder still, und die beiden Männer warteten in der Dunkelheit des frühen Morgens. Plötzlich hörte Joe in der finsteren Stille das Geräusch eines Motors. Er sprang auf. Von Bourneville geleitet, steuerte Jean den Unimog vorsichtig auf das Zelt zu, hielt und lief ihm entgegen.

„Entschuldige vielmals, ich bin erst dreimal im Leben selbst gefahren, drum ging es so miserabel."

Er küßte sie herzhaft, dann fragte er: „Wie waren die Flüsse?"

„Die flossen bis in die Kabine. Ist Herr Curtis da?"

Er wies mit dem Kinn nach dem Zelt. „Da drin! Am Bein, auch am Knöchel hat's ihn erwischt. Der Knochen steht heraus – ein komplizierter Bruch. – Ich habe ihm eine lange Beinschiene geschnitzt und das geschiente Bein von oben bis unten umwickelt. Aber er muß, sobald es geht, ins Spital."

Sie fingen an abzubauen, entfernten das Zelt über dem Schwerverletzten. Als Don Curtis Jean erblickte, sagte er: „Können Sie sich noch an mich erinnern, Fräulein Paget? Nein? Aber ich mich an Sie. Ich habe Sie gesehen, als Sie damals in Willstown angekommen sind."

Sie zogen eine der mitgebrachten Decken unter das Reisiglager und hoben mit aller Sorgfalt und Mühe den Verletzten auf den Wagen. Kreideweiß und schweißüberströmt, verbiß er den Schmerz; seine Unterlippe blutete. Aber sie konnten ihm die Schmerzen nicht erleichtern.

Gegen neun brachen sie auf. Joe fuhr, Jean saß bei dem Verletzten. Bourneville ritt hinterdrein, die zwei Pferde am Halfter. Das Wasser stand beträchtlich höher als bei der Durchquerung vor ein paar Stunden, doch ließ sich die erste Furt noch bewältigen, aber beim zweiten Fluß stand das Wasser noch ein ganzes Stück höher. Der mächtige Wagen sprang über unsichtbares Felsgeröll; bei jeder Abwärtsbewegung prallte er irgendwo an. Dann ein metallisches Knacken, er stand still.

Joe drückte den Anlasser, aber der Motor reagierte nicht. Auf der wirbelnden Wasserfläche wurde Öl sichtbar und floß in einem Regenbogengeschmier auf der Strömung dahin. „Jetzt ist der verdammte Tank gekracht!" sagte Joe und stieg vom Führersitz ins Wasser. Erst ging ihm die Flut übers Knie, bald aber bis zur Hüfte. Er ließ sich von Jean hinten aus dem Kasten die Tauwerkrolle reichen. Mit Bourneville spannte er die drei Pferde vor den Unimog; die Stricke liefen von den Sattelknöpfen zur Hinterachse des Wagens. Die Unterwasserarbeit war keine Kleinigkeit, aber nach zehn Minuten war das Fahrzeug am Ufer, eine Leistung, die Jean die höchste Bewunderung abnötigte. Sie kletterte herunter und eilte zu Joe, der bereits unter der Vorderachse auf dem Rücken lag, und bückte sich, um sich die Geschichte anzusehen: Der Dieseltank war leck und eingedrückt.

Er grinste sie an und bemerkte erleichtert: „Es ist nur der verdammte Tank; sonst ist alles in Ordnung."

Den Anlasser in der Hand, versank er in Nachdenken. „Ich könnte die Geschichte flicken", meinte er, „wenigstens so weit, daß wir damit nach Hause kämen. Aber wir haben kein Öl mehr. Jetzt gibt es nur eins: Don muß herausgeflogen werden!"

Die Gegend ringsum war voller Felsen und Bäume. „Kann denn ein Flugzeug hier irgendwo landen?" fragte Jean.

„Ich wüßte eine Stelle", antwortete er. „Man braucht nur fünfhundert Schritt freie Bahn und günstige Anflugmöglichkeit." Er bestieg sein Pferd und ritt in südlicher Richtung.

Nach einer Viertelstunde kam er zurück.

„Ich denke, es wird sich machen lassen. Der Platz ist nur fünfzehnhundert Meter von hier."

Er schirrte mit Bourneville das Tandem an die Vorderachse des Wagens. Jean setzte sich ans Steuer, die zwei Männer führten die Pferde; so manövrierten sie sich zwischen Bäumen und Unterholz durch und gelangten an eine offene Stelle, ein langes, von niedrigen Büschen bestandenes Grasstück. Es war über vierhundert Meter lang, doch ragten an beiden Enden hohe Bäume auf.

„Die gegebene Rollbahn", meinte Joe, „man müßte nur ein paar Büsche abhauen und einige Bäume fällen."

Äxte und Spaten gehörten zur Ausrüstung des Unimogs, aber zu zweit konnten sie die Arbeit unmöglich so rasch, wie nötig gewesen wäre, bewältigen.

„Wir brauchen die Leute aus Midhurst, alle miteinander. Wir müssen in Willstown ein Flugzeug anfordern."

„Ich reite mit Bourneville zum Gehöft", schlug Jean vor, „er kann dann die Viehtreiber hierherbringen, und ich reite weiter nach Willstown."

„Glaubst du, daß du so weit reiten kannst? Bis Willstown sind es sechzig Kilometer. Du kannst nicht allein durch die Flüsse!"

Beruhigend streichelte sie seinen Arm. „Schon gut, Joe, ich nehme jemanden mit. In Willstown", fuhr sie fort, „kann ich per Radio in Windermere ausrichten lassen, man soll dir von dort ein paar Hilfskräfte schicken."

„Ja ... Man muß allen bekanntgeben, wo wir den Landeplatz machen werden: etwa neun Kilometer westsüdwestlich der Neubohrung."

Sie wiederholte es. „Was tust du in der Zwischenzeit?"

„Ich fange einstweilen an und hau ein paar Bäume um."

„Aber dein Rücken, Joe! Wenn du Bäume fällst, nehme ich mein Versprechen zurück und reite von Midhurst allein nach Willstown. Das ist mein Ernst."

„Also gut!" Er griente liebevoll und setzte sie auf seinen Rappen Robin. Das Pferd war riesig, aber der Sattel war ausgezeichnet, weich und geschmeidig, und als man ihr die Steigbügel richtete, fühlte sie sich schon einigermaßen sicher. Zuversichtlich ritt sie in gemächlichem Trab neben Bourneville zwischen den Bäumen dahin und begann damit eine Leistung, ja eine Großtat, auf die sie selber in künftigen Jahren nicht ohne Schrecken zurückblickte.

Doch trotz alledem: Die Tatsache, daß sie noch nie länger als anderthalb Stunden auf einem Gaul gesessen hatte, war durch nichts aus der Welt zu schaffen.

Die Flüsse waren tief. Sie kämpften sich durch den ersten, und als sie zum zweiten gelangten, riet ihr Bourneville, die Steigbügel loszulassen, sich an die Mähne zu klammern und notfalls zu schwimmen. Der Regen setzte von neuem ein. Bald scheuerten Sattel und Lederhose ihre gespreizten Beine; Oberschenkel und Gesäß schmerzten immer ärger, aber daran ließ sich nichts ändern. „Ich habe gesagt, ich reite. Jetzt wird geritten!"

Gegen halb drei erreichten sie das Gehöft. Jean hatte rasenden Durst und war schrecklich müde. Mondschein kam mit zwei andern Viehtreibern angerannt und half ihr aus dem Sattel. „Bourneville, sagen Sie Mondschein, er soll satteln und mich nach Willstown begleiten! Ich nehme nur eine Tasse Tee und esse etwas; dann geht es weiter. Sie bringen alle Leute zu Herrn Harman."

Von der kurzen Rast wurden ihre Glieder so steif, daß sie sich mit Gewalt zusammenreißen mußte. Vor ihr lag ein Ritt von dreißig Kilometern. Jeder der überanstrengten Muskeln tat weh. Sie konnte keinen Schenkeldruck nehmen und wäre vom Pferd gefallen, hätten die Sattelzwiesel sie nicht gehalten. Die Pferde arbeiteten sich durch die Flüsse, die kein Wagen mehr hätte durchfahren können. Die letzten fünfzehn Kilometer legte sie wie betäubt in langsamem Trott zurück. Mondschein hielt sich dicht neben ihr, um sie aufzufangen, falls sie umsinken sollte. Sie war acht Stunden im Sattel gewesen, als sie in Willstown einritten und vor der Polizeistation anhielten.

Mondschein stieg ab und hielt Robins Kopf fest. Mit letztem Kraftaufwand brachte Jean das rechte Bein über die Kruppe des Rappens, glitt zu Boden und wäre umgefallen, hätte sie sich nicht am Sattel angeklammert.

„Ja, Fräulein Paget“, sagte Wachtmeister Haines mit queensländischer Langsamkeit, „wo kommen denn Sie her?“

„Von der Gemarkungsgrenze Midhurst/Windermere. Dort liegt Don Curtis mit gebrochenem Bein. Joe Harman ist bei ihm. Auch alle Leute aus Midhurst sind hin; sie richten dort einen Fluglandestreifen.“

Während Mondschein die Pferde in der Koppel hinterm Haus versorgte, führte Haines Jean ins Haus. Seine Frau brachte Tee. Er sah auf die Uhr. Er hatte den Funkdienst der Ambulanz in Cairns von neunzehn Uhr bis neunzehn Uhr zehn gerade versäumt, und da er nun drei Viertelstunden warten mußte, ehe er etwas veranlassen konnte, blieb reichlich Zeit für Jeans Bericht.

Dann erhob sie sich mühsam. „Ich gehe nach Hause ins Bett.“ Sie mußte sich an der Stuhllehne halten. „Wenn ich länger hierbleibe, kann ich überhaupt nicht mehr gehen.“

„Sie bleiben schön hier, Fräulein Paget. Ich hole den Wagen und bringe Sie ins Spital, ob Sie wollen oder nicht“, sagte er freundlich. „Schwester Douglas hat alles Nötige zur Hand.“

Eine halbe Stunde später war Jean gebadet und lag in einem Spitalbett; ihr Gesäß und ihre Beine waren mit Penicillinsalbe behandelt.

Auf dem Polizeiposten aber saß der Sergeant vor dem Sendeapparat und sagte: „VIII Queen Charlie, VIII Queen Charlie, VIII Love Mike ruft VIII Queen Charlie, VIII Queen Charlie, wenn Sie VIII Love Mike empfangen, bitte kommen!“

Und so konnte die Hilfsaktion für Don Curtis beginnen, freilich nicht ohne Schwierigkeiten. Zunächst gab es Verzögerungen im Funkverkehr, und als das Ambulanzflugzeug bei Tagesanbruch auf dem Flugplatz in Cairns startete, hingen die Wolken tief zur Erde herab und entzogen die Berge hinter dem Flugplatz der Sicht. Willstown lag etwa sechshundert Kilometer nordwestlich, und die ersten hundertzehn Flugkilometer führten über die Athertonberge. Ohne Funkerhilfe war man auf Bodensicht angewiesen und mußte sich schlecht und recht zwischen Wolkendecke und Baumwipfeln hindurchwinden.

In Willstown nahm der Pilot einen Sanitäter an Bord; dann flog er mit Hilfe der Karte die grasige Lichtung an, wo der Mann, den er holen sollte, schon drei Tage mit einem komplizierten Schenkelbruch lag. Doch die Rollbahn war jämmerlich knapp. Er flog sie so langsam an, wie er es sich nur irgend erlauben konnte, drosselte noch über den Bäumen die Geschwindigkeit mehr und mehr, sank – nein, er konnte den Doppeldecker niemals rechtzeitig zum Stehen bringen! Er warf einen Postsack mit der Nachricht ab, der Landestreifen müsse etwa hundert Schritt länger sein und er komme um vier Uhr nachmittags zurück.

Gegen vier Uhr flog er das improvisierte Flugfeld wieder an. Als er über dem Landeplatz eine Kurve zog, sah er, daß die Bahn verlängert war und anscheinend keine Schwierigkeiten mehr bot. Am Pistenbeginn setzte der Doppeldecker auf, prallte am unebenen Boden ab, setzte abermals auf; die Maschine schwankte und holperte fast bis ans Pistenende.

Mit Hilfe der Viehtreiber legte der Sanitäter den Kranken auf die Tragbahre.

Joe Harman fragte den Piloten, ob er in Willstown etwas von Jean Paget gehört habe.

„Sie ist im Spital", antwortete Cope. „Nichts Schlimmes, soviel ich gehört habe! Nur müde und wund. Sie muß ein Prachtsmädchen sein!"

„Mein Wort darauf!" bestätigte Joe. „Wenn Sie auf dem Rückflug jemanden vom Spital sehen, würden Sie ihr ausrichten lassen, daß ich morgen nachmittag nach Willstown komme?"

„Gern." Der Pilot nahm am Steuer Platz. Der Sanitäter setzte die Propeller in Schwung. Sie rollten rückwärts zum Pistenanfang.

Die Startstrecke war kurz, aber es ging. Im letzten Viertel der Rollbahn löste sich der Doppeldecker vom Boden und schwebte mit einem Zwischenraum von etwa fünfzehn Fuß über die Bäume hinweg. Dreißig Minuten danach landete er auf dem Flugplatz in Willstown. Die Bahre wurde auf einen Lastwagen gehoben, und endlich gelangte Don Curtis ins Spital.

DORT HATTE Jean am Nachmittag Rose Sawyer ihre weniger peinlichen Wunden gezeigt.

„Ruhmreiche Wunden!" hatte Rose erklärt.

Sie hatten sich eine Weile über Jeans Heldentat unterhalten, und dann hatte Rose unvermittelt gefragt: „Glaubst du, daß es hier irgendwelche Arbeit für einen Bauunternehmer gäbe?"

Es handelte sich um einen jungen Mann aus Alice, mit dem Rose häufig Briefe wechselte. „Er kommt übrigens nach der Regenzeit ein paar Tage her", bemerkte sie beiläufig.

„Ja", meinte Jean, „mit Straßen und Hochbauten wird es hier wohl nichts sein. Ich wüßte aber vielleicht etwas anderes ... Joe will in Midhurst ein paar kleine Staudämme anlegen. Ich weiß nicht, ob er so etwas machen könnte ...?"

„Ich denke, ja! Wenn er in der Trockenzeit mit einer Planierraupe anrückt, geht das ohne weiteres."

„Hat er denn überhaupt eine Planierraupe?"

„Er nicht, aber sein Vater in Newcastle hat etwa vierzig; der kann ihm wohl eine davon lassen."

Jean dachte weiter. „Kann man mit einer Planierraupe auch das Terrain für ein Schwimmbad ausheben?"

„Ja, warum denn nicht? Willst du denn ein Schwimmbad?"

Jean starrte gedankenverloren auf die kahle Wand ihrem Bett gegenüber.

Am folgenden Tag konnte Jean aufstehen und das Spital verlassen. Unsicheren Schritts humpelte sie zur Werkstatt. Dort erwartete sie ein Luftpostbrief, in welchem sich Herr Pack zur Luftpostsendung äußerte, die ihm als Muster geschickt worden war. Er wies auf verschiedene Mängel und Unebenheiten hin, aber am Schluß hieß es, er werde trotzdem darauf sehen, daß er die Schuhe absetzen könne, und dies galt Frau Topp und Jean, denen Herrn Packs Nörgeleien nichts Neues waren, als Lob.

Aggie sagte: „Hier reden alle von Ihrem Ritt, Fräulein Paget!"

„Woher wissen die denn davon?"

„Ja, das kommt von den kleinen Funkgeräten auf den Viehstationen", belehrte sie Aggie. „Alle hören mit, was durchgegeben wird. Geheim bleibt in diesem Land überhaupt nichts. Steht es schlimm mit dem Patienten?"

„Er ist in Cairns im Hospital", erwiderte Jean, „man hofft, daß das Bein zu retten ist. Hier im Ort müßte man natürlich einen Arzt haben!"

Am Nachmittag kam Joe Harman mit Pete Fletcher angeritten. Wie es sich für einen verliebten jungen Mann gehört, war er tipptopp vom Gehöft aufgebrochen. Nun war er von oben bis unten durchnäßt und verdreckt. Sie hatten einen der beiden Flüsse durch-

schwimmen müssen. Nachdem er beim Stall seine Stiefel entleert und sich gekämmt hatte, ging er in die Eisdiele, um sich bei Rose zu erkundigen, wo Jean sei.

Sie war in ihrem Schlafzimmer, wo sie mir einen langen Brief schrieb, und kam sofort heraus. „Hier dürfen wir nicht beisammen sein. Daß du dich nie unterstehst! Komm in die Eisdiele zu einem Eis!"

Die Eisdiele war tatsächlich der einzige Ort, an dem zwei junge Leute verschiedenen Geschlechts anständigerweise beisammen sein konnten. Sie fanden einen Tisch an der Wand; Jean betrachtete mißbilligend den rechteckigen, ungegliederten Raum. „Wir müßten einige Nischen einbauen, wo Gäste ungestört miteinander reden können!"

Als Joe mit zwei Bananensplits vom Büfett zurückkam und ihr gegenüber Platz nahm, brachte sie das Gespräch auf die Dammbauten. „Hast du die Arbeit schon in Angriff genommen?"

Er verneinte. „Solange es regnet, ist nicht daran zu denken."

„Ließen sie sich mit einer Planierraupe bauen?"

„Mein Wort darauf. Wenn man eine Planierraupe hat, bringt man sie in einem Monat fertig. Aber diesseits Curry River ist keine Planierraupe zu kriegen."

Da erzählte ihm Jean von Rose Sawyers Freund und daß er sie nächstens besuchen wolle. „Wenn er hier ist, fährst du am besten mit ihm hinaus, und ihr besprecht es an Ort und Stelle."

„Mein Wort darauf, wenn wir in Willstown einen tüchtigen Kerl mit einer Planierraupe hätten, wäre es für die Stationen ein ganz gewaltiger Unterschied."

„Für Willstown auch", meinte sie. „Was denkst du, Joe: Wenn wir drüben beim Geysir eine richtige Badeanstalt hätten mit Umkleidekabinen und einer Liegewiese, mit Sprungbrettern und einem alten Mann, der die ganze Anlage hübsch sauberhält, und wenn wir einen Shilling Eintrittsgeld nähmen – kämen dann genug Leute?"

Joe lächelte verschmitzt. „Und was ist nach dem Schwimmbad das nächste?"

Sie blickte zum Fenster hinaus auf die weite Schlammfläche, die sich Hauptstraße nannte. „Beim Baden kriegen die Frauen nasse Haare, da brauchen sie notwendig einen Frisiersalon. Und als nächstes ein Freiluftkino. Und danach eine Wäscherei. Und viertens ein gutes Geschäft mit Damen- und Herrenkonfektion. Du brauchst mich gar nicht auszulachen. Ich weiß, es klingt verrückt. Aber schau bitte auf die Ergebnisse! Ich habe eine Eisdiele aufgemacht und Rose hineingesetzt, und jetzt kommt ihr Freund mit einer Planierraupe und baut dir deine Dämme."

„Ich glaub, die Gäule gehen dir durch! Die Dämme stehen noch nicht."

„Bald werden sie stehen, Joe, verlaß dich darauf!"

Sein Blick wanderte durch die Eisdiele. „Wenn alles, was du planst, so gut ausfällt wie das hier, dann haben wir über kurz oder lang eine Stadt, die sich neben Alice Springs sehen lassen kann."

„Siehst du, lieber Joe, das will ich", sagte Jean Paget: „Eine Stadt wie Alice."

11. KAPITEL

All dies geschah vor etwa drei Jahren, und seitdem haben mich ihre Briefe immer mehr interessiert, vielleicht mehr als alles andere in meinem sonst uninteressanten Leben.

Mit der Affäre Curtis, dem Ritt und dem gegenseitigen Kälberklau schien Jean sich ganz im Golfland eingelebt zu haben. Schon vor der Hochzeit merkte ich das. Sie schrieb nicht mehr wie eine Engländerin aus der Fremde, sondern so, als lebte sie bei den Ihren in der Heimat.

Sie hatte ihr Versprechen gehalten und Anfang April Joe Harman geheiratet. Da es in Willstown keine Kirche gab (erst im Jahre danach wurde der Grundstein gelegt), wurden sie im Rathaus getraut. Die Gäste strömten aus dem ganzen Golfland herbei. Die Hochzeitsreise führte das junge Paar auf einige Tage zur Grünen Insel, und obwohl Jean mir darüber nichts Näheres mitgeteilt hat, nehme ich an, daß sie auf diese Fahrt ihren Sarong mitnahm.

Ihr Kapital hat Frau Harman in den zwei ersten Jahren ihrer Ehe mehrfach ausgiebig in Anspruch genommen. Aber nicht leichtsinnig. Erst wenn eine Sache glattging, fing sie eine neue an. Abrechnungen über ihre verschiedenen Unternehmungen schickte sie mir in regelmäßigen Abständen; ein junger Mann von der Bankfiliale fertigte sie für sie an. Trotzdem hatte sie, als sie ihren zweiten Jungen zur Welt brachte – Noel wurde er nach mir genannt –, in ihre mannigfachen Unternehmungen einen Gesamtbetrag von über achtzehntausend Pfund investiert. Zwar rentierten sich alle mehr oder weniger, doch

Lester Robinson und ich machten uns als Treuhänder und Testamentsvollstrecker zuweilen Gedanken. Denn das Macfaddensche Testament legte uns die Pflicht auf, der Erbin nach Erreichung ihres fünfunddreißigsten Lebensjahrs das Kapital unversehrt auszuhändigen. Wie, wenn ein jäher Preissturz oder ein unvorhergesehenes Unglück über Australien hereinbrechen sollte, fragte ich mich besorgt! Dreißig Prozent der Erbschaftsmasse wären dann vielleicht unwiederbringlich verloren! „Sie tanzt auf zu vielen Hochzeiten!“ sagte mir eine warnende Stimme.

Ihren Gipfel erreichten meine Befürchtungen gleich nach der Geburt des kleinen Noel. Sie bat mich, Pate des Kleinen zu sein, was mich aufrichtig freute, obwohl wenig Aussicht bestand, daß ich so lange leben würde, um meine Patenpflichten in ausreichendem Maße zu erfüllen. Aber der zweite Pate war Rose Sawyers Mann, der sich in Willstown niedergelassen hatte, so daß ich mir sagte, durch einen hochbetagten Paten, der obendrein am andern Ende der Welt zu Hause war, geschähe dem Täufling kein großes Unrecht. Natürlich habe ich unverzüglich mein Testament in entsprechender Weise geändert.

Der größte Teil dieses Patenbriefes war aber den Verhältnissen von Midhurst gewidmet. Joe habe sich, schrieb sie, als Verwalter sehr gut bewährt. Als er die Station übernommen habe, seien dort kaum achttausend Stück Vieh gewesen, jetzt zwölf- bis dreizehntausend. Es habe den Anschein, daß sich in den kommenden Jahren der Viehbestand entsprechend weiter vermehren werde, weil während der Trockenzeit jährlich neue Dämme und Staubecken entstünden und dadurch das Futter immer besser und reichlicher werde.

Frau Spears, die Besitzerin von Midhurst, wohne jetzt in Brisbane. Letzten Oktober seien sie einige Tage bei ihr zu Besuch gewesen.

> „Ich habe Ihnen damals nichts davon geschrieben, weil ich mir alles zuerst genau überlegen wollte, vor allem, ob wir irgendwo ein Darlehen zu erträglichen Bedingungen erhalten können. Frau Spears hat uns nämlich gefragt, ob wir den halben Anteil an der Station kaufen wollen. Auf die andere Hälfte würde sie uns in diesem Falle eine Option geben, so daß wir die zweite Hälfte nach ihrem Tode hinzuerwerben könnten. Zur Zeit beträgt der Wert des halben Viehbestandes etwa dreißigtausend Pfund. Der Boden selber gehört wie alles Land hier dem Staat und ist

gepachtet; der gegenwärtige Pachtvertrag läuft noch siebzehn Jahre, und wenn wir auf ihren Vorschlag eingingen, würde Joes Name als Mitpächter in den Vertrag eingesetzt."

Sie habe vor einiger Zeit mit der Bank Rücksprache genommen. Diese sei bereit, zwei Drittel der dreißigtausend Pfund vorzuschießen, und das restliche Drittel, das heißt zehntausend Pfund, müßten sie selbst aufbringen.

„Joe hat im Golfland einen sehr guten Ruf, und der Sachverständige gab ein günstiges Urteil über den Zustand der Station. Darum wollte ich Sie, lieber Herr Strachan, nun bitten, uns zu helfen. Wenn wir den Anteil nicht übernehmen können, wird Frau Spears wahrscheinlich das Ganze anderweitig verkaufen, und wir müssen woanders von vorne anfangen. Es wäre ein Jammer, Willstown verlassen zu müssen, jetzt, da es sich so schön entwickelt. Es ist ein nettes Städtchen geworden, in dem es sich leben läßt. Wenn es irgendwie geht, will ich hier bleiben."

Weitere zehntausend Pfund! Damit hätten wir ihr erlaubt, die Hälfte der Erbschaft in hochspekulative Unternehmungen zu stecken. Das hätte keineswegs den Wünschen Herrn Macfaddens zur Zeit der Testamentserrichtung entsprochen! Oder? Wie würde Douglas Macfadden an unserer Stelle entscheiden?

Jean Paget war keine Alleinstehende mehr, die von einem Heiratsschwindler um ihr Vermögen geprellt werden könnte. Sie war dreißig, Mutter zweier Kinder und hatte einen vernünftigen, durchaus soliden Mann. Hätte Douglas Macfadden unter diesen Umständen die unangebrachte Bevormundung für hinfällig erklärt?

Ich hatte von ihm den Eindruck eines gutherzigen Menschen empfangen. Es konnte unmöglich in seiner Absicht liegen, seine Erbin von Haus und Hof vertrieben zu sehen. Aber – er war ein vorsichtiger Mann, ein echter Schotte, und hätte sich vermutlich vergewissert, daß sie für ihr Geld den Gegenwert erhielt.

Ich besprach Frau Harmans Brief eingehend mit meinem Partner Lester Robinson, und auch er erkannte im Pachtbesitz und in dessen Dauer den springenden Punkt. Was waren schon siebzehn Jahre, wenn es sich darum handelte, den Wert der Dämme und Staubecken, die Harman errichtete, und der andern Verbesserungen auf Midhurst herauszuwirtschaften? Er konnte unmöglich an weitere Investitionen herangehen, bevor ihm nicht eine wesentliche Verlängerung des Pachtvertrages sicher war.

„Die Frage der Treuhänderschaft sollte man nicht übertreiben", meinte er. „Trotzdem würde ich sie als Hebel benutzen, um die Pachtfrage in einem für Frau Harman günstigen Sinne zu lösen. Erklären wir klipp und klar, daß wir die zehntausend Pfund erst freigeben, wenn die Pachtverhältnisse zu unserer Zufriedenheit geregelt sind! Dann kann sie von mir aus noch die restliche Hälfte abheben!"

Ich lächelte. „Das will ich ihr lieber nicht mitteilen."

Am folgenden Tag setzte ich mein Antwortschreiben auf. „Ich halte es nicht für unmöglich, weitere zehntausend Pfund freizugeben, halte es aber für notwendig, daß vorher die Frage der Pachtdauer zu unserer Zufriedenheit geregelt wird", schrieb ich.

Nun aber gelangte ich zum Hauptpunkt:

> „Obwohl Ihr gewiß einen vertrauenswürdigen Rechtsbeistand habt, wäre ich mit Vergnügen bereit, sofern es Euch dienlich schiene, auf einige Wochen nach Queensland zu kommen und mich dafür einzusetzen, daß die Pacht, ehe Ihr das Geld investiert, Euch lebenslänglich gesichert wird. Seit vielen Jahren bin ich nicht mehr aus England herausgekommen und bedaure es eigentlich. Ich kann leider nicht damit rechnen, daß mir noch viele Jahre beschieden sein werden, um mich in der Welt umzusehen. Da möchte ich mir denn gerne endlich einmal ausgiebig Ferien gönnen und auf Reisen gehen, solange es mein Gesundheitszustand erlaubt. Und wenn eine solche Reise obendrein dazu beitrüge, Euch die Pacht rechtlich zu sichern, wäre sie mir eine ganz besondere Freude."

Die Antwort war ein ausführliches Telegramm: Man erwarte mich sehnsüchtig, am besten per Flugzeug, Ende April; es ginge dann auf den australischen Winter, der unserem englischen Sommer ähnlich sei. „Brief folgt mit Angabe erforderlicher Bekleidung und Arzneimittel." Ihre Besorgnis rührte mich.

Ich suchte am folgenden Tag meinen Hausarzt Dr. Kennedy in seiner Praxis in der Wimpole Street auf und fragte ihn, ob er etwas gegen meinen Flug nach Queensland einzuwenden habe.

Er musterte mich ein wenig spöttisch und meinte: „Als Badekur würde ich Ihnen nicht dazu raten."

„Ich möchte gern hin, sehr gern, etwa für einen Monat. Es handelt sich um eine Angelegenheit, die ich persönlich wahrnehmen sollte."

Er lächelte und bat mich, den Oberkörper zu entblößen. „Wir wollen uns die Sache mal ansehen." Nach beendeter Untersuchung fragte er: „Haben Sie die Absicht, allein zu reisen?"

Ich nickte. „Drüben wohne ich bei Freunden. Sie holen mich auch am Flugplatz ab."

„Halten Sie die Reise wirklich für unumgänglich?" Er schaute mir ernst in die Augen, und ich erwiderte seinen Blick.

„Ich möchte wirklich gerne hin."

„Ja, wie Sie wollen", sagte er achselzuckend.

Er setzte mir auseinander, was ich mir erlauben dürfe und was ich auf alle Fälle vermeiden müsse – die alten Vorsichtsmaßnahmen, die ich oft genug von ihm gehört hatte.

Als ich Lester Robinson meine Reiseabsichten mitteilte, fragte er besorgt: „Müssen Sie sich denn wirklich persönlich dorthin bemühen? Es ist doch ein ganz gewöhnlicher Fall."

„Sehen Sie, Lester, da bin ich nun ganz anderer Ansicht. Ich halte ihn für den wichtigsten, den ich je im Leben behandelt habe."

AN EINEM Montagvormittag flog ich von London ab, und das Flugzeug landete Mittwoch nacht in Sydney. Es war ein sehr behagliches Passagierflugzeug und die Stewardeß liebenswürdig und aufmerksam. Trotzdem war es begreiflicherweise ermüdend, zwei Nächte in einem Liegesitz zu schlafen, und am Donnerstag ruhte ich mich in Sydney aus. Abends landeten wir in Cairns, wo mich zu meiner großen Überraschung Joe Harman abholte. Die Dakotamaschine, erzählte er mir, fliege neuerdings zweimal die Woche von Cairns ins Golfland, das sei Willstowns Wachstum zu verdanken; er sei heute von dort herübergeflogen, um mich am Montag mit nach Hause zu nehmen.

Seit er bei mir am Chancery Lane aufgetaucht war, hatte ich die queensländischen Laute und die gedehnte Sprechweise nicht mehr gehört. Er fuhr mich im Wagen zum Hotel, einem weitläufigen Gebäude. Wir nahmen Platz in der geräumigen Bar.

„Was möchten Sie trinken? Tee, Bier oder Plonk?"

„Plonk? Was ist das?"

„Australischer Rotwein“, sagte er. Ich bestellte davon und fand ihn annehmbar.

„Jean war unglücklich, daß sie nicht mitkommen und Sie abholen konnte“, erklärte er, „aber der kleine Noel – der hält sie fest; er wird noch gestillt. Am Montag erwartet sie uns auf dem Flugplatz in Willstown.“

„Wie geht es ihr?“ fragte ich.

„Glänzend“, war die Antwort. „Das Kinderkriegen bekommt ihr, scheint's. So hübsch wie jetzt hat sie nie ausgesehen.“

Nach dem Abendtee setzten wir uns auf die Veranda vor meinem Schlafzimmer und besprachen das Geschäftliche. Er hatte die Abrechnungen der letzten drei Jahre mitgebracht.

Obwohl er einen großen Teil seines Erfolgs Jean zuschrieb, bemerkte ich sehr schnell, daß auch er nicht auf den Kopf gefallen war. Die etwas verwickelten Fragen der Pacht und seiner Aufwendungen verstand er, ohne daß ich sie erklären mußte, so daß wir bald auf Jeans verschiedene Unternehmungen in Willstown kamen.

„In der Werkstatt beschäftigt sie jetzt zweiundzwanzig Mädchen. Das Geschäft geht nicht so gut wie die andern. Aber die übrigen Sachen gehen prima, mein Wort darauf!“

Er zeigte mir die Abschlüsse der Eisdiele, des Frisiersalons, des Schwimmbades, des Kinos, der Wäscherei und des Bekleidungsgeschäfts. Wir addierten die letztjährigen Gewinne, und es ergab sich ein Gesamtreingewinn von zweitausendsechshundertdreiundsiebzig Pfund.

„Da schadet es gar nichts, wenn bei der Schusterei nichts herausspringt. Der Verlust kommt wieder herein. So viel geben die Mädchen aus, um sich für die Viehtreiber schön zu machen, und die Viehtreiber, wenn sie die Mädchen ausführen.“

Mir war dabei etwas unbehaglich. „Ließen sich die Unkosten nicht dadurch verringern, daß man den Umsatz erhöht?“ fragte ich, aber Harman bezweifelte es.

„Sie verarbeitet schon jetzt alle Alligatorhäute, die Jeff Pocock und zwei andere ihr liefern. Es gibt auch nicht mehr so viele Wallabys wie früher. Es läßt sich nicht mehr fabrizieren. Sie will es auch gar nicht. In einigen Jahren brauchen wir die Werkstatt nicht mehr. Dann ist die Stadt so groß, daß ein Betrieb mit zwanzig Arbeiterinnen keine Rolle spielt.“

„Wie groß ist Willstown zur Zeit?“

„In der Stadt selbst wohnen etwa vierhundertfünfzig. Die Bevölkerung hat sich in drei Jahren verdreifacht."

„Nur wegen der Werkstatt?" fragte ich.

„Genaugenommen ist alles darauf zurückzuführen", versetzte er langsam. „Schauen Sie: In der Eisdiele beschäftigt sie zwei Weiße und ein farbiges Mädchen, im Frisiersalon zwei, im Kleidergeschäft drei und zwei in der Obsthandlung, drei im Kino, also eine ganze Menge!"

„Ja, können denn die zwanzig Mädchen, die in der Werkstatt arbeiten und verdienen, allen andern Verdienst geben?" zweifelte ich.

„Neulich haben wir es einmal zusammengerechnet. Sie hat bisher nie mehr als fünfunddreißig Mädchen gleichzeitig beschäftigt. Aber seit sie damit begonnen hat, sind zweiundvierzig Mädchen aus ihren verschiedenen Betrieben weggeheiratet worden. Zweiundvierzig Frauen wollen Kino und Frisiersalon und Frischgemüse – außer den fünfunddreißig Mädchen, die bei ihr in Stellung sind. Das geht nach dem Schneeballsystem. Die Bank beschäftigt jetzt auch zwei Mädchen, weil sie jetzt viel mehr zu tun hat. Der Bauunternehmer hat eine Zeichnerin in seinem Büro. Ob Sie's glauben oder nicht, Herr Strachan, wir haben jetzt in Willstown beinahe hundert Frauen und Mädchen unter fünfundzwanzig Jahren. Und als Jean hierherkam, waren's zwei." Er strahlte mich an.

„Und dann die Babys! Das wimmelt nur so. Für die Entbindungen im Spital haben sie jetzt eine Extraschwester – noch ein Mädchen mehr! Sie hat sich im letzten Monat mit dem Polizisten Phil Duncan verlobt, und wenn ihre Nachfolgerin kommt, haben wir wieder eine dazu!"

Ich mußte lachen. „Da habt ihr wohl bald keine heiratsfähigen Männer mehr?"

„Meinen Sie? Jetzt fällt es nicht mehr schwer, Arbeitskräfte nach Willstown zu ziehen! Es melden sich Viehtreiber aus ganz Queensland, auch aus dem nördlichen Territorium, alle möchten gern nach Willstown. Einer ist sogar vom Westen aus Marble Bar an die dreitausend Kilometer bis Midhurst gereist. Ja, der Arbeitsmarkt ist heute ganz anders als vor drei Jahren!"

Am Morgen hatten wir eine Besprechung mit Herrn Hope, dem Anwalt, und richteten an das Queensländische Bodenverwaltungsamt ein Gesuch um eine Besprechung der Midhurster Pachtverhältnisse. Am Montag morgen flogen wir nach Willstown. Als wir vor der Landung über der Stadt kreisten, benutzte ich die Gelegenheit, sie von meinem Fensterplatz aus ins Auge zu fassen. Sie war großzügig angelegt. Ich sah von oben die sich kreuzenden breiten Straßen. In neuen blanken Wellblechdächern spiegelte sich die Sonne. Ein Grünstreifen zog sich durch die Mitte der Hauptstraße und teilte den einstigen überdimensionierten Viehweg in zwei asphaltierte Fahrbahnen. Dem Hotel schräg gegenüber sah ich das Schwimmbassin, sah die Sprungbretter, die Kabinen und Rasenflächen, alles genau, wie es mir Jean in ihren Briefen geschildert hatte. Doch schon entschwand das schöne Bild meinem Blick, und wir landeten auf dem Flugplatz. Sie war da.

Sie stand vor ihrem neuen Lieferwagen, mit dem sie ihre Geschäfte erledigte. Sie war reifer, als ich sie in Erinnerung hatte, eine schöne Frau. „Wie froh bin ich, Sie wiederzusehen, lieber Herr Strachan!" begrüßte sie mich. „Sind Sie müde?"

„Nein, nur vier Jahre älter. Gut sehen Sie aus, Jean."

„Es geht mir ja auch beängstigend gut!" versicherte sie. „Wie lieb, daß Sie gekommen sind! Die weite Reise ...! Kommen Sie, setzen Sie sich in den Wagen! Joe holt Ihr Gepäck."

Wir fuhren gleich nach Midhurst, nicht auf einer Straße, sondern Radspuren folgend. Den tiefen Löchern wich Jean aus. Als wir zum Fluß gelangten, fiel mir ein zementierter Damm auf, dessen Anfang wie Ende durch zwei feste Pfosten gekennzeichnet waren. „Zu Brükken reicht es noch nicht", sagte sie. „Aber das da ist in der Regenzeit ein wahrer Segen. Nun prallt man nicht mehr unter Wasser gegen die Felsblöcke."

Das Gehöft übertraf meine Erwartungen erstens durch einen Vorgarten voll leuchtender Blumen und zweitens durch große hölzerne Viehgehege. „Wir haben jetzt drei Zebu-Bullen! Zu einer Viehzucht gehören Pferche", sagte Joe.

„Wieviel Hilfskräfte habt ihr jetzt?" fragte ich ihn.

„Elf Weiße und zehn Boongs", antwortete er.

Sie setzten mich auf die Veranda in einen Liegestuhl, brachten mir etwas Kaltes zu trinken. Ich saß ruhig da und beobachtete. Ich sah weiße Viehtreiber, schwarze Viehtreiber, die Rinder, die Hunde, die Pferde ... Ein halbwüchsiges Wallaby hopste im Hof herum, hinter ihm drein sprangen junge Hunde und spielten mit ihm.

Ich hätte ewig so dasitzen und zuschauen können, mit welcher Anmut Jean ihre Kinder hütete und die Eingeborenenfrauen anleitete. Drei Tage saß ich so.

Am vierten Morgen fuhr Jean mich in die Stadt und zeigte mir, was sie geleistet hatte. Zuerst ging es in die Werkstatt. Ich fand die jungen Mädchen, die da mit ihren Lederarbeiten beschäftigt waren, alle sehr hübsch und nett, und die kleidsame grüne Arbeitstracht stand ihnen gut. Die Klimaanlage war jahraus, jahrein in Betrieb.

Die Werkstatt stand nach allen Seiten hin frei, doch hatte es Jean so eingerichtet, daß ihre übrigen Unternehmungen die Front zur Hauptstraße fortsetzten und eine kleine Geschäftsstraße bildeten. Jedes Haus hatte einen hölzernen Vorbau über dem Gehweg, damit die Kauflustigen bei Regen und Sonnenschein sich alles in Ruhe anschauen konnten. Hier stand der Frisiersalon. Ein Schaukasten und eine Vitrine enthielten Kosmetika, und alles war reinlich und nett. Im Grünkramladen nebenan gab es außer Früchten und Gemüse auch Sämereien und Gartengeräte, und im nächstfolgenden, wesentlich größeren Haus sah ich Schaufensterpuppen in Sommerkleidern. Hinter langen Verkaufstischen standen drei Verkäuferinnen und in einer Sonderabteilung eine Frau in mittleren Jahren. Bei ihr fanden die älteren Frauen jene Bekleidung, die sie von früher her gewohnt waren: schwarze Röcke, Unterröcke aus Flanell und derbe Küchenschürzen.

Wir überquerten die Straße. Jean zeigte mir das Kino und das Schwimmbad. Der Tag war heiß; da ich genug gesehen hatte, führte sie mich in die Eisdiele. Ich beobachtete die Gäste; es waren meist Frauen, viele von ihnen in anderen Umständen. „Was kommt als nächstes?“ fragte ich. „Gibt es ein Ende?“

„Kein Ende!“ sagte sie lachend. „Geh ich Ihnen auf die Nerven, weil ich immer wieder Geld verlange? Aber was nun kommt, kann ich aus den Überschüssen finanzieren.“

„Was soll's denn sein?“

„Ein Selbstbedienungsladen. Wissen Sie, die Bedürfnisse ändern sich und mit ihnen die Nachfrage. Zu Beginn war Bedarf an Unterhaltung, denn alle waren jung und unverheiratet. Eiscreme, Schwimmbad, Dauerwellen, Puder, Lippenstifte und Filme waren wichtig. Jetzt braucht die Stadt Dinge für die jungen Familien. Ein erstklassiges Lebensmittelgeschäft, möglichst billig, und danach, sobald ich es einrichten kann, ein Geschäft für Haushaltsgegenstände.“

Auf meine Frage, ob alle Waren auf dem Luftweg hierherkämen, erfuhr ich, daß das meiste per Bahn von Cairns nach Forsayth und von da in Lastautos hierherbefördert werde.

„Bei diesen Holperfahrten ist ein Lastwagen in zwei, drei Jahren

kaputt, und das verteuert den Transport. Das Straßenbauamt plant eine Straße von hier über Mareeba nach Cairns, eine richtige Chaussee. In zwei Jahren haben wir sie. Die Stadt wächst schnell! Es wäre ein Segen, wenn man in einem Tag nach Cairns fahren könnte!"

Ende der Woche traf die Antwort des Queensländischen Bodenverwaltungsamtes ein, und ich flog mit Joe über Cairns, wo wir Herrn Hope an Bord nahmen, nach Brisbane. Dort brachten wir die Hauptpunkte der Eingabe vor. Harman mußte gleich wieder auf seine Station zurück. Ich blieb mit Herrn Hope in Brisbane. Nach langem Hin und Her brachten wir den Abschluß mit allen möglichen Zusätzen in roter, grüner, blauer und violetter Tinte unter Dach. Dann arbeitete ich mit Frau Spears' Anwälten den Optionsvertrag zur endgültigen

Übernahme von Midhurst aus. Nach vierzehn Tagen brachte ich die Verträge nach Cairns, wo Joe beide unterzeichnete. Damit war meine Mission in Australien beendet.

Ich flog mit Joe nach Willstown zurück und blieb noch eine Woche, aus keinem anderen Grund, als weil man im Alter allzu gefühlsselig ist.

Ich fragte Jean, ob sie nicht Lust hätte, in den Ferien nach England zu kommen. Sie antwortete, wenn auch zögernd: „Nein, keine Spur. Wissen Sie, Herr Strachan, wenn Joe und ich nächstes Jahr Ferien machen, fahren wir nach Amerika. In San Franzisko kaufen wir uns einen gebrauchten Wagen und fahren die Westküste entlang nach Arizona und Texas. Ich glaube, wir können dort eine Menge lernen, was uns hier zustatten kommt. Die Leute hatten doch wohl die gleichen Probleme wie wir und haben sie gelöst, zum Teil wenigstens."

Ich war gerührt, als sie mir eines Abends vorschlug, ich solle für immer bei ihnen bleiben.

„Von Ihrer Anwaltspraxis haben Sie sich schon gelöst. Leben Sie mit uns! Wir haben Sie gern."

Es ging natürlich nicht. Die Alten haben ihren Platz und die Jungen den ihren. „Es ist lieb von euch", erwiderte ich, „und ich wollte, ich könnte es. Aber ich habe Söhne und Enkel. Ich muß zurück."

Beide gaben sie mir das Geleit zum Flugzeug. Ich erinnere mich nicht mehr, was Jean zum Abschied gesagt hat, ich weiß nur noch, wie dankbar ich war, daß die Dakotamaschine keine Stewardeß hatte und daher kein Mensch mein Gesicht sah, während das Flugzeug über der jungen Golfstadt seine Kurven zog und ich die neuen Gebäude, die funkelnden Dächer zum letztenmal sah.

Jetzt ist Winter. Es geht auf das Frühjahr zu. Seit fast drei Monaten bin ich nicht mehr imstande, auf meine Kanzlei oder in den Klub zu gehen. Meine Schwiegertochter Eve, Martins Frau, hat sich meiner angenommen und darauf bestanden, daß ich eine Pflegerin anstelle, die nun in meiner Wohnung ein Zimmer hat. Sie wollten erst, ich solle in ein Altersheim; aber ich möchte nicht.

Den Winter über habe ich diese Geschichte niedergeschrieben. Warum eigentlich? Wahrscheinlich, weil man im Alter gern bei der Vergangenheit weilt. Nun bin ich damit zu Ende. Und wenn ich jetzt so dasitze und hinaus in den Londoner Nebel schaue, frage ich mich mitunter, ob irgendeiner, ob Jean selbst erfaßt, was sie geleistet hat.

In meinem letzten Brief habe ich ihr einen Gedanken mitgeteilt, der mir durch den Kopf ging. Das Vermögen, das ihr half, so viel Gutes zu wirken, stammt von Goldfeldern bei Halls Creek in Westaustralien, wo James Macfadden es in den letzten Jahren des letzten Jahrhunderts errang. Ist es nicht recht und billig, daß das Geld, das jenen Orten entzogen wurde, als schaffendes Kapital zurückkehrte und ihnen neue Blüte bringt? Und dabei mußte ich denken: Ich habe das Rechte getan, und der alte James Macfadden hätte zu meinen Entscheidungen ja gesagt, obwohl sie allem zuwiderliefen, was sein Sohn testamentarisch festlegen wollte.

Es kommt vermutlich von der Zurückgezogenheit, in der ich so lange gelebt habe, daß ich Tag für Tag, den ganzen Winter hindurch, von praller Sonne, von Cairns und der Grünen Insel geträumt habe. Von einem Mädchen, dem ich vierzig Jahre zu spät begegnet bin, und von ihrem Leben in der kleinen Stadt, die ich niemals wiedersehen werde und der doch mein Herz gehört.

Nevil Shute

Seit „Eine Stadt wie Alice“ 1950 erschien, gilt dieses Buch als meisterhafter Roman – das heißt, eigentlich sind es zwei Romane in einem, geschöpft aus zwei verschiedenen Quellen der Inspiration.

Woher er den Stoff zum ersten Teil seiner Geschichte nahm, hat Nevil Shute im Nachwort zur Erstausgabe seines Buches erzählt. Die Odyssee der kriegsgefangenen Frauen in Malaya basiert auf einer wahren Begebenheit, die sich beim Einmarsch der japanischen Truppen im benachbarten Sumatra abspielte. Ein japanischer Ortskommandant, der sich der Verantwortung für achtzig holländische Frauen und Kinder entziehen wollte, schickte sie auf einen zweitausend Kilometer langen Fußmarsch, der zwei Jahre dauerte und den nicht einmal dreißig von ihnen überlebten. Shute lernte 1949 eine dieser Frauen kennen. „Und plötzlich konnte ich nicht anders: ich mußte diese Geschichte schreiben“, sagt Shute, „das war ich der tapfersten Frau, der ich je begegnet bin, einfach schuldig.“

Und die zweite Quelle der Inspiration war Australien selbst. 1948 flog Shute mit einem Freund im eigenen Sportflugzeug von England nach Ostaustralien. Er war hingerissen von der ungeheuren Leere dieses Landes, vom Zauber der unerschlossenen Wildnis und von den Entwicklungsmöglichkeiten, die er sah. Wie sich Alice Springs aus einer unbedeutenden Siedlung, in der knapp fünfzehnhundert Menschen lebten, in eine attraktive Industriestadt mit sechstausend Einwohnern verwandelt hatte, beflügelte seine Einbildungskraft.

Aber nicht nur durch sein Buch wollte Nevil Shute dazu beitragen, daß seine Zukunftsvision vom Fortschritt Australiens sich erfüllte – noch im selben Jahr, in dem „Eine Stadt wie Alice“ erschien, zog er mit seiner Familie nach Australien und kaufte sich im Staat Victoria eine Farm, die er, zusammen mit einem Verwalter, sehr erfolgreich umtrieb. 1960 starb er, im Alter von 61 Jahren, an einem Herzanfall. Viele Australier waren überrascht, als sie aus den Nachrufen erfuhren, daß er Engländer gewesen war – sie hatten ihn als australischen Schriftsteller angesehen. Heute gilt er überall, wo gelesen wird, als ein Klassiker der erzählenden Literatur.

Ein Mädchen auf dem Meeresgrund

Eine Kurzfassung des Buches von

Lotte Hass

Photos von Hans und Lotte Hass

Vor fünfundzwanzig Jahren machte ein junges Mädchen Schlagzeilen: Lotte Bayerl, eine neunzehnjährige Abiturientin, hatte als Sekretärin des Tiefseeforschers Hans Hass nicht nur an einer Expedition zum Roten Meer teilgenommen, sondern war selbst in haifischverseuchten Gewässern getaucht!

Wie es zu dieser entscheidenden Wende in ihrem Leben kam und welche Abenteuer sie als „Mädchen auf dem Meeresgrund" zu bestehen hatte, welche Strapazen sie durchmachen mußte, erzählt Lotte Hass nun in diesem Buch mit erfrischendem Charme und einer Selbstverständlichkeit, die fast vergessen läßt, wieviel Mut und sportliche Kraft sie für eine so ungewöhnliche Tätigkeit aufbrachte.

„In achtundneunzig von hundert Fällen greifen Haie nicht an" – das war die Theorie von Hans Hass, die er mehr als einmal unter Beweis stellte, indem er sich einfach mitten unter die Haie begab, ja sie mit Ködern anlockte und unbekümmert filmte. Auch Lotte Bayerl fand schließlich nichts mehr dabei, wenn sieben oder acht Haie sie umkreisten.

Nicht weniger eindrucksvoll ist jedoch die Schilderung ihrer Begegnung mit den Mantas, den grotesken Teufelsrochen; das fast komische Erlebnis mit dem gewaltigen Walhai oder die Erforschung eines von Korallen überkrusteten Schiffswracks.

„Ob ich es noch erleben werde, aus einem bequemen Kinostuhl die Expedition vor mir ablaufen zu sehen?" fragt sich Lotte Bayerl gegen Ende der Expedition, als die Hitze schier unerträglich wird und sie sich den Anstrengungen kaum noch gewachsen fühlt. Doch sie hält durch, und noch ehe sie wieder nach Wien zurückfliegen, hat sie sich mit Hans Hass, dem „Idol der Jugend", verlobt. Der Film Abenteuer im Roten Meer *aber, zu dem sie so viel beigetragen hatte, gewann auf der Biennale in Venedig den Internationalen Ersten Preis.*

ICH BIN EIN MANN

Port Sudan, den 4. April. Ab heute bin ich ein Mann ...

ALS ICH mit diesen Worten meine Eintragungen begann, wußte ich noch nicht, daß das Tagebuch meine Zuflucht auf dieser Expedition sein würde. Wenn ich mich mit meinen Gedanken in die noch unbeschriebenen Seiten verkroch, konnte ich für kurze Zeit das sein, was ich war: ein Mädchen von neunzehn Jahren, mit mehr romantischen Gefühlen, als ich mir eingestand; weder tollkühn noch todesmutig, aber ehrgeizig, mit einem festen Willen; ein Mädchen, das zu Hause, in Wien, über Büchern von Abenteuern geträumt hatte. Unversehens war ich nun selbst in ein Abenteuer hineingeraten ...

IN EINEM Schwimmbad in Wien schmorte ich in der Sonne. Ich hatte in den letzten Wochen sehr gebüffelt, aber jetzt war es überstanden, das Abitur lag hinter mir. Vor mir lagen ausgedehnte Ferien! Und im Herbst ging es dann an die Universität ...

„Übrigens, Lotte", wandte sich einer meiner Freunde an mich, „Hans Hass sucht eine Sekretärin. Wäre das nicht etwas für dich?"

„Aber du weißt doch, daß ich studieren will."

Hans Hass war mein und unser Idol; das Idol meiner Freunde – der Jugend. Sein Buch „Unter Korallen und Haien" hatten wir alle verschlungen. Ich dachte an das einsame Zelt auf der kleinen Insel im Karibischen Meer, wo er und seine zwei Begleiter – abenteuerlustig wie er – monatelang gelebt hatten. Ich dachte an die zauberhaften, bizarren Korallenriffe, an die Bilder jener seltsam gefärbten Fische, die dem Pinsel eines modernen Malers zu entstammen schienen. Ich dachte an den furchtbaren Kampf, den Hass mit einer zwei Meter langen Muräne ausgefochten hatte ...

„Wieso sucht er eine Sekretärin?" fragte ich.

Dann ging alles sehr schnell. Mein Freund kannte Dr. Hass persönlich und rief einfach bei ihm an. „Hass erwartet dich in einer halben Stunde. Er fragte mich, ob du stenographieren kannst. Du kannst es dir dann ja immer noch überlegen ..."

Mein Schwimmzeug unter dem Arm, kletterte ich in die Straßenbahn. Ich war sehr neugierig, aber auch etwas beklommen. Ich weiß nicht, wie ich mir einen Tiefseeforscher privat vorgestellt hatte; jedenfalls war ich eher enttäuscht. Ich kannte Hass nur von Bildern und Filmen: braungebrannt, mit Tauchermaske und strubbeligen weißgebleichten Haaren. Jetzt trug er einen grünen Jagdanzug und sah mit seinem Bart eher wie ein Förster aus. Er war sehr freundlich, hatte es aber eilig. „Ich nehme an, Sie können flott Schreibmaschine schreiben?" fragte er.

„Nicht sehr flott", sagte ich. „Ich brauche noch etwas Übung."

„Und stenographieren?"

„Das lerne ich rasch ..."

Meine Bewerbung klang nicht sehr überzeugend. Dr. Hass sah mich nachdenklich an. „Ich würde Sie erst im Herbst brauchen. Da hätten Sie noch etwas Zeit."

Ich war selbst über meinen Eifer erstaunt. „Wenn ich mich gleich für einen Stenokurs anmelde, bin ich bis Ende August perfekt."

„Na schön, versuchen wir es miteinander. Am ersten September können Sie anfangen." Erst als ich wieder auf der Straße war, wurde mir richtig klar, wozu ich mich da entschlossen hatte. Noch vor einer Stunde wollte ich Zoologie studieren – jetzt war ich eine Sekretärin.

Meine Eltern waren über diesen Entschluß nicht sehr erfreut. „Willst du also den Sommer über in Wien bleiben?" fragte mein Vater kopfschüttelnd. „Wie hoch ist denn dein Gehalt?"

Ich mußte gestehen, daß wir darüber gar nicht gesprochen hatten.

Im Herbst mußte ich bald einsehen, daß meine stillen Hoffnungen sich wohl kaum erfüllen würden. Hass bekam Hunderte von Briefen: Jung und alt wollte ihn auf seinen Expeditionen begleiten, und ein gutes Drittel davon waren junge Mädchen. Ich tippte ebenso freundliche wie bestimmte Absagen.

Als wir einer jungen Sportlehrerin antworteten, sagte Hass: „Ich würde nie eine Frau mitnehmen. Das wäre das Ende."

„Warum? Glauben Sie nicht, daß eine Frau ebenso zäh und mutig und verläßlich sein kann?"

„Ganz im Gegenteil; davon bin ich sogar überzeugt. Aber eine Expedition ist einfach nur mit Männern zu machen. Sobald eine Frau in der Nähe ist, wird alles sehr problematisch – das liegt an den Männern."

Ich ließ mich trotzdem nicht so schnell ins Bockshorn jagen. Morgens, ehe ich ins Büro ging, trainierte ich täglich eine halbe Stunde in einem Hallenbad.

Hass bereitete eine Expedition ins Rote Meer vor. Seine Gedanken kreisten unaufhörlich um dasselbe Thema: die Ausrüstung eines eigenen Forschungsschiffes. Er hatte das Tauchen als Sport begonnen, doch inzwischen war er Biologe geworden. Bisher waren die Meerestiere nur in Aquarien studiert worden. Er wollte sie studieren, indem er sich selbst wie ein Meerestier unter ihnen bewegte.

Das Schiff sollte so groß sein, daß neben der Mannschaft sechs bis acht Wissenschaftler und Photographen untergebracht werden konnten. Es sollte eine kleine schwimmende Forschungsstation sein, die direkt über den Korallenriffen verankert werden konnte. Hass entwarf Einrichtungen für Laboratorien, Tauchausrüstungen, Unterwasserkameras, Spezialgeräte. Die Geldmittel für dieses Schiff wollte er durch einen Film aufbringen. Das Rote Meer war das heißeste Meer der Welt, es sollte dort besonders schöne Korallenriffe geben. Bisher hatte sich noch niemand ins Rote Meer gewagt: Die Küsten waren von Haien verseucht.

IM FRÜHJAHR segelte ich mit meinem Freund Harry auf der Alten Donau. Harrys Bruder, Gerry, wollte unbedingt an der Expedition von Hass teilnehmen. Er war ein sehr guter Schwimmer und Taucher – und ein rechter Draufgänger.

„Er würde die Reise ans Rote Meer selbst bezahlen", sagte Harry. „Frag doch einmal deinen Chef."

Ich arrangierte ein Zusammentreffen, und Hass fand an Gerry Gefallen. „Ich glaube, dieser junge Mann ist für den Film genau richtig", sagte er. „Wir wollen ja auch ein paar große Fische jagen; der hat sicher keine Angst." Als Gerry erfuhr, daß seine Teilnahme ernsthaft erwogen wurde, konnte man kaum mehr ein normales Wort mit ihm sprechen. Riesenrochen und Seekühe wollte er am Schwanz packen und sich von ihnen ziehen lassen. Er ließ sich auch eine besondere Harpune anfertigen, damit wollte er Haie erlegen.

Ich war wütend. Ich würde inzwischen im Büro sitzen und Briefe nachsenden, Ausrüstungen ergänzen, Filme entwickeln lassen, Photos an Zeitungen weiterleiten und ähnliches mehr.

Als Hass eine Vortragsreise nach Südtirol unternahm, machte ich eine private Expedition. Ich wußte jetzt genau, wie die Unterwasserkameras funktionierten, und im Tauchen war ich perfekt; wenn es darauf ankam, konnte ich bis zu zwei Minuten lang die Luft anhalten. Mit Flossen, Maske und Unterwasserkamera fuhr ich an die Alte Donau, ganz allein.

Es war Spätherbst. Das Wasser war sehr kalt, aber klar. Im Sommer war es ganz trüb, jetzt kam der verborgene Zauber dieser Unterwasserwelt an den Tag. Ich glitt in einen unterseeischen Dschungel hinab. Der Grund lag fünf bis acht Meter tief. Es wimmelte von großen und kleinen Fischen – riesigen Hechten, Schleien und Karpfen.

Zunächst zeigten sich die Fische scheu. Ehe ich auf den Auslöser drücken konnte, waren sie bereits in dem Algengewirr verschwunden. Es lag daran, daß ich zu heftige Flossenschläge machte.

Lautlos ließ ich mich auf den Grund gleiten. Mit schußbereiter Kamera bewegte ich mich ganz vorsichtig durch die Algen. Wie tropische Riesenbäume wuchsen sie empor, verloren sich hoch oben im Silberglanz des Wellenhimmels. Eine phantastische Landschaft!

Meine erste Photobeute war ein mindestens zwei Kilo schwerer Hecht, der unbeweglich neben einer kleinen Baumgruppe stand und mich ziemlich nahe heranließ. Dann kamen mir mehrere Brachsen photogen vor die Kamera. Es folgten zwei Schleien – schließlich war der Film zu Ende. Als Hass von seiner Reise zurückkam, sagte ich gar nichts. Die Kamera lag geputzt wieder an ihrem Platz.

Zwei Wochen später war ich auf der Titelseite der Wiener Illustrierten: ein sehr nettes Bild von mir, wie ich mit der Kamera an der Oberfläche schwimme; Harry hatte es aufgenommen. Mein Bericht hieß: „Expedition ins Wiener Eismeer“. Der Chefredakteur hatte meine Aufnahmen sofort angenommen. Als ich ins Büro kam, hatte Hass bereits ein Exemplar in der Hand.

„Diese Kamera kommt mir irgendwie bekannt vor“, sagte er schmunzelnd. „Nicht schlecht, diese Aufnahmen – wenn Sie ein Mann wären, könnte ich Sie brauchen. Schade.“

Mitte November flog er allein nach Port Sudan, um die Expedition und das Filmdrehbuch vorzubereiten. Die kritische Frage war nach wie vor das notwendige Kapital. Hass hoffte, im Alleingang einige interessante Aufnahmen zustande zu bringen und durch Berichte in Illustrierten Filmverleiher für seinen Film „Abenteuer im Roten Meer“ zu interessieren. Die Expedition sollte drei Monate dauern.

Nach vier Wochen kam Hass braungebrannt und in bester Laune zurück. Er hatte unglaublich schöne Aufnahmen heimgebracht; es war ihm erstmalig geglückt, an Mantas heranzukommen, jene fast legendären Ungetüme – Riesenrochen mit Hörnern und einem riesigen Maul. Sehr schnell gingen die Aufnahmen – die ersten Unterwasserbilder, die je im Roten Meer gemacht worden waren – durch die Illustrierten in aller Welt.

Hass war optimistisch Der Film mußte das notwendige Geld für das ersehnte Forschungsschiff bringen. Das war das eigentliche Ziel dieser Fahrt. Hass wollte gleichzeitig auch einige wissenschaftliche Experimente machen. Er hatte die Theorie aufgestellt, daß Haie durch das Gezappel verwundeter Fische aus weiter Entfernung angelockt werden. Einer der Teilnehmer, Herr Wawrowetz, war Tontechniker, er sollte die geplanten Unterwasser-Tonaufnahmen machen. Mit einem Unterwassermikrophon wollte Hass die Flossenbewegungen der Fische – beziehungsweise die durch sie verursachten Schallschwingungen – auf Tonband aufnehmen.

Einstweilen fehlte es jedoch auch noch an den nötigen Mitteln für den Film – was durch die Zeitschriften hereinkam, genügte nicht – und vor allem an Vorverträgen mit Filmverleihern. In Wien verhandelten wir mit der Sascha. Hass nahm mich zu einer Unterredung mit, damit ich mitstenographieren konnte. Der zuständige Direktor, Herr Schuchmann, war nur schwer für diesen Film zu erwärmen.

„Tut mir leid“, sagte er, „aber der Markt für Kulturfilme ist sehr beschränkt. Das Publikum will eine Handlung.“

„Aber er soll ja eine Handlung haben“, erklärte Hass. „Wir besuchen die tote Stadt Suakin. Wir hören von den Eingeborenen, daß riesenhafte Tiere mit Hörnern in den Riffen leben, und nach diesen suchen wir. Wir mieten eine Dau – eines jener wunderschönen alten Segelboote, die für die Perlenfischerei verwendet werden. Wir zeigen diese noch nie gefilmte Unterwasserwelt – und nach manchen Verwicklungen finden wir dann jene Riesentiere wirklich: die Mantas.“

Der Direktor schüttelte bedächtig den Kopf. „Mantas hin, Mantas her, was das Publikum will, ist eine hübsche Frau.“ Er warf einen Blick in meine Richtung. „Warum nehmen Sie eigentlich nicht Ihr Fräulein Bayerl mit? Das gäbe doch eine ganz andere Attraktion –“

Hass dachte wohl zuerst, daß das ein Witz sei. Dann sah er mich nochmals an und rieb sich den Bart. Das Ende der Konversation war, daß sich die Zahl der Expeditionsteilnehmer um eine Person vermehrte – um mich. Ich blieb ganz ruhig und gelassen, aber ich wäre Direktor Schuchmann am liebsten um den Hals gefallen.

„Ja, glauben Sie denn, daß Ihre Eltern das überhaupt erlauben werden?" fragte mich Hass auf dem Heimweg. Auch er bemühte sich, ruhig und gelassen zu wirken, aber er war völlig überrumpelt, aus dem Konzept gebracht. Im geheimen mußte ich lächeln.

„Wenn ich sie bitte, werden sie es sicher erlauben", sagte ich. „Ich kann dann während der Expedition auch Korrespondenz führen und mich sonst nützlich machen."

„Können Sie kochen?" fragte Hass ziemlich skeptisch.

„Sicher kann ich das. Ich glaube auch bestimmt, daß ich mit einem Tauchgerät zurechtkomme."

„Das schlagen Sie sich gleich aus dem Kopf", sagte Hass brüsk. „Wenn ich Sie mitnehme, geschieht das für den Film. Wenn Sie glauben, daß ich irgendein Risiko auf mich nehme, irren Sie sich."

Ich schluckte diese Pille. Hauptsache, ich war dabei. Für den Film war es schließlich notwendig, daß ich tauchte.

„Die Aufnahmen mit Ihnen machen wir in einer seichten Lagune – ohne Tauchgerät –, wo es hübsche Korallen und bunte Fische gibt – aber keine Gefahr. Das werde ich auch Ihren Eltern sagen."

Außer Gerry und Wawrowetz waren Hochhauser – „Xenophon" genannt – und Kameramann Bolle als weitere Teilnehmer vorgesehen. Außerdem wollte Hass in Port Sudan zwei oder drei Eingeborene als Diener anwerben. Xenophon hatte Hass schon auf einer früheren Expedition begleitet. Er sah aus wie ein knorriger Baum. Er hatte vierzehn Jahre in Griechenland als Fischer gelebt. Wir beide verstanden uns gleich. Er war galant und höflich gegen mich wie ein Kavalier der alten Schule. Kameramann Bolle kam mir eher als ein Umstandsmeier vor. Ich war nicht ganz überzeugt, daß Hass mit ihm die richtige Wahl getroffen hatte. Aber ich hütete mich, etwas zu sagen. Seit ich mit zum Expeditionsteam gehörte, war unser Verhältnis etwas gespannt. Hass mußte es erst verdauen, daß er nun doch ein weibliches Wesen mitnahm.

Die letzten sechs Wochen vor der Abreise vergingen wie im Flug. Es gab tausend Formalitäten zu erledigen. Die Ausrüstungen wurden per Schiff vorausgesandt, Xenophon, Gerry, Bolle und Wawrowetz fuhren ebenfalls per Schiff. Hass und ich folgten im Flugzeug.

Als sich die Kabinentüre des Flugzeuges in Port Sudan öffnete, schlug uns die Hitze wie eine Welle entgegen. Einundvierzig Grad im Schatten! Die Luft flimmerte über der Wüste. Unser Auto bahnte sich hupend den Weg durch ein buntes orientalisches Menschengewühl. Kaum hielten wir an, drängten sich zerlumpte Kinder um uns, streckten bettelnd ihre Händchen vor. Wir waren vor einem großen altmodischen Gebäude angelangt: dem Red Sea Hotel. Wenig später fuhren wir zum Hafen, wo gerade das Schiff mit unserer Mannschaft einlief. Es gab Schwierigkeiten mit dem Zoll. Ich versuchte mich nützlich zu machen, wurde aber von den Männern beiseite geschoben.

Am nächsten Tag überstürzten sich die Ereignisse. Nicht weit vom Hotel befand sich ein Schwimmbad: dort zeigte Hass Gerry und Bolle die Handhabung der Tauchgeräte. Gerry schwamm wie eine große Robbe unter der Oberfläche. Bolle verschwand ebenfalls im Wasser. Ich achtete nicht weiter auf ihn – bis plötzlich die Leute zusammenliefen und Hass den leblosen Körper unseres Kameramannes aus dem Schwimmbecken zerrte. Wiederbelebungsversuche brachten Bolle wieder zu sich. Später sagte er zu Hass: „Tut mir leid, aber ins Wasser bringen mich keine zehn Rösser mehr. Ich habe schreckliche Kopfschmerzen. Es wäre besser, Doktor Hass, wenn Sie sich nach einem Ersatzmann umsähen."

Am Abend waren wir bei Bill Clark, dem englischen Gouverneur der Stadt, eingeladen. Hass hatte bei seinem ersten Aufenthalt bei ihm gewohnt und war mit ihm befreundet. Bill Clarks Hobby war das Angeln. In Suakin wollte er mit uns auf Fischfang gehen. Er sagte, wir könnten in einem alten Palast dieser Ruinenstadt unterkommen. „Jetzt fehlt Ihnen also ein Mann", sagte Bill Clark zu Hass.

„Ja. Es ist natürlich ein Schlag für uns – wenn ich auch die meisten Aufnahmen selbst mache. Aber die Szenen, bei denen ich im Bild bin, muß eben doch ein anderer drehen."

„Das kann ja ich machen", sagte Gerry.

„Oder ich", sagte ich.

„Na, wir werden sehen", erklärte Hass. „Jedenfalls haben wir jetzt ein Tauchgerät zuviel."

Später, im Hotel, nahm mich Hass beiseite. „Wenn wir jetzt losfahren, möchte ich Sie bitten, sich eines wirklich einzuprägen."

„Ja, selbstverständlich –?"

„Nehmen Sie es mir bitte nicht übel: Ab heute sind Sie ein Mann. Vergessen Sie, daß Sie eine Frau sind. Wir sind jetzt auf einer Expedition, und wir sind alle Männer. Wenn wir ein schlagkräftiges Team bilden wollen, können wir keine Rücksicht nehmen."

„Einverstanden. Aber ich stelle eine Bedingung.“

„Und die wäre?“

„Dann müßt ihr mich gefälligst auch als Mann akzeptieren. Ein Mann zu sein bedeutet nicht nur eine Pflicht, sondern auch ein Recht.“

... und am guten Willen fehlt es bestimmt nicht. Aber wie sich das praktisch abspielen soll, sehe ich noch nicht ganz. Heute sagte Gerry zu mir: „Wir haben da bei den Wüstennomaden zwei sehr hübsche Fuzzi-Wuzzi-Mädchen gefunden, die nehmen wir mit in den Film.“ Nun, wie verhält sich da ein Mann? Soll ich mich über diese beiden Gören freuen ... aber wahrscheinlich stimmt das Ganze sowieso nicht, und Gerry wollte mich nur ärgern.

Mir ist heute so recht klargeworden, wie wenig ich alle diese Männer wirklich kenne. Hass hat eine wunderbare Ruhe und Überlegenheit, er ist zum Expeditionsleiter geboren. Als Chef war er immer nett und korrekt. Aber im Büro ist man eine bestimmte Anzahl von Stunden zusammen, und im übrigen führt jeder sein eigenes Leben. Hier kleben wir nun von früh bis abends aneinander. Wie habe ich mich da als „Mann“ zu verhalten? Gerry ist gar nicht erfreut, daß ich mit dabei bin. Er sah sich schon als Helden dieses Films, und nun nehme ich ihm einiges von der Show weg – denn im Film werde ich ja doch ein Mädchen sein ...

UM MITTERNACHT

Gegen Mitternacht schreckte ich aus dem Schlaf. Unter der Terrasse, auf der ich schlief, tobte und platschte es wie verrückt.

Es dauerte einige Sekunden, ehe ich wußte, wo ich war. Richtig: ich war in Suakin. Wir lebten in einer verfallenen Stadt und hatten uns in dem einzigen noch gut erhaltenen Palast einquartiert. Auf einer über dem Meer vorragenden Terrasse standen unsere Betten. Auf dem größeren Teil dieser Terrasse schliefen die Männer, auf einem kleinen Abschnitt, der durch eine Holzwand getrennt war, schlief ich.

Ich sprang auf und eilte zur Balustrade. Das nächtliche Wasser der Lagune war spiegelglatt und schimmerte im Mondlicht. Genau unter mir tobten einige Fische so heftig, daß es hoch aufspritzte. Es waren offenbar große Raubfische, die ein Rudel kleiner Fische verfolgten.

Auf der andern Seite der Lagune lag die nackte Wüste. Im blassen Mondlicht sah sie aus, als sei sie mit Rauhreif bedeckt. Das verfallene Gemäuer eines alten Brennofens bildete eine geisterhaft schwarze, bizarre Silhouette. Zu meiner Rechten konnte ich bis zu dem schmalen Kanal sehen, durch den die Lagune ins Meer mündete. Diese Mündung war der Stadt zum Verhängnis geworden. Suakin lag auf einer kreisrunden Insel innerhalb dieser Lagune: ein ideal geschützter Hafen, den die Schiffe durch den Kanal erreichten. Im Laufe der Zeit wucherten jedoch von beiden Seiten die Korallenriffe so vor, daß die Einfahrt für größere Schiffe zu gefährlich wurde.

Vor vierzig Jahren hatten die Engländer weiter nördlich einen neuen Hafen gebaut: Port Sudan. Der Regierungssitz wurde dorthin verlegt, die Geschäftsleute folgten, Suakin starb aus. Die prächtigen Gebäude wurden zu einer Heimstätte für Ratten und Fledermäuse.

Auf dem Festland, mit dem die Insel durch einen Damm verbunden war, entstand eine neue, kleinere Siedlung. Dorthin zog sich der Rest der Bevölkerung zurück; dorthin kamen die Wüstennomaden, wenn sie ihre Einkäufe machen wollten.

Über das Wasser schallte das Krächzen eines Vogels. Das Platschen hatte sich entlang der Kaimauer ein Stück entfernt. Dort tobte der Kampf unerbittlich weiter.

Hass hatte in diesen Riffen vor der Hafeneinfahrt bereits getaucht. Jetzt würden wir sie näher erforschen. Das unterseeische Korallendickicht, das der alten Hafenstadt den Lebensatem abgeschnitten hatte, sollte der erste Schauplatz für unseren Film werden.

Ich glaubte hinter mir ein Geräusch zu hören und drehte mich um. Auf meinem Teil der Terrasse befand sich nichts weiter als die mit einem Geflecht überzogene Holzpritsche, auf der ich schlief. Ich hatte darüber ein Leintuch und ein Kissen gebreitet, mit einem zweiten Leintuch deckte ich mich zu. Die Nacht war merklich kühler als der Tag, doch immer noch sehr warm.

Eine offenstehende Tür führte in das Innere des Palastes. Ob ich es wagte, auf das Dach hinaufzusteigen? Im Mondlicht mußte die Ruinenstadt ein zauberhafter Anblick sein. Wovor ich mich am meisten fürchtete, waren die Fledermäuse. Sie fliegen quer durch die hohen Säle wie durch eine Felsenhöhle.

Zögernd trat ich in den dunklen Innenraum. Früher einmal war dies wohl einer der Schlafräume des Palastes gewesen. Ich tastete mich quer durch das Dunkel. An der gegenüberliegenden Wand fand ich die Tür; sie war nur angelehnt. Ich stieß sie auf: Ein lautes Knarren zerriß die Stille. Dicht vor mir rannte etwas durch den Raum.

Allmählich ließ mein Herzklopfen etwas nach. Vorwärts, sagte ich zu mir selbst. Wenn du es mit Haifischen aufnehmen willst, darfst du dich nicht vor Ratten oder Fledermäusen fürchten.

Ich tastete mich durch den nächsten Raum. Hier standen einige unserer Kisten und Körbe. Ich gelangte in das hohe Gewölbe eines Saales – und blieb wie angewurzelt stehen. Vor mir auf dem Boden lag eine dunkle Gestalt; ich wäre beinahe über sie gestolpert.

Endlich begriff ich, daß das nur Xenophon sein konnte. Sowohl unser Koch Achmed, den wir in Port Sudan angeheuert hatten, als auch unsere beiden Diener Machmoud und O-Sheik hatten sich geweigert, auf der Insel zu schlafen. Mit dem ersten Licht wollten sie wieder da sein. Deshalb hatte Xenophon sich zum Schutz unserer Ausrüstung hierhergelegt. Vielleicht wollte er auch mich beschützen!

Ich schlich vorsichtig an ihm vorbei und durchquerte den Saal. Nach einigem Suchen fand ich eine enge Steintreppe, die in das obere Geschoß hinaufführte. Es war hier völlig finster. Stufe um Stufe tastete ich mich höher. Endlich erreichte ich die Tür, durch die man auf das flache Dach gelangte.

Die Steinterrasse war wie eine Ritterburg ringsum von breiten Zinnen umgeben. Neben einer der Zinnen hockte eine Gestalt, unwirklich in dem fahlen Licht des Mondes. Wieder blieb mir fast das Herz stehen. Dann erkannte ich: es war Gerry.

Er wandte den Kopf. „Ah, hast du auch nicht einschlafen können?"

„Doch", sagte ich, „aber die Fische haben mich aufgeweckt."

„Ja, es sind Makrelen, die nach kleinen Fischen jagen."

Von hier oben bot sich eine prächtige Aussicht auf die tote Stadt. Die Ruinen sahen in dem blassen Mondlicht gespenstisch aus. Wir blickten auf einen offenen Platz, den hohe Paläste umgaben. Zwei davon waren sicher vier Stockwerke hoch. Hinter einer Fassade mit gähnenden Fensterlücken erhob sich der hohe, spitze Turm eines Minaretts. In der Ferne glänzte der schmale Kanal der einstigen Hafeneinfahrt. Über einer scharf gezeichneten Linie erhob sich der Himmel mit unzähligen glitzernden Sternen.

„Dort drüben liegt das Kreuz des Südens", sagte Gerry.

Schließlich kletterten wir über die Treppen wieder hinunter. Es war genau ein Uhr, als ich auf meinem kleinen Balkon anlangte. Unter mir in der Lagune herrschte jetzt tiefe Stille.

DER ERSTE ABSTIEG

Unser Boot lag etwa drei Meilen von der sudanesischen Küste entfernt. Der flache Wüstenstreifen sah von fern wie eine zitternde Linie aus. Dahinter, im ungewissen Dunst, erhob sich die malerische Silhouette der hohen kahlen Inlandgebirge.

Wir lagen zwischen einigen Korallenriffen vor Anker. Ich hatte mir die Schwimmflossen angezogen und das Tauchgerät umgeschnallt. Die Tauchmaske hatte ich an der Innenseite mit Speichel eingerieben und dann ausgewaschen, damit sie unter Wasser nicht beschlug. Ich hatte mir die Nasenklemme aufgesetzt, damit ich den Druck in den Ohren ausgleichen konnte. Neben mir lag eine zwei Meter lange Harpune. Ich war bereit.

Hass saß mir gegenüber, auch er hatte ein Tauchgerät umgeschnallt. Sein dunkler Bart stand struppig weg, seine hellen Augen glitzerten voll Unternehmungslust. Er spülte seine Maske und sah mich prüfend an. „Zunächst gehen Sie also ganz langsam am Ankerseil hinunter“, sagte er. „Alles schön gemütlich, keine überflüssigen Bewegungen. Es ist wichtig, daß Sie sich gleich beim erstenmal wohl fühlen, daß Sie Sicherheit gewinnen. Setzen Sie sich irgendwohin und schauen Sie sich ruhig alles an. Dann sehen wir weiter.“ Ich nickte.

Hinter Hass standen Xenophon und Machmoud und sahen interessiert zu. Für mich war das der Augenblick, von dem ich jahrelang geträumt hatte. Ich versuchte, möglichst gelassen zu wirken, in Wahrheit aber hatte ich gehöriges Lampenfieber.

Hass schraubte seine Unterwasserkamera zu und hängte sie sich um den Hals. Er kontrollierte nochmals die Gummidichtung. Dann schob er die Maske über das Gesicht. „Also los. Ich gehe zuerst, und Sie folgen mir. Aber alles schön ruhig und langsam.“

Ich folgte ihm ins Wasser. Obwohl ich mir immer wieder vorsagte: nur ruhig – ganz ruhig!, konnte ich doch mein Herzklopfen nicht bezwingen. Das Wasser war angenehm kühl. Das grelle Sonnenlicht entschwand, rings um mich wurde es beruhigend blau. Vom Bootsrand hing ein Seil herab, daran hielt ich mich fest. Ein gutes Stück unter mir lag der Meeresboden wie ein üppig wuchernder tropischer Garten. Hass, der zwei Meter neben mir schwebte, nickte mir zu.

Ich hantelte mich am Ankerseil abwärts. Mein Körpergewicht war durch Bleigewichte so ausgeglichen, daß ich gerade etwas schwerer als das Wasser war. Drückte ich auf das Ventil der Sauerstoffflasche an meinem Gürtel, dann schoß reiner Sauerstoff in den Atemsack auf meinem Rücken. Aus diesem atmete ich das Gas aus einem Schlauch ein, und durch einen zweiten floß die ausgeatmete Luft in den Atemsack zurück. Dabei durchquerte sie eine Kalipatrone und wurde von der Kohlensäure gereinigt. Solche Kreislaufgeräte arbeiten fast geräuschlos, was wichtig war für die geplanten Unterwasser-Tonaufnahmen. Der Nachteil war jedoch, daß wir mit Sauerstoff nicht tiefer als zwanzig Meter tauchen durften, da sonst Vergiftungserscheinungen auftreten. Die meisten Sporttaucher verwenden heute Preßluftgeräte.

Das Klappern der beiden Ventile in den Atemschläuchen war hinter meinem Kopf deutlich zu hören. Obwohl ich mich zu beherrschen versuchte, atmete ich viel zu tief und zu schnell. Um den Druck in den Ohren auszugleichen, drückte ich Luft gegen die Nasenklemme. Aber die rutschte hoch und bot keinen Widerstand mehr. Ich hätte mir natürlich nicht das Gesicht eincremen sollen! Jetzt hielt die Klemme nicht, und der Druck in den Ohren wurde immer stärker.

Von einigen silbernen Fischen umringt, langte ich auf dem Grund an. Der Druck in den Ohren war jetzt fast unerträglich. Ich preßte mit beiden Händen die Maske gegen mein Gesicht und stieß Luft in die Maske hinein. Endlich machte es in meinen Ohren klick, und der Druck löste sich. Hass war dicht neben mir. Aus seiner Tauchmaske spähte er prüfend in meine.

Ich blickte um mich. Ich hatte ähnliche Korallenriffe schon gesehen, aber aus der Perspektive des Schwimmers, also aus der Vogelperspektive. Jetzt aber war ich selbst mittendrin in diesem phantastischen Märchengarten. Die Korallen waren bedeutend höher, als ich gedacht hatte. Manche bildeten Türme, die mehrere Meter hoch aufragten. Auf einem solchen befand sich ein großer runder Kopf, das Ganze sah aus wie ein würdiges Denkmal. Andere hatten die Form großer flacher Tische. Direkt neben einem solchen war ich gelandet. Er sah wie ein riesiger Pilz aus, der sich über einem kurzen dicken Stamm erhob. Die Tischplatte war aus feinsten Ästchen gebildet wie ein Spitzengeflecht. Ich strich vorsichtig mit der Hand darüber. An den äußersten Enden waren diese Ästchen nadelscharf.

Eine Hand berührte mich an der Schulter. Hass zeigte unter einen der benachbarten Tische. Ein großer, gelb-schwarz gestreifter Fisch mit träumerischen Augen und dicken, wulstigen Lippen stand hier im Schatten des Korallenbaumes.

Der Druck in meinen Ohren hatte nachgelassen. Nun war aber Wasser in die Maske eingedrungen, und ich mußte das Manöver ausführen, das ich bei meinen ersten Tauchversuchen im Schwimmbad so gut beherrscht hatte. Man neigt sich etwas zurück, damit das Wasser in der Maske am unteren Rand zu stehen kommt, hebt dann die Maske ein wenig ab, bläst gleichzeitig Luft hinein und drückt so das Wasser hinaus.

Ich war so aufgeregt, daß ich zunächst nur noch mehr Wasser in die Maske bekam. Ich sah plötzlich überhaupt nichts und kratzte mit dem Knie über eine scharfe Koralle. Nur in keine Panikstimmung geraten, dachte ich und versuchte es noch einmal. Meine Sicht wurde klar, und ich atmete wieder ruhig. Ein Schwarm von blauen, ziemlich flachen Fischen hatte mich eingehüllt.

Ein Stück entfernt photographierte Hass einen kleinen Fisch. Er hatte mir angezeigt, daß ich ruhig am Platz bleiben sollte, also rührte ich mich nicht weg. Ein herrliches Gefühl der Freude überkam mich. Ich war in einer anderen, fremden Welt, die in ihrer Schönheit und Seltsamkeit jeder Beschreibung spottete. Zu meiner Rechten erhob sich, etwa einen Meter hoch, eine Halbkugel. Auch dies war eine Koralle, die aus zierlichen Ästchen gebildet war. Darüber schwebten wie eine leuchtendrote Wolke an die hundert winzige Fische. Diese Wolke bewegte sich ganz gleichmäßig; näherte ich mich mit der Hand, breitete sie sich in pulsierender Bewegung weiter aus.

Jetzt erschreckte ich die Fische durch eine plötzliche Bewegung. Augenblicklich war die ganze Wolke in der Koralle verschwunden. Ich brauchte nicht lange zu warten, und sie kamen wieder zum Vorschein. Manche waren rot wie ein Rubin, der Flossen bekommen hat. Dazwischen gab es aber auch einige, die leuchtend gelb oder orange waren.

Da gab es Korallen, die wie ein Primelbeet aussahen. Tausende von zierlichen gelben Blüten standen dicht nebeneinander. Wie von einem Kapellmeister dirigiert, öffneten und schlossen sie ihre zarten Kelche in einheitlichem Rhythmus. Dazwischen standen Reiherfedern, zartgrau, doch hart und zerbrechlich. Da gab es Kakteen, ganz ähnlich wie zu Hause auf dem Fensterbrett, nur zwanzigmal so groß und ohne Stacheln ... All das war das Werk winziger Tiere: mikroskopisch kleine Polypen schufen diese Vielfalt von Formen.

Und über diesen bizarren Steingärten tummelten sich Schwärme verschiedenartiger Fische. Manche waren getupft, andere gestreift, halb rot und halb weiß. Gewichtig und majestätisch zogen in einiger Entfernung drei Riesenfische vorbei. Der größte war bestimmt fünfzig Kilo schwer. Er hatte eine kindskopfgroße blaue Beule auf der Stirne und häßliche, weit vorstehende gelbe Zähne. Dicht neben mir entdeckte ich ein Seepferdchen, das unbeweglich zwischen gräserartigen, weichen Korallen stand. Sein Körper schien aus mattschimmernden Perlen zusammengesetzt.

Hass kam wieder herangeschwommen. Er bewegte sich so selbstverständlich, als sei er hier zu Hause. „Nun, wie fühlen Sie sich?" fragte er. Das heißt, er machte eine entsprechende Kopfbewegung, sah mir fragend in die Maske und blubberte etwas Unverständliches in seinen Atemschlauch.

„Ausgezeichnet", blubberte ich zurück. „Es ist einfach wunderbar." Hass machte eine fragende Geste gegen das tiefere Wasser zu. Ich nickte heftig. Ich hatte plötzlich jede Angst verloren.

Hass schwamm voran, ich folgte ihm. Ich warf noch einen kurzen Blick zurück, hinauf zum Boot. Es schwebte hoch oben am Wellenhimmel wie eine Zigarre. Wir gelangten zu einer Kante, die von dunkelgrünen Korallen gebildet wurde, und schwebten in eine Schlucht hinab. Sofort begannen meine Ohren wieder zu schmerzen. Aber jetzt wollte ich um keinen Preis zurückbleiben.

Aus einer Höhle unter einem dunklen Überhang lugte eine große schwarze Flosse hervor. Hass versuchte dreimal, mir etwas zu erklären, aber ich verstand ihn nicht. Dann verwendete er das Fingeralphabet, wie wir es als Schulkinder gemacht hatten. Er buchstabierte: „D-A-S-I-S-T-E-I-N-A-M-M-E-N-H-A-I." Ein Ammenhai! Was mochte das wohl für ein Hai sein?

Hass nahm meine Harpune und ließ mich die Kamera halten. Ich drückte mich in eine Korallenspalte und wartete. Hass schwamm vorsichtig zu der Schwanzflosse des Haies hin, die noch immer aus der Höhle herausragte. Ich erwartete, daß er mit der Harpune zustoßen würde, aber er kitzelte den Hai bloß am Schwanz. Mit einem Ruck verschwand die Flosse, und eine große Staubwolke quoll unter dem Überhang hervor. Plötzlich erschien das Tier! Es war ein dunkelbrauner Hai, sicher über zwei Meter lang. Hilflos schwamm er quer durch die Schlucht, bumste mit dem Kopf gegen eine Koralle und verschwand schließlich im tiefen Wasser.

Ich lachte, daß mir das Mundstück beinahe aus dem Mund fiel. Meine erste Begegnung mit einem Hai hatte ich mir doch etwas anders vorgestellt. „Ein ganz ungefährlicher Fisch", erklärte mir Hass, teils durch Zeichen, teils durch blubbernde Laute. „Es sind Nachttiere, sie können bei Tag fast gar nichts sehen."

Wir schwammen am Hang des Riffes entlang. Hier unten war es merklich dunkler. Der schräg abstürzende Korallenboden verlor sich unter uns im Ungewissen. Große blaue Makrelen schwammen schnell an uns vorbei. Ihre vollendete Stromliniengestalt verriet, daß es Tiere der Hochsee waren. Hier an der Riffkante gingen sie auf Jagd.

Hass gab mir den Speer wieder zurück und nahm seine Kamera. Vorsichtig, die Kamera schußbereit vor dem Kopf, pirschte er um einen Korallenstock. Ein leuchtend gelb-schwarz gefärbter Fisch stand dort auf der anderen Seite. Er hatte eine auffallend vorstehende Schnauze; seine besonders hohe Rückenflosse war zu einem langen dünnen Faden ausgezogen. Der Fisch bemerkte Hass erst, als dieser schon dicht neben ihm war. Die Aufnahme war offenbar gelungen.

Hass erklärte mir durch Zeichen, daß wir versuchen sollten, den Fisch zwischen uns zu bekommen. Ich sollte zu einem Punkt etwas tiefer am Hang schwimmen; er würde dann von schräg oben kommen. Er wollte offenbar ein Bild mit diesem Fisch im Vordergrund und mir im Hintergrund. Meine Ohren drohten zu zerspringen. Ich hatte jetzt starke Kopfschmerzen und wäre viel lieber zurück nach oben geschwommen. Das Mundstück war unangenehm groß. Ich scheuerte mir das Zahnfleisch wund.

Als ich näher kam, schwamm der Fisch weg. Hass machte beschwörende Zeichen, ich solle vorsichtiger schwimmen und ihm folgen. Ich kam an einem gut einen Meter großen Zackenbarsch vorbei, der mit weit aufgerissenem Maul vor seiner Höhle stand. Gleich daneben sah aus einer Korallenspalte eine gesprenkelte Muräne hervor. Wie eine Giftschlange sah sie aus. Ich bekam plötzlich Angst.

Endlich war ich wieder in der Nähe des gelbgestreiften Fisches, aber er erschrak und schwamm mit eiligen Flossenschlägen in die Tiefe davon. Mit diesem Bild war es vorbei.

Hass kam jetzt dicht an mich herangeschwommen und prüfte mein Manometer. Mir war kalt, ich zitterte. Er machte ein Zeichen, ihm zu folgen. Wir schwammen über den Hang empor. Es kam mir so vor, als schwämme ich aus einer Gruft ins Leben zurück. Um mich wurde es heller, und die Fische ringsum zeigten wieder mehr Farben.

Der Druck in den Ohren war verschwunden. Bei einer bunten Muschel machte ich halt. Sie lag zwischen Korallen eingebettet, die sie allmählich umwachsen hatten, und sah mit ihren geöffneten Schalen wie eine prächtige Blüte aus; das bunte Fleisch der Mantelfalten war beiderseits über die Ränder ausgestülpt. Ich näherte mich mit der Fingerspitze – und erschrak über meinen eigenen Finger. Er war totenbleich und ganz verrunzelt. Das kam vom Meerwasser. Auf meine Berührung schloß die Muschel sich mit einem Ruck.

Ich wollte die Muschel als Andenken an diesen ersten Tauchabstieg mitnehmen. Ich packte sie mit beiden Händen und rüttelte daran. Hass machte heftige Zeichen, aber zu spät; ich hatte mich bereits an zwei Stellen in den Finger geschnitten. Zwei dünne Fäden grauen Blutes kringelten sich aus den beiden Schnittstellen.

Hass zeigte auf eine noch größere Muschel. Er nahm den Speer und schwamm einen großen Bogen. Wie an einen Fisch pirschte er sich langsam an diese Muschel heran, wobei er den Harpunenstock mit dem stumpfen Ende nach vorn hielt. Plötzlich schnellte sein Arm vor, und die Muschel, in der Mitte getroffen, rollte über die Korallen. Er brachte sie mir. An ihrem unteren Ende hingen wie dünne schwarze Schnüre mehrere Fäden; damit war die Muschel am Boden befestigt. Außerdem hielt sie sich mit einem Muskel an der Unterlage fest. Wurde sie gestört, zog sie sich fest an den Boden und war kaum mehr loszureißen. Wenn man sie unversehens mit dem stumpfen Ende der Harpune trifft, haben sie nicht Zeit, sich am Boden festzuziehen, und der Muskel wird losgerissen.

Mir blieb vor Schreck fast das Herz stehen, als ich dicht hinter mir die Bewegung eines großen Körpers fühlte. Blitzschnell drehte ich mich herum. Aber es war nicht etwa ein Hai, der sich an mich herangeschlichen hatte. Es war Gerry. Er grinste über das ganze Gesicht.

„Na, Fräulein Taucher, wie fühlen Sie sich?" blubberte er.

„Das Fräulein Taucher fühlt sich ausgezeichnet", blubberte ich zurück.

Mit der großen Muschel in den Händen schwamm ich zum Boot empor. Die Spannung in mir löste sich. Ich hatte doch mehr Angst gehabt, als ich mir selbst eingestand. Mich durchrieselte ein herrliches Gefühl: Ich hielt wieder den festen Strick des Bootes in Händen! Xenophon beugte sich zu mir herab und übernahm die Muschel.

„Die ist besonders schön", sagte er bedächtig. „Ich werde sie gleich für Sie aufschneiden."

Ich nahm die Maske ab und reichte sie Xenophon. Dann löste ich die Riemen, und Xenophon zog mir das Tauchgerät über den Kopf. Ich versuchte, mich ins Boot hochzustemmen, fiel aber immer wieder ins Wasser zurück. Xenophon half mir. Endlich kletterte ich über den Bootsrand hinein.

Ein kühler Windstoß fegte über das Wasser. Ich fröstelte, breitete meinen Bademantel vorn im Boot aus und legte mich darauf. Ich fühlte, wie die einzelnen Sonnenstrahlen in meinen Körper drangen. „Jetzt gehören Sie also auch zu den Tauchern, Fräulein Lotte", hörte ich Xenophon wie aus weiter Ferne sagen.

DER TIGER DES MEERES

Hass schloß bedächtig den Deckel der Unterwasser-Filmkamera. Sie befand sich in einem massiven wasserdichten Metallgehäuse. Hass blickte durch das Fenster, hinter dem sich das Objektiv befand. Gleichzeitig drehte er an einer Schraube an der Außenseite des Metallmantels. „Dieses Zahnrad greift nicht richtig. Die Kamera sitzt nicht fest im Gehäuse."

Wawrowetz übernahm die Kamera. Er drehte ebenfalls an der Schraube. Seit der Kameramann ausgefallen war, kümmerte sich unser Tontechniker auch um die Kameras. „Jetzt dreht sich das Objektiv wieder", sagte er. „Ich werde die Schraube neu einpassen. Aber einstweilen können Sie die Kamera schon verwenden."

Hass wandte sich zu Gerry und mir. „Wir werden heute nur ganz einfache Aufnahmen machen: hübsche Korallenstöcke, Fische und so weiter. Ich möchte möglichst immer einen Taucher mit im Bild haben, damit man die Größenverhältnisse sieht. Sie, Lotte, möchte ich filmen, wie Sie graziös zwischen schönen Korallen durchschwimmen. Ich zeige Ihnen zuerst, wie Sie schwimmen müssen. Und wenn wir auf einen schönen Fischschwarm stoßen, versuchen wir ihn zwischen uns zu bekommen. Das gibt ein hübsches Bild: die Fische groß im Vordergrund und Sie im Hintergrund, wie Sie sie betrachten."

„Wenn wir einen größeren Fisch sehen, soll ich ihn dann harpunieren?" fragte Gerry.

„Keinesfalls. Heute wollen wir nur ‚lyrische' Aufnahmen machen. Wenn harpuniert wird, können Haie kommen." Gerrys Gesicht ließ erkennen, daß lyrische Aufnahmen nicht sein Fall waren.

Wir schwangen uns der Reihe nach über den Bootsrand. Das Meer war hier sehr klar. Dicht nebeneinander schwebten wir in die Tiefe. Ich fühlte mich jetzt schon viel sicherer. Während ich mich, mit den Füßen voraus, abwärts sinken ließ, drehte ich mich um die eigene Achse. In diesen Gewässern muß man stets auf der Hut sein. Ich hielt nach allen Richtungen Ausschau. Wir schwammen ein Stück durch die Riffe, dann gab mir Hass ein Zeichen zu bleiben, wo ich gerade war, und schwamm zu einem malerisch aufragenden Korallenstock, etwa zwanzig Meter von uns entfernt. Mir war klar, daß er jetzt vorführen wollte, wie ich schwimmen sollte.

Beinahe fiel mir der Atemschlauch aus dem Mund: ich mußte lachen, ob ich wollte oder nicht. Hass bewegte sich plötzlich wie eine Meernixe. Mit langsamen, lässigen Bewegungen schwamm er um das Riff herum, die gestreckten Beine auf- und niederschwingend. Bei einer Koralle hielt er inne, betrachtete sie, machte eine Handbewegung, als strciche er sein langes Haar zurück, und verschwand hinter einem Felsen.

Ich blickte zu Gerry. Er hatte sich auf eine große runde Koralle wie auf einen Lehnstuhl gesetzt und schlenkerte mit den Beinen. Die Harpune lag quer über scinen Knien. Seine Haltung sagte recht deutlich, daß er diese Aufnahme für Zeitvergeudung hielt. Hass kam zurück. Er prüfte die Kamera und gab mir ein Zeichen. Ich schwamm genau wie vorgeschrieben möglichst graziös ins Bild, betrachtete die Koralle und strich mein Haar zurück.

Als ich wieder zurückkam, nickte Hass und zeigte mit dem Daumen nach oben. Das hieß, die Aufnahme war in Ordnung. Gerry, der noch immer auf seinem Lehnstuhl lag, schlug mit der wohlwollenden Geste eines Theaterbesuchers die Handflächen gegeneinander.

Wir drehten weitere Szenen. Wurde nur ich gefilmt, schwamm Gerry gelangweilt im Kreis. Plötzlich stieß er aufgeregte Rufe aus und zeigte in Richtung auf das seichte Wasser. Behäbig schwammen dort zwei ziemlich große Fische. Hass schüttelte den Kopf. Gerry sah den Fischen bedauernd nach. Das Wasser war hier nirgends tiefer als zehn oder zwölf Meter. Am Fuße eines Korallenturmes erhob sich ein fächerartiges Gewächs, das wie ein riesiges Blatt in der Strömung hin- und herschwang. Hass wollte eine Nahaufnahme. Ich sollte mich hinter den Fächer zwängen und ihn mit der Hand berühren.

Die Kamera begann zu surren. Da hörte ich, daß Hass etwas Unverständliches brummte. Er hatte die Kamera hochgehoben und schüttelte sie; irgend etwas war daran nicht in Ordnung. Gerry schwamm zu ihm, und nun hantierten sie beide mit der Kamera. Zwischen den hoch aufragenden Korallenstöcken sahen die zwei wie Marsmenschen aus, die in einer phantastischen Landschaft gelandet waren. Neben ihnen schaute ein hellgestreifter Zackenbarsch aus seinem Loch und betrachtete die beiden interessiert mit seinen Glotzaugen. Hass kam zu mir herübergeschwommen. Er zeigte auf die Kamera und dann schräg nach oben. Es folgte ein Zeichen auf Gerry und ein weiteres auf mich. Er sah mich fragend an.

Ich nickte. Ich hatte verstanden. Mit der Kamera war etwas nicht in Ordnung, und er wollte kurz zum Boot zurückschwimmen. Gerry würde inzwischen hier bei mir bleiben.

Hass schwebte zur Oberfläche empor. Die sich ausdehnende Atemluft, die aus seinem Mund hervorquoll, umhüllte ihn mit tausend glitzernden Blasen. Die Gestalt inmitten der Blasen wurde kleiner und undeutlicher. Als Hass die Oberfläche erreichte, war er nur noch eine zarte helle Silhouette, die dort oben zwischen den Wellen wie zwischen Wolken schwebte.

Gerry brummte in seinen Atemschlauch. Als ich zu ihm hinsah, legte er die Harpune auf den Grund und verbeugte sich wie ein Artist im Zirkus nach allen Seiten. Dann zeigte er mit einer gemessenen Bewegung zu der hoch aufragenden Korallenkuppe. Langsam, bedächtigen Schrittes marschierte er auf seinen Flossen über den Meeresgrund. Am Fuße des Korallenturms machte er eine tiefe Kniebeuge, stieß sich vom Boden ab und schwebte zur Spitze empor. Oben angelangt, hielt er sich mit beiden Händen fest, legte den Kopf zwischen die Hände und stemmte sich mit den Beinen hoch. Auf der Spitze dieses Turmes machte Gerry im Tauchgerät einen Kopfstand! Als er in der Senkrechten war, streckte er die Arme nach beiden Seiten und stand frei auf der Spitze des Korallenturmes kopf. Unwillkürlich blickte ich zu dem Zackenbarsch hinüber. Ich hatte das Gefühl, daß er genauso lachen mußte wie ich. Er war ein Stück aus seinem Loch hervorgekommen und hatte die Augen schräg aufwärts gedreht. Ich klatschte in die Hände und schrie dazu, so laut ich konnte: „Bravo!“

Gerry war wieder auf dem Grund angelangt. Gemessen verbeugte er sich nach allen Seiten. Plötzlich hielt er mitten in der Bewegung inne. In der Ferne schwammen wieder hintereinander die beiden großen Fische. Gerry schwamm eilig zu seiner Harpune, machte mir ein aufgeregtes Zeichen, ich solle bleiben, wo ich war – und weg war er. Wie er so mit geschmeidigen Bewegungen dicht über den Korallen schwamm, glich er selbst einem großen Raubfisch. Bald verlor ich ihn und die Fische aus den Augen.

Ich war allein. Von Hass war nichts zu sehen. Ich hatte weder eine Harpune noch eine andere Waffe. Rings um mich wurde es unheimlich finster, vielleicht verdeckte oben gerade eine Wolke die Sonne. Der Zackenbarsch war auch verschwunden.

Die bunte Wunderwelt dieses Korallengartens war mit einem Schlag zu einer drohenden Kulisse geworden. Ich blickte auf mein Manometer: Ich hatte noch Luft für eine gute halbe Stunde. Etwa fünfzehn Meter von mir entfernt, bewegte sich ein großes Tier. Es war dick und geschmeidig, glitt über ein Tal hinweg und verschwand hinter einer Koralle. Mein Herzschlag setzte buchstäblich aus. Es war ein Hai!

Jedes Detail prägte sich mir ein. Der Kopf lief vorn spitz zu. Über dem hochgewölbten Rücken stand die sichelartig nach hinten gebogene Rückenfinne. Nach beiden Seiten ragten die Brustflossen wie Flügel vor. Die riesengroße Schwanzflosse bewegte sich kaum. Dieser Hai war sicher weit über zwei Meter lang. Ich hielt den Atem an, um ja kein Geräusch zu machen. Vielleicht hatte er mich nicht gesehen. Doch da war er schon wieder. Er schwamm jetzt direkt in meine Richtung. Wie ein massiges Geschoß schwebte er völlig schwerelos durch das Wasser. Ich drückte mich gegen die Korallenwand hinter mir. Ich war wie hypnotisiert und konnte mich weder bewegen noch den Blick von dem Hai abwenden, der sich langsam und majestätisch näherte. Erst jetzt sah er mich. Unmerklich veränderte er die Richtung, schwenkte seitlich neben mich ab. Das mir zugewandte Auge, klein und rund, war lauernd und kalt.

Theoretisch wußte ich genau, was ich zu tun hatte. Hass hatte uns genau auseinandergesetzt, wie wir uns in solch einem Fall zu verhalten hätten. Vor allem durfte man keine Angst zeigen. Das beste war, man schwamm geradewegs auf den Hai los. Auf diese Weise erschreckte man ihn. Zeigte man dagegen Angst oder flüchtete man gar, erweckte dies den Jagdinstinkt des Raubtieres, und der Hai wurde angriffslustig.

„Und wenn sich der Hai nicht erschrecken läßt?“ hatte ich Hass gefragt. „Gibt es denn keine Ausnahmen?“

„Ausnahmen gibt es natürlich schon“, hatte er geantwortet. „Es gibt ja über hundert verschiedene Arten von Haien, und sechs oder vielleicht acht davon greifen manchmal Menschen an. Aber diese Haie leben im tiefen Wasser und kommen nur selten ins seichte."

Während ich dem Hai wie hypnotisiert entgegenstarrte, zwang ich mich dazu, ruhig zu denken. Wie eine Schulaufgabe wiederholte ich im Gedächtnis meine Kenntnisse über Haie. Die gefährlichsten Arten sind der weiße Hai, der Tigerhai, der Hammer- und der Makohai. Wenn ein Hai ganz nahe kommt, kann man ihn auch durch einen Schrei erschrecken. Haie sind sehr empfindlich gegen Schallwellen ...

Nein, ein weißer Hai war dieser hier nicht; er war dunkelgrau. Auch ein Tigerhai war es nicht; die dunklen Querstreifen fehlten. Und ein Hammerhai war es auch nicht, der Kopf hatte nicht die Form eines Hammers. Aber wie sah bloß ein Makohai aus?

Der Hai betrachtete mich eingehend mit seinem linken Auge. Kaum war er an mir vorbei, drehte er und kam wieder näher. Jetzt betrachtete er mich mit dem rechten Auge.

Ich brachte beim besten Willen keinen Schrei hervor. Der Hai war jetzt ganz nahe, nicht mehr als zwei Meter von mir entfernt. Trotz meiner Angst mußte ich zugeben, daß dieses Tier faszinierend schön war. Zwischen den Korallen wirkten seine Bewegungen geradezu königlich. Der pralle Leib glänzte metallisch. Noch nie hatte ich eine so harmonische Verbindung von geballter Kraft und graziöser Bewegung gesehen.

Plötzlich entfernte sich der Hai ruhig wieder in Richtung tiefes Wasser, von wo er gekommen war. Die große hin- und herschwingende Schwanzflosse war das letzte, was ich von ihm sah. Ich wagte wieder zu atmen und beruhigte mich allmählich wieder. Dieser Hai hatte bloß nachsehen wollen. Er hatte mich aus der Ferne bemerkt und war gekommen, um dieses fremde Wesen näher zu betrachten.

Ich hatte mich gegen eine Korallenwand gepreßt; erst jetzt wurde mir bewußt, daß mich in meinem Rücken irgend etwas beharrlich biß. Der Missetäter war ein winzig kleiner wurmartiger Fisch. Er lebte in einem Korallenloch, und dieses hatte ich mit meiner Rückseite verschlossen. Der Fisch wollte aus seiner Wohnung heraus und hatte das energisch zu erkennen gegeben. Er war blau, und in seinem winzigen Maul hatte er teuflisch scharfe Zähne.

Nach einer Weile sah ich Hass zu mir herabschwimmen. Er war ohne Kamera. Durch ein Zeichen bedeutete er mir, ich solle mit ihm zum Boot kommen. „Wo ist Gerry?" fragte er mich.

Ich zeigte in die Richtung, in die Gerry entschwunden war.

Im Boot erzählte ich mein Erlebnis. Hass sah mich nachdenklich an. „Es war wahrscheinlich ein Carcharhinus. Die haben solch einen prallen, glänzenden Körper."

„Greifen die an?"

„Ich sagte ja schon, im allgemeinen sind alle Haie scheu. Aber sicher weiß man das nie. Zu spaßen ist mit einem Carcharhinus jedenfalls nicht. Gerry hätte Sie nicht allein lassen dürfen. Ich werde nachsehen, wo er geblieben ist." Er nahm den Atemschlauch wieder in den Mund und stülpte die Maske über die Augen. Mit einer kraftvollen Bewegung schwang er sich über den Bootsrand und verschwand unter Wasser. Xenophon hatte ein Sonnensegel über das Boot gespannt. Er breitete eine Serviette über die Kiste, in der die Filmkameras aufbewahrt wurden; das war unser Eßtisch. „Sie werden jetzt hungrig sein", sagte er. In seiner Stimme lag echte Bewunderung. Wir aßen Sardinen, Knäckebrot, Käse und Oliven und tranken aus Plastikbechern kühlen Tee, in dem kleine Zitronenscheiben schwammen. Mir war etwas kalt, deshalb setzte ich mich nach dem Essen in die Sonne.

Hass und Gerry waren in einiger Entfernung aufgetaucht. Hass hatte sein Mundstück aus dem Mund genommen und sprach lebhaft auf Gerry ein. Was er sagte, konnte ich nicht verstehen.

Beim Boot angelangt, reichte Gerry Xenophon die Harpune. Der Pfeil war rechtwinkelig abgebogen.

„Der muß schön stark gewesen sein", sagte Xenophon. „Hast du ihn verloren?"

„Ich hatte wahnsinniges Pech", schnaubte Gerry. „Es war ein riesiges Vieh, bestimmt zwanzig oder fünfundzwanzig Kilo. Wusch, sauste es ab in ein Loch in den Korallen." Dann wandte er sich mir zu: „Wie ich höre, hat dich beinahe ein Hai gefressen, so etwa drei bis vier Meter lang, stimmt's?"

„Das habe ich nie behauptet", antwortete ich. „Aber über zwei Meter war er bestimmt."

„Der kam ja prompt in den paar Augenblicken, während ich weg war."

„Ganz schöne Augenblicke."

„Auf jeden Fall geht es nicht an, daß einer allein davonschwimmt", sagte Hass. „Es müssen immer zwei zusammenbleiben."

„Lotte hätte ja mitkommen können", sagte Gerry. Er warf seine Tauchmaske hinter sich. „Was gibt es denn zu essen?"

DIE FRAUEN DER TOTEN STADT

Es WAR FRÜH am Nachmittag. Ich hatte es mir auf der vorderen Terrasse gemütlich gemacht und schrieb einen Brief an meine Eltern. Wawrowetz machte unsere Magnetophonanlage für eine Aufnahme bereit, die abends stattfinden sollte. Er kramte verzweifelt in einer seiner Kisten.

„Fräulein Lotte, haben Sie vielleicht meine Augengläser gesehen?"

„Nein, tut mir leid", sagte ich und schrieb weiter.

Er rumorte eine Weile im Nebenraum, dann kam er wieder. „Ich begreife das einfach nicht. Gestern waren sie auf meinem Arbeitstisch. Wenn ich sie nicht finde, kann ich die Anlage nicht fertigmachen. Ich kann ohne meine Augengläser unmöglich diese feinen Drähte löten."

Mir kam ein Verdacht. „Am Ende hat sie O-Sheik. Ich erinnere mich jetzt, er hatte sie gestern auf der Nase. Wir haben alle sehr über ihn gelacht." Wir riefen nach O-Sheik. Als sich nichts rührte, ging ich zum Koch in die Küche. Durch Zeichen erklärte er mir, daß O-Sheik zum Markt in die Stadt gegangen sei.

„Ich kann den Kerl nicht ausstehen", sagte Wawrowetz. „Er hat etwas Heimtückisches an sich."

„Sie tun ihm unrecht", entgegnete ich. „Er ist ein netter, höflicher Junge und auch sehr intelligent."

„Das will ich nicht bestreiten, aber schauen Sie sich bloß einmal seine Augen an. Ist Ihnen noch nicht aufgefallen, wie gelb sie sind? Er hat auch viel zu große Pupillen. Ich hoffe, der Kerl kommt bald zurück", fügte er hinzu.

Ich beendete meinen Brief, dann ging ich O-Sheik ein Stück entgegen. Ich mochte ihn gern. Hass hatte ihn als Dolmetscher engagiert; seit ich die Sorge um den Küchenzettel übernommen hatte, war er mir als persönlicher Helfer zugeteilt. Ich kannte O-Sheik: Er hatte die Brille bestimmt nur auf den Markt mitgenommen, um dort die Leute zu beeindrucken. Ich stellte mir vor, wie er würdig von Stand zu Stand schritt und sich von allen bewundern ließ. Die Straße, die wir gewöhnlich benützten, machte einen ziemlichen Bogen; ich beschloß daher, eine Abkürzung zu suchen. Bei Tag war die Ruinenstadt staubig und heiß, jedoch ebenso geheimnisvoll wie bei Nacht.

Ich geriet in eine Straße, die so eng war, daß kaum drei Personen nebeneinander Platz hatten. Bei einem Haus hing der Balkon halb herunter. Ich bog in die nächste Straße ein. Aus einem offenen Tor drangen vom Hof her weibliche Stimmen und Gelächter. Meine Neugierde war stärker als mein Zaudern. Einige dieser Paläste waren also doch noch bewohnt! Ich trat in den dunklen Eingang und spähte in den Hof.

Er war ziemlich geräumig. In einer Ecke, die mit Matten ausgelegt war, saßen etwa zwanzig Frauen und Mädchen. Als sie mich bemerkten, verschleierten sie sich. Zwei jüngere Frauen kamen zögernd auf mich zu. Ich ging ihnen entgegen.

Ich zeigte mit dem Finger auf mich und sagte: „Nemsawi, Alemani" – ich bin von Österreich, von Deutschland.

Eine der Frauen hatte hübsche goldene Armspangen an der Hand. Ich lächelte sie an, zeigte auf den Schmuck und sagte: *„Gamil, gamil!"* Das hatte mich O-Sheik gelehrt, es heißt: schön, sehr schön!

Nun wurden die Frauen zutraulicher. Die jungen Mädchen umringten mich. Sie betasteten mich gleichsam mit ihren großen schwarzen Augen. Auch eine der älteren Frauen erhob sich und rief den anderen etwas zu. Durch Gesten luden sie mich ein, mit ihnen Kaffee zu trinken. Zugleich entschleierten sie sich wieder.

Ich hatte die Kamera mit und hob sie, um eine Aufnahme zu machen. Das war ein Fehler! Sofort wandten sich die Frauen von mir ab und verschleierten sich. Ich schob die Kamera schnell in die Tasche zurück und machte eine besänftigende Bewegung. Dann streckte ich meine Hände vor und zeigte den Frauen meine rotlackierten Fingernägel. Sie stießen sich an und lachten und zeigten mir ihre eigenen, mit Henna gefärbten Hände und Nägel. Ich setzte mich zu ihnen und bewunderte der Reihe nach ihre Hände. Das Eis war gebrochen.

Auf dem Boden standen ein Gefäß mit Kaffee und zahlreiche winzig kleine Schälchen. Die Alte füllte eine Schale mit der schwarzen Brühe und bot sie mir an. Erst jetzt hatte ich Zeit, die Frauen in Ruhe zu betrachten.

Sie waren in weiße, leuchtend purpurrote oder orangefarbene Schleier gehüllt. Das Haar trugen sie alle in der Mitte gescheitelt und seitlich in Dutzende von kleinen Zöpfchen geflochten; diese öffneten sich am Ende, so daß die Haare in malerischen Zotteln herabhingen.

Die Frauen waren von unterschiedlicher Hautfarbe, einige schwarz, andere braun, zwei Mädchen waren fast hellhäutig. Die alten Frauen waren häßlich, einige der jüngeren dagegen auffallend hübsch. Besonders gefiel mir ein junges Mädchen in einem knallroten Gewand. Zwischen uns bestand gleich Sympathie. Sie betrachtete voller Bewunderung meine Halskette, die aus billigen Glasperlen gefertigt war. Sie selbst trug einen schönen Goldring am linken Nasenflügel und zahlreiche hübsch gearbeitete Goldreifen.

Auch die anderen Frauen trugen in den durchlöcherten Nasenflügeln oder der Nasenscheidewand Perlen, Goldringe oder sonstigen Schmuck. Ich staunte über die Zahl von Goldketten und Goldringen, mit denen alle behangen waren – an Kopf, Hals, Armen, Händen und den bloßen Füßen.

Ich dankte für den Kaffee und kostete vorsichtig. Er schmeckte abscheulich. Ich lächelte strahlend und nickte – der Kaffee sei ausgezeichnet, einfach wunderbar!

Plötzlich hatte ich eine Idee. Da meine Fingernägel bei den Frauen so großen Eindruck gemacht hatten, wollte ich ihnen als Geschenk ein Fläschchen Nagellack bringen, und zwar sofort. Vielleicht gelang es mir sogar, sie soweit zu gewinnen, daß sie sich von uns filmen ließen. Ich freute mich bei dem Gedanken, was Hass zu meinem Erfolg sagen würde. Die Frauen verstanden sofort, als ich ihnen entsprechende Zeichen machte. Die Alte bedeutete meiner kleinen Freundin, mit mir zu kommen, damit ich den Weg wiederfand.

„Eine tolle Sache", erklärte Wawrowetz, als ich ihm mein Erlebnis erzählte. „Da wird sich Doktor Hass freuen!"

„Sind sie noch nicht zurück?"

„Nein. Sie wollten ja heute nach Mantas suchen. Übrigens hatte O-Sheik tatsächlich meine Brille. Er kam eben zurück."

Ich suchte schnell einige billige Schmucksachen, die ich mitgenommen hatte, dazu ein buntes Tüchlein, einen Bleistift und sonstige Kleinigkeiten. Zum Glück hatte ich aus Port Sudan drei Fläschchen Nagellack mitgebracht; eines steckte ich jetzt ein. Meine kleine Freundin hatte vor dem Eingang unseres Palastes auf mich gewartet. Nun sprang sie vor Vergnügen, als sie mich zurückkommen sah. Sie ergriff meine Hand und zog mich eilends mit sich fort. Ich kam mir vor wie in einem Märchen aus Tausendundeiner Nacht.

Die Frauen saßen noch genauso, wie ich sie verlassen hatte. Sie rauchten Zigaretten, schlürften Kaffee und rülpsten dabei vernehmlich. Meine Geschenke erregten Entzücken. Ich malte ihnen der Reihe nach die Fingernägel an. Ihre Handflächen oder auch die ganzen

Hände waren orangerot oder blau gefärbt. Mein roter Nagellack wirkte dazu etwas merkwürdig. Die Frauen waren jedoch begeistert und konnten sich an ihren lackierten Fingernägeln nicht satt sehen.

Als Gegengeschenk wurden mir nun die Hände beschmiert. Eine der Frauen zerbröselte mit den Fingern eine Handvoll getrockneter Blätter, vermengte sie mit einer undefinierbaren Essenz und Rosenöl und bestrich damit meine Handflächen.

Nachdem ich die Pracht gehörig bewundert hatte, nahm mich eine der älteren Frauen an der Hand und machte mir Zeichen, mit ihr zu kommen; fünf andere folgten uns. Wir betraten eine alte, gebrechliche Treppe und stiegen in das oberste Stockwerk hinauf. Es war hier ziemlich finster und unheimlich.

Durch einen kurzen Gang gelangten wir in einen großen dunklen Raum. Durch geschlossene Fensterläden fiel nur spärliches Licht. Erst jetzt bemerkte ich, daß die anderen Frauen zurückgeblieben waren; nur die Alte und eine der Jüngeren waren noch da.

In der Mitte stand ein riesiges Mattenbett. Darauf lag ein alter, fast nackter Mann mit schneeweißem Haar. Die Alte nahm meine beiden Hände und zeigte sie ihm. Ich dachte, der Mann sei vielleicht ein Wahrsager. Er nahm meine Hand und zog mich näher zu sich heran. Endlich kapierte ich: Ich sollte mich zu ihm aufs Bett setzen. Ich blieb wie versteinert stehen. Nun richtete er sich auf und sprach mit drängender, gutturaler Stimme zu mir. Er war sehr alt, und erst jetzt sah ich, daß er große beulenartige Geschwülste an seinen Armen hatte. Aber sein Gesicht war wunderschön. Noch nie zuvor hatte ich so schöne leuchtendbraune Augen gesehen. Er bedeutete mir, ich sollte mich auf seine Knie setzen. Ich tat so, als verstünde ich ihn nicht. Ich war so erstarrt, daß ich mich gar nicht bewegen konnte. Die Alte hatte eilig ein Leintuch herbeigeholt. Dieses breitete sie auf ein zweites, danebenstehendes Bett. Die Junge legte sich darauf, lächelte mir einladend zu und bedeutete mir, mich neben sie zu legen. Mir wurde heiß und kalt. Ich überlegte krampfhaft. Dann lächelte ich allen sehr nett zu und sagte „Salam“. Energisch ging ich an den verblüfften Gesichtern vorbei, lief die alte Treppe hinunter. Im Hof setzte ich mich wieder zu den Frauen, als sei nichts geschehen.

Ich mußte noch einige Nägel lackieren. Dafür machten sich zwei Mädchen über meine Haare her, und mir wurde klar, daß ich nach Art der Sudanesinnen frisiert werden sollte. Mit Hilfe von ranzigem Fett gelang es ihnen, auch aus meinen Haaren zahlreiche kleine Zöpfchen zu flechten. Eine brachte mir ein Glas Orangenlimonade und gewann damit auf der Stelle mein Herz; sie hatte offenbar bemerkt, daß mir der Kaffee nicht schmeckte.

Schließlich gingen die Frauen daran, eine süß riechende Salbe über mein Gesicht und meine Arme zu schmieren; selbst die Haare wurden nicht verschont. Mir lag daran, in Kontakt mit diesen Frauen zu bleiben, also ließ ich die Prozedur über mich ergehen. Am Ende reichten sie mir einen Spiegel. Ich sah furchtbar aus. Doch die Frauen waren von mir begeistert.

Mit Hilfe meines kleinen Wörterbuches und der Zeichensprache erklärte ich ihnen, daß ich mich gerne für diese freundliche Einladung revanchieren würde. Ob sie mich nicht an einem der nächsten Tage besuchen wollten, um bei mir Kaffee zu trinken?

Meine kleine Freundin nickte begeistert, die anderen sahen zweifelnd drein.

Unsere Unterhaltung wurde durch einen Jungen unterbrochen, der eine Nachricht überbrachte. Die Frauen zeigten zum Tor und nickten mir freundlich zu. Meine kleine Freundin nahm mich an der Hand und führte mich hinaus. Draußen stand Hass.

„Sind Sie verrückt?" waren seine ersten Worte. „Sie können doch nicht einfach verschwinden, ohne uns wissen zu lassen, wo Sie sind! Wir haben die halbe Stadt nach Ihnen abgesucht. Ein bißchen Disziplin müssen Sie schon halten!"

„Aber ich wollte doch . . ."

„Was immer Sie wollten", unterbrach er mich, „es war dumm. Was wissen wir denn schon von diesen Leuten . . ."

„Gerade deshalb war ich doch so froh, daß ich den Kontakt herstellen konnte. Vielleicht lassen sich die Frauen sogar filmen. Sie sind sehr ungerecht." Gegen meinen Willen kamen mir die Tränen.

„Und falls Sie es nicht wissen sollten", fuhr Hass unbeirrt fort, „Sie stinken unbeschreiblich. Es wird Tage dauern, bis Sie diese Pomade wieder wegkriegen."

Etwas später erzählte ich kleinlaut, was ich mit dem alten Mann in dem düsteren Zimmer erlebt hatte. Jetzt wurde Hass richtig böse. Er preßte die Lippen zusammen und redete überhaupt nichts mehr.

„Ich kann mir nur vorstellen", sagte ich, „daß ihm, nach dem Aberglauben dieser Leute, die Berührung mit einer weißen Frau helfen sollte. Vielleicht erhofften sie dadurch Heilung."

„Ich kann mir etwas ganz anderes vorstellen", sagte Hass.

Beim Abendessen wurde mein Erlebnis allgemein diskutiert. O-Sheik wurde um seine Meinung gefragt. Er sagte, dieser Mann sei sehr schlecht. In den Ruinen gebe es viele Wahnsinnige, die man dort gefesselt halte. Fräulein Lotte sollte keinesfalls ohne seine persönliche Begleitung irgendwohin gehen.

Nach dem Essen machte Wawrowetz alles für die Tonbandaufnahme bereit. Hass hatte sich verpflichtet, alle vierzehn Tage einen halbstündigen Bericht an den Österreichischen Rundfunk zu senden. In der ersten Sendung hatte ich von meinen Eindrücken unter Wasser erzählt. Diesmal stellte Hass Xenophon vor. Durch die Tür hörten wir mit an, was Xenophon von sich gab. Wir konnten das Lachen kaum verbeißen. Xenophon verglich Gerry mit einer Robbe. Von mir sagte er, ich sei ein Mädchen, zart und fein von Wuchs und Grazie und musischer Bildung.

DER GROSSE HAI

In meinen abgrundtiefen Schlaf drang gleichmäßiges Klopfen. Es dauerte eine Weile, bis ich wußte, wo ich war.

„Fräulein Lotte, Sie müssen aufstehen! Es ist halb fünf. In einer Viertelstunde ist Frühstück.“ Es war Xenophons Stimme.

„Danke, Xenophon“, sagte ich. „Ich komme schon.“ Ich zwang mich, endgültig die Augen zu öffnen. Es war noch völlig dunkel.

Wir wollten heute Mantas filmen. Für diese Aufnahmen wäre mein gelber Badeanzug so gut geeignet gewesen. Achmed, unser Koch, hatte nichts Besseres zu tun gehabt, als den Badeanzug mit seinem rostigen Bügeleisen zu bügeln. Das sollte ein Zeichen seiner Zuneigung sein. Daß man Nylon nicht bügeln darf, wußte er natürlich nicht.

Ich machte mich fertig und ging hinaus in die Halle, wo Xenophon und Wawrowetz in den Kisten herumkramten. Ich zwang mich, an meine Pflichten zu denken; ich mußte Proviant für sechs Personen vorsehen. „Tee haben wir doch genug, Xenophon, nicht?“

„Ja, vier volle Flaschen.“

„Und seien Sie doch bitte so nett und sorgen Sie dafür, daß meine Maske und die roten Flossen mitkommen.“

„Natürlich, Sie können sich darauf verlassen.“

Zum Frühstück bei Kerzenlicht gab es Spiegeleier und Kaffee. Ich dachte an die bevorstehende lange Bootsfahrt und beschloß, die Eier lieber nicht zu essen. Ich trank Kaffee und aß dazu etwas Knäckebrot. Wawrowetz ließ die Eier ebenfalls unberührt; er war bisher fast jedesmal seekrank geworden. Gerry saß breit und selbstsicher da, schnitt ein winziges Stück Ei ab und kostete. Dann besah er die Spiegeleier näher, als sei etwas an ihnen nicht in Ordnung – und schob den Teller weg. Hass merkte von alldem nichts. Er verspeiste seine Eier mit Appetit. Mit seinen Gedanken war er ganz woanders. „Macht schnell!" sagte er. „Wir müssen los."

Wir stiegen ins Boot. Es herrschte völlige Windstille. Mit Hilfe einer Taschenlampe – es war noch immer dunkel – überprüfte Hass an Hand einer Liste unsere Ausrüstungen. „Masken, Flossen und Speere – hat jeder seine Sachen kontrolliert?"

Der Reihe nach sagten wir „ja".

Insgesamt standen über dreißig Ausrüstungsgegenstände auf der Liste: Tauchgeräte, Reserveflaschen, Unterwasserkameras, Reservefilme, Reservedichtungen, das Gewehr und Munition, Proviant, eine Harpune mit langem Seil ... Gerry sprang wie von einer Wespe gestochen auf. „Sofort, ich bin gleich wieder da!"

In den ersten Tagen hatten wir fast bei jeder Ausfahrt irgend etwas vergessen. In der Hitze funktionierte das Gehirn einfach nicht normal. Diese Art der Kontrolle nahm zwar viel Zeit in Anspruch, aber sie lohnte sich. Unser Außenbordmotor sprang ausnahmsweise schon auf den ersten Riß an. Machmoud führte das Steuer. Sein weißer Turban zeichnete sich malerisch gegen den allmählich heller werdenden Himmel ab. Die Silhouette der Ruinenstadt blieb hinter uns zurück, wir knatterten durch den engen Kanal der Hafeneinfahrt. Zur Rechten und Linken begann sich ein feiner silberner Streifen abzuzeichnen: der von der Wüste gebildete Horizont. Als wir die Hafeneinfahrt hinter uns ließen, tauchte schräg vor uns die riesige rote Scheibe der Sonne aus dem Meer empor. Nicht die geringste Welle bewegte das Wasser. Der Himmel wurde blau und blauer, Himmel und Meer gingen allmählich ineinander über.

Hass sah mich an und lächelte. „Heute könnten wir Glück haben", sagte er. „Heute ist es richtig." Er zeigte auf das Wasser. Unter der Oberfläche trieben kleine kugelrunde Körper, manchmal nur zwei oder drei, dann wieder mehrere dicht beisammen.

„Was ist das?"

„Etwas, was den Mantas besonders gut schmeckt: Flügelschnekken." Hass griff ins Wasser, und alsbald schwammen einige dieser winzigen Kugeln in seiner hohlen Hand. „Wenn Sie genau schauen, können Sie die zarten, durchsichtigen Flossen sehen. Mit diesen feinen Häutchen bewegen sie sich fort. Es sind echte Schnecken, die aber von Plankton leben. In den nördlichen Meeren sind sie die Hauptnahrung der Wale."

Die Sonnenscheibe stieg langsam höher, die Sonnenstrahlen trafen uns wie glühende Pfeile, die von Minute zu Minute heißer brannten. Wir hielten Kriegsrat. „Das wichtigste ist zunächst, daß jeder genau weiß, was er zu tun hat", begann Hass. Er wandte sich an Gerry: „Wir beide gehen zusammen ins Wasser. Wenn wir einen Manta sehen, müssen wir versuchen, ihn zwischen uns zu bekommen."

„Ich mit der Harpune? Wir harpunieren doch einen Manta –"

„Ja, aber erst später. Zunächst wollen wir die Tiere in ihrer ungestörten Bewegung filmen. Das hat bisher noch niemand gemacht. Du sollst nichts weiter tun als von der anderen Seite so nahe wie möglich an den Manta heranschwimmen, während ich filme. Mit solchen Aufnahmen können wir zeigen, wie riesig diese Tiere sind. Die Kameras sind klar?"

„Ja, beide sind schußbereit", sagte Wawrowetz. „Wenn Sie die erste ausgefilmt haben, gebe ich Ihnen die zweite und leg gleich wieder einen neuen Film ein."

Ich fragte: „Und was soll ich machen?"

„Sie warten ab, bis ich Ihnen ein Zeichen gebe", sagte Hass. „Dann kommen Sie ebenfalls ins Wasser. In der Zwischenzeit machen Sie vom Boot aus Aufnahmen. Die Mantas schwimmen knapp unter der Oberfläche. Oberwasserphotos brauchen wir dringend."

Ich zeigte es nicht, aber ich war einigermaßen erleichtert. Wir entfernten uns immer weiter von der Küste, und die Vorstellung, im abgrundtiefen Meer zu schwimmen, erschien mir nicht verlockend.

Machmoud stand hoch aufgerichtet im Boot und starrte voraus. Nach seiner Miene zu schließen, mußten wir jeden Augenblick auf Mantas stoßen.

„Wie groß war der größte, den Sie bei Ihrem ersten Aufenthalt gesehen haben?" fragte ich Hass.

„Etwa fünf Meter im Durchmesser. Aber in Kalifornien hat man einen Manta mit über acht Meter Spannweite gefangen."

Machmoud änderte die Richtung. Er schien in der Ferne irgend etwas zu erspähen. Auch Xenophon hatte sich aufgerichtet.

Plötzlich rief Gerry aufgeregt: „Dort! Schaut doch dorthin!"

Ein Stück zur Linken zeichnete sich ein silberner Streifen an der Oberfläche ab. In der Mitte dieses Streifens ragte eine schwarze Spitze über dem Wasser auf.

„Das ist die Flosse eines Haies!“ stieß Gerry hervor.

„Aber nein“, sagte Hass, „dafür ist es viel zu groß. Wenn das eine Flosse ist, müßte der dazugehörige Hai gute zehn Meter lang sein. Es ist irgendein Holzstück.“

Machmoud starrte zu dem spitzen Ding hin und erklärte mit Nachdruck: *„Kirsch! Kirsch kabir! Kabir!“* – Hai! Ein ganz riesiger Hai!

Hass setzte das Fernglas an die Augen und starrte endlos über das Wasser. Endlich sagte er: „Motor abstellen!“ Wir waren noch etwa vier- bis fünfhundert Meter von der Stelle entfernt. „Was immer das sein mag“, sagte Hass, „dort ist jedenfalls eine Menge los. Wenn ich mich nicht irre, sind da auch Mantas. Aber falls es wirklich eine Rückenflosse sein sollte, habe ich keine Ahnung, was für ein Tier das ist. Für einen Hai ist es jedenfalls zu groß. Wir rudern jetzt vorsichtig näher, und dann schwimme ich hin.“

Mir blieb fast das Herz stehen. Wenn dort wirklich ein Meeresungetüm schwamm und Hass ein Unglück zustieß? Oder wenn das Tier unser Boot umwarf?

Xenophon hatte die Ruder in die Dollen eingesetzt. Wir standen alle aufgeregt im Boot und starrten voraus. Das schwarze Dreieck veränderte sich nicht; es ragte vielleicht einen halben Meter über Wasser und bewegte sich langsam vorwärts. Ringsum war die Oberfläche unruhig. Darüber kreisten zahlreiche Vögel.

„Vielleicht ist es die Seeschlange“, meinte Wawrowetz. Das sollte ein Witz sein, aber seine Stimme klang etwas heiser.

Hass sagte kein Wort. Er spülte die Tauchmaske, setzte sie auf die Stirn, hängte sich die Photokamera um den Hals und griff nach der Harpune. „Soll ich nicht mitkommen?“ fragte Gerry, aber seine Stimme klang gar nicht überzeugend.

„Nein, ich schaue mir das zuerst allein an. Sobald ich weiß, was es ist, gebe ich euch Bescheid. Dann sehen wir weiter.“

Die Spannung im Boot war kaum zu steigern. Gerry hatte unser Gewehr hervorgekramt und erklärt: „Wenn es angreift, schieße ich.“

„Unsinn“, sagte Hass. „Dann ist es schon zu spät.“ Er schwang sich über den Bootsrand und glitt lautlos ins Wasser. Mit ruhigen Bewegungen schwamm er auf das rätselhafte Dreieck zu.

„Das macht ihm keiner nach“, sagte Xenophon trocken.

Hass hielt inne; er mußte unter Wasser bereits sehen können, was er vor sich hatte. Er schwamm noch etwas näher, dann tauchte er. Es dauerte endlos lange, ehe er etwa zwanzig Meter weiter links wieder an die Oberfläche kam und zum Boot zurückschwamm.

„Was ist es?" riefen wir ihm entgegen.

Jetzt hatte auch Hass seine Ruhe verloren. „Ein Walhai!" stieß er hervor. „Etwa acht oder neun Meter lang. Ich hatte keine Ahnung, daß es so etwas im Roten Meer gibt. Diese Tiere werden bis zwanzig Meter lang, sind aber völlig harmlos. Sie leben von Plankton. Einen Augenblick lang hielt ich ihn für einen Tigerhai, aber als ich dann näher kam, sah ich die blauen Flecken auf seinem Körper. Der Walhai hat eine blaue Musterung und helle Tupfen. Mantas gibt es hier übrigens auch." Hass wandte sich an Gerry. „Du kannst jetzt ins Wasser kommen. Und gebt mir die Filmkamera! Das ist eine einmalige Gelegenheit – einfach toll –, nur dürfen wir das Tier keinesfalls erschrecken! Du schwimmst mit dem Speer vorsichtig zur anderen Seite; so nehmen wir es zwischen uns. Ich geb dir ein Zeichen, ehe ich filme."

Gerry versuchte, seine Aufregung nicht zu zeigen. Er spuckte bedächtig in seine Tauchmaske, verrieb den Speichel, säuberte die Maske, zog sie über, ergriff den Speer und glitt ins Wasser. Wawrowetz gab Hass die Filmkamera. „Ich mache inzwischen Photos!" rief ich. Mir zitterten vor Aufregung die Knie. Unter der Oberfläche sahen wir jetzt deutlich den riesigen Körper des Walhaies. Ich kletterte mit der Photokamera auf die Bank vorn im Bug und drehte den Film weiter, aber so heftig, daß die Perforation durchriß. Ich war nahe daran, hysterisch zu werden. Jetzt mußte ich zurückspulen und einen neuen Film einlegen. „Schnell, Xenophon, den Wechselsack!"

Hass und Gerry trennten sich und schwammen in verschiedene Richtungen. Dann sahen wir, wie Hass die Hand hob. „Los jetzt, von vorn!" hörten wir ihn rufen. Er tauchte unter.

Gerry schöpfte ein paarmal tief Luft, dann verschwand auch er. Nicht weit von der Stelle, an der Hass untergetaucht war, erschien eine dünne, lange Flossenspitze über Wasser. Kaum vier Meter davon entfernt züngelte eine zweite, ebensolche Flossenspitze empor.

„Manta!" rief Machmoud.

Aber ich durfte jetzt nicht aufschauen, ich mußte diesen dummen Film aus der Kamera bekommen. Wawrowetz hatte die zweite Unterwasserkamera gepackt und war auf eine Bank geklettert. Er versuchte zu filmen, aber das Boot schwankte beängstigend hin und her.

„Von vorn, hab ich gesagt!" gellte die Stimme von Hass über das Wasser. Er und Gerry waren wieder aufgetaucht. „Der ist doch gutmütig wie eine Kuh!"

„Ich konnte doch nicht! Sie sind zu früh aufgetaucht!" hörten wir Gerry rufen.

„Gleich noch mal!" brüllte Hass. „Und ran an den Kopf!"

Ich zwang mich, nicht aufzusehen. Der Film hatte sich verhängt und ließ sich weder vorwärts noch rückwärts spulen. Ich hatte die Kamera im Wechselsack und tastete verzweifelt im Dunkeln herum. Irgendwie mußte dieser Film heraus, auch wenn die belichteten Aufnahmen dran glauben mußten. Endlich gab der Widerstand nach.

„Ich bin doch kein Motorboot!" gellte Gerrys Stimme wieder über das Wasser. Er keuchte vor Aufregung. „Warten Sie doch einen Augenblick! Ich schwimme zuerst ein Stück vor."

„Schnell! Schnell!" rief Hass. Der Hai schwamm zwar langsam, trotzdem schien es für die beiden nicht einfach zu sein, ihn zwischen sich zu behalten. Wir folgten im Abstand von etwa dreißig Metern.

Endlich war meine Kamera wieder schußbereit. Aber nun drehte der Hai gegen die Sonne ab, außerdem war er zu weit entfernt.

„Das hier müssen Sie aufnehmen, schnell!" rief neben mir Wawrowetz. Ich wirbelte herum.

Unter unserem Boot bewegte sich ein riesiger brauner Körper. Er drehte sich jetzt: die leuchtendweiße Unterseite wurde sichtbar. Es war ein Manta, der direkt unter unserem Boot durchschwamm. Vorn an seinem Kopf ragten zwei weiße Hörner hervor.

Das Tier verschwand unter dem Boot und kam auf der anderen Seite wieder zum Vorschein. „Manta" ist das spanische Wort für „Decke". Dieses Ungeheuer sah wirklich wie eine zum Leben erwachte Decke aus. Ringsum tauchten jetzt weitere Flügelspitzen von Mantas auf. Die Tiere schwammen zu zweit oder dritt nebeneinander und bewegten ihre riesigen Flügel im Takt. Hass war wieder beim Boot. „Schnell, die nächste Kamera!" keuchte er.

Wawrowetz übernahm die leere Kamera und gab ihm die andere. „Ich habe allerdings schon zehn Meter verschossen."

„Dann legen Sie mir lieber einen neuen Film in diese Kamera, ich nehme einstweilen die Photokamera", sagte Hass und schwamm eilig wieder ab. Allmählich kamen wir mit dem Boot näher an den Hai heran. Plötzlich hielt Xenophon im Rudern inne. „Achtung, er kommt jetzt direkt auf uns zu!"

Der Hai hatte gedreht und schwamm langsam gegen das Boot. Er sah wie ein Unterseeboot aus. Machmoud versuchte uns durch drastische Gesten verständlich zu machen, daß dieses Ungetüm unser Boot gleich umwerfen werde.

Durch das Wasser konnten wir sehen, wie der riesige Kopf des Walhaies näher kam. Das breite Maul war weit geöffnet, und davor schwammen mehrere kleine gestreifte Pilotfische. Sie drehten wie auf Kommando ab, kamen bis zum Bootsrand geschwommen, machten wieder kehrt und schwammen zum Kopf des Haies zurück. Der große Körper des Tieres schob sich dicht an die Bordwand heran.

Hass tauchte gerade neben dem Hai auf. „Er kratzt sich am Boot!" rief er. Ich erwartete jeden Augenblick, daß das Boot umkippen würde, und überlegte, wie ich die Kamera retten konnte.

Aber nichts dergleichen geschah. Wir hörten zwar ein schabendes Geräusch, ein leichtes Zittern ging durch das Boot. Xenophon stand steil aufgerichtet an den Rudern, wie ein Kapitän vor dem Untergang des Schiffes. Aber das Riesentier schrubbte seinen Rücken nur ganz sanft an unserem Kiel. Wahrscheinlich wollte es Schmarotzer von seiner Haut abkratzen. Schließlich kam der Hai hervor und schwebte seitlich an der Bordwand. Die große Rückenfinne erschien über Wasser, und ein Ruder wurde hochgehoben. Hass beschwor Wawrowetz, sich mit dem Einlegen des neuen Films zu beeilen. Wawrowetz hielt die geöffnete Unterwasserkamera zwischen die Knie gepreßt; das Boot schaukelte hin und her. Ich suchte verzweifelt nach dem Normalobjektiv, da die Situation für das Teleobjektiv viel zu nahe war. Gerry griff über den Bootsrand und angelte nach einer Sauerstoffflasche, um mit dieser wieder unter Wasser zu verschwinden. Da sprudelte auch schon ein Blasenschwall neben dem Boot hoch.

„Bist du wahnsinnig, willst du ihn verjagen?!" rief Hass.

„Ich hab doch nur probiert, ob er reagiert. Er ist so stumpfsinnig, daß ihm die Blasen überhaupt nichts ausmachen."

„Um Himmels willen, beeilen Sie sich!" wandte sich Hass wieder an Wawrowetz. „Und Sie, Fräulein Lotte, machen sich bereit. Jetzt kommen Sie dran." Er kletterte ins Boot. „Ich nehme jetzt das Tauchgerät, und Sie nehmen die Photokamera und schwimmen dicht um den Hai herum. Sie können ihn auch betasten, er läßt sich alles gefallen."

„Beißt er nicht?" fragte ich unwillkürlich.

Gerry lachte schallend. „Beißen! Der hat ja überhaupt keine richtigen Zähne." Ich half Hass in das Tauchgerät. Wawrowetz war jetzt mit der Kamera endlich fertig. Der Hai schwamm drei Meter neben unserem Boot. Ich traute meinen Augen nicht: Gerry hatte sich auf seinen Rücken gesetzt. „Mach doch bitte ein Photo von mir!" prustete er. „Fürs Familienalbum. Ich möchte euch noch etwas vorführen. Überschrift: Der Nutzen eines Walhaies."

Gerry legte den eisernen Schaft seiner Harpune quer vor sich und schabte damit über den großen Rücken des Haies. Der Schaft war rostig und die rauhe Haut ein vorzügliches Schmirgelpapier.

Jetzt mußte auch Hass lachen. Gerry glitt ins Wasser zurück und hielt sich an der langsam hin- und herschwingenden Schwanzflosse des Haies fest. In einer S-Kurve ließ er sich durchs Wasser ziehen.

Hass machte mir ein Zeichen und schwang sich über Bord. Mit klopfendem Herzen folgte ich ihm. „Viel Glück!" hörte ich Xenophon hinter mir sagen.

Wir schwebten über einem unermeßlichen Abgrund. In Garben gebündelt, strömten Sonnenstrahlen durch das überaus klare Wasser in die Tiefe hinab. In ihrer Mitte lag der Schatten unseres Schiffes. Etwa zwanzig Meter von uns entfernt, schwebten dicht hintereinander Mantas. Wie riesige Vögel glitten sie dahin. Hass schwamm mit dem Tauchgerät in etwa fünf Meter Tiefe unter mir. Er bedeutete mir durch ein Zeichen, mich zu beeilen. Der Hai hatte sich ein Stück entfernt. Majestätisch schwang die sichelförmige Schwanzflosse hin und her. Er schwamm jetzt nicht mehr an der Oberfläche, sondern schräg abwärts. Ganz allmählich glitt er hinunter in den endlosen Raum.

Hass folgte ihm; ich schwamm an der Oberfläche. Obwohl der Hai sehr langsam war, konnten wir ihn nur mit Mühe einholen. Mit verzweifelter Anstrengung versuchte ich, bis zu dem Walhai hinunterzutauchen. Aber er war jetzt gewiß schon zehn oder zwölf Meter tief. Ich kehrte zur Oberfläche zurück und sah, wie Hass ihm weiter in die Tiefe folgte. Hass war jetzt, da er reinen Sauerstoff atmete, sicher weit unter der zulässigen Grenze von zwanzig Metern.

Plötzlich sah ich Hass nicht mehr. Ich blickte um mich. Das Boot war weit weg und von Gerry nichts zu sehen. Ich schwebte allein über dem unermeßlichen Raum. Eine beklemmende Angst packte mich. Wenn jetzt ein richtiger Hai auftauchte, war ich verloren.

Ich spähte verzweifelt in die Tiefe. Nach einer Ewigkeit, wie mir schien, sah ich einen hellen Körper wie ein Geschoß aus der Tiefe emporschnellen. Es war Hass, der umhüllt von einer Blasenwolke hochschwamm. Nicht weit von mir durchstieß er die Oberfläche. Er riß das Mundstück des Tauchgeräts aus dem Mund: „Es ist jammerschade, wahrscheinlich haben ihn die Spielereien von Gerry verärgert. Wer weiß, ob wir ein zweites Mal einen Walhai zu Gesicht bekommen. Haben Sie ihn noch gesehen?“

„Ja!“ stieß ich hervor, erleichtert, nicht mehr allein zu sein. „Es war ein ungeheurer Eindruck – ich werde das nie vergessen.“

6. Mai. Wir schwammen zum Boot zurück. Hass war völlig von seinen Gedanken absorbiert. Wahrscheinlich kontrollierte er im Geist jede Einstellung, die er gedreht hatte, überlegte, welche Zwischenschnitte er zur Ausgestaltung dieser Episode noch benötigen würde. Er dachte wohl an sein Forschungsschiff, mit Laboratorien, Spezialeinrichtungen, direkt über Korallenriffen verankert.

Ob wir uns nicht ein wenig zu wichtig nehmen? Wenn Gerry keine Gelegenheit hat zu glänzen, wird er unausstehlich, und wenn ich mich ungerecht behandelt fühle, mache ich den gleichen Fehler. Nur Hass geht es ums Ganze, immer und ausnahmslos. Für ihn war dieser Riesenhai und sind wir selbst Schachfiguren, die er für sein Ziel einsetzt. Beim Boot machte er mir ein nettes Kompliment. „Schade", sagte er, „ich hätte Sie gerne mit diesem Monstrum zusammen auf den Film bekommen. Es wäre ein hübscher Kontrast gewesen . . ."

DER KLEINE HAI

DER TAG BEGANN angenehm – ich hätte nie vermutet, wie er enden würde. Ich streckte die Arme und drehte mich auf die andere Seite. Es war hellichter Tag, und man hatte mich nicht geweckt. Ein ziemlich heftiger Wind blies über meine Zehen. Für eine Ausfahrt war es offenbar zu stürmisch. Wenn niemand nach mir rief, bedeutete dies, daß ich nicht gebraucht wurde. Hurra! Auf einen solchen Vormittag hatte ich nur gewartet.

In aller Sorgfalt machte ich meine Freiübungen: schwimmen und tauchen schön und gut, aber die Muskeln mußten endlich wieder einmal gleichmäßig durchgearbeitet und gelockert werden. Als nächstes ging ich daran, mich langsam und gründlich zu waschen. Dann wusch ich mir mit großem Genuß die Haare – ein wahrhaft festlicher Akt. Nach der letzten Wäsche spülte ich die Haare mit Essig, den ich eigens für diesen Zweck in Port Sudan gekauft hatte; jetzt bekamen sie wieder Glanz. Bevor ich Wien verließ, hatte ich mir von einer Kosmetikerin eine Creme für Gesichtsmasken geben lassen. Meine Haut war völlig verbrannt und ausgetrocknet. Ich strich die Paste sorgfältig über Gesicht und Hals. Dann holte ich meine Kleider aus dem stickigen Kasten im Nebenraum und hängte sie auf der Veranda im Wind auf. Sie sollten sich richtig auslüften.

Als ich unseren Speiseraum betrat, fand ich einen abgedeckten sauberen Tisch mit einem einzigen Gedeck für mich vor. Hass saß draußen auf der großen Terrasse und war eifrig beim Schreiben. Sicher arbeitete er an dem Drehbuch.

Er sah auf. „Hallo, Fräulein Lotte, guten Morgen."

„Wir fahren heute nicht aus?"

„Nein, heute machen wir einmal Sonntag. Ich glaube, das haben wir uns alle verdient. Wir haben Sie nicht geweckt – ich dachte, Sie würden froh sein, sich einmal auszuschlafen."

„Ja, danke, allerdings." Ich lächelte. „Wo sind denn die anderen?"

„Gerry und Wawrowetz sind ausgeritten. O-Sheik hat ihnen Kamele beschafft, sie machen einen Ausflug in die Wüste."

Der Koch kam und verwöhnte mich. Er servierte mir zwei Spiegeleier, Kaffee und geröstetes Brot. Ich ließ es mir schmecken.

„Verzeihen Sie, wenn ich Sie nochmals störe", sagte ich dann zu Hass. „Kann ich mir das kleine Schlauchboot nehmen? Ich möchte auf die andere Seite der Lagune rudern und dort nach Muscheln suchen."

„Natürlich, Machmoud soll es Ihnen aufblasen. Aber seien Sie um ein Uhr zum Mittagessen wieder zurück."

Den Platz auf der anderen Seite der Lagune hatte ich mir schon lange ausgesucht. Dort war ein kleiner Strand, der sich ausgezeichnet zum Baden, Sonnen und Muschelsuchen eignete. Ich kletterte in das Boot: es war gerade groß genug für eine Person und hatte zwei winzige Ruder. Trotz des Gegenwindes war ich bald drüben. Ich zog das Boot an Land und legte mich dann ein wenig in die Sonne.

Ich fühlte jede Faser meines Körpers: alles in mir war zufrieden. Ein Tag im Sommer des vergangenen Jahres kam mir in den Sinn. Damals, bei Velden am Wörther See, lag ich in einer wunderschönen Wiese. Ich träumte vom Meer. Jetzt kannte ich das Meer. Hatte ich es mir so vorgestellt? Nein. Ich hatte mehr an Baden und Schwimmen gedacht – was ich hier erlebte, war eine andere Wirklichkeit, schöner und geheimnisvoller und auch härter.

Nach einer Weile ging ich den Strand entlang und suchte nach Muscheln. Ich dachte an Hass. Fast tat er mir leid. Ständig kreisten seine Gedanken um den Film.

Zu Mittag war ich mit Hass allein. Xenophon war in Port Sudan.

„Sie sollten auch ausspannen", sagte ich zu Hass.

Er sah mich erstaunt an. „Wie meinen Sie das?"

„Nun, auch Ihnen würde Nichtstun einmal guttun."

Er lachte. Wir saßen eine Weile schweigend. „Vielleicht haben Sie recht", sagte Hass schließlich. „Wenn Sie Lust haben, fahren wir zur Hafeneinfahrt hinaus. Dort können wir versuchen, ein Abendessen zu schießen. Haben Sie überhaupt schon einmal harpuniert?"

„Nein, aber ich würde es sehr gerne versuchen." Das war nicht ganz ehrlich, denn die Fische taten mir eigentlich leid.

„Gut, dann fahren wir. Sie nehmen am besten die kleine Schußharpune, die können Sie ohne weiteres selbst spannen. Ich nehme meine alte Stoßharpune."

Machmoud

Wir tranken auf der Terrasse Kaffee, inzwischen bereitete Machmoud das Boot vor. Tauchgeräte nahmen wir nicht mit. Ich ließ mir vom Koch kalten Tee und Kekse geben. Hass hatte offenbar sein Drehbuch vergessen und war in bester Laune.

Machmoud riß sechs- oder achtmal den Außenbordmotor an, ehe er ansprang.

Der Wind hatte etwas nachgelassen.

„Stimmt es, daß Leo Rohrer kommen soll?" fragte ich.

„Ja, kennen Sie ihn?"

„Flüchtig. Aber er ist doch kein Kameramann?"

„Das nicht, aber ein guter Taucher", sagte Hass. „Nach den Erfahrungen mit Bolle habe ich lieber einen Mann, der tauchen, als einen, der filmen kann. Das zeig ich ihm schon."

Machmoud saß wie eine Statue am Außenbordmotor. Als Hass zum erstenmal am Roten Meer war, hatte ihn Machmoud begleitet. Ich konnte verstehen, warum er für diesen Kerl eine solche Vorliebe hatte.

Machmoud war nicht nur ein erfahrener Fischer und Kenner der Riffe, sondern eine Persönlichkeit, selbstsicher und schlau.

„Haben Sie von Ihren Eltern Nachricht?" fragte Hass unvermittelt.

„Ja, ich habe schon drei Briefe bekommen."

„Ist man sehr besorgt um Sie?"

„Nicht besonders", log ich. Meine Mutter hatte mir vier Seiten lang geschrieben, ich solle um Himmels willen vorsichtig sein. Sie hatte von Bekannten gehört, daß es im Roten Meer sehr giftige Fische gäbe. Und vor allem Haie ...

„Vielleicht ist es besser, wenn Sie nicht alles nach Hause schreiben. Aus der Ferne sehen die Dinge viel unheimlicher und gefährlicher aus." Er lachte.

„Nein, ich passe schon auf. Ich habe geschrieben, daß ich nur im Seichten tauche, und vor allem von den vielen bunten Fischen. Wenn meine Mutter wüßte, was wir mit dem Walhai angestellt haben, könnte sie wahrscheinlich überhaupt nicht mehr schlafen."

Jetzt lachten wir beide.

Wir fuhren zuerst zu einer ziemlich schlammigen Lagune, die von langbeinigen Reihern bevölkert war. Sie standen neben einigen spärlichen Büschen auf einem Bein im Seichten. Auf ein Zeichen von Hass stellte Machmoud den Motor ab. Wir ließen das Boot auf dem Schlamm auflaufen. Hass machte eine Handkamera bereit. „Die Vögel können wir als Zwischenschnitte brauchen", erklärte er mir.

Ich mußte im stillen lachen. Das also war die Erholung. Hass benützte die freie Zeit, um Aufnahmen zu machen. Ich trug die Batterie. Da das Kabel zur Kamera nicht lang war, hielten wir uns dicht beisammen. Schritt für Schritt näherten wir uns einem der Vögel.

Der Vogel beäugte uns, hielt es aber für unter seiner Würde, uns ernst zu nehmen. Wir wateten durch schwarzen Schlamm. Einmal sprang direkt vor Hass ein kleiner Stachelrochen auf.

Als wir nahe genug waren, kontrollierte Hass nochmals die Einstellung der Kamera. „Wenn Sie hören, daß ich filme", sagte er, „zählen Sie bis fünf, und dann stoßen Sie einen lauten Ruf aus. Ich möchte, daß der Vogel wegfliegt."

Er stellte sich in Positur, und die Kamera begann zu surren. Ich zählte bis fünf, dann rief ich laut. Der Vogel rührte sich nicht vom Fleck. „Los, los!" knurrte Hass. Ich schlug wild aufs Wasser und warf die Arme mit Geschrei in die Luft. Sehr indigniert flog der Vogel auf. „Ausgezeichnet. So war es gut", sagte Hass.

Wir fuhren nun zu einem anderen Platz in der Einfahrt, wo das Wasser schön klar und kaum von Wellen bewegt war.

„Und jetzt denken wir nur noch an unseren Spaß", sagte Hass. „Sie wissen doch, wie man mit dem Ding umgeht?"

„Doch, ich weiß es." Ich war ziemlich aufgeregt. Es war nie mein Wunsch gewesen, einen Fisch zu töten. Andererseits – für unser Abendessen brauchten wir eben Fische; also bestand kein Grund, zimperlich zu sein. Ich ließ mich über Bord gleiten und spannte unter Wasser die Gummibänder. Dann setzte ich den Pfeil ein.

Wir schwammen gemeinsam den Kanal entlang. Das Wasser war hier fünf bis zehn Meter tief. Der Boden war flach, fiel dann aber plötzlich zur Fahrrinne ab. Das Wasser wurde dort ganz dunkel. Hass schwamm genau über dieser Kante. Ich blieb im Seichten, auch hier gab es allerlei Fische.

Es begann damit, daß ich zwei- oder dreimal danebenschoß. Ein großer blauer Papageienfisch schwamm direkt unter mir vorbei, ich tauchte, schoß ... daneben. Ob aus Ungeschicklichkeit oder mit Absicht, weiß ich selbst nicht. Papageienfische schmecken ausgezeichnet. Aber ich sah zu lange zu, wie er zu einer Koralle hinschwamm und an ihr nagte. Vielleicht wurde er mir dabei allzu sympathisch.

Dann versuchte ich mich an einem kleinen Barsch, der ruhig vor einer Koralle stand. Er sah eher böse drein; bei ihm hatte ich keine Hemmungen. Ich drückte ab – und mein Pfeil steckte einen Zoll tief in den Korallen. Ich mußte mehrmals auf- und niedertauchen, ehe ich schließlich die Harpunenspitze wieder freibekam. Der Barsch war zur Seite geschwommen und stand jetzt unbeweglich vor einem anderen Loch. Er sah interessiert zu mir herüber. Hass war von einem Schwarm großer Makrelen eingekreist. Doch ehe er zustoßen konnte, waren sie schon vorbei und verschwanden in der Tiefe. Wir schwammen etwa zehn Meter voneinander entfernt am Abbruch weiter. Plötzlich erblickte ich einen Hai, der aus der dunklen Fahrrinne emporkam. Er war nicht groß und sehr schlank, schwamm direkt auf Hass zu. Ich hatte keine Luft mehr und mußte zur Oberfläche zurück.

Als ich wieder tauchte, sah ich den wild um sich schlagenden Hai an dem etwa drei Meter langen Seil von Hass hängen. Das Seil, das am Harpunenstock befestigt war, begann sich zu verwickeln. Hass bemühte sich mit aller Kraft, den Hai zur Oberfläche hochzuziehen. Er packte ihn am Schwanz. Im selben Augenblick drehte sich der Hai blitzschnell herum und verbiß sich in Hass' Arm.

Wir waren wieder an der Oberfläche.

„Weg", schrie Hass. „Weg, ins Seichte!"

Ich sah, wie er den Hai über Wasser hob und hin und her schüttelte. Im nächsten Augenblick ließ der Hai seinen Arm los und zog wieder am Strick. Eine dunkle Wolke von Blut quoll empor. Ich begriff, warum ich ins Seichte schwimmen sollte: Das Blut mußte andere Haie anlocken.

„Machmoud!" brüllte Hass. „Machmoud – Machmoud!!!" Aber Machmoud hatte sich offenbar schlafen gelegt, es war nichts von ihm zu sehen.

Ich schwamm auf das Boot zu und brüllte ebenfalls. Endlich wurde Machmouds erstauntes Gesicht sichtbar. Er begriff sofort, daß etwas nicht stimmte. Hastig holte er den Anker ein und kam in unsere Richtung gerudert.

Hass zog den Hai, in eine Blutfahne eingehüllt, immer noch an der Harpune hinter sich nach. Ich hielt nach anderen Haien Ausschau: noch war keiner zu sehen. Wir gelangten zum Boot.

Hass übergab Machmoud die Harpune und schwang sich über den Bootsrand. Sein Mund war fest zusammengepreßt. Ich kletterte ebenfalls, so schnell ich konnte, ins Boot. Ein dicker Blutstrom floß über Hass' rechte Hand. Das Handgelenk sah aus, als sei es durch einen Fleischwolf gedreht worden. Das Fleisch hing in Fetzen herunter.

Hass packte mein blaues Handtuch, das vorn im Boot lag, und schlang es sich um den Arm. Machmoud zog den Hai ins Boot, packte den abnehmbaren Griff des Steuerruders und schlug wie verrückt auf den Hai ein. Schließlich lag er bewegungslos im Boot.

Hass hatte sich das Handtuch fest um den Arm geschlungen. Aber der Blutstrom ließ sich nicht stillen, in der Mitte des Handtuchs erschien ein roter Fleck und wurde schnell größer. Hass bemühte sich, ruhig zu bleiben. Zu mir gewandt, sagte er: „Geben Sie mir den Anreißstrick vom Motor."

Schnell kletterte ich über Hass zu Machmoud. Doch dieser hatte bereits verstanden. Mit ruhigen, entschlossenen Bewegungen wand er das Seil um den verwundeten Arm, dicht unter der Schulter. Dann steckte er den Steuerknüppel darunter, drehte ihn und schnürte so die Blutzufuhr ab. Endlich hörte das Bluten auf.

„Dieses Biest hat mich nur deshalb zu fassen bekommen", stieß Hass hervor, „weil ich so dumm war, es am Schwanz zu packen. Gewöhnlich ist es das sicherste, einen Hai am Schwanz zu packen. Meistens sind sie nämlich zu dick, um sich herumzudrehen. Aber der hier ist ja ausgesprochen rachitisch."

Jetzt fehlte uns das Seil, um den Motor anzuwerfen. Wäre die Situation nicht so ernst gewesen, hätte man darüber lachen können. Wir mußten das Seil wieder lösen, um den Motor anzuwerfen. Noch nie war dieser Motor so schnell angesprungen! Anschließend band Machmoud den Arm wieder ab. Wir fuhren den Kanal entlang zurück. Die Fahrt schien endlos, obwohl wir nur etwa fünfzehn Minuten von unserem Palast entfernt waren. Hass sah grimmig vor sich hin, er hatte offenbar beträchtliche Schmerzen.

Endlich näherten wir uns Suakin. Von der Terrasse unseres Palastes winkten uns zwei unbekannte Gestalten entgegen. Wir hatten Glück im Unglück. Ein englischer Regierungsbeamter und eine Krankenschwester wollten ihren freien Tag mit uns verbringen.

Alles ging jetzt sehr schnell. Der Strick wurde gelöst. Sofort spritzte wieder Blut aus der Wunde. Die Krankenschwester verband den Arm notdürftig, dann wurde er wieder abgebunden.

„Wir bringen Sie sofort nach Port Sudan, ins Spital", erklärte der Engländer. Hass wurde ins Auto verstaut, und sie fuhren ab.

Erst gegen Abend kamen Gerry und Wawrowetz zurück. Sie waren völlig verschwitzt und verschmutzt, aber sehr vergnügt. Gerry wollte gleich von seinen Heldentaten erzählen, aber was ich ihm zu sagen hatte, stoppte doch seinen Redefluß.

Kurz darauf kam Xenophon mit einem Wagen aus Port Sudan zurück. Er war dem Auto der Engländer begegnet und hatte kurz mit Hass gesprochen. „Drei oder vier Wochen, nehme ich an", erklärte er. „Natürlich kann er nicht tauchen, ehe das wieder verheilt ist."

9. Mai. Ich werde froh sein, wenn Hass wieder da ist. Er gab Auftrag, inzwischen alle Geräte zu überholen, aber es geschieht wenig.

13. Mai. Wir machen jetzt Außenaufnahmen. Hass ist wieder da und spaziert mit einem dicken Verband um den Arm und ziemlich saurer Miene herum. Immer will er mich zerrauft filmen. Jedesmal wenn ich mich hübsch herrichte, heißt es: „So kann ich Sie unmöglich brauchen. Wir sind auf einer Expedition, nicht auf einer Modenschau." Es wird immer heißer, nachts ist es schon fast unerträglich ...

19. Mai. Jetzt bin ich selbst im Spital von Port Sudan. Ich hatte ziemliche Schmerzen in der Leistengegend, sagte aber zunächst nichts davon. Dann wurde mir klar, daß es doch der Blinddarm sein müsse ... Hass trieb noch in der Nacht ein Auto auf und brachte mich nach Port Sudan. In einem vorsintflutlichen Handaufzug wurde ich in den ersten Stock hochgewunden. Zwei Neger zogen an einem Strick, und der Käfig mit mir darin bewegte sich nach oben. Die Zimmer sind nett und sauber. Der Arzt war bei einer Party. Nach einer Stunde kam er im Smoking. Er meinte, er wolle noch bis morgen früh abwarten, ob es nicht doch ohne Operation geht.

21. Mai. Ich wurde also doch operiert und bekomme viele nette Besuche. Bill Clark brachte mir Blumen und eine Kiste voll herrlicher Birnen und Weintrauben. Er versprach, daß er uns in Suakin besuchen wird, er ist ein begeisterter Angler. Er will Hass einladen, mit ihm nach Eukawit zu fahren, wo er den Mahdi, den berühmten Führer einer Sekte und wichtigen Politiker des Sudans, besucht.

BILL CLARK

HASS WAR WIEDER ohne Verband. Er hatte sich die Nähte selbst herausgezogen. Die Wunde war gut vernarbt, trotzdem sah der Arm immer noch sehr abenteuerlich aus.

Wir waren morgens zeitig ausgefahren und hatten nach Mantas gesucht. Nach vier Stunden ergebnislosen Umherkreuzens waren wir wieder zu unserem Palast zurückgekehrt. Jetzt saßen wir auf der Terrasse, wo ein leichter Lufthauch die Hitze ein klein wenig erträglicher machte. Wir tranken Kaffee, Hass blätterte in einem Buch über Korallensystematik. Er wandte sich an mich: „Übrigens, heute nachmittag kommt Bill Clark. Er bleibt über Nacht, morgen nachmittag fahre ich mit ihm nach Eukawit. Er wird heute sicher noch fischen wollen. Ich dachte mir, Sie und Gerry könnten ihn vielleicht begleiten. Machmoud kann das Boot führen."

Eine Stunde später – ich besprach gerade mit Achmed den Speisezettel für den Abend – fuhr das große Regierungsauto vor. Ein Militärwagen mit viel Gepäck folgte. Bill Clark kam die Treppe herauf und begrüßte uns alle sehr herzlich. Er war etwa fünfzig, sehr sportlich und eigenwillig: ein richtiger Engländer. Sein offizieller Titel lautete „Commissioner".

„Wenn Sie Lust haben, können Sie gleich fischen fahren", sagte Hass. „Ich selbst muß Aufnahmen hier in der Stadt machen. Aber wenn es Ihnen recht ist, begleiten Sie Fräulein Lotte und Gerry."

„Excellent", sagte der Commissioner. „Nennt mich bitte nicht Mister Clark, sondern einfach Bill."

Zwanzig Minuten später fuhren wir los. Machmoud hatte sich einen blütenweißen Turban umgebunden und sah sehr förmlich drein. Der Commissioner knüpfte einen gut zehn Zentimeter langen Löffel an seine Leine und warf ihn aus. Im Wasser begann er sich zu drehen wie ein silberglänzender Fisch. Das war der übliche Köder für große Raubfische. Bereits in der Hafeneinfahrt hatten wir den ersten Biß. Der Angelstock bog sich jäh abwärts, und die Leine lief aus.

„Anhalten, anhalten!" rief Bill aufgeregt.

Machmoud stoppte den Motor. Bill ließ noch etwas Leine auslaufen, dann riß er die Angelrute plötzlich hoch. Die Leine war jetzt zum Reißen gespannt. Der Fisch hing!

„Er hängt! Wir haben ihn!" stieß Bill zwischen den zusammengepreßten Zähnen hervor. Er begann etwas Leine einzurollen, sobald sich die Gerte jedoch allzusehr abwärts bog, ließ er wieder Leine nach. Der Fisch mußte langsam ermüdet werden. Er machte heftige Anstrengungen zu entkommen. Der Kampf dauerte über zehn Minuten. Nur sehr langsam brachte Bill den Fisch näher ans Boot. Gerry stand mit dem Fischhaken vorn im Bug.

„Wahrscheinlich ein Bajard", keuchte Bill, dem bereits der Schweiß von der Stirn rann. „Ich schätze, dreißig Pfund. Wenn er nur nicht in die Korallen kommt..." Er stieß einige heftige arabische Worte aus, worauf Machmoud schnell das Boot wendete. Wir hielten jetzt vom Ufer weg.

Unter Wasser hatte ich schon viele Bajards gesehen. Es ist eine große Makrelenart. Als der Fisch unter uns sichtbar wurde, schien er schon ganz ermattet zu sein. Plötzlich gab es ein jähes Kreischen – der Fisch sauste in die Tiefe. Die Leine war gespannt wie eine Klaviersaite. Bill brüllte zu Machmoud hinüber: „Vorwärts – dorthin!"

Aber es war zu spät. Der Zug ließ plötzlich nach. Die Leine kam ohne Widerstand herauf. Sie war abgerissen.

„Mein schöner Löffel", sagte Bill. „Die kosten zwei Pfund das Stück."

„Er ist wohl um eine Koralle geschwommen?" fragte ich.

„Natürlich. Der war sicher vierzig Pfund schwer. Jammerschade."

Eine Wolke hatte sich über die gute Laune des Commissioners gelegt. Aus seinem umfangreichen Fischsack kramte er einen weiteren Löffel hervor, machte ihn an der Leine fest und warf aus. Wir verließen jetzt die Hafeneinfahrt und kamen ins offene Meer. Es war tiefblau, und weiße Kämme tanzten über den Wellen. Ich ließ mein Haar im Wind wehen und genoß die Fahrt. Wieder ein Biß und ein heftiger Kampf. Der Fisch hielt sich nahe an der Oberfläche. Es war ein stattlicher Barrakuda. Er sprang mehrmals über Wasser und schüttelte dabei jedesmal den Kopf. Machmoud hielt den Fischhaken in der Hand, um den Barrakuda, wenn er nahe genug war, zu packen. Der Fisch war kaum zwanzig Meter vom Boot entfernt, sprang wieder hoch, schüttelte den Kopf – plötzlich war die Leine ganz schlaff.

Der Löffel hing diesmal noch dran.

„Er hat ihn abgeschüttelt", erklärte Bill ärgerlich. „Einen Moment nur habe ich nicht aufgepaßt und locker gelassen, und diese Gelegenheit hat er genützt. Schade."

Beim nächsten Biß hatte Bill endlich Erfolg. Der Kampf dauerte nicht lange. Der Fisch war eine Makrele von sechs bis acht Kilogramm, prächtig blau gefärbt. Bills Laune besserte sich zusehends.

Ich dagegen hatte nun Angst, seekrank zu werden. Sobald der Motor abgestellt war, schaukelte das Boot ganz beträchtlich. Die Wellen waren jetzt so hoch, daß wir vom Kamm bis ins Tal gut drei bis vier Meter abwärts fuhren. Es wurde kalt. Es war auch schon ziemlich spät. Die Sonne stand dicht über den Bergspitzen. Die hohen Windwolken verfärbten sich golden.

Wir hatten erneut einen Biß – plötzlich erklärte Machmoud, wir müßten zurück. Er wies auf eine Wolkengruppe, die sich über der Wüste aufbaute. Bill nickte. Da es ein kleiner Fisch war, brachten wir ihn schnell ins Boot.

Machmoud versuchte zehn- oder fünfzehnmal, den Motor anzureißen, aber ohne Erfolg. Gerry riß ebenfalls zehn- oder fünfzehnmal. Umsonst: der Motor wollte nicht. Unser Boot verfügte über einen Mast; diesen stellte Machmoud jetzt auf. Das Sonnensegel montierte er als Segel. Doch der Wind drehte sich, und wir mußten das Segel wieder herunternehmen. Machmoud ruderte jetzt. Die allgemeine Stimmung war auf dem Nullpunkt angelangt. Wir waren völlig allein hier draußen und kamen nur ganz langsam vorwärts. Der Wind blies dem Commissioner ständig die Haare ins Gesicht.

„Können Sie mir vielleicht Zöpfchen flechten?“ fragte er mich. Ich machte mich an die Arbeit. Als ich fertig war, mußten wir alle hellauf lachen. Auf beiden Seiten standen dem Commissioner nun je drei dünne Zöpfchen weg, und ein siebentes ragte vorn von seiner Stirn schräg in die Luft. Nur Machmoud behielt seine ernste und amtliche Miene. Gerry hatte zwischendurch nochmals versucht, den Motor anzuwerfen. Jetzt schraubte er die Zündkerzen heraus und putzte sie sorgfältig. Die Dämmerung war hereingebrochen; in einer Viertelstunde mußte es pechschwarze Nacht sein. Wir hielten den Atem an, als Gerry wieder anriß. Diesmal sprang der Motor an – jedoch nur ganz zögernd.

„Er läuft auf einem Zylinder“, erklärte Gerry. „Ich lass’ es lieber so – seien wir froh, daß er überhaupt läuft.“

Recht zaghaft bewegte sich das Boot vorwärts. Ich war froh, daß Machmoud mit uns war. Er kannte hier jedes Riff, bei ihm konnten wir sicher sein, daß er auch in der Finsternis den Weg fand.

Da uns kalt war, begannen wir alle zu singen. Jeder sang etwas anderes. Endlich sahen wir in der Ferne die Lichter auf der Veranda unseres Palastes. Der Motor tuckerte wie ein tödlich verwundeter Krieger, der mit Mühe die letzten Atemzüge hervorstößt. Zwanzig Meter vom Kai entfernt, starb er schließlich ab. Wir mußten also das letzte Stück noch rudern.

Hass ging schweigend am Kai auf und ab. Er war sichtlich in Sorge gewesen und ärgerte sich bestimmt, daß wir so weit hinausgefahren waren. Er sagte aber kein Wort.

Beim Abendessen war die Stimmung noch recht flau. Es gab Hammelbraten; der Koch hatte sich Mühe gegeben, aber das Fleisch war sehr zäh. Hass zog sich dann in den Raum zurück, den wir als Dunkelkammer eingerichtet hatten. Ich saß mit dem Commissioner auf der Veranda.

Beim zweiten Whisky taute er wieder auf. Er erzählte mir von der Zeit, da er vier Jahre lang in den Bergen Distrikt-Commissioner gewesen war. Er hatte nur ein kleines Gebiet unter sich und lebte mit den Nomaden. „Es war eine herrliche Zeit."

„Sie müssen unbedingt mitkommen", sagte er zu mir. „Die kühle Luft der Berge wird auch Ihnen guttun."

„Das wäre natürlich sehr schön –", antwortete ich zögernd. „Aber das liegt bei Doktor Hass."

Bill sah mich nachdenklich an. „Hass arbeitet zuviel", meinte er. „Das war schon so, als er bei mir wohnte."

„Durch den Unfall haben wir doch ziemlich viel Zeit verloren", sagte ich. „Er will möglichst schnell von hier weg, damit wir in Port Sudan ein Schiff mieten können. Aber vorher brauchen wir noch Aufnahmen von Mantas – und die sind plötzlich verschwunden. Vielleicht haben wir morgen früh Glück."

„Ich komme jedenfalls mit", sagte Bill.

Ich nahm mir ein Herz: „Vielleicht könnten Sie ihn fragen, ob ich nach Eukawit mitkommen darf?"

Bill nickte. „Oh, certainly."

4. Juni. Ich hoffe, Hass erholt sich auf dieser Reise. Seine zunehmende Reizbarkeit ist schwer zu ertragen. Ich sage mir zwar immer: Mach dir nichts draus, sie richtet sich nicht persönlich gegen dich. Aber es hat sich eine Befangenheit in mir aufgebaut, die ich nicht mehr loswerde.

IN DEN KÜHLEN BERGEN

Am nächsten Morgen standen wir um vier Uhr auf. Es war noch finster, als wir ausfuhren. Der Commissioner begleitete uns. Wir fuhren weit ins offene Meer hinaus, erlebten einen herrlichen Sonnenaufgang. Der Wellengang war zu stark, kein Manta war zu sehen.

Bill störte das nicht weiter. Er warf immer wieder seine Angel aus und hatte diesmal mehr Erfolg. Als wir heimwärts steuerten, lagen sechs prächtige Fische im Boot. Bill strahlte.

Nach dem Mittagessen nahm mich Hass beiseite. „Der Commissioner hat mich gefragt, ob Sie nicht auch mitkommen könnten. Vielleicht täte Ihnen die kühle Luft der Berge gut. Wenn Sie also Lust haben, sind Sie herzlich eingeladen."

Ich stellte mich überrascht. „Ach, das wäre ja sehr nett."

„Sie müssen schnell sein. In einer halben Stunde fahren wir ab."

Inzwischen war noch ein Auto gekommen, mit Georgi, einem Griechen. Aus seinem Geschäft stammten die Birnen und Weintrauben, die Bill mir in das Spital gebracht hatte. Wir fuhren alle in dem großen Wagen von Bill Clark. Unser Gepäck folgte in dem zweiten Militärwagen. Als wir über die Brücke rollten, fuhren wir mitten in einen Sandsturm hinein.

„Ein Habub", erklärte Bill. „Sobald wir in den Bergen sind, wird es besser." Ich wunderte mich, wie der Fahrer den Weg fand. Schemenhaft tauchten vor uns mehrere große Klumpen auf – eine Kamelkarawane, die haltgemacht hatte. Die Kamele hatten sich niedergelegt, und die Treiber hockten in ihrem Windschatten.

Schließlich konnten wir kaum noch fünf Meter weit sehen. Obwohl alle Fenster fest geschlossen waren, drang der Staub durch die feinsten Ritzen in das Wageninnere, legte sich auf unsere Kleider, belegte Gaumen und Zunge. Dabei wurde es unerträglich heiß.

Wir mußten anhalten: der Wagen kochte. Ich war froh, aus dieser schrecklichen Hitze herauszukommen. Aber der Sturm warf mich fast um. Hass holte die Kamera aus dem Wagen und machte Aufnahmen. Sein Mund und seine Augen waren mit Sand überkrustet. Inzwischen hielt der Commissioner nach dem zweiten Wagen Ausschau. Endlich löste sich ein dunkler Schatten aus dem Nebel, und der zweite Wagen hielt hinter uns.

Allmählich ließ der Wind nach, und die Sicht wurde besser. Vor uns tauchte die Silhouette hoher Berge auf. Bill erklärte uns, wir hätten die ersten Hügel erreicht. Nach meiner Schätzung waren diese „Hügel“ immerhin achthundert bis tausend Meter hoch. Über den kahlen Abhängen erhoben sich bizarre Spitzen.

Dann kamen die ersten Bäume. Sie waren ebenfalls ziemlich kahl. Hier und dort sahen wir Wüstennomaden mit ihren Kamel- und Schafherden. Sie kauerten in dieser trostlosen Einöde meist regungslos auf dem Boden, die struppigen, gelockten Haare hochgekämmt und nach allen Seiten wegstehend.

In einer Schlucht, am Fuße wildzerklüfteter Felsen, machten wir halt. Der malerische Anblick hätte mich noch mehr begeistert, wenn irgendwo ein schäumender Wildbach gewesen wäre oder auch nur eine winzig kleine Quelle. Ehe wir weiterfuhren, entdeckte ich im Wagen ein paar Äpfel. Sie löschten für kurze Zeit unseren Durst – dann kehrte er nur noch schlimmer zurück. Etwas später gelangten wir zu einem Plateau, einer sandigen Hochfläche, ringsum eingezäunt. Bill erklärte mir, daß hier im Krieg jahrelang deutsche und italienische Gefangene gelebt hätten. Ich versuchte mir vorzustellen, wie man hier existieren konnte – meilenweit kein anderer Mensch.

Zu guter Letzt blieben wir doch im Sand stecken. Alle mußten aussteigen, anschieben ... Dann tauchten endlich einige menschliche Behausungen auf. Wir kamen zu der „Hauptstadt“ dieser Gegend, wo Bill vier Jahre lang stationiert gewesen war. Er zeigte uns das Haus, in dem er damals gelebt hatte; es sah trostlos aus. Ringsum gab es nichts als ein paar ärmliche Hütten. Einige Sudanesen spielten auf einem freien Platz Fußball. Wir waren am Ende der Welt.

„Es war eine herrliche Zeit“, erklärte Bill. Selbst mit allergrößter Phantasie konnte ich mir das nicht vorstellen.

Wir fuhren weiter, von einer Straße war kaum eine Spur. An den steilen Berghängen tauchten nun etwa zwanzig erstaunliche Kunstwerke auf, jedes etwa hundert bis zweihundert Meter hoch: eines stellte einen Löwen, ein anderes eine Gazelle dar. Diese Bilder waren mit weißen Steinen auf schwarzem Grund zusammengestellt worden.

„Das sind die Regimentszeichen der Truppen, die hier stationiert waren“, erklärte Bill. „Die Burschen haben sich da große Mühe gegeben – sie hatten auch nicht viel anderes zu tun.“

Nach einer Stunde erblickten wir die ersten Kandelaberkakteen. Sie waren hoch wie Bäume. Eine weitere halbe Stunde später hatten wir Eukawit erreicht. Hier gab es ganze Wälder dieser riesigen Kakteen, dazwischen standen palmenartige Bäume. Alles ringsum war grün: ein wohltuender Anblick. Es war hier auch bedeutend kühler.

Inmitten dieser parkartigen Landschaft befand sich ein Hotel, hier stiegen wir ab. Es setzte sich aus einem stattlichen Mittelgebäude und zahlreichen kleineren Häuschen zusammen. Jedes dieser Häuschen hatte zwei Zimmer mit Bad und elektrisches Licht. Auch das war nach den Wochen in Suakin etwas Besonderes. Ich dachte voll Sehnsucht an ein heißes Bad. Aber zuallererst etwas zu trinken!

An der Bar im Mittelgebäude bekamen wir ein leider nicht eisgekühltes Getränk serviert. Es saßen hier einige Engländerinnen und zwei Herren. Ich wunderte mich, warum uns alle so belustigt ansahen. Plötzlich begann Hass zu lachen. Mein Gesicht und meine Wimpern waren mit einer feinen Staubschicht bedeckt. Ich sah offenbar wie eine Schauspielerin aus, die zu tief in die Puderdose gegriffen hat. Der Hotelbesitzer kam, um uns zu begrüßen, sowie verschiedene Bekannte von Bill und Georgi. Alle grinsten. Zum Dinner waren wir beim Mahdi eingeladen. Er weilte hier zur Erholung.

„Er ist das Haupt einer religiösen Bewegung, und alle Anhänger arbeiten umsonst auf seinen Plantagen“, erklärte Bill. „Ich schätze, er verdient an die zwei Millionen Pfund im Jahr. Wir sind sehr gute Freunde, der Mahdi ist ein ungewöhnlicher Mann.“

Endlich konnte ich für eine Stunde über meine Zeit verfügen. Ich nahm ein Bad – das erste warme Bad seit Wochen! Die Entspannung tat unbeschreiblich wohl.

Um sieben Uhr wurde ich wieder abgeholt. Das Haus, in dem der Mahdi wohnte, stand auf einem Hügel. Hass erklärte mir, daß unser Gastgeber der Sohn jenes noch berühmteren Mahdi sei, der um 1880 in Khartum den Aufstand gegen die Engländer inszeniert hatte. Alsbald stand ich ihm gegenüber. Mein erster Eindruck war: wie makellos weiß! Der Mahdi trug ein schneeweißes Gewand aus feinstem Linnen und darüber einen ebenso blütenweißen Schleier, der über der Stirn von einer Goldkrone gehalten wurde. Er war groß und ebenholzschwarz. Er mochte fünfzig, vielleicht auch achtzig Jahre alt sein. Er gab mir freundlich die Hand und richtete einige arabische Worte an mich. „Er heißt Sie willkommen und fragt Sie, wie es Ihnen hier im Sudan gefällt“, dolmetschte Bill.

Ich antwortete höflich, daß es mir im Sudan ausgezeichnet gefalle. Der Mahdi fragte, ob ich wirklich keine Angst vor Haifischen hätte.

Die Räume waren nicht so prunkvoll, wie ich sie mir vorgestellt hatte. Auch die Zusammenstellung der Einrichtung zeigte keinen besonderen Geschmack. Da standen einige ganz billige Dinge neben anderen sehr wertvollen.

Wir aßen in einem Nebenraum an einer Tafel mit auserlesenem Silbergeschirr. Es gab zuerst eine gute Suppe, dann gekochten Barrakuda und anschließend das gleiche zähe Hammelfleisch, von dem wir uns auch in Suakin täglich ernährten. Das einzig wirklich Gute war ein Pudding, mit Marillenkompott und Rahm garniert.

Die Konversation wurde durchwegs arabisch geführt. Der Mahdi war überaus gesprächig. Er erzählte die haarsträubendsten Geschichten, von denen uns Bill die eine oder andere übersetzte. Ob sie sich tatsächlich oder nur in der morgenländischen Phantasie des Erzählers zugetragen hatte, war schwer zu sagen. Jedenfalls unterhielten wir uns köstlich.

Der Mahdi lud uns für den nächsten Tag zu allen Mahlzeiten ein. Ich war todmüde. Kaum war ich wieder in meinem hübschen Zimmer, fiel ich in einen traumlosen Schlaf.

Ich war wohl die letzte, die zum Frühstück erschien. Der Saal im Hauptgebäude war voll von englischen und griechischen Frauen. Es gab hier offenbar überhaupt keine Männer – und ich saß gleich mit dreien an einem Tisch!

Nach dem Frühstück führte uns Bill zu einem Berg, von dem wir einen herrlichen Ausblick bis zum Meer hatten. In dunstiger Ferne konnten wir sogar Suakin erkennen.

Das kühle Bergklima wirkte ungemein erfrischend. Mir war, als hätte ich während der letzten Wochen in einer Art Narkose gelebt. Der Küstenstreifen tief unter uns zitterte in einem flimmernden Licht.

Nach dem Mittagessen wurde mir die Ehre zuteil, die Frauen des Mahdi kennenzulernen. Er führte mich selbst in die hinteren Gemächer. Ein Dolmetscher begleitete uns. Ich war gespannt, denn bei dem Reichtum dieses Mannes stellte ich mir seine Frauen besonders schön vor. In einem großen Raum, in dem mindestens zehn Kinder schliefen, wurde ich zwei fetten, gar nicht hübschen älteren Frauen vorgestellt. Sie waren mit Schmuck überladen: an den Armen trugen sie ganze Lasten prächtig gearbeiteter Goldreifen und an jeder Hand sicher nicht weniger als acht Brillanten. Ihre Gewänder und Schleier glichen jenen der Frauen in Suakin, waren aber aus viel kostbarerem Material. Neu für mich war die schwarze Bemalung der Fußsohlen und Handflächen. „Sie wagten es, im Wasser des Roten Meeres zu schwimmen?“ fragte mich eine der beiden in gutem Englisch.

Ich nickte und erzählte ihnen von den schönen Korallenriffen und den prachtvollen Fischen.

Nachmittags begleitete ich Bill und Hass auf den Golfplatz. Hass war ein besserer Taucher als Golfspieler. Um halb sechs fragte mich Bill, wie spät es sei. Ich erinnerte ihn, daß uns der Mahdi für fünf Uhr zum Tee geladen hatte.

„Excellent!“ sagte Bill und ließ sich dadurch in keiner Weise stören. Erst um sechs wurde das Spiel abgebrochen, weil Hass den letzten Ball in die Büsche befördert hatte.

Wie wir waren, Bill und Hass in schmutzigen Shorts, erschienen wir zum Tee. Georgi kam uns aufgeregt entgegen. Im ersten Stock waren die Großen des Sudans, sämtliche Distrikt-Commissioners und andere hohe Beamte, versammelt. Man wartete bereits eine Stunde auf uns. Der Mahdi sei schon ungeduldig. Mit der größten Ruhe der Welt marschierte Bill voran und begrüßte alle mit entwaffnender Herzlichkeit. Auch Hass schien sich nichts daraus zu machen, daß wir zu spät kamen und unsere Kleidung so wenig formell war. Der Mahdi ließ sich nicht das geringste Zeichen von Unmut anmerken. Die Teestunde verlief in freundlicher Atmosphäre. Der Tee war von erlesener Qualität, Kuchen und Eiscreme schmeckten ausgezeichnet.

Am Abend trank ich etwas mehr, als ich gewohnt war. War es nun der Gin-Fizz oder die Wirkung der Höhenluft: jedenfalls war meine Müdigkeit plötzlich verschwunden. Wir lachten und tranken und waren in allerbester Laune.

„Das ist eigentlich ein recht ungewöhnliches Modell“, sagte Hass und betrachtete mein Kleid. Jetzt bemerkte ich, daß ich es in der Eile verkehrt angezogen hatte.

„Das kommt davon – ich habe eben verlernt, Kleider zu tragen. Ich bin ein Mann – haben Sie das vergessen?“

Hass lächelte. „Beinahe ja“, sagte er.

Wir blieben bis Mitternacht, und es war fast ein Uhr, als ich meine Sachen gepackt hatte. Todmüde fiel ich ins Bett.

Um drei Uhr wurde ich geweckt. Mit der ersten Morgendämmerung fuhren wir ab. Kaum saß ich im Wagen, schlief ich bereits wieder. Als wir in Suakin einfuhren, herrschte auf dem Markt schon reges Leben. Zu Hause angelangt, machte ich schnell ein Frühstück für uns alle. Der Koch war wieder einmal nicht da.

Der Commissioner und Georgi fuhren nach dem Frühstück gleich weiter.

„Ich hoffe, Sie haben sich ein wenig erholt", sagte Bill.

„Ja, ich fühle mich wie neugeboren", antwortete ich. „Vielen herzlichen Dank. Es waren zwei herrliche Tage!"

Ich war so müde wie nie zuvor. Trotzdem raffte ich mich auf, noch einen Satz in mein Tagebuch zu schreiben: *Es ist doch schön, ein Mädchen zu sein.*

ÜBERRASCHUNGEN

Die Atemventile auf meinem Rücken klapperten mit beruhigender Gleichmäßigkeit. In fünf Meter Tiefe hielt ich inne. Ich blickte zum Boot hinauf. Durch die Wellen konnte ich Hass erkennen, der sich über den Bootsrand beugte und mir offenbar nachsah. Durch die Wellenbewegung verkrümmte sich seine Gestalt, zerfloß – dann gelangten die Körperteile wieder zusammen. Ich schwamm weiter hinab. Ich dachte an die beklemmende Angst, die ich bei meinem ersten Absteigen empfunden hatte. Jetzt, knapp acht Wochen später, erlebte ich diese Welt des Meeres ganz anders. Ich genoß ein herrliches Gefühl der Freiheit, schwerelos wie ein Vogel in diese geheimnisvollen Abgründe hinunterzugleiten.

Ich steuerte zu einer Korallenwiese hinab, über der sich zahllose bunte Schmetterlingsfische tummelten. Hass hatte mir erlaubt, Fische zu photographieren, nur sollte ich mich nicht zu weit entfernen.

Als erstes nahm ich ein Fischpärchen aufs Korn. Sie sahen wie Herbstblätter aus, die der Wind im Takt hin und her drehte, und waren unzertrennlich. Mit ihren kleinen spitzen Mäulern schnappten sie nach Algen oder Kleinlebewesen. Ein dicker blauer Papageienfisch kam herangeschwommen, hielt inne und drehte sich schräg aufwärts. In dieser Stellung hing er nun regungslos im Wasser. Nur seine Brust- und Bauchflossen waren in Bewegung. Erst jetzt bemerkte ich zwei kleine wurmartige Fische, die an seinem Bauch schwammen und an den Schuppen nagten. Der eine schwamm zum Kopf des Papageienfisches; dieser öffnete seine Kiemenspalten, und der kleine Kerl schlüpfte hinein, so daß nur noch sein Schwänzchen hervorsah. Diese Fische säuberten den Papageienfisch! Und er hielt noch ganz still, um die beiden ja nicht zu stören. Langsam sank er bis auf die Korallen nieder. Dann spreizte er plötzlich die Kiemen und Brustflossen, schüttelte sich. Die beiden Putzerfische verließen seinen Körper, und er schwamm weg.

Schon von der Oberfläche aus hatte ich einen großen Rotfeuerfisch erspäht: zu diesem schwamm ich jetzt hin. Er stand unbeweglich über einer sandigen Stelle. Die prächtig gefärbten flügelartigen Flossen spreizte er wie einen großen Fächer nach beiden Seiten. Der steil aufgerichtete, gezackte Kamm seiner Rückenflosse glich einem malerischen Segel. Obwohl ich mit der Kamera dicht an ihn heranschwamm, rührte er sich nicht vom Fleck.

Die Rückenflossenstacheln waren seine besondere Waffe: in ihnen befand sich ein ungemein wirkungsvolles Gift. Aber ich wußte, daß dieses Tier nicht angreift. In aller Ruhe stellte ich Entfernung und Blende ein, dann knipste ich.

Ich schwamm von einem Fisch zum nächsten. Als ich das erstemal das Manometer prüfte, hatte ich noch vierzig Atmosphären Sauerstoff in meiner Flasche, beim zweitenmal waren es nur noch zehn. Die Zeit verging hier unten wie im Flug. Höchstens noch fünf Minuten, dann war ich eine volle Stunde unter Wasser und mußte wieder auftauchen.

Da hörte ich ein durchdringendes Knirschen. Etwa zwanzig Meter von mir entfernt waren zehn oder zwölf riesige blaue Fische aufgetaucht, die mit ihren gelben vorstehenden Zähnen an den Spitzen der Korallenäste nagten, als sei das wohlschmeckender Salat. Nach meiner Schätzung waren sie dreißig bis vierzig Kilo schwer; sie hatten riesengroße blaue Schuppen und eine kindskopfgroße Beule auf der Stirn.

Plötzlich gab es einen lauten Schlag im Wasser. Alle Fische drehten sich und schwammen ein Stück zur Seite, sie hatten mich bemerkt. In diesem Augenblick sah ich einen Schwarm schlanker, silberglänzender Fische, der wie ein Kampfgeschwader aus dem tiefen Wasser auf mich zuschoß. Ich erkannte sie sofort: es waren Barrakudas! Nach Machmouds Ansicht waren sie nicht weniger angriffslustig als Haie!

Ich hielt mich unbeweglich. Die silbernen Pfeile – jeder gut eineinhalb Meter lang – kamen näher, vollführten eine synchronisierte Wendung, schwebten in Richtung der Beulenfische – und beachteten mich nicht weiter.

Erst langsam, dann schnell und schneller schwamm ich zum Boot zurück. Kaum an der Oberfläche, riß ich den Atemschlauch aus meinem Mund. Mit einer Hand hielt ich mich zitternd am Bootsrand fest. Mein Herz klopfte zum Zerspringen. „So lange sollten Sie aber nicht ausbleiben“, sagte Hass. Er war gerade dabei, sich sein Tauchgerät umzuschnallen.

„Da ist ein ganzer Schwarm von Barrakudas!“ stieß ich hervor. „Und außerdem ein Schwarm von riesigen blauen Fischen, mit einer großen Beule auf dem Kopf.“

„Wo?“

„Gleich dort drüben am Riffabhang. Ich kann Sie hinführen.“

Hass überlegte nur einen Augenblick. „Wunderbar, das nützen wir aus. Ich werde versuchen, die Barrakudas mit Ihnen gemeinsam zu filmen. Wenn ich den Schwarm zu Ihnen hindränge, müssen Sie ein wenig Angst zeigen. Man muß aus Ihrem Verhalten sehen können, daß diese Tiere keine Sardellen sind – sondern gefährlich.“

„Aber ich bin leider mit dem Sauerstoff auf Null. Wir müssen zuerst die Flasche auswechseln.“

„Unmöglich, dann sind sie längst davon.“ Hass wandte sich an Xenophon. „Ist im Reservegerät von Wawrowetz noch etwas drin?“

„Ja, noch gut dreißig Atmosphären.“ Ich schnallte das eine Gerät ab und das andere um. Es war unangenehm, mit einem fremden Gerät tauchen zu müssen. Aber es ging nicht anders.

Schon waren wir im Wasser. Da mir das Tauchgerät viel zu groß war, schlug mir die Sauerstoffflasche gegen die Beine. Ich führte Hass den gleichen Weg, den ich zurückgeschwommen war. Als die Barrakudas uns kommen sahen, drehten sie und kamen interessiert näher. Hass zeigte auf eine Koralle und beschrieb dann mit dem Arm einen Bogen. Bei dieser Koralle sollte ich also bleiben, er wollte rings um die Barrakudas schwimmen. Ich versuchte ihn zurückzuhalten. Mein Atemschlauch war undicht, und Wasser drang in die Kalipatrone auf meinem Rücken; dauernd kam scheußlich schmeckendes Wasser in meinen Mund. Ich machte Hass Zeichen, daß ich nach oben müsse.

Hass nickte beifällig. „Genauso müssen Sie es machen“, hörte ich ihn in sein Mundstück sagen. Offenbar glaubte er, ich wolle ihm vorführen, wie ich Angst zeige. Und schon schwamm er weg, die Kamera in beiden Händen. Die Barrakudas kamen genau in meine Richtung. Ich würgte die ätzende Flüssigkeit hinunter. Meine Augen tränten. Nur undeutlich sah ich, daß Hass jetzt hinter den Barrakudas war. Er hob den Arm. Ich konnte einfach nicht mehr. Ich begann zu husten und schwamm, so schnell ich konnte, nach oben.

Sein Gesicht erschien vor meiner Maske. „Das ist zuviel!" blubberte er ungeduldig. „Nur ein bißchen Angst sollen Sie zeigen!" Er zerrte mich wieder hinunter zu den Korallen.

Ich glaubte zu ersticken. Um mich zu retten, würgte ich den ganzen Schwall dieser ätzenden Flüssigkeit hinunter. Jetzt kam wieder etwas Luft in meine Lunge. Ich wußte kaum mehr, wo oben und unten war. Mit äußerster Gewalt zwang ich mich, noch einige Sekunden durchzuhalten.

Wieder kam die Staffel der Barrakudas auf mich zu. Ich tat, als bemerkte ich sie jetzt erst, machte eine zögernde Bewegung – dann jagte ich mit peitschenden Flossenschlägen hoch.

An der Oberfläche riß ich das Mundstück aus dem Mund und atmete tief. Ich war völlig erschöpft. Neben mir erschien der Kopf von Hass. „Das war rettungslos überspielt", sagte er ärgerlich. „Aber vielleicht sieht es im Film ganz gut aus."

Erst im Boot erklärte ich, was passiert war.

Wawrowetz nickte verständnisvoll. „Dieser Atemschlauch ist nicht dicht. Ich wollte ihn sowieso schon reparieren ..."

Alle lachten, bis ihnen die Tränen kamen.

SPÄTER SAGTE Hass zu mir: „Eigentlich sollte Leo schon da sein. Versuchen Sie doch, von Hassan Efendi aus in Port Sudan bei der Fluggesellschaft anzurufen. Vielleicht hat er die Flugkarte nicht bekommen."

Wir warteten schon recht ungeduldig auf Leo Rohrer. Es gab in unserem Film eine Reihe von Szenen, bei denen Hass mit mir oder mit Gerry im Bild sein sollte, und niemand war da, die Unterwasserkamera zu bedienen.

Also wanderte ich am Nachmittag zu Hassan Efendi. Er war Vertreter einer großen englischen Handelsfirma und besaß das einzige Telephon in der Umgebung. Das Büro befand sich in der Nähe der Brücke zum Festland. O-Sheik begleitete mich.

„Ich bin neugierig, welcher seiner Frauen er den Nagellack geschenkt hat", sagte ich. Ich hatte schon zweimal bei Hassan Efendi telephoniert, und als Dank hatte ich ihm ein Fläschchen mit rotem Nagellack für eine seiner Frauen geschickt.

„Sicher der jüngsten", erklärte O-Sheik. „Sie ist zwölf Jahre alt."

Hassan Efendi war an die Siebzig, hatte ein dickes, freundliches Gesicht und war in wallende Tücher gehüllt. Er erhob sich hinter seinem Schreibtisch, als er mich kommen sah. Nach der Begrüßung meldete er sofort das Gespräch nach Port Sudan für mich an. Dann gab er einem Jungen den Auftrag, Kaffee zu bringen.

Das war immer der schwierigste Teil jedes solchen Besuches. Dieser Kaffee war für mich einfach ungenießbar. Aber ich hatte mir bereits eine Taktik zurechtgelegt: ich nahm einen kräftigen Schluck, behielt ihn jedoch im Mund. Dann stand ich aus irgendeinem Grund auf, ging vor die Tür und spuckte den Kaffee heimlich aus.

Hassan Efendi nötigte mich zum Sitzen. „Sie erwarten noch einen Taucher?" fragte er höflich. „Hier, Fräulein Lotte, Ihr Kaffee –"

„Ja, er sollte eigentlich schon da sein." Ich nahm dankend die Tasse und gleich einen gehörigen Schluck. Zum Glück lief eines von Hassan Efendis reizenden Enkelkindern gerade zur Tür hinaus. Schnell stand ich auf, um es zurückzuholen.

Da läutete das Telephon. Hassan Efendi reichte mir den Hörer. „Hier, Ihr Gespräch!"

Einen Augenblick stand ich wie versteinert. Solange ich dieses Zeug im Mund hatte, konnte ich unmöglich sprechen. Also blieb mir nichts anderes übrig, als es hinunterzuschlucken.

Auf dem Heimweg fragte mich O-Sheik: „Haben Sie die beiden Knaben gesehen, die ganz rechts an der Wand saßen?"

„Ja, warum?"

„Sie hatten die Nägel mit Ihrem Nagellack lackiert. Hassan Efendi ist eben ein rührender Großvater."

Vor dem Eingang unseres Palastes stand Hass. Er schien bereits ungeduldig zu warten.

„Kein Mensch weiß etwas von Leo", berichtete ich. „Auch die Fluggesellschaft konnte mir keine Auskunft geben."

„Das ist ja dumm", sagte Hass und machte ein finsteres Gesicht. „Man kann sich auf niemanden mehr verlassen."

Von der Terrasse tönte mir lautes Stimmengewirr entgegen. Ich trat hinaus. Dort saß neben Gerry und Xenophon – Leo.

Meine Überraschung war vollkommen. Hass grinste über das ganze Gesicht. Leo sprang auf und kam auf mich zu – ich fiel ihm vor Freude um den Hals und gab ihm einen Kuß.

„Das ist der einzige Kuß, den Sie für die nächsten Monate von einer Frau erhalten haben", erklärte Xenophon salomonisch.

„Wie bist du denn hergekommen?" fragte ich.

Leo grinste vielsagend. „Auf abenteuerlichen Wegen. Ich soll dich übrigens von deinen Eltern herzlich grüßen."

„Sind sie sehr besorgt?"

„Nun, nicht eigentlich. Ich glaube, sie sind sehr stolz auf dich. Ich habe auch noch einen Brief für dich."

Wir setzten uns, und nun erfuhr ich auch, wie Leo hierhergekommen war. „Ich wollte eigentlich nach Italien fahren", erklärte er mir. „Und so sagte ich meinen Eltern, ich hätte von Doktor Hass ein Telegramm bekommen, daß ich als Ersatzmann gebraucht würde." Er lachte. „Ja, und dann lag plötzlich wirklich ein solches Telegramm da. Natürlich dachte ich mir: Da hat dir wohl irgend jemand einen Streich gespielt. Als ich dann bei Radio Austria herausfand, daß dieses Telegramm wirklich nur in Port Sudan aufgegeben worden sein konnte, bin ich einfach mit dem Auto losgefahren."

„Du hast die Flugkarte nicht bekommen?"

„Keine Spur! Ich dachte mir, nur weg! Sonst kommt am Ende noch eine Absage."

Da Leo weder ein Visum noch genügend Geld hatte, schlug er sich auf abenteuerlichen Wegen bis Alexandrien durch. Dort verdiente er den fehlenden Restbetrag, indem er im Hafen Fische harpunierte und diese von einem Fischer verkaufen ließ. „Und jetzt bin ich da", sagte er und strahlte.

Am folgenden Morgen fuhren wir vor die Hafeneinfahrt und zeigten Leo ein Korallenriff. Er war ein großartiger Schwimmer und Taucher, ein leidenschaftlicher Unterwasserjäger. Wir schwammen mit Harpunen und Kameras kreuz und quer. Es war rührend, wie Leo sich über alles freute – das klare Wasser, die bunten Korallen, die vielen großen Fische.

„Ich verstehe nicht, wie ihr das macht", schnaufte er, als wir wieder im Boot saßen. „Mich treibt das Wasser immer hoch, ich komme einfach nicht hinunter." Leo mußte sich erst an den hohen Salzgehalt im Roten Meer und den damit verbundenen Auftrieb gewöhnen.

Abends auf der Terrasse nahm mich Leo beiseite. „Du hast dich unglaublich verändert", sagte er.

Ich lachte. „Ich bin kein Mädchen mehr", sagte ich.

„Nein?"

„Du wirst es nicht glauben: ich bin ein Mann. Doktor Hass meinte, es sei für alle besser so."

Leo schmunzelte. „Auch so gefällst du mir noch sehr."

EIN BITTERER TROPFEN

28. Juni. Unser letzter Abend in Suakin: Morgen geht es zurück nach Port Sudan und von dort zur Flamingo Bay. Seit Wochen habe ich diese alte Bruchbude verwünscht, jetzt fällt mir der Abschied von „unserem Palast" beinahe schwer.

Über mir spannt sich der Tropenhimmel mit unzählbaren blinkenden Sternen. Unter der Terrasse singt O-Sheik ein eintöniges Lied; der ganze Zauber der afrikanischen Landschaft liegt darin. Hass will in der Flamingo Bay ein Segelschiff mieten, um damit bis Mohamed Ghul zu kreuzen und das Verhalten der Haie zu studieren. Ich habe allerdings den Verdacht, daß ihn das Romantische dieses Unternehmens lockt.

Morgen beginnt ein neuer Abschnitt, wahrscheinlich unser größtes Abenteuer.

Wir fuhren in drei Autos. Im ersten saß Abdul Wahab Tachlowe, ein dicker Araber in blendendweißem Kaftan, begleitet von zwei Dienern. Im zweiten fuhren Xenophon, Gerry, Leo und O-Sheik, im letzten Wawrowetz, Hass und ich. Port Sudan blieb hinter uns zurück; vor uns erstreckte sich die Wüste bis zum Horizont.

Ich war gespannt, wie die Flamingo Bay aussehen würde. In dieser tief in die Wüste einschneidenden Bucht südlich von Port Sudan lagen alle Segelschiffe vor Anker, die an diesen Küsten kreuzten. Es wurde hauptsächlich Perlenfischerei betrieben.

Hass wandte sich an Wawrowetz, unseren Tontechniker. „Es wird gar nicht so einfach sein, nahe einer Stelle zu ankern, wo es Haie gibt. Haie finden wir nur an steil abfallenden Riffen, und die sind bei Kapitänen nicht sehr beliebt. Wie lang, glauben Sie, kann das Kabel sein, ohne daß Störgeräusche auftreten?"

„Es sollte nicht länger als zweihundert Meter sein."

„Das ist nicht viel." Hass sah sinnend vor sich hin.

„Und Sie glauben, daß sich die Haie mit Lautsprechern anlocken lassen?"

Hass nickte: „Im Karibischen Meer haben wir das beobachtet: Wenn man einen großen Fisch harpuniert, sind gleich Haie da. Sie werden sicher nicht nur durch Blut angelockt – der Blutgeruch kann sich unmöglich so schnell ausbreiten. Durch ihr Gezappel verursachen die Fische Schwingungen im Wasser, die die Haie wahrnehmen und in ihrer Bedeutung erkennen. Sie kommen dann, um den hilflosen Fisch aufzufressen. Wenn wir also diese Schwingungen auf Tonband aufnehmen und später durch den Lautsprecher wieder ins Meer ausstrahlen, müßten wir Haie anlocken können. Das wäre auch für die Haifischvertilgung in Badeorten und für den gewerblichen Fischfang von beträchtlicher Bedeutung."

In der Wüste tauchten jetzt einige kärgliche Behausungen auf. Dahinter ragte eine Reihe von schräg stehenden Schiffsmasten empor. Wir holperten zwischen diesen jämmerlichen Hütten hindurch, dann hielt unsere Karawane an, und wir stiegen aus. Ein betäubender Gestank schlug uns entgegen. Es lagen hier riesige Haufen von Perlmuscheln. Eine Wolke von kleinen Fliegen fiel über uns her. Sie setzten sich auf Arme, Beine, auf das Gesicht und in die Haare.

Aus den Bretterbuden krochen ausgemergelte Gestalten hervor. Als sie Abdul Wahab Tachlowe sahen, der majestätisch aus seinem Wagen stieg, grinsten sie unterwürfig. Zwei Kleinkinder spielten in dem schmutzigen Sand. An ihren Augen krochen Dutzende von Fliegen herum; die Kinder achteten überhaupt nicht darauf, sie waren offenbar daran gewöhnt. Wir gingen einige Schritte, dann lag der Hafen vor uns. Hier waren an die fünfzig Segelschiffe vertäut, einige bunt bemalt, alle sehr alt und ungeheuer schmutzig. Eines war mit hübschen Holzschnitzereien verziert und so bunt bemalt wie ein Nürnberger Lebkuchenhäuschen. Mit großen Gesten zeigte Abdul Wahab Tachlowe auf dieses Schiff.

Ein vor Schmutz starrendes Boot kam eilig herangerudert. Ich hatte unglücklicherweise ein hübsches Sommerkleid und Schuhe mit Absätzen angezogen. Aber zurückbleiben wollte ich hier auf keinen Fall. Wir waren jetzt von über fünfzig Verbrechertypen umringt. Wahrscheinlich waren es ganz harmlose und nette Leute, aber schwere Arbeit, Hunger, Fliegen und Gestank hatten aus ihnen so häßliche Menschen gemacht. „Ein bißchen schade um Ihr hübsches Kleid", sagte Hass. „Vielleicht bleiben Sie lieber hier –"

Aber schon war ich aus meinen Schuhen geschlüpft, hatte sie in die Hand genommen und landete mit einem kühnen Sprung in dem Boot. Ich lächelte. „Nein, ich bin so gespannt, wie dieses Schiff aussieht."

Wir stießen ab. Die beiden Ruderer wirkten nicht gerade vertrauenerweckend. Besonders der eine machte einen unheimlichen Eindruck auf mich. Er war dunkelhäutig, kräftig und geschmeidig wie ein Panther, etwa dreißig Jahre alt. Die kurzen gelockten Haare wuchsen ihm beinahe bis zu den Augen. Sein Blick durchbohrte mich geradezu. In diesen Augen flackerte es, wie mir schien, gefährlich. Der zweite Ruderer war hager, ausgemergelt – wahrscheinlich tuberkulös, dachte ich mir. Die riesigen Augen sahen aus blutroten Höhlen.

Mit schnellen Ruderschlägen überquerten wir die Bucht und legten seitlich an dem großen Segelschiff an. Der „Raubmörder" – wie ich den Kerl mit dem flackernden Blick im stillen getauft hatte – wollte mir helfen und mich hinaufheben, doch schneller als ein Eichhörnchen war ich an Bord des Schiffes. Ich fiel beinahe in den großen hohlen Schiffsbauch hinunter. Dieses Schiff mit dem Namen *El Chadra* – die Grüne – hatte in der Mitte überhaupt kein Deck, es war offen wie eine riesige Nußschale. Nur über Bug und Heck waren Latten gelegt und bildeten somit ein provisorisches Vorder- und Hinterdeck. Gerry, Leo und Wawrowetz rümpften die Nase, als sie die von Ungeziefer bedeckten Planken sahen. Aber keiner wollte es sich anmerken lassen.

Hass war von dem Schiff ehrlich begeistert. Er begutachtete den riesigen Baum und das eingerollte Segel, das Tauwerk, die Schnitzereien und den klaffenden Schiffsbauch.

„Das ist ein prachtvolles Schiff!" sagte er. „Ihr werdet sehen, wie wir uns hier wohl fühlen."

Es folgte nun ein längeres Gespräch zwischen Hass und Abdul Wahab Tachlowe; O-Sheik dolmetschte. Ja, das Schiff würde natürlich gründlich gesäubert werden. Die zehnköpfige Mannschaft war bereit, in vier Tagen konnte das Schiff seeklar sein. Der Preis – ja, darüber hatte Abdul Wahab Tachlowe noch nicht nachgedacht.

O-Sheik zeigte ein völlig ausdrucksloses Gesicht, als er diesen letzten Satz übersetzte: „Abdul Wahab Tachlowe sagte, das sei wohl kein wichtiger Punkt. Bei einem so reichen Mann wie Doktor Hass kann das kaum eine Rolle spielen –"

Hass schluckte: „Sagen Sie ihm, wir sind Jünger der Wissenschaft, aber reich sind wir leider gar nicht."

Abends herrschte eine gespannte Stimmung. Wir hatten für die Dauer der Vorbereitung zu dieser Fahrt ein Haus in Port Sudan gemietet. Es gehörte einem englischen Beamten, der gerade in Urlaub war, und hatte allen Komfort. Die Aussicht, dieses hübsche Haus gegen zwanzig Quadratmeter schmutzige Planken zu vertauschen, war nicht unser Geschmack. Leo war besonders um sein leibliches Wohl besorgt. „Sag, Toiletten gibt es da überhaupt keine?" wandte er sich an Xenophon.

„Geh, du arme Landratte", erwiderte Xenophon etwas von oben herab, „da geht man eben über Bord – das ist alles."

Auch ich machte mir so meine Gedanken.

Die Verhandlungen erwiesen sich als schwierig. Abdul Wahab Tachlowe verlangte einen völlig irrsinnigen Preis. Die letzte, entscheidende Unterredung sollte nun in unserem Garten stattfinden. Hass hatte mir eingeschärft, zuerst bei der Unterredung anwesend zu sein und mit zu versuchen, Tachlowe freundlich zu stimmen. Dann sollte ich mich zurückziehen.

Hass begrüßte Abdul Wahab Tachlowe wie einen alten und sehr geehrten Freund. An einem schattigen Plätzchen des Gartens setzten wir uns um einen Tisch. Während Gerry um Limonade und Eiswasser ging, zeigte Hass dem Araber seine Bücher und Unterwasseraufnahmen, Bilder von einem versunkenen Schiff, von Fischen, Muscheln und Korallen. Tachlowe war sichtlich beeindruckt, besonders von dem Photo eines Haifisches.

Endlich kam Gerry mit zwei Flaschen. Hass mixte eigenhändig Limonadenessenz und Eiswasser, reichte Abdul Wahab Tachlowe das erste Glas – wir prosteten uns zu.

Mitten im ersten Schluck hielt ich wie erstarrt inne. Diese Limonade war gallenbitter. Ein kurzer, höchst eindringlicher Seitenblick von Hass traf mich warnend. Dann nahm er, ohne mit der Wimper zu zucken, einen kräftigen Schluck, lächelte verbindlich und sah Abdul Wahab erwartungsvoll an.

Mir war klar, was passiert war. Gerry hatte im Eisschrank statt der Wasserflasche die Flasche mit dem Photoentwickler erwischt, die wir auch dort kühl stellten. Die Entwicklerlösung war farblos und durchsichtig wie Wasser. Ich schluckte das Zeug mit Todesverachtung hinunter. Wenn Hass das trank, war es jedenfalls nicht giftig. Unser Schiff, und damit die Expedition, stand auf dem Spiel. „Ein österreichisches Nationalgetränk", sagte Hass. O-Sheik übersetzte.

Abdul Wahab Tachlowe hatte bei dem unerwarteten Geschmack ebenfalls innegehalten. Seine Augen waren jetzt ganz groß und erschreckt. Er würgte einen Schluck hinunter. „Vorzüglich, vorzüglich –", ließ er uns dolmetschen.

Hass zeigte weitere Bilder, und die Gläser wurden geleert. „Darf ich Ihnen noch ein Glas geben?" fragte er.

Ich konnte das Lachen kaum unterdrücken. Abdul Wahab Tachlowe zuckte zusammen. O-Sheik, der völlig ahnungslos war, übersetzte: „Abdul Wahab Tachlowe bittet mich, Ihnen verbindlich zu danken. Aber unsere Religion verbietet es ihm, am Vormittag mehr als ein Glas zu trinken."

Ich ließ die beiden allein. Etwas später beobachteten wir, wie Hass Abdul Wahab Tachlowe wieder zum Auto brachte. In bester Laune kam er zurück. Der Handel war perfekt. Hass lachte. „Ich weiß nicht, was ihn mehr beeindruckt hat", sagte er, „die Unterwasserbilder oder unser Nationalgetränk. Aber beeindruckt war er jedenfalls."

ZWEI VERRÜCKTE

Hoch über mir, im schwarzen Nachthimmel, schwebte ein riesengroßer Mond. Da das Schiff schwankte und mein Feldbett genau unter dem Großbaum aufgestellt war, pendelte der Mond über mir hin und her. Das Steuerrad dicht hinter meinem Kopf ächzte wie die Tür in einem verfallenen Schloß.

Ich konnte nicht einschlafen. Bei Einbruch der Dunkelheit hatte die Fliegenplage etwas nachgelassen, dafür kamen Hunderte von großen Kakerlaken aus den Ritzen hervorgekrochen. Jetzt liefen sie, kaum einen Meter über mir, über den Großbaum. Einer war mir bereits aufs Gesicht gefallen; vor Schreck und Ekel lag ich jetzt stocksteif und wagte nicht, mich zu rühren.

Wir waren mit einiger Verspätung erst gegen zehn Uhr vormittags zur Flamingo Bay gekommen, und es war schwierig gewesen, die große Lichtmaschine an Bord der *El Chadra* zu hieven. Der „Raubmörder" war wieder da, nur mit einem Lendentuch bekleidet – es stellte sich heraus, daß er unser Steuermann war. Sein brennender Blick folgte mir überallhin. Die ganze Besatzung bestand aus Arabern. Der Kapitän gefiel uns allen gut. Seine muskulöse Gestalt, die ruhig und aufmerksam blickenden Augen, der entschlossene Mund flößten Vertrauen ein, obwohl er mit seinem glattgeschorenen Kopf und den großen, abstehenden Ohren ein wenig komisch aussah. Der Bootsmann, ein breitschultriger, gutmütig wirkender Mann, hockte, als wir an Bord kamen, an der Reling und spielte auf einem gitarreähnlichen Instrument. Meine Gedanken kehrten zu den Kakerlaken zurück. Über mir begann es wieder aufgeregt zu kribbeln.

Mutter hatte geschrieben, sie staune, daß ich das alles durchhalte. Jetzt begann ich selbst, über mich zu staunen. Irgendwie hatte ich dieses Schiff trotz seines Ungeziefers gern; es war über hundert Jahre alt. Aber was ich immer mehr fürchtete, war die wachsende Spannung unter uns. Es gab immer häufiger Streit, und meist wegen einer lächerlichen Kleinigkeit. Gerry konnte empfindlich wie eine Mimose sein, wenn er sich ungerecht behandelt oder in seiner Eitelkeit gekränkt fühlte. Leo hatte sich noch nicht richtig akklimatisiert und übertraf beinahe Gerry an Empfindlichkeit. Wie würde das weitergehen?

Ich drehte mich vorsichtig auf die linke Seite. Im Geist sah ich über mir die Kakerlaken sitzen und beraten, wer sich als nächster auf mich herabfallen ließe. Es war ziemlich heiß. Ich trug einen leichten Pyjama und war nur mit einem Leintuch zugedeckt. Bill Clark hatte mir freundlicherweise sein Feldbett zur Verfügung gestellt – alle übrigen schliefen auf Gummimatratzen. O-Sheik, Machmoud und Stamat, unser neuer Koch, schliefen bei der Mannschaft. Der Ruderstand, auf dem mein Bett stand, war um einen halben Meter höher als das Deck. So lag ich in der Mitte von allen und doch etwas abgeschieden. Schließlich fiel ich in einen tiefen, traumlosen Schlaf.

Als ich erwachte, war die Sonne bereits aufgegangen. Der Himmel war eine unendliche blaue Kulisse, von der sich die rötlichbraunen Segel der *El Chadra* prächtig abhoben. Gerry und Wawrowetz standen an der Reling und putzten ihre Zähne. Xenophon und Stamat hatten bereits in dem Holzkohlenbecken auf dem Hinterdeck ein Feuer entzündet. Hass lag auf seiner Matratze und schrieb. Schnell stand ich auf.

Von Port Sudan und der Flamingo Bay war nichts mehr zu sehen. Die flache, wüstenhafte Küste, an der wir entlangfuhren, war zwei oder drei Kilometer entfernt. Unser Ziel war die Insel Markowar, etwa zweihundert Kilometer südlich von Port Sudan. Auf der Höhe der Insel lag auf dem Festland ein kleines Dorf, Mohamed Ghul, die einzige menschliche Ansiedlung weit und breit. Das Frühstück verlief sehr vergnügt. Jeder ließ es sich schmecken.

Leider gab es wieder furchtbar viele Fliegen. Weder der Fahrtwind noch unsere Flitspritzen konnten ihnen etwas anhaben. Nachdem wir das Frühstücksgeschirr abgeräumt hatten, rief Hass gutgelaunt nach O-Sheik.

„Kommen Sie doch, O-Sheik!“ sagte er. „Setzen Sie sich zu Fräulein Lotte und fächeln Sie ihr!“

O-Sheik

Das war nicht böse gemeint, aber O-Sheik war sehr empfindlich, und diese Tätigkeit war bestimmt unter seiner Würde. Doch er übernahm ohne Widerspruch den großen Fächer, kniete sich neben mich und begann mir zu fächeln.

Sobald Hass wegsah, sagte ich: „Lassen Sie das, O-Sheik. Erzählen Sie mir lieber etwas. Was habt ihr gestern abend dort vorn verbrannt? Was war das für ein Geruch – war es Weihrauch?“

O-Sheik blieb eine Weile stumm und starrte vor sich hin. „Haben Sie das Geschrei der Mannschaft gehört, als Sie gerade beim Essen waren?“ fragte er dann.

„Ja. Was hatte das damit zu tun?“

O-Sheik wandte den Kopf und zeigte mit dem Finger auf den „Raubmörder“, unseren Steuermann. „Dieser Kerl ist verrückt –“

Der „Raubmörder“ sah jetzt zu uns her. O-Sheik blickte ihn fest an, tupfte mit dem Finger auf seine Stirn und wackelte dazu mit dem Kopf. Der „Raubmörder“ nahm das aber gar nicht übel, sondern grinste nur und nickte fröhlich.

„Gestern begann er plötzlich zu schreien und schlug wild um sich“, sagte O-Sheik. „Schaum trat ihm aus dem Mund. Der Mann ist schwer krank. Die anderen hielten ihn fest. Darauf machten sie ein kleines Feuer und verbrannten Weihrauch. Langsam kam er dann wieder zu sich.“ Ich konnte die Geschichte nicht recht glauben.

„Diese Araber sind alle schlecht“, fuhr O-Sheik fort. „Kein Fuzzi gibt sich mit ihnen ab.“ O-Sheik gehörte zu den Wüstennomaden, den Fuzzi Wuzzis. „Sein Name ist Abu Obeda, er ist mit Tachlowe verwandt. Abdul Wahab Tachlowe ist ein reicher Mann, ihm gehören fast alle Perlkutter. Er läßt seine Familie auf seinen Schiffen arbeiten.“

Xenophon brachte einen Teller mit Mandeln. Ich bot O-Sheik einige an und ließ ihn dann wieder gehen. Ich sah noch, daß Xenophon etwas zu ihm sagte und dazu lachte.

Kurz darauf erhob sich auf dem Vorderdeck lautes Geschrei. Ich sah, wie der Kapitän O-Sheik festhielt und O-Sheik wie wahnsinnig auf den Kapitän losschlug. Mehrere Matrosen sprangen hinzu, und im Nu wälzte sich ein schreiender Haufen von zappelnden Armen und Beinen über das Deck. O-Sheik kämpfte wie ein Tier. Schaum stand ihm vor dem Mund, die Augen traten aus den Höhlen. Er grölte wie ein Irrsinniger. Die Matrosen versuchten ihn zu fesseln, aber O-Sheik biß wild um sich, in einen Arm, in ein herunterhängendes Seil.

Wir standen wie gelähmt, fassungslos.

Hass, der sich gerade zu einem Morgenbad über Bord geschwungen hatte, schwamm mit schnellen Stößen zum Schiff zurück und kletterte an einer Strickleiter die Bordwand herauf.

O-Sheik beruhigte sich allmählich. Der Kapitän versuchte, uns den Vorfall zu erklären. O-Sheik hatte offenbar Haschisch genommen. Er trug das Rauschgift in einer Kugel unter der Zunge. „Viele Fuzzis nehmen Haschisch", sagte Stamat, der Englisch sprach, mit wichtiger Miene. „Wer einmal damit angefangen hat, kann nicht mehr aufhören."

„Sie sind ein großer Mann", stieß O-Sheik hervor. „Lassen Sie mich nach Port Sudan zurückbringen. Ich will hier nicht bleiben."

„Wir brauchen zwei Tage, um gegen den Wind wieder nach Port Sudan zu kommen." Hass kämpfte um seine Beherrschung. „Wir setzen Sie bei nächster Gelegenheit hier am Ufer ab."

O-Sheik versuchte sich loszureißen und wollte sich auf Hass stürzen. „Sie sind ein schlechter Mensch!" schrie er. Er zitterte am ganzen Körper, sein Kopf wackelte. „Ich bin kein Hund, den man einfach an Land setzt. Ich bin ein Mensch wie Sie, ich sterbe wie Sie. Ich verzichte auf meinen Lohn und mein Zeugnis, aber ich will zurück nach Port Sudan!"

Die letzten Worte klangen ganz weinerlich.

„Das ist ja unglaublich", sagte Hass. Er hielt mit dem Kapitän und uns Kriegsrat. Der Kapitän weigerte sich, O-Sheik weiter an Bord zu behalten. Nach dem Seerecht waren wir verpflichtet, ihn zur nächsten Polizeistation zu bringen – also nach Port Sudan. Was tun?

„Ich bringe ihn im Beiboot mit dem Außenbordmotor zurück", erklärte Xenophon. „Dann schaffe ich den Motor im Auto bis Mohamed Ghul, und dort miete ich mir ein anderes Boot."

„Das ist eine weite Fahrt", meinte Hass zögernd. „Von hier sind es etwa sechs Stunden mit dem Motorboot bis Port Sudan. Und wenn der Motor streikt?“

„Wawrowetz soll mitkommen“, antwortete Xenophon. „Dann können wir den Motor nötigenfalls reparieren.“

Eine halbe Stunde später wurde der Außenbordmotor ins Boot gebracht, ebenso Proviant und Wasser für mehrere Tage. O-Sheik war jetzt völlig apathisch. Xenophon hatte erklärt, daß Fesseln überflüssig seien, es war kein Anfall mehr zu befürchten. Das Boot fuhr ab. Bedrückt sahen wir ihm nach. Wir konnten diese plötzliche Wendung noch immer nicht fassen. Stamat erzählte uns, daß O-Sheik mit einem Messer auf Hass hatte losgehen wollen.

„Warum gerade auf mich?“ fragte Hass.

„Weil Sie ihm befahlen, Fräulein Charlotte zu fächeln. Herr Xenophon fragte ihn dann noch, ob er ihm nicht auch fächeln wolle. Und die Mannschaft hat ihn geneckt – das hat den Anfall ausgelöst.“

5. August. O-Sheik wird mir fehlen. Er war herzlich, höflich und immer lustig; mit keinem konnte man so nett plaudern wie mit ihm. Unsere Expedition geht weiter, schon morgen wird es so sein, als wäre nichts geschehen.

DER FISCHWALZER

Der höchste Punkt der einsamen Insel Maytib, an deren öder Küste wir vor Anker lagen, entzündete sich, als sei dort oben ein strahlendes Feuer entfacht worden. Die kahle Felsspitze schien von innen her zu leuchten – die Verwandlung setzte sich abwärts zu fort und ergriff nach und nach den ganzen Berg.

Die Sonne ging auf. Dort oben hatte der neue Tag bereits begonnen. Unser Schiff lag noch im ungewissen Dämmerlicht des zeitigen Morgens.

Ich setzte mich in meinem Bett auf, rieb mir den Schlaf aus den Augen. Am Vorderdeck bewegte sich etwas. Halb vom Mast und vom Tauwerk verdeckt, kniete dort unsere Mannschaft, alle der aufgehenden Sonne zugewandt. Sie berührten mit der Stirn die Planken, richteten sich auf, verneigten sich wieder. Ich brauchte bloß unter mein Bett zu greifen: Dort lag meine Kamera. Aber ich ließ sie, wo sie war: Stamat hatte uns gestern erzählt, daß man an einem betenden

Mohammedaner nicht vorbeigehen dürfe, sonst sei sein Gebet nutzlos. Gehe eine Frau vorüber, habe das Gebet vierzig Tage keinen Wert. Meine Kamera sollte hier nicht stören.

Eine Stunde später saßen wir beim Frühstück. Xenophon und Wawrowetz waren wohlbehalten wieder an Bord.

Hass sah frisch und unternehmungslustig aus. „Der Kapitän konnte mir nicht versprechen, daß wir hier vor Anker bleiben", sagte er. „Wenn sich das Wetter ändert, fahren wir zur Küste. Wir müssen also die Zeit nützen."

„Ich bin bereit", erklärte Wawrowetz. „Wenn hier alles abgeräumt ist, baue ich die Anlage auf. Gegen elf Uhr können wir anfangen."

Hass nickte. „Schön, dann sehen wir uns inzwischen die Gegend genauer an." Er wandte sich an mich: „Sie kommen am besten mit, vielleicht können wir Filmaufnahmen machen. Bei den Tonbandaufnahmen brauchen wir Sie dann nicht."

Wir kletterten ins Boot, der „Raubmörder" übernahm die Ruder. Etwa fünfzig Meter von der *El Chadra* entfernt warfen wir Anker und gingen ohne Tauchgeräte ins Wasser.

Es sah hier ziemlich unheimlich aus. Der Grund lag etwa zwölf Meter tief, er war flach und unregelmäßig mit Korallenstöcken bewachsen. Ein Stück weiter brach er in einer scharfgezogenen Kante fast senkrecht zur Tiefe ab.

Hass schwamm allein zu dieser Kante hinunter. Neben zwei pilzartig aufragenden Korallenstöcken stand ein mächtiger Zackenbarsch. An der Kante schwammen große Makrelen hin und her. Hass schwebte langsam wieder zu uns empor.

„Der Platz ist gut", sagte er zu Gerry und Leo. „Allerdings sieht es hier auch nach Haien aus, aber wir haben zwischen den Korallen gute Deckung. Hoffentlich reicht das Kabel bis dorthin. Sie, Leo, schießen dann einen Fisch, ich halte das Mikrophon, und Gerry paßt auf ..."

Ich war heilfroh, daß ich bei diesen Aufnahmen nicht gebraucht wurde. An diesem gähnenden Abgrund Fische zu jagen und ihnen das Mikrophon vor die Flossen zu halten war nicht nach meinem Geschmack. Noch dazu an einem Platz, der „ganz nach Haien aussah".

„Seht – dort!" schrie Leo plötzlich aufgeregt.

An der Grenze unseres Sichtbereiches, nicht weit vom Abbruch, bewegte sich ein riesiges Tier über dem flachen Grund. Ich sah nicht viel mehr als eine lange helle Linie, die sich hob und senkte, und dahinter einen großen dunklen Schatten. Es konnte nichts anderes sein als ein riesiger Manta, der dort wie ein gewaltiger Vogel über den Boden hinwegschwebte. „Los, mir nach!"

Ich staunte wieder einmal, wie schnell Hass schwamm, wenn sich etwas Besonderes ereignete. Wie ein Pfeil jagte er uns voran. Gerry, Leo und ich folgten eilig nach, die Kante entlang, über tiefes, dunkles Wasser. Hass war weit voraus. Das verankerte Boot blieb hinter uns zurück. Ich hielt nach allen Seiten Ausschau nach Haien.

Endlich holten wir Hass ein. Vom Manta war nichts mehr zu sehen. Doch direkt unter mir bewegte sich etwas. Es war groß wie ein Mensch, aber fast ebenso breit wie lang. Eine Schildkröte! Auf ihrem Rücken wuchs ein ganzes Beet von Muschelkrebsen. „Da, da, da!" schrie ich.

Hass schwamm schräg abwärts. In der Höhe der Schildkröte prüfte er die Einstellungen. Sie hatte ihn inzwischen bemerkt und näherte sich ihm langsam, den Kopf mit dem riesigen Schnabel vorgestreckt.

Endlich hob Hass die Kamera. Wir hörten das Surren des Auslösers – die Schildkröte schwamm näher an ihn heran, ließ sich nicht stören. Dann drehte sie ab und entfernte sich langsam. Eine großartige Szene!

Plötzlich sah ich links von mir einen Hai, der direkt auf Hass zuschwamm. Hass filmte noch immer und sah ihn nicht.

Da ich eine Harpune hatte, tauchte ich und schwamm gegen den Hai los. Er war nur etwas über zwei Meter lang und ziemlich schlank, aber es war etwas bösartig Unruhiges in seinen Bewegungen. Das mir zugewandte Auge war tückisch. Ich hatte mich dem Hai auf etwa fünf Meter genähert, da machte er eine jähe Wendung und schwamm eilig davon. Ziemlich außer Atem tauchte ich neben den anderen auf.

„Hast du den Hai gesehen?" hörte ich Gerry sagen.

„Ja, er drehte plötzlich ab."

„Das Surren der Kamera hat ihn erschreckt", erklärte Gerry.

Ich schluckte meinen Ärger hinunter. „Die weiße Fahne ist gesetzt", sagte ich nur. Das war das vereinbarte Zeichen. Wenn Wawrowetz mit den Vorbereitungen fertig war, sollte er ein Leintuch als Fahne hissen.

Das Boot hatte uns eingeholt; erleichtert kletterte ich hinein. Bald waren wir wieder an Bord der *El Chadra*. Das Deck hatte sich inzwischen in ein Tonstudio verwandelt. In der Mitte waren das große Magnetophon und die Verstärker aufgebaut. Die Kabel mit dem

Unterwassermikrophon und dem Unterwasserlautsprecher waren säuberlich bereitgelegt. Im Schiffsbauch ratterte die Lichtmaschine.

Gerry und Leo benahmen sich wie Gladiatoren. Sie ölten sich gegenseitig ein und prüften Tauchgeräte und Harpunen. Dabei konnte ich sehen, daß ihnen alles nicht ganz geheuer war.

„Wenn ich einmal ans Mikrophon klopfe, schalten Sie ein", wandte sich Hass an Wawrowetz. „Klopfe ich dreimal, bedeutet das, daß ein Fisch harpuniert wurde; dann können Sie wieder ausschalten."

Wawrowetz nickte. Das Unterwassermikrophon wurde über Bord gelassen. Leo schwamm damit ein Stück weg. Aus dem Lautsprecher tönte ein Prasseln und dazwischen knackende Geräusche. Es waren Wellengeräusche, doch hörten sie sich etwas ungewöhnlich an.

„Ich bin mit dem Ton nicht zufrieden", sagte Wawrowetz verdrossen und drehte am Verstärker. „Aber besser geht es nicht."

„Also, dann los!" rief Hass.

Die drei kletterten über Bord und verschwanden in der Tiefe. Hass trug das Mikrophon; wir hörten deutlich sein Atmen. Der Schweiß lief Wawrowetz über den ganzen Körper; mir ebenfalls. Es war drückend schwül.

Es dauerte ziemlich lange, ehe das erste Klopfzeichen ertönte. „Einschalten!" Meine Stimme schnappte vor Aufregung beinahe über.

Wawrowetz nickte. „Ich hab's gehört."

Ich konnte mein Herzklopfen kaum niederkämpfen. Ich hatte Angst um Hass. Wenn er es sich in den Kopf gesetzt hatte, würde er den Haien das Mikrophon direkt vor die Schnauze halten.

Plötzlich ertönte ein donnerndes Brausen. Ich war vor Schreck wie gelähmt. „Hm-hm-hm", klang es aus dem Lautsprecher; das war unser Haisignal. Es folgten starke Atemgeräusche und mehrfaches scharfes Knacken.

„Hoffentlich reißen sie das Kabel nicht ab!" sagte Wawrowetz nervös. „Wahrscheinlich hat es sich irgendwo verhängt, und sie zerren nun daran. Natürlich bekommen wir so Nebengeräusche."

Wieder war es still. Dann ein neuerliches Klopfzeichen – ein-, zwei-, dreimal klopfte unten jemand ans Mikrophon!

Später tauchte Leo mit einem großen harpunierten Fisch auf. Er übergab ihn Xenophon, und dieser reichte Leo eine andere Harpune.

„Daß das Gezappel die Haie anlockt, läßt sich jedenfalls nicht bestreiten. Jetzt sind nicht weniger als vier da." Leo steckte den Atemschlauch wieder in den Mund und verschwand.

Im Laufe der nächsten zwanzig Minuten wurden noch zwei weitere Fische harpuniert. Eine ganze Symphonie von brausenden, knackenden und plätschernden Geräuschen kam zu uns empor.

Dann endlich ein Stoßseufzer der Erleichterung – Hass, Gerry und Leo tauchten auf; das Experiment war für heute beendet.

Das Mittagessen hatten wir völlig vergessen. Stamat hatte neugierig zugeschaut, statt zu kochen. Ich beeilte mich, den Mittagstisch zu decken. Ich hatte Leo einen Milchreis versprochen, aber dazu war es jetzt zu spät. Er machte ein langes Gesicht.

Während wir Zwieback, Sardinen und Käse aßen, sah ich den Kapitän unruhig zur Küste und aufs offene Meer hinausblicken. Kurz darauf kam er zu uns. Er müsse das Schiff in eine geschützte Bucht legen, erklärte er. Die über dem Festland stehenden Wolken könnten Sturm bringen.

„In Ordnung“, sagte Hass. „Verlegen wir. Aber morgen kommen wir wieder und senden die Geräusche aus, die wir heute aufgenommen haben. Dann werden wir ja sehen, ob die Haie wiederkommen.“

Gegen Abend erreichten wir die Bucht. In der Ferne hoben sich die Berge von Markowar und die hinter Mohamed Ghul liegenden Bergzüge wie zart gezeichnete Striche vom dunstigen Himmel ab.

In dieser Nacht schlief ich sehr schlecht. Es war feucht und heiß wie in einem Dampfbad. Alles klebte an mir. Ich wälzte mich schlaflos hin und her. Als der erste Schein der Morgendämmerung über den Horizont heraufstieg, tastete ich mich in den Schiffsbauch hinunter und holte aus meinem Koffer das Tagebuch.

12. August. Im Kino werden dann die Leute in weiche Fauteuils zurückgelehnt sitzen, einander Bonbons anbieten und denken: Ach, wie nett! Auf so einem Schiff würde ich auch gerne fahren. Wie romantisch! Ich glaube, ich werde in Zukunft Expeditionsfilme mit ganz anderen Augen sehen.

Heute hatte ich wirklich Angst. Ich fühlte diese Angst körperlich, mir war beinahe übel. Dabei war da nichts weiter als diese dunkle Wand tief unter mir und eine Art Verheißung, daß dort etwas Schreckliches auftauchen würde. Hoffentlich hat Hass nichts bemerkt.

Ich bin die einzige, die zum Waschen täglich zwei Schöpfer Süßwasser bekommt. Dafür bin auch die einzige – außer Hass –, die bisher von Furunkeln verschont geblieben ist. Alle anderen haben schon mehrere, meist an den unbequemsten Körperstellen – Gerry und Leo sind auf jede kleine Bevorzugung, die ich genieße, eifersüchtig. „Immer muß sie eine Extrawurst haben ...“

In manchen Dingen sind Hass und Xenophon rührend besorgt um mich. Wenn ich mich waschen oder umziehen will, werden quer über eine Ecke des Decks Decken gespannt. Hass schreibt meist bis tief in die Nacht – seine Disziplin und Konzentration bei dieser Hitze und Anspannung sind zu bewundern. Ob ich es wirklich noch erleben werde, aus einem bequemen Kinostuhl die Expedition vor mir ablaufen zu sehen?

Am Morgen segelten wir wieder zum selben Platz zurück. Der Wind war ungünstig, und es war Mittag, ehe wir ankamen. Die Anlage wurde wieder aufgebaut, die Lichtmaschine angeworfen. Hass, Gerry und Leo waren tauchbereit. Dann kam der große Augenblick.

Wawrowetz hatte die Zappelgeräusche der gestern harpunierten Fische auf ein Band montiert. Hass brachte den Unterwasserlautsprecher auf den Grund. Dann tauchte er auf und gab ein Zeichen. Es konnte losgehen!

Wawrowetz schaltete ein. Die Zappelgeräusche wurden erst normal, dann immer mehr verstärkt ins Meer ausgestrahlt. Nichts geschah. Nach einer Weile erschien Leo an der Oberfläche. „Ein paar Fische knabbern am Lautsprecher“, rief er lachend. „Die Haie sind anscheinend auf Urlaubsreise!“

Wawrowetz wechselte das Band. „Versuchen wir einmal etwas anderes –“ Er schmunzelte.

Hörte ich recht? Beschwingte Melodien erfüllten plötzlich die Luft – und das Meer. Ohne lange zu überlegen, nahm ich Maske und Flossen; nach den Klängen von „Leichte Kavallerie“ tauchte ich in den seltsamsten Konzertsaal der Welt hinab.

Das Meer war wie verwandelt. Die Musik ertönte klar, jedes einzelne Instrument war zu hören. Hass saß in der Nähe des Lautsprechers auf dem Grund und winkte zu mir herauf. Einige Fische schwammen sichtlich nervös gegen den Lautsprecher, machten kehrt, kamen wieder zurück.

Die Musik brach ab, und minutenlang war die blaue Tiefe ebenso still und unheimlich wie sonst. Dann setzte der Walzer „Rosen aus dem Süden“ ein. Der Meeresgrund wurde zum Ballsaal. Ein riesiger Schwarm Jacks kam vom tiefen Wasser hereingeschwommen. Jeder dieser Fische – es mochten mindestens zweihundert sein – war an die zehn Kilo schwer. Dichtgedrängt näherten sie sich bis auf fünf Meter und schwammen dann rings um Hass und den Lautsprecher im Kreis. Nach den Klängen des Walzers schwammen die Fische einen geschlossenen Reigen – jedenfalls sah es von oben, aus meinem Blickwinkel, so aus. In der Mitte stand Hass und filmte; ein Stück außerhalb des Kreises stand Leo und filmte ebenfalls. Der Anblick war so unwahrscheinlich, die wiegende Bewegung der Fische paßte so gut zu der Melodie, daß ich wie verzaubert den Atem anhielt.

Die Jacks umkreisten die fremdartige Geräuschquelle noch fünf- oder sechsmal, dann entfernte sich der Schwarm wieder. Nun hatten wir es eilig aufzutauchen, um unserer Begeisterung freien Lauf zu lassen. Leo war völlig aus dem Häuschen.

„Das war die Aufnahme meines Lebens!" rief er. „Wenn mir jemand erzählt hätte, daß es das gibt, hätte ich es nicht geglaubt!"

Wawrowetz, als Urheber der Idee, war sehr stolz.

Etwas später kam Hass wieder auf sein geplantes Forschungsschiff zu sprechen. Wenn es erst einmal soweit sei, werde er auch den Beweis für seine Theorie erbringen. Die Haie hatten sich nicht anlocken lassen, aber es wäre – so meinte er – ein reines Wunder gewesen, wenn es bei dieser primitiven Ausrüstung geklappt hätte.

„Die Haie merkten einfach, daß das kein zappelnder Fisch ist. Aber dieser Fischreigen wird ein Höhepunkt unseres Films."

Am Abend nahmen wir den Gesang der Mannschaft auf Tonband auf. Zu unserer Überraschung wurde Stamat zum Vorsänger bestimmt. So häßlich sein Gesicht war, so schön war seine Stimme. Sie sangen ein Liebeslied – nie hätte ich gedacht, daß diese rauhen, abgearbeiteten Männer so weich und hingebungsvoll singen würden.

Über uns spannte sich das unendliche Sternenzelt. Ich fühlte mich froh und stark. Vielleicht zum erstenmal auf dieser Reise war ich wirklich glücklich.

JAGD AUF TEUFELSROCHEN

MACHMOUD STAND hoch aufgerichtet im Boot und spähte voraus. Seine dunklen Augen hatten einen listigen Ausdruck, seine Nasenflügel bebten. Kein Zweifel, er sah etwas. Und schon rief er triumphierend: „Alaa, alaa –! Plenty Manta! Manta kabir!" Er zeigte aufs offene Meer hinaus. An der Oberfläche regte sich etwas.

„Er hat recht, dort sind Mantas", erklärte Hass. „Endlich!"

Machmoud strahlte vor Stolz. Er hatte uns erklärt, wir würden an der Küste von Markowar sicher Mantas finden, und ziemlich genau in der Gegend, die er angegeben hatte, waren sie wirklich.

Hass wandte sich an Xenophon: „Stell den Motor ab, wir warten hier."

„Fahren wir nicht gleich hin?" fragte Gerry.

„Nein, wir warten noch. Die schwimmen nicht davon. Wenn wir zu nahe fahren, erschrecken wir sie. Bei dem Licht können wir nicht filmen. Wir müssen warten, bis dieser Dunst sich hebt."

Gerry und Leo waren mit dieser Lösung nicht sehr zufrieden. Wir setzten uns alle im Boot auf den Boden und lehnten uns gegen die Bordwand. Es war heiß wie in einem Dampfbad. Ein leichter Wind brachte kaum Kühlung.

„Die Mantas sind bei den Fischern nicht sehr beliebt", erklärte Hass. „Sie haben vorn am Kopf zwei bewegliche Schaufeln, die wie Hörner aussehen – deshalb werden sie auch Teufelsrochen genannt. Zwischen den Hörnern setzen sich parasitäre Krebse fest. Um die Parasiten loszuwerden, schwimmen die Mantas zu Fischerbooten, die vor Anker liegen, nehmen das Ankerseil zwischen die Hörner und sausen an dem Seil entlang. So kratzen sie sich die Schmarotzerkrebse ab." Hass lachte. „Dabei – so behauptet Machmoud – reißen sie manchmal den Anker vom Boden los und ziehen dann das ganze Boot am Ankerseil hinter sich nach. Darum sind die Mantas so gefürchtet."

„Wozu dienen diese Hörner?"

„Es sind bewegliche Lappen, mit denen der Manta Schwebetiere direkt in sein Maul hineinschaufeln kann."

Hass und Leo kontrollierten die Filmkameras. Alles war zum Einsatz bereit.

„Ich nehme die Kamera mit dem Teleobjektiv", sagte Hass, „und Sie nehmen die Weitwinkelkamera. Wenn Sie nahe an den Kopf eines Mantas herankommen und Pilotfische sehen, filmen Sie diese auch. Mir liegt ganz besonders daran, daß wir festhalten, wie die Pilotfische vor dem großen Maul schwimmen und sich hineinflüchten, wenn man näher kommt. Sie säubern das Maul des Mantas. Wir müssen also bei unseren Aufnahmen drei Dinge besonders im Auge – und im Sucher – haben: erstens die Mantas selbst in Lebensgröße, möglichst mit einem Taucher daneben, damit man sieht, wie riesig sie sind; zweitens ihre Schwimmbewegungen: ihr werdet sehen, wie großartig es ist, wenn sie in eine Kurve gehen; und drittens: die Pilotfische in ihrem Maul.“

Wir warteten fast eine Stunde, dann löste sich der Dunst endlich auf, und die Sonne kam hervor. Der Schweiß lief mir in kleinen Bächlein von der Stirn.

„Jetzt wäre ein schönes kühles Bad genau das richtige“, sagte Gerry. „Könnt ihr euch das vorstellen: ein kühler Waldbach? Nicht diese Suppe da!“ Das Wasser hatte mindestens 34 Grad.

Wir fuhren ein Stück mit dem Motor bei halber Kraft, dann stellten wir ab, und Xenophon ruderte. In einem Gebiet von etwa einem Kilometer Durchmesser tummelten sich dicht unter der Oberfläche zwanzig bis fünfundzwanzig Mantas.

„Leo und ich machen den Anfang“, sagte Hass zu Gerry und mir. „Wenn ich euch ein Zeichen gebe, kommt ihr nach.“

Hass und Leo glitten mit ihren Kameras, aber ohne Atemgeräte über Bord. Gerry und ich spähten durch den Guckkasten in die Tiefe. Der Grund lag sicher über fünfundzwanzig Meter tief.

„Den großen dort nehmen wir zuerst in die Mitte!“ hörten wir Hass rufen. „Ich schwimme von vorn an das Maul heran – und Sie versuchen, uns beide ins Bild zu bekommen.“

Wir konnten die Mantas durch die Wasseroberfläche nur undeutlich sehen. Einer, ein wahres Ungetüm, schwamm geradewegs auf Hass zu. Ein Stück weiter entfernt schwammen fünf Mantas in geschlossener Formation; vielleicht waren es Eltern mit ihren Jungen.

„Die Kamera steckt –“, rief Leo gellend über das Wasser. Er kam eilig zum Boot geschwommen. Keuchend reichte er Wawrowetz die Kamera über den Bootsrand. Wawrowetz gab ihm die dritte Filmkamera.

„Los, Gerry und Lotte, kommt!“ rief Hass.

Gerry verschwand wie ein Delphin. Ich ließ mich nach ihm ins Wasser gleiten. Leo kontrollierte die Kamera.

Jetzt sah ich die Mantas – hier zwei, dort eine Gruppe von fünf. Wie riesige Schmetterlinge flatterten sie durchs Wasser. Gerry schwamm eilig zu Hass hinüber. Er schwang kampflustig seine Harpune.

„Dort drüben kommt der große –“, hörte ich Xenophon rufen.

„Schwimm von vorn an ihn heran“, prustete Leo an der Oberfläche, „möglichst nah.“

Leo Rohrer, Hans Hass, Lotte Bayerl, Gerry

Ich tauchte unter dem Boot durch. Ein gewaltiger Anblick! Dieser Manta hatte sicher fünf Meter Spannweite. Einen Moment lang hing ich wie gelähmt im Wasser und starrte dem heranbrausenden Tier entgegen. Leo schwamm eilig zur Seite, um Abstand zu bekommen. „Los, Lotte, auf ihn los!“ schrie er.

Ich hatte einen Speer in der Hand, aber gegen dieses Monstrum war das Stäbchen geradezu lächerlich. Ich schnappte nach Luft, tauchte unter und sagte mir: Die fressen nichts als Plankton! Die haben überhaupt keine Zähne! Zaghaft schwamm ich dem Manta entgegen. Er kam wie eine Lokomotive mit Riesenflügeln auf mich zu. Dieses Monstrum jagte mir Angst ein. Die Oberseite des Tieres war dunkel, die Bauchseite hell mit dunklen Flecken. In der Mitte klaffte ein riesengroßes viereckiges Maul. Rechts und links drehte und bewegte sich etwas: das waren die Kopflappen.

Im nächsten Augenblick sah mich der Manta. Er drehte wie ein Flugzeug – der eine Flügel verschwand über der Wasseroberfläche, der andere schwang schräg abwärts. Ich sah die kleinen Pilotfische vor seinem Maul schwimmen und zwei andere, größere Fische unter seinem Bauch, dicht an die Haut gepreßt.

„Sehr schön!“ rief mir Leo übers Wasser zu. „Ich hab euch beide!“

Xenophon schwenkte die Arme. „Achtung, er kommt wieder zurück!“

„Schnell, Lotte!“ rief Leo. „Schwimm so nahe wie möglich an den Kopf heran und streck die Hand aus, als wolltest du nach seinem Maul greifen. Dann sehen wir, was die Pilotfische tun.“

Also tauchte ich. Der Manta kam im spitzen Winkel auf mich zu. Leo war auf der anderen Seite untergetaucht und hielt die Kamera im Anschlag. Ich schwamm schräg auf den Kopf des Mantas zu. Die Pilotfische – klein, zierlich, höchstens zehn Zentimeter lang, gelb mit schwarzen Querstreifen – wirkten wie kleine Elfen vor dem Rachen eines Ungeheuers.

Der Manta ließ sich durch mich nicht stören. Gleichmäßig schwangen seine Riesenflossen auf und nieder. Jetzt war ich dicht vor dem Kopf des Tieres ... Ich streckte die linke Hand vor, so weit ich konnte, genau in Richtung der kleinen Fische. Ich sah nur noch sie. Sie bemerkten meine Hand, hielten inne – verschwanden im Maul.

Eine riesige Bewegung ging über mich hinweg. Instinktiv rollte ich mich zusammen. Ich fühlte, wie mich ein Schlag an der Schulter traf. Alles war voll Luftblasen ... Ich wußte nicht mehr, wo oben und unten war. Ein starker Sog erfaßte mich, zog mich zur Seite, dann wurde es wieder heller über mir.

„Hat er dich verletzt?“ empfing mich Leo an der Oberfläche.

Ich rang nach Atem. „Ich glaube nicht.“ Mein Herz klopfte zum Zerspringen. „Hast du's –“

„Ich könnte weinen!“ jammerte Leo. „Eine so herrliche Aufnahme – und auch diese Kamera steckt!“ Er winkte Hass, der aufgetaucht war und nun auf uns zuschwamm.

„Ich hab die Pilotfische in sein Maul gejagt!“ rief ich Hass, noch atemlos, entgegen.

„Sie dürfen nicht zu nahe heranschwimmen“, sagte Hass, „sonst kriegen Sie eins über den Kopf. Diese Kerle sehen nämlich schlecht, und dann erschrecken sie ... Übrigens bluten Sie an der Schulter.“

Jetzt sah ich erst die Hautabschürfung an meiner Schulter. Es blutete ein wenig, war aber nicht weiter schlimm.

„Wollen Sie lieber ins Boot?“

„Nein – ich spüre das überhaupt nicht."

Leo war inzwischen ins Boot geklettert. Er und Wawrowetz hantierten an den Kameras.

„Mach eine von den großen Spitzen an das lange Seil!" sagte Hass zu Xenophon. „Du weißt schon."

„Willst du einen harpunieren?"

„Vielleicht."

In einiger Entfernung tummelte sich ein Kindergarten von Mantas. Vier Junge spielten dort und schwammen Kapriolen. Nur mit Mühe gelang es uns, ihnen zu folgen und ein paar nette Schnappschüsse zu erbeuten. Diese kleinen Mantas hatten keine Pilotfische. Als Hass nach einer längeren Aufnahme verschnaufte, fragte ich ihn: „Was sind das für Fische, die unter dem Bauch schwimmen?"

„Das sind Schildfische. Wenn sie müde sind, saugen sie sich mit dem Kopfschild an der Haut des Mantas fest."

„Fertig!" rief Leo. „Jetzt läuft sie wie Butter. Kommt hierher, da sind zwei große!"

Wir waren alle drei außer Atem. Unter Wasser schien es, als bewegten sich die Mantas nur langsam, doch wenn man ihnen folgen wollte, merkte man, daß sie doch recht schnell waren.

Ich schwamm um das Boot herum und sah gerade noch, wie Hass seinen Arm gegen einen großen Manta vorstieß. Das Tier drehte und tauchte steil hinab. Es zog ein langes Seil hinter sich nach, das bis zum Boot führte.

„Achtung, ich hab ihn!" brüllte Hass. „Gleich wird er ziehen!" Das Boot neben mir drehte sich. Machmoud packte das Seil, es gab einen heftigen Ruck – Machmoud ließ mehr Seil auslaufen. Nun lag das Boot wieder still. Der Manta war von der Oberfläche nicht mehr zu sehen. Gerry und Leo waren ihm nachgetaucht, jetzt kamen sie wieder herauf.

„Die Harpune hat ihm den Flügel durchbohrt!" rief Leo atemlos. „Ich hab's im Bild!"

Gerry schnappte nach Luft. „Es ist wahnsinnig tief. Aber er ist in ein Loch hinein, unter einem Vorsprung. Das Seil führt jetzt unter diesen Vorsprung."

„Mich interessiert vor allem eines: sind die Pilotfische noch bei ihm oder nicht?" rief Hass. „Er hatte ein ganzes Regiment vor dem Maul."

In diesem Augenblick begann sich das Boot, wie von Geisterhand gepackt, im Kreis zu drehen. Es fuhr auf das offene Meer zu und schwankte bedrohlich hin und her. Machmoud, Xenophon und Wawrowetz stolperten durcheinander. Gerry bog sich vor Lachen. Dieser Anblick – das Boot an der Leine und die entgeisterten Gesichter der drei Männer – war aber auch zu komisch.

Die Mantas waren verschwunden. Das Boot trieb immer noch weiter ins Meer hinaus. Wir blickten ihm nach – Machmoud stand wieder vorn und hielt das Seil.

Das Boot fuhr noch einige hundert Meter, dann lag es still. Xenophon blickte mit dem Guckkasten in die Tiefe. Sie zogen am Seil – „Das Seil ist ab“, erklärte Hass. „Wahrscheinlich ist es an einer Koralle hängengeblieben. Jetzt werden wir nie wissen, ob die Pilotfische mitgekommen sind.“

Machmoud winkte zu uns herüber, Xenophon warf den Motor an. Das Boot war bald wieder bei uns. Wir kletterten hinein und stellten einmütig fest, daß wir hungrig waren!

Xenophon betrachtete besorgt die Wunde an meiner Schulter. Ich war ihm dankbar dafür – nicht so sehr, weil die Verletzung schmerzte, sondern weil mir seine Fürsorge wohltat.

„Soll ich ein bißchen Wasserstoff daraufgeben?“

„Danke, Xenophon. Ich glaube, das ist nicht nötig. Das Meerwasser desinfiziert.“

Kurz darauf sichteten wir einen anderen Schwarm von Mantas. Ich versuchte nochmals, zwei Pilotfische in ein riesiges Maul zu jagen, aber ich kam nicht mehr so nahe heran. Meine Schulter tat nun doch etwas weh.

„Jetzt komm ich!“ gellte es über das Wasser. Gerry hatte die Harpune mit dem langen Seil genommen. Auf ein Zeichen tauchten er und Leo gleichzeitig. Gerry wußte, daß er gefilmt wurde, und schwamm daher geschmeidig wie eine Robbe. Er spannte den Körper, schnellte die Harpune vor – daneben. Der Rochen war sehr geschickt ausgewichen.

„Geh, du Patzer!“ schrie Leo. „Soll ich dir zeigen, wie man das macht?“

Aber damit war Gerry nicht einverstanden. „Warte einen Augenblick, der kommt gleich wieder!“

Der Manta kam wirklich zurück. Plötzlich drehte er sich um die eigene Achse, schlug mehrere Purzelbäume, brauste in die Tiefe hinab. Gerry hatte ihn in die äußerste Ecke des Flügels getroffen.

„Versuchen Sie, mit der Handkamera zu filmen!" rief Hass zu Wawrowetz hinüber. Hass hatte seine Kamera leergefilmt.

Jetzt kam der Manta wieder herauf. Er drehte sich wie verrückt im Kreis und schlug dabei wild um sich.

„Schwimmen Sie lieber weg!" rief mir Hass zu. „Mit dem ist nicht zu spaßen!"

Gerry hatte das Seil gepackt; Leo kurbelte an der Kamera. Ich hielt mich am Bootsrand fest, da schlug der Manta einen Bogen – sein Flügel warf mich heftig zur Seite, das Seil ging über mich hinweg; ich versuchte, es zu halten, aber vergeblich.

„Achtung – weg!" brüllte Xenophon im Boot. Er schwang einen Holzknüppel. Leo versuchte, den Manta von schräg unten zu filmen, und erhielt ebenfalls einen Schlag. Der nächste Schlag traf das Boot. Wawrowetz fiel mit der Kamera beinahe über Bord.

Der Manta warf sich mit dem ganzen Körper aus dem Wasser. Ich hielt mich noch immer am Bootsrand fest. Dann ein gewaltiger Ruck – der Manta schwamm genau unter mir durch. Er hatte einen langen Riß im linken Flügel. Er hatte sich losgerissen!

Erschöpft und atemlos kletterten wir ins Boot. Nach einem Seesturm hätte es hier nicht schlimmer aussehen können. Der Boden war überschwemmt, Tauchgeräte, Flaschen, Harpunen – alles lag wild durcheinander.

„Ich hab sie erwischt!" erklärte Leo stolz. „Sie waren ganz aus dem Häuschen und schwammen immer hinterdrein, wie erschreckte Kinder."

„Du meinst die Pilotfische?" fragte Hass.

„Ja, die Pilotfische."

IN EINEM VERSUNKENEN SCHIFF

22. August. Heute steht uns ein großes Erlebnis bevor. Hoffentlich geht alles gut . . .

AUF DEN tiefblauen Wellen waren weiße Kämme. Unser großes, vielfach geflicktes Segel blähte sich in dem heißen Wind. Wir machten gute Fahrt.

An Bord herrschte nervöse Spannung. Hass hatte auf einer alten Seekarte ein Riff ausfindig gemacht, bei dem ein versunkenes Schiff eingezeichnet war. Dorthin segelten wir; Hass wollte über diesem Wrack ankern. Die Stelle war gut gegen das offene Meer geschützt, aber der Kapitän erklärte, es sei zu weit von der Küste entfernt: man müsse in dieser Gegend mit plötzlichen Stürmen rechnen. Darauf ließ Hass durch Stamat übersetzen, er persönlich übernehme die Verantwortung. Der Kapitän fand sich damit ab, wenn auch nur unwillig.

Gegen elf Uhr näherten wir uns dem Riff. Mehrere Riffbänke lagen zwischen uns und der Küste. Über diesen Riffen herrschte starke Brandung, das Wasser war dort von der hochschäumenden Gischt schneeweiß.

Wir konnten das Riff, bei dem das Wrack liegen sollte, mit dem Feldstecher deutlich sehen. Wir hatten genau Kurs darauf. Kein Segel wurde eingeholt. Der Kapitän stand unbeweglich neben dem Steuermann: In voller Fahrt fuhren wir geradewegs auf das Riff los, kamen immer näher.

Es war atemberaubend. Wir waren kaum dreißig Meter von der Brandungslinie entfernt, und noch immer regte keiner der Matrosen die Hand. Plötzlich wendete der Kapitän den Kopf und sagte etwas. Die Segel flogen herunter, das Steuer wurde herübergerissen, der „Raubmörder" sprang mit einem Anker ins Wasser. Die *El Chadra* schaukelte ein wenig, dann straffte sich das Seil, und wir lagen still. Eine prachtvolle Landung!

„Wir machen uns gleich auf die Suche nach dem Wrack", erklärte Hass. „Wenn wir es finden, gehen wir mit Tauchgeräten hinunter und sehen es uns genau an. Morgen können wir schon die ersten Szenen schießen."

Ich war sehr aufgeregt. Als kleines Mädchen hatte ich einmal eine Geschichte über ein versunkenes Schiff gelesen; ein Taucher hatte dort nach einem Goldschatz gesucht und war dabei von einem Riesenkraken angefallen worden.

In fieberhafter Eile verluden wir die Tauchgeräte und sonstigen Ausrüstungen ins Boot und fuhren dann langsam am Riff entlang. Hass stellte sich mit dem Guckkasten an den Bug und starrte durch den Metallzylinder in die Tiefe. Wir waren kaum fünfzig Meter gefahren, da rief er: „Hier ist es!"

Der Motor wurde gestoppt, und wir schauten der Reihe nach durch den Zylinder. Einige merkwürdige Korallenbildungen bedeckten hier den Grund. Sie hatten wie mit dem Lineal gezogene Begrenzungen und sahen überhaupt anders als normale Korallenstöcke aus.

„Das sind Eisentrümmer", erklärte Hass. „Meist brechen bei einem Schiffbruch irgendwelche Teile vom Schiff los, die liegen dann im Seichten, und Korallen siedeln sich auf ihnen an." Er hob den Guckzylinder ins Boot. „Der Kapitän hatte recht", fuhr er fort. „Er sagte, etwa hundert Meter links liege das Schiff – und da liegt es. Nach seiner Behauptung war es ein russischer Frachter, der hier vor achtzig Jahren vom Sturm gegen das Riff geworfen worden und gesunken ist."

Wir legten die Tauchgeräte an und spülten unsere Masken. Ich zog mir die Flossen an.

„Glauben Sie, daß es Riesenkraken gibt?" fragte ich.

Hass lachte. „Die einzigen, die ich bisher zu Gesicht bekam, stammen aus amerikanischen Filmen und sind aus Gummi."

„Aber große Tintenfische gibt es doch, oder nicht?" fragte Gerry.

„Ja, im Museum in Monaco befindet sich ein ausgestopftes Exemplar mit zehn Meter langen Armen; aber die leben in größeren Tiefen draußen im offenen Meer. Ich halte diese Erzählungen von Riesenkraken in versunkenen Schiffen für sehr übertrieben. Eine größere Spannweite als zwei Meter ist schon selten."

Leo, Gerry und ich griffen nach einer Harpune. Hass nahm eine Unterwasser-Photokamera. Wir ließen uns ins Wasser gleiten. Der Grund lag hier etwa sechs Meter tief und fiel schräg ab. Das Wasser war nicht besonders klar, die Sehweite betrug nicht mehr als zwanzig bis fünfundzwanzig Meter. Dicht nebeneinander glitten wir den Hang hinab. Vor uns wurde ein Abbruch sichtbar – dahinter lag dunkles Wasser. Hass, der die Kante als erster erreichte, hielt inne; Gerry und Leo folgten seinem Beispiel. Dann blieb auch ich wie angewurzelt stehen.

Unter uns lag ein riesiges Etwas, das wie eine mit Urwaldgewächsen überwucherte Ruinenstadt aussah. Spitze Teile ragten daraus hervor; dahinter verschwammen die Konturen zu einem schachbrettartigen Muster. Den Rest verschluckte das Dämmerlicht der Tiefe.

Hunderte und Tausende von Fischen kreisten um diesen Fremdkörper. Eine Kindheitsvorstellung kam mir in den Sinn: das mit blühenden Ranken überwachsene Dornröschenschloß.

Wir tauchten in den Zaubergarten hinab. Die Ruinen nahmen jetzt deutlichere Gestalt an – ein Trümmerhaufen von Eisenteilen, wie von einem Wirbelsturm durcheinandergeworfen und von Korallen überkrustet. An mehreren Stellen ragten verbogene Stangen hoch empor. Auch auf ihnen wucherten malerisch Korallen. Das Wasser wurde merklich kühler. Ein grünliches Dämmerlicht umfing uns.

Ich war so aufgeregt, daß ich Mühe hatte, den Atemschlauch nicht zu verlieren. Mein Atem ging viel zu schnell; meine Tauchmaske beschlug, und ich konnte nur noch verschwommen sehen. Bei einem der Trümmer hielten wir inne. Ich ließ Wasser in die Maske einströmen und spülte das Glas rein. Jetzt konnte ich wieder klar sehen.

Nicht weit von mir entdeckte ich eine verbogene Schiffsleiter; sie war von Steinkorallen völlig überkrustet. Daneben lag ein großes rundliches Gebilde; zwischen den Korallen lugten Zahnräder hervor – das mochte vielleicht die Ankerwinde gewesen sein. Gerry und Leo waren schon ein Stück weiter vorn. Nun machten sie uns aufgeregte Zeichen, wir sollten nachkommen, und wir folgten den beiden.

Plötzlich wurde mir bewußt, wie das Schiff lag. Wir waren jetzt über dem gut erhaltenen Mittelteil. Das Schiff lag seitlich geneigt, und die schachbrettartige Kontur war das einstige Deck. Alles Holz war hier weggefault, nur die alten Eisenstreben waren übriggeblieben.

In der Mitte des Decks wuchs eine tischartige Koralle von gut zwei Meter Durchmesser. Durch die quer und längs laufenden Eisenstreben konnten wir in den dunklen Schiffsbauch hinuntersehen. Vorn im Deck war ein großes Viereck ausgespart; das war die einstige Ladeluke. Eine gleiche Öffnung befand sich ein Stück weiter unten. Ich sah deutlich, daß unter dem ersten Raum noch ein zweiter lag.

Hass berührte mich an der Schulter. Er zeigte auf ein Eisengeländer zu unserer Rechten: die Reling! Wir schwammen hin, ich hielt mich daran fest – und als ich mich vorbeugte, sah ich die schräg abfallende Schiffswand. Sie war etwa fünf bis sechs Meter hoch. Darunter erstreckte sich der absinkende Meeresboden, auf dem der Schiffsrumpf auflag. Wo ich jetzt schwebte, hatten einst die Passagiere gestanden und auf das vorbeirauschende Meer hinabgeblickt.

Während ich an der Reling stand, schwamm Hass über die Schiffswand hinunter. Erst auf dem Grund richtete er die Kamera zu mir empor. Ich beugte mich über die Reling vor – ein Passagier, der auf die vorbeischwimmenden Delphine hinabblickt ... Hass streckte den Daumen hoch: Die Aufnahme war okay.

Auf der anderen Seite des Decks ragte ein großer rundlicher Körper auf, aus dem ein Rohr hervorsah. Eine Kanone! Hass gab mir Zeichen, mich daneben aufzustellen. Er hob die Kamera und photographierte. Wieder hielt er den Daumen hoch.

Als ich mir die Rückseite dieser Kanone ansah, mußte ich lachen. Was ich für ein Kanonenrohr gehalten hatte, war ein Stück des einstigen Mastes. Im Innern des Rohres stand ein Rotfeuerfisch. Seine Flossen waren nicht flügelartig, sondern liefen in einzelne weitausladende Strahlen aus. Er war schwarz-weiß gemustert – aber vielleicht war er auch rot, denn hier unten gab es nur noch grünliche und bläuliche Farbtöne. Meine eigenen Finger wirkten aschfahl.

Wir gelangten zum rückwärtigen Teil des Schiffes, der noch gut erhalten war. Das Heck war rund, hatte einen Aufbau in der Mitte, wahrscheinlich den Kompaßstand – und eine Reling, die ringsum lief. Als ich mich vorbeugte, sah ich tief unter mir die Kontur der einstigen Schiffsschraube. Ein mittelgroßer Hai kam schräg emporgeschwommen. Er blickte zu uns herüber und entschwand dann wieder in der Dunkelheit. Es war hier schon sehr düster. Von der Oberfläche konnte ich nichts mehr sehen. Ein beklemmendes Gefühl sagte mir, daß wir jetzt schon zu tief waren – zwanzig Meter war die äußerste Grenze für unsere Tauchgeräte. Nach meinem Ermessen waren wir jedoch tiefer. Hass machte weitere Aufnahmen, dann schwammen wir auf der anderen Seite der Schiffswand entlang. Etwa zwei Meter unter der Reling kamen wir zu einem großen, klaffenden Loch. Wir schwammen hinein.

Meine Augen gewöhnten sich rasch an das Dunkel. Ich war jetzt im Schiffsbauch. Hass untersuchte die Eisendecke über uns. Unwillkürlich sah ich mich um, ob nicht irgendwo Skelette umherlagen. Aber der Boden war wie reingefegt. Unzählige kleine Fische hingen wie Mücken im Raum.

Das Manometer meiner Sauerstoffflasche zeigte fünfzig Atmosphären Druck. Ich hatte also noch Luft für zehn bis fünfzehn Minuten.

Durch mehrere kreisrunde Löcher fiel blaues Licht in diesen dunklen Raum. Das waren die einstigen Bullaugen! Ich schwamm näher an eines heran und blickte hindurch. Im selben Augenblick tauchte dort draußen der Körper eines großen Fisches auf, und von schräg oben näherte sich gleichzeitig ein Stab, schoß plötzlich vor, schlug in den Fisch hinein. Mit einer erschreckten Reflexbewegung sauste der Fisch, ein Zackenbarsch, direkt auf mich zu, in die Öffnung herein. Ich schrie in meiner Maske. Der Fisch wirbelte herum, sauste wieder hinaus und verschwand, eine Schnur hinter sich nachziehend. Arme kamen ins Bild, kurz ein Kopf, zwei Flossen – dann war die Erscheinung vorbei.

Es dauerte eine Weile, ehe ich begriff: Vor meinen Augen hatte Leo einen Fisch harpuniert. Ein unglaublicher Zufall!

Ich brauchte einige Zeit, um mich zu beruhigen. Ich fühlte jetzt sehr deutlich, daß ich hier nicht länger bleiben durfte. Wir waren zu tief. Um Himmels willen: wo war Hass?

Er war genau hinter mir. Von der anderen Seite kam er aus dem Dunkel. Ich atmete auf. Wir schwammen quer durch den weiten Raum bis unter die Ladeluke und durch diese wieder empor. Oben auf dem Deck stießen wir auf Leo. Er war gerade damit beschäftigt, seinen Pfeil wieder geradezubiegen. Der Zackenbarsch hatte sich offenbar losgerissen.

Leo führte uns zur Schiffsseite und zeigte in die Tiefe. Unter der überhängenden Bordwand quoll eine gewaltige Schmutzwolke, aus der zwei Flossen hervorsahen. Es waren die Füße von Gerry: nach seinen Bewegungen zu schließen, war er bei einer angestrengten Tätigkeit. Wir schwammen alle hinunter.

Der getroffene Fisch lag offenbar in einem Spalt zwischen der Schiffsunterseite und dem Grund. Gerry steckte zur Hälfte in diesem Spalt und stocherte darin herum. Hass und Leo verschwanden ebenfalls in der Schmutzwolke, und bald waren von allen dreien nur noch die unter dem Schiffsboden hervorschauenden Flossen zu sehen.

Mir wurde kalt und schwindlig. Ich konnte nicht mehr klar sehen und schwamm etwas höher. Hier war ein klaffender Riß in der Schiffswand. Ein riesiges, fächerartiges Gebilde lugte aus dieser Öffnung hervor. Ich schwamm zögernd in die Öffnung hinein: Es war eine Fächerkoralle, die auf dem Eisen wuchs. Hier unten sah sie schwarz aus, doch wußte ich, daß diese Art leuchtend orange gefärbt war. Kleinere hatte ich schon öfter gepflückt – diese war ein Prachtstück.

Ich versuchte, sie loszureißen. Ein unbestimmtes Gefühl sagte mir, daß ich in Gefahr war, aber ich zerrte mit aller Kraft an der Koralle. Eine bleierne Müdigkeit überkam mich... Plötzlich fühlte ich zwei Hände, und mein Bewußtsein kehrte zurück. Ich war tief in die Öffnung hineingerutscht, die Eisenkante kratzte scharf über meine Schulter. Hass zog an mir, jetzt war auch Gerry da und packte mich an der anderen Schulter. Ich machte mich frei und versuchte, selbst zu schwimmen. Ich fühlte eine unbeschreibliche Sehnsucht, wieder nach oben zu kommen. Hass hielt mich an der Hand.

Die düstere Ruine blieb hinter uns zurück. Es wurde heller, heller. Viel Luft strömte aus meinem Mund, der Druck auf meinen Körper nahm ab. Es wurde wärmer um mich. In meinen Ohren sauste es – pfeilschnell flogen wir aufwärts. Wir brachen durch den Wellenhimmel, und um uns war wieder Licht und Sonne.

„Sie hätten nicht so tief tauchen sollen!“ sagte Hass, als wir wieder im Boot waren.

Ich war noch schwindlig, aber sehr erleichtert. „Sie waren noch tiefer“, sagte ich.

„Das ist etwas ganz anderes“, sagte Hass.

Ich lächelte: „Wirklich?“

Hass sah mich sehr nett an. Ich glaube, er hatte ein schlechtes Gewissen. „Sie sind ganz schön mutig“, sagte er.

IN TODESGEFAHR

WIR ASSEN zu Mittag und waren alle in Hochstimmung. Der Wind hatte nachgelassen, und das Meer breitete sich ölig und glatt um uns aus. Auf unseren zehn Quadratmetern Deck hatten wir weder Stühle noch einen Tisch, also benutzten wir die Planken als Tisch und hockten wie bei einem Picknick im Kreis auf dem Boden.

Mein Ehrgeiz war, trotz dieser primitiven Situation hübsch zu decken. Wir aßen von bunten Plastiktellern auf kleinen Bastmatten, die Speisen standen auf einem großen runden Brett in der Mitte. Zu Mittag gab es stets nur leichte Kost, damit wir schnell wieder ins Wasser konnten.

„Heute abend gibt es eine Überraschung“, verkündete ich. „Ratet, was?“

„Meinen Zackenbarsch!“ erklärte Leo. „Erst den Kopf als Suppe und dann den Rest, hübsch braun gebraten.“

„Zur Hälfte erraten“, sagte ich. „Aus dem Kopf machen wir eine Suppe – aber da heute Bill Clark kommt, habe ich mir etwas anderes ausgedacht. Es gibt ein ganz heimatliches Gericht: Rehrücken in Rahmsoße mit Preiselbeeren. Was sagt ihr!“

Beifälliges Murmeln um den „Tisch“. Wir hatten zu Versuchszwecken verschiedene Konserven mit, darunter eine große Dose Rehrücken in Rahmsoße.

Wir freuten uns alle, daß Bill Clark den weiten Weg nicht scheute, uns einen Besuch abzustatten. Er kam per Auto auf der Küstenstraße, und Gerry und Machmoud sollten ihn am Nachmittag mit dem Boot abholen. Von unserem Ankerplatz konnten sie die Stelle mit dem Außenbordmotor in ungefähr dreißig Minuten erreichen.

Ich hörte, wie die beiden abfuhren, dann sah ich das Boot auf dem spiegelglatten Meer verschwinden.

Etwa eine Stunde später zeichnete sich in Richtung der Küste ein merkwürdiger weißer Streifen am Horizont ab. Die Sonne war hinter einer Dunstwolke verschwunden. Der Streifen sah wie eine Brandung aus. Er kam in seiner ganzen Länge näher.

Ich rief Hass. Sein Gesicht war ernst: „Wir bekommen Sturm."

Die Männer hatten sich in schattige Winkel verkrochen. Nun wurde es am Vorderdeck plötzlich lebendig. Der „Raubmörder" kletterte in das kleine Boot, ein Anker wurde ihm hinuntergegeben; das Seil hinter sich nachziehend, ruderte er eilig vom Schiff weg, gegen das tiefe Wasser zu. Dort ließ er den Anker ins Meer fallen.

Es war gespenstisch. Wie eine lange Front rückte die weiße Linie näher. Jetzt konnte man bereits sehen, wie es dort spritzte und schäumte.

„Das Sonnensegel wegmachen!" rief Hass. Alles lief durcheinander. Und schon brach es auf uns nieder. Die Wanten begannen zu surren, die *El Chadra* legte sich zur Seite. Die Wellenwand schlug gegen das Schiff. Große Hagelkörner donnerten auf uns nieder.

Wir drängten uns unter ein Stück Sonnensegel, das noch etwas Schutz bot. Es war unglaublich, nach dieser drückenden Hitze plötzlich das ganze Deck mit Eis bedeckt zu sehen. Es war kühl, eine heftige Sturmbö heulte über uns hinweg. Die *El Chadra* begann zu stampfen und zu schlingern.

„Ich mach unten die Kisten fest!" rief Xenophon. „Kommen Sie mit, Wawrowetz?" Auch Leo folgte den beiden.

„Da haben Sie einen Strick! Halten Sie sich daran fest, sicher ist sicher." Hass knotete ihn am Schanzkleid fest. „Nötigenfalls können Sie sich anbinden."

„Ist es so gefährlich?"

„Nein, nein. Ich glaube, es wird gleich vorbei sein." Er eilte zum Vorderdeck.

Der Hagel hatte aufgehört. Nun peitschte ein warmer Regen hernieder. Der Sturm schien gedreht zu haben, das Donnern der Brandung kam jetzt aus einer anderen Richtung.

Ich klammerte mich an dem Strick fest. Alles, was nicht niet- und nagelfest war, wurde vom Sturm durcheinandergeschüttelt. Es war ziemlich dunkel geworden. Ich zitterte vor Nässe und Aufregung. Das Vorderdeck konnte ich nur undeutlich sehen; schemenhaft huschten dort Gestalten hin und her. Wir hingen an drei Ankern. Ich wagte nicht, mir vorzustellen, was geschah, wenn die Seile rissen.

Endlich tauchte Hass wieder auf. Der Sturm heulte jetzt so stark, daß man dem anderen ins Ohr schreien mußte, um verstanden zu werden. „Glauben Sie, daß die Anker halten?“ schrie ich.

„Einer wird schon halten!“ schrie Hass zurück.

„Und wenn sie nicht halten?“

„Dann machen wir eine Gratisfahrt nach Saudi-Arabien, dort soll es auch sehr hübsche Korallen geben!“

Das sollte wohl ein Witz sein, um mich aufzumuntern. Saudi-Arabien war auf der anderen Seite des Roten Meeres, und in dieser Richtung lag unser Riff, an dem wir zerschmettern mußten. Der Kapitän hatte schon gewußt, warum er hier nicht ankern wollte!

Regen und Sturm ließen etwas nach. Hass, Leo und Xenophon zerrten das Schlauchboot an Deck und bliesen es mit dem Blasebalg auf. Xenophon stieg wieder in den Schiffsbauch hinunter und reichte zwei Wasserkanister, eine Proviantkiste und mehrere in Segeltuch verpackte Raketen herauf. Alles wurde im Boot festgemacht.

Es wurde immer düsterer. Ich kauerte an der Reling und klammerte mich am Seil fest. Das unheimliche Donnern der Brandung kam jetzt von der anderen Seite. Der Sturm schwoll wieder an und schien ständig zu drehen. In der kurzen Pause zwischen zwei Böen wollte ich zu den Männern hinübergehen – in diesem Augenblick heulte es auf, als wollte uns der Orkan verschlingen. Die *El Chadra* wurde wie von einer Riesenhand niedergedrückt. Ich sah, daß Hass und Leo das Boot an den Mast banden... dann sah ich nichts mehr. Eine Riesenwelle ging über uns alle hinweg. Das Schiff bäumte sich auf, ein peitschender Knall... Die *El Chadra* wurde hochgehoben, stampfte...

Mein Herzschlag setzte aus: Eines oder zwei der Ankerseile waren gerissen! Das Schiff schlingerte jetzt viel stärker.

Vom Vorderdeck gellten aus der Dunkelheit Schreie zu uns herüber. Hass turnte die Reling entlang, verschwand. Ich wartete einen günstigen Augenblick ab und lief zum Mast hinüber, wo ich mich neben Leo und Wawrowetz am Boot festklammerte. Wenn das Schiff gegen das Riff geschmettert wurde, war dieses Schlauchboot wahrscheinlich unsere einzige Rettung. Die Riffe hier waren nicht breit.

Vielleicht würden wir im Schlauchboot darüber hinweggespült und hatten doch noch eine Chance ...

Plötzlich wurde mir klar, was mich schon die ganze Zeit hindurch im Unterbewußtsein beschäftigte. Natürlich! „Ich komme gleich wieder!" brüllte ich Leo ins Ohr.

Ich hörte noch, wie mir Leo nachrief: „Bist du verrückt?", doch schon war ich bei der Leiter und kletterte in den stockdunklen Schiffsraum hinab. Auch hier unten war alles naß. Ich stolperte über eine Kiste, schlitterte durch die Finsternis. Dann war ich wieder auf den Beinen und tastete mich weiter. Endlich fand ich meinen Koffer. Mit einer Hand hielt ich mich fest, mit der anderen wühlte ich in den Kleidern – dann hatte ich, was ich suchte. Wieder rollte das Schiff, ich stürzte und umklammerte dabei krampfhaft das Metallstück in meiner Hand. Dann trat sekundenlang wieder Ruhe ein. Ich stopfte das harte Metall in meine Tasche, schloß den Koffer und verspreizte ihn wieder. Als ich oben anlangte, prasselte gerade eine Riesenwelle über das Deck. Es war jetzt völlig finster, pechschwarz. Wie spät mochte es sein?

Leo half mir, mich mit dem Seil am Mast festzubinden. Dann fuhr ich mit der rechten Hand in die Tasche, umklammerte das runde Eisen – und fühlte mich beruhigt.

Es war der Schäkel eines Segelbootes, ein Talisman, den ich von Gerrys Bruder Harry bekommen hatte. Im Krieg hatte ihm dieser Schäkel das Leben gerettet; ein Schuß hatte ihn getroffen, doch die Kugel war gegen den Schäkel geprallt. Vor meiner Abreise von Wien hatte mir Harry diesen Talisman gegeben. „Er wird dir immer Glück bringen", hatte er gesagt.

Harry und ich hatten auf der Alten Donau in einigen Stürmen gesegelt, und das war uns schon recht aufregend vorgekommen. Was Harry wohl jetzt sagen würde?

Ich dachte an meine Eltern. Irgend jemand würde ihnen wohl die Nachricht schonend beibringen, falls wir hier alle zugrunde gingen. „Mir wäre schon lieber, du bliebst da", hatte mein Vater gesagt. „Aber du bist ja nicht zu halten. Also paß gut auf dich auf."

Plötzlich war Hass wieder da. „Sie haben noch einen Anker geworfen!" schrie er. „Den vierten! Ein ganz vorsintflutliches Ding. Sie hatten es unten im Schiffsraum, offenbar als letzte Reserve."

„Die anderen sind alle ab?" brüllte Leo.

„Ja, drei sind ab. Aber dieser hat ein vierfaches Seil. Die ganze

Mannschaft hängt daran, um jeden Ruck auszugleichen. Dort, wo das Seil über die Reling schleift, haben wir es ganz dick mit Decken umwickelt."

„Gehen wir ins Schlauchboot, wenn das Seil reißt?" schrie ich Hass ins Ohr.

„Ja!"

„Und die Mannschaft?"

Keine Antwort. Ich umklammerte den Schäkel. Ich war völlig durchnäßt, und obwohl der Sturmwind heiß war, fröstelte ich. Meine Haare hingen mir in Zotteln ins Gesicht. Zum erstenmal in meinem Leben fühlte ich nackte Todesangst. Der Gedanke, daß dieses Leben nun so plötzlich vorbei sein sollte, war einfach unfaßbar. Ich saß in der pechschwarzen Finsternis an den Mast gebunden und haßte Hass, der neben mir kauerte und schuld daran war, daß unser aller Leben nun an einem Ankerseil hing. Ich spürte, wie mir die Tränen in die Mundwinkel liefen.

Zeit verging. Vielleicht eine Stunde, vielleicht mehr. Zwei- oder dreimal flaute der Sturm etwas ab, dann peitschten neue Böen über uns hinweg. Hass hatte seinen Arm um mich gelegt; mein Kopf lag an seiner Schulter. „Das war keine gute Idee, hier zu ankern", hörte ich ihn sagen.

Ich antwortete: „Das konnten Sie nicht wissen!"

Plötzlich sah ich diesen Mann, das Idol der Jugend, anders als bisher. Er hatte eine rege Phantasie und den verbissenen Willen, diese in Wirklichkeit zu verwandeln. Das war der Motor seines Wagemutes und seiner Entschlußkraft. Auf seiner ersten Expedition im Karibischen Meer hatte man ihm erklärt, er und seine zwei Begleiter würden bestimmt von Haien gefressen werden. Kein Mensch hatte es bis dahin gewagt, in diesen Gewässern zu tauchen. Aber der junge Mann aus Wien wußte es besser und behielt recht. Die drei tauchten monatelang in den von Haien verseuchten Gewässern. Wer wagt, gewinnt. Allerdings: Wer wagt, kann auch verlieren.

Ich schämte mich meines Vorwurfs. Wenn eine Sache schiefging, hatten es alle vorher besser gewußt. Aber das Unmögliche war nur so lange unmöglich, als es unversucht blieb. Nur solange es Menschen gab, die es versuchten, gab es einen Fortschritt.

Ich drückte meinen Kopf gegen seine Schulter.

„Haben Sie Angst?"

„Ja, aber nicht sehr."

Die Nacht war endlos. Der Mastbaum ächzte unter dem Anprall des Sturms. Trotzdem war er noch der sicherste Platz, das Schlingern und Stampfen war hier nicht so stark zu spüren wie am übrigen Deck. Mich hielt ein Arm fest, ich fühlte mich geborgen. Ich sank in eine Art von Dämmerschlaf und dachte an das versunkene Wrack. Vielleicht hatte dieses Schiff bei einem ähnlichen Sturm hier Zuflucht gesucht.

Schließlich mußte ich wirklich eingeschlafen sein, denn als ich die Augen wieder öffnete, hatte der Sturm nachgelassen. Leo und Wawrowetz lagen zusammengerollt im Schlauchboot und schliefen. Hass, an dessen Schulter ich noch immer lehnte, hatte sich die ganze Zeit nicht bewegt.

„Ist es vorbei?" fragte ich.

„Ich glaube, ja. Schon seit einer Stunde ist es ruhiger." Hass stand auf und kam kurz darauf mit einer Flasche Tee zurück; irgendwo hatte er auch ein halbwegs trockenes Paket Zwieback aufgetrieben. „Da, trinken Sie", sagte er und reichte mir die Flasche. „Die Leute schlafen jetzt. Sie haben die ganze Nacht am Seil gehangen und sind nun völlig erschöpft."

Allmählich wurde es heller. Die Windstärke war noch immer beträchtlich, aber der Sturm lag in den letzten Zügen. Hinter uns donnerte die Brandung gegen das Riff.

„Wissen Sie, daß wir nur dreißig Meter vom Riff entfernt sind?" sagte Hass. „Der letzte Anker hat uns wirklich gerettet."

Das Deck glich einem Schlachtfeld – aber die *El Chadra* hatte die Schlacht gewonnen. Allmählich wurde es auf dem Schiff wieder lebendig. Xenophon hatte unten im Schiffsraum geschlafen. Nun tauchte er auf und weckte Stamat. Gemeinsam gelang es ihnen, in dem Holzkohlenbecken Feuer zu machen, und bald weckte der Duft von Kaffee unsere Lebensgeister wieder.

Der Kapitän trank eine Tasse mit uns. Er ließ uns unsere Niederlage nicht fühlen. Nichts deutete darauf hin, daß er Hass und uns für diese Schreckensnacht verantwortlich machte.

Der Wind flaute langsam ab. Durch das nebelige Licht näherte sich das Tuckern des Motorbootes. Bill Clark kletterte an Bord und begrüßte uns herzlich. Er und Gerry hatten die Nacht auch nicht gerade angenehm im Auto verbracht.

„Wir haben schon gedacht, wir würden euch mit Tauchgeräten suchen müssen", sagte Gerry.

Der Kapitän ließ uns durch Stamat fragen, ob wir versuchen könnten, die Ankerseile wieder anzuknüpfen. Hass und Leo schnallten sich Tauchgeräte um. Ich bat, auch mitkommen zu dürfen. Zu dritt kletterten wir über Bord. Das Meer war trüb. Wir konnten höchstens acht oder zehn Meter weit sehen. Einige Fische schossen aufgeregt an uns vorbei.

Wir schwammen an dem dicken Seil entlang, das uns vor dem Riff bewahrt hatte. Da Hass und Leo die abgerissenen Seile hinter sich nachzogen, kamen wir nur langsam vorwärts. Die ersten beiden Anker fanden wir schnell, der dritte lag in über zwanzig Meter Tiefe. Endlich waren alle drei Seile wieder mit ihren Ankern verbunden.

Wir schwammen nun auch noch zu dem vierten Anker, an dem unser Lebensfaden eine Nacht lang gehangen hatte. Er lag wie eine dicke Spinne im Boden festgekrallt. Hass klopfte ihm auf die hochstehende Zinke, so wie ein Reiter ein braves Pferd auf den Hals klopft.

Als wir auftauchten, stand Bill an der Reling. „Ich habe gehört, es gibt heute eine österreichische Nationalspeise?“

„Ja, das ist eine Überraschung“, sagte ich. „Die gibt es aber erst am Abend.“

„Excellent!“

IM GLUTOFEN DER HÖLLE

Wir waren wieder in Port Sudan. Die *El Chadra* hatten wir in der Flamingo Bay zurückgelassen; wie ein Abschnitt meines Lebens blieb sie dort zurück – inmitten des Gestanks der verwesenden Perlmuscheln . . .

Ich betrachtete meine Finger, die in den vollgeschriebenen Seiten meines Tagebuches blätterten. Sie waren in diesen Monaten viel schlanker geworden. Wie lange konnte ich diese Hitze noch ertragen? Im Juli wollten wir wieder zu Hause sein – jetzt war Ende August. Wir waren in der heißesten Gegend der Welt – in der heißesten Zeit des Jahres.

Die Sudanesen lagen wie tote Fliegen unter den Bäumen im Park; gekrümmt und regungslos. Aus der Ferne hallte arabische Musik. Wir waren der einzige Wille in dieser Apathie. Bill Clark war nach England abgereist. Das Leben stand für zwei Monate still . . .

„Nehmen Sie kein zu großes Risiko auf sich", sagte Xenophon neben mir. „Wir könnten Schluß machen. Hass muß jetzt dreimal soviel Aufnahmen haben, als man für einen Film braucht."

Natürlich hatte Xenophon recht, das wußte ich. Wir hatten alle genug geleistet. Ich hatte jetzt Angst, ehrliche Angst. Und doch sagte ich: „Er möchte noch Aufnahmen, auf denen ich mit Haien gleichzeitig auf dem Bild bin. Er meint, sonst glaubt es niemand. Mit Filmschnitt kann man ja so leicht schwindeln. Das eben will Hass nicht."

Ich blätterte im Tagebuch, las da und dort ein paar Sätze. Hatte ich das wirklich geschrieben, vor drei, zehn Wochen?

... Hass wieder einmal ärgerlich, weil ich durch eine unachtsame Bewegung ein Stück Koralle abgebrochen habe... Heute erzählte mir O-Sheik, daß die Leute glauben, Hass hätte einen Brief von seinem Gott an die Haie, darum täten sie ihm nichts ... Meine Schwester schreibt, sie habe mich im Rundfunk sprechen gehört; sie sei, genau wie meine Eltern, sehr stolz auf mich... Die Männer lassen es mich immer öfter spüren, daß sie allein sein, sich gehenlassen und über Dinge sprechen möchten, die ich nicht hören soll...

Die letzte Eintragung lautete: *Nur beim Tauchen habe ich noch manchmal das Gefühl, völlig wach zu sein und Wirklichkeit zu erleben...* Die Hitze lähmte sogar die Erinnerung, zerdehnte die vergangenen Monate zu einer endlosen, kaum noch überschaubaren Folge von Geschehnissen.

Da war jene senkrecht abstürzende Wand, an der Hass hinuntergeschwommen war. Vom Fuße der Wand führte eine steile Schutthalde in einen schwarzen Abgrund hinab. Dort unten schimmerten einige weiße Flecken: das waren zerstückelte Fische. Hass hatte sie an der Kante des Riffes ins Meer geworfen. Sie sollten Haie anlocken. Hass wollte Großaufnahmen drehen. Er erlaubte niemandem, mit ihm zu tauchen. Deshalb lagen Gerry, Leo und ich jetzt im seichten Wasser, direkt an der Kante, und blickten ihm nach. In etwa achtzehn Meter Tiefe ragte eine große Hirnkoralle wie ein Pfeiler vor. Hass schwebte hinab und setzte sich rittlings darauf. „Da ist schon einer –", hörte ich Leo neben mir sagen.

Wir sahen, wie Hass die Kamera hob. Ganz leise hörten wir das Surren im Wasser. Es war ein drei Meter langer Hai, der aus der

Tiefe langsam auf ihn zuschwamm. Die hinabgeworfenen Fleischstücke, von denen einige auch an Vorsprüngen der Wand hingen, hatten ihn angelockt. Der Blutgeruch machte ihn unruhig. Der Hai schwamm Hass direkt an, eine stromlinienförmige, elegante Gestalt. Er kam bis auf zwei Meter an Hass heran, dann drehte er geschmeidig ab und schlug einen Bogen.

Die gleiche Szene wiederholte sich zwei- oder dreimal. Der Hai verdiente als Filmschauspieler einen Oscar.

Da sah ich ein U-Boot; einen Augenblick lang glaubte ich zumindest, eins zu sehen: es war ein riesengroßer Hai, der dicht an der Wand entlang auf Hass zuschwamm. Hass filmte nach der anderen Seite, von wo der geschmeidige Hai gerade wieder auf ihn zusteuerte. Ich war wie erstarrt. Hass sah das riesige Tier nicht! Es war ein heller, fast weißer Hai, ungeheuer dick und groß – wir hatten noch nie einen ähnlichen gesehen. Ich wollte schreien, aber ich konnte es nicht.

Jetzt drehte sich Hass – er sah den Hai. Der breite, vorn spitz zulaufende Kopf war bereits dicht neben ihm! Ganz fern hörte ich Hass einen Schrei ausstoßen, Luftblasen stiegen vor seinem Kopf auf. Der Hai kam näher, im nächsten Augenblick würde er Hass packen und verschlingen!

Hass stieß seinen Arm vor, seitlich gegen den Kopf des Haies. Das große Tier drehte und schwamm einen Bogen. Hass griff nach seinem Speer, der mit einer Schlinge an seiner Schulter befestigt war und über ihm schwebte, stieß ihn gegen den Hai, der wieder zurückkam, und traf ihn am Kopf. Unwillig drehte der Hai ab.

Aus der anderen Richtung kam der erste Hai wieder zurück. Er griff nun auch an: Er sah, daß sein großer Bruder dieses fremde Wesen fressen wollte, und da wollte er auch ein Stück haben. Ich konnte nicht mehr zusehen – und doch starrte ich wie gebannt hinab. Mit aller Kraft drehte Hass den Speer und stieß ihn gegen den Kopf des kleinen Haies. Er riß den Speer zur anderen Seite – wegen des Wasserwiderstandes ging das sehr langsam – und kam gerade zurecht, um den großen Hai nochmals zu treffen. Er saß dort unten auf der Hirnkoralle wie auf einem Pferd und verteidigte sich nach zwei Seiten. Plötzlich sah ich seine Beine zappeln, er hatte seinen Sitz verlassen und kam senkrecht zu uns empor.

Die beiden Haie sausten ihm nach. Hass stieß mit der Harpune abwärts, während er schnell höher kam. Er prallte mit der Schulter gegen eine vorspringende Koralle, taumelte zur Seite, schwamm schräg – genau neben uns kam er herauf. „Zurück ins Seichte!“

Ich schnellte nach rückwärts, Hass warf sich über die Kante. Hinter seinen Beinen kam der Kopf des großen Haies herauf ... Im Seichten lagen wir nebeneinander und starrten auf die Haie, die aufgeregt an der Kante hin und her schwammen. Zum Glück war Niedrigwasser, es stand nicht höher als dreißig Zentimeter über dem Riff. Der Kopf des großen Haies kam bis über die Kante. Er war hellgrau, das Maul breit und leicht geöffnet. Wir hielten die Speere schützend vor uns. „Jetzt habe ich mich gegen diese verfluchte Feuerkoralle gelehnt!“ stieß Leo hervor.

Wir lachten. Die Haie waren plötzlich weg. Sie waren wieder in die Tiefe abgeglitten. Ich zitterte so, daß mir die Zähne gegeneinanderschlugen.

„Das war ein weißer Hai“, hörte ich Hass sagen. „Sie kommen sonst nie ins Seichte. So ein Biest ...“

Ich hatte ein übles Gefühl im Magen, ich hatte zum Frühstück nichts gegessen. Wir waren im Boot; hinter uns zitterten die Ruinen von Suakin in der heißen Luft. Die Sonne, weißglühend und mitleidlos, schien zu wachsen, sie schrumpfte wieder, ihre Strahlen flogen im Zickzack kreuz und quer.

„Fühlen Sie sich nicht gut?“ fragte Hass. Er hatte sich neben mich gesetzt.

„Doch, ich fühle mich sehr gut“, sagte ich und lächelte, so gut ich konnte. Was immer auch kommen mochte: ich hielt diese Expedition durch. Irgendwann mußte es ja vorbei sein ...

Und dann sah ich wieder den blauen Brief vor mir, mit dem Gerry auf mich zugekommen war. Ich hatte schon im voraus gewußt, daß mit diesem Brief etwas nicht stimmte.

In Port Sudan hatte uns eine Menge Post erwartet. Alle Briefe klangen sehr stolz auf das mutige Mädchen, das in den Zeitungen zu Hause Schlagzeilen machte. „Ein Mädchen unter Männern und Haien“ – und wir hatten noch nicht einmal eine Aufnahme, auf der ich mit einem Hai zusammen im Bild war!

Da war Gerry mit diesem blauen Brief gekommen. Er hatte mich ganz merkwürdig angesehen. „Harry ist tot“, hatte er gesagt. „Er ist mit dem Wagen gegen eine Mauer gefahren. Auf der Rückfahrt von einer Regatta in Italien.“ Ich sah Harry vor mir, wie wir zusammen auf der Alten Donau segelten. Der Schäkel hatte ihm gefehlt! Mir hatte er das Leben gerettet.

„Wir ankern am oberen Ende dieser Ruine", hörte ich Hass sagen. Wir waren jetzt nur noch zu viert, Gerry und Wawrowetz waren abgereist.

„Wenn Sie sich nicht gut fühlen, lassen wir es", meinte Hass.

„Ich fühle mich ausgezeichnet. Ich habe auch nicht viel zu tun."

„Sehr tapfer", sagte Hass. „Also kommen Sie! Ich zeige Ihnen, wo Sie sich hinsetzen sollen: Sie auf der einen Seite dieser Schlucht – wir auf der anderen. Dann harpuniere ich einen Fisch, und es würde mich wundern, wenn nicht gleich ein paar Haie kommen. Und wenn ein Hai genau zwischen uns ist, dann schreien Sie ihn an oder stoßen eine Hand vor, damit man eine Reaktion sieht. Erst wenn die Leute das sehen, werden sie es glauben."

„Der weiße Hai hat dich ganz schön angegriffen", erklärte Xenophon trocken. „Das willst du verheimlichen?"

„Das war ein besonderer Fall", entgegnete Hass unwillig. „Schließlich haben wir dort angefüttert. Die normale Reaktion der Haie ist das wichtigste. Das ist es, worin sich die Leute so maßlos irren. In achtundneunzig von hundert Fällen greifen Haie nicht an."

Wir hatten gestern im seichtesten Teil der Lagune getaucht und dort die Wassertemperatur gemessen – über neununddreißig Grad Celsius. An den Abbruchkanten zum tieferen Wasser fiel das heiße Wasser wie ein Katarakt hinab. Unten mischten sich die warme und die kühlere Strömung; wir schwammen wie durch ein Wechselbad.

Eine Beklemmung legte sich wie mit Armen um mich, als wir in die Schlucht hinabschwammen. Wo hatte ich bloß meine freche Sicherheit verloren? Ich sagte mir: Es dauert ja nicht lange; eine halbe Stunde, dann ist auch das hinter uns.

Die Schlucht wurde breiter, weitete sich zu einem Tal. Hass führte mich zu dem einen Abhang und zeigte neben eine steil aufragende Koralle. Ich kauerte mich dorthin. Der Platz war wirklich sehr geschützt; mein Rücken war hier gut gedeckt, und kam ein Hai von vorn, hatte ich ja die Harpune. Leo postierte sich auf der gegenüberliegenden Seite des Tales, vielleicht fünfzehn oder zwanzig Meter von mir entfernt. Zu unseren Füßen verlief ein sandiger Streifen, der schräg zur Tiefe absank. Hass war jetzt über der Sandfläche. Dort stand regungslos ein großer Bajard und ließ sich von Putzerfischen den

Bauch reinigen. Hass hatte seine Harpune an einer Koralle festgemacht und pirschte sich mit der Filmkamera an den Bajard heran. Er begann die Putzerfische zu filmen!

Mir fiel ein, daß ich diesmal selbst mit einer Unterwasserkamera – einer Photokamera – ausgerüstet war. Wenn Haie an mir vorbeikamen, wollte ich sie gleich photographieren.

Hass hatte die Filmkamera weggelegt und die Harpune geholt. Er schwamm wieder langsam an den Bajard heran. Die Harpune schnellte vor, der Fisch wurde in der Mitte durchbohrt. Er schwamm einige heftige Kreise und zerrte Hass hinter sich nach. Hass hielt sich am Harpunenstock fest und blickte nach allen Seiten.

Rings um uns war plötzlich unter den Fischen die Hölle los. Zwei Schwärme kleiner blauer und silberner Fische, die bisher regungslos im Wasser gestanden hatten, sausten erschreckt auf uns zu und umkreisten uns. Aus einem Loch war ein großer Zackenbarsch hervorgekommen und stand inmitten eines Schwarmes von heftig schwingenden schwarzen Drückerfischen.

Hass hatte jetzt den Bajard unter Kontrolle und zog ihn über die Sandfläche. An einem Korallenstock knüpfte er die Schnur fest. Der Bajard versuchte, nach aufwärts zu entkommen. Er kam aber nicht weiter, als die Schnur lang war. So hing er wie eine wehende Fahne zwei Meter hoch über der Koralle. Hass holte die Filmkamera und kam in unsere Nähe geschwommen.

Von schräg oben, geradewegs aus dem Nichts, schoß ein ziemlich dicker Hai auf den Bajard zu. Von der anderen Seite kam ein zweiter Hai, dünner und länger als der andere.

Leo bedeutete mir durch Zeichen, hinter ihm in Deckung zu gehen. Aber gerade von dort kam ein dritter Hai.

Überall schossen jetzt Haie umher. Ich hob die Kamera. Der dicke Hai kam geradewegs an mir vorbei. Ich drückte auf den Auslöser, alles jubelte in mir. Hurra, ich hatte meinen ersten Hai photographiert! Hatte ich Angst? Ich war jetzt so konzentriert, daß ich gar nicht Zeit hatte, daran zu denken. Ich drehte den Film weiter.

Hass winkte zu mir herüber und hob den Daumen. Also auch er hatte das gefilmt. Der Hai war planmäßig genau zwischen uns durchgeschwommen. Zwei schlankere Haie glitten hinter mir vorbei. Ich machte weitere Aufnahmen.

Inzwischen war der dicke Hai wieder zur Sandfläche geschwommen, wo der Bajard matt zuckend auf dem Sand lag. Der Hai schwamm geradewegs auf ihn zu – verschlang ihn; nur die Schwanzflosse sah noch aus dem Maul hervor. Es war ein grotesker Anblick: Der Hai schüttelte den Kopf, die Harpunenschnur störte ihn. Diese riß von der Koralle los, und die Harpune begann jetzt über den Sand zu tanzen. Ich photographierte aufs Geratewohl: Die Harpune verklemmte sich, und der Hai taumelte. Er drehte sich halb auf den Rücken, schüttelte den Kopf hin und her. Aber die Harpune saß zwischen den Korallen eisern fest, und auch die Leine hielt. Die Spitze hing ja an einem Stahldraht, und den konnte der Hai nicht durchbeißen.

Der Hai gab nach. Da er den Fisch nicht von diesem Platz wegbekam, legte er sich neben die Koralle auf den Sand. Da lag er nun genießerisch, würgte und begann, den Bajard in aller Gemütsruhe zu verdauen. Leo und Hass schwammen mit den Kameras zu dem Hai hinunter. Als der Hai die beiden kommen sah, begann er plötzlich zu toben. Der Fisch kam wieder aus seinem Maul hervor und lag matt zuckend auf dem Sand. Der Hai schwamm eilig davon.

Ich warf einen Blick zurück. Direkt hinter mir standen zwei große schwarze Dicklippen, ihr Verhalten sagte mir, daß sie hinter mir Schutz suchten. Diese Erkenntnis traf mich wie ein elektrischer Schlag. Ich, ein Mädchen aus Wien, stand hier unten am Fuße eines Korallenriffs, auf dem Grund des Roten Meeres, und zwei riesengroße Dicklippen suchten hinter meinem Rücken Schutz! Auch die kleinen blauen Fische hatten sich hinter mir versammelt. Ich war ein Bestandteil dieser unheimlichen Welt geworden. All meine Angst war plötzlich verschwunden.

Über dem Sand kreisten jetzt drei Haie rings um den Bajard. Sie hielten einander gegenseitig in Schach. Einen Augenblick lief es mir kalt über den Rücken. Durch eine schnelle Drehung hätte ich beinahe das Mundstück verloren. Leo machte mir ein Zeichen, die Harpune vor mich zu halten. Sieben bis zehn Haie schwammen jetzt unermüdlich an uns vorbei. Leo und ich waren wie eine Insel, um welche diese Haie kreisten.

Es dauerte eine Weile, ehe ich begriff, daß ich an einer Feuerkoralle lehnte. Tränen kamen mir in die Augen, ich konnte nicht mehr klar sehen. Eine Hand packte mich am Arm: es war Hass. Undeutlich sah ich sein Gesicht durch meine Maske. Er machte mir Zeichen, ich solle etwas höher schwimmen – dort auf den Korallenberg! Ich nickte und schwamm hinauf.

Überall rings um uns waren Haie. Hass schwamm zur anderen Seite des Tals hinüber; ich sah, daß er filmte: Meine Sicht war endlich wieder klar. Ich fühlte mich brennend heiß an und zitterte am ganzen Körper. „Hm – hm –!" hörte ich Leo rufen. Hass drüben schwenkte die Faust. Das hieß wohl: beide Kameras waren leergefilmt.

Ich sah mich um. Rechts von mir kam ein ziemlich großer Hai direkt auf mich zu. Ich blickte ihm ruhig entgegen und ließ ihn näher kommen. Obwohl er bedeutend größer war als ich, fühlte ich mich überlegen, als wäre er nichts anderes als ein Hund, der mir gut befreundet war. Eine Stimme in mir sagte: Bist du verrückt? Eine andere sagte: Komm nur, ich möchte dich von ganz nahe sehen! Mit einer plötzlichen Bewegung schnellte ich ihm entgegen und warf die Harpune vor. Der Hai wirbelte herum und sauste direkt an Leo vorbei. Ich lachte, ich konnte mich einfach nicht halten. Leo sah zu mir her und tippte sich an die Stirn.

Hass schwamm schräg abwärts zum Sandboden – mitten unter die Haie hinein! –, löste in aller Ruhe den Harpunenstock aus den Korallen und schwamm in unsere Richtung . . . den toten Bajard hinter sich herziehend. Die Haie waren so verblüfft, daß sie die Stelle noch weiter umkreisten, obwohl der Bajard gar nicht mehr da war. Dann drehte einer und folgte Hass.

Hass schien in Hochstimmung zu sein. Er schwamm schräg empor, den Bajard hatte er ganz nahe an sich herangeholt. Der Hai folgte ihm; Leo und ich folgten nun auch. Und nach uns kamen zwei weitere Haie: eine ganze Prozession bewegte sich in Richtung zum Boot. Leo blickte nach allen Seiten.

Ich blieb etwas zurück und ließ die zwei Haie näher herankommen. Durch eine Bewegung erschreckte ich sie – sie schlugen einen kurzen Bogen, kamen aber gleich wieder. Der Blutgeruch führte sie, als hätten sie eine Leine an der Nase.

Wir hatten das Boot erreicht. Ich klammerte mich am Bootsrand fest. Es ist vorbei, sang es in meinen Ohren. Sie sind besiegt!

Der Bajard verschwand im Boot. „Ich bin doch nicht verrückt, ihnen diesen guten Fisch zu lassen", hörte ich Hass sagen. „Der wird uns noch gut schmecken!"

Xenophon half mir ins Boot. Mit zitternden Fingern löste ich die Gurte und legte mich auf den Boden. Rings um mich war Luft und Sonne. Und dort unten blieben die Haie zurück – das Leben mußte ihnen richtig langweilig werden ohne uns!

Einige Stunden später erreichten wir die Küste und landeten in einer flachen Bucht. Da in Suakin die Hitze unerträglich war, wollten wir versuchen, in der Wüste zu schlafen.

Wir bliesen die Gummimatratzen auf. Hass und Xenophon machten ein Feuer. Ich putzte den Fisch und schnitt ihn säuberlich in Scheiben; alsbald brutzelte er in der Pfanne, und ein köstlicher Duft breitete sich um uns aus.

Es wurde dunkel. Ich dachte an die grünen Wälder daheim und hatte Sehnsucht nach Kühle, nach einem klaren Gebirgsbach. Aber auch hier war es schön. Ich fühlte mich heute dieser trostlos öden Wüste näher als irgendwann. Wir saßen im Kreis und aßen den Fisch. Er schmeckte phantastisch!

„Haben Sie jetzt genug Haiaufnahmen?“ fragte ich.

Hass nickte. „Jetzt haben wir genug. Es bleiben nur noch ein paar recht einfache Aufnahmen – dann sagen wir: Adieu!“

Später lagen wir alle nebeneinander unter dem unermeßlichen glitzernden Sternenzelt. Ich konnte nicht schlafen, ich sah die Haie um mich – und bedauerte, daß ich sie nicht wiedersehen würde.

„Sind Sie noch wach?“ hörte ich Hass neben mir sagen.

„Ja“, sagte ich. „Ich fühle mich glücklich. Ich finde es hier unaussprechlich schön.“

Gemeinsam schauten wir in den endlosen Himmel.

DIE DREI PAKETE

Ich humpelte über die Freitreppe in die orientalisch verzierte Hotelhalle hinunter. Es kam mir ganz unwirklich vor: Wir waren in Kairo! Von der Straße her tönte das laute Hupkonzert der Autos.

Hass erwartete mich schon. Er erhob sich aus einem der riesigen Fauteuils und kam mir entgegen. Da gerade einige prächtig gekleidete saudiarabische Scheichs, von Dienern gefolgt, durch die Halle marschierten, mußten wir beide, wie an den Ufern eines Flusses, warten. „Ich kam leider nur noch in diese Schuhe hinein“, sagte ich, als wir endlich zusammentrafen.

„Tut es weh?“

„Ein bißchen schon. Aber ich glaube, der Furunkel bildet sich erst. Es ist einfach eine Schwellung unter der Ferse – und was macht Ihr Furunkel?“

Hass lächelte sauer. „In diesen weichen Fauteuils geht es, aber wenn ich mich auf etwas Hartes setze, tut es abscheulich weh."

„Ich habe mich gewogen", sagte ich. „Ich habe acht Kilo abgenommen."

Hass lachte. „Ich auch. Genau acht Kilo. Wir sind ganz schön verwundete Krieger. Der Botschafter hat mich angerufen, ich mache ihm einen Besuch. Er würde sich freuen, wenn Sie mitkommen. Haben Sie Lust?"

„Eigentlich lieber nicht – wenn es nicht sehr unhöflich ist", sagte ich. „Um ehrlich zu sein, ich möchte mir ein Kleid kaufen. Die Sachen haben in der Feuchtigkeit doch sehr gelitten. Und wenn wir heute wirklich ausgehen, möchte ich gern etwas Hübsches anhaben."

„Sicher gehen wir aus, und zwar ganz schick. Das mit dem Kleid halte ich für eine gute Idee. Es geht selbstverständlich auf Expeditionskosten."

„Ja?"

„Nun, das ist wohl das mindeste, das Sie sich verdient haben."

Hass wandte sich an einen der Boys und gab ihm den Auftrag, ein Taxi zu rufen. „Wir treffen uns dann um sieben Uhr in der Bar. Und kaufen Sie sich etwas Nettes."

„Vielen Dank. Also bis abends!"

Als ich auf die Straße trat, stürzten drei zerlumpte Kinder auf mich zu. „Bakschisch! Bakschisch!" Ich war in Geberlaune, und jedes erhielt eine Münze. Das war ein Fehler, denn nun kamen noch mehr, die Bakschisch wollten.

Zum Glück befand sich das Modegeschäft gleich einige Türen weiter. Ich hatte es schon bei unserer Ankunft erspäht. Es gab hier reizende französische Modelle. Ich begann nach Herzenslust zu wühlen und fand auch gleich genau das Richtige: ein hübsches schwarzes Jackenkleid. Ich probierte es, und es paßte ausgezeichnet. Ich ließ mir nichts anmerken. „Ich möchte noch ein paar andere Sachen ansehen", sagte ich. Diese herrliche Gelegenheit ließ ich nicht so schnell vorübergehen. Es war wunderbar, nach all diesen Monaten wieder hübsche Sachen anzuziehen und mich im Spiegel begutachten zu können.

Nachmittags ging ich zum Friseur. Es war ein unbeschreibliches Gefühl, wieder in einer gepflegten Umgebung zu sein. Die Luft war angenehm kühl. Die vergangenen Monate erschienen mir wie ein Traum: ein schwerer, heißer, unheimlicher Traum. Ich sah jetzt alles anders, viel klarer.

Als ich in mein Zimmer zurückkehrte, schloß ich meinen Koffer auf und holte daraus ein Paket hervor. Es steckte noch in derselben Leinwandumhüllung, in der ich es bekommen hatte. Vorsichtig öffnete ich die Hülle und holte ein hübsch verziertes Holzkistchen hervor.

Ich hatte dieses Paket am letzten Tag vor unserem Abflug von Port Sudan erhalten. Die Anschrift war in arabischer Schrift säuberlich auf die zusammengenähte Leinwand geschrieben.

Das Begleitschreiben hatten wir uns von einem Sudanesen übersetzen lassen.

Jetzt hielt ich es wieder in Händen und versuchte, mir den Absender vorzustellen. Wahrscheinlich war es ein reicher alter Mann, ähnlich dem Mahdi. In dem Brief stand bloß, er habe einen Zeitungsbericht über mich gelesen. Wörtlich hieß es darin: „Dieses Geschenk soll ein bescheidener Ausdruck meiner Bewunderung sein, ein Abschiedsgruß des Sudans." Das Paket enthielt herrlich gearbeiteten sudanesischen Schmuck, alles aus reinem Gold – insgesamt etwas mehr als ein halbes Kilo.

„Das kann ich doch unmöglich annehmen", hatte ich zu Hass gesagt.

„Das können Sie ruhig annehmen", war seine Antwort. „Das müssen Sie sogar behalten – denn sonst würden Sie diesen freundlichen Mann sehr beleidigen."

„Aber ich weiß doch gar nicht, wer das ist."

„Darum erst recht. Daß eine Frau sich ins Rote Meer wagt, das hat ihm eben imponiert. Sie sind berühmt geworden – und das ist ein Tribut, den Sie erhalten."

Ich legte die einzelnen Stücke nebeneinander auf den Tisch. Ein herrliches Halsband, ein Armband, Ringe für Nase, Ohren und Beine. Die Frauen in Suakin hatten ähnlichen Schmuck getragen. Daß ich selbst einmal einen solchen besitzen würde, hätte ich nie gedacht. Das Armband paßte wunderbar zu dem schwarzen Kleid. Ich betrachtete meine Schätze eine ganze Weile, dann versperrte ich sie wieder.

In der Bar erwartete mich Hass. Erst jetzt, da er einen dunklen Anzug trug, fiel mir auf, wie mager er geworden war. Der Kragen seines Hemdes war ihm eine Nummer zu groß. „Ich trinke einen Tom Collins", sagte er. „Der ist sehr zu empfehlen."

„Ja, ich möchte gern auch einen haben."

„Ist das das Kleid, das Sie sich gekauft haben?"

„Ja, gefällt es Ihnen?"

„Sehr. Und das Armband sieht hübsch dazu aus. Sie haben wahrscheinlich schon nicht mehr daran geglaubt, daß diese Expedition je enden wird?"

Ich lachte. „Um ehrlich zu sein, ich hatte schon beinahe daran gezweifelt. Aber es würde mir nichts ausmachen, wieder zurückzufahren."

Wir gingen in den prächtigen Speisesaal, in dem eine Tanzkapelle spielte. Die vielen eleganten Leute an den Tischen erschienen mir nach den vergangenen Monaten wie Wesen einer anderen Welt. Ich dachte an Leo und Xenophon, die in Port Sudan zurückgeblieben waren, um per Schiff mit aller Ausrüstung heimzukehren.

Hass bestellte Grapefruits als Vorspeise, dann am Spieß gebratenes Fleisch mit Rosinenreis, dazu tranken wir einen französischen Rotwein. Zum Abschluß gab es noch eine köstliche Eiscreme.

Hass sprühte vor guter Laune, so hatte ich ihn selten gesehen. Er sah blendend aus, braun gebrannt mit hellgebleichtem Haar. Seine Augen glitzerten unternehmungslustig.

„Wollen wir es einmal versuchen?" sagte er. „Der ist ganz langsam, das geht vielleicht mit Ihrem Bein –"

Wir tanzten. Mir wurde plötzlich klar, daß mich diese Reise sehr verändert hatte. Ich fragte mich, wie ich in Wien in den Alltag zurückfinden würde.

Als wir wieder an unserem Tisch saßen, zündete sich Hass eine Zigarette an. Das fiel mir auf, weil er nur selten rauchte. „Ich habe einen Gedanken", sagte er unvermittelt. „Aber es ist nichts als ein Gedanke –"

„Ja?"

„Es ist ein Vorschlag, vielleicht ein ganz dummer –", fuhr er fort.

„Sie machen mich neugierig", sagte ich.

Hass sah mich prüfend an. „Wenn Sie es für eine schlechte Idee halten, braucht es Sie nicht zu bekümmern. Und Sie können sich das natürlich reiflich überlegen –"

Es begann mir etwas zu dämmern.

„Kurz gesagt –" Er zog noch einmal an seiner Zigarette. „Der Gedanke ist, ob Sie vielleicht Lust hätten, meine Frau zu werden. Ich kann es mir kaum vorstellen, daß wir wieder getrennt sein sollen –"

Eine Woche später saß ich in Wien meinen Eltern gegenüber. Sie sahen mich ganz feierlich an.

„Und wo wollt ihr wohnen?" fragte mich mein Vater.

„In Liechtenstein. Hans bekam eine Einladung, dort sein Institut zu gründen, und hat sie angenommen. Aber wir werden sicher viel in Wien sein."

Meinem guten Vater standen die Tränen in den Augen. „Du wirst uns fehlen, Kind."

„Das ist ja furchtbar plötzlich", sagte meine Mutter. „Wir haben ja die Aussteuer noch gar nicht vorbereitet. Schon in vierzehn Tagen, sagst du?"

„Ja, am dreißigsten November –"

„Könnt ihr denn nicht wenigstens in Wien heiraten?"

„Hans kann jetzt nicht von Zürich weg", sagte ich. „Er hat sich verpflichtet, den Film für die Biennale in Venedig fertig zu machen, und wir haben ja mehr als zwei Monate verloren."

Jetzt kämpfte auch meine Mutter mit den Tränen. „Ich hoffe, du wirst glücklich", sagte sie. „Hans Hass ist ein berühmter Mann, mit ihm wirst du ein ganz anderes Leben führen. Du wirst es nicht ganz leicht haben."

Das große Ereignis vollzog sich dann in Küsnacht, einem kleinen Städtchen, etwa zwanzig Minuten von Zürich entfernt. Bis zehn Uhr waren wir noch am Schneidetisch, dann zogen wir uns schnell um und fuhren los. Nur ein Schulfreund von Hass, der in Zürich lebte, und dessen Frau begleiteten uns als Trauzeugen.

Der Standesbeamte prüfte sorgfältig alle Dokumente. Er sah uns kritisch, aber nicht unfreundlich an, dann sagte er: „Wir Schwyzerbürger sind einfache Leut, und so frage ich Sie, Charlotte Hildegard Bayerl, wollen Sie den Doktor Hans Heinrich Romulus Hass zum Mann wählen? Sagen Sie laut und vernehmbar ja."

Laut und vernehmbar sagte ich: „Ja."

„Und nun frage ich Sie, Herr Doktor Hans Heinrich Romulus Hass, wollen Sie das Fräulein Charlotte Hildegard Bayerl zur Frau nehmen?"

Auch Hans ließ es bei seinem Ja an Lautstärke nicht fehlen.

Das war alles.

Der Standesbeamte machte uns noch auf Rechte und Pflichten in der Ehe aufmerksam und drückte mir dann ein Büchlein, „Der Weg zum Eheglück", in die Hand.

Im stillen hatte ich an eine große Feier, einen langen weißen Schleier und an viele Gäste gedacht. Aber Hans wollte davon nichts hören. „Wir heiraten nicht für die anderen, sondern für uns", hatte er gesagt. Ich begann zu verstehen, was meine Mutter meinte, als sie mir zu erklären versuchte, daß ich nicht einen normalen bürgerlichen Mann zum Gatten erwählt hatte. Aber ich war so glücklich – und was zählt mehr?

Als wir wieder im Hotel waren, übergab mir Hans ein verschnürtes Paket. Ich öffnete es voll Erwartung. Nie hätte ich erraten, was es enthielt: die handgeschriebenen Kochbücher seiner verstorbenen Mutter.

„Mit unserer Hochzeitsreise werden wir noch ein bißchen warten müssen", sagte Hans. „Jedenfalls bis nach der Biennale. Vielleicht kannst du dir inzwischen ausdenken, wohin wir fahren könnten."

Es folgten Monate, in denen wir ausschließlich im Schneideraum, in der Kopieranstalt und im Tonstudio lebten. Dann fuhren wir nach Venedig, wo unser Film – wir hatten ihm den Titel „Abenteuer im Roten Meer" gegeben – für Österreich laufen sollte. Für die Vorführung beim Festival wurde eine Kopie mit italienischen Untertiteln benötigt – und wir hatten eine anfertigen lassen. Natürlich kam sie erst im letzten Augenblick.

Als wir sie endlich durch den Zoll bugsiert hatten, war es elf Uhr vormittags.

Hass, genau wie immer, bestand darauf, den Streifen zu überprüfen. Dabei kam ans Licht, daß eine ölige Schicht über den Film aufgetragen und dann nicht wieder entfernt worden war, Schmutzlinien liefen kreuz und quer über die Szenen.

Nachmittags war die Vorführung vor dem Richterkollegium angesetzt. Wir gingen an einen Umrolltisch und putzten jeden Meter mit einem Lederlappen. Der Film hatte zweitausendachthundert Meter Länge.

Während ich putzte, konnte ich manche Szene erkennen, und ich erinnerte mich daran, wo und wie sie zustande gekommen war. Ich sah Machmoud vor mir, dem Hass noch ein saftiges Bakschisch gegeben hatte. Unser Kapitän von der *El Chadra* tauchte vor mir auf – wir hatten ihm zum Abschied ein Fernglas verehrt. Ich dachte an Bill Clark, der jetzt längst wieder von England nach Port Sudan zurückgekehrt war. Und ich dachte an den armen O-Sheik, von dem wir nie mehr etwas gehört hatten.

Wir brachten die Kopie gerade noch rechtzeitig zur Vorführung. Wie wir tags darauf erfuhren, hatte unser Film für Österreich den Internationalen Ersten Preis gewonnen.

Am Galaabend flammten Blitzlichter auf, wir mußten in verschiedenen Sprachen Interviews geben. Hans wurde feierlich die Medaille überreicht. Der Vertreter der österreichischen Regierung strahlte.

Prinz Borghese, ein begeisterter Unterwasserjäger, lud uns mit einigen Freunden nach der Festvorführung zu einem Diner auf dem Dachgarten des Danieli-Hotels. Hans wurde gefragt, welche Gegend er zum Tauchen für die interessanteste hielt.

„Sie meinen überhaupt auf der Welt?"

Prinz Alliata, ein anderer der tauchbegeisterten Gäste, nickte.

„Die Antwort ist leicht", sagte Hass. „Das Große Barriereriff von Australien dürfte alles übertreffen. Nach dem wenigen, was ich darüber gehört habe, dürfte sich damit nichts in der Welt vergleichen lassen."

Am nächsten Morgen schrieb ich zwei Zeilen auf ein Blatt Papier und knüllte dieses zu einer ganz kleinen Kugel zusammen. Ich steckte sie in eine Zündholzschachtel, umwickelte diese mit Seidenpapier, steckte sie in eine größere Schachtel, umhüllte auch diese, und so fort. Am Ende hatte ich einen ziemlich großen Karton, in dem sechs immer kleinere Schachteln waren – und in der kleinsten war mein Zettel.

Ich adressierte das Paket an Hans und brachte es zum Postamt. Dieses lag an einem der Kanäle, und ich setzte mich dann auf die dort stehende Bank. Die Gondeln glitten vorbei.

Im Geist sah ich Hans, wie er mit wachsendem Ärger die Schachteln öffnen würde. Hoffentlich hielt er bis zur kleinsten Schachtel durch und fand darin meinen Zettel.

Auf diesen hatte ich geschrieben: „Du wolltest, daß ich mir wünsche, wohin unsere Hochzeitsreise gehen soll. Ich habe darüber nachgedacht. Mein Wunsch wäre: das Große Barriereriff von Australien."

Lotte Hass

Seit Lotte Bayerl als Lotte Hass von ihren ersten Abenteuern zurückgekehrt ist, haben Verlage sie gedrängt, ein Buch zu schreiben. „Mit Recht", sagt Hans Hass, „schließlich war sie die erste Frau, die auf Tauchexpeditionen ging. Und damals war das alles noch viel problematischer, viel gefährlicher als heute. Lotte ist wirklich eine Pionierin. Dabei ist sie nicht einmal von Haus aus mutig. Aber Frauen können ja fast alles, wenn sie etwas wollen und jemanden lieben." Lotte Hass hingegen fand nur das Bücherschreiben höchst problematisch: „Ich könnte kein unehrliches, unaufrichtiges Buch schreiben", sagt sie, „aber ein ehrliches? Ich hatte das Gefühl, plötzlich nackt dazustehen, wenn jeder alles über mich lesen könnte." Aber dann wurde – zwischen zwei Expeditionen – die Tochter Meta geboren. Meta wuchs heran und begehrte Geschichten über die Reisen der Eltern zu hören. Und so wurde erzählt und erzählt, und schließlich hatten die Geschichten Gestalt angenommen und waren bereit, ein Buch zu werden, ein ehrliches, aber kein entblößendes.

Seit den frühen Abenteuern dieses Buches haben die Hass' zahllose Expeditionen unternommen, zahllose Filme gedreht, Hans Hass hat viele Bücher geschrieben, und Lotte wird, nach dem Erfolg ihres ersten, vielleicht ein zweites schreiben. Die berühmte *Xarifa* wurde als Forschungsschiff ausgerüstet und mußte aus finanziellen Gründen aufgegeben werden. „Uns ist fast das Herz gebrochen", erzählt Lotte Hass, „als wir vom jetzigen Besitzer zu einer kleinen Mittelmeerfahrt eingeladen waren. Jetzt ist es ein Luxusschiff, mit antik eingerichteten Bädern: aber mein Mann hat es dann doch genossen, an Bord rauchend im Liegestuhl zu sitzen und für nichts verantwortlich zu sein."

Die Tochter Meta spielt eine große Rolle in der Familie. Sie hat nun auch ihre ersten Taucherfahrungen hinter sich. Und kürzlich haben die Hass' ihre Hochzeitsreise zum Großen Barriereriff in Australien zum zweitenmal gemacht, um Meta zu zeigen, wie es damals war. Auch, um halb belustigt, halb zufrieden zu sehen, wie leicht heute das Tauchen mit modernen Geräten geworden ist.

Am meisten erzählt Lotte Hass von ihrem Mann, und wenn man sie auf ihr eigenes Leben anspricht, protestiert sie: „Sein Leben ist ja meines." Nur zögernd gesteht sie, daß es keine kleine Aufgabe ist, an der Seite dieses eigenwilligen Menschen zu leben. Es erfordert Anpassung ebenso wie Aktivität, wie man sich denken kann. Aber die strahlend hübsche, braungebrannte Lotte Hass ist sehr bescheiden. Erst von Freunden erfährt man, daß sie auch noch eine hervorragende, geräuschlose Hausfrau und Köchin ist, die zudem noch leidenschaftlich gern mit der Tochter reitet, Ski läuft und Tennis spielt. Sie ist es, die das dreihundert Jahre alte Bauernhaus in Liechtenstein verwaltet, die Mäuse vertreibt und sich in der Einsamkeit fürchtet, bis dann etwa zu Weihnachten die gesamte Familie eintrifft und es rasend gemütlich in dem Haus findet, das Lotte Hass fast gegen ihren Einspruch erworben und eingerichtet hat. „Wissen Sie, ich bin auch gern allein", sagt sie, „ob es nun unter Wasser bei den Fischen oder in dem Liechtensteiner Berghaus ist" – oder auch in ihrer Wiener Stadtwohnung hoch oben über dem Opernring.

AIRPORT

Eine Kurzfassung des Buches von

ARTHUR HAILEY

Ins Deutsche übertragen von Fritz und Li Zielesch
Illustrationen von Al Muenchen
Deutsche Buchausgabe: »Airport« (Airport)
Verlag Ullstein GmbH, Berlin – Frankfurt/M. – Wien

Über den internationalen Flughafen Lincoln fegt ein Schneesturm. Auf Sturm steht auch das Stimmungsbarometer der Angestellten; es sieht so aus, als ob es eine lange und anstrengende Nacht wird ... Unaufhörlich sind die Schneeräumkommandos auf den Start- und Landebahnen im Einsatz. Generaldirektor Mel Bakersfeld schwirrt der Kopf von ungelösten Problemen – beruflichen und privaten –, und ausgerechnet jetzt muß eine Abordnung der Gemeinde Meadowood kommen, um sich über den Düsenlärm zu beschweren! Auch die Nerven der Flugsicherungslotsen sind zum Zerreißen gespannt, denn die Flugzeuge können nur mit großer Verspätung starten.

Endlich ist es für das Luxusflugzeug Golden Argosy, *eine Boeing 707, soweit: sie hebt ab zum Transozeanflug nach Rom. Noch ahnen weder Passagiere noch Besatzung, daß ihnen eine gefährliche Nacht bevorsteht, noch hängt jeder seinen eigenen Gedanken nach. Wie sieht die Zukunft der hübschen Oberstewardeß Gwen Meighen aus, die ein Kind von Flugkapitän Vernon Demerest erwartet? Und wie steht Demerest selbst dazu? Warum ist Guerrero, der Mann, der seine Aktenmappe so krampfhaft umklammert hält, so ungewöhnlich nervös? Eine wenigstens genießt den Flug unbeschwert: Ada Quonsett, die abenteuerliche alte Dame – dabei ist sie ein blinder Passagier. Sie hat offenbar keine Nerven, denn sie findet es sogar noch spannend, als eine Katastrophe passiert ...*

Mit den dramatischen Ereignissen einer einzigen Nacht beleuchtet Arthur Hailey eine Reihe menschlicher Schicksale, die miteinander verknüpft sind durch den Schauplatz, auf dem sie abrollen – einem internationalen Flughafen, dessen Atmosphäre meisterhaft eingefangen ist.

KAPITEL 1

Es war an einem Freitagabend im Januar um halb sieben. Der internationale Flughafen Lincoln in Illinois lag – wie der ganze amerikanische Mittelwesten – unter einem Schneesturm, wie man ihn seit Jahren nicht erlebt hatte; das Unwetter hielt schon drei Tage an. Und jetzt kam es auf dem Flughafen zu einer Störung nach der andern.

Ein Bordverpflegungswagen mit zweihundert Diners wurde vermißt, er war wohl irgendwo auf der Flugplatzringstraße steckengeblieben. Flug 111 der United – eine zum Direktflug nach Los Angeles bestimmte DC-8, die der Wagen beliefern sollte – lag schon mit mehreren Stunden Verspätung fest, und durch den Ausfall des Wagens wurde die Verspätung nun noch größer. Und mindestens hundert weitere Maschinen zwanzig anderer Luftverkehrsgesellschaften, die den Flughafen Lincoln benutzten, waren von Verspätungen betroffen, die alle möglichen Ursachen hatten.

Eine Düsenmaschine der Intercontinental Lines, eine Boeing 707, saß am Rand der Startbahn dreinull mit den Rädern tief im Schlamm, der sich unter der Schneedecke gebildet hatte, und blockierte die Bahn. Seit zwei Stunden mühte man sich vergeblich damit ab, das große Flugzeug von der Stelle zu bringen. Jetzt hatte der Kapitän die TWA um Hilfe gebeten, deren Wartungsmannschaft einen hohen Ruf genoß.

Da die beste Start- und Landebahn ausgefallen war, hatte die Flugsicherung bereits den Umfang des aus Minneapolis, Cleveland, Kansas City, Indianapolis und Denver ankommenden Verkehrs beschränkt. Trotzdem flogen jetzt zwanzig ankommende Flugzeuge Warteschleifen übereinander, und bei einigen ging schon der Treibstoff zu Ende. Vorfeld, Halteboxen und Rollbahnen waren mit Flugzeugen verstopft, die auf Startfreigabe warteten.

Die Regale der Frachtspeicher waren bis obenhin gefüllt, die Verwalter musterten beunruhigt die verderblichen Güter – eine Tonne pennsylvanischer Käse für Alaska, Tiefkühlerbsen für Island, lebende Hummer von der Ostküste, die über die Polarroute nach Paris befördert und morgen als „frisch gefangen" auf den Speisekarten angezeigt werden sollten. Nach den Verträgen mußte verderbliche Luftfracht, ob Schneesturm oder nicht, schnell und frisch an den Bestimmungsort gelangen.

Besondere Sorge machte ihnen eine Fracht der American Airlines, mehrere tausend Puterküken, die erst vor wenigen Stunden im Brutapparat geschlüpft waren. Den Zeitplan für Ausbrüten und Versenden hatte man mit der Genauigkeit eines Schlachtplans festgelegt, bevor die Eier noch gelegt waren. Die Küken mußten binnen achtundvierzig Stunden nach dem Schlüpfen an der Westküste sein. Länger konnten sie ohne ihr erstes Futter und Wasser nicht am Leben bleiben, und wenn man sie unterwegs damit versorgte, roch das Flugzeug noch tagelang nach Geflügel. Und jetzt war der Zeitplan schon um Stunden verzögert. Man hatte daher rasch eine Verkehrsmaschine abgezweigt, die die Küken abends mit Vorrang vor noch so prominenten Leuten befördern sollte.

In der riesigen Empfangshalle drängten sich Tausende von Passagieren verspäteter und abgesagter Flüge – ein Anblick wie eine Mischung aus Fußballweltmeisterschaft und Winterschlußverkauf. Das Werbewort des Flughafens oben auf dem Dach des Empfangsgebäudes, LINCOLN INTERNATIONAL – ZENTRUM DES LUFTVERKEHRS DER WELT, war durch Schneewehen unleserlich geworden. Ein Wunder, dachte Mel Bakersfeld, daß überhaupt noch irgend etwas seinen Gang geht.

Bakersfeld war Generaldirektor des Flughafens, groß, schlank, von unerschöpflicher Energie. Er stand am Schneekontrolltisch oben im Flugsicherungsturm. Unter normalen Umständen sah man durch die Glaswände dieses Raums den ganzen Flughafen im Licht der Befeuerung deutlich aufgeteilt vor sich. Der Schnee aber, der an diesem Abend vorhangdicht vorbeigepeitscht wurde, ließ nur einen diffusen Lichtschimmer durch. Der Flughafendirektor Danny Farrow betätigte sich im Augenblick als Schneeräumleiter. Er redete über Sprechfunk verzweifelt auf die Schneeräumzentrale ein. „Die Parkplätze schneien ein. Ich brauche noch sechs weitere Payloader und ein Banjo-Team auf Y-siebzigvier."

Der Schneetisch war eine breite Instrumentenbank mit drei Plätzen. Farrow und seine beiden Assistenten hatten eine Batterie von Telephonen, Fernschreibern und Radios vor sich. Auf Geländekarten, Diagrammen und Anschlagtafeln war verzeichnet, wo sich die einzelnen Schneeräummaschinen und die Männer und Leiter der Banjo-Teams befanden. Ein „Banjo-Team" war eine Mannschaft mit Schneeschaufeln, ein „Payloader" ein Schaufellader.

Von der Schneeräumzentrale kam eine bissige Antwort. „Sicher, sicher – noch sechs Payloader! Vom Weihnachtsmann!"

Es war ein Werkmeister, der seit Beginn des Schneesturms ununterbrochen gearbeitet hatte. Zu solchen Zeiten drehten die Leute durch. Hatte man in einem harten Winter seine liebe Not mit dem Schnee gehabt, veranstalteten die Direktoren mit dem Wartungsdienst ein Herrenessen, das unter dem Namen „Schluß- und Kußabend" lief. In diesem Jahr brauchte man das bestimmt.

„Wir haben vier Payloader hinter dem Verpflegungswagen der United hergeschickt", sagte Farrow begütigend. „Die müßten sich zu dem Wagen doch schon durchgearbeitet haben."

„Ja, wenn wir wüßten, wo der Wagen steckt!"

„Das wißt ihr noch nicht? Was tut ihr eigentlich, Kinder?"

„Habt ihr Komiker in eurer Glasvilla da oben eigentlich eine Ahnung, was hier draußen gefällig ist?"

Bakersfeld wußte es. Auf dem Weg zur Motorfahrzeughalle wäre er selbst beinah steckengeblieben. Er hatte die dort stationierte Schneeräumzentrale inspiziert. Erschöpfte Räumtrupps waren gekommen und gegangen, verstärkt durch Zimmerleute, Elektriker, Klempner, Büroangestellte und Flughafenpolizisten, die man bis zum Ende des Schneesturms von ihrer üblichen Tätigkeit abgezogen hatte. Ihre Aufgabe kam der Schneeräumung auf über elfhundert Kilometern Fernstraße gleich.

„Wir machen uns selber Sorgen um den Verpflegungswagen, Danny", sagte der Werkmeister. „Der Fahrer kann uns da draußen ja erfrieren."

Der Wagen war vor zwei Stunden von der Flughafenküche zum Hauptgebäude abgefahren. Für die Strecke auf der Flughafenringstraße hätte er normalerweise fünfzehn Minuten gebraucht. Die Flugleitung der United Airlines hatte einen Suchtrupp hinterhergeschickt, der unverrichteter Sache zurückgekommen war, und sich dann an die Flughafendirektion gewandt.

„Danny", sagte Bakersfeld, „diese United-Maschine ist ohne Essen abgeflogen, nicht wahr?"

„Ja", sagte Farrow. „Der Kapitän hatte die Passagiere befragt. Bis man neues Essen beschafft habe, könne eine Stunde vergehen, und in Kalifornien scheint die Sonne. Jeder war dafür, ohne Atzung abzufliegen."

Bakersfeld widerstand der Versuchung, die Fahndung nach dem Proviantwagen selbst zu übernehmen. Etwas tun wäre eine gute Therapie gewesen – bei der feuchten Kälte meldete sich seine Narbe aus dem Koreakrieg. Er verlegte das Gewicht auf den gesunden Fuß. Farrow tat schon das Richtige, er schickte Schneepflüge und Räumtrupps auf die Ringstraße hinaus. Die Parkplätze blieben einstweilen ungeräumt. Da setzte es dann natürlich Stunk.

Farrow rief über das rote Telephon den Leiter der Flughafenfeuerwehr an, erklärte ihm die Situation und fuhr fort: „Schicken Sie bitte, wenn wir den Proviantwagen ausfindig gemacht haben, einen Krankenwagen hin, aber nicht schon auf gut Glück vorher. Wir wollen euch nicht auch noch ausgraben müssen." Farrows Glatze glänzte von Schweiß.

Bakersfeld sprach über den direkten Draht den Chef des Kontrollturms an.

„Wie steht's mit der Intercontinental-Boeing 707?"

„Die liegt immer noch fest." Der Kapitän der 707 war durch den Schnee zum Start gerollt, versehentlich aber rechts statt links an einem der blauen Rollbahnfeuer vorbei, und dadurch tief in den Schlamm an der Startbahn dreinull geraten. Die verärgerten Passagiere hatte man durch Schlamm und Schnee herausgeholt und mit Bussen zurückgebracht.

„Wir haben eine Menge abgehenden Verkehr", fuhr der Turmchef fort, „zehn Flüge für Rollfreigabe, ein Dutzend wartende."

Das zeigte wieder einmal, wie dringend man weitere Start- und Landebahnen brauchte. Seit drei Jahren schon drängte Bakersfeld, eine neue Bahn parallel zur Dreinull anzulegen. Der Flughafenausschuß hatte es unter dem Druck der Kommunalpolitiker abgelehnt. Das Publikum wollte mehr Parkplätze, nicht Startbahnen.

„Solange Dreinull ausfällt, müssen die Abflüge über Meadowood gehen", sagte der Turmchef. „Es hagelt bereits Beschwerden." Bakersfeld stöhnte. Die Siedlung Meadowood war unmittelbar an der Südwestgrenze des Flughafens erbaut worden, als der Flughafen schon längst in Betrieb gewesen war. Trotzdem beschwerten sich die Bewohner ständig über den Düsenlärm, und jedesmal richtete die Presse scharfe Angriffe gegen den Flughafen. Die Direktion hatte sich bereit erklärt, An- und Abflüge von Düsenmaschinen nur, wenn unbedingt nötig, über Meadowood zu leiten. Über Meadowood abfliegende Maschinen sollten Lärmbeschränkungsverfahren anwenden. Die Piloten hielten diese Verfahren für gefährlich, die Fluggesellschaften aber hatten auf der Anordnung bestanden.

„Wieviel Anrufe sind denn gekommen?" fragte Bakersfeld.

„Vielleicht fünfzig, die wir beantwortet haben; dazu andere, die wir nicht beantwortet haben. Sogar über unsere Geheimnummern rufen die Leute an – möchte wissen, wo sie die überhaupt herhaben. Ich hab ihnen erklärt, daß wir Schneesturm haben und eine Startbahn ausgefallen ist, aber das ist ihnen egal. Und die Piloten denken gar nicht daran, heute abend die Lärmbeschränkungsverfahren anzuwenden."

„Ich würd's auch nicht tun." Bakersfeld schüttelte den Kopf. Wie sollte man einem Piloten bei solch einem stürmischen Wetter zumuten, nach dem Start gleich Gas wegzunehmen und dann in eine steile Kurve zu gehen, wie es das Verfahren vorschrieb? „Wir haben die Leute schon vor Jahren davor gewarnt, sich in Meadowood anzusiedeln", sagte er.

„Wie ich höre, ist heute abend wieder eine Einwohnerversammlung angesetzt. Man will gerichtlich gegen uns vorgehen."

„Na, da werden wir ja bald Näheres erfahren. Hat mein Bruder eigentlich Dienst?"

„Ja, Keith hat Radardienst – Ostanflüge."

Die Ostanflüge hatten es in sich, denn die im Ostquadranten anfliegenden Maschinen, die ihre Weisungen bekommen mußten, waren sehr zahlreich. „Ist er sehr nervös?" fragte Bakersfeld.

Die Antwort kam erst nach einer Pause. „Ja. Vielleicht noch mehr als sonst." Bakersfelds jüngerer Bruder hatte neuerdings Anlaß zur Sorge gegeben. „Ich wünschte", sagte der Turmchef, „ich könnte es ihm ein bißchen leichter machen, aber so unterbesetzt, wie wir sind, müssen wir ja alle unter Druck arbeiten."

„Ich weiß. Jedenfalls bin ich Ihnen sehr dankbar, daß Sie auf ihn achtgeben."

„Aber ich bitte Sie – in diesem Beruf kriegt's doch jeder mal mit den Nerven, und da hilft eben einer dem andern."

„Nochmals Dank. Ich komme nachher vielleicht mal vorbei."

An einem andern Apparat sprach Danny Farrow mit dem Oberaufseher des Parkplatzes, der ihm sein Leid klagte. Die Wagenbesitzer überschütteten ihn mit Beschwerden – ob denn nicht irgendwer in der Flughafenleitung schon gemerkt habe, daß es schneie, und für Schneeräumung zu sorgen gedenke, man habe ja wohl ein Anrecht darauf, seinen Wagen wegfahren zu können.

„Sagen Sie den Leuten, wir hätten die Diktatur ausgerufen", meinte Farrow. Gleich darauf rief ihn der Flugsicherungsdienstleiter vom Turm an. Nach dem jüngsten Wetterbericht werde in einer Stunde der Wind umschlagen. Man müsse dann andere Start- und Landebahnen benutzen. Könne man nicht unverzüglich den Schnee auf Bahn einssieben räumen? Farrow sagte, er werde es sofort mit dem Führer der Conga Line besprechen und dann zurückrufen. Die „Conga Line" war eine lange Kolonne schwerer Räummaschinen.

Die ununterbrochene Hetze ging nun schon drei Tage, seit Beginn des Schneesturms. Man tat sein Bestes. Um so ärgerlicher war für Mel Bakersfeld eine Mitteilung, die er durch Boten bekam.

m –

8 auf dich! fluglinien-schneeausschuß verfaßt (auf betreiben vernon demerests ... was hat dein schwa gegen dich) kritischen bericht wegen ungenüg schneeräumung auf start und rollbahnen. bericht gibt flughafen (das bist du) schuld an flugverspät & sagt 707 läg nicht fest wenn bahn rechtzeitig geräumt ... merkst du wie hase läuft ... und wo bist du, in eins? steig aus und bezahl mir 1 kaffee.

herzl

t

„T" – das war Mel Bakersfelds spezielle Freundin Tanya – Tanya Livingston, die bei der Trans America die Aufsicht in Passagierangelegenheiten führte. Tanya verabscheute große Buchstaben. Sie hatte einen Mechaniker der Gesellschaft gezwungen, die großen Buchstaben ihrer Schreibmaschine abzumeißeln. Einer der Direktoren hatte wegen vorsätzlicher Beschädigung von Betriebseigentum Krach geschlagen, doch war Tanya damit durchgekommen. Sie setzte immer ihren Kopf durch.

Der von ihr erwähnte Vernon Demerest war einer der Seniorkapitäne der Trans America. In diesem Winter gehörte er dem

Schneeausschuß der Fluglinien an, die den Flughafen Lincoln benutzten. Der Ausschuß kontrollierte ständig die Roll- und Startbahnen. Vernon Demerest war mit Mel Bakersfelds Schwester Sarah verheiratet, doch hatten Mel und sein Schwager wenig füreinander übrig. Mel fand seinen Schwager eingebildet und großspurig. Und er stand mit diesem Urteil nicht allein.

Vor einiger Zeit hatte Bakersfeld auf einer Sitzung des Flughafenausschusses mit Demerest als dem Vertreter des Pilotenverbandes eine scharfe Auseinandersetzung über den Verkauf von Flugversicherungspolicen auf Flughäfen gehabt. In dem abfälligen Schneebericht sah er einen Racheakt. Nicht, daß er sich aus dem Bericht viel machte, immerhin, er war ärgerlich; Abschriften gingen an alle Fluglinien, und da gab's dann morgen Antwort heischende Anrufe und Memos. Am besten, er ging jetzt erst einmal hinaus, um zu sehen, was sich da eigentlich tat.

Zum Zwischenstock, wo sich die Verwaltung befand, benutzte er mit seinem Schlüssel den Privataufzug. In seinen Büroräumen war alles still, jeder Schreibtisch aufgeräumt, jede Schreibmaschine zugedeckt. Er ging in sein Arbeitszimmer und zog sich seinen warmen Wintermantel und pelzgefütterte Stiefel an. In den drei Schneesturmtagen war er, um im Notfall sofort verfügbar zu sein, fast ununterbrochen auf dem Flughafen geblieben. Sonst wäre er jetzt längst daheim bei Cindy und den Kindern.

Oder? War es ihm neuerdings nicht schon zur Gewohnheit geworden, nicht nach Hause zu gehen? Sein Beruf lieferte ihm dafür Gründe genug – Vorwände, Cindys Zänkereien zu entgehen.

Er warf einen Blick auf ein Memo seiner Sekretärin – Cindy hatte es wieder einmal mit ihrem langweiligen Wohlfahrtskomitee; er hatte widerstrebend versprochen, zu einer spät angesetzten Cocktailparty und einem Essen in einem Hotel zu erscheinen. Wer oder was bewohlfahrtet wurde, wußte er nicht. Für Cindy bestand der Wert einer guten Sache in der gesellschaftlichen Bedeutung der Komiteemitglieder.

Nach einer Inspektion des Flugfelds, Rasieren und Umziehen konnte er noch rechtzeitig zu der Cocktailparty kommen. Immerhin war es besser, Cindy auf eine Verspätung vorzubereiten. Er rief zu Hause an. Roberta, seine Älteste, meldete sich.

„Hallo“, sagte er, „hier ist dein alter Herr.“

„Ich weiß“, sagte Roberta kühl. Bakersfeld seufzte. Ging es allen

Vätern so, daß die Verbindung zu einer Tochter, sobald sie dreizehn war, jäh abriß? Noch vor weniger als einem Jahr war das Verhältnis so gut gewesen, wie es zwischen Vater und Tochter nur sein kann. Ja, eigentlich waren es Roberta und die jüngere Libby, die seine Ehe kitteten. Daß sich Roberta als Teenager neuen Interessen zuwandte, die er nicht teilen konnte, hatte er erwartet, nicht aber diese Gefühlskälte.

„Ist deine Mutter zu Hause?“ fragte er.

„Nein, sie ist schon weg. Sie erwartet dich in der Stadt.“

„Sollte sie anrufen, sag ihr, daß ich vielleicht erst später kommen kann.“ Schweigen. „Bist du noch da?“

„Ja. Libby möchte mit dir sprechen.“

Er hörte die atemlose, dünne Stimme der Kleinen. „Papi, Papi! Weißt du, was?“ Die Siebenjährige war immer atemlos.

„Nein, ich weiß nicht, was. Du mußt es mir sagen.“

„Fräulein Curzon hat uns eine Hausaufgabe gegeben – wir sollen uns ausdenken, was alles im Februar passieren wird, und es aufschreiben. Hilfst du mir, Papi? Ich möchte einen Plan vom Februar haben.“ Mel lächelte. Den hätte er auch brauchen können.

„Auf meinem Schreibtisch steht ein Kalender.“ Er hörte eilige Füßchen davontrippeln. Das Telephon war vergessen. Dann legte jemand wortlos auf. Vermutlich Roberta.

Mel Bakersfeld verließ das Direktoriumsstockwerk und ging nach unten. Die Empfangshalle war brechend voll, jeder Platz besetzt, jeder Zeitungsstand und Informationstisch von einer dichten Menge umringt. An den Flugscheinschaltern der Fluglinien standen lange Schlangen bis um die Ecken herum. Das Personal war dadurch verstärkt worden, daß man die vorige Schicht weiterarbeiten ließ.

Auf den Schaltertischen lagen Flugpläne und Flugscheincoupons wie Partituren ausgebreitet. Das durch Verzögerungen und Umleitungen in den Flugplänen verursachte Durcheinander stellte die Geduld der Menschen auf eine harte Probe.

Bakersfeld ging durch die Haupthalle in den Korridor der Trans America. Ein uniformierter Inspektor trat auf ihn zu. „Abend, Herr Bakersfeld. Suchen Sie Frau Livingston?“

Man redet also schon. „Ja“, sagte Mel.

Der Inspektor nickte in Richtung auf eine Tür, an der Nur für Fluglinienpersonal stand. „Sie ist drin. Da ist gerade was los.“

„Regen Sie sich darüber doch nicht so auf", sagte Tanya Livingston freundlich zu der hemmungslos schluchzenden kleinen Flugscheinverkäuferin. Sie führte sie in ihr Privatbüro. „Kommen Sie, setzen Sie sich. Wollen die Sache mal in Ruhe besprechen."

Tanya, Ende Dreißig, war kurze Zeit verheiratet gewesen und hatte eine Tochter. Als sie das junge Mädchen musterte, das wohl gerade erst zwanzig war, kam ihr der Altersunterschied noch größer vor, als er war. Es lag vielleicht daran, daß sie heute zum zweitenmal an ihr Alter erinnert wurde. Das erstemal war morgens beim Kämmen gewesen, als sie das zunehmende Grau in ihrem leuchtendroten Haar gesehen hatte, eine Mahnung, daß die Vierzig unliebsam nahe war, der Zeitpunkt, zu dem eine Frau wissen mußte, wohin.

Die Flugscheinverkäuferin – sie hieß Patsy Smith – wischte sich mit dem Taschentuch, das ihr Tanya gegeben hatte, über die geröteten Augen. „Bei uns zu Hause", würgte sie hervor, „sind die Menschen nicht so gemein und grob."

„Ach, solche gibt's überall. Und ich weiß, daß sich Männer flegelhaft benehmen, wenn es mit ihrem Reiseplan nicht klappt."

„Ich hab doch mein Bestes getan, heute den ganzen Tag und gestern und vorgestern ... aber der letzte da! Bis dahin war alles gutgegangen ..."

Es klopfte. Mel Bakersfeld sah herein. „Verzeihung, ich komm nachher noch mal vorbei", sagte er.

„Nein, bitte, bleib doch", sagte Tanya lächelnd. „Patsy Smith – Generaldirektor Bakersfeld. Sie haben doch nichts dagegen, Patsy?" Patsy schüttelte den Kopf. Bakersfeld setzte sich.

„Was hat sich denn nun eigentlich abgespielt?" fragte Tanya.

„Der Herr hatte einen Flugschein für den Flug 72, und der ist abgesagt worden. Wir haben ihm einen Platz auf 114 verschafft, und da hat er den Abflug verpaßt. Er sagt, er war im Speisesaal und hat den Abruf nicht gehört."

„Im Speisesaal werden die Flüge nicht ausgerufen", sagte Tanya. „Da sind doch große Anschläge, die darauf aufmerksam machen. Und auf der Speisekarte steht es auch."

„Das hab ich ihm ja auch gesagt, und doch war er zu mir so ungezogen, als hätte ich schuld, daß er den Flug verpaßt hat. Ich hab ihm dann einen Platz für 2122 gegeben. Da will er wissen, was für ein Film gezeigt wird. Ich erkundige mich und sage es ihm, und da sagt er, den kennt er schon, und ob ich denn keinen Flug hätte, wo

man einen andern Film gibt. Da hat's dann bei mir geschnappt, und ich hab ihm den Flugplan an den Kopf geworfen und ihm gesagt, er soll sich doch selber einen Flug besorgen!" Patsy ließ den Kopf hängen.

„Da kann ich nur sagen, hoffentlich haben Sie ihn getroffen", sagte Tanya.

„O ja, das hab ich!" Auf Patsys Gesicht erschien ein Lächeln. „Aber dann . . ."

„Ich weiß. Dann haben Sie einen Nervenzusammenbruch bekommen. Und jetzt schicken wir Sie mit einem Taxi nach Hause."

„Sie meinen . . . Sie werfen mich nicht raus?"

„Wenn Sie so etwas noch einmal machen, müssen wir Sie vielleicht entlassen, Patsy. Aber das tun Sie bestimmt nicht. Damit ist der Fall erledigt. Wissen Sie, was sich nach der Szene begeben hat? Ein Herr in der Schlange erklärte mir, wenn der Kerl in dieser Weise seine Tochter schikaniert hätte, dann hätte er ihm eins mit der Faust auf die Nase gegeben. Er hat uns seinen Namen und seine Adresse hinterlassen." Tanya lächelte. „Da sehen Sie, es gibt auch nette Menschen. Unser Beruf verlangt aber von uns, zu allen gleich höflich zu sein, auch zu den Unhöflichen."

„Jawohl", sagte Patsy. Die fängt sich schon bald wieder, dachte Tanya bei sich. Sie hat die innere Elastizität, die man im Umgang mit dem Publikum braucht.

Tanya Livingston füllte einen Schein aus. „Geben Sie den unserm Taxifahrdienstleiter, Patsy. Schlafen Sie sich gut aus, morgen früh sind Sie frisch und munter wieder zur Stelle."

Als das junge Mädchen gegangen war, erhob sich Bakersfeld. „Ich danke dir für die Mitteilung." Mit einer Handbewegung in Richtung der verschwundenen Patsy fuhr er lächelnd fort: „Ich bin auch müde. Schickst du mich auch mit einem Taxi nach Hause?"

Tanya sah ihn mit ihren strahlenden, klaren blauen Augen forschend an. „Könnte sein – falls das Taxi zu meiner Wohnung fährt und du dir von mir was kochen läßt."

„Schön wär's ja, aber du weißt, hier ist die Hölle los. Und nachher muß ich auch noch in die Stadt. Komm, wir trinken eine Tasse Kaffee."

Als sie sich in der Empfangshalle durch das Gedränge schlängelten, merkte Tanya, daß er stärker hinkte als sonst. Am liebsten hätte sie ihn am Arm genommen und gestützt, aber das ging ja nicht. Man hatte sie schon allzuoft in seiner Gesellschaft gesehen, die Klatschmaschine lief sicherlich auf hohen Touren. Auf dem Weg zur Kaffeestube sagte Mel: „Dieses Essen bei dir – wie wär's übermorgen?" Die Einladung hatte ihn überrascht. Er hatte schon mehrmals draußen mit ihr gegessen, doch den Vorschlag, sie zu Hause zu besuchen, hatte sie noch nie gemacht. Entwickelte sich da etwas? Der Gedanke mahnte ihn zur Vorsicht. Es führte womöglich zu einer Gefühlsbindung, die er bei seiner Ehekrise gar nicht bewältigen konnte. Trotzdem konnte er der Verlockung nicht widerstehen.

„Übermorgen ist Sonntag", sagte sie. „Da bin ich dienstfrei und hab viel Zeit. Also – wenn du's einrichten kannst?"

„Abgemacht!" Cindy gegenüber hatte er einen Grund, wegzugehen – er hatte im Flughafen zu tun. Im übrigen ging sie selber oft weg, ohne ein Warum und Wohin anzugeben.

Die Wirtin der Kaffeestube führte sie zu einem Tisch mit dem Schildchen RESERVIERT, der oft von Flughafenbeamten benutzt wurde. Sie setzten sich.

„Hast du bei uns schon mal solch eine Menschenmenge gesehen?" fragte Tanya.

„Wart mal erst, bis die C-5A in den Zivilverkehr kommt!"

„Tausend Passagiere auf einmal an der Sperre – und jeder schreit nach seinem Gepäck!" Tanya schüttelte sich. „Ich will gar nicht daran denken."

„Das wollen die Leute, die für die Flughäfen und den Luftverkehr verantwortlich sind, auch nicht. Die tun, als bliebe es ewig bei den Düsenmaschinen von heute. Unsere Flughäfen sind Flickwerk, und von Vorausplanung ist kaum etwas zu spüren. Gewiß gibt es ein paar Ausnahmen – Los Angeles, Tampa, Dallas, Fort Worth, Kansas City und Houston. Aber New York ist erschreckend – da ist einfach nicht genug Luftraum. Und Washingtons Flughäfen – der National ist trostlos und der Dulles eine einzige Fehlleistung."

„Ich weiß noch, wie es war", sagte Tanya, „als die ersten Düsenmaschinen auf Flughäfen starteten, die für die DC-4 und die Constellation gebaut waren."

„In den siebziger Jahren wird's noch viel schlimmer. Die Hauptsache sehen unsere Planer noch gar nicht – daß der Luftfrachtverkehr nämlich eines Tages viel umfangreicher sein wird als der Passagierverkehr. Dann sind viele Flughäfen total veraltet."

Die Kellnerin erschien. Sie bestellten Kaffee und Toast. Als sie gegangen war, sagte Bakersfeld: „Entschuldige, ich fing schon an, eine Rede zu schwingen."

„Ganz gut, wenn du's übst. Du hast schon lange keine mehr gehalten."

„Ich bin doch nicht mehr Präsident des Rats der Flughafenleiter."

Durch eine Rede, die er vor Vertretern der Fluglinien gehalten hatte, war er mit Tanya zusammengekommen. Er hatte in seiner Rede gesagt, daß die Bodenorganisation weit hinter der künftigen Entwicklung des Luftverkehrs zurückbleibe. Es war für ihn eine Generalprobe für eine Rede gewesen, die er vor einem großen Publikum halten sollte. Tanya war unter den Zuhörern der Trans America gewesen und hatte ihm anderntags eine Mitteilung geschickt:

mr.b –

rede prima. wir erdgebundenen sklaven applaudieren ihrer feststellung daß flugha planer über reißbrett 1geschlafen. darf ich was sagen? rede wäre lebendiger wenn weniger fakten, mehr vom menschen. passagier interessiert sich nur für selbst, nicht für system.

tl

Er hatte seine Rede entsprechend überarbeitet und damit einen Erfolg gehabt wie noch nie. Er hatte sich telephonisch bei ihr bedankt und sich danach öfter mit ihr getroffen.

Die Mitteilung fiel ihm ein, die sie ihm abends geschickt hatte. „Nochmals Dank für den Tip wegen des Schneeausschußberichts!"

„Er ist in unserm Büro getippt worden. Demerest hat ihn durchgelesen und dabei so hämisch geknurrt. Was hat er eigentlich gegen dich?"

Bakersfeld verzog das Gesicht. „Wahrscheinlich merkt er, daß ich ihn auch nicht leiden kann."

„Falls du ihm das sagen möchtest, hättest du jetzt Gelegenheit dazu." Tanya machte eine Kopfbewegung zur Kasse, wo Demerest gerade bezahlte – eine große, eindrucksvolle Erscheinung, in Tweedsakko und Sporthose, gebieterisch wie ein General in Zivil. Mit todernster Miene sprach er auf einen Flugkapitän ein. Als er Bakersfeld und Tanya erblickte, nickte er ihnen kurz zu und ging.

„Er fliegt heute nacht Flug zwei nach Rom, die *Golden Argosy*", sagte Tanya.

Die *Golden Argosy* war das Renommierflugzeug der Gesellschaft, für das im ganzen Land Reklame gemacht wurde.

„Er gilt als einer der besten Piloten der Welt", sagte Bakersfeld.

„Ja." Tanya zögerte. „Aber du bist nicht der einzige, der ihn nicht leiden kann. Ich hab gehört, wie einer unserer Mechaniker sagte, schade, daß es keine Propeller mehr gibt, ich hab mir immer gewünscht, Kapitän Demerest rennt mal in einen hinein."

„Na, das ist aber ziemlich viehisch!" sagte Bakersfeld scharf. Die Kellnerin brachte die Bestellung.

„Mir ist", sagte Tanya, „die Bemerkung von Youngquist, unserm Präsidenten, lieber: Haltet mir den Kerl vom Leibe, aber bucht mich für seine Flüge."

Bakersfeld grunzte belustigt. Tanya strich sich mit ihren raschen Bewegungen den Rock glatt. Sie gehörte zu den Frauen, die auch in Uniform weiblich bleiben. Als hätte sie seine Gedanken gelesen, sagte sie: „Vielleicht trage ich bald keine Uniform mehr. Unser Bezirksdirektor wird versetzt. Sein Vertreter rückt auf, und ich hab mich um seinen Posten beworben. Ich weiß nicht, ob ich eine Frau Direktor spielen möchte, aber wenn man mit seiner Stellung nicht zufrieden ist, bleibt nur ein Ausweg – der nach oben."

„Der in eine Ehe nicht?"

„Wer nimmt schon eine Frau mit Kind! Männer wollen eine ohne Anhang. Frag Roy, meinen Verflossenen – falls du ihn finden kannst, was mir noch nicht gelungen ist."

„Als das Kind geboren war, hat er dich verlassen?"

„Um Himmels willen, nein! Dann hätte er ja noch sechs Monate für mich sorgen müssen! Eines Donnerstags sagte ich ihm, daß ich schwanger sei. Als ich am Freitag von der Arbeit kam, waren seine Sachen weg und er mit ihnen. Wenigstens hat's mir die Scheidung erleichtert – böswilliges Verlassen. Aber eins muß ich ihm zugute halten." Sie lächelte. „Unser gemeinsames Bankkonto hat er nicht angerührt. Ich hatte die ganzen achtzig Dollar für mich."

Bakersfeld blickte auf die Uhr. Es war schon drei viertel Stunden her, daß er bei Danny Farrow am Schneekontrolltisch gewesen war! „Einen Augenblick", sagte er, „ich muß einen Anruf machen."

Er ging zur Kasse, zahlte und rief den Schneetisch an. Farrow meldete sich. „Moment", sagte er. Gleich darauf war er wieder da. „Eben kommt eine Meldung über die 707. Sie liegt noch immer eisern fest. Man ruft jetzt Joe Patroni zu Hilfe."

Joe Patroni, der Wartungsdienstleiter der TWA, war der geborene Nothelfer. Doch befand er sich jetzt in seiner Wohnung im vierzig Kilometer entfernten Glen Ellyn, und das war schon bei günstigen Straßenverhältnissen eine Fahrt von vierzig Minuten.

„Wenn uns einer das Ding wegräumen kann, dann ist es Joe", sagte Bakersfeld. „Wir brauchen die Dreinull dringend!"

„Hab ich den Leuten schon gesagt. Übrigens, etwas Erfreuliches – wir haben den Verpflegungswagen der United gefunden. Der Fahrer lag bei laufendem Motor bewußtlos unterm Schnee in Kohlenoxydgas. Er wird sich unter dem Atmungsgerät aber wohl bald erholen."

„Das ist ja schön", sagte Bakersfeld. „Ich gehe jetzt aufs Rollfeld und rufe wieder an."

Als er mit Tanya die Kaffeestube verließ, kam ein Flugscheinverkäufer der Trans America herein. „Ach, Frau Livingston", sagte er. „Der D.T.M. sucht Sie." Der D.T.M. war der District Traffic Manager, der Bezirksverkehrsleiter. „Er hat einen Fall, einen blinden Passagier von Flug 80 aus Los Angeles, eine ganz Verrückte, sagt er. Sie möchten sich das Herzchen mal vornehmen." Er nickte ihr vergnügt zu und ging weiter.

Tanya begleitete Bakersfeld zum Aufzug, er wollte zur Garage hinunter, wo sein Wagen stand. „Bevor ich wegfahre", sagte er, „komm ich vorbei und erkundige mich nach dem blinden Passagier – da hab ich einen Grund, dich noch mal zu sehen."

Er gab ihr die Hand.

„Braucht's einen Grund?" fragte sie leise. Als er hinunterfuhr, fühlte er noch die Wärme und Weichheit ihrer Hand und hörte noch ihre Stimme.

KAPITEL 2

Joe Patroni, der einige zwanzig Minuten zuvor von seinem im Ranchstil erbauten Haus abgefahren war und jetzt mit seinem Buick Wildcat in einer endlosen Wagenkolonne festlag, war ein respektloser Draufgänger, von dem man sich Wundergeschichten erzählte. Als Flugzeugmechaniker hatte er die Abendschule besucht, war Vorarbeiter und dann Werkmeister geworden. Er konnte, wie es hieß, mit seinen Leuten einen Motor schneller auswechseln, als es die Hersteller für möglich gehalten hätten.

Einmal hatte er alles stehen und liegen lassen und war, ohne ein Wort zu sagen, mit einem Paket unterm Arm nach New York geflogen und im Hauptgebäude der TWA an sämtlichen Sekretärinnen vorbei unangemeldet beim Präsidenten hereingeplatzt, hatte das Paket geöffnet und einen auseinandergenommenen, öligen Vergaser auf den Schreibtisch gelegt. Der Präsident war einem Schlaganfall nahe gewesen. „Wenn Sie", hatte Patroni seelenruhig gesagt, „etliche Maschinen im Flug verlieren wollen, schmeißen Sie mich raus. Wenn nicht, hören Sie mich an."

Der Präsident hörte ihn an und holte den technischen Direktor, und der fand sich nun endlich zu technischen Veränderungen bereit, die Patroni seit Monaten gefordert hatte – sie sollten eine Vereisung des Vergasers während des Fluges verhindern. Patroni bekam einen höheren Posten und wurde wenige Jahre darauf Wartungschef der TWA auf dem Lincoln International. Wurde man mit einer Aufgabe nicht fertig, so hieß es stets: Holt Patroni!

Als der Hilferuf vom Flughafen gekommen war, hatte Marie Patroni, eine frühere Stewardeß, ihrem Mann, der sie innig liebte, rasch ein paar belegte Brote eingepackt. Während der gefährlichen Fahrt aß er etwas davon. Jetzt blickte er auf die Uhr. Die Wagen vor ihm lagen schon mehrere Minuten fest, und aus der Gegenrichtung kam kein einziger Wagen. Patroni zog sich die Kapuze seines Anoraks über den Kopf, nahm seine starke Elektrolaterne in die Hand und stampfte gegen Wind und Schnee vorwärts.

Vor ihm wurden wandernde Lichtkegel sichtbar, Schatten von Menschen flossen zusammen und auseinander. Eine dunkle Masse ragte auf, beleuchtet von flackernden roten Fackeln. Ein achtzehnrädriger Zugmaschinenanhänger lag quer über der Straße auf der Seite. Zwei Polizeiwagen waren zur Stelle, die Beamten verhörten den Fahrer. Auf der andern Seite fuhr ein Abschleppwagen mit blinkendem Dachlicht an. Der Fahrer stieg aus und schüttelte beim Anblick des riesigen Anhängers den Kopf.

Patroni drängte sich durch. Er steckte sich seine unvermeidliche Zigarre an und klopfte einem der Polizisten auf die Schulter. „Hören Sie, lieber Freund, mit einem Abschleppwagen allein kriegen Sie das Ding nicht weg. Sie brauchen zwei mehr, einen hier zum Schieben, und zwei drüben zum Ziehen." Er ging um den Anhänger herum, leuchtete ihn mit seiner Elektrolaterne aus verschiedenen Winkeln an und gestikulierte mit seiner Zigarre. „Die beiden Abschleppwagen haken sich an drei Punkten an. Zuerst ziehen sie die Zugmaschine, und zwar schneller, damit sie sich nicht abwinkelt, und . . ."

„Halt mal!" Der Beamte rief einen andern herbei. „Hier ist einer, der scheint was davon zu verstehen."

Zehn Minuten darauf hatte Patroni die Sache in der Hand. Über Polizeifunk waren zwei weitere Abschleppwagen angefordert worden, und der Fahrer des ersten legte seine Zugketten an den Achsen des Anhängers an. Alsbald vollzog sich alles im besten patronischen Hau-ruck-Stil. Über sein Funksprechgerät teilte Patroni dem Flughafen die Ursache seiner Verspätung mit und gab für die Arbeiten auf der Startbahn dreinull ein paar erste, provisorische Anweisungen.

Bakersfeld fuhr mit seinem „Mobil", einem senfgelben, mit Funktelephon ausgestatteten Flughafenwagen, auf das Flugfeld hinaus. Wirbelnder Schnee peitschte die Windschutzscheibe. Vor ihm auf dem Rampenvorfeld standen wartende Flugzeuge. Hier und da erhaschte er einen Blick auf die in den hellerleuchteten Kabinen sitzenden Passagiere. Weiter draußen sah er die verschwommenen Umrisse und Positionslichter der zuletzt gelandeten Maschinen, die mit noch laufenden Motoren auf Warteposition standen, im „Schwitzkasten", wie man sagte.

Im Funktelephon knatterte es. „Turm an Eastern siebzehn. Gebe Sie frei für Startbahn zweifünf. Ändern Sie Frequenz für Luftstraßenfreigabe."

Ein Ausbruch atmosphärischer Störungen. „Eastern siebzehn. Verstanden."

Eine schärfere Stimme. „Pan Am vierundfünfzig, auf äußerer Rollbahn zu zweifünf unterwegs, an Turm. Habe eine private Cessna vor mir. Stehe auf meinen Bremsen, um dahinter zu bleiben."

„Turm an Pan Am vierundfünfzig. Bleiben Sie auf Empfang." Kurze Pause. „Turm an Cessna siebendrei. Biegen Sie in nächste Abzweigung rechts ein, damit Pan American vorbei kann."

Überraschenderweise antwortete eine Frauenstimme. „Cessna siebendrei an Turm. Bin schon dabei. Also los, Pan Am, altes Elefantenküken!"

Ein Auflachen. „Dank, Herzchen. Malen Sie sich inzwischen die Lippen."

Der Turm meldete sich.

„Turm an alle Flugzeuge. Beschränken Sie sich auf sachliche Angaben."

Bakersfeld spürte, wie überreizt der Mann war. Aber wer war das nicht? Beunruhigt dachte er an seinen Bruder Keith. Er drückte den Knopf seines Mikrophons. „Mobil eins an Turm. Bin nach Startbahn dreinull unterwegs."

„Turm an Mobil eins. Verstanden. Folgen Sie Air Canada DC-9, die gerade vor Ihnen hinausrollt. Vorsicht vor Startbahn zweieins!"

Bakersfeld folgte der Air Canada und achtete dabei auf „Rampenläuse", Fahrzeuge aller Art, die sich auf dem Rollfeld neben stehenden Maschinen ansammeln. Er sah mehrere „Kirschpflücker", Wartungsfahrzeuge mit ausschwenkbaren Hebebühnen, auf denen man Tragflächen vom Schnee befreite und gegen Eisbildung mit Glykol absprühte.

Das Hecklicht der Air Canada zog vor ihm her. Im Rückspiegel sah er eine noch größere Düsenmaschine hinter sich. Der Turm gab eine Warnung aus: „Air France viernullvier, zwischen Ihnen und der Air Canada fährt ein Flughafenwagen."

Als Bakersfeld endlich aus dem Strom der rollenden Flugzeuge ausscheren konnte, brauchte er noch eine Viertelstunde bis zu der Kreuzung, wo die Dreinull blockiert war. Er stieg aus. Eine schattenhafte Gestalt rief ihn durch den heulenden Sturm an. „Herr Patroni?"

„Nein, Bakersfeld. Aber Joe ist schon unterwegs."

„Das ist ja man gut. Wir haben schon alles Mögliche versucht." Der Mann zeigte auf das hinter ihm aufragende Flugzeug. „Die rückt und rührt sich nicht. Ich heiße Ingram, Wartungsmeister der Intercontinental.“

Die beiden Männer suchten Schutz unter der 707, wo ein rotes Warnlicht rhythmisch blinkte. Auf der Startbahn standen, wie besorgte Verwandte, Schneepflüge, ein Tankwagen, zwei Mannschaftsbusse und ein fahrbarer Kompressor, der einen Höllenlärm machte. Die Passagiere der Düsenmaschine hatte man ins Empfangsgebäude gebracht. Nur der Kapitän und der Erste Offizier waren an Bord geblieben. „Wir haben“, sagte Ingram, „die Triebwerke schon zweimal angelassen und so viel Schub gegeben, wie es der Kapitän nur wagen konnte, doch hat sich die Maschine dabei nur noch tiefer eingegraben. Wenn Sie mich fragen, brauchen wir Krane, Hebeböcke und zum Anheben der Tragflächen vielleicht Druckluftsäcke. Die meisten der Geräte können wir erst bei Tagesanbruch bekommen. Wir werden für die Geschichte morgen noch den ganzen Tag brauchen.“

„Wir haben nicht einmal mehr die ganze Nacht dafür“, sagte Bakersfeld scharf. „Die Startbahn muß schleunigst frei gemacht werden ...“

Wie von einem Fieberschauer geschüttelt, brach er ab. Unheimlich, was war das? Ach, wohl nur das Wetter, redete er sich ein.

Von der andern Seite des Rollfeldes drang das Donnern von Triebwerken herüber, stieg in einem mächtigen Crescendo an und verging langsam – ein Flugzeug war gestartet und entfernte sich. Ein zweites folgte, ein drittes. Es lief alles glatt, und doch hatte er sekundenlang eine Vorahnung gehabt, als braue sich etwas Katastrophales zusammen. Ein Flughafendirektor durfte keine Vorahnungen haben, einmal aber, vor langem, hatte er dasselbe Gefühl gehabt, und wirklich hatte es eine Katastrophe gegeben – er konnte das nie vergessen.

„Wir wollen mal zu meinem Wagen gehen und hören, wie die Dinge stehen“, sagte er zu Ingram. Da er die Heizung angestellt gelassen hatte, war es in seinem Wagen angenehm warm. Er schaltete das Funktelephon auf die Frequenz des Schneeräumleiters. „Mobil eins an Schneetisch. Danny, ich bin an der blockierten Kreuzung auf der Dreinull. Sehen Sie doch mal zu, wo Patroni bleibt, ja? Ende.“

Farrows frische Stimme kam durch. „Schneetisch an Mobil eins. Wird gemacht. Und, Mel, Ihre Frau hat angerufen. Sie hat eine Nummer hinterlassen.“

„Mobil eins an Schneetisch. Rufen Sie doch bitte bei ihr an, Danny. Sagen Sie ihr, daß ich leider erst ein bißchen später kommen kann. Aber fragen Sie bitte erst einmal nach Patroni."

„Verstanden. Bitte bleiben Sie auf Empfang." Das Telephon schwieg.

Ingram zeigte mit einer Kopfbewegung auf das erleuchtete Cockpit der blockierten Maschine. „Vor den Rollbahnfeuern hat der da oben jetzt aber bestimmt einen Respekt wie vor Altarkerzen! Wissen Sie, wohin der Flug bestimmt ist? Nach Acapulco. Stellen Sie sich das vor – man hat sich's bequem gemacht und muß da wieder raus! Bei dem Wetter! Sie hätten die Passagiere hören sollen!"

Das Telephon knatterte. „Schneetisch an Mobil eins. Patroni liegt in der Stadt vor einer Unfallstelle fest. Er braucht noch mindestens eine Stunde. Man soll das Flugzeug bloß nicht noch tiefer in den Schlamm bringen, sagt er. Intercontinental soll warten, bis er da ist."

Ingram nickte. „Schön", sagte Bakersfeld. „Wir warten."

„Wir trommeln eine Extramannschaft zur Hilfeleistung zusammen. Übrigens, Mel, Ihre Frau hat wieder angerufen." Farrow zögerte - er dachte daran, daß andere mithörten. „Wenn Sie irgend können, sollten Sie sie lieber bald anrufen." Aha, dachte Bakersfeld, Cindy ist offenbar noch geladener als sonst.

Ingram knöpfte sich den Mantel zu. „Dank für die Aufwärmung." Er stieg aus, in den Schneesturm, und schlug die Tür rasch hinter sich zu. Bakersfeld teilte Farrow mit, er fahre zur Conga Line auf Startbahn einssieben links hinüber. Er wollte sehen, ob Demerests Bericht auf Wahrheit oder Bosheit beruhte.

Flugkapitän Vernon Demerest lenkte seinen Mercedes zu einem Wohnblock, wo viele Stewardessen des Flughafens Lincoln ein Apartment bewohnten. In ein solches „Stewardessennest", wie man's nannte, teilten sich gewöhnlich zwei oder drei der jungen Mädchen. Hier wurde oft von Stewardessen und Flugoffizieren vergnügt gefeiert. Die Mädchen wie die Männer hatten ihre begehrten Posten bekommen, weil sie unter den Bewerbern die besten und vitalsten waren und das Leben liebten. Sie hatten viel füreinander übrig.

Das Apartment, dem Demerest zusteuerte, gehörte Gwen Meighen, einer hübschen Brünetten, die, in England geboren, vor zehn Jahren mit achtzehn nach Amerika gekommen war. Den bevorstehenden Flug der *Golden Argosy* sollte sie als Oberstewardeß mitmachen. In Italien winkten drei Tage Urlaub. Die *Golden Argosy* wurde von einer anderen Besatzung nach Lincoln zurückgeflogen. Demerest und Gwen hatten sich vorgenommen, zwei Tage in Neapel zu verbringen.

Demerest war frühzeitig zum Flughafen gefahren. Sarah, seine Frau, hatte ihm in ihrer freundlich-gleichgültigen Art eine gute Reise gewünscht. Er wußte, daß sie sich, sobald er weg war, in ihre Klubs und Bridgezirkel stürzte. Er hatte sich an ihre Art gewöhnt und sie sogar schätzengelernt. Sie ahnte bestimmt etwas von seinen Liebeleien, zog es aber vor, nichts zu wissen.

Er lenkte seinen Mercedes auf den Parkplatz. Als er im Aufzug hinauffuhr, summte er „O sole mio". Neapel! ... Eine warme Nacht, der Blick über die im Sternenlicht schimmernde Bucht, neben sich Gwen ...

Und der Flug nach Rom war diesmal für ihn leicht. Obwohl er der Kommandant war, hatte er nur wenig zu tun, denn er flog als Prüfpilot. Den Pilotensitz, links, sollte Flugkapitän Anson Harris einnehmen, der Demerest an Flugkilometern kaum viel nachstand. Demerest sollte den rechten Sitz nehmen, den des Kopiloten, und Harris bei der Führung des Flugzeugs kontrollieren. Harris sollte von binnenländischen Flugstrecken auf internationale übernommen werden und mußte zuvor unter Aufsicht eines als Prüfpilot qualifizierten Flugkapitäns zwei Überseeflüge absolvieren und sich dann noch einer letzten strengen Flugprüfung durch einen Seniorprüfpiloten unterziehen.

Solche Prüfungen stellten ebenso wie die regelmäßig alle sechs Monate fälligen Prüfflüge hohe Anforderungen. Und so wollten es die Piloten auch haben, denn es ging um die Sicherheit der Reisenden und darum, beruflich mit der Entwicklung Schritt zu halten. Auf den Prüfflügen wurden die Seniorkapitäne von ihren Kollegen mit Samthandschuhen angefaßt. Nur Demerest benahm sich anders. Er behandelte sie mit der anmaßenden Leutseligkeit eines Schulmonarchen, bei dem sich ungeratene Jungen melden müssen. Die Piloten schworen sich, es ihm heimzuzahlen, wenn er zur Nachprüfung an die Reihe kam. Und sie taten es auch. Doch waren Demerests Leistungen immer unanfechtbar.

Diesmal hatte Demerest den Prüfflug mit einem Anruf bei Kapitän Harris eingeleitet. „Bei dem schlechten Wetter heute rate ich, besonders früh zum Flughafen abzufahren. Ich hab's gern, wenn meine Besatzung pünktlich zur Stelle ist."

Harris war in seinen zweiundzwanzig Jahren bei der Trans America noch nie zu einem Flug zu spät gekommen. Er hatte vor Wut gekocht, auch noch, als er – bereits in Uniform – schon drei Stunden statt der üblichen einen Stunde vor dem Start im Flughafen angekommen war. Demerest hatte ihn in der Kaffeestube angetroffen und sich zu ihm gesetzt.

„Hallo, Anson, Sie sind also meinem Rat gefolgt." Harris hatte krampfhaft seine Tasse umklammert. „Wir fangen mit der Flugvorbesprechung zwanzig Minuten früher an als sonst. Ich möchte Ihre Dienstvorschriftenmappe prüfen."

Wie gut, hatte Harris gedacht, daß seine Frau gestern noch die letzten Ergänzungen zugelegt hatte; auf alle Fälle mußte er gleich in seinem Brieffach nachsehen, ob nicht heute noch eine Ergänzung gekommen war.

Er hatte sich seine Pfeife angezündet. Demerest hatte ihn gemustert: „Sie tragen ja nicht das vorschriftsmäßige Diensthemd!"

Einen Augenblick hatte Harris gemeint, er scherze. Dann war er dunkelrot angelaufen. Das Diensthemd war für die Piloten ein Ärgernis. Man mußte der Gesellschaft dafür neun Dollar zahlen. Dabei bekam man im Laden ein Hemd von besserem Sitz und besserer Qualität, das sich von dem Diensthemd äußerlich kaum unterschied, mehrere Dollar billiger. Fast jeder Pilot trug ein Privathemd, Demerest auch.

„Wenn Sie sich vor dem Flug ein Diensthemd anziehen, will ich von einer Meldung absehen", hatte Demerest gesagt.

Lieber Gott, hatte Harris stumm gebetet, gib mir Kraft, daß ich nicht platze. Das möchte der offenbar. Na schön, er konnte mit irgendeinem Offizier das Hemd tauschen. „He! Sie haben das Mundstück Ihrer Pfeife abgebissen!" hatte Demerest gesagt.

Die Erinnerung daran bereitete ihm inniges Vergnügen. Er klopfte das verabredete Signal an Gwens Tür, seine Initialen in Morsezeichen. Dann schloß er auf – er hatte einen Schlüssel zu dem Apartment – und trat ein.

Gwen stand unter der Dusche. „Vernon!" rief sie durch die Tür. Sie hatte eine wohlklingende, weiche Stimme, die sie bei den Passagieren immer sofort beliebt machte. „Schön, daß du so früh kommst – ich muß vor dem Weggehen etwas mit dir besprechen. Mach uns eine Tasse Tee, ja!"

Wie die meisten Piloten trank Demerest vierundzwanzig Stunden vor einem Flug keinen Alkohol. Gwen hatte ihn zu der englischen Gewohnheit des Teetrinkens bekehrt. Er ging in die Kochnische, setzte Wasser auf und summte wieder „O sole mio".

WAS BEDEUTETE nur dieses Zittern, fragte sich Mel Bakersfeld auf dem Weg zur Einssieben links. Hing es mit den Erinnerungsbildern zusammen, die vor einigen Minuten das Gefühl nahenden Unheils bei ihm heraufbeschworen hatte?

Er war im Koreakrieg auf dem Flugzeugträger *Essex* als Jagdflieger eingesetzt gewesen. Eines Nachts hatte er das Gefühl gehabt, daß ihm ein Verhängnis drohe. Tags darauf war er bei einer wilden Kurbelei über dem Meer abgeschossen worden. Zwar war ihm eine gesteuerte Notwasserung gelungen, doch hatte er sich mit dem linken Fuß in einem verklemmten Seitenruderpedal verfangen. Beim Absaufen der Maschine hatte er mit dem Jagdmesser der Notausrüstung verzweifelt auf seinen Fuß und das Pedal eingeschlagen. Unter Wasser war er irgendwie freigekommen, an die Oberfläche gelangt und gerettet worden. Die zerschnittenen Sehnen, die anfangs entsetzlich geschmerzt hatten, waren später verheilt, doch war er nie wieder als Pilot geflogen. Von Zeit zu Zeit meldete sich der Wundschmerz und erinnerte ihn daran, daß ihn sein Vorgefühl nicht getäuscht hatte.

Die Startbahn einssieben links lag vor ihm. Seit Beginn des Schneesturms waren auf den Bahnen ständig Schneeräummaschinen im Wert von mehreren Millionen Dollar eingesetzt – Schneepflüge, Schneeschleudern, Besenwalzen und Streuwagen. Schon ein Schneematsch von anderthalb Zentimeter und eine Pulverschneedecke von sieben Zentimeter Stärke waren für die Düsenmaschinen gefährlich. Die Triebwerke sogen das Zeug ein.

Schade, dachte Bakersfeld, daß das Publikum die Räumkolonnen nicht bei der Arbeit sieht. Es war ein eindrucksvolles Bild. Umrahmt vom gleißenden Scheinwerferlicht und in den Farbschimmer der zwanzig rotierenden Warnlichter der zwanzig Fahrzeuge getaucht, schossen in fünfzig Meter weiten Bögen mächtige Schneefontänen nach rechts aus. Die Schneeräumkolonne, die sogenannte Conga Line, schob sich mit choreographischer Präzision die Startbahn hinunter. Voran fuhr der Kolonnenführer in einem hellgelben Flughafenwagen. Er gab das Tempo an, das meist ziemlich scharf war. Über seine zwei Funktelephone stand er ständig mit dem Schneetisch und dem Turm in Verbindung. Die Fahrer der nachfolgenden Fahrzeuge bekamen von

ihm farbige Lichtsignale. Grün bedeutete „Fahrt beschleunigen", Gelb „Schritt halten", Rot „langsamer fahren" und rotes Blinklicht „halt".

Dem Wagen des Kolonnenführers folgte ein Schneepflug, ein Mammut mit zwei Schaufeln. Ein zweiter Schneepflug rechts hinter ihm nahm die seitlich weggeschobene Schneemenge auf und schob sie mit weiterem Schnee zur Seite. Dann kam eine brüllende, sechshundert PS starke Schneeschleuder, die die ihr zugeschobenen Schneehaufen mit ihren mächtigen Gebläsen erfaßte und in hohem Bogen wegschleuderte. Eine zweite Staffel zur Rechten bestand aus zwei weiteren Schneepflügen und einer Schneeschleuder.

Es folgten Planierraupen, fünf nebeneinander, das Planierschild heruntergelassen. Sie zogen dieselgetriebene rotierende Besenwalzen, jede fünf Meter breit. Dann kamen die Sandstreuer, deren Rüttelbehälter je fast einen halben Kubikmeter Sand faßten. Auf den Straßen und öffentlichen Anlagen des Flughafens versetzt man das Streugut mit Viehsalz zum Schmelzen von Eis, nicht aber auf den Bahnen und Plätzen der Flugzeuge, denn das Salz greift Metall an, und Flugzeuge werden mit mehr Respekt behandelt als Autos. Der letzte der Conga Line war der „Schluß-Charlie", ein Flughafenwagen mit einem Werkmeister, der Bummelanten antrieb. Dann folgte noch ein Troß, der aus einem Reserveschneepflug, einem Gerätewagen mit Mechanikern, Tankwagen und einem Kaffee-und-Kuchen-Wagen bestand.

Bakersfeld fuhr an die Seite des Schluß-Charlie. Da die Startbahn sofort gebraucht wurde, wenn die vorausgesagte Windänderung eintrat, fuhr die Kolonne in scharfem Tempo – mit fünfundsechzig statt der üblichen vierzig Kilometer. Er stellte sein Sprechfunkgerät auf die Bodenverkehrsfrequenz des Turms ein und hörte, wie der Kolonnenführer energisch Freigabe für die Kreuzung der Startbahnen einssieben und zweifünf forderte.

Der Turm antwortete begütigend, man verstehe die Schwierigkeit, eine Conga Line anzuhalten und wieder in Bewegung zu bringen, doch setze soeben eine Maschine zum Landen an. Bakersfeld sah das herrische Blinken der roten Warnlampen vor sich. Die Conga Line kam langsam zum Stehen. Aus dem Schluß-Charlie sprang der Werkmeister, ein strahlend vergnügter junger Neger. „Wie wär's, machen Sie bei uns mit, Herr Bakersfeld? Für Ihren Wagen sorgt einer von unseren Männern."

Bakersfeld lächelte.

Es war allgemein bekannt, daß er für sein Leben gern schwere Maschinen fuhr. „Gemacht!" rief er. „Ich fahre die zweite Schneeschleuder."

Der Werkmeister brachte ihn, in der Hand eine Stablampe, an den Planierraupen und Streuwagen vorbei nach vorn. Vom Gerätewagen sprang einer ab und eilte zu Bakersfelds Wagen.

„Rasch, rasch, es geht gleich weiter!" Der junge Neger richtete seine Stablampe auf das Fahrerhaus der Schneeschleuder. Bakersfeld kletterte hinein. Die roten Blinklampen voraus wechselten auf Grün, offenbar war das Flugzeug gelandet. Jetzt mußte sich die Conga Line beeilen, die Kreuzung vor dem nächsten Anflug zu passieren. Bakersfeld warf einen Blick hinter sich. Der junge Neger jagte zu seinem Wagen zurück.

Mit einem tiefen Aufbrüllen ging die Schneeschleuder auf Tempo. Bakersfeld begrüßte den Fahrer, er kannte ihn, es war ein Lohnbuchhalter, der jetzt beim Schneeräumdienst aushalf.

Hier im Fahrerhaus war es wie auf der Brücke eines Schiffes. Der Fahrer hielt das Hauptsteuerrad wie ein Rudergänger. Im Dunkeln schimmerten zahlreiche Skalenscheiben und Schalter. Ein Schnellscheibenwischer gab dem Fahrer klare Sicht. Der Beifahrer hatte eine geheizte Windschutzscheibe vor sich. Bakersfeld blickte auf die wohlgeordnete Conga Line hinaus. Noch vor wenigen Jahren hätte man den Flughafen bei einem solchen Schneesturm sperren müssen.

„Das ist mal etwas anderes, als an der Rechenmaschine zu sitzen", sagte der Fahrer. „Ich bin freiwillig hier, macht mir Spaß, hier draußen." Er lachte. „Vielleicht bin ich schneesüchtig."

„Ich glaube gar nicht, daß es das ist", sagte Bakersfeld. Hier draußen fühlte man sich der wahren Fliegerei näher, wo der Mensch gegen die Elemente stand. Saß man zu lange in den Flughafenbüros, so ging einem dieses Gefühl verloren. Vieleicht, dachte er, sollte jeder von uns Flughafendirektoren gelegentlich einmal am Ende einer Startbahn stehen und sich den Wind um die Nase wehen lassen.

Der internationale Flughafen Lincoln hatte vor fünf Jahren als einer der besten Flughäfen der Welt gegolten, und nach wie vor machte sein glas- und chromblitzendes Empfangsgebäude mit seinen sechs Spezialitätenrestaurants und Imbißstuben, seinen Läden und seinem Hotel einen großartigen Eindruck.

Schon aber steckte im Lincoln – und in überraschend vielen anderen Flughäfen – der Wurm. Die Hauptmängel lagen in den Rollfeldanlagen. Nur wenige der achtzigtausend Passagiere, die täglich ein- und ausflogen, merkten, wie gefährlich die überbeanspruchten Bahnen waren. In Zeiten starken Normalverkehrs startete oder landete auf den beiden Hauptbahnen alle dreißig Sekunden ein Flugzeug. Angesichts der Beschwerden der Meadowooder mußte man in Spitzenzeiten auf eine Bahn ausweichen, die eine der beiden anderen schnitt. Da wurde dann auf solchen Bahnen in einem Tempo gestartet und gelandet, daß die Flugleiter im Turm manchmal den Atem anhielten und nur noch beten konnten.

Bakersfelds Bruder Keith hatte einmal erbittert ausgerufen: „Natürlich passen wir auf, und noch hat keiner von uns zwei Maschinen auf der Kreuzung aufeinanderknallen lassen. Eines Tages aber wird einmal einer eine Sekunde unkonzentriert sein, und dann ist's passiert, dann haben wir eine Neuauflage der Grand-Canyon-Katastrophe."

Die Conga Line hatte die Kreuzung soeben hinter sich gelassen. Bakersfeld warf einen Blick zurück. Auf der anderen Bahn jagten Positionslichter einer startenden Maschine vorbei. Und nur wenige Meter dahinter – er traute kaum seinen Augen – sah er die Lichter einer landenden Maschine. Der Fahrer pfiff durch die Zähne. „Verdammt knapp!"

Bakersfeld nickte. Er hatte eine Gänsehaut bekommen. Manche

Flugsicherungsleiter ließen den Maschinen nur einen äußerst geringen Spielraum. In diesem Fall hatte das hochgezüchtete Fingerspitzengefühl eines Flugleiters recht behalten, doch bedeuteten solche gewagten Start- und Landeanweisungen eine ständige Gefahr.

In den Jahren der Kennedy-Regierung hatte Bakersfeld als Bundessprecher der Flughäfen die zuständigen Berater des Weißen Hauses wiederholt auf diese Gefahr hingewiesen und außer der Anlage neuer Start- und Landebahnen den unverzüglichen Ankauf von Gelände zur künftigen Erweiterung der Flughäfen gefordert. Doch konnte man einem Flughafenausschuß und einem Magistrat nur schwer beibringen, daß ein Ende der fünfziger Jahre für Düsenmaschinen gebauter Flughafen schon wieder unzulänglich war. Vielleicht, dachte Bakersfeld, hatte Keith recht. Vielleicht mußte erst etwas passieren, damit die Öffentlichkeit hellhörig wurde – so wie die Katastrophe vom Grand Canyon seinerzeit Präsident Eisenhower und den Kongreß dazu aufgerüttelt hatte, das amerikanische Luftstraßensystem zu verbessern.

Die Stimme des Fahrers fuhr in seine Gedanken. „Hier ist das Ende der Startbahn, Herr Bakersfeld. Fahren Sie mit uns zurück?"

Vorn blinkten die Warnlichter. Die Conga Line hatte in einem Zuge die halbe Breite der Startbahn gekehrt und nahm sich jetzt auf der Rückfahrt die andere Hälfte vor. „Nein, ich steige aus."

Der Fahrer signalisierte das Mobil herbei. Auf der Fahrt zum Flughafengebäude meldete Bakersfeld dem Schneetisch über Sprechfunk, daß die Einssieben in Kürze benutzbar sei. Dann schaltete er mit geringer Lautstärke auf den Turm um – die gedämpften Stimmen bildeten eine Geräuschkulisse zu seinen Gedanken. Er dachte an seine Freundschaft mit Kennedy. Zu dieser Freundschaft war es nach einer Rede gekommen, die er als Präsident des Rats der Flughafenleiter in Washington gehalten hatte – er war unter den Präsidenten dieser Organisation der jüngste gewesen. Er hatte mit Kennedy über die wachsende Bedeutung des Luftverkehrs und die mangelhafte Vorausplanung bei den Flughäfen gesprochen. „Wir fliegen schon mit Mach 1", hatte er gesagt, „auf dem Boden aber sitzen wir mit Mach nix."

Er war ins Weiße Haus eingeladen worden. Es hatte sich ergeben, daß der Präsident viele seiner Ansichten teilte. Weitere Zusammenkünfte waren gefolgt. Etwa ein Jahr später hatte Kennedy bei ihm vorgefühlt, ob er eventuell an die Spitze des Luftfahrtamts treten wolle, hatte bald darauf aber die verhängnisvolle Reise nach Texas angetreten.

Mit Johnson waren andere Berater ins Weiße Haus gekommen, und als Bakersfelds zweite Amtszeit als Präsident des Rats der Flughafendirektoren abgelaufen war, hatten seine Besuche in Washington aufgehört.

Wenn nicht noch unvorhergesehene Ereignisse eintraten, beendete er seine Laufbahn eines Tages da, wo er jetzt war.

„Turm an Mobil eins – wie ist Ihre Position?" kam es aus dem Funksprechgerät. Er antwortete, er nähere sich der Hauptempfangshalle. „Mobil eins, warten Sie, bis die Lake Central Nord vor Ihnen vorbei ist, und folgen Sie ihr dann."

Wenige Minuten darauf stellte Bakersfeld seinen Wagen in der Tiefgarage ab und rief den Schneetisch an. Farrow sagte, es gebe nichts Neues zu berichten, höchstens, daß weitere Beschwerden aus Meadowood eingelaufen seien.

„Meadowood muß sich mit der Lage abfinden", sagte Bakersfeld unwirsch – seine Vorahnungen lagen ihm noch in den Knochen. „Ich warte hier jetzt, bis Patroni kommt und die Sache auf der Dreinull übernimmt."

„Dann könnten Sie jetzt doch Ihre Frau anrufen. Hier ist die Nummer."

Bakersfeld notierte sie sich und wählte. Er fragte nach Cindy und hörte nach einer Weile ihre scharfe Stimme. „Mel, wieso bist du noch nicht hier?"

„Wir haben allerlei Schwierigkeiten auf dem Flughafen. Es ..."

„Mel, du kommst jetzt sofort her!"

Er verglich manchmal die giftgeschwollene Cindy von heute mit der Cindy aus der ersten Zeit seiner Ehe. Er hatte sie in San Francisco kennengelernt, als er von Korea auf Urlaub gekommen war. Gerade ihr sanftes Wesen hatte ihn angezogen. Sie war eine erfolglose kleine Schauspielerin gewesen. In einem Anfall von Freimut hatte sie ihm später bekannt, daß die Ehe für sie eine Erlösung gewesen war. Jetzt vertrug es sich nicht mit ihren gesellschaftlichen Ambitionen, daß man ihre Vergangenheit als Schauspielerin auch nur erwähnte.

„Ich komme, sobald ich kann", sagte er.

„Du weißt genau, wie wichtig der Abend heute für mich ist", zischte sie. „Du hast mir versprochen, daß du kommst!"

Er sah sie vor sich, ein Meter fünfundsechzig herrschsüchtige Energie, funkelnde blaue Augen, der blonde Kopf zurückgeworfen.

„Cindy", sagte er scharf, „ich hab dir fast immer deinen Willen getan – ich hab's mir aufgeschrieben. Im vergangenen Jahr hast du siebenundfünfzigmal so einen Wohlfahrtsklimbim gehabt, zu dem ich kommen sollte. Fünfundvierzigmal habe ich's einrichten können. Also entschuldige mich bitte bei den Leuten und erkläre ihnen, warum ich erst später kommen kann. Was ist heute eigentlich los?"

„Es ist ein Bankett, eine Werbung für den Kinderhilfeball. Die Presse ist da und macht Aufnahmen."

Jetzt verstand er, warum Cindy ihn dahaben wollte – sie hatte dann eine größere Chance, auf ein Pressebild zu kommen. „Wenn du nicht kommst, sind wir geschiedene Leute!" fauchte sie. „Hast du mich verstanden?"

„Ich weiß nicht recht", sagte er ruhig. Instinktiv fühlte er, daß es für beide Teile ein kritischer Augenblick war. „Vielleicht erklärst du's mir genauer?"

„Denk mal darüber nach!" Sie legte auf.

Bakersfeld ging in sein Arbeitszimmer, streifte den schweren Mantel ab, ließ ihn achtlos auf den Boden fallen, setzte sich an seinen Schreibtisch und vergrub den Kopf in den Händen. In die Stille hinein schrillte das rote Alarmtelephon.

„Bakersfeld."

„Kontrollturm. Wir haben eine Luftnotlage. Notstufe drei."

KAPITEL 3

Keith Bakersfeld hatte schon mehr als die Hälfte seines Achtstundendienstes im Radarraum hinter sich. Der Raum lag unmittelbar unterhalb der Glaskanzel, wo der Flugsicherungs-Kontrolldienst die An- und Abflüge und die Bewegung der Flugzeuge auf dem Boden dirigierte. Der Radarraum hatte einen darüber hinausgehenden Zuständigkeitsbereich. Er füllte die Lücke zwischen der örtlichen Flugsicherung und der nächsten regionalen Flugsicherungszentrale aus.

Diese Zentralen, die meist viele Kilometer von den Flughäfen entfernt lagen, kontrollierten den Verkehr auf den Hauptluftstraßen.

Der Radarraum war fensterlos. Die zehn Radarcontroller und Aufsichtsbeamten arbeiteten Tag und Nacht bei gedämpftem künstlichem Licht. An den vier Wänden standen dicht an dicht die empfindlichen elektronischen Geräte. Zu ihrem Schutz wurde die Temperatur auf 21 Grad gehalten, so daß man es meist vorzog, in Hemdsärmeln zu arbeiten. Die Gespräche wurden im allgemeinen in einem ruhigen Ton geführt. Darunter aber vibrierte ständig die nervöse Spannung. Bei dem Schneesturm war das noch mehr als sonst spürbar. Und jetzt wuchs die Spannung jäh an – auf ein Radarsondersignal auf einem der Sichtgeräte hatten sich ein rotes Warnblinklicht und ein Alarmsummer eingeschaltet.

Man schaltete Warnlicht und Summer ab, das Radarsignal aber, eine sogenannte Doppelblüte, zitterte auf dem halbdunklen Schirm unverändert wie eine grüne Nelke. Dort war eine Maschine in Luftnot. Hoch über dem Flughafen befand sich im Schneesturm eine zum Militärflugplatz Andrews bestimmte KC-135 der amerikanischen Luftwaffe, die wegen Störungen der Bordstromanlage notlanden wollte.

Die Maschine hatte aus zehntausend Fuß Höhe die Absicht gemeldet, einen Instrumentenanflug zu machen. Die Radarcontroller bemühten sich fieberhaft, ihr den Weg frei zu machen. Unter ihr flogen, in Höhenabständen von tausend Fuß gestaffelt, fünf Verkehrsflugzeuge mit gedrosselter Geschwindigkeit in Warteschleifen und darunter noch drei Maschinen, die gerade zur Landung anflogen. Man mußte die KC-135 irgendwie hindurchfädeln. Das erforderte schon unter normalen Umständen starke Nerven, und jetzt wurde es noch dadurch erschwert, daß die Funkanlage des Flugzeugs ausfiel. Die Sprechverbindung mit dem Piloten brach ab.

Keith Bakersfeld arbeitete an dem Tischradar, auf dem das Notsignal erschienen war. Der Aufsichtsbeamte stellte sich zu ihm. Beide gaben durch Interphon dringende Anweisungen an die Controller der anschließenden Positionen und durch Funk an andere Flugzeuge. Auch war der Dienstleiter im Kontrollturm unterrichtet worden. Er hatte sofort den Bodennotdienst alarmiert.

Das Tischsichtgerät hatte den Umfang eines Fahrradreifens. Auf dem dunkelgrünen Glas zeigten leuchtendgrüne Punkte, sogenannte Blips, die Bewegungen sämtlicher Flugzeuge an, die sich im Umkreis von fünfundsechzig Kilometern befanden. Neben jedem Blip lag eine Kunststoffmarke, die man mit der Bewegung des Flugzeugs weiterschob. Im Radarjargon hießen diese Marken „Krabbenboote“.

Heute waren mehr Flugzeuge als sonst auf dem Schirm. Keith Bakersfeld, der auf einem Stahlstuhl saß, beugte sich über das Sichtgerät. Früher war er bei der Arbeit immer heiter und gelöst gewesen. Jetzt war sein Gesicht verspannt und gefurcht. Er war sechs Jahre jünger als sein Bruder Mel, sah aber älter aus.

Der Aufsichtsbeamte, Wayne Tevis, beobachtete ihn unauffällig. Mitfühlend sah er an ihm die Zeichen der Überanstrengung. Tevis, ein schlaksiger Texaner, ritt seinen hohen, auf Rollen laufenden Schemel, von dem er den Controllern über die Schulter sehen konnte, wie ein Pferd. Er stieß sich mit seinen Texasstiefeln vorwärts, immer dorthin, wo er gerade gebraucht wurde. Neuerdings entfernte er sich niemals weit von Keith – er mußte ihn notfalls sofort ablösen können; er hätte es nur höchst ungern getan, denn er fühlte, was man bei Keith damit anrichten konnte. Wenn es aber nötig wurde, mußte er es tun.

„Keith, alter Knabe“, sagte er in seiner schleppenden Sprache, „die Braniff kommt der Eastern zu nah. Wenn Sie sie nach rechts dirigieren, können Sie die Eastern auf ihrem Kurs lassen.“

Keith hätte das selber sehen müssen. Er drückte auf den Knopf seines Mikrophons. „Braniff achtneunundzwanzig, machen Sie sofort eine Kursänderung auf nullneunnull.“ In solchen Augenblicken mußte man mit ruhiger Stimme sprechen, Keiths Stimme aber war schrill. Tevis warf ihm einen forschenden Blick zu. Schon aber entfernten sich die beiden Blips voneinander – der Kapitän der Braniff war der Weisung gefolgt. Die Leute von der Flugsicherung dankten immer ihrem Schöpfer für das rasche Reagieren der Piloten. Mochte man in den Cockpits auch murren – wenn eine Weisung „sofort“ lautete, gehorchte man blindlings.

In etwa einer Minute mußte man die Braniff abermals umdirigieren, und dann auch die Eastern, die auf derselben Höhe lag. Vorher mußte man zwei TWA-Maschinen, die auf verschiedener Höhe lagen, sowie einer Convair der Lake Central, einer Vanguard der Air Canada und einer Swissair, die gerade auf dem Schirm erschienen waren, einen andern Kurs geben, ihnen und andern einen Zickzackkurs mit kurzen Schlägen. Es war ein kompliziertes Schachspiel, noch dazu ein Raumschach, bei dem sich die Figuren in verschiedenen

Höhen mit mehreren hundert Kilometern Geschwindigkeit bewegten und dabei einen horizontalen Abstand von fünftausend Metern und einen vertikalen von dreihundert Metern einhalten mußten.

Wie mochte, fragte sich Keith, dem Luftwaffenpiloten jetzt zumute sein? Er fühlte sich sicherlich verlassen. Auch er, Keith, fühlte sich – trotz der Anwesenheit seiner Kollegen – verlassen; er war mit seinem Erinnerungsbild, seinem Gewissen und seiner Angst in einem inneren Gemach eingeschlossen, allein, immer allein, für alle Ewigkeit.

Er gab der Swissair, einer der beiden TWA-Maschinen, der Lake Central und der Eastern neue Kursanweisungen. Er hörte, wie Tevis wieder und wieder versuchte, mit der KC-135 in Sprechfunkverbindung zu kommen. Es kam keine Antwort, nur das von dem Piloten ausgelöste Notsignal auf dem Radarschirm blieb bestehen. Die Lage dieses Blips zeigte, daß der Pilot den Anweisungen folgte, die man ihm vor dem Ausfall seiner Sprechfunkanlage gegeben hatte. Wenigstens also konnte die Flugsicherung seine Bewegungen voraussehen.

Vom Radarraum ging ein Strom ruhiger Anweisungen an die anfliegenden Flugzeuge aus, sich aus dem Gefahrenbereich zu halten. Ein Controller rief einem andern mit leiser, drängender Stimme zu: „Chuck, bei mir brennt's gerade – könnten Sie Delta siebendrei übernehmen?“ Eine andere Stimme antwortete: „Bei mir brennt's auch ... Moment mal ... jetzt geht's. Anflugkontrolle Lincoln an Delta siebendrei. Kurven Sie nach links auf einszweinull. Bleiben Sie auf viertausend Fuß“... „Abfliegende Lufthansa – verlassen Sie rasch den Anflugbereich!“

Sobald die Notlage behoben war, brauchte man mindestens eine Stunde, den verfilzten Luftverkehr zu entwirren. Keith gab sich Mühe, das Bild seines Sektors mit den Positionen der Maschinen im Kopf zu behalten. Es war der Alptraum der Controller, „das Bild zu verlieren“; es kam vor, daß ein überbeanspruchtes Gehirn rebellierte und nichts mehr aufnahm. Selbst dem Besten passierte das. Vor einem Jahr war Keith noch der Beste gewesen.

Tevis rollte sich zu einem andern Controller hinüber. Keiths Gehirn morste Entscheidungen. Zieh die Braniff nach links, die Air Canada nach rechts, die Eastern um hundertachtzig Grad zurück. Die langsamere Convair der Lake Central kann noch eine Minute so bleiben. Die Swissair liegt der Eastern zu nah und muß einen neuen Kurs bekommen, aber welchen? Fünfundvierzig Grad nach rechts, für eine Minute, dann noch mal nach rechts. Da kommt von Ost mit hoher Geschwindigkeit ein neuer Flug – konzentrier dich, konzentrier dich! Keith war wütend entschlossen, das Bild nicht zu verlieren, heute nicht! Nur er wußte, daß er heute zum letztenmal vor einem Radarschirm saß. Es war der letzte Tag seines Lebens.

„Machen Sie eine Pause, Keith!" Es war die Stimme des Chefs. Er war unauffällig hereingekommen und hatte mit Tevis gesprochen. Keith wußte, warum man ihn vor der Zeit ablöste. Die Lage war kritisch, und man traute ihm nicht. Für einen Seniorcontroller mit fünfzehnjähriger Erfahrung war es eine Demütigung.

Tevis beugte sich zu ihm hinunter. „Lee löst Sie ab, Keith." Er wies mit dem Kopf auf einen Controller, der gerade von seiner Arbeitspause zurückgekommen war. Keith nickte, gab aber weiter seine Anweisungen an die Flugzeuge. Ein Controller, der einen andern ablöst, braucht einige Minuten, das Bild des Radarschirms in sich aufzunehmen und sich mit ganzer Konzentration darauf einzustellen, „sich zu schärfen", nannte man es im Radarraum.

Zur Schärfung des Geistes aber mußte eine überlegene Ruhe kommen. Beides zu vereinen war sehr anstrengend und forderte seinen Tribut. Viele Controller zogen sich Magengeschwüre zu – aus Angst um ihre Stellung suchten sie es zu verheimlichen, verzichteten auf die Kassenbehandlung und gingen lieber zu einem Privatarzt. Ihr Medikament versteckten sie in ihrem Garderobenschrank, und wenn sie etwas davon nahmen, sagten sie, es sei gegen Magensäure. Manche Controller reagierten die aufgestaute Überspannung zu Hause in Wutanfällen ab. Der Prozentsatz der Scheidungen war hoch.

„Jetzt hab ich das Bild", sagte Lee.

Keith glitt von seinem Sitz und nahm den Kopfhörer ab. Lee gab bereits Anweisungen an die untere TWA.

Notlagen ergaben sich auf jedem großen Flughafen mehrmals am Tage. Gewöhnlich wußten nur wenige davon, denn meist lösten sie sich in Wohlgefallen auf. Auch die Piloten erfuhren nur selten den Grund plötzlicher Kursänderungsgebote. Stets aber wurden Bodennotdienst und Flughafenleitung alarmiert. Was die Leitung dann tat, hing von der Dringlichkeitsstufe ab. Notstufe eins, die dringlichste, zeigte einen Absturz an, Notstufe zwei eine Gefahr für Leib und Leben, Notstufe drei erforderte zunächst nur die erhöhte Bereitschaft des Bodennotdienstes.

Keith betrat den leeren Garderobenraum. Er öffnete seinen

Schrank, nahm die Schachtel mit dem Imbiß heraus, die ihm Natalie, seine Frau, nachmittags mitgegeben hatte, und schenkte sich aus der Thermosflasche Kaffee ein. Ob sie wohl ein paar Zeilen oder einen Ausschnitt aus einer Zeitschrift beigelegt hatte? Seitdem er an Depressionen litt, hatte sie das in der Hoffnung, ihn etwas aufzumuntern, oft getan; sie war verzweifelt bemüht gewesen, ihn in das gute alte Familienleben zurückzuführen. In letzter Zeit aber hatte sie immer seltener etwas beigelegt – vielleicht war sie mutlos geworden. Sie weinte jetzt so oft, er sah es an ihren geröteten Augen. Er hätte ihr so gern geholfen. Wie aber sollte er das anstellen, wo er sich nicht einmal selber zu helfen wußte?

Innen an der Schranktür hatte er ein Farbphoto von ihr angeklebt. Es zeigte sie im Bikini. Sie saß lachend auf einem Stein an einem See und beschattete mit ihrer schlanken Hand die Augen. Das Bild hatte ihre koboldische Natur, aber auch ihre Willensstärke erfaßt. Er war damals mit ihr auf einen Campingplatz in Kanada gefahren. Brian und Theo, die Kinder, hatte man bei Mel und Cindy in Obhut gegeben. Es waren die glücklichsten Tage gewesen, die er mit Natalie erlebt hatte.

Jetzt waren seine Gefühle tot, keine Wärme mehr, keine Liebe, nicht einmal Zorn. Natalie hatte sicherlich erkannt, daß sie ihm nicht helfen konnte. Mel hatte es noch nicht ganz aufgegeben, hoffentlich kam er heute nicht vorbei. So brüderlich er ihm verbunden war – heute hätte er seine Gegenwart nicht vertragen.

In der leisen Hoffnung, diesmal doch etwas von Natalie vorzufinden, nahm er alles aus der Schachtel heraus. Brote mit Schinken und Kresse; ein Becher Quark; eine Birne. Nichts sonst. Wenn doch nur eine Zeile, eine einzige Zeile dabeigelegen hätte! Aber es war dazu ja gar keine Zeit gewesen, fiel ihm ein. Wegen gewisser Vorbereitungen, die er zu machen hatte, war er früher weggegangen als sonst; Natalie hatte das Päckchen in aller Eile fertigmachen müssen. Sie hatte ihn nicht gefragt, warum er früher ging, Gott sei Dank – seine letzten Worte sollten keine Lüge sein. Unterwegs hatte er sich im Gasthaus O'Hagan nahe dem Flughafen ein Zimmer bestellt. Er hatte den Zimmerschlüssel in der Tasche. In wenigen Stunden, nach Dienstschluß, wollte er hingehen.

In der Sonntagsschule der Baptistenkirche in Meadowood war seit einer halben Stunde eine Einwohnerversammlung im Gange. Nach dem Maßstab der Geschwindigkeit einer Düsenmaschine war man nur fünfzehn Sekunden vom Ende der Startbahn zweifünf entfernt. Trotz des Schneesturms waren rund sechshundert Einwohner und mehrere Reporter erschienen. Der Düsenlärm erhitzte die Gemüter heute noch mehr denn je, weil er es fast unmöglich machte, sich zu verständigen – wegen der Blockierung der Startbahn dreinull mußten noch mehr Maschinen als sonst die Startbahn zweifünf benutzen, also über Meadowood abfliegen.

Floyd Zanetta, der sechzigjährige, kahlköpfige Vorsitzende, benutzte eine kurze Lärmpause dazu, ein paar Worte in das Mikrophon des Lautsprechers zu schreien. „Seit Jahren sagen wir der Flughafenleitung und den Fluggesellschaften, daß die Lärmkanonade, der wir ausgesetzt sind, uns buchstäblich um den Verstand zu bringen droht." Er schlug mit der Faust auf das Pult. „Man macht uns Versprechungen, ohne überhaupt die Absicht zu haben, sich daran zu halten. Man belügt uns und ..."

Die letzten Worte gingen in einem Lärmausbruch unter, der das ganze Gebäude erschütterte und dann verebbte – Flug 58 der Pan American war bereits viele Kilometer weit weg, zog durch Sturm und Dunkelheit hoch und nahm Kurs auf Frankfurt. Schon aber rollte auf der Startbahn zweifünf eine andere, nach Denver bestimmte Düsenmaschine an und bekam Freigabe über Meadowood.

„Ich sagte", fuhr Zanetta hastig fort, „man belügt uns. Wir werden die Sache daher vor Gericht ausfechten müssen und ..." Wieder der alles erstickende Lärm. Der Vorsitzende hob in einer Verzweiflungsgeste die Hände. Zwischen den wiederkehrenden Phonspitzen gelang es ihm schließlich, einen Mann vorzustellen, der mit einer Aktentasche neben ihm saß. „Herr Elliott Freemantle, ein angesehener Anwalt, ist ein Kenner der Gerichtsentscheidungen, die in Fällen übermäßigen Lärms gefallen sind."

Elliott Freemantle erhob sich, ein Herr von äußerst gepflegtem Aussehen, das graumelierte Haar sorgfältig geschnitten und frisiert, an den Füßen Krokodillederschuhe, die zweihundert Dollar gekostet hatten. Seiner Erfahrung nach wollten die Leute, was sie bei ihrem Arzt nicht schätzten, bei ihrem Anwalt ein Aussehen, das von Wohlhabenheit sprach – von Prozeßsiegen.

Freemantle, der einen ausgesprochenen Sinn für Reklame hatte, fand die Lage wie für ihn geschaffen. Er hatte hinter den Kulissen dafür gesorgt, daß er einigen Einwohnern als der Anwalt genannt wurde, der ihnen besser helfen könne als jeder andere. So war denn ein Ausschuß an ihn herangetreten. Die einschlägigen Präzedenzfälle der Rechtsprechung hatte er nur oberflächlich durchgesehen. Vor der Einwohnerversammlung aber markierte er den Experten. „Wenn Sie", sagte er mit gekünstelt harter Stimme, „von mir Mitleid erwarten, kann ich gleich wieder gehen. Tränentücher liefere ich nicht. Mein Gebiet ist das Recht und nichts anderes." Die Schreibstifte der Reporter jagten. Die Presse stand bei Freemantle hoch im Kurs, und um ihre Gunst zu erringen, gab es nichts Besseres, als ihnen eine lebendige Story zu servieren.

Er dämpfte den aggressiven Ton. „Ich bin schon jetzt überzeugt, daß Sie einen Anspruch auf Entschädigung haben. Wenn wir zusammengehen, verspreche ich Ihnen, daß Sie froh sein werden, mich an Ihrer Seite zu haben." Er ließ ein Lächeln aufblitzen. „Manche sagen, ich sei ein unangenehmer, gemeiner Mensch. Nun, wenn ich einmal einen Anwalt brauchen sollte, würde ich mir einen aussuchen, der unangenehm und gemein ist – und zäh."

Zustimmendes Nicken und Lächeln antwortete ihm. Und als er in den kurzen Pausen zwischen den Lärmausbrüchen in seinen Ausführungen fortfuhr, folgte man ihm mit gespannter Aufmerksamkeit. In Gerichtsentscheidungen, sagte er, werde ausdrücklich betont, daß übermäßiger Lärm genauso wie unbefugtes Betreten eines Grundstücks eine Verletzung der Privatsphäre sei. Und besonders in Fällen, wo Flugzeugen eine solche Besitzstörung nachgewiesen werde, neigten die Gerichte dazu, Unterlassung anzuordnen und den Betroffenen eine finanzielle Entschädigung zuzusprechen.

Er zitierte unter anderm eine Entscheidung des Obersten Bundesgerichts in Sachen Vereinigte Staaten gegen Causby, die für die Zuerkennung von Schadenersatz bei übermäßigem Flugzeuglärm als Präzedenzfall herangezogen wurde.

Von Gerichtsentscheidungen, die einen Flughafen nicht für den Lärm haftbar gemacht hatten, erwähnte er nichts; er wollte die Leute von Meadowood unbedingt als Klienten fangen und gehörig ausnehmen. Er rechnete damit, zweihundertfünfzig seiner künftigen Klienten dahin bringen zu können, sich schriftlich zu einem Honorarvorschuß von je hundert Dollar zu verpflichten. Die vorgefertigten Scheine hatte er in seiner Aktentasche. Fünfundzwanzigtausend Dollar lagen zum Greifen nah.

„Ich habe Ihnen die Rechtslage erklärt", sagte er zum Schluß.

„Und jetzt gebe ich Ihnen noch einen guten Rat: Warten Sie nicht länger! Handeln Sie sofort, heute abend noch!"

Einer der Zuhörer sprang auf. „Gut! Sagen Sie uns, womit wir anfangen sollen!"

„Damit, daß Sie mich als Ihren Rechtsbeistand verpflichten."

Mehrere hundert Teilnehmer riefen durcheinander und applaudierten. Er hatte erreicht, was er wollte. Und sie sollten etwas für ihr Geld bekommen – eine gute Schau mit Feuerwerk, vor Gericht und anderswo. Darsteller im ersten Akt des Dramas sollten die Einwohner von Meadowood sein. Schauplatz: der Flughafen. Zeit: der heutige Abend.

Zu der Zeit, als Freemantle seinen Triumph genoß, schloß ein verbitterter Bauunternehmer namens D. O. Guerrero mit dem Leben ab. Er hatte sich in seiner armseligen Wohnung in Lincoln-Süd ins Schlafzimmer eingeschlossen, ein spindeldürrer Mensch mit hängenden Schultern und fahler Gesichtsfarbe. Er hatte einen kleinen Schnurrbart und trug eine Brille. Ein paar geschäftliche Fehlschläge hatten Guerrero, der einmal recht wohlhabend gewesen war, arm gemacht und ihn schließlich gezwungen, mit seiner Familie in dieses von Schaben wimmelnde Loch zu ziehen.

Wäre ihr Mann nicht ein solcher Wüterich geworden, so hätte es Inez Guerrero vielleicht verstanden, mit der Lage fertigzuwerden. Als er sie jedoch vor einigen Wochen in einem Wutanfall geschlagen hatte, war es mit ihrer Geduld aus gewesen. Sie hatte die noch unmündigen Kinder zu ihrer Schwester nach Cleveland geschickt und eine Stellung als Kellnerin angenommen. Von ihrem Verdienst konnte sie wenigstens für Essen sorgen. Guerrero schien von der Abwesenheit der Kinder überhaupt nichts zu merken.

Sie hatte jetzt Dienst, Guerrero war allein in der Wohnung. Er wollte in Kürze zum Flughafen fahren. In der Tasche seines Mantels, der auf einem wackligen Stuhl lag, hatte er einen Flugschein für die *Golden Argosy,* einen Schein für eine Gesellschaftsreise nach Rom, der 474 Dollar kostete. Guerrero hatte heimlich den Ring versetzt, den seine Frau von ihrer Mutter geerbt hatte – das letzte von einigem Wert, was sie noch besaß. Von dem Ertrag hatte er siebenundvierzig Dollar auf den Flugschein angezahlt und sich verpflichtet, den Rest ratenweise in zwei Jahren abzuzahlen.

Ein Kreditinstitut hätte ihm noch nicht einmal das Geld für eine

Autobusreise geliehen, denn eine Recherche hätte ergeben, daß er sich schon oftmals für zahlungsunfähig erklärt hatte. Die Firma Guerrero war bankrott. Unter Inez' Namen hatte er Geld für einen Grundstückskauf aufgetrieben und neue Schulden gemacht. Wegen betrügerischer Angaben hatte er mit Strafverfolgung und Gefängnisstrafe zu rechnen. Fluglinien aber nahmen es mit Krediten nicht so genau – ihre Reisenden hatten sich im Lauf der Jahre im allgemeinen als pünktliche Zahler erwiesen, und wenn sie wirklich einmal von einem faulen Zahler geschädigt wurden, so machte ihnen das nicht viel aus.

Um den Flugschein auf Kredit zu bekommen, hatte Guerrero auf einem Briefbogen einer seiner früheren Firmen, die längst erloschen war, ein Empfehlungsschreiben getippt, dabei aber den ersten Buchstaben seines Namens in B geändert. Eine Recherche nach der Kreditwürdigkeit eines *Buerrero* hätte nichts Nachteiliges ergeben, und seine Unterschrift unter dem Ratenzahlungsvertrag war unleserlich. Der Flugschein war auf Buerrero ausgestellt worden. An der Sperre mußte er dafür sorgen, daß der Name auf dem Flugschein und in der Passagierliste berichtigt wurde. Es durfte später über seine Identität keine Unklarheit geben. Denn er wollte sich unterwegs mit der *Golden Argosy* in die Luft sprengen, vor dem Abflug aber bei der Fluglinie eine Lebensversicherung zugunsten seiner Frau und der Kinder nehmen. Er hatte für seine Angehörigen in jüngster Zeit so wenig getan, da sollte seine letzte Handlung eine große Geste der Liebe und Opferbereitschaft sein. An die andern Menschen an Bord des Fluges zwei dachte er in seinem Verzweiflungszustand nicht.

Er hatte sich über solche Fälle, die schon öfter einmal vorgekommen waren, genau unterrichtet. War die Absicht des Täters bei der Wrackuntersuchung ans Tageslicht gekommen, so war der Versicherungsvertrag für ungültig erklärt worden. Guerrero wollte die Explosion daher mitten über dem Atlantik herbeiführen, wo alle verräterischen Wrackteile für immer verschwanden.

Er bastelte jetzt in dem verschlossenen Schlafzimmer mit Dynamit, das er noch aus seinen Tagen als Bauunternehmer besaß, an einer Bombe. Er baute sie in eine flache Aktentasche ein. Auslösen konnte er sie sofort durch einen Zug an einer Schnur, die er durch ein Loch unter dem Griff nach außen führte. Obwohl er den Umgang mit Sprengstoffen gewohnt war, kam er, als er die Schnur durch das Loch schob, ins Schwitzen. Er ließ der Schnur innerhalb der Aktentasche genügend Spielraum, sicherte sie außen, damit sie nicht zurückgleiten konnte, durch einen Knoten und knüpfte das Ende zu einer Schlinge, durch die er den Finger stecken konnte. Wenn er daran zog, konnte nichts mehr die Detonation aufhalten. Er verdeckte die Bombe mit Zeitungen, machte die Tasche zu und verschloß sie.

Der Wecker auf dem Nachttisch stand auf acht. Noch knapp zwei Stunden bis zum Start. Zeit, zu gehen. Sein Geld reichte gerade noch für den Autobus und die Versicherung. Er zog den Mantel an, schloß die Tür auf, trat, die Aktentasche behutsam an sich gedrückt, in das trübselige Wohnzimmer und schrieb auf einen Zettel:

Ich bleibe ein paar Tage weg. Ich hoffe bald eine gute Nachricht für Dich zu haben, die Dich überraschen wird. D. O.

KAPITEL 4

Der verunglückte Zugmaschinenanhänger war jetzt, mit allen Rädern in der Luft, völlig eingeschneit. Er sah aus wie ein toter Dinosaurier. Die beiden Abschleppwagen, die Patroni hatte kommen lassen, trugen Flutlicht. Die Polizei hatte rote Warnfackeln aufgestellt. Patroni setzte die Abschleppwagen wohlüberlegt da an, wo sie die größte Hebelkraft entwickeln konnten.

„Hören Sie", sagte der Polizeileutnant besorgt, „glauben Sie immer noch, daß man das Ding wegziehen muß? Kann man es wirklich nicht erst mal aufrichten?"

„Man kann – aber dann ist die Straße bis morgen früh blockiert."

„Na schön – da ist nur die Schadenersatzfrage, die macht uns Kopfschmerzen."

Zehn Minuten darauf war der letzte Zughaken eingehakt. Patroni prüfte gebückt die Spannung der Ketten und Kabel. „Jetzt langsam und mit Ruhe!" sagte er. „Erst bei der Zugmaschine anziehen!" Der Vorderteil des Zugs rutschte mit einem durchdringenden metallischen Quietschen und Kreischen einen halben Meter weit und blieb liegen. Der Fahrer stöhnte. Patroni gestikulierte wild. „Weiter! Weiter! Und jetzt auch den Anhänger!"

Auf dem festgebackenen Schnee kamen die drei Abschleppwagen ins Schleudern. Dann aber, wenn auch nur langsam und schwerfällig, schob sich der Koloß unter Hurrarufen der Zuschauer auf die andere Straßenseite. Er blockierte jetzt nur noch die eine Fahrbahn, und

ihn nun ganz von der Straße zu ziehen bot keine große Schwierigkeit mehr.

Ein Streifenwagen fuhr im Rückwärtsgang heran. „Holen Sie rasch Ihren Wagen aus der Schlange", sagte der Polizeileutnant zu Patroni, „und fahren Sie an die Spitze. Legen Sie sich hinter den Streifenwagen – der hat Befehl, Sie rasch zum Flughafen durchzuschleusen. Und besten Dank!"

Gwen Meighen trat zu Demerest in die Küche. Sie war schon in Uniform. Wie immer fand er sie bezaubernd – ihre stolze Kopfhaltung, ihre lebendigen Züge, das schimmernde schwarze Haar. „Kannst mich ganz toll küssen", sagte sie. „Ich bin noch nicht angemalt." Er umarmte sie stürmisch, ihre Lippen öffneten sich. Nach einer Weile schob sie sich von ihm ab. „Jetzt muß ich erst mal mit dir sprechen."

„Na schön, schön", murrte er. „Ich kann mit der Fortsetzung ja bis Neapel warten. Denk aber unterwegs immer an mich, wie ich oben im Cockpit sitze, die Flamme auf Schmoren gestellt."

Sie lachte und goß den Tee ein. Amüsiert sah er, daß die Tassen das Emblem der Trans America trugen. Die Stewardessen lernten sehr bald, ihren Handkoffer, wenn sie an Bord gingen, halb leer zu lassen. Da blieb dann Platz für nicht benutzte Lebensmittel und andere gute Dinge. Da das in der Kabine befindliche bewegliche Eigentum der Gesellschaft nach einem Flug unkontrolliert blieb –

zum Nachzählen hatte man keine Zeit, es war auch billiger, einen Verlust zu tragen, als deshalb Theater zu machen –, organisierten viele Stewardessen alles mögliche für ihr trautes Heim – Decken, Kissen, Handtücher, Servietten, Gläser, Bestecke und Spirituosen in Gratisfläschchen für die erste Klasse, die Passagiere abgelehnt hatten. Das alles war natürlich streng verboten, die Stewardessen aber sahen darin nur einen angemessenen Bonus für sich.

„Was ich dir sagen wollte", sagte Gwen in seine Gedanken hinein, „ich bin schwanger."

Einen Augenblick kam die Nachricht gar nicht bei ihm an. Dann fragte er: „Bist du sicher?"

„Aber ja."

Nach einem kurzen Schweigen sagte er etwas lahm: „Ich weiß, ich sollte wohl nicht fragen ..."

„Doch, das ist dein gutes Recht." Sie blickte ihn mit ihren schwarzen Augen freimütig an. „Du willst wissen, ob da vielleicht noch ein anderer ... nicht wahr?" Sie legte ihm die Finger auf die Hand. „Frag nur, genier dich nicht. Nein, da war kein anderer. Das könnte gar nicht sein. Weißt du ... ich liebe dich nämlich. Und ich bin froh darüber. So sollte es doch wohl sein, daß man den Menschen liebt, von dem man ein Kind bekommt, nicht?"

„Hör mal, Gwen." Er umschloß ihre Hände. „Wir müssen uns das mal überlegen."

Ihm war ganz klar, was geschehen mußte.

„Du brauchst dir nichts zu überlegen. Ich mache dir keine Schwierigkeiten. Ich mußte es dir sagen, weil es schließlich dein Kind ist. Alles Weitere aber überlaß nur getrost mir – mach dir da keine Sorgen."

„Ich möchte dir doch helfen." Eile war geboten. Ob Gwen religiöse Bedenken gegen eine Schwangerschaftsunterbrechung hatte? Wenn nicht, dann mußte sie unverzüglich dahin fliegen, wo er die richtige Stelle kannte. Natürlich ging alles auf seine Kosten. Er stand auf. „Willst du noch immer mit mir nach Neapel?"

„Selbstverständlich, Vernon. Hast du mich lieb?" Sie trat zu ihm. Er küßte sie. „Ja, ich hab dich lieb." Und im Augenblick war es wahr.

Sie löste sich von ihm und sah auf die Uhr. Es war zwanzig nach acht. „Es ist Zeit, Herr Kapitän. Wir müssen gehen."

„Keine Sorge“, sagte Demerest unterwegs. „Die Fluglinien sind’s gewöhnt, daß Stewardessen schwanger werden.“ Er fuhr seinen Mercedes auf der tief eingeschneiten Straße mit besonderer Vorsicht. Als Gwen entgegen seiner Erwartung nichts erwiderte, fuhr er fort: „Du weißt, die Stewardessen sind meist junge Dinger aus einfachen Verhältnissen. Sie kommen aus einem ereignislosen Leben plötzlich in die große weite Welt, lernen fremde Länder und interessante Menschen kennen, übernachten in ersten Hotels, kurzum, bekommen einen Vorgeschmack vom *dolce vita*.“

Gwen funkelte ihn zornig an. „Es paßt mir gar nicht, daß du mich in einem Atemzug mit jungen Dingern aus einfachen Verhältnissen nennst!“

„Entschuldige, Gwen, so war das nicht gemeint.“ Er hielt vor einer Verkehrsampel, deren Rot in Myriaden Reflexen im fallenden Schnee spielte. „Du bist doch eine Ausnahme.“

„Ich meine doch, ich bin ich und nicht sonst wer.“

Demerest fuhr an. Eine Weile herrschte Schweigen. Dann sagte Gwen sinnend: „Wenn’s ein Junge ist, könnten wir ihn nach amerikanischer Art Vernon Demerest junior nennen.“

Er hatte seinen Namen noch nie gemocht. „Ich möchte gar nicht, daß mein Sohn ...“ Er brach ab, es war ein gefährlicher Boden. „Was ich sagen wollte, Gwen – du kennst doch natürlich das Dreipunkteprogramm der Luftverkehrsgesellschaften?“

„Ja“, sagte sie kurz.

Das Programm war ebenso einfach wie praktisch. Keine Gesellschaft wollte eine Stewardeß wegen einer Schwangerschaft verlieren – dazu war die Berufsausbildung zu teuer. Wenn eine Stewardeß schwanger wurde und nicht zu heiraten beabsichtigte, bekam sie einen Sonderurlaub. Die Personalabteilung kümmerte sich um Arzt und Klinik und gab ihr, wenn nötig, ein Darlehen. Scheute sie nach der Niederkunft die Rückkehr in ihren bisherigen Arbeitskreis, so versetzte man sie in einen andern. Als Gegenleistung mußte sie drei Verpflichtungen eingehen: erstens die Personalabteilung ständig über ihren Aufenthalt unterrichten, zweitens das Kind sofort zur Adoption abgeben und jeden Versuch unterlassen, den Namen der Adoptiveltern festzustellen (die Gesellschaft garantierte ihr, daß bei der Adoption nach den gesetzlichen Bestimmungen verfahren wurde), und drittens den Vater nennen. Ein Vertreter der Personalabteilung suchte von dem Betreffenden die schriftliche Zusage zu erlangen, er werde die Entbindungskosten tragen und der Stewardeß den Verdienstausfall ganz oder teilweise ersetzen. Weigerte er sich, so konnte die Gesellschaft sehr ungemütlich werden. Doch war der Vater, namentlich wenn er selber zum Flugpersonal gehörte, im allgemeinen durchaus willig – es lag ihm ja auch selber daran, daß die Sache diskret behandelt wurde.

„Vor allem“, sagte Demerest, „will man der Stewardeß das Gefühl geben, daß sie nicht allein steht, daß man ihr auf Schritt und Tritt hilft.“ Er lenkte den Mercedes auf dem Flughafen zum Haupthangar der Trans America, von wo man mit einem Personalbus zum Empfangsgebäude fahren konnte.

Gwen griff nach seiner Hand auf dem Lenkrad. „Laß nur, ich komm schon durch“, sagte sie.

Keith Bakersfeld stand im Umkleideraum. Er merkte, daß er minutenlang auf den Zimmerschlüssel 224 des Gasthauses O'Hagan gestarrt hatte. Oder waren es nur Sekunden gewesen? Sein Kopf war so müde, so gemartert von Wissen und Gewissen. Nur der Tod konnte dieser Quälerei ein Ende setzen. Der Tod. Vergessen. Endlich Ruhe haben.

Jetzt aber hieß es in den Radarraum zurückgehen und den Dienst bis zum Schichtwechsel durchhalten. Dann, um Mitternacht, kam der Weg zum O'Hagan, kam der Griff zu den vierzig Nembutalkapseln, die er seit Monaten gesammelt hatte. Seine Gedanken wanderten zu dem Tag zurück, der unauslöschlich in sein Gedächtnis eingebrannt war, dem Tag vor anderthalb Jahren ...

24. Juni. Der Morgenhimmel über Leesburg in Virginia ist klar. Der Wetterbericht meldet Cavu – unbegrenzte Wolkenhöhe und Sicht. Die Sonne scheint warm, ein Lufthauch trägt den Duft der blühenden Waldwinden von den Bergen herüber. Es ist ein Tag für Dichter, Liebespaare und Freunde der Farbdias, ein Tag, wie man ihn im Gedächtnis bewahrt und ihn noch Jahre später als gefühlvolles Erinnerungsblatt hervorholt.

Keith fährt von Adamstown in Maryland, wo die Familie Bakersfeld ein hübsches Haus hat, nach Leesburg zur Luftstraßen-Flugsicherungszentrale Washington. Noch in dem dickwandigen, fensterlosen Radarraum spürt er, wie schön der Sommertag draußen ist. Die siebzig Controller sind in gelöster Stimmung. Bei dem klaren Wetter wird man weniger beansprucht als sonst. Viele Privatflugzeuge und sogar einige Verkehrsmaschinen fliegen nach VFR, den Sichtflugregeln, so daß sie den Streckencontrollern keine Meldungen zu erstatten brauchen.

Die Flugsicherungszentrale Washington in Leesburg dirigiert den gesamten Luftverkehr in sechs am Atlantik liegenden Bundesstaaten, ein Luftraum, der sich über 160 000 Quadratkilometer erstreckt und auch noch das südliche Ende des sogenannten Nordost-Luftkorridors erfaßt, der ständig den stärksten Luftverkehr der Welt aufweist. Keith hat den Abschnitt Pittsburgh–Baltimore zu überwachen. Seine beiden Assistenten bearbeiten die Flugdaten und Meldungen; ein Dienstleiter stimmt die Anweisungen aufeinander ab. Heute hat Keith einen jungen Hilfscontroller neben sich, George Wallace, den er seit einigen Wochen ausbildet.

Für die Tageszeit ist der Luftverkehr normal. Auf dem Schirm zeigen hellgrüne Lichtpunkte die Position von fünfzehn Maschinen an. Über dem Alleghenygebirge fliegt eine Convair 440 aus achttausend Fuß den Flughafen Pittsburgh an. Dahinter liegen in verschiedenen Flughöhen eine DC-8 der National, eine 727 der American, zwei Privatflugzeuge – eine Lear-Düsenmaschine und eine Fairchild F-27 – sowie eine zweite Maschine der National, eine Electra. Nach Startmeldungen des Friendship-Flughafens in Baltimore müssen jeden Augenblick mehrere weitere Flüge auf dem Schirm erscheinen. Mit Kurs auf Baltimore fliegt eine Delta DC-9, der Turm des Friendship-Flughafens wird sie sogleich übernehmen. Dahinter liegen fünf weitere nach Baltimore bestimmte Maschinen.

Im Tonbandraum unterhalb des Kontrollraumes rotieren gewichtig zahlreiche Bandgeräte; hier werden alle Gespräche, die die Controller mit den Piloten führen, aufgenommen und, wenn erforderlich, zur Überprüfung eines Falls abgespielt. Von Zeit zu Zeit hört die Oberaufsicht die Bänder nur zu dem Zweck ab, die Leistungen der Controller zu kontrollieren. An einer Tür des Tonbandraumes steht bitterhumorig DER GROSSE BRUDER HÖRT MIT.

Keiths Dienstleiter ist ein großer, schlanker Neger, Perry Yount. Den Kopfhörer angelegt, blickt er Keith über die Schulter und prüft die Verkehrslage auf dem Schirm. Er begreift rasch und reagiert prompt. Es ist gut, in Krisensituationen einen solchen Menschen um sich zu wissen. Er tippt Keith auf die Schulter. „Uns fehlt heute ein Mann. Werden Sie eine Weile allein fertig?“

„Aber ja." Keith funkt einer Eastern 727 eine Kursberichtigung. Dann nickt er seinem Radarschüler George Wallace zu, der sich neben ihn gesetzt hat. „Ich hab ja George zur Seite."

Perry Yount rollt sich zum nächsten Radartisch.

„George", sagt Keith, „nehmen Sie das Bild auf." Wallace rückt näher an den Schirm heran. Er ist schon seit fast zwei Jahren in Ausbildung; vorher war er bei der Luftwaffe. In einer Woche soll er seine Bestallung als Controller bekommen.

Keith läßt den Abstand zwischen einer BAC-111 der American Airlines und einer 727 der National absichtlich geringer werden, als es sein sollte. Wallace erkennt es sofort. Nur an solchen praktischen Beispielen kann man die Fähigkeiten eines jungen Controllers prüfen. Und wenn er dabei in Schwierigkeiten gerät, muß man ihm die Möglichkeit geben, die Situation ohne Hilfe zu entwirren. In solchen Augenblicken bricht dem Ausbilder der Schweiß aus. Greift er ein, so untergräbt er womöglich das Selbstvertrauen des Schülers für immer; greift er nicht ein, so kann es zu einem Zusammenstoß in der Luft kommen. Viele Controller lehnten das zermürbende Ausbilderamt ab – sie bekamen dafür weder eine offizielle Anerkennung noch eine Extrabezahlung. Wozu sich für nichts und wieder nichts so viel aufregen! Keith hat die Aufgabe aus Pflichtgefühl übernommen. Er ist stolz, daß sich Wallace so gut entwickelt.

Um 10.30 Uhr tauscht er mit Wallace den Platz und behält den Schirm von der Seite im Auge. Nichts zu bemängeln. Wallace arbeitet sachkundig und aufmerksam. Um zehn vor elf will Keith die Toilette aufsuchen. Er gibt Perry Yount einen Wink.

„Macht George seine Sache gut?" fragt der Dienstleiter.

„Wie ein Alter", sagt Keith laut – Wallace soll es hören.

„Ich passe auf", sagt Yount. „Gehen Sie nur."

Keith macht einen Vermerk im Dienstbuch und schreibt die Zeit dazu. Yount zeichnet mit seinen Initialen ab; er übernimmt die Verantwortung für Wallace. Als Keith hinausgeht, sieht er, wie der Dienstleiter dem Hilfscontroller leicht die Hand auf die Schulter legt und das Bild auf dem Radarschirm in sich aufnimmt.

Durch die Milchglasscheibe des Toilettenraums fällt etwas von der Lichtfülle des Tages herein. Keith bleibt noch, er öffnet das Fenster und sieht die grünen Wiesen, die Bäume, die Blumen, er mag noch nicht auf den herrlichen Anblick verzichten und gleich wieder in den dunklen Radarraum zurückgehen. Allzuoft schon ist das so über ihn gekommen. Es ist nicht nur die Dunkelheit, es ist der ständige Druck, dem man da drinnen ausgesetzt ist. Neuerdings muß er sich mit Gewalt zur Ordnung rufen ...

Während er noch am Fenster steht, nähert sich eine von Minneapolis–St. Paul kommende Düsenmaschine, eine 727 der Northwest Orient, dem Washingtoner National-Flughafen. In der Kabine beugt sich eine Stewardeß über einen aschfahlen älteren Herrn, der offenbar einen Herzanfall hat. Sie stürzt auf das Flugdeck, um es dem Kapitän zu melden. Der Kapitän ersucht den Turm des National-Flughafens um Landefreigabe mit Vorrang ...

Keith fragt sich wie schon so oft, wieviel Jahre er wohl noch durchhalten kann. Er ist achtunddreißig. Seit fünfzehn Jahren ist er Controller. In diesem Beruf kann man schon mit fünfundvierzig ein alter Mann sein – fünfzehn Jahre vor der Pensionierung.

Das Luftfahrtamt hat beim Kongreß beantragt, Flugsicherungsbeamte schon mit fünfzig beziehungsweise nach zwanzig Dienstjahren zu pensionieren – Luftfahrtmediziner hatten erklärt, diese Zeit entspreche vierzig Dienstjahren in den meisten anderen Berufen. Der Kongreß hat abgelehnt, ebenso wie ein vom Präsidenten eingesetzter Sonderausschuß. Offiziell hat das Amt die Angelegenheit nicht weiterverfolgt. Privat aber hat man vorausgesagt, sie werde wieder aufs Tapet kommen, eines Tages, wenn überarbeitete Controller eine Katastrophe herbeigeführt haben.

Keith möchte hinausgehen und sich in die Sonne legen und schlafen. Na schön, das geht nicht, er muß in den Radarraum zurück. Nur ein paar Augenblicke noch.

Rasch werden Flugzeuge umgeleitet oder angewiesen, in sicherer Entfernung von der 727 der Northwest Orient auf Warteschleife zu gehen. Man legt im wachsenden mittäglichen Flugverkehr eine Anflugschneise frei. Die Anflugkontrolle auf dem National-Flughafen ist alarmiert. In diesem Augenblick geht die Verantwortung auf Perry Younts Abschnitt über. Man muß die landebereite 727 in einem nur wenige Kilometer breiten Luftraum durch fünfzehn Maschinen hindurchjonglieren.

Perry Yount stimmt die Flugbewegungen gelassen, mit ruhiger Stimme aufeinander ab. Die 727 liegt im Sinkflug stetig auf Kurs.

Bald hat man's hinter sich. Yount nimmt sich die Zeit, zum nächsten Radartisch hinüberzurollen, zu George Wallace, den er sonst gar nicht aus den Augen gelassen hätte. Scheint alles in Ordnung zu sein. Allerdings hätte er ein ruhigeres Gefühl, wenn Keith wieder da wäre ...

Keith steht versonnen am Fenster, er denkt an Natalie. In jüngster Zeit ist es zwischen ihnen zu Meinungsverschiedenheiten gekommen. Natalie sorgt sich um ihn, sie will, daß er, solange er noch jung und einigermaßen gesund ist, einen andern Beruf ergreift. Er hat ihr – und das war verkehrt – seine Befürchtungen anvertraut: wie schwierig es wäre, sich als Radarmann auf etwas anderes umzustellen.

Über Martinsburg in West-Virginia, rund fünfzig Kilometer nordwestlich der Luftstraßen-Flugsicherungszentrale Washington, wechselt in siebentausend Fuß Flughöhe ein Privatflugzeug von der Luftstraße V 166 auf die Luftstraße V 44. Es ist eine kleine Beech Bonanza mit dem typischen Schmetterlingsschwanz; sie fliegt mit 175 mph nach Baltimore. Die Insassen sind: Irving Redfern, von Beruf technischer Berater, seine Frau Merry und seine Kinder – der zehnjährige Jeremy und die neunjährige Valerie.

Irving Redfern ist ein vorsichtiger Mann. Er hat in seinem Heimatflughafen Charleston einen Instrumentenflugplan eingereicht und ist mit der Flugsicherung in Verbindung geblieben. Washington Center hat ihm den neuen Kurs auf der V 44 gegeben. Er fliegt teils in Geschäften, teils um sich mit seiner Familie in Baltimore einen hübschen Tag zu machen. Abends will man ins Theater. Der Controller, der Redfern die letzten Anweisungen gegeben hat, ist George Wallace. Er hat die kleine Beech auf dem Radarschirm richtig erkannt, ein hellgrüner Fleck, kleiner und langsamer als die andern. Sie scheint reichlich freien Luftraum um sich zu haben. Perry Yount wirft von Zeit zu Zeit einen Blick auf Wallace. „Alles in Ordnung?" ruft er herüber. Wallace nickt.

Wallace, Yount und Redfern wissen nicht, daß einige Meilen nördlich der V 44 ein Übungsflugzeug der Nationalgarde, eine Düsenmaschine vom Typ T-33, müßig ihre Kreise zieht. Sie kommt aus Baltimore. Der Pilot ist Hank Neel, ein Autoverkäufer, der zu einer Übung eingezogen ist. Man hat ihm eingeschärft, daß er einen für die Übungsflüge reservierten Luftraum nordwestlich von Baltimore nicht

verlassen darf, womit es sich erübrigte, der Flugsicherungszentrale Washington einen Flugplan zu übermitteln. Neel merkt bei gelegentlichen Blicken auf die Landschaft, daß er zu weit nach Süden kurvt, doch macht er sich nichts daraus, er ist leichtsinnig. Er ist in Wallaces Radarkontrollbezirk geraten und erscheint jetzt auf dem Schirm als grüner Fleck, kaum größer als der des Redfernschen Privatflugzeugs. Ein erfahrener Controller hätte ihn sofort bemerkt. Wallace aber ist mit dem übrigen Verkehr so beschäftigt, daß ihm die ungemeldete Maschine entgeht. Neel liegt in fünfzehntausend Fuß Höhe. Er beschließt, seine Übung mit Kunstflugfiguren zu beenden – zwei Loopings und ein paar gesteuerten Rollen. Dann soll es nach Hause gehen. Er legt die T-33 in eine steile Kurve und zieht damit noch mehr an die Luftstraße V 44 heran, auf der die Beech Bonanza fliegt.

Keith denkt an Natalie. Sie sieht nicht, daß er eine Familie zu ernähren und Kinder großzuziehen hat – und daß ihn seine Ausbildung zum Controller zu nichts anderm befähigt. Als junger Mensch findet man den Gehaltstarif der Flugsicherungsbeamten durchaus angemessen. Erst später merkt man, wie wenig die Bezahlung der ungeheuren Verantwortung entspricht, die einem dabei aufgebürdet wird. Die beiden höchstqualifizierten Spezialisten im Luftverkehr sind die Piloten und die Controller. Piloten verdienen dreißigtausend Dollar im Jahr, ein Controller aber bringt es nur auf zehntausend.

Er blickt auf seine Uhr und stellt erschrocken fest, daß er schon fast fünfzehn Minuten hier am Fenster steht. Während eines Teils dieser Zeit hatte er mit offenen Augen geträumt, etwas, das er selten tat. Er schließt das Fenster und eilt in den Radarraum.

Hoch über dem Frederick County in Maryland zieht Neel seine T-33 hoch und geht in Horizontalflug über. Er blickt flüchtig um sich. Kein anderes Flugzeug in Sicht. Mit einem Sturzflug setzt er zu einem Looping an, dem eine gesteuerte Rolle folgen soll.

Beim Betreten des Kontrollraums merkt Keith, daß sich das Arbeitstempo gesteigert hat. Das Stimmengesumm ist lauter als vorher. Er trägt die Zeit seiner Rückkehr in das Dienstbuch ein, setzt seinen Namenszug daneben und stellt sich hinter Wallace, um das Bild aufzunehmen. Wallace nickt ihm zu und fährt mit seinen Funkinstruktionen fort. Keith betrachtet den Schirm mit den wandernden Lichtpünktchen, den Flugzeugen, die Wallace auf den mitwandernden kleinen Kunststoffmarken notiert hat. Ein hellgrüner Punkt ohne Marke fällt ihm ins Auge. „Was fliegt denn da neben der Beech Bonanza?" fragt er scharf.

Neel zieht wieder auf fünfzehntausend Fuß hoch; er ist noch immer über dem Frederick County, jetzt aber noch südlicher. Er geht in die Horizontallage und dann zu einem zweiten Looping erneut in Sturzflug.

„Was da fliegt . . .?" Wallace folgt Keiths Blick über den Schirm. Er hält den Atem an. Keith reißt Wallaces Kopfhörer an sich und drängt den Hilfscontroller von seinem Platz. Er legt einen Hebel um und drückt auf den Sendeknopf. „Washington Center an Beech Bonanza NC-403. Machen Sie sofort eine Rechtskurve! Sie haben ein unbekanntes Flugzeug links vor sich."

Die T-33 hat den Tiefpunkt des Loopings erreicht. Neel zieht die Steuersäule zurück. Die Maschine jagt steil nach oben. Unmittelbar über ihr liegt Redferns kleine Beech Bonanza.

Stumm, ein Stoßgebet auf den Lippen, sehen die Controller zu, wie sich die hellgrünen Punkte einander nähern. Im Funkgerät knattern atmosphärische Störungen. „Beech Bonanza an Wash...“ Die Mitteilung bricht ab.

Irving Redfern ist ein ausgezeichneter, aber nur allzu korrekter Amateurflieger. Ein Berufspilot hätte seine Maschine sofort herumgerissen, ohne mit der Bestätigung der Anweisung oder einer Rückfrage Zeit zu verlieren. Vielleicht wären dabei ein paar Passagiere leicht verletzt worden, und vielleicht wäre ein Verfahren vor dem Luftfahrtamt gefolgt. Doch wäre niemand ums Leben gekommen. Rasches Handeln hätte auch die Familie Redfern gerettet. Redfern aber befolgt gewohnheitsgemäß die Verfahrensregeln und bestätigt Keiths Anweisung. Es kostet ihn zwei oder drei Sekunden – die ganze Zeit, die er noch hat. Die aus dem Looping hochschießende T-33 rasiert der Beech Bonanza mit dem durchdringenden Aufkreischen reißenden Metalls die linke Tragfläche ab. Die T-33 steigt noch ein kurzes Stück, während ihr Vorderteil schon auseinanderbricht. Neel weiß kaum, was passiert ist. Er steigt aus und öffnet seinen Fallschirm. Tief unter ihm trudelt die Beech Bonanza steuerlos ab. Redfern drückt – vielleicht eine letzte Verzweiflungshandlung – den Sprechknopf seines Mikrophons. Die Funkverbindung arbeitet.

Keith versucht es noch einmal. Seine Hand zittert. „Washington Center an Beech Bonanza NC-403. Hören Sie mich?“

Wallace neben ihm bewegt stumm die Lippen. Aus seinem Gesicht ist alle Farbe gewichen. Entsetzt sehen die beiden, wie die Lichtpunkte auf dem Schirm zusammenfließen, aufglühen und vergehen. Perry Yount merkt, daß etwas passiert ist, und eilt zu ihnen. „Was ist los?“

Keith ist der Mund trocken. „Ein Zusammenstoß, glaube ich.“

Und dann kommen sie, die spukhaften, grausigen Laute – und wer sie hört, der wünscht, er hätte sie nicht gehört, und kann sie nie mehr aus seinem Gedächtnis tilgen. Sie kommen aus dem Lautsprecher, den Keith zu Beginn des Luftnotgesprächs eingeschaltet hat – zuerst das Knattern atmosphärischer Störungen, dann durchdringende, markerschütternde Schreie. Köpfe drehen sich um, Gesichter werden blaß. Wallace schluchzt. Oberdienstleiter stürzen herbei.

Dann flattert über den Schreien eine einzelne Stimme, angsterfüllt, hilflos, flehend. Man versteht nur Bruchstücke. Erst später, als man das Band wieder und wieder abspielt, fügen sie sich zusammen. Es ist die Stimme der neunjährigen kleinen Valerie Redfern. „... Mutti? Papi! ... Tut doch was! Ich will nicht sterben ... ach lieber Herr Jesus, ich war doch fromm, ich will nicht ..."

Barmherzigerweise bricht der Ton ab.

Die Beech Bonanza zerschellt bei Lisbon in Maryland und verbrennt. Was von den vier Menschen noch übrig ist, wird in einem Gemeinschaftsgrab beigesetzt.

Neel landet mit seinem Fallschirm unversehrt acht Kilometer von der Unglücksstelle entfernt.

Wallace, Bakersfeld und Yount werden bis zum Abschluß der Untersuchung ihres Dienstes enthoben. Wallace kann man, da er noch in Ausbildung ist, nicht belangen, doch muß er aus dem Flugsicherungsdienst ausscheiden. Schuldig ist nach Ansicht des Untersuchungsausschusses der Dienstleiter Perry Yount; er hätte sich während Keith Bakersfelds Abwesenheit weniger um die Notlage der Northwest Orient und mehr um Wallace kümmern müssen. Daß Yount – was er hätte ablehnen können – Doppeldienst tat, erklärt man für unerheblich. Er erhält eine Rüge und wird in eine niedrigere Beamtenstufe versetzt.

Keith Bakersfeld wird freigesprochen. Der Untersuchungsausschuß stellt fest, daß er um eine vorübergehende Befreiung vom Dienst ersucht hatte, daß sein Ersuchen wohlbegründet gewesen war und daß er die Vorschriften befolgt hatte. Für sein geistesgegenwärtiges Eingreifen nach seiner Rückkehr wird er vom Untersuchungsausschuß belobigt. Als er merkt, wie sich Perry Younts Lage zuspitzt, macht er auf die Länge seiner Abwesenheit aufmerksam und erklärt sich willens, die Hauptschuld zu übernehmen. Der Untersuchungsausschuß sieht darin nur eine ritterliche Geste und läßt ihn seine Aussage gar nicht beenden.

In einem Verfahren der Nationalgarde wird dem Reserveleutnant Neel bescheinigt, daß er sich durch den Flug in die Luftstraße V 44 einer groben Fahrlässigkeit schuldig gemacht habe, doch wird keine Anklage gegen ihn erhoben. An den Wochenenden fliegt er nach wie vor.

Perry Yount erleidet einen Nervenzusammenbruch und wird in eine psychiatrische Klinik gebracht. Nach seiner Entlassung nimmt er eine Stellung in einer Kneipe in Baltimore an. Wie Keith hört, ist er zum Trinker geworden.

Als Keith wieder zum Dienst zugelassen wird, begegnen ihm die Kollegen freundschaftlich und mitfühlend, und anfangs ist mit seiner Arbeit alles in Ordnung. Nach seinem vergeblichen Versuch, die Sache vor dem Untersuchungsausschuß aufzurollen, offenbart er keinem, nicht einmal Natalie, daß er an dem schicksalsschweren Tag in der Toilette die Zeit vertrödelt hatte. Doch merkt ihm Natalie an, daß er einen traumatischen Schock erlitten hat, und ist, verständnisvoll und liebevoll wie immer, bemüht, ihm darüber hinwegzuhelfen.

Vielleicht wäre es ihr gelungen, doch kann Keith nicht mehr richtig schlafen, in mancher Nacht überhaupt nicht. Und wenn er schläft, träumt er wieder und wieder die Szene im Kontrollraum – wie sich die beiden Lichtflecke vereinigen ... sein letzter verzweifelter Funkspruch ... die Schreie ... die Stimme der kleinen Valerie Redfern. Im Traum ist ihm, als könnte er die Beech Bonanza retten, doch ist er dann manchmal wie gelähmt und kann Wallaces Kopfhörer nicht an sich reißen, oder die Stimme versagt ihm. Er erwacht und liegt schlaflos und verzehrt sich nach dem Unmöglichen: das Rad zurückdrehen und das Geschehene ändern zu können. Und dann hält er sich krampfhaft wach – nur nicht dasselbe noch einmal träumen, er kann die Marter nicht ertragen!

Er gibt sich selber die Schuld an der Tragödie. Er hatte gewußt, daß sich Perry auf seine baldige Rückkehr verließ. Er hatte gewußt, daß ein Mann fehlte und Perry Doppeldienst tat. Trotzdem hatte er ihn im Stich gelassen.

Und weil er in diesen Schicksalsminuten getrödelt und sich mit seinem lieben Ich beschäftigt hatte, mußten die vier Redferns sterben. Selbst bei Tage verfolgten sie ihn. Daß seine eignen Kinder leben und wohlauf sind, ist für ihn ein ständiger Vorwurf.

Unaufhörlich quält er sich mit der Folge der Schreckensbilder ab. Und schon wirken sich die Nächte und der innere Aufruhr auf seine Arbeit aus. Er reagiert langsamer, er zögert bei jeder Entscheidung. Einigemal hat er schon das Bild verloren und Hilfe gebraucht.

Nach freundschaftlichen Gesprächen mit höheren Vorgesetzten hat man ihn mit seiner Einwilligung auf den Flughafen Lincoln versetzt. Ein Tapetenwechsel werde, so hatte man geglaubt, heilsam wirken.

Auch werde ihn die Nähe seines Bruders beruhigen.

Alles umsonst. Das Schuldgefühl ist geblieben, er kann nur noch mit Schlafmitteln schlafen. Mel rät ihm, Hilfe bei einem Psychotherapeuten zu suchen. Er will nicht. Seine Schuld ist real, und daran kann nichts im Himmel oder auf Erden etwas ändern – auch keine psychotherapeutische Behandlung.

Eines Tages wird es selbst Natalie zuviel. Gereizt ruft sie: „Sollen wir denn immer und ewig in Sack und Asche gehen, kein Vergnügen mehr haben, nie mehr lachen? Ich will's nicht haben, daß Brian und Theo in solch einer Misere aufwachsen! Unser Leben ist wichtiger als deine Arbeit. Gib sie auf und such dir etwas anderes. Ich weiß, du verlierst deinen Pensionsanspruch, aber wir werden schon durchkommen. Ich will alles in Kauf nehmen, wenn wir nur nicht so weiterleben müssen!" Sie ist einem Weinkrampf nah, überwindet sich aber und spricht aus, was sie bewegt: „Ich warne dich, Keith, ich kann nicht mehr. Wenn du so weitermachst, mußt du deinen Weg vielleicht allein gehen."

Es ist das erste Mal, daß sie eine Scheidung andeutet. Und es ist das erste Mal, daß er an Selbstmord denkt.

Es DUNKELTE. Die Tür des Umkleideraums ging auf. Ein Controller, dessen Arbeitspause begonnen hatte, kam herein. Keith legte seine Brote unangerührt weg, schloß seinen Schrank ab und ging in den Radarraum zurück.

KAPITEL 5

TANYA LIVINGSTON stand in dem kleinen Aufenthaltsraum und musterte den blinden Passagier, eine kleine alte Dame aus San Diego namens Ada Quonsett.

„Sie haben das schon öfter gemacht, nicht wahr?"

„O ja, mein liebes Fräulein, schon ziemlich oft." Frau Quonsett saß behaglich da, die Hände im Schoß um ein Spitzentaschentuch gefaltet, ganz als wäre sie im Begriff, in die Kirche zu gehen, und nicht, als hätte man sie dabei ertappt, wie sie ohne Flugschein von Los Angeles nach New York fliegen wollte.

Seitdem die Düsenmaschinen die Verkehrsflüge beschleunigt hatten, waren die blinden Passagiere zu einer wahren Seuche geworden. Ada Quonsett wäre unentdeckt nach New York gelangt, hätte sie ihr Geheimnis nicht ihrer Nachbarin im Flugzeug ausgeplaudert, die es der Stewardeß erzählt, die es dem Kapitän gemeldet, der durch

Funkspruch den Flughafen Lincoln benachrichtigt hatte, wo man sich die Dame dann schnappte.

„Wie war denn das nun?“ fragte Tanya.

„Ja, sehen Sie, ich bin Witwe und habe in New York eine verheiratete Tochter. Wenn ich mich einsam fühle und sie besuchen möchte, fahre ich nach Los Angeles und steige in ein Flugzeug nach New York. Einen Flugschein kann ich mir nicht leisten. Ich hab ja nur die Sozialrente und eine kleine Pension. Das reicht gerade für die Busfahrt von San Diego nach Los Angeles.“

„Die Busfahrt bezahlen Sie also?“

„O ja – die Greyhound-Schaffner, die passen auf!“

„Warum benutzen Sie denn nicht den Flughafen San Diego?“

„Ich hab Angst, da kennt man mich, liebes Fräulein.“

Tanya konnte nur mit Mühe ernst bleiben.

„Sind Sie auch schon mit andern Fluglinien als blinder Passagier geflogen?“

„O ja. Am liebsten aber fliege ich mit der Trans America. Da ist man so zugänglich. Wenn ich wieder zurück möchte, sage ich einfach, ich bin als blinder Passagier nach New York gekommen. Dann fragt man mich nach dem Datum und der Flugnummer – die kann ich angeben, ich schreib sie mir immer auf. Dann sieht man im Passagierverzeichnis nach, und dann schickt man mich nach Hause zurück.“ Frau Quonsett lächelte gutmütig. „Natürlich werde ich manchmal ein bißchen gescholten, ich sei garstig und dürfe es nicht wieder tun.“

Das Tolle daran war, wie Tanya wußte, daß ein blinder Passagier, sobald er einmal in der Touristenklasse saß, vor einer Entdeckung ziemlich sicher war, sofern nicht alle Plätze verkauft waren. Die Stewardessen zählen die Köpfe. Hatten sie einen mehr, als das Passagierverzeichnis des Kontrolleurs angab, so vermutete man einen blinden Passagier. Dann hatte der Vorfelddienstleiter zwei Möglichkeiten. Entweder ließ er die Maschine abfliegen. Oder er ließ die Flugscheine kontrollieren. Das beanspruchte fast eine halbe Stunde. In dieser Zeit schnellten die Kosten des Aufenthalts einer Düsenmaschine auf dem Flughafen in die Höhe, und die Passagiere wurden ungemütlich. Der Verlust an Geld und Ansehen überstieg die Kosten eines Freiflugs bei weitem. Also gab man dem Flugzeug lieber den Start frei und ließ den blinden Passagier im Bestimmungsflughafen unangefochten seines Weges gehen.

„Sie sind so nett", sagte Frau Quonsett. „Sie sind viel jünger als die andern, die ich bei Ihrer Fluglinie kennengelernt habe. Sie sind höchstens achtundzwanzig, nicht wahr?"

„Lassen wir das!" sagte Tanya streng. „Was Sie getan haben, ist unredlich. Sie haben die Fluggesellschaft betrogen. Man könnte Sie strafrechtlich verfolgen."

Ein Triumphschimmer glitt über das Gesicht der alten Dame. „Aber man tut's nicht, nicht wahr? Man tut das nie."

Es war zwecklos, mit ihr zu rechten. „Frau Quonsett", sagte Tanya, „nachdem Sie schon so oft umsonst mit uns geflogen sind, könnten Sie uns eigentlich einen Gefallen tun. Ich hätte gern gewußt, wie Sie es anstellen, an Bord eines Flugzeugs zu kommen."

Ada Quonsett lächelte. „Ach, wissen Sie, liebes Fräulein, da gibt es viele Möglichkeiten. Meistens gehe ich schon so zeitig auf den Flughafen, daß ich mir in Ruhe einen Passierschein besorgen kann. Neuerdings benutzen die Fluglinien den Flugscheinumschlag als Passierschein. Da geh ich dann einfach an einen Schalter und sage, ich habe den Umschlag verloren, und bitte um einen neuen. Ich gehe immer an einen Schalter, wo Hochbetrieb herrscht. Und da bekomme ich den Umschlag stets. In der Damentoilette fülle ich ihn aus – ich habe immer ein paar alte bei mir und weiß daher, was ich schreiben muß. Dann gehe ich an die Sperre und warte, bis der junge Mann, der die Flugscheine kontrolliert, von vielen Reisenden belagert wird, und dränge mich vorbei und besteige das Flugzeug. Die Stewardessen sind meist junge Dinger, liebes Fräulein, die haben sich viel zu erzählen und haben nur Augen für die Herren. Sie sehen sich nur die Flugnummer auf dem Umschlag an, und die hab ich natürlich richtig eingetragen."

„Und wenn Sie sich keinen Umschlag verschaffen können?"

„Dann erzähl ich eine kleine Notlüge. Ich sage, ich möchte meiner Tochter noch einmal Lebewohl sagen. Oder, wenn das Flugzeug nur zwischenlandet, sage ich, ich möchte auf meinen Platz zurück, habe aber meinen Flugschein an Bord gelassen. Oder ich sage, mein Sohn ist gerade eingestiegen, hat aber seine Brieftasche vergessen, ich möchte sie ihm bringen. Ich habe dann natürlich eine Brieftasche in der Hand. Damit komme ich am besten durch."

„Kann ich mir denken", sagte Tanya. Da hatte sie ja allerlei Material für ein Rundschreiben an die Kontrolleure und Stewardessen.

„Mein verstorbener Mann war Mathematiklehrer. Er hat immer

gesagt, man muß im Leben wie bei einer Gleichung an die unbekannten Größen denken."

Tanya sah die Dame scharf an. Wollte sie sich über sie lustig machen? Das Telephon schrillte. Sie stand auf und nahm den Hörer ab.

„Brauchen Sie Hilfe bei dem alten Reff?" Es war der Bezirksverkehrsleiter, für gewöhnlich ein umgänglicher Mensch, jetzt aber überreizt. Er hatte drei Tage und drei Nächte unzufriedene Passagiere umgeleitet und vom Hauptbüro allerlei einstecken müssen.

„Ja", sagte Tanya. „Ich hätte gern einen Flugschein nach Los Angeles für eine Frau Ada Quonsett – auf Kosten der Gesellschaft."

„Hat mir noch gefehlt, daß die mit Vorrang vor den zahlenden Passagieren bedient wird, die seit Stunden hier warten! Aber es ist vielleicht besser, wir schaffen sie uns vom Hals. Meinetwegen also. Ich bewillige den Flugschein. Sie finden ihn am Flugscheinschalter vor. Benachrichtigen Sie bitte Los Angeles. Die Flughafenpolizei soll die alte Hexe in Empfang nehmen."

„Sie könnte Dürers Mutter sein", sagte Tanya mit weicher Stimme.

„Dann soll Dürer ihren Flugschein bezahlen!"

Tanya lächelte und legte auf. „Frau Quonsett", sagte sie, „wir schicken Sie nach Los Angeles zurück."

Hinter den grauen Augen flackerte es. „Ja, mein liebes Fräulein. Aber vorher hätte ich gern noch eine Tasse Tee, bitte. Wenn ich jetzt also gehen dürfte und Sie mir sagen, zu welcher Zeit ich zurück sein muß ..."

Tanya schüttelte den Kopf. „Sie können Ihren Tee in Gegenwart eines Kontrolleurs trinken. Ich werde einen herholen. Er wird bei Ihnen bleiben, bis Sie das Flugzeug besteigen." Frau Quonsett antwortete mit einem giftigen Blick.

Zehn Minuten darauf war für Frau Quonsett ein Platz auf Flug 103 nach Los Angeles gebucht, Abflug in anderthalb Stunden. Frau Quonsett wurde einem erst kürzlich in Tanyas Abteilung eingestellten jungen Mann namens Peter Coakley übergeben, der ihr Enkel hätte sein können.

„Lassen Sie die Dame bis zum Start nicht aus den Augen!" sagte Tanya zu ihm. „Sie möchte eine Tasse Tee trinken. Gehen Sie mit. Sollte sie die Damentoilette aufsuchen wollen, warten Sie draußen vor der Tür. Bringen Sie sie zur Startzeit an Bord und übergeben Sie sie einer Stewardeß."

Frau Quonsett hängte sich bei Coakley ein. „Seien Sie mir nicht böse, junger Mann – eine alte Frau braucht eine Stütze. Ach, wie Sie mich an meinen lieben Schwiegersohn erinnern, was für nette Menschen Ihre Fluggesellschaft beschäftigt!" Sie sah Tanya vorwurfsvoll an. „Meistens, meine ich."

„Passen Sie auf", ermahnte Tanya den jungen Mann. „Die kriegt alles fertig!"

Es WAR ihm einfach unmöglich, fand Mel Bakersfeld, heute abend noch in die Stadt zu kommen. Noch immer war die Dreinull durch die festgerollte Düsenmaschine blockiert, und mit den Startverzögerungen wurde es immer schlimmer. Die Möglichkeit, den Flughafen in den nächsten Stunden für gesperrt erklären zu müssen, rückte immer näher. Die KC-135 der Luftwaffe war inzwischen gut gelandet, doch hatte Bakersfeld das Vorgefühl eines drohenden Unheils noch immer nicht verloren.

Und nun wartete Cindy mit ihrem Wohlfahrtsklimbim auf ihn. Am besten, er sagte ihr Bescheid. Dann hatte er's hinter sich.

Er rief sie an. Sie hörte seine Erklärung mit eisigem Schweigen an. Dann sagte sie: „Ich bin nicht überrascht. Als du gesagt hast, du kommst, habe ich gleich gewußt, daß du lügst. Inzwischen habe ich nachgedacht. Wie lange mußt du noch auf dem Flughafen bleiben?"

„Bis Mitternacht. Vielleicht die ganze Nacht noch."

„Dann komme ich hinaus."

„Tu das nicht, Cindy. Es ist weder die richtige Zeit noch der richtige Ort."

„Was ich dir zu sagen habe, kann ich dir überall sagen." Als er noch etwas erwidern wollte, legte sie auf.

CINDY war mit sich ins reine gekommen – in bezug auf Lionel Urquhart, einen Menschen, der bis jetzt als Fragezeichen über ihrem Leben geschwebt hatte. Komischerweise war es Mel gewesen, der sie mit Lionel zusammengebracht hatte – bei einem von der Stadt veranstalteten Essen, an dem Lionel als Architekt einiger städtischer Bauten teilgenommen hatte. Danach hatte er sie angerufen. Sie hatten sich ein paarmal und dann häufiger mittags oder abends zum Essen getroffen, und schließlich war es zwischen ihnen zur letzten Intimität gekommen. Cindy hatte das Gefühl, daß Mel Verdacht gefaßt hatte.

Lionel nahm die Sache sehr ernst, er war darin ganz anders als andere Männer. Er lebte seit Jahren von seiner Frau getrennt, war aber nicht geschieden. Jetzt wollte er sich scheiden lassen und forderte von Cindy, daß auch sie sich scheiden ließ, damit sie heiraten konnten. Er wolle Roberta und Libby mit Freuden ein Heim schaffen und ihnen nach besten Kräften den Vater ersetzen.

Gesellschaftlich konnte Cindy durch eine Ehe mit Lionel nur noch gewinnen. Urquhart entstammte einer angesehenen, altansässigen Familie. Seine Mutter regierte noch in einer verfallenden hochherrschaftlichen Villa, wo ein Butler alten Stils den Besucher hereinbat und ein rheumatisches Dienstmädchen den Tee auf einem silbernen Tablett auftrug. Ja, sagte Cindy zu sich, ich tu's.

Nach dem Gespräch mit Cindy verließ Mel Bakersfeld das stille Büro, trat auf die Galerie und blickte auf den Trubel hinunter, der in der Empfangshalle herrschte. Man mußte das Ein- und Aussteigen bald einmal irgendwie beschleunigen. Von Jahr zu Jahr stiegen die Kosten der Flugzeuge und damit auch ihres Aufenthalts im Flughafen. Die Planer der Fluglinien suchten nach Möglichkeiten, die Wartezeit der Maschinen abzukürzen.

Man plante bereits ein „Pod"-System für Passagiere nach Art der von der American Airline entwickelten „Iglus". Ein Iglu war ein bewegliches Frachtabteil, das im Flughafen beladen und in ein genau passendes Fach des Frachtflugzeugs eingeschoben wurde. Ein Passagier-Pod war als bequemes kleines Kabinenabteil gedacht, in dem sich die Passagiere schon an der Sperre niederließen. Das Pod wurde dann über ein Förderband an das Flugzeug gebracht und in ein Fach eingeschoben, aus dem man vorher ein ankommendes Pod herausgeholt und zur Sperre befördert hatte. Die Fenster des Pods paßten genau auf die Kabinenfenster. An den beiden Enden des Pods befindliche Harmonikatüren wurden geöffnet, so daß durch alle Pods hindurch ein Gang entstand.

Auf gleicher Linie lag die „Sky Lounge", an der man in Los Angeles arbeitete. Hier handelte es sich um einen vierzig Passagiere fassenden Kabinenteil, der als Bus mit eigener Kraft durch die Straßen zu einem Hubschrauberhafen fuhr und dort von einem mächtigen Hubschrauber zum Flughafen gebracht und in das wartende Verkehrsflugzeug eingesetzt wurde. Auf gleiche Art wurden die Passagiere einer ankommenden Maschine in die Stadt gebracht.

Bakersfeld fand es aufregend, in welchem Tempo solche Träume verwirklicht wurden. Er ging in die Haupthalle hinunter. Zwei Schalter der Trans America waren groß beschildert:

SONDERABFERTIGUNG
FLUG ZWEI – THE GOLDEN ARGOSY
NONSTOP NACH ROM

Davor drängten sich die Menschen. Er sah Tanya Livingston mit einer Gruppe reden. Nach einer Weile kam sie zu ihm. „Ich kann jetzt nicht – das ist das reinste Irrenhaus hier. Wir versuchen, die *Golden Argosy* pünktlich abzufertigen. Kapitän Demerest hat's ja wohl nicht gern, wenn man ihn warten läßt." Es klang bissig.

„Du hast was gegen ihn, nicht?" fragte Mel lächelnd.

„Er hat was gegen dich!" Sie machte eine Handbewegung in Richtung auf den Versicherungskiosk, wo eine auffallende, üppige Blondine mit einer hübschen Kollegin eifrig Policen ausschrieb. „Deshalb ist Vernon so giftig, nicht wahr?"

„Ja. Er will, daß der Policenverkauf in den Flughäfen abgeschafft wird. Ich bin anderer Meinung."

„Bei uns finden manche, daß er recht hat."

Bakersfeld schüttelte den Kopf. „Was Vernon dagegen vorbringt, ist nicht überzeugend."

MEL DACHTE an die Konferenz mit dem Flughafenausschuß zurück, die vor einem Monat stattgefunden hatte. Auch da war Vernon nicht durchgedrungen. Er hatte behauptet, der Verkauf von Flug-Lebensversicherungen im Flughafen bilde eine große Gefahr für Passagiere und Flugpersonal. Wer sich versichern wolle, könne das ja bei einem Agenten oder in einem Reisebüro tun. Das Ausstellen solcher Policen auf dem Flughafen bedeute für Geistesgestörte und Verbrecher geradezu eine Einladung zum Massenmord, für den ihre Angehörigen dann noch belohnt würden. Der Verband der Luftverkehrspiloten werde beim Kongreß ein Gesetz zur Abschaffung dieses Systems beantragen.

Mel hatte den entgegengesetzten Standpunkt vertreten. Wenn auch statistisch nachgewiesen sei, daß das Flugzeug das sicherste aller Beförderungsmittel ist, hätten die meisten Menschen doch eine angeborene Angst vor dem Fliegen. Daß sie vor Antritt einer Flugreise auf dem Flughafen rasch noch eine Lebensversicherung abschließen könnten, gebe ihnen ein beruhigendes Gefühl. Das werde durch die außerordentlich hohe Zahl der an Flughafenkiosken und Versicherungsautomaten verkauften Policen bewiesen. Die wenigsten dächten daran, sich schon vorher versichern zu lassen. Das aber könne ja doch jeder tun, der einen Sabotageakt plane. Im übrigen würde die Abschaffung des Systems für die Flughäfen eine starke finanzielle Einbuße bedeuten.

Und das war natürlich der entscheidende Punkt. Der Lincoln International bekam von jedem Prämiendollar fünfundzwanzig Prozent. Das Versicherungsgeschäft der Flughäfen stand an Umfang hinter den Einnahmen aus Parkgebühren, Restaurants und Autovermietung schon an vierter Stelle. Die Flughafendirektoren hatten übereinstimmend erklärt, man dürfe den Reisenden einen Dienst, den sie sichtlich haben wollten, nicht vorenthalten.

Nach der Konferenz hatte Mel seinen Schwager draußen auf dem Korridor getroffen. „Nimmst es mir hoffentlich nicht übel“, hatte er ihm zugerufen.

„Ich nehm's dir sehr übel!“ Vernon hatte ihn wütend angefunkelt. „Ihr Schreibtischflieger mit euren Bodenpersonalgehirnen! Wenn du so viel oben in der Luft wärst wie ich, würdest du anders denken!“

„Ich hab nicht immer einen Schreibtisch geflogen!“ hatte Mel scharf erwidert.

„Ach komm du mir nicht mit deinem Kriegsheldenvers. Heute liegst du auf Höhe Null. Das merkt man deiner Denkart an. Du wirst es noch mal bereuen. Dann werd ich dich an diese Unterhaltung erinnern ...“

Bakersfeld fragte sich, ob er Vernon gegenüber nicht verträglicher hätte sein sollen. Früher oder später mußte man den Fall bereinigen oder wenigstens auf Eis legen.

„Hätt ich das Thema doch bloß nicht angeschnitten“, sagte Tanya. „Ich dachte nicht, daß es dich so weit von mir entfernt.“

Kein Mensch, dachte Mel, kann so in meinen Gedanken lesen wie Tanya. Er sah ihre lieben, verständnisvollen Augen forschend auf sich gerichtet. „Es hat mich nicht von dir entfernt“, sagte er. „Es bringt mich dir nur noch näher. Tanya, ich hab solche Sehnsucht nach dir.“

„Ich nach dir auch“, sagte sie in ihrer freimütigen Art. „Schon seit langem, Mel.“

„Fahr nachher nicht ohne mich nach Hause“, sagte er.

Sie legte ihm die Fingerspitzen auf die Hand. Ein elektrischer Funke sprang über. „Ich warte auf dich."

FÜNFUNDVIERZIG Minuten vor der planmäßigen Startzeit, zweiundzwanzig Uhr, standen die Vorbereitungen für Flug zwei der Trans America Airlines, *The Golden Argosy,* die fünftausend Meilen nonstop nach Rom fliegen sollte, vor dem Abschluß. Die *Golden Argosy* war eine Boeing 707, die sieben Millionen Dollar gekostet hatte. Ihre Mantelstromtriebwerke gaben ihr eine Reisegeschwindigkeit von 605 Meilen pro Stunde. Ihre Reichweite betrug sechstausend Meilen. Sie trug 180 Passagiere, dazu rund 100 000 Liter Kraftstoff, genug, ein ausgewachsenes Schwimmbecken zu füllen.

Zwei Tage vorher hatte sich auf einem Flug von Düsseldorf eins der Triebwerke heißgelaufen, man hatte es abschalten müssen (von den Passagieren hatte keiner gemerkt, daß man mit nur drei Triebwerken flog – die Maschine hätte auch mit einem allein fliegen können). Der Wartungsdienst der Trans America auf dem Lincoln International hatte ein Ersatztriebwerk eingebaut. Da überhitzte Luft in das Triebwerkgehäuse eingedrungen sein mußte und möglicherweise die Kabel beschädigt hatte, ging man daran, sämtliche hundertacht hierher laufende Kabelpaare durch neue zu ersetzen. Da in dem engen Gehäuse immer nur zwei Mann arbeiten konnten, hatte man damit pausenlos Tag und Nacht zu tun gehabt.

Man ahnt gar nicht, wie den Mechanikern ein Flugzeug, an dem sie gearbeitet haben, am Herzen liegt. Noch Monate nach einer kniffligen Reparatur kann man einen, wenn eine Maschine hereinrollt, zu einem andern sagen hören: „Guck mal, die alte 842! Weißt du noch, was die uns damals zu schaffen gemacht hat? Die haben wir aber gut hingekriegt, glaub ich . . ."

Drei Stunden vor der Startzeit der *Golden Argosy* waren die letzten Kabel angeschlossen. Dann brauchte man noch eine Stunde, die Triebwerkverkleidung auszuwechseln und das Triebwerk am Boden zur Probe mit Vollgas laufen zu lassen. Und dann wurde das Flugzeug von dem anwesenden Chefpiloten der Trans America geprüft und für flugtüchtig erklärt.

Noch jetzt, als Flug zwei, die *Golden Argosy,* schon auf dem Vorfeld stand, huschten Angestellte mit der Betriebsamkeit von Heinzelmännchen um sie herum und hinein. Vor allem mußte die Verpflegung an Bord gebracht werden. Die Passagiere der ersten Klasse bekamen erlesene Dinge, auf Wunsch auch ein zweites Diner. Auch für Reisende, die erst im allerletzten Augenblick gebucht hatten, war gut vorgesorgt; in Kühlschränken an der Sperre gab es für Nachzügler genügend verladebereite Gerichte, auch koschere.

Auch Alkoholika kamen an Bord; eine Stewardeß mußte den Empfang mit ihrer Unterschrift bestätigen. In der ersten Klasse waren sie frei, in der Touristenklasse bezahlte der Reisende für ein Glas einen Dollar. Wer gewitzt war, paßte auf, ob die Stewardeß genügend Wechselgeld hatte. Konnte sie nicht wechseln, bekam man seinen Whisky auch hier umsonst. Mancher schnorrte die Getränke jahraus, jahrein, indem er behauptete, als kleinstes Geld nur einen Zwanzig- oder Fünfzigdollarschein bei sich zu haben.

Ferner prüfte und ergänzte man den Vorrat an Gebrauchsartikeln. Es waren mehrere hundert, von der Windel bis zur Bibel, von der Wolldecke bis zum Getränketräger. Ein Reisender, der etwas mitgehen ließ, wurde nur selten angehalten. Bei Zeitschriften und Zeitungen hielten die meisten Fluglinien darauf, nichts an Bord zu lassen, was einen Bericht über eine Flugzeugkatastrophe enthielt. Als die Abfertigung der Passagiere begann, kam auch das Gepäck an Bord. Blieb eine Reisetasche ohne Namensschild stehen, so kam sie auf eine Förderanlage, die sie in einen Raum tief unter der Sperre brachte; man nannte ihn „Löwenkäfig", weil es nur sehr optimistische oder sehr ahnungslose Gemüter riskierten, ein für sie wichtiges Gepäckstück dort enden zu lassen.

In der Gepäckverteilungsstelle des Flughafens legte ein Angestellter entsprechend dem auf dem Gepäckzettel vermerkten Bestimmungsort einen Hebel um, worauf ein Schwenkarm das Gepäckstück automatisch ergriff und es zu dem übrigen für den betreffenden Flug bestimmten Gepäck stellte. Träger brachten die Stücke dann auf das betreffende Flugzeug. Es war ein trefflich erdachtes System, nur daß mindestens ein Koffer von hundert an einen falschen Bestimmungsort gelangte.

Das Gepäcksystem war, wie man inoffiziell zugab, der am schlechtesten organisierte Teil des Luftreiseverkehrs. Von Zeit zu Zeit wurde das System von Rationalisierungsfachleuten überprüft, doch hatte noch keiner eine Verbesserung ersonnen, die es auch nur annähernd unfehlbar gemacht hätte. Heute wurden zwei nach Rom bestimmte Koffer auf eine Maschine verladen, die nach Milwaukee flog. Ein überlasteter Abfertiger hatte sie mit einem falschen Gepäckzettel beklebt.

Die *Golden Argosy* nahm viertausend Kilogramm Post an Bord. Die Nylonpostsäcke trugen verschiedene Farben, je nach dem Bestimmungsland. Einige gingen nach Italien, andere darüber hinaus nach Ländern des Mittleren und Fernen Ostens. Die Postbeförderung war für die Fluglinien ein gutes Geschäft, und die *Golden Argosy* profitierte diesmal noch von einer dreistündigen Verspätung einer BOAC-Maschine: da Post nach strenger Vorschrift auf schnellstem Wege befördert werden mußte, ließ der Postdienstleiter ihre gesamte Post auf die *Golden Argosy* umladen.

Inzwischen meisterte der Frachtdienstleiter der Trans America, ein bärtiger Jüngling mit dem unwahrscheinlichen Namen Fred Phirmphoot, das Problem der Beladung. Das Gewicht mußte so verteilt sein, daß die Stabilität des Flugzustandes gesichert war. Dabei mußte so viel wie möglich hineingestopft werden. Kein Frachtstück durfte verstaut werden, ohne daß Phirmphoot dafür sein Ja und Amen gab. Er arbeitete mit Frachtraumplänen, Frachtverzeichnis, Tabellen, Rechenmaschine, Funksprechgerät, drei Telephonapparaten und einem unfehlbaren Instinkt. Das Gewicht des Passagiers wurde im Winter auf durchschnittlich 77, im Sommer auf 4,5 Kilogramm weniger geschätzt.

Phirmphoot hatte sich noch mit 900 Kilogramm Extratreibstoff für die *Golden Argosy* herumzuschlagen. Durch die Verspätungen mußte jedes Flugzeug vor dem Start seine Triebwerke lange laufen lassen. Eine Düsenmaschine soff am Boden wie ein durstiger Elefant. Phirmphoot mußte berechnen, wieviel Extratreibstoff, der jetzt in die Tragflächentanks gepumpt wurde, bis zum Start verbraucht wurde. Seine Finger tanzten auf der Rechenmaschine.

Die letzte Entscheidung über die benötigte Extratreibstoffmenge hatte Demerest seinem Kollegen Harris überlassen. Er genoß seine Rolle – er konnte alle Arbeit einem andern überlassen, ohne von seiner Befehlsgewalt etwas abzugeben.

Nach der Begegnung mit Demerest in der Kaffeestube war Harris schwer verärgert gewesen, hatte sich aber bald wieder abgeregt. Der erfahrene Flugkapitän mit den buschigen graumelierten Brauen war sich bewußt, daß eine Flugzeugbesatzung nicht zuverlässig arbeiten konnte, wenn im Cockpit dicke Luft herrschte. Demerest bemerkte mit diebischem Vergnügen, daß Harris jetzt ein Diensthemd trug – er hatte sein Hemd mit einem hilfsbereiten Ersten Offizier getauscht.

Im Besatzungsaufenthaltsraum sahen die beiden Kapitäne ihre Post durch. Darunter waren Bekanntmachungen der Gesellschaft, die man vor dem Start durchlesen mußte. Der Zweite Offizier der *Golden Argosy,* Cy Jordan, gesellte sich zu ihnen. Jordan war Flugingenieur und geprüfter Flugzeugführer, ein schlanker, eckiger Mensch mit einem finsteren, hohlwangigen Gesicht. Er sollte sich, während Harris das Flugzeug führte, mit Demerest in die Pflichten des Ersten Offiziers teilen. „Also, dann wollen wir mal", sagte Demerest.

Die drei bestiegen den am Hallentor wartenden verschneiten Besatzungsbus, in dem schon die Stewardessen saßen, und ließen sich zum Trans-America-Flügel des Empfangsgebäudes fahren. Die fünf Stewardessen widmeten sich sogleich ihren Vorstartpflichten. Die Piloten begaben sich in das internationale Flugdienstbüro. Der Flugdienstleiter hatte schon, wie stets, den Flugplan mit all den verwickelten Informationen vorbereitet, die sie für den Flug brauchten. Die drei vertieften sich darein.

Dann trat der Meteorologe der Gesellschaft zu ihnen, ein blasser, schulmeisterlicher junger Mensch, und breitete seine Karten vor ihnen aus. „Besseres Wetter haben Sie leider erst über dem Mittelatlantik. Diese Schneesturmfront hier zieht sich bis nach Neufundland hin. Die Flughäfen Detroit und Toronto sind gesperrt." Ein Angestellter brachte ihm einen Fernschreiberstreifen. „Aha, Ottawa desgleichen. Ab Mittelatlantik aber sieht alles freundlich aus. Rom ist wolkenlos und sonnig."

Anson Harris' goldener Kugelschreiber jagte über den Flugplan, den er zur Vorlage beim Flugsicherungskontrolldienst ausfüllte. Die FS-Kontrolle teilte ihm danach mit, ob die beantragte Flughöhe verfügbar war und welche er andernfalls haben könne. Demerest überflog die Eintragungen und unterzeichnete den Flugplan. Alles schien glatt zu gehen. Man konnte mit einem pünktlichen Start rechnen.

Als die drei aber an Bord der *Golden Argosy* kamen, trat ihnen Gwen Meighen mit der Kunde entgegen, daß der Start um eine Stunde verschoben sei. „Der Flugsteigdienstleiter hat soeben die Meldung bekommen. Einige unserer Passagiere sind durch den Schnee aufgehalten worden. Man will auf sie warten. Wenn Sie möchten, bringe ich Ihnen Kaffee ins Cockpit."

„Ich trinke meinen lieber in der Empfangshalle", sagte Demerest. Er fragte sie, ob sie nicht mitkommen wolle.

„Gehen Sie nur", sagte Harris zu ihr. „Meinen kann mir eine andere Stewardeß bringen." Er stieg zum Cockpit hinauf.

KAPITEL 6

GUERRERO steckte sich eine Zigarette an der andern an. Seine Hand zitterte. Die Uhr rückte bedenklich vor, und der Verkehr auf der Schnellstraße war so dicht, daß der Flughafenbus kaum vorwärts kam. Die zehn, zwölf Passagiere, die für Flug zwei gebucht hatten, waren über die Startverschiebung unterrichtet worden, und der Busfahrer meinte, man werde es vielleicht gerade noch schaffen. „Gerade noch“ aber war für Guerrero nicht genug. Er brauchte noch zehn oder fünfzehn Minuten zur Beschaffung der Lebensversicherungspolice. Er hatte es für eine gute Idee gehalten, die Versicherung erst im allerletzten Moment abzuschließen und dadurch der Gefahr einer Nachprüfung zu entgehen. Wenn er jetzt mit der Begründung, eine Versicherung abschließen zu wollen, einen Startaufschub verlangte, zog er unliebsam die Aufmerksamkeit auf sich, und man war bereits auf ihn aufmerksam geworden.

Der Agent der Trans America in der Stadt hatte ihn mit einem Blick auf einige Gepäckstücke gefragt, ob das seine Koffer seien.

„Nein.“ Er hatte seine Aktentasche gehoben. „Ich hab nur das mit.“

„Kein Gepäck? Nach Rom?“ Der Mann hatte die Brauen gehoben. „Na, Sie reisen ja wirklich unbeschwert!“

Wenn es nach der Explosion des Flugzeugs, die er herbeiführen wollte, zu der unvermeidlichen Untersuchung kam, erinnerte der sich bestimmt daran, daß er ohne Gepäck geflogen war. Doch was konnte man schon beweisen, später, wenn keine Wrackstücke zur Untersuchung vorhanden waren? Nichts! Die Versicherung mußte zahlen.

Kam denn der Bus überhaupt nicht vom Fleck?

INEZ GUERRERO kam müde von der Arbeit nach Hause und zog den triefenden Mantel und die nassen Schuhe aus. Dann sah sie auf dem Wohnzimmertisch den Zettel ihres Mannes – er bleibe ein paar Tage weg und hoffe bald eine gute Nachricht für sie zu haben. Wohin mochte er gegangen sein? Und woher hatte er das Geld dazu?

Zwei Tage vorher hatten sie sich ihre letzten sechsunddreißig Dollar und einige Cent geteilt. Sie hatte achtzehn Dollar für Lebensmittel und eine Teilzahlung auf die Miete ausgegeben und zehn Dollar für

Notfälle zurückbehalten. Als er die restlichen acht Dollar und das Kleingeld einsteckte, hatte sie die Verzweiflung in seinen Augen gesehen.

Viel zu müde, sich jetzt noch mehr Sorgen zu machen, schaltete sie das Licht im Wohnzimmer aus und ging in das mit Möbeln vollgestopfte Schlafzimmer. Vergeblich suchte sie in ihrer Kommodenschublade nach einem Nachthemd. Die Sachen lagen irgendwie anders als sonst. Schließlich fand sie eins in der Schublade ihres Mannes bei seinen Hemden. Unter einem Hemd sah ein zusammengefaltetes gelbes Papier hervor.

Sie zog es heraus.

Es war der Durchschlag eines von ihrem Mann abgeschlossenen Ratenzahlungsvertrages über einen Flugschein nach Rom und zurück. Die Anzahlung betrug siebenundvierzig Dollar. Sie starrte auf die Kopie. Warum hatte ihr Mann einen Flugschein nach Rom gekauft? Und woher hatte er die siebenundvierzig Dollar?

Der Brillantring ihrer Mutter fiel ihr ein. Weil ihr von der Arbeit die Finger geschwollen waren, hatte sie ihn kürzlich abgezogen und in eine kleine Schachtel gelegt. Sie fand die Schachtel in der Kommode. Leer! Ihr Mann hatte den Ring versetzt. Ihr letztes Erinnerungsstück war hin, ihr letzter Notgroschen.

Sein wirres Wesen in letzter Zeit und jetzt diese lange Reise – er war offenbar völlig kopflos geworden. Sie durfte ihn nicht im Stich lassen, sie mußte diesen Wahnsinn verhindern. Vor achtzehn Jahren hatte sie sich auf Gedeih und Verderb mit ihm zusammengetan. Daß es meist auf Verderb gewesen war, entband sie nicht von ihren Pflichten als Ehefrau.

Sie zog ihre nassen Sachen wieder an, ging zum nächsten Telephon hinunter und rief die Trans America an. Eine Platte antwortete, daß alle Anschlüsse besetzt seien, und bat den Anrufer zu warten.

Nach einer Weile meldete sich ein Fräulein Young und fragte nach ihren Wünschen.

„Ach, bitte", sagte Inez Guerrero, „könnten Sie mir sagen, ob heute ein Flugzeug nach Rom fliegt?"

„Ja, Flug zwei, die *Golden Argosy,* planmäßiger Abflug zweiundzwanzig Uhr, doch ist der Start um eine Stunde verschoben."

Es war 22.05 Uhr. „Bitte ... ich möchte wissen, ob mein Mann in diesem Flugzeug ist – D. O. Guerrero."

„Leider dürfen wir solche Auskünfte nicht geben. Da müßten Sie schon herkommen und es am Flugsteig versuchen", sagte Fräulein Young.

Wie sollte sie in knapp einer Stunde zum Flughafen kommen? „Ach Gott, ja, ich werd's versuchen, es ist so wichtig."

Die Telephonistin hörte ihre Verzweiflung heraus. „Ich darf's ja eigentlich nicht, aber ich gebe Ihnen einen Wink. Sagen Sie am Flugsteig einfach, mein Mann ist an Bord, ich muß ihn sprechen. Wenn er nicht an Bord ist, sagt man's Ihnen."

„Dank, herzlichen Dank", sagte Inez Guerrero.

Sie trat an einen Taxifahrer heran. „Entschuldigen Sie, was kostet's zum Flughafen?"

Der Fahrer musterte sie. „Etwa neun, zehn Dollar."

Zuviel. Sie wandte sich ab.

„Moment mal!" rief er hinter ihr her. „Ich mach's für sieben."

Nach kurzem Zögern stieg sie ein. Der Fahrer schmunzelte. Er wohnte in der Nähe des Flughafens und hatte sowieso Dienstschluß. Und nie und nimmer kam der Fahrpreisanzeiger auf sieben Dollar. Er schaltete das Besetztzeichen nicht ein. Bei diesem Mistwetter achtete bestimmt kein Polizist auf ihn.

Fünfunddreißig Minuten später, als das Taxi noch auf der Schnellstraße vorwärtskroch, fuhr der Flughafenbus am Eingang zur Abflugrampe vor. Als erster stieg Guerrero aus.

Am Haupteingang bremste der Streifenwagen und hielt. Der Fahrer stellte das rote Blinklicht ab und winkte Patroni vorbei. Trotz der Lotsenhilfe des Polizeiwagens hatte Patroni für den Weg von seinem Haus zum Flughafen über drei Stunden gebraucht.

Beim Wartungsdienst der TWA stand ein Lastwagen für ihn bereit. Patroni steckte sich in aller Ruhe eine Zigarre an – daß hier Rauchverbot war, ignorierte er. Dann schwang er sich in das Fahrerhaus, und der Fahrer jagte los. Unterwegs rief Patroni über Funk die Leitstelle für den Bodenverkehr an und bat um Freigabe über eine Startbahn. „Joe", sagte der Controller, „wenn Sie die festgefahrene Maschine von der Dreinull noch heute nacht wegkriegen, bekommen Sie eine Kiste Zigarren von mir. Ende."

Joe grunzte vergnügt. „Patroni an Bodenkontrolle. Wird gemacht." Er trieb den Fahrer an. „Los jetzt, mit Karacho! Man hat mir Appetit gemacht!"

An der Dreinull stieg er aus. Ingram, der Wartungsmeister der

Intercontinental, berichtete ihm über die Lage, auch über den zweiten vergeblichen Versuch, das Flugzeug mit laufenden Triebwerken loszueisen. Vor den Männern ragte die mächtige Boeing 707 auf. Unter ihrem Bauch blinkte unentwegt das rote Warnlicht.

Patroni nahm sich eine neue Zigarre, kaute aber nur an ihr herum – es roch hier allzu stark nach Treibstoff, da mußte er sich wohl ausnahmsweise an das Rauchverbot halten. Er prüfte die Lage. Ein Mann von der Besatzung schaltete die halbkreisförmig an der Flugnase montierten Scheinwerfer ein. Bei den beiden Versuchen, sie freizufahren, war die Maschine nur noch tiefer in den Schneeschlamm geraten. Die Räder saßen an der Startbahn vor einer kreuzenden Rollbahn fest. Patroni sah aber noch immer eine Möglichkeit, daß sie aus eigener Kraft herauskam.

„Wollen mal buddeln", sagte er. „Zwei breite Rinnen von den Rädern schräg aufwärts nach vorn. Jede zwei Meter breit. Dann stellen wir alle vier Triebwerke auf volle Kraft. Vor die Räder legen wir starke Planken. Ich seh schon, ihr habt schon ein paar hier. Holt noch mehr her, so viel ihr auftreiben könnt."

Die bei ihm stehenden Männer riefen noch andere herbei und gingen mit Hacken und Schaufeln aus dem Mannschaftsbus ans Werk. Patroni zeigte zum Flugdeck hinauf. „Sind die Jungs da noch an Bord?"

„Sind sie", brummte Ingram. „Ich wollte, daß der Kapitän, diese Flasche, alle vier auf Vollschub stellt. Hätt er das beim erstenmal getan, wär sie längst frei. Er hat aber keine Traute gehabt, und da hat sie sich noch mehr festgefahren. Er weiß, daß er die Panne verschuldet hat. Und jetzt hat er eine Heidenangst, seine Boeing könnte sich bei einem Gewaltversuch auf die Nase stellen."

Patroni griente.

„Sagen Sie ihm, ich komme bald zu ihm rauf."

Er griff sich eine Schaufel und half graben. Es war 22.30 Uhr. Wenn wir Glück haben, sagte er sich, kann ich bald nach Mitternacht wieder bei Marie sein.

DEMEREST und Gwen Meighen saßen in der Kaffeestube. Er trank Kaffee, sie Tee.

„Bist ja so still?" Sie richtete ihre ausdrucksvollen schwarzen Augen auf ihn.

„Ich denke bloß nach."

Sie ergriff unter dem Tisch seine Hand. „Was ich dir erzählt habe, ist ein bißchen bedrückend – für uns beide, nicht?"

Darauf hatte er nur gewartet. „Brauchte es aber nicht zu sein", sagte er. „Es ließe sich doch abwenden."

„Ich hab mir schon gedacht, daß du damit herauskommen würdest", sagte sie sachlich. „Du hast von Anfang an mit dem Gedanken an eine Abtreibung gespielt, nicht wahr?"

„Ja", sagte er. „Nur wußte ich nicht, wie du darüber denkst."

„Ich weiß es selber nicht." Sie sah an ihren langen, schmalen Fingern hinunter. „Ich bin mir gar nicht klar darüber."

Wenigstens war das kein Nein. „Es wäre das vernünftigste", sagte er. „Du hast es rasch hinter dir, und wenn es ein erfahrener Arzt macht, ist es völlig gefahrlos."

„Ich weiß. Es ist so furchtbar einfach. Jetzt hat man's noch, und dann hat man's nicht mehr." Sie sah ihm in die Augen. „Ist doch so, nicht?"

„Ja, so ist's." Sie schien es leichter zu nehmen, als er gedacht hatte.

„Vernon", sagte sie weich, „hast du mal daran gedacht, daß es ein Lebewesen ist, ein kleiner Mensch? Ein Teil von dir und mir?" Ihr Blick durchforschte bekümmert sein Gesicht.

Er zwang sich zur Härte. „Das ist ja nicht wahr. Er ist noch kein atmender, fühlender Mensch. Es wäre nicht so, als wollte man einem Menschen das Leben nehmen!"

Sie reagierte ebenso scharf wie vorher im Wagen. „Du meinst, es wäre schlimmer, ein Kind zu töten, wenn es schon ausgeformt ist? Meinst du das, Vernon?"

Er schüttelte den Kopf. „Du drehst mir das Wort im Munde um."

„Ich bin eine Frau." Sie seufzte. „Ich liebe dich, Vernon, ich liebe dich so sehr."

„Ich weiß. Das macht's ja so schwer für uns beide."

Ihre Augen wurden feucht. „Es ist doch so – eine Frau weiß erst, ob sie überhaupt ein Kind bekommen kann, wenn sie schwanger wird. Und dann ist das ein so großes Geschenk. Und plötzlich soll das – in unserm Fall – alles zu Ende sein, soll man die Gabe vergeuden. Kannst du mich verstehen, Vernon?"

„Ja, ich glaube doch", sagte er liebevoll.

„Du hast schon ein Kind gehabt, ein Mädchen. Das hast du mir einmal erzählt. Auch von einer Stewardeß. Es ist adoptiert worden.

Wie's auch sein mag – da ist irgendwo ein Wesen, das von deinem Ich ist. Denkst du manchmal an deine Tochter? Wo sie sein mag? Wie sie sein mag?"

Es ließ sich nicht wegleugnen. „Ja", sagte er. „Ja."

Gwen gewann ihre Haltung zurück. Sie fuhr sich mit der Zunge über die Lippen – schminkte sich aber nicht neu, die Verkehrsgesellschaften fanden das für ungehörig. „Ach, was für Sorgen ich dir mache!"

„Meine Sorgen spielen hier doch keine Rolle, Gwen. Was ist für dich das beste – darauf kommt es an."

„Schließlich werde ich ja doch wohl tun, was – vernünftig ist. Aber ich muß es mir erst noch durchdenken. Noch bevor wir aus Rom zurückkommen, werde ich einen Entschluß fassen."

Gwen mußte zum Flugzeug. Sie stand auf. „Ich habe Glück, daß du so bist, wie du bist. Manche andere Männer würden einen einfach sitzenlassen."

Er legte ihr die Hand auf den Arm. Wortlos. Auch er hatte vor, sie zu verlassen. In einigen Wochen wollte er die Beziehung lösen, so rücksichtsvoll wie möglich natürlich. Es wurde ihm sicherlich nicht leicht, und wahrscheinlich kam er in Versuchung, seinen Entschluß zu ändern, denn noch nie hatte ihm die Nähe einer Frau so wohlgetan, einfach das Beisammensein. Brach er aber nicht mit ihr, so gab es eine Katastrophe – in seiner Ehe, finanziell und in seinem Gefühlsleben. Dem wollte er unbedingt aus dem Wege gehen. Vor zehn Jahren hätte er es vielleicht noch auf sich genommen. Jetzt konnte er es nicht mehr.

Mel Bakersfeld stand im Menschengewimmel der Halle. Leutnant Ned Ordway, der liebenswürdige, tüchtige Chef der Flughafenpolizei, ein Neger, trat zu ihm. „Wir haben Besucher aus Meadowood. Mehrere hundert. Wenn die hier demonstrieren . . ."

„Sagen Sie ihnen bitte, daß ich bereit bin, eine Abordnung zu empfangen, vielleicht sechs Herren. Und sollten die Meadowooder Ihre Leute ein bißchen herumschubsen, achten Sie bitte darauf, daß sie von ihnen nicht auch herumgeschubst werden. Wir wollen keinen zum Märtyrer machen."

„Hab's meinen Leuten schon gesagt. Sie machen's mit Humor, ohne Jiu-Jitsu."

„Ausgezeichnet! Und wie sieht es sonst hier aus?"

„Mehr Betrunkene als sonst. An den Büfetts ein paar Schlägereien."

„Daß Sie mir ja keine von unsern Gaststätten schließen!" sagte Bakersfeld lächelnd. „Der Flughafen bekommt von allem, was getrunken wird, seine Prozente, und wir brauchen jeden Dollar."

„Den brauchen die Fluglinien offenbar auch – nach der Zahl der Passagiere zu urteilen, die man nüchtern zu machen sucht, damit man sie an Bord bekommt. Man gießt sie jetzt mit Kaffee voll, erreicht aber nur, daß man's mit einem Heer hellwacher Betrunkener zu tun hat."

Bei den Betrunkenen auf dem Flughafen handelte es sich meist um Geschäftsleute vom Lande, die nach einer schweren Arbeitswoche erschöpft waren und keinen Alkohol vertrugen. Nur selten ließ ein Flugkapitän sie an Bord. Meist wurden sie von der Polizei in eine Ausnüchterungszelle gesteckt. „Noch etwas", sagte Ordway. „Wir haben mehr abgestellte alte Wagen als sonst."

Daß viele ihren ausgedienten Wagen einfach auf dem Flughafenparkplatz stehenließen, war für jeden großen Flughafen eine wahre Plage. Da die Autoschrotthandlungen bis an die Grenze ihres Fassungsvermögens vollgepfropft waren und weitere Wagen nur gegen eine Gebühr annahmen, kostete es große Mühe, einen alten Wagen loszuwerden. Viele brachten ihn einfach auf den Flughafenparkplatz, nahmen die Kennzeichen ab und gingen ihrer Wege. Die Kosten, die die Beseitigung der Wracks verursachte, wuchsen ins Ungeheuerliche.

„Zum Umgang mit Ihren Besuchern aus Meadowood sind wir jedenfalls in Hochform“, sagte Ordway lächelnd. Mit einem freundlichen Kopfnicken entfernte er sich.

„... FLUG ZWEI, The Golden Argosy, nach Rom. Alle Passagiere, die dafür fest gebucht haben, bitte an Bord ...“

Fast alle Fluganzeigen kamen aus einem mit einer Schalttafel versehenen Funkgerät in der Fluginformationsstelle. Der Diensttuende setzte durch Knopfdruck hintereinander drei bespielte Tonbänder in Gang. Das erste nannte Fluglinie und Flugnummer, das zweite die jeweilige Beladesituation (Vorbereitung, Freigabe für Passagiere, Abschluß), das dritte die Nummer des Flugsteigs und die Leitlinie. Da die eine Ansage fortfuhr, wenn die vorige geendet hatte, klang das Ganze, was es auch sollte, zusammenhängend. „... Passagiere, die fest gebucht haben, bitte zum Flugsteig siebenundvierzig, blaue Leitlinie D.“

ADA QUONSETT saß mit Peter Coakley auf einer Bank in einem Warteraum und lauschte der Anzeige. Sie hatte Coakley die Vorzüge ihres verstorbenen Gatten gepriesen – „so klug und ein so stattlicher Mensch; ich hab ihn erst kennengelernt, als er schon älter war, aber als er in Ihrem Alter war, muß er Ihnen ähnlich gewesen sein!“

Coakley lächelte hilflos. Das hatte er nun, seitdem ihn Frau Livingston als Aufpasser der Dame eingesetzt hatte, schon mehrmals gehört, es hing ihm allmählich zum Hals heraus; er kam sich reichlich dumm vor, bei einer geschwätzigen alten Schachtel das Kindermädchen zu spielen. Daß Ada Quonsett darauf spekulierte, kam ihm nicht in den Sinn.

„Denken Sie nur, nach Rom fliegen!" sagte sie. „Das hatte sich mein lieber Mann immer für uns gewünscht." Sie preßte die Hände über ihrem Spitzentaschentuch zusammen und seufzte. „Es ist nie dazu gekommen."

Ihre Gedanken liefen mit der Präzision einer guten Uhr. Den Jüngling zu langweilen genügte offenbar nicht, ihn zu vergraulen. Sie mußte sich etwas anderes ausdenken. Alles war ihr recht, wenn sie nur nicht nach Los Angeles zurückkehren mußte. Wenn's nicht anders ging, war ihr auch ein Flug nach Rom recht, und wenn man sie dort nicht aus dem Flughafen ließ, konnte sie Blanche doch wenigstens erzählen, sie sei in Rom gewesen – das wäre doch eine Sache!

Sie ließ ihre ausgezehrten Hände flattern.

„Oh, oh!" Sie betupfte sich den Mund mit ihrem Taschentuch und stöhnte.

Coakley fuhr auf. „Was ist denn, Frau Quonsett?"

Sie schloß die Augen, öffnete sie wieder und ächzte. „Oh, mir ist nicht gut. Ich geh lieber mal auf die Toilette. Beunruhigen Sie sich nicht, es wird mir schon besser werden."

Coakley sah sie unsicher an. Wenn ihm die Alte bloß nicht hier starb! „Soll ich nicht lieber einen Arzt holen?"

„Nein, nein, danke. Das geht schon vorüber. Ich hab schon öfter einen solchen Anfall gehabt. Helfen Sie mir doch bitte aufstehen ... so, vielen Dank ... wenn Sie mich jetzt ein bißchen stützen würden ..." An der Tür der Damentoilette nickte sie ihm zu. „Bitte warten Sie hier auf mich." Sie ging hinein.

Im Toilettenraum fand sie einige zwanzig Frauen vor. Sie brauchte eine Verbündete. Nach sorgfältiger Prüfung fiel ihre Wahl auf eine jüngere Dame, die wie eine berufstätige Frau aussah. Sie schien keine Eile zu haben. Ada Quonsett trat zu ihr. „Ach entschuldigen Sie bitte, mir ist nicht gut – würden Sie mir wohl helfen?" Wieder ließ sie die Hände flattern und schloß und öffnete die Augen.

„Aber gewiß", sagte die Dame. „Soll ich Sie begleiten?"

„Nein ... bitte nicht." Ada Quonsett lehnte sich an ein Waschbecken, als brauchte sie einen Halt. „Etwas anderes – draußen steht ein junger Mann in Uniform, ein Herr Coakley. Wären Sie wohl so lieb, ihm zu sagen, er möchte doch einen Arzt holen?"

„Sofort. Kann ich Sie denn so lange allein lassen?" Ada Quonsett nickte. Die Dame lief hinaus und kam nach einigen Augenblicken zurück. „Er holt Ihnen einen Arzt."

Jetzt mußte Ada Quonsett die Samariterin loswerden. „Ich mute Ihnen gewiß zuviel zu", sagte sie. „Am Haupteingang bei den United Airlines wartet meine Tochter auf mich. Hätten Sie wohl die Güte, sie herzuholen?"

„Aber selbstverständlich – Sie täten das im umgekehrten Fall doch gewiß auch für mich. Woran erkenne ich denn Ihre Tochter?"

„Sie trägt einen mauvefarbenen Mantel und hat einen Pudel an der Leine."

Die Dame lächelte. „Dann kann's ja nicht schwer sein. Ich komme bald wieder."

Ada Quonsett wartete noch eine Weile. Dann verließ sie vergnügt lächelnd die Toilette und begab sich mit flinken Schritten zum Flug zwei der Trans America.

ALS GUERRERO hörte, daß Flug zwei aufgerufen wurde, stand er in der Reihe der Wartenden am Versicherungskiosk an fünfter Stelle. Zwei junge Mädchen fertigten die beiden ersten der Schlange aufreizend langsam ab. Die eine, eine vollbusige Blonde in tiefausgeschnittener Bluse, unterhielt sich lang und breit mit einer älteren Dame – offenbar riet sie ihr, eine höhere Versicherung abzuschließen. Bis er an die Reihe kam, vergingen bestimmt mindestens zwanzig Minuten, und dann war sein Flugzeug wahrscheinlich längst auf und davon. Zitternd vor Aufregung drängte er sich vor – es war ihm jetzt schon egal, ob er auffiel oder nicht. „Na, hören Sie mal, wir müssen ja auch warten!" sagte ein Herr ungehalten.

Guerrero wandte sich an die Blonde. „Ach, bitte ... mein Flug nach Rom ist schon aufgerufen, ich muß mich noch versichern, ich kann nicht warten."

Zu seiner Überraschung reagierte sie mit einem herzlichen Lächeln. „Sagten Sie Rom? Das ist eine Trans America, Flug zwei." Sie richtete ihr Lächeln auf die Wartenden. „Der Herr hier muß sich tatsächlich beeilen. Sie werden es gewiß nicht übelnehmen, wenn ich ihn zuerst bediene."

Es war mehr, als er gehofft hatte. Nur wenige Leute murrten, die

Blonde legte ihm ein Antragsformular vor und strahlte die andern an. „Es dauert nur einen Augenblick!" Ihr Lächeln kehrte zu Guerrero zurück, und jetzt verstand er, warum der Protest so schwach geblieben war. Er war sonst gegen weibliche Reize ziemlich abgestumpft, unter dem Blick dieser Frau aber schmolz er dahin. „Ich heiße Bunnie", sagte sie. Ihr Schreibstift schwebte über dem Papier. „Und wie ist Ihr Name, bitte?"

Bunnie Worobiow war aus Ostdeutschland nach Amerika gekommen. Sie war nachts mit zwei Freunden über die Berliner Mauer geklettert. Die jungen Männer waren von den Scheinwerfern erfaßt und von den Posten niedergeschossen worden. Bunnie war entkommen – die Gabe, am Leben zu bleiben, schien ihr angeboren zu sein.

In Amerika hatte sie anfangs in einem Krankenhaus gearbeitet und nebenher noch als Kellnerin. Es war eine schwere Zeit gewesen, bis sie es zur Versicherungsagentin gebracht und sich ganz dem fremden Lebensstil angepaßt hatte. Sie machte einen Tanzkursus mit, bezog den *Reader's Digest,* eine Fernsehzeitschrift und auf Raten ein Lexikon, hatte sich eine Zweitfrisur und einen Volkswagen gekauft und sammelte eifrig Rabattmarken.

Sie machte begeistert bei beruflichen Wettbewerben mit, die interessante Prämien einbrachten. Für einen solchen Wettbewerb ihrer Versicherungsgesellschaft, der heute endete, fehlten ihr nur noch vierzig Punkte, dann bekam sie eine Elektrozahnbürste. Die Policen für Flüge innerhalb der USA, die sie bisher verkauft hatte, brachten nur wenige Punkte. Wenn sie jetzt eine hohe Police für einen Überseeflug an den Mann bringen konnte, kam sie der Prämie nah. „Wie hoch möchten Sie sich denn versichern?" fragte sie.

Guerrero schluckte. „Fünfundsiebzigtausend Dollar", sagte er. Er wollte sich eine Zigarette anstecken, doch zitterte ihm die Hand dermaßen, daß er die Flamme nur mit Mühe an die Zigarette zu führen vermochte.

„Das kostet zwei Dollar fünfzig", sagte Bunnie. „Eine recht niedrige Versicherung, eigentlich."

„Niedrig? Ich dachte, es ist die höchste."

Bunnie fiel sein nervöses Wesen auf, doch schrieb sie es dem Umstand zu, daß seine Maschine bald abflog. Sie legte ihre ganze Sinnlichkeit in ihr Lächeln. „Aber nein, mein Herr. Das ist nur bei den Versicherungsautomaten so. Bei uns können Sie sich für zehn Dollar auf dreihunderttausend versichern. Nicht viel für einen solchen Betrag, nicht wahr?"

„Ja, bitte, dann nehme ich eine solche Police", sagte Guerrero hastig. Unter Bunnie Worobiows Lächeln fiel ihm ein, daß er vielleicht gar nicht mehr so viel bei sich hatte. „Augenblick, bitte", sagte er und wühlte in seinen Taschen.

Die Wartenden wurden unruhig, und der Herr, der gegen Guerreros Vordrängen protestiert hatte, rief Bunnie zu: „Sie haben doch gesagt, es dauert nur einen Augenblick!"

Guerrero legte vier Dollar siebzig auf den Tisch. „Wenn Sie das Geld nicht bei sich haben", sagte sie, „können Sie mir einen Scheck geben. Sie können auch mit Ihrem italienischen Geld bezahlen, Herr Guerrero."

„Ich hab mir mein Scheckbuch nicht eingesteckt, und italienisches Geld habe ich noch nicht." Guerrero brach ab. Er hätte sich ohrfeigen mögen. Wer bestieg denn ein Überseeflugzeug ohne Geld, es sei denn, er wußte, daß die Maschine ihr Ziel nicht erreichte! Er wühlte in seinen Taschen, brachte noch Kleingeld hervor und fand plötzlich – o Wunder – einen Fünfdollarschein.

„Da – jetzt reicht es!" rief er. Es war sogar etwas zuviel, er bekam noch rund einen Dollar heraus.

Jetzt meldeten sich bei ihr einige Zweifel. Sie hatte, während er in seinen Taschen nach Geld gesucht hatte, sein Mienenspiel beobachtet. Es war doch sonderbar, daß der auf einem Überseeflug kein Geld mitnahm, andererseits konnte es dafür viele Gründe geben. Was sie störte, waren seine Augen. Sie las darin etwas Gehetztes, Verzweifeltes. Sie kannte diesen Ausdruck aus ihrer Vergangenheit.

Wenn ein Kunde, der eine Flugversicherung nahm, einen verstörten, ungewöhnlich aufgeregten oder betrunkenen Eindruck machte, sollte er der betreffenden Fluggesellschaft gemeldet werden. War das nun ein solcher Fall? Sie hatte noch nie einen aufgeregten Passagier gemeldet, doch wußte sie von einer Kollegin, die es getan hatte – mit dem Ergebnis, daß es zu einem Heidenkrach gekommen war, denn der betreffende Herr war Vizepräsident einer Fluggesellschaft und nur deshalb so aufgeregt gewesen, weil seine Frau vor der Entbindung gestanden hatte.

Bei ihrer Entscheidung ließ sich Bunnie von den Erfahrungen leiten, die sie im Nachkriegseuropa gemacht hatte. Da hatte man nicht neugierig sein und keine unnötigen Fragen stellen dürfen, sonst wurde man in irgend etwas verwickelt, und das war, wenn man seine eigenen Sorgen hatte, von Übel gewesen.

So schrieb sie denn – der Elektrozahnbürste sicher – eine Police über dreihunderttausend Dollar aus. Auf dem Wege zum Flugsteig siebenundvierzig steckte Guerrero das Papier in einen Umschlag und schickte es an seine Frau.

KAPITEL 7

Der Zollinspektor Harry Standish wollte in wenigen Minuten zum Flugsteig siebenundvierzig gehen, um seiner Nichte Judy Lebewohl zu sagen. Judy war eine reizende, selbstbewußte Achtzehnjährige. Sie flog nach Europa, um dort für ein Jahr eine Schule zu besuchen. Standish hatte seiner Schwester versprochen, Judy zum Flugzeug zu bringen. Im Augenblick hatte er am Ende eines schweren Tages allerdings noch mit einer lästigen Angelegenheit zu tun.

Vor ihm auf dem Zolltisch standen die geöffneten Koffer einer Reisenden, einer knochigen, anmaßenden Person. „Wollen Sie Ihre Angaben nicht doch lieber berichtigen, meine Dame?" fragte er sie.

„Ich hab Ihnen doch schon gesagt, wie es ist", fauchte sie. „Immer dieses Gehabe und diese mißtrauische Art beim Zoll! Manchmal kommt man sich wie in einem Polizeistaat vor!"

Die Zollbeamten waren angewiesen, solche Injurien zu überhören. „Aber meine Dame", sagte Standish höflich, „ich hab Sie doch nur gefragt, ob Sie Ihre Angaben nicht lieber berichtigen möchten, die Angaben über die Kleider, die Pullover und den Pelzmantel."

Wie aus dem Paß hervorging, handelte es sich um eine Frau Harriet Du-Barry Mossman aus Evanston, die von einer vierwöchigen Reise durch England, Frankreich und Dänemark zurückgekehrt war. „Nein, keineswegs", sagte sie giftig. „Im übrigen wird mein Anwalt, wenn ich ihm die Sache erzähle ..."

„Schön, mein Dame", sagte Standish. „Dann wären Sie wohl so freundlich, diese Erklärung zu unterschreiben – ich bin gern bereit, Ihnen dazu Erläuterungen zu geben."

Die Kleider, Pullover und der Zobelpelz lagen ausgebreitet auf den Koffern. Den Pelz hatte Frau Mossman eben erst auf Ersuchen des Inspektors abgelegt, den ein rotes Licht an einer Wandtafel der großen Zollhalle zur Unterstützung eines ratlosen jungen Zollbeamten hierher auf Station elf gerufen hatte. Die anderen Passagiere der Kopenhagener Maschine waren bereits abgefertigt. Nur diese gutgekleidete Dame war noch da. Sie hatte behauptet, in Europa nur etwas Parfüm, Modeschmuck und Schuhe gekauft zu haben, insgesamt für neunzig Dollar – bis zum Wert von hundert Dollar waren solche Dinge zollfrei.

„Wieso soll ich etwas unterschreiben?“ fragte sie.

Standish blickte zu der großen Uhr hinauf. Ein Viertel vor elf. Bis zum Start der *Golden Argosy* hatte er noch Zeit, den Fall zu klären. „Wir bitten Sie lediglich“, sagte er geduldig, „uns Ihre Angaben schriftlich zu bestätigen. Wie Sie sagen, haben Sie die Kleider . . .“

„Wie oft soll ich das noch wiederholen! Ich habe sie vor der Reise in Chicago und New York gekauft, ebenso wie die Pullis. Der Pelz ist ein Geschenk – auch er ist in den USA gekauft worden.“

Warum machten die Menschen so etwas? Standish wußte genau, daß die Angaben nicht stimmten. Zunächst einmal waren aus allen sechs Kleidern die Firmenetiketts herausgetrennt – so etwas tat man nicht ohne besonderen Grund, Frauen waren auf den Firmennamen in so eleganten Stücken stolz. Zudem verrieten Schnitt und Machart der Kleider deutlich französische Herkunft. Und das galt auch für den Pelz, darüber konnte das unfachmännisch eingenähte Etikett der New Yorker Firma Saks nicht hinwegtäuschen. Diese reisenden Damen ahnten nicht, daß ein geschulter Zollbeamter gar kein Firmenzeichen brauchte, um die Herkunft eines Garderobenstücks erkennen zu können. Schnitt, Nähtechnik, ja schon die Art, einen Reißverschluß einzusetzen, waren für ihn wie die Züge einer ihm wohlbekannten Handschrift. Ebenso war es mit den teuren Pullis. Auch sie trugen kein Firmenetikett, doch stammten sie unverkennbar aus Schottland.

„Und wenn ich nicht unterschreibe?“ fragte Frau Mossman.

„Dann müßten wir Erhebungen anstellen und Sie leider so lange hier festhalten.“

„Na gut“, sagte Frau Mossman nach einem kaum merklichen Zögern. „Füllen Sie die Erklärung aus, ich werde unterschreiben.“

„Nein, meine Dame. Sie müssen das Formblatt selber ausfüllen. Tragen Sie bitte sämtliche Kleidungsstücke und die Namen der Firmen ein, wo Sie sie gekauft haben, auch den Namen der Person, die Ihnen den Pelz geschenkt hat.“

Es war jetzt zehn Minuten vor elf. Standish wollte unbedingt rechtzeitig zum Flug zwei, folgte aber noch einer plötzlichen Eingebung. Er ließ Frau Mossman das Formular ausfüllen und unterschreiben. Morgen legten Rechercheure die Kleider und Pullover in den Geschäften vor, in denen sie angeblich gekauft worden waren, und den Pelz bei der Firma Saks in New York, die Frau Mossmans Angabe zweifellos für falsch erklärte. Frau Mossman ahnte offenbar nicht, daß sie größte Ungelegenheiten und eine hohe Geldstrafe zu gewärtigen hatte. „Haben Sie noch irgend etwas zu verzollen, meine Dame?" fragte Standish.

„Nein, nichts!" zischte sie.

„Sind Sie ganz sicher?" Man gab den Reisenden jede Möglichkeit, freiwillig eine Zollerklärung abzugeben.

Frau Mossman geruhte nicht, zu antworten, sie begnügte sich mit einem Kopfnicken.

„Dann seien Sie bitte so freundlich, Ihre Handtasche zu öffnen."

„Aber Handtaschen werden doch nie kontrolliert", sagte sie – zum erstenmal flackerte Unruhe in ihrer Stimme.

„Normalerweise nicht, doch haben wir ein Recht dazu."

Zögernd öffnete sie die Tasche. Standish nahm einen Lippenstift und eine goldene Puderdose heraus. Mit geschicktem Griff holte er aus dem Puder einen Rubinring hervor. Dann nahm er eine bereits benutzte Hautcreme zur Hand und rollte sie auf. Das Ende war sichtlich geöffnet gewesen. Als er die Tube vom Verschluß her drückte, fühlte er etwas Hartes. Wann fiel diesen Schmugglerinnen endlich einmal etwas Neues ein? Immer diese alten Tricks!

Frau Mossman war sehr blaß geworden.

„Meine Dame", sagte Standish, „ich habe noch etwas zu erledigen und komme dann wieder. Die Kontrolle Ihrer Sachen wird aber sowieso noch einige Zeit in Anspruch nehmen." Er wies den jungen Zollbeamten an, alles sorgfältig zu untersuchen. „Prüfen Sie auch das Futter der Handtasche und der Koffer und die Säume und Nähte der Kleidungsstücke. Machen Sie eine Liste – Sie wissen ja, was alles zu tun ist."

Er drehte sich um und ging. „Halt, einen Augenblick!" rief Frau Mossman hinter ihm her. „Der Pelz und die Kleider ... vielleicht hab ich da einen Fehler gemacht ... ich war so durcheinander. Ich hab sie drüben gekauft, ja – und da ist auch noch allerlei anderes ..."

Standish schüttelte den Kopf. Ihre Bereitwilligkeit kam zu spät.

Er sah, daß der junge Beamte auch schon etwas gefunden hatte. Frau Mossmans Gesicht war kalkweiß und verzerrt.

Er lief mit großen Schritten zum Flugsteig siebenundvierzig. Wie töricht diese Frauen waren! Hätte Frau Mossman über die Kleider ehrliche Angaben gemacht und den gar nicht so hohen Zoll bezahlt, so hätte der junge Beamte wahrscheinlich über die Pullover hinweggesehen und bestimmt auf eine Kontrolle der Handtasche verzichtet. Um Rat gefragt, gingen die Zollbeamten so weit, Dinge, die einen hohen Zoll kosteten, unter zollfreie Artikel einzustufen und nur zu berechnen, was einen geringeren Zoll kostete. Die Raffgicrigen aber, wie diese Frau Mossman, schnappte man sich. Traurig nur war es, daß es von dieser Sorte so viele gab.

Zu seiner Beruhigung sah Standish am Flugsteig, daß noch einige Passagiere für Flug zwei abgefertigt wurden. Seine Zolluniform war überall auf dem Flughafen ein Passierschein. Der stark beschäftigte Flugsteigkontrolleur blickte, als er bei ihm vorbeiging, kaum auf. Die rothaarige Passagierbetreuerin Frau Livingston half bei der Abfertigung.

Der Inspektor stieg in die Touristenklasse hinauf. „Ich bleibe nur einen Augenblick – starten Sie ja nicht mit mir an Bord!“ sagte er lächelnd zu der Stewardeß an der Tür.

Judy saß am Gang in einer Dreisitzreihe und schäkerte mit dem Baby eines neben ihr sitzenden Ehepaars. Die Touristenklasse war, wie üblich, fast voll besetzt. Standish beneidete die Menschen nicht, die hier, in enge Sitze gepfercht, einen zehnstündigen Flug vor sich hatten.

„Onkel Harry!“ rief Judy. „Ich hatte schon gar nicht mehr mit dir gerechnet.“ Sie gab das Baby der Mutter zurück.

„Ich wollte dir nur rasch Lebewohl sagen. Ich wünsche dir ein schönes Jahr drüben. Und versuche du ja nichts zu schmuggeln, wenn du wiederkommst!“

Lachend hob sie ihm ihr Gesicht zum Abschiedskuß entgegen, und er busselte sie herzlich ab; er hatte sie gern. Dann nickte er der Stewardeß freundlich zu und verließ das Flugzeug. Am Flugsteig blieb er stehen. Die Augenblicke vor dem Abflug einer Maschine – und besonders einer, die nach einem fernen Land bestimmt war – fesselten ihn immer von neuem. Über den Lautsprecher kam gerade der letzte Aufruf: „Die Trans America Airlines zeigen den unmittelbar bevorstehenden Start des Flugs zwei an, der *Golden Argosy* ...“ Nur zwei Passagiere waren noch nicht an Bord gegangen. Während der Kontrolleur den vorletzten abfertigte, einen großen blonden Herrn im Kamelhaarmantel, schob Tanya Livingston ihre Papiere zusammen und ging.

Ohne daß es ihm recht bewußt geworden wäre, hatte Standish gemerkt, daß jemand mit dem Rücken zum Flugsteig neben ihm stand und sich jetzt, als Tanya verschwunden war, umdrehte. Es war eine zarte, kleine alte Dame. Sie sah eben noch aus, als ob sie Hilfe brauchte, schoß gleich darauf aber mit überraschender Fixigkeit auf den Kontrolleur zu, der gerade den letzten Passagier abfertigte. Im Dröhnen der Triebwerke hörte Standish von dem, was sie sagte, nur Bruchstücke. „Verzeihen Sie ... mein Sohn ... blond, Kamelhaarmantel ... Geld vergessen.“ Sie hielt eine Brieftasche hoch.

Der gehetzte Kontrolleur blickte unwirsch auf und wies auf den Einstieg der Touristenklasse. „Wenden Sie sich an die Stewardeß“, sagte er. Die alte Dame nickte lächelnd und lief zur Einstiegtreppe hinüber.

Gleich darauf sah Standish einen dürren Menschen mit hängenden Schultern und zerfurchten Zügen zum Flugsteig siebenundvierzig eilen. Er trug eine Aktentasche, und die Art, wie er sie schützend in den Armen hielt, erregte seine Aufmerksamkeit – er hatte so etwas häufig beim Zoll beobachtet, es verriet, daß der Betreffende etwas zu verbergen hatte. Wäre der Mann aus dem Ausland gekommen, so hätte er ihn ersucht, die Aktentasche zu öffnen. Doch wollte er die Vereinigten Staaten ja verlassen. Da ging es ihn, genaugenommen, nichts an. Trotzdem behielt er die dürre Gestalt instinktiv im Auge, der sechste Sinn des Zollbeamten regte sich in ihm – und eine Gedankenverbindung über Judy mit Flug zwei ...

Guerrero hatte seine Selbstsicherheit wiedergefunden. Er zeigte dem Kontrolleur seinen Paß und wies auf die falsche Schreibung seines Namens auf dem Flugschein hin, und der Kontrolleur änderte auf Flugschein und Passagierliste „Buerrero“ in „Guerrero“; er entschuldigte sich, bei der Buchung komme gelegentlich ein Schreibfehler vor. Jetzt war Guerrero sicher, daß sein Name richtig registriert war und es später bei seiner Identifizierung keinen Zweifel geben konnte.

Als er an Bord ging, liefen die Steuerbordmotoren bereits. Eine Stewardeß wies ihm einen Fensterplatz in einer Dreisitzreihe an. Ein Mann, der in dieser Reihe am Gang saß, erhob sich halb, um ihn durchzulassen. Der Mittelplatz war frei.

Während er sich anschnallte, hielt Guerrero die Aktentasche vorsichtig auf den Knien. Sein Platz lag in der Mitte der Touristenkabine auf der linken Seite. Andere Passagiere richteten sich für die Reise ein und brachten ihr Handgepäck und ihre Mäntel unter; einige standen im Gang und versperrten den Durchgang. Eine Stewardeß zählte mit stummen Lippenbewegungen die Häupter, auf dem Gesicht den deutlichen Wunsch, die Leute bewegten sich nicht dauernd hin und her.

Guerrero lehnte sich zurück und schloß die Augen. Seine Hände waren jetzt ruhiger, sie lagen fest auf der Aktentasche. Seine Finger tasteten unter dem Griff nach der Schnurschlinge, es war für ihn eine Beruhigung, sie zu fühlen. So wie jetzt wollte er nach etwa vier Stunden sitzen und die Schnur anziehen. Für einen flüchtigen Augenblick, für den Bruchteil einer Sekunde konnte er dann noch seinen Triumph genießen, und dann kam das barmherzige Nichts ...

In der Touristenkabine waren zwei Stewardessen. Ada Quonsett beobachtete sie durch die einen Spalt geöffnete Tür der Toilette, wo sie sich versteckt hatte. Während der Zählung war die Gefahr, entdeckt zu werden, am größten. Hatte sie die erst hinter sich, konnte man sie, wenn überhaupt, erst viel später entdecken.

Sie hatte die Mär von der vergessenen Brieftasche der von mehreren Passagieren mit Fragen bestürmten Stewardeß am Eingang erzählt und betont, daß in der Brieftasche eine Menge Geld sei. „Dann bringen Sie sie nur lieber selber Ihrem Sohn", hatte die Stewardeß erwartungsgemäß gesagt. „Sie müssen sich aber beeilen!"

Der große blonde Herr, der unwissentlich ihr Sohn war, hatte seinen Platz vorn in der Kabine. Frau Quonsett war auf ihn zugegangen und, als die Aufmerksamkeit der Stewardeß an der Tür abgelenkt war, rasch in eine Toilette geschlüpft. Als die zweite Stewardeß, noch immer zählend, nach hinten kam, drängte sie sich mit einem „Pardon" aus der Toilette an ihr vorbei. Sie hörte einen ungeduldigen Zungenlaut der Stewardeß, der ihr verriet, daß sie jetzt mitgezählt war – das war aber auch alles.

Einige Reihen weiter vorn erblickte sie einen freien Mittelplatz. Solche Plätze bevorzugte sie, weil andere Passagiere sie im allgemeinen nicht mochten. Sie setzte sich und hielt, um nicht aufzufallen, den Blick gesenkt. In Rom wurde sie natürlich bei den Einwanderungs- und Zollformalitäten entdeckt – das kannte sie schon von ihren früheren Flügen als blinder Passagier nach New York. Immerhin – bei ein bißchen Glück winkte ihr das Erlebnis, nach Italien zu kommen, und eine schöne Rückreise und auf dem Hinflug ein gutes Essen, ein Film und vielleicht eine nette Unterhaltung mit ihren Platznachbarn.

Beides waren Herren. Im Augenblick vermied sie es, den Herrn zu ihrer Rechten anzusehen – da hätte sie das Gesicht dem Gang zuwenden müssen, wo die beiden Stewardessen hin und her liefen – sie machten eine zweite Zählung.

Frau Quonsett warf heimlich einen abschätzenden Blick auf den dürren, blassen Herrn zu ihrer Linken. Er hatte die Augen hinter der Brille geschlossen und hielt mit beiden Händen eine Aktentasche auf seinem Schoß fest.

Die Stewardessen beendeten die Zählung. Eine dritte Stewardeß kam aus der ersten Klasse und hielt mit den andern beiden eine eilige Beratung ab.

Standish dachte auf dem Weg zur Zollhalle an den Mann mit der Aktentasche. Außerhalb des Zolls hatte ein Zollbeamter kein Recht, einen Reisenden zu befragen, es sei denn, er stehe im Verdacht, sich um die Zollrevision gedrückt zu haben. Natürlich konnte Standish dem italienischen Zoll telegraphisch eine Beschreibung des Mannes geben und ihn verdächtigen, Schmuggelware bei sich zu haben. Doch versprach er sich nichts davon: zwischen den Zollämtern der verschiedenen Länder herrschte mehr Rivalität als Zusammenarbeit.

Immerhin wollte er die Sache der Trans America mitteilen. Er wandte sich an Frau Livingston, die gerade mit einem Flugkapitän gesprochen hatte.

„Guten Tag“, sagte sie. „Hoffentlich ist’s bei Ihnen im Zoll ruhiger als hier bei uns.“

„Ach, keine Spur“, sagte er. Nach kurzem Zögern fuhr er fort: „Ich habe gerade Ihre Flug-zwei-Meute beobachtet, und da beunruhigt mich etwas.“ Er beschrieb ihr den Mann mit den hängenden Schultern, der die Aktentasche so merkwürdig an sich gedrückt hatte. „Da ist bestimmt etwas drin, wovon keiner was wissen soll“, sagte er.

„Ich weiß nicht recht, was ich da tun könnte“, sagte Tanya nachdenklich. Wenn dieser Reisende wirklich etwas schmuggelte, ging das ihre Gesellschaft eigentlich nichts an.

„Wahrscheinlich können Sie nichts tun, immerhin wollte ich es Ihnen gesagt haben.“

„Besten Dank, Herr Standish. Ich werd’s dem Bezirksverkehrsleiter melden.“

Sie lief im Obergeschoß zur Verwaltung der Trans America. Wenn der Bezirksverkehrsleiter die Sache für wichtig hielt, mochte er Demerest über Sprechfunk informieren, solange die *Golden Argosy* noch auf dem Rollfeld stand.

Der Bezirksverkehrsleiter war nicht in seinem Büro, doch fand sie dort Peter Coakley vor. „Was machen Sie denn hier?“ fuhr sie ihn an.

Der junge Mann bekannte, rot bis über die Ohren, daß ihm Frau Quonsett entwischt war. Er hatte schon einen Anranzer von dem Arzt bekommen, der auf den blinden Alarm in die Damentoilette gestürzt war, und erwartete jetzt einen zweiten von Frau Livingston, der denn auch nicht ausblieb. Sie explodierte. „Ich hab Sie doch extra vor ihren Tricks gewarnt! Setzen Sie sich jetzt ans Telephon und benachrichtigen Sie alle unsere Flugsteige – man soll nach ihr fahnden und uns, wenn man sie geschnappt hat, benachrichtigen. Ich verständige die anderen Fluggesellschaften.“

Coakley setzte sich an das eine, sie an das andere Telephon. Das Gespräch mit dem Zollinspektor und ihre Absicht, den Bezirksverkehrsleiter davon zu unterrichten, hatte sie für den Augenblick vergessen.

Kapitän Demerest schäumte. „Was ist denn nun noch?" Die Triebwerke drei und vier auf der Steuerbordseite liefen – ihr gedämpftes, kraftvolles Grollen war im Cockpit zu fühlen.

Man wartete noch auf die Genehmigung des Vorfelddienstleiters, die Triebwerke eins und zwei in Gang zu setzen. Da sie auf der Einstiegseite lagen, konnte das erst geschehen, wenn die Türen geschlossen waren. Auf dem Instrumentenbrett erlosch ein rotes Lämpchen, das Zeichen, daß die hintere Kabinentür geschlossen war. Ein anderes Lämpchen aber glühte noch – die vordere Tür war noch offen, die Einstiegtreppe noch nicht zurückgezogen.

Demerest schwang sich in seinem Sitz herum und ließ seinen Flugingenieur, Cy Jordan, die Cockpittür öffnen. In der vorderen Kabine wurde ein halbes Dutzend Gestalten in Trans-America-Uniformen sichtbar, darunter Gwen Meighen.

„Gwen!" rief Demerest. Sie kam ins Cockpit. „Was ist los?" fragte er.

Die Oberstewardeß sah ihn betreten an. „Die Zählung stimmt nicht. Wir haben sie schon zweimal gemacht, sie stimmt nicht mit der Passagierliste und der Zahl der Flugscheine überein. Jetzt geht der Vorfelddienstleiter der Sache nach."

„Ich möcht ihn mal sprechen."

An sich hatte der Kapitän jetzt schon das Kommando, doch durfte er ohne Genehmigung des Vorfelddienstleiters die Triebwerke nicht anlassen und nicht zur Startbahn rollen. Beiden – dem Kapitän und dem Vorfelddienstleiter – lag an einem pünktlichen Start, doch führten ihre verschiedenartigen Pflichten gelegentlich zu Meinungsverschiedenheiten.

Gleich darauf erschien der Vorfelddienstleiter, der als Rangabzeichen nur einen einzigen Silberstreifen trug, im Cockpit. „Ich weiß, mein Lieber", sagte Demerest, „daß Sie Ihre Probleme haben, ich habe aber auch welche. Wie lange sollen wir hier noch festsitzen?"

„Ich lasse soeben noch einmal die Flugscheine revidieren, Herr Kapitän. Wir haben in der Touristenklasse einen Passagier zuviel."

„Schön – jetzt will ich Ihnen aber mal was sagen. In jeder Sekunde, die wir hier sitzen, verbrennen wir auf drei und vier, die mit Ihrer Genehmigung laufen, eine Menge Treibstoff, den wir heute nacht brauchen. Wenn wir nicht sofort Freigabe bekommen, stelle ich die Triebwerke ab und lasse auftanken – und das, obwohl uns der Turm gemeldet hat, daß wir gerade eine Verkehrslücke ausnützen könnten.

Wenn wir sofort abrollen, können wir rasch starten. In zehn Minuten sieht's wahrscheinlich anders aus. Die Entscheidung liegt bei Ihnen."

Der Beamte zögerte. Die Triebwerke abstellen und die Tanks nachfüllen lassen bedeutete für den schon um eine Stunde verspäteten Start des Flugs zwei eine weitere kostspielige Verzögerung von einer halben Stunde. Wenn ein blinder Passagier an Bord war und gefunden wurde, war er als Vorfelddienstleiter gerechtfertigt. Lag aber ein Zählfehler vor – und die Möglichkeit bestand natürlich –, so wurde er vom Bezirksverkehrsleiter bei lebendigem Leibe geröstet. „Aufhören mit der Flugscheinkontrolle!" rief er durch die Cockpittür. „Die Maschine fliegt ab!"

Es war 23 Uhr. Am Flugsteig siebenundvierzig erschien, halb rennend, halb stolpernd, eine Gestalt. Doch war die Sperre schon geschlossen, und ein großes Flugzeug glitt die Rollbahn hinunter. Inez Guerrero sah hilflos die Lichter der *Golden Argosy* zurückweichen.

KAPITEL 8

Als die Kabinentür zuschlug und das Flugzeug in Bewegung kam, hatte Gwen Meighen wie jedes Besatzungsmitglied zu Beginn eines Fluges ein Gefühl der Erleichterung. Hier war man in einer vertrauten, abgeschlossenen Welt, wo jeder seinen Platz ausfüllte. Wieder einmal vereinte einen die ungreifbare, deshalb aber nicht weniger echte Fliegerkameradschaft.

Während die anderen vier Stewardessen ihren hausmütterlichen Pflichten nachgingen, hieß Gwen Meighen die Passagiere über den Bordlautsprecher willkommen. Sie bemühte sich, dem Werbeschmus, der bei jedem Flug vorgetragen werden mußte, einen warmen Ton zu geben:

„Im Namen Ihres Flugkapitäns Demerest und der übrigen Besatzung wünschen wir Ihnen einen angenehmen und erholsamen Flug ... werden wir Ihnen in Kürze einige Erfrischungen ... wenn wir irgend etwas tun können, Ihnen die Reise angenehmer und bequemer zu machen ..."

Wann mochte man bei den Fluggesellschaften merken, daß die meisten Passagiere diesen Vortrag als störend empfanden oder gar nicht zuhörten? Wirklich wichtig war es doch nur, den Reisenden die

Notausstiege, die Sauerstoffmasken und solche Dinge zu zeigen. Mit Hilfe zweier Stewardessen, die das Verhalten im Fall einer Gefahr vorführten, brachte Gwen Meighen diese Unterweisung rasch hinter sich.

Dann war entsprechend einer Vorschrift für Flughäfen, die an Wohngebieten lagen, noch eine Ansage zu machen: „Sie werden kurz nach dem Start eine merkbare Abnahme des Motorengeräusches wahrnehmen. Das ist völlig in Ordnung. Es geschieht im Interesse der Menschen, die in der Nähe des Flughafens wohnen."

Es war eine glatte Lüge. Die Reduzierung der Triebwerksleistung war keineswegs in Ordnung. Es geschah auf Wunsch der Presseabteilung und barg für die Sicherheit des Flugzeugs eine Gefahr. Die Piloten bekämpften die Vorschrift wütend, und manche ließen sie, obwohl es sie ihre Stellung kosten konnte, unbeachtet.

Gwen hatte einmal gehört, wie Demerest diese Mitteilung an das Publikum parodierte: „Meine Damen und Herren, am kritischsten Punkt des Starts, wenn wir die volle Kraft unserer Triebwerke brauchen, drosseln wir sie stark und ziehen bei hohem Gesamtfluggewicht und Mindestfluggeschwindigkeit steil hoch, ein Manöver, wofür man einen Flugschüler aus der Fliegerschule hinauswerfen würde. Haltet euch also gut fest, Leute, und betet – viel Glück!"

In Erinnerung daran mußte Gwen lächeln. Sie liebte Vernons hitziges Temperament, seine aktive Teilnahme an allem, was ihn interessierte. Noch in seinen Fehlern – seiner Rauheit und Eitelkeit – hatte er für sie etwas Fesselndes, Männliches. Dabei konnte er sehr zart sein und war es als Liebhaber auch.

Durch das Fenster sah sie die Lichter eines Flugzeugs, das vorn auf eine Startbahn einschwenkte. Als nächstes kam Flug zwei an die Reihe. Sie setzte sich auf einen Klappsitz und schnallte sich an.

Die Triebwerke kamen auf Touren. Die *Golden Argosy* rollte. In wenigen Sekunden würde man in der Luft sein. Gwens Gedanken kreisten um die Frage, die sie nicht losließ – das Kind, ja oder nein? Sollte es leben oder zum Tode verurteilt werden? Sollte die Mutterliebe entscheiden oder die Vernunft?

DIE ANSAGE über die Abnahme des Motorengeräusches hätte sie sich sparen können. Beim Anrollen sagte Flugkapitän Harris zu Demerest: „Die Vorschrift über die Leistungsreduzierung der Triebwerke möchte ich heute außer acht lassen."

Demerest nickte. „Sehr vernünftig. Würde ich auch tun." Er zog sich das Bordbuch heran und machte unter „Bemerkungen" eine Eintragung: „Vorschrift über Lärmherabsetzung nicht befolgt. Grund: Wetter, Sicherheit." Vielleicht gab's später deswegen Auseinandersetzungen, aber solche Auseinandersetzungen waren ganz nach seinem Herzen.

Die Cockpitbeleuchtung wurde abgeschwächt. Die Startvorbereitungen waren abgeschlossen. Man hatte Glück, in eine Verkehrslücke zu kommen. Hinter der *Golden Argosy* wartete eine lange Reihe Flugzeuge auf Freigabe.

Demerest und Harris stellten ihr Funkgerät auf den Startbahnlotsen ein. Die unmittelbar vor der *Golden Argosy* liegende Maschine, eine BOAC VC-10, bekam Startfreigabe. Sie rumpelte los, gewann Fahrt. Im Scheinwerferlicht der *Golden Argosy* schimmerten flüchtig die BOAC-Farben auf, Blau, Weiß, Gold, und verschwanden gleich darauf in aufgewirbeltem Schnee und schwarzem Abgasqualm. Die Stimme des Startbahnlotsen kam durch: „Trans America zwei, rollen Sie auf Startbahn zweifünf, dort halten. Von links landet eine Maschine auf Startbahn einssieben."

Diese Startbahn kreuzte die Zweifünf. Beide Bahnen gleichzeitig zu benutzen war eigentlich gefährlich, doch wußten die Flugsicherungsbeamten im Turm die Flugzeuge so im Abstand zu halten, daß man einerseits keine Zeit vergeudete und andererseits einen Zusammenstoß an der Kreuzung vermied. Harris lenkte die *Golden Argosy* flink und geschickt auf die Startbahn zweifünf. Demerest sah im Schneegestöber ein Flugzeug auf der Einssieben aufsetzen. Bevor es noch die Kreuzung passiert hatte, rief der Startbahnlotse bereits: „Trans America zwei, Startfreigabe! Los, Mensch, los!" Die letzten drei Wörter standen in keinem Handbuch, doch verstand jeder Pilot ihre Bedeutung: Machen Sie dalli – hinter der ersten landet gleich schon eine zweite Maschine! Und wirklich erschienen schon unheimlich nah über dem Flugfeld die Lichter eines Flugzeugs, das auf der Einssieben aufsetzen wollte.

Harris schob die vier Schubhebel bis zum Anschlag vor und trat, bis sie volle Leistung erreicht hatten, kurz auf die Fußbremse. Demerest gab auf seinen Zuruf allen vier Triebwerken gleichen Kraftstoffdruck.

Der Motorenlärm wurde zu einem tiefen Grollen, das Flugzeug schoß vorwärts.

Demerest rief den Turm. „Trans America zwei rollt." Die Geschwindigkeit nahm zu. „Achtzig Knoten", rief er. Die Startbahnfeuer zuckten im aufwirbelnden Schnee vorbei.

Bei 132 Knoten rief Demerest: „Geschwindigkeit eins!" Man hatte die „Entscheidungsgeschwindigkeit" erreicht, bei der ein Flugzeug noch auf dem Boden angehalten werden konnte. Gleich darauf hatte man „eins" hinter sich und jagte mit zunehmender Fahrt über die Kreuzung. Links sah man die Landescheinwerfer der anfliegenden Maschine aufblitzen, die in wenigen Sekunden die Kreuzung erreicht haben mußte. Durch verwegene Berechnung war die Gefahr eines Zusammenstoßes vermieden worden. Nur Pessimisten fürchteten, daß es einmal anders ausgehen könnte.

Bei 150 Knoten zog Harris die Steuersäule leicht zurück, das Bugrad hob ab, und gleich darauf war man in der Luft. „Fahrwerk ein!" sagte Harris mit ruhiger Stimme. Demerest legte in der Mitte des Instrumentenbretts einen Hebel um. Das Geräusch des einfahrenden Fahrwerks war im ganzen Flugzeug zu hören; es brach mit einem dumpfen Schlag ab – die Fahrwerkklappen waren eingerastet.

Man stieg schnell. „Klappen auf zwanzig", sagte Harris. Demerest betätigte den Klappenwahlhebel. Als die Klappen, die beim Start einen Extraauftrieb geben, hochkamen, hatte man das flüchtige Gefühl zu sinken.

„Klappen einfahren!" Sie glitten in die Tragflächen zurück. In den Wolken wurden die Passagiere gehörig durchgeschüttelt. Demerest stellte die Leuchtschrift „Rauchen verboten" ab, ließ aber das Transparent „Anschnallen" noch beleuchtet; er wollte erst einmal ruhigere Luft erreichen. Dann teilte er dem Turm mit, daß man die Höhe von fünfzehnhundert Fuß verlasse und mit Linkskurve auf Kurs einsachtnull gehe. Er bekam Freigabe auf fünfundzwanzigtausend Fuß. Es konnte nur noch Minuten dauern, bis man über den Sturmwolken in ruhiger, klarer Luft war und hoch über sich die Sterne sah.

DER DIENSTLEITER Wayne Tevis rollte seinen Schemel zu Keith Bakersfeld hinüber. „Machen Sie mal fuffzehn, alter Junge – Ihr großer Bruder ist da."

Keith legte den Kopfhörer ab. Im Dunkel hinter sich erblickte er Mel. Er hatte eigentlich gefürchtet, ein Zusammentreffen mit seinem Bruder wäre mehr, als sein Gemüt verkraften könne, jetzt aber war er froh, daß Mel gekommen war. Sie waren immer gute Freunde gewesen, und so konnte er doch im stillen von seinem Bruder Abschied nehmen – wenn der auch nichts davon ahnte.

„Wollt nur mal eben hereinschauen", sagte Mel. „Wie war's denn heute?"

„Och, ganz normal", sagte Keith achselzuckend.

Mel hatte zwei Tassen Kaffee mitgebracht und reichte ihm eine.

„Schönen Dank." Der Kaffee war Keith ebenso willkommen wie die Pause. Seine Hand, die die Tasse hielt, zitterte ein wenig.

Mel bemühte sich, Keith nicht merken zu lassen, daß er ihn besorgt musterte. Sein Bruder sah erschreckend ausgezehrt und abgespannt aus. Mit einem Blick auf das Aufgebot an Radargeräten sagte er: „Was wohl der alte Herr dazu gesagt hätte."

Vater Bakersfeld war mit dem berühmten Flugzeugtechniker und Flieger Orville Wright befreundet gewesen und sein ganzes Leben geflogen – im offnen Einsitzer, die Schutzbrille auf der Nase, als Luftakrobat und Zerstäuber von Insektiziden. Seine Laufbahn hatte ein jähes Ende gefunden, als aus einer Film-Flugzeugkatastrophe in Hollywood eine wirkliche Katastrophe geworden war. Die beiden Söhne waren damals noch Schüler gewesen. Er hatte ihnen die Liebe zur Luftfahrt eingeimpft, Keith damit aber, wie Mel glaubte, einen schlechten Dienst erwiesen.

„Du bist doch nicht auf der Höhe, Keith", sagte Mel leise. „Ich weiß es, und du weißt es selber. Wozu sollen wir uns etwas vormachen? Wir sind doch immer offen zueinander gewesen."

„Ja, das ist wahr", sagte Keith, aufgewühlt durch die Erinnerung an den Vater. So liebevoll er zu seinen Söhnen gewesen war, für Keith war schließlich Mel zur Vaterfigur geworden, vor allem, weil er, was dem Vater gefehlt hatte, einen gesunden Sinn und eine ausgeglichene Natur besaß und weil er ihm bei aller Fürsorglichkeit nie nach Art mancher älterer Brüder durch Bevormundung sein Selbstbewußtsein genommen hatte.

Mel zog ihn auf den Gang hinaus. „Weißt du, Keith", sagte er, „ich glaube, du mußt mal Urlaub machen. Vielleicht solltest du überhaupt hier aufhören."

„Das hast du von Natalie, nicht?" sagte Keith mit einem verzerrten Lächeln.

„Natalie ist gar nicht so dumm. Und da ist doch etwas, Keith – die Sache in Leesburg, du hast mir das nie richtig erzählt."

„Nein, hab ich nicht", sagte Keith zögernd.

Mel wählte seine Worte sorgfältig, er spürte, wie kritisch die Situation war. „Ich hab immer gewußt, daß dahinter noch allerlei steckt, aber ich hab mir gesagt, wenn du willst, erzählst du's mir, und wenn du's nicht willst, darf ich nicht bohren. Jetzt möcht ich aber doch mal bohren. Die Sache in Leesburg – die hat doch etwas mit deinem augenblicklichen Zustand zu tun, nicht wahr?"

Keith schüttelte den Kopf. „Ach, laß doch, Mel."

„Du kannst das nicht ewig in dich hineinfressen", sagte Mel eindringlich. „Ich verstehe dich doch wie kein anderer, Keith, mir kannst du's doch erzählen."

„Meinst du, jetzt – hier?"

„Warum nicht?"

In Keith regte sich das Verlangen, sich wie im Beichtstuhl durch Bekenntnisse und Reue von der Sündenlast zu befreien. In seinem Innern öffnete sich einen Spalt weit eine Tür. „Ich wüßte eigentlich keinen Grund, warum ich's nicht tun sollte", murmelte er.

Mel schwieg. Ein falsches Wort hätte die günstige Stimmung zerstören können.

„Das meiste weißt du ja", sagte Keith. „Was du nicht weißt und was bei der Untersuchung nicht zur Sprache gekommen ist..." – er erzählte von dem Vormittag in Leesburg, von dem Radarbild, wie es ausgesehen hatte, als er hinausgegangen war, und von dem jungen Controller, der an seine Stelle getreten war. Seine Worte überstürzten sich, es war ein wohltätiger Dammbruch.

Da öffnete sich eine Gangtür. Der Turmchef blickte herein. „Herr Bakersfeld", rief er Mel zu, „Leutnant Ordway sucht Sie!"

Mel war einem Wutausbruch nah, die Störung hatte alles verpfuscht – Keith verstummte wie abgeschaltet.

Warum, fragte sich Keith, hatte er reden wollen. Keine Beichte konnte die Erinnerung bannen. Er hatte sich an einen Strohhalm geklammert, eine vage Hoffnung. Jetzt hüllte ihn wieder der dichte Vorhang der Einsamkeit ein, ihn und die Folterkammer, zu der auch Mel nicht vordringen konnte.

„Keith", sagte der Turmchef, „ich glaube, man braucht Sie im Radarraum."

Keith nickte. Hilflos mußte Mel zusehen, wie sein Bruder hineinging. Aus Keiths Worten hatte er erkannt, wie entscheidend wichtig es war, mehr zu hören. Ob er noch einmal Gelegenheit fand, die Mauer zu durchbrechen? Es war zum Verzweifeln.

Er telephonierte mit Leutnant Ordway und erfuhr, daß ein Flughafenpolizist eine Frau aufgegriffen habe, die weinend in der Empfangshalle herumgeirrt war. „Wir haben nicht herausbringen können, was mit ihr los ist. Da sie nichts verbrochen hat, wollte ich sie nicht in unsere Polizeiräume bringen, und da es sonst hier nur wenige ruhige Zimmer gibt, hab ich sie ins Vorzimmer Ihres Büros gesetzt." Er fügte hinzu, daß Leute aus Meadowood hereinströmten, sich aber noch ruhig verhielten.

„Ich bin in ein paar Minuten in meinem Büro", sagte Bakersfeld. „Hat die Frau ihren Namen angegeben?"

„Ja, sie heißt Guerrero, Frau Inez Guerrero."

„Sie glauben, diese Ada Quonsett ist an Bord der *Golden Argosy?"* fragte Tanya Livingston verblüfft.

„Das ist leider wohl kaum zu bezweifeln", sagte der Flugsteigkontrolleur, der mit ihr und Peter Coakley im Büro des Bezirksverkehrsleiters erschienen war. „Ich hab eine kleine alte Dame gesehen, auf die Ihre Beschreibung in dem Aufruf an alle Flugsteige paßt. Wir hatten mehrere Besucher an Bord gelassen, die sind aber zurückgekommen." Zu seiner Verteidigung setzte er hinzu: „Außerdem war ich mehr als beschäftigt, wie Sie wissen."

„Ja, ich weiß", sagte Tanya. Sie fühlte sich für die Sache verantwortlich.

Kurz nachdem der Kontrolleur mit Peter Coakley gegangen war, kam der Bezirksverkehrsleiter herein, Bert Weatherby, Typ des betriebsamen Managers – er hatte sich aus einem niedrigen Posten im Vorfeldgepäckdienst hochgearbeitet. Er war jetzt müde und überreizt und hörte sich Tanyas Bericht ungeduldig an. Sie gab freimütig zu, daß die Verantwortung für Frau Quonsetts Entwischen bei ihr lag.

„Sie haben uns die Suppe eingebrockt", knurrte Weatherby, „löffeln Sie sie jetzt gefälligst selber aus. Bitten Sie den Flugdienstleiter, Flug zwei anzurufen und den Kapitän zu informieren – er soll die Frau in Rom nicht ohne Bewachung aus dem Flugzeug lassen. Wenn die Italiener sie einsperren wollen, soll's uns recht sein. Benachrichtigen Sie auch unsern Verkaufsleiter in Rom. Wenn sie dort eintrifft, geht die Verantwortung auf ihn über. Hoffentlich hat er zuverlässigere Leute als ich."

Tanya wollte ihm noch von dem verdächtigen Passagier berichten, den der Zollinspektor Standish an Bord der *Golden Argosy* hatte gehen sehen. Weatherby aber unterbrach sie nach den ersten Worten.

„Kümmern Sie sich nicht darum. Soll er's doch dem italienischen Zoll mitteilen! Ich will nicht, daß ein zahlender Passagier an Bord in einer Sache verhört und womöglich beleidigt wird, die uns nichts angeht."

Tanya zögerte. Etwas an der Beschreibung des Passagiers gefiel ihr nicht. „Vielleicht ist es etwas anderes als ein Schmuggelversuch", sagte sie.

„Ich hab gesagt, Sie sollen sich nicht darum kümmern!" fauchte Weatherby.

Cindy Bakersfeld bezahlte ihr Taxi, lief in die Empfangshalle und bahnte sich einen Weg durch die Menge. Sie drängte sich an einer Gruppe vorbei, die offenbar eine Kundgebung vorbereitete – man stellte einen tragbaren Lautsprecher auf. Es interessierte sie nicht. Sie lief in Richtung auf Mels Büro weiter.

Im Vorzimmer saß eine farblose ältere Frau. Sie starrte ins Leere und nahm von Cindy keine Notiz. Cindy streifte sie mit einem neugierigen Blick und trat in Mels Büro. Es war leer. Sie setzte sich und wartete.

Zehn Minuten darauf kam Mel hereingestürzt. „Ach, du? Bist du doch gekommen? Was wird dadurch gewonnen?"

„Was meinst du wohl, was ich will?"

„Wie mir scheint, suchst du Streit. Den haben wir doch zu Hause schon genug gehabt und brauchen die Sache nicht auch hier noch abzusprechen."

„Vielleicht müssen wir hier doch etwas absprechen, da du ja nie zu Hause bist", sagte Cindy bissig. „Mel", fuhr sie nach einer Pause fort, „wir sind miteinander fertig, nicht?"

Er zögerte mit der Antwort, er wollte nichts übereilen, und doch war es sinnlos, jetzt den Kopf in den Sand zu stecken. „Ja, leider", sagte er. „Ich habe versucht, zu einem Einvernehmen zu kommen – und du ja wohl auch. Ich weiß nicht, wer sich von uns beiden die meiste Mühe gegeben hat, ich glaube natürlich, ich war es, und du glaubst, du warst es. Wir haben viel Zeit darauf verwandt – es hat zu nichts geführt."

„Ich will mich scheiden lassen, Mel."

„Hast du dir das gut überlegt?"

„Ja."

„Dann wird es ja wohl für beide Teile das beste sein."

Daß sie nicht auf Widerstand stieß, schien sie zu ärgern. „Dann ist es also abgemacht?"

Er trat einen Schritt auf sie zu. „Es tut mir leid, Cindy."

„Mir auch." Sie rührte sich nicht vom Fleck. „Aber es ist das vernünftigste, nicht wahr?"

Er nickte. „Ja."

Es war endgültig, sie wußten es beide. Cindy machte bereits Pläne. „Ich behalte natürlich Roberta und Libby. Du kannst sie selbstverständlich jederzeit besuchen – da mache ich keinerlei Schwierigkeiten."

„Das hab ich auch nicht angenommen."

Es war ganz richtig, daß die Kinder bei der Mutter blieben. Doch würden sie ihm sehr fehlen, namentlich Libby. Ein Zusammenleben mit den Kindern ließ sich durch noch so häufige Besuche nicht ersetzen. Das Telephongespräch mit Libby fiel ihm ein. Was hatte sie doch haben wollen? Einen „Plan vom Februar".

Na ja, jetzt hatte er ja einen – darauf zeigten sich unerwartete Umleitungen.

„Ich besorge mir einen Anwalt", sagte Cindy. „Ich teile dir noch mit, wer es ist." Sie betrachtete sich forschend im Spiegel ihrer Puderdose. Man sah ihr keinerlei Erregung an. Mel hatte den Eindruck, daß sie mit ihren Gedanken schon weit weg war. In ihren Mundwinkeln saß der Anflug eines Lächelns. Sie wollte Mel von ihrer Absicht erzählen, Lionel Urquhart zu heiraten, unterließ es dann aber – er erfuhr es noch früh genug.

Es klopfte. „Herein", rief Bakersfeld.

Es war Leutnant Ordway. Als er Cindy sah, sagte er: „Oh, entschuldigen Sie, gnädige Frau." Cindy blickte wortlos über ihn hinweg. Ordway spürte, daß etwas in der Luft lag. „Ich komme wohl lieber nachher noch mal", sagte er.

„Nein, nein, schießen Sie los, Ned, was ist?"

„Diese Leute aus Meadowood – in der Empfangshalle sind schon ein paar hundert, und es kommen immer mehr. Sie wollen mit Ihnen sprechen. Ich habe ihnen gesagt, sie sollen eine Abordnung herschicken. Die wartet jetzt draußen. Es sind auch schon drei Reporter da."

Er mußte die Abordnung sofort empfangen. „Cindy", sagte er, „es wird nicht lange dauern. Warte doch bitte, ja?"

Auch darüber ging sie wortlos hinweg.

„Bitten Sie die Leute herein", sagte Bakersfeld zu Ordway. „Ach ja, ich muß auch mit dieser Frau Guerrero sprechen."

„Die ist schon im Begriff zu gehen", sagte Ordway.

Er führte die Abordnung herein, vier Männer und zwei Frauen. Das Pressetrio folgte. Einer der Reporter war der frische junge Tomlinson von der *Tribune,* der für die Luftfahrtspalte schrieb. Bakersfeld kannte ihn gut und schätzte seine zuverlässige, unparteiische Feder. Durch die offne Tür sah er Ordway mit der Frau Guerrero sprechen, die gerade ihren Mantel zuknöpfte.

„Nehmen Sie bitte Platz", sagte Bakersfeld zu der Abordnung.

„Aber gern", sagte einer der Männer. Er trug einen teuren Anzug, sein graumeliertes Haar war sorgfältig gekämmt. „Wir wollen es uns hier aber keineswegs gemütlich machen, wir haben ein paar klare Fragen zu stellen und erwarten klare Antworten und kein Drumherumreden. Mein Name ist Elliott Freemantle. Ich bin Rechtsanwalt. Ich vertrete die Anwesenden und die anderen, die noch unten sind."

„Schön, Herr Freemantle, fangen Sie bitte an", sagte Bakersfeld.

Mit einem schuldbewußten Erschrecken merkte Bakersfeld, als er sich setzte, daß Cindy gegangen war, ohne daß er es gemerkt hatte.

KAPITEL 9

SEIT DEM START des Flugs zwei waren zwanzig Minuten vergangen. Die *Golden Argosy* setzte ihren Steigflug fort. In elf Minuten mußten sie über Detroit die Höhe von dreiunddreißigtausend Fuß erreicht haben. Ihr Kurs folgte dem Großkreis nach Rom. Die Luft war still, die Turbulenzen lagen weit unten. Hoch oben hing der Mond im dritten Viertel. Die Sterne standen scharf gezeichnet und klar am Himmel. Die drei Piloten im Cockpit richteten sich auf die gewohnten Aufgaben ein, die sie auf dem langen Flug zu erfüllen hatten.

Unter dem Tisch des Flugingenieurs ertönte ein Glockenzeichen, und am Funkgerät vor den Schubhebeln schaltete sich ein gelbes Blinklicht ein. Beides zeigte einen Ruf über das Selcal-Funksystem an, über das die meisten Verkehrsflugzeuge, jedes mit eigner Rufnummer, wie mit einem Privattelephon erreicht werden konnten. Harris änderte die Funkfrequenz und meldete sich: „Hier Trans America zwei."

„Flug zwei, hier Trans America Flugleitung Cleveland. Ich habe eine Meldung vom Bezirksverkehrsleiter des Lincoln International an den Kapitän. Kann ich diktieren?"

Demerest hatte sich auch auf die neue Frequenz eingestellt und zog sich einen Notizblock heran. „Bitte anfangen, Cleveland", sagte Harris.

Es war Tanya Livingstons Meldung über Ada Quonsett. Bei der Beschreibung der kleinen alten Dame schmunzelten die beiden Piloten. Die Meldung endete mit der Aufforderung, im Fall der Anwesenheit der Dame eine Bestätigung durchzugeben.

„Wir prüfen nach und geben Bescheid." Harris schaltete auf die Frequenz der Luftstraßenflugsicherung zurück.

Jordan, der Flugingenieur, hatte die Meldung über seinen Lautsprecher gehört.

„Das glaub ich ja nun weniger", sagte er auflachend.

„Aber ich glaube es", grunzte Demerest vergnügt. „Die hat die blöde Bande ganz hübsch an der Nase herumgeführt." Er drückte auf den Rufknopf zur Bordküche der ersten Klasse, bat Gwen zu sich und las ihr amüsiert die Meldung vor. „Hast du so eine an Bord gesehen?"

Sie schüttelte den Kopf. „Ich bin noch kaum in der Touristenklasse gewesen."

„Dann sieh doch mal nach. Sie wird ja leicht zu erkennen sein."

Nach einigen Minuten kam sie zurück. „Tatsächlich!“ rief sie lachend. „Auf Platz vierzehn B. Die ist mindestens fünfundsiebzig! Typ Großmütterchen. Also haben wir doch richtig gezählt. Sie soll mir mal ihren Flugscheinabschnitt zeigen.“

„Nein, laß das“, sagte Demerest.

Die andern sahen ihn überrascht an.

„Wir haben doch lediglich festzustellen, ob die alte Dame an Bord ist. Das wissen wir jetzt also. Sie hat in Rom allerlei zu erwarten, daran können wir nichts ändern. Warum aber sollen wir ihr, wo sie doch nun einmal da ist, die Reise verderben? Wir sagen's ihr kurz vor Rom, damit der Schreck auf dem Flughafen nicht allzu groß ist. Soll sie doch bis dahin ihren Flug genießen! Gebt ihr was Gutes zu essen, und dann kann sie sich in aller Seelenruhe den Film ansehen.“

Gwen sah ihn nachdenklich an. „Weißt du, manchmal bist du mir direkt sympathisch.“ Sie ging in die Kabine zurück.

Harris stellte, die Pfeife im Mund, das Selbststeuergerät ein und warf Demerest einen Blick zu. „Daß Sie auch für die höheren Jahrgänge so viel übrig haben, wußte ich gar nicht“, sagte er trocken.

Die Meldung über den blinden Passagier hatte Demerest in rosige Laune versetzt. „Die jungen sind mir lieber“, sagte er grinsend. „Nur allzubald aber werden Sie und ich mit den weniger jungen vorliebnehmen müssen.“

„Ist bei mir bereits der Fall.“ Harris sog an seiner Pfeife. „Schon seit geraumer Zeit.“ Die beiden Piloten hatten eine Hörmuschel ihres Kopfhörers hochgeschoben, so daß sie sich unterhalten und doch einen Anruf über Funk hören konnten. Der Geräuschpegel im Cockpit genügte, sie gegen die Ohren der anderen abzuschirmen.

„Ja, ich weiß, Sie sind Ihrer Frau treu – Sie lesen immer Bücher, wenn sich die andern draußen amüsieren.“

„Meine Frau war Stewardeß, dadurch hab ich sie kennengelernt. Sie wußte, wie es in unserm Beruf zugeht. Da habe ich ihr denn, als wir heirateten, versprochen – na ja, das Übliche. Und ich hab mein Wort gehalten.“

Während ihres Gesprächs ließen die beiden Piloten niemals die Augen von den beleuchteten Instrumenten vor, neben und über sich.

„Bei so vielen Kindern ist das ja wohl leichter“, sagte Demerest. „Wieviel sind's doch gleich? Sechs?“

„Sieben.“ Harris lächelte. „Vier waren geplant; die andern – na ja, wie's so kommt.“

„Bei den ungeplanten – haben Sie nie daran gedacht, da etwas zu tun, vor der Geburt?"

„Nein", sagte Harris scharf. „In der Hinsicht habe ich strenge Grundsätze", fügte er weniger heftig hinzu.

Sie hörten einem Funkgespräch zwischen der Luftstraßenflugsicherung und einem nach Paris bestimmten TWA-Flugzeug zu, das kurz nach ihnen gestartet war und jetzt fünfzehn Kilometer hinter und einige hundert Meter unter ihnen lag. Aufmerksame Piloten gewannen aus dem Abhören solcher Gespräche ein Teilbild des benachbarten Luftverkehrs und prägten es sich ein. So fügten auch Demerest und Harris jetzt die Kenntnis des TWA-Flugs den schon vorher im Geist von ihnen registrierten Flügen zu.

Harris überprüfte Kurs und Höhe. Dann sprach er weiter. „Ich habe viele Geschichtsbücher gelesen, Vernon, und stoße immer wieder auf eine Tatsache: der ganze Fortschritt der Menschheit rührt davon her, daß sich der Einzelmensch über sich selbst zu erheben sucht. Wo immer sich die Zivilisation ein bißchen verbessert hat, lag die Ursache darin, daß sich der Mensch mehr als vorher um den Mitmenschen kümmerte und seine Eigenart respektierte. Noch mehr respektiere ich das ungeborene Wesen, gerade weil es bei seiner Hilflosigkeit so leicht zu morden ist. Und es ist doch schon ein kleiner Mensch. Acht Wochen nach der Empfängnis hat es schon alles, was ein ausgetragenes Kind hat."

Es war Zeit, der Luftstraßenflugsicherung die in bestimmten Abständen erforderliche Meldung zu machen. Demerest übernahm es. Man hatte mit zweiunddreißigtausend Fuß schon fast die endgültige Reiseflughöhe erreicht und war im Begriff, die kanadische Grenze zu überfliegen.

Detroit auf der amerikanischen und Windsor auf der kanadischen Seite bildeten sonst ein meilenweit sichtbares Lichtermeer. Heute aber waren die Zwillingsstädte von dem ostwärts ziehenden Schneesturm in Dunkelheit gehüllt.

„Sie hätten Rechtsanwalt werden sollen, nicht Pilot", sagte Demerest.

„Ich hab Ihnen ja gleich gesagt, daß ich da meine Grundsätze habe."

„Ach was, Grundsätze – verstiegene Ideen sind das!" Bei dem Gedanken an Gwen durchbrach Demerests Reizbarkeit den dünnen Firnis. „Es gibt doch viele gute Gründe gegen das Austragen eines

Kindes – Armut, Vergewaltigung, die Gefährdung des Lebens der Mutter ...“

„Das wäre so, als wollte man sagen, schön, ein bißchen Mord lassen wir zu, falls wir dafür einen überzeugenden Grund finden.“ Harris schüttelte den Kopf. „Wir töten keine Geisteskranken, keine unheilbaren Patienten, keine nutzlosen alten Menschen, wie es in manchen Kulturen der Brauch ist. Gegen unerwünschte Kinder haben wir ja die Geburtenregelung. Die kann sich neuerdings jeder, ob arm oder reich, zunutze machen.“

Der Höhenmesser kletterte auf dreiunddreißigtausend. Harris ging auf Horizontalflug.

Demerest wünschte, er hätte das Thema nicht angeschnitten. Um die Diskussion zu beenden, rief er die Bordküche an. „Bringen Sie uns bitte ein paar Horsd'œuvres, bevor uns die Passagiere alles weggefressen haben.“

Ada Quonsett unterhielt sich angeregt mit dem liebenswürdigen älteren Herrn zu ihrer Rechten. Er sei, sagte er, Oboist des Chicagoer Sinfonieorchesters. „Wie schön!“ rief sie. „Mein verstorbener Mann war ein so großer Freund der klassischen Musik – er geigte selber etwas, aber natürlich nur aus Liebhaberei.“

Sie war aufgekratzt – der Oboist hatte ihr einen Sherry spendiert. Jetzt fragte er, ob es noch einer sein dürfte. Sie strahlte. „Zu liebenswürdig! Eigentlich sollte ich wohl nicht, aber ich sage nicht nein.“

Der Herr zu ihrer Linken enttäuschte sie. Er hatte ihr nur einsilbige Antworten gegeben, saß mit ausdruckslosem Gesicht da und hielt seine Aktentasche umklammert. Er hatte sich einen Whisky kommen lassen, mit Kleingeld bezahlt und ihn in einem Zug hinuntergegossen. Der arme Mann, dachte sie, wahrscheinlich hat er Sorgen.

Dann merkte sie, daß er, als der Kapitän die Geschwindigkeit, den Kurs, die Flugzeit und all das andere durchsagte, wofür sich doch kaum jemand interessierte, plötzlich aufmerkte, sich auf einem Briefumschlag Notizen machte und auf seiner Aktentasche eine Karte ausbreitete, wie man sie den Reisenden mitgab, damit sie, wenn sie wollten, die Position eintragen konnten. Gerade jetzt wieder betrachtete er die Karte und machte darauf, auf seine Uhr blickend, Bleistiftzeichen. Ihr kam das ziemlich kindisch vor – für solche Sachen war doch der Navigator da.

Sie wandte ihre Aufmerksamkeit wieder dem Oboisten zu. Er erzählte ihr, daß er sich kürzlich eine Bruckner-Sinfonie angehört und dabei gemerkt habe, daß die Celli, während die Holzbläser ihr Pom-tiddel-pompom spielten, mit einem Ä-diddel-ä-dä dazwischengefahren seien.

„Tatsächlich! Na so etwas!" Sie amüsierte sich königlich. Wie gut sie es mit diesem Flug getroffen hatte – solche liebenswürdigen Stewardessen, solche angenehmen Passagiere! Der zur Linken war eine Ausnahme – aber was machte das schon! Bald wurde das Essen serviert, und dann gab es einen Film mit ihrem Lieblingsstar Michael Caine. Konnte man sich noch mehr wünschen?

In einem Punkt irrte sich Frau Quonsett – man hatte keinen Navigator an Bord. Da die Flugzeuge jetzt mit zuverlässigen Radar- und Funkanlagen versehen waren, verzichteten die meisten Fluggesellschaften auf einen Navigator. Das bißchen Navigation, das noch zu tun übrigblieb, übernahmen die Piloten mit Unterstützung der Luftstraßenflugsicherung.

Wäre aber ein Navigator an Bord gewesen, so hätte seine Positionsbestimmung fast genauso ausgesehen wie die primitive des Herrn Guerrero. Schon mehrere Minuten zuvor hatte Guerrero berechnet, daß man Detroit nah war und einem Kurs über Montreal, Neubraunschweig und Neufundland folgte. In zweieinhalb Stunden mußte man die Ostküste Neufundlands erreicht haben. War man erst darüber hinaus, konnte er seinen Plan jederzeit ausführen. Wenn es doch erst soweit wäre!

Der Whisky hatte seine Nerven beruhigt. Als er an Bord gekommen war, hatte sich seine Aufregung gelegt, nach dem Start aber war er wieder nervös geworden, namentlich durch die Versuche dieser alten Tante, ihn in ein Gespräch zu verwickeln. Er wollte keine Verbindung mehr mit dem Leben. Er wollte nur dasitzen und träumen – von dreihunderttausend Dollar, die Inez und den Kindern zukamen, wohl schon in wenigen Tagen. Er schloß die Augen und stellte sich vor, wie ihnen zumute war, wenn sie es erfuhren. Sie waren jetzt wohl in Sorge um ihn, konnten aber natürlich nicht ahnen, daß er im Begriff war, sich für sie zu opfern. Oder ob sie doch etwas ahnten? Wenn ja, wußten sie es hoffentlich zu würdigen.

Er war wohl eingeschlafen, denn als er die Augen öffnete, beugte sich eine Stewardeß zu ihm hinüber und fragte ihn mit einem Akzent, der die Engländerin verriet, ob er zum Abendessen bereit sei. „Vielleicht darf ich Ihnen dann die Tasche abnehmen", sagte sie.

Bakersfelds instinktive Abneigung gegen Rechtsanwalt Freemantle wurde bald nach dem Erscheinen der Meadowooder Abordnung zu einem ausgesprochenen Widerwillen. Der Kerl legte es merklich darauf an, ihn durch gehässige, absprechende Bemerkungen in Wut zu bringen und zu unbedachten Äußerungen zu verleiten. Bakersfeld dachte nicht daran, ihm diesen Gefallen zu tun. Wenn es ihm auch nicht leichtfiel, blieb er doch sachlich.

„Was war denn heute mit Ihrer vielgepriesenen Lärmbeschränkung?" fragte Freemantle höhnisch.

Bakersfeld seufzte. „Wir haben seit drei Tagen einen Schneesturm, der kritische Situationen schafft." Er erzählte von der Blockierung der Startbahn dreinull und der Notwendigkeit, vorübergehend ganz auf Startbahn zweifünf auszuweichen. Das erkläre die leider unvermeidliche Verstärkung des Düsenlärms über Meadowood. Er wandte sich an die Abordnung. „Ich hätte Ihnen gern einiges zum Thema Flughafen und Düsenlärm im allgemeinen gesagt ..."

„Das ist gar nicht nötig", erklärte Freemantle. „Der nächste Schritt ..."

Bakersfeld riß der Geduldsfaden. „Nachdem ich Sie höflich angehört habe, wollen Sie mich nicht ebenso höflich anhören?"

„Ich meine", sagte Zanetta, der die Einwohnerversammlung geleitet hatte, „wir sollten Herrn Bakersfeld reden lassen." Freemantle zuckte mit den Achseln.

„Sie werden es nicht gern hören", sagte Bakersfeld, „und nicht jeder in unserm Beruf will es zugeben, doch ist es Tatsache, daß die Flughäfen nicht viel gegen die Lärmentwicklung tun können. Eine Maschine von fast hundertfünfzig Tonnen Gewicht kann nicht sozusagen auf Zehenspitzen starten. Da bleibt den Anwohnern nichts anderes übrig, als sich mit dem Lärm abzufinden oder wegzuziehen."

Die Schreibstifte der Reporter jagten. „Die Flugzeugkonstrukteure arbeiten an lärmschluckenden Vorrichtungen, werden damit aber bestenfalls nur eine Lärmabschwächung erzielen. Und bedenken Sie bitte, daß wir bald noch stärkere, noch geräuschvollere Maschinen haben werden, Ungetüme wie die Lockheed 500 und die Überschalltransporter, bei denen zum Motorengeräusch noch der Überschallknall kommt. Vielleicht haben Sie in optimistischen Äußerungen gelesen, der Überschallknall erfolge in so großer Höhe, daß er auf dem Boden nur geringe Wirkungen haben werde. Glauben Sie das nicht! Uns steht da allerlei bevor, uns allen. Die Zeit wird kommen, wo wir uns nach dem Lärmpegel, über den wir hier sprechen, zurücksehnen werden! Ich glaube, offen gestanden, daß Sie hier früher oder später wegziehen müssen. Die Flughäfen werden anliegende Wohngebiete mit Milliardenkosten aufkaufen müssen – dort könnten dann Fabriken angesiedelt werden, bei denen der Lärm keine Rolle spielt. Selbstverständlich wird man die zum Wegzug gezwungenen Anwohner entschädigen."

Freemantle erhob sich und gab den andern damit das Zeichen zum Aufbruch. „Die Entschädigung dürfte rascher aktuell und wesentlich höher werden, als Sie denken", sagte er. „Sie hören noch von uns."

Er ging hinaus, und die andern folgten ihm.

Bakersfeld hörte, wie eine der beiden Damen der Abordnung dem Anwalt draußen zurief: „Sie waren großartig, Herr Freemantle. Ich werde es überall herumerzählen, und ..."

Tomlinson, der Reporter der *Tribune,* kam zurück. „Kann ich Sie einen Augenblick sprechen, Herr Bakersfeld?"

„Ja, was ist denn?" brummte Bakersfeld.

„Ich dachte, das hier würde Sie vielleicht interessieren." Er legte ihm ein Formular hin, eine Prozeßvollmacht für Freemantle mit der Verpflichtung, einen Honorarvorschuß zu leisten.

Bakersfeld blickte hinein. „Wo haben Sie denn das her?"

„Von der Einwohnerversammlung. Da wurden die Dinger verteilt. Es waren rund sechshundert Menschen da. Nach meiner Schätzung haben sofort mindestens hundertfünfzig die Vollmacht erteilt, und weitere werden noch folgen. Daß dabei bereits ein Honorarvorschuß von über fünfzehntausend Dollar herauskommt, hat nicht ein einziger erwähnt."

Bakersfeld gab ihm das Formular zurück. „Unter uns gesagt – wenn die Menschen so dumm sind und die Anwälte unbedingt reich machen wollen, ist das ihre Sache. Freemantle verstößt vielleicht gegen die Berufsethik, nicht aber gegen das Gesetz."

„Sehr richtig. Jetzt muß ich runter. Da tut sich noch etwas, ich will eine Weile zuhören." Er ging.

Bakersfeld dachte über den Fall nach. Im ganzen Land waren solche Honorarjäger am Werk, ließen sich von Interessentengruppen bevollmächtigen und behelligten Flughäfen, Luftverkehrsgesellschaften und Piloten. Sie machten ihren Klienten durch Hinweise auf fragwürdige Präzedenzfälle falsche Hoffnungen und überschwemmten die Gerichte mit kostspieligen, zeitraubenden, meist aussichtslosen Prozessen.

Es klopfte. „Wer ist da?" rief Bakersfeld gereizt.

Tanya Livingston kam herein. „Nur meine Wenigkeit", sagte sie. „Mel, ich brauch deinen Rat. Es handelt sich um Flug zwei nach Rom."

Sie erzählte ihm, was ihr der Zollinspektor Standish berichtet und wie sich der Bezirksverkehrsleiter Weatherby dazu gestellt hatte. „Vielleicht ist gar nichts daran, aber die Sache läßt mich nicht los, und da hab ich ein paar Erkundigungen eingezogen. Erst einmal bin ich mit dem Flugsteigkontrolleur die Passagierliste und die Flugscheine durchgegangen. Er erinnert sich nicht an den Mann. Da der aber, wie Standish sagt, als einer der letzten an Bord gegangen ist, sind wir schließlich auf fünf Namen gekommen, unter denen er sich befinden müßte. Ich hab dann unsere Buchungsstellen angerufen. Einer unserer Agenten in der Stadt erinnert sich an den Mann mit der Aktentasche. Er war ihm aufgefallen, weil er kein Gepäck hatte und sehr nervös war."

„Nervös sind doch viele, wenn ..." Bakersfeld brach ab. Er zog die Brauen zusammen. „Kein Gepäck? Bei einem Flug nach Rom? Das ist doch unsinnig!"

„Eben. Es sei denn, der Betreffende weiß, daß sein Flugzeug nicht ans Ziel gelangen wird."

„Worauf willst du hinaus, Tanya?"

„Ich weiß nicht recht, es klingt vielleicht melodramatisch, nur ... vielleicht ist der Mann gar kein Schmuggler. Daß er kein Gepäck hat, daß er so nervös ist und die Aktentasche so krampfhaft an sich drückt, weist vielleicht darauf hin, daß er – eine Bombe mitführt."

Ihre Blicke versenkten sich ineinander. Bakersfeld dachte nach. So etwas war schon vorgekommen. Doch konnte es auch sein, daß der Mann völlig harmlos war – höchstwahrscheinlich war es so. Auf einen bloßen Verdacht hin durfte man kein großes Tamtam machen. Konnte man sich irgendwo Gewißheit verschaffen? Er durchblätterte sein Notizbuch mit den Telephonnummern der Stellen, die in Sonderfällen eine wichtige Auskunft geben konnten, und rief den Versicherungskiosk in der Empfangshalle an.

Er erkannte die Stimme der Dame, die sich meldete. „Marjorie", fragte er, „habt ihr heute viele Policen für Passagiere der *Golden Argosy* ausgestellt?"

„Ein paar mehr als gewöhnlich, Herr Bakersfeld. Bei solchem Wetter ist das immer so. Ich selber habe etwa ein Dutzend ausgestellt. Auch Bunnie hat ein paar ausgeschrieben."

„Geben Sie mir doch bitte alle Namen und die Höhe der jeweiligen Versicherungssumme durch." Er spürte ihr Zögern. „Ich kann mir natürlich auch die Genehmigung dazu von Ihrem Bezirksdirektor geben lassen, aber die Sache eilt."

„Schön, Herr Bakersfeld, wie Sie meinen. Es dauert natürlich etwas, bis ich alles zusammenhabe."

„Ich bleibe am Apparat."

Bakersfeld hörte, wie sie den Hörer hinlegte, sich bei einem Kunden entschuldigte und mit Papieren raschelte. Er legte die Hand über die Sprechmuschel und fragte Tanya nach dem Namen des Verdächtigen.

„Guerrero – oder Buerrero, wir haben beide Schreibungen."

Bakersfeld fuhr hoch. So hatte doch diese weinende Frau geheißen, die ihm Ordway ins Büro gebracht hatte!

„Tanya, vor etwa zwanzig Minuten war eine Frau Guerrero in meinem Vorzimmer, eine ältere Frau, durchnäßt, ärmlich gekleidet, aufgeregt und in Tränen. Ich wollte mit ihr sprechen, aber ich hatte noch mit anderen Besuchern zu tun, und dann war sie weg. Wenn sie noch irgendwo hier herumirrt, bring sie her!"

Tanya lief hinaus. Am Apparat meldete sich Marjorie. „Ich hab jetzt die Policen zusammen, Herr Bakersfeld. Soll ich Ihnen die Namen vorlesen?"

„Ja, schießen Sie los!"

Und da kam es – der Name Guerrero fiel. „Halt", sagte Bakersfeld alarmiert. „Was für eine Police ist das?"

„Die hat Bunnie ausgestellt, ich hole sie an den Apparat."

Er hörte sich aufmerksam Bunnies Bericht an, stellte ein paar Fragen und legte auf. Als Tanya wiederkam, wählte er gerade eine andere Nummer. „Auf der Galerie ist sie nicht, und in der Empfangshalle sind so viele Menschen, daß eine Suche sinnlos wäre. Sollen wir sie ausrufen?"

„Ja, wollen's mal versuchen." Er schob ihr das Mikrophon auf seinem Schreibtisch zu. Nach dem, was er über Frau Guerrero erfahren hatte, hörte und sah sie nichts und achtete wahrscheinlich gar nicht darauf, wenn man ihren Namen aufrief. Vielleicht war sie auch längst weggegangen. Er machte sich Vorwürfe, nicht mit ihr gesprochen zu haben.

Jetzt meldete sich die Flughafenpolizei, deren Nummer er gewählt hatte. „Ich muß sofort Leutnant Ordway sprechen. Und geben Sie mir doch mal den Vornamen der Frau Guerrero, die Ihre Leute heute hier aufgegriffen hatten.“

„Einen Augenblick ... Inez, Inez Guerrero. Leutnant Ordway haben wir über sein Taschenfunkgerät benachrichtigt.“

Bakersfeld instruierte Tanya über die Durchsage und drückte an seinem Mikrophon den Knopf, durch den alle anderen Lautsprecheransagen ausgeschaltet wurden. Durch die offne Tür hörte er, wie eine Flugansage der American Airlines mitten im Satz abbrach. In seinen acht Jahren als Generaldirektor des Flughafens Lincoln hatte er den Knopf nur zweimal betätigt, das eine Mal, um Präsident Kennedys Tod mitzuteilen, das andere Mal, um die Eltern eines verirrten Kindes ausfindig zu machen.

Er nickte Tanya zu. „Achtung, Achtung!“ sprach sie mit ihrer klaren Stimme in das Mikrophon. „Frau Inez Guerrero oder Buerrero wird gebeten, sofort in das Büro des Generaldirektors im Zwischenstock des Empfangsgebäudes zu kommen. Jeder Flughafenbeamte wird ihr den Weg zeigen. Ich wiederhole ...“

Ordway meldete sich am Apparat. Er hatte die Durchsage gehört.

„Wir brauchen diese Inez Guerrero dringend“, sagte Bakersfeld zu ihm. „Setzen Sie alle Ihre Leute für eine Fahndung ein und kommen Sie auf jeden Fall sofort her.“

Gleich darauf hörte er eine neue Durchsage im Lautsprecher. „Achtung, Achtung! Herr Lester Mainwaring wird gebeten, sich mit seiner Begleitung am Haupteingang einzufinden.“

„Lester Mainwaring“ war der Deckname, mit dem man die Flughafenpolizisten alarmierte, ohne daß es das Publikum merkte. „Mit seiner Begleitung“ bedeutete, daß alle Mann gemeint waren.

„Ruf mir mal gleich deinen Bezirksverkehrsleiter her – sag ihm, es ist wichtig“, sagte Bakersfeld zu Tanya.

Sie erledigte den Anruf. „Er ist schon unterwegs“, sagte sie. Ihre Stimme verriet Unruhe. „Was hast du denn eigentlich festgestellt, Mel?“

Bakersfeld erhob sich und schloß die Tür.

„Dein Guerrero hat eine Lebensversicherung über dreihunderttausend Dollar abgeschlossen – zugunsten seiner Frau, Inez Guerrero. Er hat dafür mit Kleingeld bezahlt – offenbar dem letzten Geld, was er noch besaß.“

Sie wurde kreidebleich. „Um Gottes willen“, flüsterte sie.

KAPITEL 10

Zuzeiten – und so auch heute – beglückwünschte sich Patroni dazu, daß er im Wartungsdienst arbeitete und nicht im Hauptbüro. Da zankten die Leute wie ungezogene Gören miteinander, im Wartungsdienst aber benahm sich jeder wie ein erwachsener Mensch – auch den Mannschaften der Konkurrenz gegenüber. Zum Besten aller tauschte man Informationen und Erfahrungen aus, verriet unter Umständen sogar einmal ein Betriebsgeheimnis.

Die meisten Luftverkehrsgesellschaften hielten täglich eine Telephonkonferenz ab, ein Sammelgespräch, an das ihr örtliches Hauptbüro und ihre Agenturen im ganzen Lande angeschlossen wurden. Man sprach dabei die Arbeit der letzten vierundzwanzig Stunden durch und hielt mit Kritik nicht zurück. Danach unterhielten sich – meist ohne Wissen der Generaldirektion – die Kameraden der Wartungsdienste der konkurrierenden Gesellschaften gewöhnlich noch am Telephon und erzählten einander, was sie über technische Störungen bei der einen oder anderen Maschine und über andere wissenswerte Dinge erfahren hatten. In wichtigen Fällen geschah das so rasch wie möglich. Wußte man zum Beispiel von einem Laufradschaufelschaden an einer DC-9 der Delta-Gesellschaft, so unterrichtete man unverzüglich die Wartungsdienste anderer Gesellschaften, die auch die DC-9 im Einsatz hatten, und ließ später genauere technische Angaben folgen. Wo immer ein Wartungsdienst in Schwierigkeiten geriet, halfen ihm die andern nach besten Kräften.

Solche Hilfe hatte auch Patroni heute bekommen. In den anderthalb Stunden, seitdem er an dem festgefahrenen Düsenriesen arbeitete, hatte sich die Zahl hilfsbereiter Kameraden fast verdoppelt. Angefangen hatte er mit einer kleinen Mannschaft der Intercontinental. Dann waren einige seiner eigenen Leute von der TWA dazugestoßen. Der Fall hatte sich rasch herumgesprochen, und jetzt standen ihm Wartungsleute von der Braniff, der Pan Am, der American und der Eastern zur Seite. Es war ein schönes Gefühl.

Trotz der vielen Helfer war die Zeit, die er sich für die Vorbereitungsarbeiten gesetzt hatte, schon überschritten. Mit dem Ausheben von Laufrinnen vor der Maschine war es nur langsam gegangen, die Männer hatten sich von Zeit zu Zeit in ihrem Mannschaftsbus aufwärmen müssen. Neben den Bussen auf der Rollbahn waren Lastwagen, Schneeräumer, ein Tankwagen, Gerätewagen und ein Kompressor aufgefahren, der einen Heidenlärm machte. Die meisten hatten ihre Warnlampen eingeschaltet. Die ganze Szene war in grelles Scheinwerferlicht getaucht – es war eine weiße Lichtoase in einer dunklen Schneewüste.

Die breiten Laufrinnen und eine schmalere für das Bugrad liefen jetzt von den im Schneeschlamm steckenden Rädern schräg aufwärts zu festerem Boden. Alles war zum Versuch fertig, die 707 mit eigner Kraft herauszuholen. Der Erfolg hing von der Geschicklichkeit der Piloten ab.

Patroni hatte fast die ganze Zeit mit den andern geschaufelt und sie immer wieder angetrieben. „Jack, wenn du dich noch länger auf deine Schaufel stützt, erstarrst du wie Lots Frau . . . Leute, macht zu, daß wir die Maschine herauskriegen, bevor sie veraltet ist!“ Mit den Piloten der Intercontinental hatte er noch nicht gesprochen. Jetzt richtete er sich auf und gab Ingram seine Schaufel. „In fünf Minuten ist es soweit. Bringen Sie dann die Männer und Fahrzeuge aus dem Weg. Ich rede jetzt mal ein Wörtchen mit den Piloten.“

Er kletterte in die vordere Kabine hinauf, steckte sich die unvermeidliche Zigarre an und ging ins Cockpit. Hier war es still und behaglich. Nur der Kapitän und der Erste Offizier waren da. Sie hatten das Jackett abgelegt und lauschten leiser Radiomusik. Als Patroni eintrat, stellten sie die Musik ab.

„Aber, aber – wer wird sich denn stören lassen!“ sagte Patroni. Er schüttelte sich wie ein nasser Terrier; der Schnee wirbelte von ihm ab. „Nur nicht genieren! Wir hatten gar nicht erwartet, daß Sie uns beim Schaufeln helfen.“

Der Kapitän, ein vierschrötiger Mensch, fuhr herum. „Wir haben unsere Arbeit, Sie haben Ihre“, sagte er steif.

„Nur daß uns manche Leute noch mehr Arbeit machen, als nötig wäre.“

„Herrje, glauben Sie vielleicht, wir haben die Maschine mit Absicht in den Dreck gesetzt?“

„Nein, aber wenn's jetzt wieder vermurkst wird, sitzt sie noch tiefer drin – und der Kapitän auch. Wie wär's, Sie überließen diesmal mir das Manöver? Ich hab so was schon mal gemacht."

Der Kapitän lief rot an. Er war eine solche Sprache nicht gewöhnt. Zudem war ihm nicht wohl in seiner Haut. Morgen bekam er vom Chefpiloten bestimmt allerlei zu hören. „Herr Patroni", sagte er, „ich kenne Ihre Meriten und bezweifle nicht, daß Sie lizenziert sind, ein Flugzeug zu rollen. Ich darf Sie aber wohl daran erinnern, daß wir beide hier lizenziert sind, ein Flugzeug zu fliegen. Wir bleiben an unserm Platz!"

„Wie Sie denken", sagte Patroni achselzuckend. „Nur muß ich darauf bestehen, daß Sie diesmal Vollschub geben und nicht im letzten Augenblick wieder die Traute verlieren." Ohne sich um die wütenden Blicke der beiden Piloten zu kümmern, ging er hinaus. Die Fahrzeuge waren bis auf den Kompressor, der zum Anlassen der Triebwerke gebraucht wurde, zur Seite geschafft worden. „Alles klar", meldete Ingram.

Patroni warf seine Zigarre in den Schnee. „Gut. Also, dann wollen wir mal!"

Man schob die Einstiegtreppe weg. „Fertig zum Anlassen!" schrie Ingram. Ein Mann stand am Kompressor. Er war durch Kopftelephon mit dem Flugzeug verbunden. Ein zweiter ging zum Einwinken mit Leuchtkellen nach vorn, wo ihn die Piloten sehen konnten. Patroni stellte sich mit geborgten Ohrenschützern zu dem ersten. Die anderen Leute kletterten aus den Mannschaftswagen, um zuzuschauen.

Der Mann mit dem Kopftelephon begann das Ritual. „Klar zum Anlassen!"

Nach einer Pause kam die Stimme des Kapitäns. „Klar zum Anlassen." Ein Stoß Preßluft aus dem Kompressorgebläse traf den Turbinenstarter des Triebwerks drei. Die Schaufelräder des Verdichters drehten sich aufheulend schneller und schneller. Der Erste Offizier spritzte Turbokraftstoff in die Brennkammern, der sogleich zündete. Das Triebwerk rülpste schwarzen Qualm aus und sprang mit einem tiefen Röhren an.

„Klar zum Anlassen der Nummer vier!"

Auch vier sprang an. Dann kam die Stimme des Kapitäns.

„Schalte auf Generatoren um. Bodenstromkabel trennen."

Die Kabel des Kompressors fielen herunter. „Getrennt. Klar für Nummer zwei."

Nummer zwei sprang an, dann Nummer eins.

„Preßluft trennen."

„Preßluft getrennt." Der nabelschnurartige Preßluftschlauch glitt herunter, der Mechaniker schob den Kompressorwagen weg. Die Scheinwerfer warfen ihr Licht jetzt von der Seite auf die Szene. Patroni ließ sich das Kopftelephon geben. „Wenn Sie da oben fertig sind, lassen Sie sie rollen!" rief er den Piloten zu.

Der Einwinker hob die Leuchtkellen, bereit, die Maschine auf die Rollbahn zu lenken, bereit aber auch, Fersengeld zu geben, falls sie schneller als erwartet herauskam. Patroni kroch an das Bugrad heran und beobachtete das Fahrwerk, um gleich das erste Anzeichen einer Bewegung wahrnehmen zu können. Er hörte die Stimme des Kapitäns – „Ich gebe Schub!" Der Düsenlärm wuchs zu einem anhaltenden Donnern an, die 707 erzitterte, der Boden darunter bebte, die Räder aber rückten und rührten sich nicht.

„Mehr Schub!" schrie Patroni in das Telephon. „Vollschub!"

Die Triebwerke kamen etwas mehr auf Touren, die Räder hoben sich merklich, bewegten sich aber nicht vorwärts.

„Mehr Schub! Verdammt! Dann kommt sie! Vollschub, sag ich!"

Statt dessen schaltete der Kapitän herunter. Seine Stimme rasselte im Telephon. „Patroni, wenn ich Vollschub gebe, stellt sie sich auf die Nase, und dann haben wir statt einer festgefahrenen eine demolierte Maschine. Ich schalte ab."

„Halt!" schrie Patroni. „Lassen Sie die Triebwerke wenigstens im Standlauf! Ich komme rauf!"

Er gestikulierte wild nach der Einstiegtreppe, doch als man sie heranschob, standen die Triebwerke bereits still. Patroni jagte hinauf. Er kam dazu, als sich die Piloten losschnallten. „Sie haben also wieder gekniffen!" fauchte er.

Der Kapitän reagierte überraschend ruhig. „Das war vielleicht das einzig Vernünftige, was ich heute getan habe. Will Ihr Wartungsdienst meine 707 übernehmen?"

Patroni nickte. „Schön, wir übernehmen sie."

„Wenn Sie sie herausgezogen haben, wird sich Ihre Gesellschaft ja wohl mit unserer in Verbindung setzen." Der Erste Offizier blickte auf seine Uhr und machte eine Eintragung im Bordbuch. Dann kletterten die beiden Piloten hinaus und stiegen in einen Mannschaftsbus.

Patroni prüfte Instrumente und Steuerung. Ein paar Minuten darauf stand er unten bei Ingram. „Jetzt sitzt sie noch tiefer drin", sagte der Wartungsmeister ärgerlich.

Das hatte Patroni schon gefürchtet. Im Licht einer Elektrolaterne, die Ingram hochhielt, sah er sich die Fahrwerkräder an. Sie lagen jetzt noch gut zwei Handbreit tiefer im Schlamm. „Da hilft bloß noch ein Zauberstab", sagte Ingram.

Patroni schüttelte den Kopf. „Wir machen noch einen Versuch. Wir graben die Laufrinnen tiefer und lassen die Triebwerke noch mal an. Und diesmal mache ich den Piloten."

Seiner Berechnung nach dauerten die Vorbereitungen wieder eine Stunde. So lange war die Dreinull weiterhin blockiert. Er ging zu seinem Wagen und meldete die Lage dem Turm.

IN INEZ GUERREROS überlastetem Gemüt war Kurzschluß eingetreten. Sie wußte nicht mehr, wo sie war und was sie vorgehabt hatte.

Dazu hatte auch der Taxifahrer beigetragen. Er hatte ihr einen Fahrpreis von sieben Dollar genannt, dann aber – seiner Behauptung nach – auf einen Zehndollarschein, fast ihr letztes Geld, nicht herausgeben können und war, angeblich um zu wechseln, davongefahren. Den Blick auf der Flughafenuhr, die kurz vor elf stand, hatte sie zehn angstvolle Minuten gewartet. Dann war ihr aufgegangen, daß der Mann sie hereingelegt hatte. Seine Nummer hatte sie sich nicht gemerkt – er hatte damit wohl gerechnet.

Als sie am Flugsteig siebenundvierzig angekommen war, hatte sie das Flugzeug abrollen sehen und gerade noch soviel Geistesgegenwart gehabt, den Kontrolleur, der gerade weggehen wollte, anzusprechen und ihm, wie es ihr die Dame von der Trans America am Telephon geraten hatte, zu erzählen, ihr Mann habe Flug zwei benutzen wollen, sie sei aber nicht sicher, ob er ihn noch erreicht habe, und wüßte gern, ob er an Bord sei. Der Kontrolleur hatte in seine Papiere geblickt. Ja, ein Herr D. O. Guerrero sei mit Flug zwei abgeflogen.

Als der Kontrolleur gegangen war, hatte sie sich inmitten der vielen Menschen mutterseelenallein gefühlt und war in ein krampfhaftes Schluchzen ausgebrochen. Sie hatte um die vergangenen Jahre und den heutigen Tag geweint, um das verlorene Heim und die Kinder, die sie nun nicht mehr bei sich behalten konnte, und – mochte er auch ein Versager sein – um ihren Mann, der sie verlassen hatte. Sie hatte geweint, weil sie kein Geld mehr hatte und keine Bleibe, wenn man sie aus der armseligen Wohnung hinauswarf, und weil sie jetzt die letzte Hoffnung verloren hatte. Weinend war sie durch das

Empfangsgebäude geirrt. Ordway hatte sie dann aufgreifen und in Bakersfelds Vorzimmer bringen lassen.

Nach einer Weile war ihre seelische Elastizität zurückgekehrt, ein andres Wort für die Stärke des menschlichen Gemüts, die auch den schwachen Naturen gegeben ist. Das Leben ging weiter, mochte es noch so trüb aussehen. Noch immer nicht sicher, wo sie sich befand, war sie aufgestanden. Als Ordway die Meadowooder Abordnung hereingeführt hatte, war er zu ihr zurückgekommen und hatte ruhig mit ihr gesprochen und schließlich erfahren, daß sie in die Stadt zurückkehren müsse und nicht mehr genug Geld habe. Er hatte ihr drei Dollar zugesteckt, sie nach unten geführt und ihr den Weg zur Bushaltestelle gezeigt.

An einem Imbißstand hatte sie gemerkt, daß sie hungrig und durstig war, und sich Würstchen und Kaffee geben lassen. Ihre Lebensgeister waren wieder wach geworden. Sie hatte einen freien Stuhl gefunden und sich gesetzt. Bald war die Bewußtseinstrübung zurückgekehrt, diesmal aber hatte etwas Tröstliches darin gelegen. Tröstlich waren für sie auch die vielen Menschen, die Geräusche, die Lautsprecherdurchsagen gewesen. Zweimal hatte sie geglaubt, ihren Namen zu hören, das war aber wohl Einbildung gewesen. Wer sollte sie rufen, wer sollte überhaupt wissen, daß sie hier war. Sie hatte nur den einen Wunsch, ruhig dazusitzen.

Der Kontrolleur des Flugsteigs siebenundvierzig war schon nach Hause gegangen, die anderen aber, die Bakersfeld zu sich gerufen hatte, erschienen rasch – der Bezirksverkehrsleiter Weatherby, Leutnant Ordway, Inspektor Standish und Bunnie Worobiow.

„Was ist denn los?“ fragte Weatherby.

Bakersfeld faßte kurz zusammen, was über den Fall Guerrero bekannt war. Als ihr klar wurde, worum es ging, wurde Bunnie Worobiow blaß.

„Ich habe hier alle zusammengerufen, die mit der Sache zu tun gehabt haben“, fuhr Bakersfeld fort. „Wir müssen darüber befinden – und das liegt hauptsächlich bei Ihnen als Bezirksverkehrsleiter, Weatherby –, ob uns die Verdachtspunkte berechtigen, dem Kapitän der *Golden Argosy* mitzuteilen, daß er möglicherweise eine Bombe an Bord hat.“

Weatherbys Gesicht verfinsterte sich. „Ich möchte die Flugleitung hinzuziehen“, sagte er zu Tanya Livingston. „Stellen Sie fest, ob

Royce Kettering noch da ist. Er möchte so rasch wie möglich herkommen.“ Kapitän Kettering war der Chefpilot der Trans America auf dem Flughafen Lincoln.

Während Tanya auf dem einen Apparat den Chefpiloten anrief, klingelte der andere. Der Turmchef meldete sich.

„Ich habe den Bericht über Trans America zwei vor mir, Start um 23.13 Ortszeit.“ Bakersfelds Blick flog zur Wanduhr hinauf – es war gleich zehn Minuten nach Mitternacht. „Die Flugsicherung Cleveland hat Flug zwei vor sieben Minuten an Toronto weitergegeben. Nach Angabe Torontos befindet sich die Maschine jetzt bei London in Ontario. Und nun etwas anderes. Patroni meldet, daß die Dreinull noch mindestens eine Stunde außer Betrieb bleibt.“ Bakersfeld hatte jetzt Wichtigeres im Kopf. Er legte auf und gab die Meldung über Flug zwei an Weatherby weiter.

„Kapitän Kettering kommt gleich“, sagte Tanya.

„Wo ist eigentlich die Frau dieses Passagiers?“ fragte Weatherby.

Ordway erklärte, seine Männer suchten den Flughafen nach ihr ab, das Polizeipräsidium sei alarmiert worden, die Flughafenautobusse in die Stadt würden kontrolliert.

„Als sie hier war“, sagte Bakersfeld, „ahnten wir ja nicht ...“

„Wir haben nicht geschaltet“, brummte Weatherby. Er warf Tanya einen Blick zu, aus dem sie herauslas, daß er seine gereizte Bemerkung „Kümmern Sie sich nicht darum“ bereute. „Wir müssen dem Kapitän mitteilen, was wir wissen, er hat ein Recht darauf, auch wenn es nur Vermutungen sind.“

„Sollten wir ihm nicht eine Personenbeschreibung durchgeben?“ fragte Tanya. „Einige hier haben den Mann doch gesehen.“

„Sehr richtig“, sagte Weatherby. „Rufen Sie unsern Flugdienstleiter in New York an, es komme gleich eine wichtige Meldung für Flug zwei, er soll eine Selcal-Verbindung herstellen. Ich möchte nicht, daß andere zuhören.“

Sie nahm wieder den Hörer ab. Bakersfeld wandte sich der Versicherungsagentin zu. „Sie sind Bunnie Worobiow?“ Sie nickte nervös. „Der Reisende, von dem wir sprechen, ist ein gewisser D. O. Guerrero, dem Sie heute abend eine Police ausgestellt haben. Haben Sie ihn sich dabei genauer angesehen?“

„Genau nicht, es waren so viele Leute da.“

„Sie hatten mir doch gesagt, daß Sie sich an ihn erinnern.“

Sie fuhr mit der Zunge über die Lippen. „Das war ein anderer.“

Er sah sie überrascht an. „Darf ich mal?“ fragte Ordway. Er trat dicht an das junge Mädchen heran. „Sie haben Angst, daß die Sache für Sie Folgen haben könnte, nicht wahr?“ fragte er streng. Sie zuckte zusammen, schwieg aber. „So ist es doch, nicht? Antworten Sie!“

„Ich weiß nicht.“

„Doch wissen Sie es! Sie haben Angst vor den Folgen und wollen uns deshalb nicht helfen – ich kenne Ihre Sorte!“ sagte er verächtlich. So brutal kannte ihn Bakersfeld gar nicht. „Jetzt hören Sie mal gut zu. Wenn Sie sich jetzt vor Unannehmlichkeiten drücken wollen, ziehen Sie sich erst recht welche zu. Wenn Sie's sich ersparen wollen, müssen Sie reden, und zwar schnell! Wir haben keine Zeit zu verlieren!“ Sie zitterte. In der harten Lebensschule drüben in Ostdeutschland hatte sie die Polizei fürchten gelernt. Ordway hatte die Zeichen erkannt.

„Fräulein Worobiow“, sagte Bakersfeld, „in dem Flugzeug befinden sich rund zweihundert Menschen, die jetzt vielleicht in größter Gefahr sind. Ich frage Sie noch einmal – haben Sie sich Guerrero genauer angesehen?“

Sie nickte langsam. „Ja.“

„Beschreiben Sie ihn uns, bitte.“

Sie setzte an, erst zögernd, dann selbstsicherer in dem Bewußtsein, ein guter Beobachter zu sein.

Weatherby hatte sich an Bakersfelds Schreibtisch gesetzt und fügte die Personenbeschreibung in die Meldung an Flug zwei ein. Als Bunnie Worobiow von Guerreros Geldmangel erzählte, von der nervösen Hast, mit der er seine Taschen nach Kleingeld durchsucht hatte, blickte er mit einer Mischung aus Ekel und Entsetzen auf. „Und trotzdem haben Sie ihm die Police ausgestellt? Seid ihr Mädchen denn wahnsinnig?“

„Ich dachte ...“

„Sie dachten! Aber getan haben Sie nichts!“ Bunnie wurde kreidebleich. Sie schüttelte den Kopf. Weatherby wandte sich Bakersfeld zu. „Die Schuld liegt nicht bei ihr und ihren Auftraggebern allein, sie liegt auch bei uns selber, bei den Fluggesellschaften! Die meisten von uns geben den Piloten, die gegen diese Flugplatz-Versicherungen sind, durchaus recht, sie wagen bloß nicht, den Mund aufzutun.“

Bakersfeld nahm von dem Ausbruch keine Notiz. „Standish“, sagte er, „können Sie die Personenbeschreibung noch ergänzen?“

Der Zollinspektor verneinte. Dann sagte er: „Daß ihm bloß keiner die Aktentasche zu entreißen sucht! Man muß es mit einem Trick versuchen. Wenn es eine Bombe ist, hat sie einen Auslöser, den er im Nu betätigen kann. Versucht man's mit Gewalt, weiß er gleich, daß man ihm auf die Spur gekommen ist. Und er hat ja nichts zu verlieren. Ein Finger am Auslöser ist gefährlich rasch!"

„Vielleicht ist der Mann aber bloß ein bißchen verschroben und hat nur seinen geliebten Schlafanzug in der Aktentasche", sagte Bakersfeld.

„Das glaub ich nicht", sagte Standish. „Ich wünschte, es wäre so, ich habe eine Nichte in dem Flugzeug."

Er sah sie vor sich, das süße Ding, wie sie mit dem Baby spielte. Hätte er die Sache doch nur energischer verfolgt! Das wollte er jetzt jedenfalls nachholen. „Glauben Sie mir", sagte er, „ich erkenne das Wesen eines Menschen auf den ersten Blick, das lernt man in meinem Beruf. Ich weiß, daß dieser Guerrero gefährlich ist." Er blickte zu dem Bezirksverkehrsleiter hinüber. „Herr Weatherby – fügen Sie doch bitte das Wort *gefährlich* in den Text ein."

„Mache ich", sagte Weatherby.

Tanya sprach mit dem Flugleiter in New York. „Es ist eine lange Meldung, bitte geben Sie mir jemand, der sie aufnimmt."

Es klopfte. Ein hochgewachsener Flugkapitän mit zerfurchten, wettergegerbten Zügen und scharfen blauen Augen trat ein. Er nickte Bakersfeld zu. „Royce", sagte Weatherby, „schönen Dank, daß Sie so rasch kommen, wir haben hier eine aufregende Sache." Er reichte ihm den Block mit dem Entwurf der Meldung.

Kapitän Kettering las. Er preßte die Lippen zusammen. Das zweite Telephon klingelte. Bakersfeld meldete sich und nickte Ordway zu. „Für Sie."

„Sind Sie einverstanden, daß wir die Meldung abschicken?" fragte Weatherby.

Kettering nickte. „Setzen Sie doch noch hinzu: Raten dem Kapitän, umzukehren oder, falls er es vorzieht, auf einem andern Flughafen zwischenzulanden."

„Sehr gut", sagte Weatherby. Er schrieb den Satz hinzu und reichte Tanya den Block.

Leutnant Ordway hatte sein Gespräch beendet und legte auf. „Wir haben Frau Guerrero gefunden", sagte er.

Tanya begann mit dem Diktat der Meldung:

Kapitän, Trans America Flug zwei. Nach unbestätigtem Verdacht hat Passagier D. O. Guerrero an Bord Ihres Flugs einen Sprengkörper bei sich. Reist ohne Gepäck und anscheinend ohne Geld. Hat sich vor Abflug hoch versichert. Benahm sich auffällig mit seiner Aktentasche, die er als Handgepäck mitführt. Personenbeschreibung ...

Seit der Selcal-Meldung über Ada Quonsett hatte die *Golden Argosy* den Flugleitungsbezirk Cleveland verlassen und befand sich jetzt im Flugleitungsbezirk New York. Neben der Stenotypistin, die die Meldung nach Tanya Livingstons Diktat getippt hatte, saß ein Flugdienstleiter der Trans America. Er rief über direkten Draht die ARING an, ein privates Fernmeldenetz, das die großen Luftfahrtgesellschaften gemeinsam betrieben. Der Beamte der ARING schloß den Flugdienstleiter der Trans America an sein Funksprechgerät an und schlug in die Sendetastatur die vier Codebuchstaben AGFG, die ausschließlich dem Flug zwei galten.

Gleich darauf war Demerests Stimme aus den Höhen über Ontario in New York zu hören, „Trans America zwei antwortet Selcal."

„Flugdienstleiter New York an Trans America zwei. Wir haben eine dringende Meldung für Sie. Kann ich diktieren?"

„Augenblick, New York. So. Bitte."

„Kapitän, Trans America Flug zwei", begann der Flugdienstleiter. „Nach unbestätigtem Verdacht ..."

Der Polizist, der sie am Imbißstand entdeckt hatte, brachte Inez Guerrero in das Büro des Generaldirektors. Leutnant Ordway begrüßte sie. „Frau Guerrero", fragte er sie, „können Sie uns sagen, warum Ihr Mann nach Rom fliegt?"

Sie war noch immer ganz benommen, starrte ihn leeren Blicks an und schwieg. „Frau Guerrero" – seine Stimme wurde schärfer, wenn auch nicht gerade unfreundlich –, „hören Sie bitte gut zu, ich muß ein paar wichtige Dinge über Ihren Mann erfahren. Wollen Sie mir nicht dabei helfen, bitte?"

„Ich – ich weiß nicht."

Weatherby schaltete sich ein. „Hören Sie, Ordway, Flug zwei entfernt sich von uns mit sechshundert Meilen in der Stunde. Wenn's nicht anders geht, müssen wir energisch werden."

„Überlassen Sie das nur mir", sagte Ordway scharf. „Mit Schreien erreichen wir gar nichts! Also, Frau Guerrero, sagen Sie mir bitte, was hat Ihr Mann in Rom zu tun? Haben Sie dort Verwandte?"

„Einen entfernten Vetter in Mailand", sagte sie kaum hörbar.

„Hat Ihr Mann Ihres Wissens irgendeinen Grund, so plötzlich nach Italien zu fliegen? Will er diesen Vetter besuchen?"

„Nein, ich wüßte nicht, warum."

„Hat er vielleicht geschäftlich in Italien zu tun?" Sie schüttelte den Kopf.

„Was ist Ihr Mann von Beruf?"

Ihre Gedanken wurden klarer. „Er ist Bauunternehmer, das heißt, er war es, er hat sein Geld verloren. Aber ... warum fragen Sie mich das alles?"

„Glauben Sie mir, Frau Guerrero, ich habe meine guten Gründe. Es handelt sich um die Sicherheit Ihres Gatten und anderer Menschen. Ist er auch jetzt in finanziellen Schwierigkeiten?" Nach kurzem Zögern nickte sie. „Hat er kein Geld mehr? Ist er verschuldet?"

„Ja", flüsterte sie.

„Wo hat er denn das Geld für den Flugschein her?"

Sie zog den Ratenzahlungsvertrag aus ihrer Handtasche und reichte ihn Ordway, der ihn rasch überflog.

Weatherby sah ihm über die Schulter. „Der ist ja auf Buerrero ausgestellt."

„Das ist ein alter Trick von Leuten, die als faule Schuldner gelten. Sie ändern den ersten Buchstaben ihres Namens, so daß sich ihre Kreditunwürdigkeit nicht gleich feststellen läßt." Er wandte sich wieder Frau Guerrero zu. „Wie kommt es, daß Sie diesen Vertrag haben?"

Stockend erzählte sie, wie sie ihn gefunden habe und in der Hoffnung, ihren Mann noch abzufangen, sofort zum Flughafen gefahren sei.

„Neigt Ihr Mann zu unberechenbaren Handlungen? Wird er leicht gewalttätig?"

Sie zögerte. „Manchmal ja – in letzter Zeit", flüsterte sie.

„Frau Guerrero, hat Ihr Mann beruflich Sprengstoffe benutzt?"

Eine jähe Spannung lag im Zimmer.

„O ja, oft. Es hat ihm immer Spaß gemacht. Aber ..." Sie brach ab. „Bitte ... was meinen Sie damit?"

„Sie denken da an etwas, nicht wahr?" fragte Ordway behutsam. Sie antwortete nicht.

„Wo wohnen Sie?“ fragte er.

Verängstigt gab sie ihm die Adresse. Er schrieb sie auf. „Frau Livingston“, sagte er, „verbinden Sie mich bitte mit dem Polizeipräsidium – hier ist die Apparatnummer.“ Er schrieb sie auf einen Zettel. „Frau Guerrero“, fuhr er fort, „hatte Ihr Mann noch Sprengstoff in der Wohnung?“ Sie zögerte. „Sie haben bisher die Wahrheit gesagt. Lügen Sie jetzt nicht! Also?“

„Ja. Etwas Dynamit und ein paar Sprengkapseln, die er noch von seiner Arbeit hatte. In einer Schublade im Schlafzimmer.“ Ein Ausdruck tiefen Erschreckens flog über ihr Gesicht.

„Was haben Sie eben gedacht?“

„Ich?“ Ihre Augen und ihre Stimme verrieten helle Angst. „Nichts ... gar nichts!“

„Doch!“ Ordway beugte sich vor. „Lügen Sie nicht!“ schrie er. „Es hat keinen Zweck! Reden Sie!“

„Mir fiel gerade ein ... das Dynamit und die Sprengkapseln waren heute abend verschwunden!“

„Hier ist Ihr Teilnehmer“, sagte Tanya zu Ordway. Er nickte. Sein Blick lag fest auf Frau Guerrero. „Wußten Sie, daß Ihr Mann sich vor dem Abflug hoch versichert hat – zu Ihren Gunsten?“ Sie schüttelte den Kopf. „Ich glaub's Ihnen. Und nun die letzte Frage, Frau Guerrero. Überlegen Sie sich die Antwort gut! Wir glauben, daß Ihr Mann eine Bombe mitführt und sich unterwegs mit dem Flugzeug in die Luft sprengen will. Denken Sie an all die Menschen an Bord – und an die Kinder. Frau Guerrero, Sie kennen Ihren Mann. Trauen Sie ihm zu, daß er das tut – damit Sie das Versicherungsgeld bekommen?“

Sie nickte mühsam und brach in Tränen aus.

Tanya reichte Ordway das Telephon. Er sprach leise hinein. Nach einer Weile drehte er sich nach Frau Guerrero um. „Wir müssen Ihre Wohnung durchsuchen. Wir können uns natürlich einen Durchsuchungsbefehl beschaffen, einfacher aber wär's, wenn Sie Ihre Zustimmung geben. Wollen Sie?“ Sie nickte benommen. „In Ordnung“, sagte Ordway ins Telephon und legte auf. „Wir werden alles vorhandene Beweismaterial sammeln“, sagte er zu den andern. „Mehr können wir im Augenblick nicht tun.“

Weatherby schrieb eine neue Meldung an die *Golden Argosy.* Er war ganz grau im Gesicht.

KAPITEL 11

IM COCKPIT wurden die Horsd'œuvres serviert, die Kapitän Demerest bestellt hatte. Sie waren vorzüglich. Beschwerden über das Essen gab es bei den Luftfahrtgesellschaften nur selten. Die meisten Passagiere waren von der Verpflegung begeistert. Demerest aß gerade das letzte Stück eines Hummerschnittchens, als das Selcal-Glockenzeichen ertönte und am Funkgerät das Alarmlämpchen aufglühte.

Harris zog die Brauen hoch. Zwei Selcal-Rufe in kaum einer Stunde – das war etwas Ungewöhnliches. Von hinten kam die Stimme des Flugingenieurs Cy Jordan: „Wir sollten uns eine Geheimnummer zulegen." Demerest übernahm den Anruf und schrieb die Meldung auf einen Block. „Nach unbestätigtem Verdacht ..."

Beim Weiterschreiben spannten sich seine Züge. Die Meldung endete mit den Worten: „Raten dem Kapitän, umzukehren oder, falls er es vorzieht, auf einem anderen Flughafen zwischenzulanden."

Er schaltete die Selcal-Verbindung ab und reichte Harris den Block. Der Pilot las die Meldung, pfiff zwischen den Zähnen und gab sie über seine Schulter an Jordan weiter.

Jetzt war die Kompetenzfrage zu klären. Harris flog als Kapitän, die höhere Befehlsgewalt aber lag bei Demerest. Als Demerest einen fragenden Blick des Piloten auffing, sagte er schroff: „Sie sitzen doch links. Sie haben das Wort!"

Harris verwarf den Gedanken an eine Zwischenlandung sofort – Ottawa, Toronto und Detroit waren wegen des Schneesturms gesperrt. Zudem brauchte man Zeit, mit dem verdächtigen Passagier richtig zu verfahren – und die hatte man, wenn man nach Lincoln zurückkehrte. „Wir kehren um", sagte er. „In einem weiten Bogen, damit es die Passagiere nicht merken! Inzwischen soll uns Gwen den Mann feststellen. Danach müssen wir aus dem Stegreif handeln."

„Gut. Ich rufe sie gleich mal." Auf das dreimalige Klingelzeichen kam die Oberstewardeß sofort herbei.

Harris rief die Luftstraßenflugsicherung Toronto an. „Wir haben hier eine Schwierigkeit. Erbitten Freigabe zurück nach Lincoln sowie Radareinweisung von augenblicklicher Position nach Lincoln."

Von der Luftstraßenflugsicherung Toronto, sechs Meilen unter ihm, kam die Antwort: „Trans America zwei, Sie können in einer Linkskurve auf Kurs zweisiebennull gehen. Bleiben Sie auf Empfang für Freigabe der Höhenänderung."

„Verstanden, Toronto. Wir möchten einen sehr weiten Bogen fliegen."

„Trans America zwei, weiter Bogen genehmigt."

Das Gespräch vollzog sich ganz ruhig, doch verstand der Flugsicherungsbeamte sofort, daß eine Luftnotlage vorlag – ohne zwingende Gründe kehrte ein Reiseflugzeug nicht um. Ein von ihm alarmierter Dienstleiter, der die Verbindung mit den anderen Kontrollbezirken unter sich hatte, machte sofort einen Flugweg für die *Golden Argosy* frei und sicherte auch die Höhenschichten unmittelbar darunter ab. Dann alarmierte er den Kontrollbezirk Cleveland, der den Flug zuvor nach Toronto weitergegeben hatte, und den Kontrollbezirk Chicago.

Harris bekam von der Flugsicherung eine neue Anweisung: „Beginnen Sie Sinkflug auf Flughöhe zweiachtnull. Melden Sie Verlassen der Flughöhe dreidreinull." Harris meldete den Beginn des Sinkflugs. Inzwischen meldete Jordan der Flugleitung der Trans America die Absicht, nach Lincoln zurückzufliegen.

Gwen Meighen kam herein. „Gwen", sagte Demerest, „wir haben da ein Problemchen." Er ahmte ihren englischen Akzent nach. Trotz ihrer gespielten Wurstigkeit waren die drei Piloten jetzt von äußerster Sachlichkeit. Ihre Sinne waren geschärft. Von Verkehrsfliegern verlangte man mehr als die bloße Fähigkeit, eine Maschine zu fliegen. Sie bekamen ihr hohes Gehalt für besondere Gaben, die sie in kritischen Situationen brauchten – Findigkeit, umfassende Kenntnisse und Klugheit.

„Ich möchte", fuhr Demerest fort, „daß du uns einen Passagier feststellst, ohne daß er es merkt." Er gab ihr die Selcal-Meldung zu lesen.

Das Flugzeug kam leicht ins Rollen. Ihre Hand, die das Papier hielt, streifte seine Schulter. Er sah sie im Halbdunkel von der Seite an. In ihren Zügen lag Ernst, aber keine Bestürzung. Das bewunderte er so an ihr – dieses Entschlossene, das ihrer Weiblichkeit nichts nahm. In diesem Augenblick liebte er sie, wie er überhaupt nur lieben konnte. Die Wut packte ihn, daß nun fürs erste nichts aus dem Traum von Neapel wurde. Im nächsten Augenblick aber war er wieder der nüchterne Berufsflieger. Gewiß, es gab eine Verzögerung, schließlich aber setzte man den Flug nach Rom doch noch fort. Der Gedanke, daß es diesmal vielleicht nicht so gut ausging wie in anderen gefährlichen Lagen, kam ihm nicht.

Harris hielt das Flugzeug in einer flachen Kurve, die nur eine ganz geringe Querneigung erforderte. Zugleich ging er in Sinkflug über, ganz behutsam, er nahm so wenig Gas weg, daß sich die Tonhöhe des Triebwerkgeräusches kaum mehr veränderte, als es beim Flug auch sonst hier und da vorkam.

Gwen gab Demerest die Meldung zurück. „Sieh bitte nach", sagte er, „ob der Kerl tatsächlich eine Aktentasche an sich drückt und ob du eine Möglichkeit siehst, sie ihm wegzunehmen."

„Ich weiß bereits, wo er sitzt – auf Platz vierzehn-A am Fenster." Nach dem Servieren des Abendessens in der ersten Klasse hatte sie, wie sie ihm erzählte, in der Touristenklasse ausgeholfen und diesem Passagier angeboten, ihm für die Zeit des Essens die Aktentasche abzunehmen. Er hatte es abgelehnt und das Tablett, statt den Klapptisch zu benutzen, auf die Aktentasche gesetzt. An die Eigenheiten der Passagiere gewöhnt, habe sie sich dabei nichts weiter gedacht. Jedenfalls passe die Personenbeschreibung genau auf den Mann. „Er sitzt neben der alten Dame, die sich an Bord geschmuggelt hat", sagte sie.

„Es dürfte sehr schwer sein, ihm die Tasche zu entreißen", sagte Demerest. Er dachte an die Meldung des Bezirksverkehrsleiters, die ihn vor der Gefährlichkeit des Passagiers und eines gewaltsamen Überrumpelungsversuchs gewarnt hatte. Zum erstenmal fühlte er Unruhe. Es war nicht Angst, nur eine gewisse Unsicherheit.

Harris hatte den Umkehrbogen vollendet. Da kam abermals der Selcal-Ruf. Demerest nickte Jordan zu, die Meldung aufzunehmen. Harris sprach mit Toronto.

„Gwen, könnte man vielleicht die beiden Passagiere, die neben Guerrero sitzen, unter einem Vorwand wegrufen?" fragte Demerest. „Dann könnte sich einer von uns hinter Guerrero stellen und ihm die Aktentasche entreißen."

„Nein, der würde sofort Verdacht schöpfen", sagte Gwen. „Er ist schon total überreizt. Wenn wir seine Platznachbarn wegholen, weiß er gleich, daß etwas nicht stimmt."

Jordan reichte die Selcal-Meldung herüber. Sie kam vom Flughafen Lincoln. Man las sie gemeinsam. „Neue Informationen steigern Wahrscheinlichkeit, daß Guerrero Bombe mitführt. Gilt als geistesgestört. Bei Umgang mit ihm äußerste Vorsicht geboten. Viel Glück."

„Viel Glück hab ich gern", sagte Jordan.

„Schnauze!" sagte Demerest grob. Eine Weile hing jeder seinen Gedanken nach. „Wenn man ihn irgendwie dazu bringen könnte, die Aktentasche loszulassen ...", sagte Demerest. Er erwog die Möglichkeit. „Ich hätte eine Idee. Vielleicht geht's schief, aber etwas Besseres fällt mir nicht ein. Wir müßten ..."

Die Stewardessen der Touristenklasse sammelten die Tablette ein. Eine flotte, blonde junge Stewardeß trat an Ada Quonsetts Sitzreihe heran. „Wünschen Sie noch etwas?"

„Nein, danke", sagte der Oboist.

„Vielen Dank, es war ausgezeichnet", sagte Frau Quonsett mit einem herzlichen Lächeln.

Der muffige Herr am Fenster gab sein Tablett wortlos zurück. In diesem Augenblick sah Frau Quonsett den Blick einer anderen Stewardeß auf sich gerichtet, die ihr schon vorher aufgefallen war – sehr hübsch, schwarzes Haar, hohe Backenknochen, schwarze Augen. „Entschuldigen Sie, gnädige Frau, dürfte ich mal Ihren Flugschein sehen?"

„Aber gern", sagte Ada Quonsett mit gespielter Überraschung. Sie kramte in ihrer Handtasche. „Wo ist er denn nur? Ich hatte ihn doch ... oder hat man ihn mir an der Sperre abgenommen?"

„Wenn er auch für den Rückflug war, müßten Sie den Rückflugschein haben", sagte Gwen Meighen. „Andernfalls müßten Sie den Abschnitt und den Ausweisumschlag haben. Soll ich mal selber nachsehen?"

„Mein liebes Fräulein, ich habe Privatpapiere in der Tasche. Das werden Sie als Engländerin ja wohl respektieren. Sie sind doch Engländerin, nicht wahr?"

„Wir sprechen jetzt von Ihrem Flugschein – falls Sie überhaupt einen haben." Gwen sagte es so laut, daß man es mehrere Sitzreihen weit hörte. Einige Passagiere drehten sich um.

„Natürlich hab ich einen, ich weiß nur nicht, wo." Frau Quonsett lächelte gewinnend. „Daß Sie Engländerin sind ..."

„Das tut nichts zur Sache!" sagte Gwen Meighen scharf. „Was ist denn nun mit dem Flugschein?" Es ging ihr gegen den Strich, mit einer alten Dame so umzuspringen, doch mußte sie Demerests Weisung folgen.

Frau Quonsett sah sie empört an. „Hören Sie mal, sobald ich den

Flugschein gefunden habe, werde ich noch einiges über Ihr Benehmen zu sagen haben."

„Tatsächlich, Ada Quonsett?" Gwen sah, wie sie bei der Nennung ihres Namens zusammenzuckte. „Sie sind doch Ada Quonsett, nicht wahr?"

Die kleine alte Dame seufzte. „Das wissen Sie also."

„Sie haben allerlei auf dem Kerbholz, Frau Quonsett."

Der Oboist war sichtlich peinlich berührt. „Wenn da ein Mißverständnis vorliegt ... kann ich vielleicht helfen?"

„Da die Dame nicht in Ihrer Begleitung reist, besteht für Sie kein Grund, sich einzumischen", sagte Gwen Meighen.

Ohne Guerrero auch nur mit einem Blick zu streifen, merkte sie, daß der Mann aufmerksam zuhörte. Er umklammerte noch immer die Aktentasche auf seinem Schoß. Es lief ihr plötzlich eiskalt über den Rücken. Am liebsten wäre sie ins Cockpit zurückgelaufen und hätte Demerest gesagt, er solle die Sache selber machen. Sie überwand die Anwandlung und fuhr fort: „Wir wissen alles von Ihnen, Frau Quonsett. Sie sind heute schon einmal als blinder Passagier geschnappt worden, uns aber entschlüpft. Dann haben Sie sich mit Hilfe einer Lügengeschichte hier an Bord eingeschlichen."

„Wenn Sie so viel wissen, ist es ja zwecklos zu streiten", sagte Ada Quonsett strahlend. Wenigstens hatte sie noch das schöne Essen genießen können. „Kehren wir nun meinetwegen um?"

„Ach wo. Doch werden wir Sie in Italien den Behörden übergeben. Kommen Sie bitte mit. Der Kapitän möchte ein Wörtchen mit Ihnen reden."

Jetzt sah sie doch etwas beklommen aus. Zögernd schnallte sie sich los. Der Oboist erhob sich verlegen, um sie vorbeizulassen. Als sie unschlüssig im Gang stand, schob Gwen Meighen sie energisch vorwärts. Sie spürte die feindseligen Blicke der Passagiere.

„TRETEN SIE doch näher", sagte Demerest und stellte sich ihr vor. Er lächelte sie an. Die alte Dame blinzelte – ihre Augen mußten sich erst an das Halbdunkel gewöhnen, doch war ihr der freundliche Ton nicht entgangen. Gwen Meighen geleitete sie behutsam zu einem Sitz.

„Frau Quonsett", sagte Demerest, „vergessen Sie jetzt bitte die Art, wie wir mit Ihnen umgegangen sind. Wir brauchten einen Vorwand, Sie herzuholen."

Sie sah die schattenhafte große Gestalt jetzt klarer. Das schien ein netter Mensch zu sein. Sie warf einen Blick umher. Da hatte sie ihrer Tochter in New York ja allerlei zu erzählen!

„Frau Quonsett", sagte der Kapitän, „sind Sie von Natur ängstlich?"

Sonderbare Frage. „Eigentlich nicht. Wenn man älter wird, gibt's nicht mehr so viel, was einen ängstigt."

Der Blick des Kapitäns ruhte auf ihr. „Wir brauchen Ihre Hilfe. Ist Ihnen der Herr auf dem Fensterplatz neben Ihnen aufgefallen?"

„Ja, ein merkwürdiger Mensch. Er spricht mit keinem und hält immer krampfhaft seine Aktentasche fest. Er muß wohl Sorgen haben."

„Die haben wir nämlich auch", sagte Demerest leise. „Wir glauben, daß er in der Aktentasche eine Bombe hat. Und deshalb brauchen wir Ihre Hilfe."

Wie aufregend das war! Ganz wie im Fernsehkrimi! Man konnte es wirklich mit der Angst bekommen, aber davon wollte Ada Quonsett jetzt nichts wissen. Hauptsache, sie spielte bei einem aufregenden Abenteuer mit – im Komplott mit dem Kapitän!

Sie hörte, wie oben aus dem Lautsprecher eine Meldung kam. „Flugsicherung Toronto an Trans America zwei. Ihre Position ist fünfzehn Meilen östlich der Funkbake Kleinburg. Geben Sie uns Ihre Flughöhe und Ihre Absichten an." Der Mann im linken Pilotensitz antwortete. „Trans America zwei an Toronto. Erbitten Freigabe für weiteren langsamen Sinkflug." – „Verstanden, Trans America. Wir machen den Luftraum vor Ihnen frei." Ein dritter Mann, der zu ihrer Rechten vor geheimnisvollen Instrumenten saß, sagte: „Ich rechne mit einer Stunde und siebzehn Minuten."

„Wir kehren um, nicht wahr?" fragte sie.

„Ja. Das dürfen Sie aber niemandem sagen. Vor allem darf es der Mann mit der Aktentasche nicht merken. Wie ist es, wollen Sie uns helfen?"

„Aber natürlich! Soll ich versuchen, ihm die Aktentasche wegzunehmen?"

„Bloß das nicht! Sie dürfen nicht einmal einen Blick darauf werfen! Passen Sie auf – wenn Sie in die Kabine zurückkommen ..."

Als er ihr alles genau erklärt hatte, lächelte sie begeistert. „O ja, das kann ich machen!"

„Frau Quonsett", sagte Demerest, „wenn uns das gelingt, bekommen Sie von unserer Gesellschaft einen Freiflugschein erster Klasse nach New York und zurück."

Sie war zu Tränen gerührt. „O vielen Dank! Vielen Dank!" So ein freundlicher, liebenswürdiger Herr!

Bei der Rückkehr in die Kabine half ihr die Gemütsbewegung, ihre Rolle zu spielen. Während Gwen Meighen sie vor sich herschob, tupfte sie sich mit ihrem Spitzentaschentuch die Augen – es sah überzeugend nach tiefem Kummer aus.

Gwen Meighen schloß hinter sich den Vorhang zwischen erster Klasse und Touristenklasse. Demerest war ihr, wie sie wußte, gefolgt, stand jetzt dahinter und beobachtete alles durch einen Spalt. Im richtigen Augenblick sollte er den Vorhang aufreißen und hereingestürzt kommen.

Bei dem Gedanken an das Kommende hatte Gwen ein eisiges Gefühl drohenden Unheils. Sie überwand es und brachte Frau Quonsett festen Schritts an ihren Platz.

Guerrero blickte auf, sah aber sofort wieder weg. Der Oboist erhob sich und trat auf den Gang, um seine Nachbarin vorbeizulassen. Gwen stellte sich unauffällig vor ihn, so daß er nicht zurück konnte. „Bitte!" sagte Ada Quonsett, die noch im Gang stand, „bitte übergeben Sie mich nicht der italienischen Polizei!"

„Das hätten Sie sich vorher überlegen sollen", sagte die Stewardeß scharf. „Setzen Sie sich endlich!"

„Sehen Sie denn nicht, daß die Dame ganz aufgelöst ist?" sagte der Oboist aufgebracht.

„Mischen Sie sich gefälligst nicht ein! Sie ist eine Betrügerin!" Sie gab Frau Quonsett einen Stoß. „Setzen Sie sich und halten Sie den Mund."

Ada Quonsett fiel auf ihren Sitz. „Sie tun mir ja weh!" schrie sie. Mehrere Passagiere sprangen auf. Empörte Rufe wurden laut. Guerrero blickte starr geradeaus, die Hände auf der Aktentasche. Ada Quonsett wimmerte.

„Sie sind ja hysterisch!" sagte Gwen Meighen kalt und schlug ihr ins Gesicht. Es war ihr gräßlich, aber es mußte sein. Den Passagieren blieb der Atem weg.

Was dann geschah, spielte sich so rasch ab, daß auch die Nächststehenden die Reihenfolge nicht recht erfaßten. Ada Quonsett wandte sich Guerrero zu. „Bitte helfen Sie mir, helfen Sie mir!" Sein Gesicht war versteinert. Er beachtete sie nicht. Als würde sie von ihrer Angst überwältigt, schlang sie ihm die Arme um den Hals. „So helfen Sie mir doch, bitte!“

Guerrero hob beide Hände, um ihren Griff zu lösen. Als wollte sie ihrem Flehen Nachdruck geben, packte sie seine Hände. Im selben Augenblick beugte sich Gwen Meighen vor und riß die Aktentasche an sich, und im selben Augenblick stürzte Demerest herein und langte danach.

Es hätte alles gutgehen und die Gefahr vorüber sein können, wäre nicht ein Herr Marcus Rathbone gewesen, ein Kaufmann aus einer Kleinstadt, ein Wichtigtuer, der sich verpflichtet fühlte, gegen einen, wie er meinte, Übergriff uniformierter Beamtenseelen einzuschreiten. Er sprang von seinem Platz auf der andern Seite des Ganges auf und trat zwischen die Stewardeß und den Kapitän, entschlossen, die Rechte eines harmlosen Reisenden zu schützen. Guerrero stieß unartikulierte Laute aus, befreite sich gewaltsam aus Ada Quonsetts Griff und drängte sich zum Gang durch. Im selben Augenblick entwand Rathbone der Stewardeß die Aktentasche und hielt sie mit einer Verbeugung dem Besitzer hin, der sie sofort mit beiden Händen packte.

Demerest warf sich vorwärts, Guerrero aber rannte bereits ins Heck des Flugzeugs. „Haltet ihn!“ schrie der Kapitän verzweifelt. „Er hat eine Bombe!“

Alles schrie durcheinander und stürzte auf den Gang, so daß Demerest keinen Schritt mehr weiterkam. Nur Gwen vermochte, um sich stoßend, dem Flüchtenden auf den Fersen zu bleiben.

Am Ende der Kabine sah sich Guerrero um, atemlos wie ein von der Meute gestelltes Wild. Vom Heck des Flugzeugs trennten ihn nur noch die rückwärtigen Toiletten. Eine Hand an der Auslöserschlinge, hielt er die Aktentasche vor sich.

„Keinen Schritt näher!“ knurrte er.

„Guerrero!“ schrie Demerest. „Hören Sie mich an, hören Sie!“ Einen Augenblick war es totenstill, das stetige Jaulen der Triebwerke drang herein. Guerreros Blick zuckte argwöhnisch hin und her. „Wir wissen alles“, rief Demerest. „Von der Bombe und der Versicherung! Die Versicherung ist ungültig, verstehen Sie? Wenn Sie die Bombe auslösen, töten Sie sich für nichts! Hören Sie mir zu! Überlegen Sie doch!“ Guerrero zögerte. „Guerrero!“ schrie Demerest. „Kommen Sie, wir wollen uns alle hinsetzen und in Ruhe miteinander reden!“

Er suchte alle Überzeugungskraft in seinen Ton zu legen. „Wenn Sie mir die Aktentasche geben, verspreche ich Ihnen, daß Ihnen niemand hier etwas tut!"

In Guerreros Augen flackerte die Angst auf. Er fuhr sich mit der Zunge über die trocknen Lippen. Da ging hinter ihm die Toilettentür auf. Ein junger Mann mit dicken Brillengläsern kam heraus. Kurzsichtig blinzelnd blieb er stehen. Offenbar hatte er von den Vorgängen nichts mitbekommen. „Halten Sie den Kerl mit der Aktentasche!" schrie ein Passagier. „Er hat eine Bombe!"

Guerrero hatte sich bei dem Geräusch der aufgehenden Toilettentür umgedreht. Jetzt stieß er den jungen Mann mit der Brille zur Seite, drängte sich an ihm vorbei in die Toilette und schlug die Tür hinter sich zu. Gwen Meighen lief hinter ihm her. Demerest steckte noch immer im Gedränge fest. Gwen warf sich gegen die Tür, sie fühlte, wie sich Guerrero auf der andern Seite dagegenstemmte.

Guerrero sah alles wie durch einen Nebel – er hatte gar nicht voll erfaßt, was sich abgespielt hatte. Etwas aber drang zu ihm durch: wie bei so vielen seiner großartigen Pläne hatte er auch hier wieder versagt. Sein ganzes Leben hatte er verpfuscht. Jetzt verpfuschte er also auch seinen Tod.

Er fühlte, daß er dem Druck gegen die Tür nicht mehr lange widerstehen konnte. Er griff nach der Schlinge, die unter dem Griff seiner Aktentasche hervorsah. Als er daran zog, schoß ihm die Frage durch den Kopf, ob er wohl auch die Bombe verpfuscht hatte. Im letzten Sekundenbruchteil seines Lebens blitzte die Erkenntnis in ihm auf, daß dies nicht der Fall war.

DIE DETONATION war von ungeheuerlicher Gewalt. Es gab einen Knall wie von hundert Donnerschlägen, eine mächtige Stichflamme und einen Schlag wie von einem riesigen Schmiedehammer.

Der Explosionsdruck riß Guerrero in tausend Stücke und schlug in das Heck des Flugzeugrumpfes ein Loch.

Augenblicks entwich die auf Normaldruck gehaltene Kabinenluft mit einem zweiten Knall nach draußen in die fast luftleere Stratosphäre. Dem Sog folgte eine dichte dunkle Staubwolke, die durch die Kabinen fegte und alles mit sich riß, was nicht niet- und nagelfest war. Wie von einem riesigen Staubsauger erfaßt, wirbelten Zeitungen, Tablette, Handkoffer, Kaffeekannen, Garderobestücke und Vorhänge nach hinten.

Passagiere, die nicht mehr angeschnallt waren, suchten sich gegen den übermächtigen Sog, der sie mitzureißen drohte, irgendwie festzuhalten. Über jedem Platz öffnete sich ein Notfach, und eine gelbe, durch einen Kunststoffschlauch mit der zentralen Sauerstoffanlage verbundene Sauerstoffmaske fiel heraus.

Gleich darauf ließ der Sog nach. Das Innere des Flugzeugs füllte sich mit Nebel. Eine eisige Kälte strömte herein. Das Donnern der Triebwerke wurde in unerträglicher Stärke hörbar.

Demerest hatte sich im Gang der Touristenkabine an einer Sitzlehne festgeklammert. „Sauerstoffmasken anlegen!" schrie er und griff sich selber eine.

Sachverständige, die die Gefahren plötzlicher Dekompression einer Druckkabine kannten, hatten die Luftfahrtgesellschaften immer wieder gedrängt, die Passagiere vor einem Flug gründlicher mit der Benutzung der Sauerstoffmasken vertraut zu machen. Man *solle* ihnen ausdrücklich erklären: Wenn eine Sauerstoffmaske herunterkommt, greifen Sie sofort zu und stecken Sie das Gesicht hinein – Fragen können Sie später stellen.

Wie sich Sauerstoffmangel auswirkt, erfährt der Pilot in der Unterdruckkammer. Man läßt ihn – zunächst bei angelegter Sauerstoffmaske – seinen Namen schreiben, verringert dann die Sauerstoffzuführung und erhöht sie erst wieder, wenn er Anzeichen einer Ohnmacht zeigt. Die Namenszüge, die er in diesem Stadium geschrieben hat, sind nur noch ein wirres Gekritzel. Er kann später kaum glauben, daß er das geschrieben haben soll.

Die Gesellschaften fürchteten jedoch, die Passagiere durch eine gründliche Demonstration der Sauerstoffmasken unnötig zu alarmieren, und begnügten sich damit, ihnen das Gerät von einer lächelnden Stewardeß zeigen zu lassen, während eine anonyme Stimme aus dem Lautsprecher versicherte, es sei unwahrscheinlich, daß man es brauchen werde. So kam es, daß die Passagiere die Sauerstoffmasken, wenn sie einmal versehentlich herunterfielen, nur fragend anstarrten. Und so starrten sie sie auch jetzt an Bord der *Golden Argosy* verständnislos an.

Mit aufflammender Wut dachte Demerest daran, wie oft er vor der pflaumenweichen Art, die Passagiere über die Masken zu unterrichten, gewarnt hatte. Jetzt aber rief ihn die Pflicht ins Cockpit, er mußte alles tun, das Flugzeug zu retten. In der Touristenkabine hingen in jeder Sitzreihe vier Sauerstoffmasken herunter, die vierte

als Reserve. Nach vorn gehend, benutzte er eine Reservemaske nach der andern. In der ersten Klasse wollte er sich eins der beiden tragbaren Sauerstoffgeräte nehmen, die dort auf der Gepäckablage verstaut waren. Als er danach griff, fühlte er, wie sich die Maschine stark nach rechts neigte und in einen steilen Sinkflug überging.

Jetzt hing alles von der Schwere der Beschädigung und vom fliegerischen Können des Piloten Harris ab.

Harris und Jordan hatten nicht gewußt, was in der Touristenklasse vorgegangen war. Plötzlich war das Flugzeug von einer Explosion erschüttert worden. Das Cockpit hatte sich mit einer dichten schwarzen Staubwolke gefüllt. Gleich darauf hatte der Sog die Tür zur Kabine aus den Angeln gerissen und sie mit der Staubwolke und allem aufgewirbelten Zeug nach hinten gestrudelt.

Unter dem Tisch des Flugingenieurs hatte ein brüllendes Warnhorn, über den Pilotensitzen eine Reihe grellgelb aufflammender Warnlampen einen gefährlich niedrigen Luftdruck angezeigt. Harris spürte es schmerzhaft an den Trommelfellen. Trotzdem reagierte er blitzschnell – eine Frucht seiner Schulung und Erfahrung.

Auf dem langen steilen Weg zum Kapitänspatent hatte er, wie jeder Pilot, anstrengende Stunden im Unterrichtsraum und im Simulator verbracht und Luftsituationen aller Art theoretisch und praktisch mit Geistesgegenwart meistern gelernt. Ein Simulator sieht wie eine vom Rumpf abgetrennte Flugzeugnase aus. Er ist ein Cockpit mit allem, was dazugehört. Der Pilot verbringt darin unter den nachgeahmten Bedingungen eines Fernflugs viele Stunden. Sobald die Außentür geschlossen ist, bringen Bewegung und Lärm die physikalischen Effekte eines wirklichen Flugs hervor. Auf einem Bildschirm vor dem Fenster erscheinen Flughafenanlagen und Startbahnen. Bei einem simulierten Start weichen sie zurück, bei einer simulierten Landung rücken sie näher.

Wie beim Flug spricht der Pilot mit dem „Boden" – einem Kontrollraum, in dem geschulte Beamte alle Verfahren der Flugsicherung praktizieren und dem Prüfling unversehens schwierige Situationen bescheren – Motorausfall, Brand, Unwetter, Störungen im elektrischen System, Treibstoffmangel, explosive Dekompression, Instrumentenfehler, eine ganze Reihe höchst ungemütlicher Zwischenfälle. Sogar einen Absturz kann man vortäuschen; manchmal reproduziert man ihn in umgekehrter Zeitfolge, um zu zeigen, wie es dazu gekommen war. Gelegentlich simuliert man mehrere Notlagen auf einmal – der Prüfling ist hinterher völlig erschöpft und schweißnaß.

Die meisten Piloten bestanden die Simulatorprüfungen – wer durchfiel, mußte noch einmal ins Examen steigen und wurde später sorgfältig beobachtet. Jeder Pilot mußte die Prüfungen mehrere Male im Jahr wiederholen – bis zur Pensionierung. So trainierten Flugkapitäne für reale Notlagen und wußten im Ernstfall genau, was zu tun war und es sofort zu tun, ohne wertvolle Sekunden zu vergeuden – einer der vielen Faktoren, die das Verkehrsflugzeug zum sichersten aller Beförderungsmittel gemacht haben.

So griff jetzt auch Anson Harris unverzüglich zu Maßnahmen, die *Golden Argosy* zu retten. Bei explosiver Dekompression war es oberstes Gesetz, daß die Besatzung zuerst Vorsorge zum Schutz der eigenen geistigen Funktionsfähigkeit traf, die sie für weitere Maßnahmen vollauf brauchte. Hinter jedem Pilotensitz hing eine Notsauerstoffmaske. Harris riß sich instinktiv das Funksprechgerät vom Kopf, griff hinter sich nach der Sauerstoffmaske und setzte sie auf; sie war mit der Sauerstoffanlage des Flugzeugs verbunden und enthielt ein Mikrophon. Zugleich schaltete er zum Ersatz des Kopfhörers einen Lautsprecher über sich ein.

Jordan folgte seinem Beispiel.

In einer weiteren Reflexhandlung betätigte er einen Schalter, der für den Fall, daß die automatische Apparatur nicht funktionierte, die

Sauerstoffmasken der Passagiere auslöste und die Sauerstoffzufuhr sicherte.

Mit der Rechten zog er alle vier Schubhebel zurück. Das Flugzeug verlor Fahrt, war aber noch zu schnell. Er zog den Hebel der Geschwindigkeitsbremse voll zurück. Auf den Tragflächen hoben sich Störklappen und verstärkten die Bremswirkung. Cy Jordan stellte das Warnhorn ab.

Harris warf einen Blick auf den Höhenmesser. Achtundzwanzigtausend Fuß. Er mußte das Flugzeug auf eine Höhe hinunterbringen, wo Passagiere und Besatzung ohne Sauerstoffmaske atmen konnten. Die Frage war, ob es ein langsamer Sinkflug oder fast ein Sturzflug mit höchster Geschwindigkeit sein sollte.

In den letzten ein, zwei Jahren hatten die Piloten die Weisung bekommen, bei einer explosiven Dekompression in maximalen Sinkflug zu gehen, doch war in einem solchen Fall einmal ein Flugzeug auseinandergebrochen. Jetzt riet man den Piloten, die Maschine erst auf Beschädigungen zu untersuchen und, wenn sie schwer waren, langsam hinunterzugehen. Aber auch das hatte seine Gefahren.

Zweifellos war die *Golden Argosy* stark beschädigt, doch konnte Harris jetzt, wo Demerest nicht da war, unmöglich Jordan nach hinten schicken, die Schwere des Schadens festzustellen. Zudem herrschte eine Außentemperatur von fünfundvierzig Grad unter Null, und nach der lähmenden Kälte zu urteilen, war die Innentemperatur nicht viel höher. Bei solchen Kältegraden konnte niemand ohne Schutzkleidung länger als ein paar Minuten am Leben bleiben. Was war besser – zu erfrieren oder die Gefahr eines Auseinanderbrechens der Maschine auf sich zu nehmen?

Ob er richtig oder falsch entschied, konnte sich erst nach Ausführung des Manövers zeigen. „Cy", rief er dem Flugingenieur über das Interphon zu, „melden Sie der Flugsicherung, daß wir einen Notabstieg beginnen!"

Er neigte die Maschine stark nach rechts in eine Kurve und fuhr, um die Geschwindigkeit zu bremsen und den Sinkflug steiler zu machen, das Fahrwerk aus. Die Schräglage hatte zwei Vorteile: erstens wurden nichtangeschnallte Passagiere durch die Zentrifugalkraft an ihrem jeweiligen Platz gehalten, während sie sonst an die Decke geschleudert worden wären; und zweitens kam man dadurch von der Luftstraße weg, der man bisher gefolgt war, und – hoffentlich – auch aus dem Bereich anderer Flugzeuge in tieferen Lagen.

Im Lautsprecher hörte Harris die Stimme des Flugingenieurs, zuerst den Notruf „Mayday, Mayday“, dann die Meldung: „Hier Trans America zwei. Explosive Dekompression! Wir gehen in Sturzflug, in Sturzflug!“

Harris schob die Steuersäule vor.

„Fordern Sie zehn!“ schrie er.

Jordan ergänzte die Meldung: „Fordern zehntausend Fuß!“

Harris stellte den Radartransponder auf siebenundsiebzig, einen Radarnotruf. Auf allen Kontrollschirmen auf dem Boden erschien jetzt eine „Doppelblüte“, das Alarmzeichen.

Das Sinktempo war enorm, die Nadel des Höhenmessers jagte zurück – sechsundzwanzigtausend, vierundzwanzigtausend, dreiundzwanzigtausend ... Das Variometer zeigte eine Sinkgeschwindigkeit von achttausend Fuß in der Minute an.

Im Lautsprecher meldete sich die Luftstraßenflugsicherung Toronto. „Alle Höhen unter Ihnen sind frei. Was sind Ihre Absichten? Wir bleiben auf Empfang.“

Wenn man rasch tief genug kam, bestand Aussicht auf Rettung – falls das Flugzeug zusammenhielt. Harris merkte aber schon, daß manches nicht in Ordnung war; das Seitenruder sprach nur spröde an, die Höhenflosse gar nicht.

Einundzwanzigtausend Fuß, zwanzig, neunzehn – nach dem Steuergefühl war bei der Explosion das Leitwerk beschädigt worden; wie stark, konnte Harris erst merken, wenn er das Flugzeug abzufangen suchte, also im Augenblick der höchsten Beanspruchung. Brach dabei ein wichtiger Teil weg, dann gab es keine Rettung mehr.

Harris hätte gern im rechten Pilotensitz einen Helfer gehabt, Jordan aber hatte alle Hände voll zu tun – er schloß die Lufteinlässe, leitete alle Wärme, die noch vorhanden war, in die Kabine, prüfte die Treibstoffzufuhr auf Störungen und beobachtete die Brandwarnungsanzeige. Achtzehntausend Fuß, siebzehn ... bei vierzehntausend wollte Harris mit dem Abfangen des Flugzeugs beginnen; bei zehntausend hoffte er die Horizontallage erreicht zu haben ... fünfzehntausend, vierzehn – jetzt!

Das Steuerwerk arbeitete schwer, doch sprach es auf die Trimmung an. Er zog die Steuersäule stark zurück, die Sinkflugkurve wurde flacher, man kam aus dem steilen Abstieg heraus. Zwölftausend Fuß – die Sinkgeschwindigkeit ließ nach. Elftausend, zehntausendfünfhundert – zehn!

Die Boeing 707 lag im Horizontalflug, und bis jetzt hatten alle Teile der Maschine gehalten. Und hier hatte man endlich Luft zum Atmen und mit nur noch zwanzig Grad unter Null eine immerhin erträgliche Temperatur. Der Notabstieg hatte zweieinhalb Minuten beansprucht.

Im Lautsprecher meldete sich die Flugsicherung Toronto. „Trans America zwei, wie steht es?“

Harris berichtete: „Haben bei zehntausend Horizontallage erreicht. Kurven wieder auf Kurs zweisiebennull. Ausmaß der Beschädigung durch Explosion noch unbekannt. Erbitten Auskunft über Wetter und Landebahnen auf Flughäfen Toronto, Detroit Metropolitan und Lincoln.“

Jetzt kam Demerest und nahm seinen Sitz ein. „Sie haben uns gefehlt“, sagte Harris. „Wenn uns“, fuhr er fort, „das Leitwerk nicht wegbricht, kommen wir vielleicht durch.“ Er berichtete von den Störungen an Seitenruder und Höhenflosse. „Hat der Kerl also tatsächlich seine Bombe ausgelöst!“

„Ja, und die hat ein verdammt großes Loch gerissen.“

„War schlau eingefädelt von diesem Guerrero, nicht?“

„Bloß, daß es schiefgegangen ist.“ Demerest schwenkte sich zu Jordan herum. „Gehen Sie doch mal nach hinten und sehen Sie sich den Schaden an. Sagen Sie über Interphon Bescheid. Und tun Sie für die Leute, was Sie können. Wir müssen wissen, wie viele verletzt sind und wie schwer.“ Die ganze Zeit hatte er die Sorge um Gwen in seinen Gedanken zurückgedrängt. Jetzt brach sie durch. „Und sehen Sie nach, was mit Gwen Meighen geschehen ist.“

Die Meldung über die Flughäfen ging ein. „Toronto gesperrt. Auf Detroit Metropolitan alle Start- und Landebahnen für regulären Verkehr gesperrt, doch machen Schneepflüge die Bahn drei links für Notlandung frei; dort jetzt noch starke Schneeschicht, darunter Eis. Lincoln International – alle Bahnen gefegt und betriebsfähig, nur Dreinull noch blockiert. Sicht eine Meile; Wind Nordwest, dreißig Knoten, böig.“

„Treibstoff ablassen möchte ich nicht“, sagte Harris.

Demerest nickte zustimmend. Mit ihrer Treibstofflast setzte die Maschine bei der ohnehin schon heiklen Landung schwer auf. Noch gefährlicher aber war das Ablassen von Treibstoff. Möglicherweise kam es durch Kurzschlüsse im beschädigten Stromnetz oder durch Metallreibung zu Funkenbildung, und beim Ablassen von Treibstoff konnte ein einziger Funke das Flugzeug in Flammen aufgehen lassen. Lieber eine schwierige Landung riskieren.

Das bedeutete jedoch, daß eine Landung in Detroit nur für den äußersten Notfall in Frage kam. Das hohe Gewicht der Maschine bedingte eine hohe Landegeschwindigkeit. Da brauchte man die ganze Länge der längsten Landebahn und höchste Bremsleistung, und dafür bot eine Bahn mit einer Schneeschicht auf Eis die denkbar ungünstigsten Bedingungen.

Die besten Bedingungen bot der Flughafen Lincoln, doch brauchte man dorthin mindestens noch eine Stunde. In der Hoffnung, damit weitere Beschädigungen am Heck zu vermeiden, hatte Harris die Fluggeschwindigkeit auf 250 Knoten zurückgenommen. Und zu allem Unglück herrschten auf der gegenwärtigen Flughöhe infolge des Sturms heftige Turbulenzen, die das Flugzeug stießen und schüttelten. Konnte man sich noch eine Stunde in der Luft halten? Seit der Explosion waren erst fünf Minuten vergangen.

Die Luftstraßenflugsicherung meldete sich. „Trans America zwei, was sind Ihre Absichten?“ Demerest antwortete. Er forderte zunächst direkten Kurs auf Detroit. Nach Prüfung der Beschädigungen werde man in einigen Minuten die Landeabsichten angeben.

„Verstanden, Trans America zwei. Detroit bereitet sich auf Notlandung vor.“

Jordan rief aus dem Heck über Interphon an. Er suchte das Tosen des Sturms zu überschreien. „Hinter der letzten Tür ist ein zwei Meter großes Loch. Da sieht’s ziemlich wüst aus. Soviel ich sehen kann, hält aber alles zusammen. Der Servomotor des Seitenruders ist weg, die Steuerzüge sind aber anscheinend unversehrt.“

„Wie sieht die Steuerfläche aus?“

„Die Haut hat sich in die Höhenflosse ausgebeult und hemmt sie. Im übrigen sehe ich nur ein paar Löcher und Dellen. Lose hängt nichts. Der Explosionsdruck ist, glaube ich, seitwärts hinausgegangen.“

Auch die Explosion hatte Guerrero verpfuscht. Er hatte nicht bedacht, daß der Explosionsdruck nach außen schlagen und sich sofort, wenn die Wand der Druckkabine durchstoßen war, auflösen mußte. Auch hatte er nicht gewußt, wie stark ein Düsenflugzeug gebaut ist. Alle strukturellen und mechanischen Anlagen waren zweifach vorhanden, so daß eine Fehlfunktion oder Beschädigung der einen Anlage nicht gleich zur Zerstörung des Ganzen führen konnte.

„Können wir uns noch eine Stunde in der Luft halten?" fragte Demerest.

„Meiner Meinung nach, ja", sagte Jordan.

„Also – tun Sie, was Sie können." Demerest zögerte. So sehr er die Antwort fürchtete, er mußte fragen. „Haben Sie etwas von Gwen gesehen?" Vielleicht hatte der Sog sie aus dem Flugzeug gerissen – sie war dem Explosionsherd am nächsten gewesen.

„Sieht nicht gut aus mit ihr. Ein Arzt hat sie sich vorgenommen. Wir haben drei Ärzte an Bord."

Demerest drängte seine persönlichen Gefühle zurück. Die Sicherheit des Flugzeugs ging vor. Er informierte Harris über die wesentlichen Punkte des Jordanschen Berichts und überließ es ihm, den Landeplatz zu wählen. Auch im Augenblick höchster Gefahr mußte er der korrekte Prüfpilot bleiben.

„Wir wollen's mit Lincoln versuchen", sagte Harris. Er sah darin die beste Aussicht, das Flugzeug und die Insassen zu retten. Hoffentlich hielten die Passagiere durch.

Demerest meldete es der Flugsicherung Toronto. In wenigen Minuten kam man in den Kontrollbezirk Cleveland. Vom Flughafen Lincoln war Freigabe für Notlandung im Direktanflug zu fordern. Harris änderte den Kurs. Man näherte sich dem Westufer des Huronsees.

Flug zwei stand da unten jetzt, wie die Piloten wußten, im Mittelpunkt der Aufmerksamkeit. Controller und Dienstleiter in den aneinanderstoßenden Bereichen der Luftstraßenflugsicherung arbeiteten gemeinsam fieberhaft daran, den Weg der *Golden Argosy* von anderem Luftverkehr frei zu machen. Überall wurden die Forderungen der Piloten mit Vorrang erfüllt.

Als man die Grenze überflog, verabschiedete sich Toronto mit den besten Wünschen. Gleich darauf meldete sich Cleveland.

Demerest und Harris sprachen über die bevorstehende Landung in Lincoln. Man brauchte die längste und breiteste der gegen den Wind liegenden Landebahnen. Diesen Erfordernissen entsprach einzig und allein die Dreinull.

„Nach der letzten Meldung ist sie noch gesperrt", sagte Harris.

„Das ist sie nun schon seit Stunden – bloß wegen dieser festgefahrenen Intercontinental-Boeing! Die werden das Ding ja schließlich mal herausholen können!" Er befestigte eine Landekarte des Flughafens Lincoln an seiner Steuersäule.

KAPITEL 12

Elliott Freemantle blickte in der Empfangshalle des Flughafens überrascht um sich. Er hatte den farbigen Polizeileutnant nachmittags um die Genehmigung einer öffentlichen Versammlung ersucht und eine glatte Absage bekommen. Und jetzt, wo sich trotzdem fünfhundert Meadowooder eingefunden und zahlreiche Neugierige angelockt hatten, war nirgends ein Polizist zu sehen. Höchst eigenartig!

Er hatte gerade in einer brillanten Schau vor Fernsehkameras und Reportern den Flughafen und Generaldirektor Bakersfeld scharf angegriffen. Zuerst hatte ihn ein Interviewer eines beliebten Fernsehprogramms angesprochen, das immer auf sensationelle Kontroversen aus war. „Herr Freemantle", hatte er gesagt, „erzählen Sie uns doch bitte, warum Sie hier sind."

„Weil dieser Flughafen eine Räuberhöhle ist! Die Einwohner von Meadowood werden ständig beraubt – man raubt ihnen ihren Frieden, die Stille ihrer vier Wände, die wohlverdiente Ruhe nach schwerer Tagesarbeit und schließlich den Schlaf!"

„Das klingt ja sehr kampflustig, Herr Rechtsanwalt."

„Wir sind ja auch in Kampfstimmung, meine Klienten und ich. Der Generaldirektor des Flughafens hat mir bekannt, daß heute nicht einmal die fragwürdige Vorschrift befolgt wird, den Düsenlärm zu beschränken."

Freemantle fragte sich hinterher, ob er die Angabe nicht durch einen Hinweis auf den Schneesturm hätte abschwächen müssen; ach was, dachte er, so war die Wirkung stärker gewesen, und wer sollte es ihm schon ankreiden? Was er jetzt brauchte, war ein Eingreifen der Polizei, er wollte von ihr mitten in einer glänzenden Rede unterbrochen werden, um als Meadowoods Märtyrer dazustehen und dem Fernsehen und den Zeitungen eine noch farbigere Story bieten zu können, vor allem aber, um seinen Klienten zu zeigen, daß er sein Honorar wert war.

Ein paar Männer hatten die Lautsprecheranlage der Meadowooder Sonntagsschule hergebracht und installiert und reichten ihm jetzt das Handmikrophon.

„Meine Freunde", begann er, „ich muß Ihnen leider sagen, daß Ihre Abordnung vom Generaldirektor des Flughafens mit der kaltschnäuzigen Bemerkung abgefertigt wurde, der Düsenlärm über Meadowood werde noch viel mehr zunehmen!"

Ein empörter Aufschrei antwortete ihm. Er hob die Hand. „Fragen Sie die Damen und Herren, die dabeigewesen sind – sie werden es Ihnen bestätigen." Er redete die vorn stehenden Mitglieder der Abordnung an. „Hat der Generaldirektor nicht gesagt, es wird noch schlimmer?" Die Leute zögerten fast unmerklich, dann nickten sie heftig. Freemantle blickte um sich. Wo zum Teufel blieb denn nur die Polizei?

Er konnte nicht wissen, daß die Polizei zu dieser Zeit fieberhaft nach Inez Guerrero suchte und daß Leutnant Ordway, als man sie gefunden hatte, mit ihrem Verhör im Büro des Generaldirektors beschäftigt war. Erst jetzt, nach dem Verhör, kam er mit Bakersfeld herunter. Als er die Demonstration erblickte, sagte er Bakersfeld, die Kundgebung sei nicht genehmigt, und drängte sich zu Freemantle durch, der gerade dramatisch ausrief: „Was ist wichtiger – das Flugzeug oder der Mensch? Wir müssen ..."

Ordway unterbrach ihn schroff. „Aufhören!"

Endlich! Freemantle sah befriedigt Blitzlichter aufzucken und Fernsehkameras auf die Szene gerichtet.

Tomlinson, der Reporter der *Tribune,* war zu Bakersfeld getreten und las ihm aus seinem Stenogramm eine Stelle aus Freemantles aggressiver Rede vor. Bakersfeld wurde zornrot.

Ordway hob den Finger gegen Freemantle. „Ich fordere Sie auf, die Demonstranten hier wegzubringen. Andernfalls lasse ich Sie festnehmen!"

„Ihr könnt uns aber nicht alle festnehmen!" schrie einer.

„Nicht doch!" rief Freemantle mit einer scheinheilig abwehrenden Geste. „Keinen Widerstand, bitte! Der Polizeibeamte befiehlt uns, unter Beschränkung der Redefreiheit, aufzuhören. Man soll uns nicht nachsagen, wir hätten eine polizeiliche Anordnung mißachtet. Ich werde vor der Presse eine Erklärung abgeben ..."

„Augenblick mal!" Bakersfeld bahnte sich einen Weg durch die Menge. „Es würde mich interessieren, was diese Erklärung enthalten soll, Herr Freemantle", sagte er. „Noch mehr Verdrehungen der Tatsachen? Noch weitere entstellte Zitate aus Gerichtsentscheidungen zur Irreführung von Laien? Oder einfach nur die schlichten, altbewährten Lügereien, auf die Sie sich so gut verstehen?"

Er sprach so laut, daß es die Umstehenden hören konnten. Ein

Raunen erhob sich. Wer schon hatte gehen wollen, blieb aufmerkend stehen.

Freemantles Juristengehirn reagierte automatisch. „Das ist eine böswillige Verleumdung!“ rief er. Dann witterte er Gefahr und zuckte mit den Achseln. „Na, lassen wir’s durchgehen“, sagte er von oben herab. „Es ist schon mehr als genug geredet worden.“ Er gab das Handmikrophon einem Meadowooder und zeigte auf die Lautsprecheranlage. „Bauen wir ab und gehen nach Hause.“

Bakersfeld griff sich das Mikrophon und wandte sich den Demonstranten zu. „Ich habe vorhin Ihre Abordnung empfangen und sie über einige Flughafenprobleme aufgeklärt. Ich habe gesagt, daß wir Sie durchaus verstehen und mit Ihnen fühlen. Wie ich jetzt feststellen muß, hat man Ihnen meine Stellungnahme in betrügerischer Absicht falsch dargestellt.“

Freemantle brach in ein Wutgeheul aus. „Das ist eine Lüge!“

Dem Handmikrophon, das Bakersfeld benutzte, gesellte sich ein Fernsehmikrophon zu. Scheinwerfer gingen an. Er sah in feindselige Gesichter, spürte aber auch ein wachsendes Interesse. „Es gibt da noch zwei Dinge, die ich vor Ihrer Abordnung nicht erwähnt habe. Jetzt möchte ich es nachholen.“ Seine Stimme wurde hart. „Ich bezweifle allerdings, daß Ihnen das, was ich zu sagen habe, gefallen wird. Vor zwölf Jahren gab es noch kein Meadowood. Der Boden war wertloses Ödland. Dann sorgte die Nachbarschaft des Flughafens dafür, daß die Grundstückspreise hochschnellten, ganz wie man es schon in der Umgebung zahlloser anderer Flughäfen erlebt hat.“

„Als wir herkamen, wußten wir noch nichts von Düsenflugzeugen!“ schrie eine Frau.

„Aber wir!“ Bakersfeld deutete mit dem Finger auf sie. „Und wie viele andere Flughäfen haben auch wir die Interessenten und die Bauämter eindringlich vor einer Besiedelung gewarnt. Wir haben Schilder aufgestellt: dieses Gebiet wird von startenden und landenden Flugzeugen überflogen. Und überall haben die Grundstücksspekulanten die Schilder entfernt. Dann haben sie die Parzellen und die Häuser an den Mann gebracht. Sie haben uns alle übers Ohr gehauen – Sie und uns!“

Er sah, daß er damit angekommen war. Der Anblick der betroffenen Gesichter gab ihm einen Stich. Viel lieber wäre es ihm gewesen, diesen ordentlichen, anständigen Menschen in ihrer Not helfen zu können.

„Glauben Sie ihm nicht!" schrie Freemantle. „Lassen Sie sich nicht beirren! Wenn Sie zu mir halten, werden wir diese Flughafenburschen schon noch Mores lehren, aber gründlich!"

„Falls es jemand nicht gehört haben sollte – das war eben Herr Freemantle, er rät Ihnen, zu ihm zu halten", sagte Bakersfeld ins Mikrophon. „Auch dazu möchte ich etwas sagen. Nicht genug, daß Ihr Grundstück und Ihr Haus infolge des Düsenlärms an Wert verloren hat, geht man Ihnen jetzt noch von andrer Seite an den Geldbeutel. Überall im Land stürzen sich Rechtsanwälte auf die Flughafenanwohner, weil sie Geld riechen."

„Noch ein Wort, und ich verklage Sie!" schrie Freemantle. Sein Gesicht war dunkelrot und verzerrt, seine Stimme überschlug sich.

„Ach, ahnen Sie schon, was ich sagen will?" gab Bakersfeld scharf zurück.

Sein angeborenes Draufgängertum meldete sich, die Lust, vom Leder zu ziehen, ohne sich um die Folgen zu kümmern.

„Man verspricht den Anwohnern für jeden Flugweg, der über ihre Gemeinde geht, einen Berg Gold", rief er der aufhorchenden Menge zu. „Man füttert sie mit einseitig dargestellten Gerichtsentscheidungen, wie sie auch hier zitiert worden sind. Wenn Sie wünschen, erzähle ich Ihnen etwas von anderen Entscheidungen."

„Ja, lassen Sie mal hören!" rief einer der Demonstranten.

„Was man Ihnen so glattzüngig von Präzedenzfällen erzählt hat, ist für uns Flughafenleute ein alter Hut. Nehmen wir mal den von Herrn Freemantle erwähnten Fall des Geflügelfarmers, dem infolge des Düsenlärms eines benachbarten Militärflugplatzes Hühner eingegangen waren. Der Fall kam vor den Obersten Bundesgerichtshof. Der Schadenersatz, der dem Mann zugesprochen wurde, belief sich auf vierhundert Dollar – den Wert der toten Hühner."

Nach einer Kunstpause fuhr Bakersfeld fort: „Nehmen wir nun mal einen andern, von Herrn Freemantle nicht erwähnten Fall, den bekannten Fall Batten gegen Batten. Da entschied das Oberste Bundesgericht, daß nur eine Körperverletzung einen Schadenersatz rechtfertige, und Lärm allein sei dafür nicht ausreichend. In einem andern Fall wurde entschieden, daß Anwohner einem Flughafen das Überfliegen ihrer Häuser nicht verwehren könnten, da ein uneingeschränkter Luftverkehr im Allgemeininteresse liege. Ich sage nicht, daß ein Rechtsstreit gegen einen Flughafen aussichtslos ist. Und ich weiß sehr wohl, daß solche Prozesse in vielen Fällen von anständigen, einwandfreien Anwälten geführt werden. Nur möchte ich Ihnen versichern, daß es auch eine ganze Menge von der andern Sorte gibt."

„Sie sind kein Jurist, Sie können das alles gar nicht beurteilen!" schrie Freemantle.

„Herr Freemantle weist mit Recht darauf hin, daß ich kein Jurist bin", fuhr Bakersfeld fort. „Vielleicht darf ich Ihnen dann wenigstens einen Rat aus meiner Verwaltungserfahrung geben. Der Honorarvorschuß, zu dessen Zahlung Sie sich heute schriftlich verpflichtet haben, kann eingeklagt werden. Meines Erachtens wird das aber nicht geschehen, sofern Sie die Sache unverzüglich rückgängig machen. Eine Dienstleistung ist noch nicht erfolgt, und wenn man klagen wollte, müßte man jeden von Ihnen einzeln verklagen. Im übrigen glaube ich nicht, daß ein Gericht ein Anwaltshonorar von insgesamt fünfzehntausend Dollar für einen bestenfalls zweifelhaften Rechtsstreit wohlwollend beurteilen würde."

„Was sollen wir denn jetzt machen?" fragte einer.

„Wenn Sie es sich anders überlegen, würde ich an Ihrer Stelle Herrn Freemantle morgen mit Einschreibbrief mitteilen, daß und warum Sie Ihre Prozeßvollmacht zurückziehen. Die Kopie würde ich mir aufbewahren. Meiner Meinung nach werden Sie dann nichts mehr von Herrn Freemantle hören."

Er war in seiner Wut viel weiter gegangen, als er ursprünglich beabsichtigt hatte. Freemantle konnte ihn, wenn er wollte, in Teufels Küche bringen – er hatte die Redlichkeit eines Rechtsanwalts den Klienten gegenüber in Zweifel gezogen.

Ein Instinkt sagte ihm jedoch, daß Freemantle nicht daran dachte, seine Methoden des Klientenfangs vor der Öffentlichkeit durchleuchten zu lassen.

Elliott Freemantle dachte in der Tat nicht daran. Er hatte schon einmal einen Zusammenstoß mit der Anwaltskammer gehabt und wollte keinen zweiten heraufbeschwören. Bakersfelds Enthüllungen hatten die Gemüter abgekühlt. Ein paar Honorarvorschüsse gingen vielleicht noch ein, aber der Traum von einer Goldgrube war ausgeträumt.

Ordway löste mit seinen Leuten die Versammlung auf. Bakersfeld sah Tanya Livingston auf sich zukommen. Da trat eine Frau aus Meadowood mit energischen, intelligenten Zügen zu ihm.

„Herr Bakersfeld", sagte sie, „es ist mir jetzt manches klargeworden, doch haben Sie uns nicht gesagt, was wir unsern Kindern antworten sollen, wenn sie uns weinend fragen, warum der Lärm nicht aufhört, damit sie schlafen können."

Er hob hilflos die Hände. Mit ein paar Worten hatte sie die ganze Tragödie umrissen. Solange Flughafen und Wohnsiedlung beieinander lagen, war das Problem unlösbar. Während er die junge Frau noch mitfühlend ansah, ohne zu wissen, was er ihr antworten sollte, reichte ihm Tanya ein zusammengefaltetes Blatt Papier. Es war eine in Tanyas Art hastig getippte Mitteilung:

auf flug 2 unterwegs explosion erfolgt. beschädigungen & verletzte. kommt zurück, will notlanden. geschätzte ankzeit 1 h 30. kapt verlangt bahn dreinull. turm meldet, bahn noch blockiert.

INMITTEN der blutbespritzten Trümmer der Touristenkabine wandte der praktische Arzt Dr. Milton Compagno sein ganzes Wissen und Können auf, Gwen Meighen am Leben zu erhalten.

Daß die Explosion sie nicht augenblicks getötet hatte war zwei Umständen zu verdanken. Die Toilettentür und Guerreros Körper hatten sie gegen die Explosion abgeschirmt, so daß die Druckwelle sie erst einen Sekundenbruchteil später erreicht hatte. Und in diesem Sekundenbruchteil war die Wand des Flugzeugs aufgerissen, so daß eine zweite Explosion erfolgt war, die explosive Dekompression. Die Dynamitdetonation hatte die blutüberströmte Stewardeß zurückgeschleudert, im selben Augenblick aber hatte eine entgegengesetzte Kraft auf sie eingewirkt – die durch das Loch entweichende Luft. Es war, als wären zwei Tornados frontal zusammengestoßen. Die Dekompression war stärker gewesen, sie hatte die Druckwelle der Explosion nach draußen in die Nacht abgeleitet.

Trotz der Gewalt der beiden Druckwellen waren nur wenige Passagiere verletzt worden. Am schlimmsten hatte es Gwen Meighen getroffen. Sie lag schwer verletzt und bewußtlos im Gang. Der junge Mann mit dem eulenhaften Gesicht, der aus der Toilette gekommen war und Guerrero um den Rest seiner Besinnung gebracht hatte, blutete und war benommen, hielt sich aber auf den Beinen. Mehrere Passagiere hatten durch Bombensplitter Schnittwunden und Quetschungen, andere durch die nach hinten gewirbelten Gegenstände Prellungen erlitten. Ernsthaft aber waren diese Verletzungen nicht. Der Sog hatte im ersten Augenblick alle, die nicht angeschnallt waren, in Richtung auf das klaffende Loch gerissen, Gwen aber hatte sich beim Sturz so unter einem Sitz verfangen, daß sie dem Sog Widerstand leistete und mit ihrem Körper die Sogbahn für die anderen blockierte.

Die nächstgrößte Gefahr war der Sauerstoffmangel. Nur ein paar Passagiere hatten sich sofort eine der herabhängenden Sauerstoffmasken aufgesetzt. Die auf alle Notlagen gedrillten Stewardessen und die drei Ärzte, die mit ihren Frauen eine Gesellschaftsreise machten, hatten das natürlich auch getan und den in ihrer Nähe befindlichen Passagieren bedeutet, ihrem Beispiel zu folgen. Judy, die Nichte des Zollinspektors Standish, hatte auch dem Baby ihrer Platznachbarin eine Sauerstoffmaske aufgelegt.

Ada Quonsett war auf ihren Flügen als blinder Passagier oftmals in der Benutzung der Sauerstoffmaske unterwiesen worden; sie hatte sofort sich und ihren Freund, den Oboisten, mit einer Maske versorgt. Die Möglichkeit, daß ihr letztes Stündlein gekommen war, berührte sie nicht sonderlich. Was auch geschehen mochte, sie war entschlossen, alles bis zum Ende auszukosten. Nach fünfzehn Sekunden war noch nicht die Hälfte der Passagiere mit Sauerstoff versorgt. Die übrigen sanken benommen in sich zusammen, und nach weiteren fünfzehn Sekunden waren die meisten von ihnen bewußtlos.

Durch seinen raschen Entschluß, einen Notabstieg zu wagen, hatte Harris sie vor Siechtum und Erstickungstod bewahrt. Es war ein Wettlauf mit der Zeit gewesen. Der Sinkflug aus achtundzwanzigtausend auf zehntausend Fuß hatte nur zweieinhalb Minuten gedauert. Wären diese Menschen noch eine halbe bis anderthalb Minuten länger ohne Sauerstoff geblieben, so hätten sie eine Gehirnschädigung davongetragen. Schon in zwölftausend Fuß Höhe aber war die Luft wieder sauerstoffhaltiger, und in zehntausend Fuß Höhe waren sie aus ihrer Bewußtlosigkeit erwacht. Nur die schwerverletzte Gwen lag weiterhin in tiefer Ohnmacht.

Nach dem ersten Schreck hatten die Passagiere und Stewardessen versucht, sich über ihre Lage klarzuwerden. Die zweite Stewardeß, die blonde, war, obwohl noch völlig verstört, sofort zu den Verletzten gestürzt. „Bitte, ist ein Arzt anwesend?" hatte sie gerufen.

Dr. Compagno, ein kleiner Mann mit scharf geschnittenen Zügen, energischen Bewegungen und lapidarer Sprechweise, gab ihr ein Zeichen. Er hatte sich gerade ein Bild von der Lage gemacht. Durch das Loch in der Kabine strömte mit Sturmstößen eisige Luft herein. Wo Toiletten und Bordküche gewesen waren, sah er ein Gewirr verwundener, verrußter und blutbespritzter Metallteile und durch das klaffende Loch bloßliegende Steuerzüge und Montageteile. Um sich verständlich zu machen, mußte er Sturm und Triebwerkgeräusch überschreien.

„So viele Passagiere, wie Sie können, nach vorn bringen! Alle gut warm halten! Wir brauchen Decken!"

Die Stewardeß ging auf die Suche. Die meisten der Decken auf der Gepäckablage waren vom Sog nach außen weggerissen worden.

Die beiden andern anwesenden Ärzte kamen Compagno zu Hilfe. Einer beauftragte eine Stewardeß, alles vorhandene Erste-Hilfe-Material herbeizuschaffen – eine Arzttasche hatte nur Compagno auf die Reise mitgenommen, seiner Meinung nach mußte ein Arzt stets und überall dienstbereit sein. „Helfen, helfen!" war sein Leitspruch. Seine Frau sagte von ihm, er höre erst auf zu praktizieren, wenn er eingeschlafen sei.

„Nehmen Sie sich die anderen vor!" rief er seinen Kollegen über die Schulter zu. Er kniete neben Gwen Meighen, zog sie behutsam in den engen Gang und untersuchte sie. Ihr Atem war schwach und oberflächlich. „Sauerstoff!" rief er der blonden Stewardeß zu. Sie brachte ihm ein mit einer Maske verbundenes tragbares Gerät und legte der Verletzten die Maske auf. Bald kehrte etwas Farbe in das bleiche Antlitz zurück.

Compagno suchte das Blut im Gesicht und auf der Brust zu stillen. Eine stark blutende Gesichtsarterie klemmte er rasch mit einer Gefäßklemme ab. An andern Stellen machte er einen Druckverband. Der linke Arm schien gebrochen zu sein – er wollte ihn später schienen. Stirnrunzelnd sah er im linken Auge feine Splitter.

Cy Jordan brachte mit Hilfe der andern Stewardessen so viele Passagiere wie möglich in die erste Klasse. Einige mußten sich zu zweit auf einen Sitz klemmen, andere drängten sich in dem halbkreisförmigen kleinen Salon zusammen. Alles wetteiferte darin, die Mitreisenden, die es am nötigsten hatten, mit warmen Kleidungsstücken zu versorgen. Wie immer in solchen Momenten suchte einer dem andern zu helfen und mit einem humorvollen Wort Mut zuzusprechen.

Compagnos Kollegen verbanden Schnittwunden und Schrammen. Es war nicht leicht, die Verletzten zu behandeln, während sich die anderen Passagiere nach vorn drängten. Noch mehr wurde es durch das heftige Schütteln und Stoßen des Flugzeugs erschwert, das jetzt, in den tieferen Luftschichten, ständigen Turbulenzen ausgesetzt war.

Cy Jordan erstattete im Cockpit einen kurzen Bericht und lief zu Dr. Compagno zurück. „Ich soll Ihnen von Kapitän Demerest bestellen, daß er Ihnen und Ihren Kollegen für Ihre Hilfe außerordentlich dankbar ist. Sollten Sie sich einen Augenblick freimachen können, hätte er Sie gern gesprochen, um zu hören, was er dem Flughafen über die Verletzten melden soll."

„Halten Sie doch mal den Verband hier", polterte Compagno. „Fest andrücken! Dann brauch ich als Armschiene eine von diesen Lederhüllen, die größte, die Sie finden können, lassen Sie die Zeitschriften drin." Jordan brachte ihm das Gewünschte. „Helfen Sie mir beim Anlegen. Und dann sagen Sie dem Kapitän, ich komme, sobald ich kann. Übrigens sollte er den Passagieren so rasch wie möglich etwas sagen, sie brauchen Zuspruch."

„Wird gemacht." Jordans Blick ruhte besorgt auf der stillen Gestalt der verletzten Stewardeß. „Wird sie durchkommen?"

„Will's hoffen. Viel hängt von ihrer Konstitution ab."

Jordan teilte Demerest mit, was ihm der Arzt gesagt hatte, und kurz darauf hörte man die Stimme des Kapitäns klar und ruhig im Lautsprecher. „Meine Damen und Herren, hier spricht Kapitän Demerest. So etwas, wie wir es alle in den letzten Minuten durchgestanden haben, hat noch keiner von der Besatzung erlebt. Aber wir haben es durchgestanden. Wir haben das Flugzeug in unserer Gewalt, wir sind umgekehrt und dürften in etwa drei viertel Stunden auf dem Flughafen Lincoln landen."

Er schwieg einen Augenblick. Wie ausführlich – und wie ehrlich – sollte er auf die Lage eingehen?

Im allgemeinen beschränkte er Durchsagen an die Reisenden auf das Allernötigste. Die redseligen Flugkapitäne, die ihre wehrlosen Hörer vom Start bis zur Landung mit wohlassortierten Kommentaren bombardierten, waren ihm zuwider. Diesmal aber mußte er wohl noch etwas mehr sagen.

„Das Flugzeug", fuhr er fort, „ist beschädigt, doch hätten die Beschädigungen noch viel schwerer sein können. Ich will Ihnen nicht verhehlen, daß noch allerlei auf uns zukommt. Die Landung wird schwierig sein. Die Besatzung wird Ihnen sogleich erklären, wie Sie sich vorher setzen und anschnallen müssen und daß Sie das Flugzeug, falls es erforderlich wird, unmittelbar nach der Landung so rasch wie möglich verlassen müssen. Behalten Sie Ruhe und folgen Sie den Weisungen der Besatzung. Ich darf Ihnen versichern, daß man auf dem

Flughafen bereits alles vorbereitet, um uns in jeder erdenklichen Weise helfen zu können."

Hoffentlich war es so – er dachte an die Bahn dreinull. Die Sache mit der klemmenden Höhenflosse behielt er lieber für sich.

„In einer Beziehung", sagte er mit einem burschikosen Unterton, „haben Sie Glück – statt eines erfahrenen Flugkapitäns haben Sie zwei an Bord, Kapitän Harris und mich. Wir sind zwei alte Hasen mit mehr Berufsjahren auf dem Buckel, als wir wahrhaben möchten. Unsere gemeinsame reiche Erfahrung kommt uns jetzt aber äußerst zustatten. Wir helfen einander, und, bitte, helfen Sie uns auch. Wenn Sie es tun, verspreche ich Ihnen, daß alles gutgeht."

„Gut gebrüllt", sagte Harris, ohne den Blick von den Instrumenten zu nehmen. „Sie sollten Politiker werden."

„Mich würde keiner wählen", sagte Demerest säuerlich. „Die Menschen hören die Wahrheit nicht gern." Er dachte an die Sitzung mit dem Flughafenausschuß, auf der er die Abschaffung des Policenverkaufs auf den Flughäfen gefordert hatte. Auch da hatte man die Wahrheit nicht hören wollen.

Wie mochte jetzt nach dem wahnsinnigen Anschlag dieses Guerrero seinem selbstgefälligen Schwager Mel zumute sein? Wenn man heil nach Hause kam, wollte er die Sache noch einmal energisch zur Sprache bringen, vielleicht hörte man diesmal auf ihn. Natürlich würden die Reklamefritzen der Trans America alles tun, ihn mundtot zu machen – „im Interesse der Gesellschaft". Sollten sie's nur versuchen!

Im Lautsprecher prasselte es. „Flugsicherung Cleveland an Trans America zwei. Lincoln meldet, Bahn dreinull noch blockiert. Man versucht sie frei zu machen. Eventuell müßten Sie auf Zweifünf landen."

Harris verkniff wütend den Mund. Die Zweifünf war sechshundert Meter kürzer und auch schmaler als die Dreinull. Zudem war sie zur Zeit starkem Seitenwind ausgesetzt.

Demerest schwenkte sich zum Flugingenieur herum. „Cy, gehen Sie doch noch mal nach hinten. Die Stewardessen sollen mit den Passagieren den Landungsvorgang durchexerzieren und dafür sorgen, daß ihn jeder genau kapiert. Holen Sie sich ein paar zuverlässig aussehende Leute zusammen und zeigen Sie ihnen die Notausstiege und wie man sie benutzt. Wenn wir auf der Zweifünf landen müssen, kommen wir bestimmt von der Bahn ab, und dann bricht uns die ganze Kiste im Nu auseinander. Wer weiß, ob wir dann noch Zeit haben, den Leuten zu helfen."

Als Jordan nach hinten ging, kam Dr. Compagno herein und stellte sich vor.

„Herr Kapitän", sagte er, „ich bringe Ihnen den gewünschten Bericht über die Verletzungen."

„Wir sind Ihnen außerordentlich dankbar, Doktor. Wenn Sie nicht gewesen wären ..."

Compagno winkte ab. „Lassen wir das doch jetzt." Er schlug sein Notizbuch auf. Es war charakteristisch für ihn, daß er bereits alles beisammen hatte, die Namen der Verletzten sowie die Art der Verletzungen und der Behandlung. „Am schwersten ist Ihre Oberstewardeß verletzt, Fräulein Meighen, doch sind ihre Aussichten leidlich bis gut. Sie hat zahlreiche stark blutende Fleischwunden, einen Armbruch links und natürlich einen Nervenschock. Melden Sie bitte dem Flughafen, daß sofort ein Augenchirurg benötigt wird."

Demerest hatte sich gezwungen, die Angaben mit ruhiger Hand ins Bordbuch einzutragen. Jetzt zuckte er zusammen. „Sie meinen – ihre Augen?" Er war blaß geworden.

„Das rechte ist unversehrt. Das linke aber hat Splitter abbekommen. Ob die Netzhaut verletzt ist, kann nur ein Facharzt feststellen."

„Um Gottes willen!" Demerest legte sich erschüttert die Hand über die Augen.

„Regen Sie sich nicht auf", sagte Compagno. „Die Augenchirurgie vollbringt heute Wunder. Wichtig ist jetzt aber der Zeitfaktor."

„Ich werde gleich alles veranlassen", sagte Harris.

Als der Arzt gehen wollte, hielt ihn Demerest zurück. „Eine Frage noch, Doktor ... Gwen ... Fräulein Meighen ..." – seine Stimme kam ihm fremd vor –, „sie ... sie ist schwanger. Ist das für ihren Zustand von Bedeutung?"

Er merkte, wie ihn Harris mit einem überraschten Blick streifte.

„Die Schwangerschaft kann aber erst im Frühstadium sein", sagte Compagno.

„Das stimmt."

Demerest vermied es, ihn anzusehen.

„Ihre Genesung wird dadurch wohl nicht beeinträchtigt", sagte der Arzt. „Der Sauerstoffmangel der Mutter kann dem Kind in den paar Minuten kaum geschadet haben. Und Unterleibsverletzungen liegen nicht vor. Wenn die Patientin am Leben bleibt, wofür sie bei sofortiger Krankenhausbehandlung leidliche bis gute Aussichten hat, dürfte das Kind normal zur Welt kommen."

Demerest nickte stumm. Mechanisch beendete er die Eintragung im Bordbuch. Compagno verließ das Cockpit.

Die beiden Kapitäne schwiegen eine Weile. Dann sagte Harris: „Vernon, ich hätte mich vor der Landung gern etwas ausgeruht. Würden Sie mich für ein Weilchen ablösen?"

Wieder antwortete Demerest nur mit einem Nicken. Wie von selbst legten sich seine Hände und Füße auf die Steuergeräte. Er war Harris dankbar, daß er so viel Takt bewiesen hatte, sich zum Thema Gwen nicht zu äußern.

„Ich gebe nur noch eben Compagnos Bericht durch", sagte Harris. Er schaltete auf den Flugleiter der Trans America um.

Daß ihm das Steuern etwas zu tun gab, war für Demerest nach dem Schock, den ihm Compagnos Worte über Gwen gegeben hatten, eine Wohltat. Vielleicht hatte Harris damit gerechnet. Vernünftig war es auf jeden Fall, daß derjenige, der die Landung übernahm, seine Kräfte schonte. Harris war offenbar überzeugt, daß ihm das Manöver gelang, und warum sollte es nicht?

Er suchte sich auf die Steuerung zu konzentrieren, doch wanderten seine Gedanken immer wieder zu Gwen ab ... zu Gwen, deren Aussichten leidlich bis gut waren, zu Gwen, die ihm noch vor ein, zwei Stunden mit ihrer klaren, süßen Stimme mit dem englischen Akzent gesagt hatte, ich liebe dich, Vernon ... Gwen, die er liebte, ja, warum sollte er es sich nicht eingestehen?

Aufschreckend sah er sie daliegen, verletzt, bewußtlos, im Leib sein Kind – das Kind, dessen Abtreibung er von ihr verlangt hatte ... es ist ein so großes Geschenk, hatte sie gesagt, und dann soll das alles zu Ende sein, soll man die Gabe vergeuden ... Nun sollte die Gabe nicht vergeudet werden. Denn Gwen kam in eine Klinik, wo die Ärzte eine Abtreibung nicht zuließen – es sei denn, das Leben der Mutter stand auf dem Spiel. Wenn Gwen also durchkam, wurde auch das Kind geboren. War er darüber froh oder nicht?

Und noch etwas hatte sie gesagt – das ist der große Unterschied zwischen uns, du hast schon ein Kind, und wie's auch sein mag, da ist irgendwo ein Wesen, das von deinem Ich ist.

Er dachte an das Kind, er hatte es nie gesehen, ein Mädchen, geboren im Zwielicht des „Stewardessenprogramms" und sofort aus der Sichtweite der Eltern verschwunden. Er hatte Gwen eingestanden, daß er manchmal an seine Tochter dachte – wo sie sein mochte, wie sie sein mochte. Nicht gesagt hatte er ihr, daß ihm diese Gedanken, wie er sich auch dagegen sträubte, sogar sehr oft kamen. Seine Ehe war kinderlos geblieben, obwohl er und Sarah sich ein Kind gewünscht hatten. Seine Tochter – ja, wo mochte sie sein. Elf war sie jetzt. Er wußte ihren Geburtstag. Er hatte ihn vergessen wollen, jedes Jahr aber dachte er an den Tag und wünschte sich, er könnte etwas tun, wäre es auch nur, eine Glückwunschkarte zu schicken.

Manchmal sah er sich Kinder auf der Straße an, und wenn er ein Mädchen im richtigen Alter erblickte, fragte er sich, ob das wohl, ein Spiel des Zufalls, seine Tochter sein mochte, und schalt sich dann einen Toren. Und manchmal verfolgte ihn die Vorstellung, daß die Pflegeeltern sie schlecht behandelten.

Seine Hände an der Steuersäule verkrampften sich. Nein, ein zweites Mal konnte er diese Qual der Ungewißheit nicht auf sich nehmen.

Eine Stimme fuhr in seine Gedanken. „Flugsicherung Cleveland an Trans America zwei. Kurven Sie links auf Kurs zweiviernull ein. Beginnen Sie Sinkflug auf sechstausend. Melden Sie, wenn Sie zehntausend verlassen.“ Er zog alle vier Schubhebel zurück. Die Maschine verlor Höhe. Er stellte den Wendehorizont ein und ging in die Kurve.

Harris antwortete: „Trans America zwei geht auf Kurs zweiviernull. Wir verlassen Höhe zehntausend.“

Das Stoßen nahm zu, mit jeder Minute aber verstärkte sich die Hoffnung auf Rettung. Man näherte sich dem Punkt, wo Cleveland die Flugsicherung der Trans America zwei an den Kontrollbezirk Chicago weitergab. Danach kam man eine halbe Stunde später in den Bereich der Anflugkontrolle des Flughafens Lincoln. „Durchfliegen Höhe achttausend“, meldete Harris der Luftstraßenflugsicherung.

Demerest hielt die Maschine in stetigem Sinkflug. Unaufhörlich huschten seine Augen über die Instrumente, seine Gedanken aber waren wieder bei seinem Kind. Schon Wochen vor der Geburt hatte er immer wieder dazu angesetzt, Sarah ein Geständnis zu machen und ihr vorzuschlagen, das Kind zu adoptieren, doch hatte ihn jedesmal im letzten Augenblick der Mut verlassen. Er hatte gefürchtet, daß sie ihm eine Szene machte und ihm die Sache dann immer und ewig vorhielt.

Später war ihm bewußt geworden, daß er ihr unrecht getan hatte. Gewiß, anfangs wäre sie empört und verletzt gewesen, bald aber hätte sie sich damit abgefunden. Der gute Kern in ihr hätte sich durchgesetzt, ihr gesunder Wirklichkeitssinn, der bis jetzt ja auch die Ehe zusammengehalten hatte – eine Scheidung konnte er sich nie und nimmer vorstellen. Bestimmt hätte sie ihm zugesetzt und ihn gequält, schließlich aber doch einer Adoption zugestimmt. Dann hätte das Kind ein richtiges Elternhaus gehabt, Sarah hätte dafür gesorgt, sie war der Mensch dafür. Hätte er doch nur ...

Sechstausend. Er ging in Horizontalflug über und schob, um Fahrt zu gewinnen, die Schubhebel vor. Der Heulton der Triebwerke wurde heller.

Harris schaltete auf neue Frequenzen – man befand sich im Kontrollbezirk Chicago.

„Trans America zwei, wir haben Sie auf dem Radarschirm", meldete Chicago.

Gwen – ein Entschluß war fällig. Er mußte es Sarah sagen, mochte sie auch toben und Tränen vergießen. War erst das Schlimmste überstanden, dann konnte man mit ihr reden, darauf konnte man sich bei ihr verlassen, da hatte er – zu seiner eignen Überraschung – eigentlich nicht die geringsten Zweifel. Viel hing natürlich von Gwen ab. Daß sie trotz der Schwere ihrer Verletzungen durchkam, stand für ihn fest – sie war so stark und mutig und voll Lebenskraft. Sein Entschluß war gefaßt. Er war überzeugt, daß sich eine für alle Teile gute Lösung fand ...

Der Höhenmesser zeigte ihm, daß man unter fünftausend absank. Das Kind – er sah es jetzt mit ganz anderen Augen. Gwens Worte fielen ihm ein: Wenn es ein Junge ist, könnten wir ihn Vernon Demerest junior nennen – nach amerikanischer Art. Vielleicht kein schlechter Gedanke, es war ja sein Kind. „So", sagte er zu Harris, „jetzt können Sie wieder. Lassen Sie mich mit den Trotteln da unten sprechen."

Harris schob sich mit seinem Sitz vor und nickte.

„Bin soweit."

Demerest griff nach dem Mikrophon. Jetzt, wo er in der Sache mit Gwen ein klares Ziel vor Augen hatte, war ihm leichter zumute, jetzt konnte er sich mit freiem Kopf den nächstliegenden Dingen zuwenden. Er gab seinem Ton eine rauhe Note. „Kapitän Demerest der Trans America zwei an Flugsicherung Chicago. Tut ihr da unten eigentlich noch was, oder habt ihr den Laden dichtgemacht?"

„Flugsicherung Chicago, selbstverständlich tun wir etwas."

„Warum, zum Deibel, hören wir dann nichts mehr? Wir sind in Gefahr, wir brauchen Hilfe!"

„Bleiben Sie bitte auf Empfang." Eine andere Stimme. „Oberaufsicht Flugsicherung Chicago an Kapitän, Trans America zwei. Wir tun, was wir können. Ein Dutzend unserer Leute halten Ihren Flugweg frei. Wir geben Ihnen Vorrang. Wir halten Ihre Frequenz frei. Wir sichern Ihren Direktanflug."

„Das genügt nicht", wetterte Demerest. „Der Direktanflug nützt uns nichts, wenn er auf irgendeine Landebahn führt. Wir brauchen die Dreinull. Ja, ich weiß, sie ist blockiert. Schreiben Sie bitte mit und geben Sie's genauso an Lincoln weiter: Unsere Maschine ist überlastet. Unsere Landegeschwindigkeit ist sehr hoch. Zu andern Beschädigungen kommt noch, daß die Höhenflosse klemmt und das Seitenruder unzuverlässig arbeitet. Wenn man uns auf die Zweifünf bringt, bricht die Kiste auseinander, und wir haben Tote. So, das wär's, mein Bester. Sagen Sie's Lincoln und machen Sie Dampf dahinter! Sollen sie das Ding auf Dreinull meinetwegen in die Luft sprengen. Wir brauchen diese Bahn! Verstanden?"

„Ja, Trans America zwei, wir verstehen das sehr gut." In der Stimme des Sprechers schwang ein menschlicher Ton mit. „Ihre Meldung ist schon nach Lincoln unterwegs."

„Sehr schön. Dann noch eine persönliche Mitteilung an den Generaldirektor des Flughafens, Mel Bakersfeld. Schreiben Sie: Durch deine Stellungnahme zum Policenverkauf auf Flughäfen hast du dich an dieser Katastrophe mitschuldig gemacht, du Hanswurst. Jetzt schuldest du es mir und meinen Männern und Passagieren, daß du dich von deinem dicken Hintern erhebst und uns die Dreinull frei machst."

„Trans America zwei, wir haben mitgeschrieben." Die Stimme schwankte ein wenig. „Sollen wir das wirklich so weitergeben?"

„Jawohl, laut und deutlich und wörtlich, verdammt noch mal – es ist ein dienstlicher Befehl!"

KAPITEL 13

Auf der Frequenz der Leitstelle für den Bodenverkehr hörte Bakersfeld in seinem dahinjagenden Wagen, wie man Fahrzeuge des Notdienstes alarmierte und ihnen ihre Plätze anwies. Dann: „Bodenleitstelle an City zwanzigfünf" – es war das Rufzeichen des Leiters der Flughafenfeuerwehr. „In etwa fünfunddreißig Minuten mit Notstufe zwei rechnen. Anfliegende Maschine ist flugbehindert und landet auf Dreinull. Falls Dreinull dann noch gesperrt, erfolgt Landung auf Zweifünf."

Bei einem Unglücksfall vermied man es, den Namen der beteiligten Luftfahrtgesellschaft zu nennen. Die Gesellschaften meinten, je seltener dabei ihr Name fiel, desto besser.

„City zwanzigfünf an Bodenleitstelle. Fordert der Kapitän Schaumdecke für die Bahn an?"

„Kein Schaum. Wiederhole: kein Schaum!"

Demnach war das Fahrwerk in Ordnung, eine Bauchlandung also nicht zu erwarten. Bakersfeld sah im Geist, wie der Feuerwehrchef die Fahrzeuge des Notdienstes – Löschwagen, Gerätewagen, Krankenwagen –, mit denen er auf einer Sonderfrequenz verbunden war, aufs Flugfeld führte und die Rettungsmannschaften zwischen den beiden Landebahnen so aufstellte, daß sie jede rasch erreichen konnten.

Während einer Gesprächspause fragte Bakersfeld bei der Bodenleitstelle an, ob man Patroni über die Notlage der zurückkehrenden Maschine Bescheid gesagt habe.

„Jawohl. Er meint, er kann die festgefahrene Intercontinental-Boeing in zwanzig Minuten herauskriegen."

„Ist er seiner Sache sicher?"

„Nein."

Vor wenigen Minuten, als ihn Tanyas Zettel von der Explosion an Bord der *Golden Argosy* und von dem Versuch der Piloten, nach Lincoln zurückzukehren, unterrichtet hatte, war Bakersfeld aus der noch von Demonstranten wimmelnden Empfangshalle zu seinem Wagen gestürzt. Tanya und den Reporter Tomlinson, dem er sich für die Informationen über Freemantle zu Dank verpflichtet fühlte, hatte er mit sich gezogen. Eine Hand am Lenkrad, die andere am

Mikrophon, jagte er, so rasch er es wagen konnte, durch dichtes Schneegestöber über das dunkle Flugfeld, geleitet von den vorbeihuschenden Rollbahn- und Startbahnfeuern.

„Eine Frage", sagte Tomlinson. „Es gibt doch nur eine einzige Landebahn, die für die *Golden Argosy* bei einer Notlandung lang genug ist und in der richtigen Richtung liegt, nicht wahr?"

„So ist es", schnob Bakersfeld. „Wir müßten zwei haben." Er hatte den Bau einer zweiten seinerzeit beim Flughafenausschuß beantragt. Man hatte ihm eine Zusage gegeben, sie später aber zurückgezogen. Die Mitglieder des Flughafenausschusses wurden vom Bürgermeister ernannt, und wenn der Bürgermeister, um sich Wählerstimmen zu sichern, ein beliebteres Projekt vorzog, stellten sie sich fügsam hinter ihn. So hatten sie den Bau der zweiten Startbahn abgelehnt und statt dessen den Bau eines dreigeschossigen Flughafen-Parkhauses gebilligt. Bakersfeld erzählte es Tomlinson.

„Ich kann das doch als Äußerung von Ihnen verwenden?" fragte der Reporter.

Bakersfeld dachte an die empörten Anrufe aus dem Rathaus, die ihm dann bevorstanden. Egal, die Öffentlichkeit sollte erfahren, wie ernst die Situation war. „Nur immer zu", sagte er. „Ich bin gerade in der richtigen Laune, mal gehörig auszupacken."

Er sprach die Bodenleitstelle an. „Hier Mobil eins. Legt Flug zwei großen Wert auf die Bahn dreinull?"

„Mobil eins, ja, entscheidenden Wert. Bleiben Sie bitte auf Empfang."

Bakersfeld ließ auf der vor ihm liegenden Rollbahn eine Eastern DC-8 vorbei. Von der nächsten Mitteilung der Bodenleitstelle hing es ab, ob er die drastische Maßnahme, an die er dachte, ausführte oder nicht.

„Bodenleitstelle an Mobil eins. Meldung von Flug zwei über Flugsicherung Chicago eingegangen. Meldung lautet: Direktanflug auf Lincoln sinnlos, wenn er auf die Zweifünf führt . . ."

Die drei im Wagen lauschten mit angehaltenem Atem. Bei den Worten „Wenn man uns auf die Zweifünf bringt, bricht die Kiste auseinander, und wir haben Tote" entfuhr Tanya ein Schreckenslaut.

Die Ansage ging weiter. „Mobil eins, Herr Bakersfeld, da ist noch ein Zusatz persönlicher Art, äh – sehr persönlicher Art . . . von Kapitän Demerest. Haben Sie ein Telephon in der Nähe?"

„Nein, lesen Sie's mir bitte vor."

„Die Mitteilung lautet: Durch deine Stellungnahme ...“ Bakersfeld biß die Zähne zusammen. Echt Vernon. Ihm auf diese Art zu kommen hatte ihm bestimmt ein inniges Vergnügen bereitet. Er bog auf die Dreinull ein und gab Gas. Bis auf die Stelle, wo im Kreis aufgestellte Lichtstrahler die festgefahrene Intercontinental-Boeing und die Hilfsfahrzeuge sichtbar machten, war sie zu seiner Erleichterung vom Schnee geräumt.

Er stellte sich auf die Frequenz des Wartungsdienstes ein. „Mobil eins an Schneetisch.“

„Hier Schneetisch.“ Danny Farrows Stimme klang müde.

„Danny“, sagte Bakersfeld, „schicken Sie sofort die Oshkoshpflüge und schwere Planierraupen auf die Dreinull. Weitere Instruktionen bekommen die Leute hier. Tun Sie's gleich und rufen Sie zurück.“

Er stoppte den Wagen dicht vor der riesigen 707, unter der mehrere Männer nach Patronis Anweisungen fieberhaft die Rinnen vertieften.

Tomlinson beugte sich aus dem Rücksitz vor. „Diese Mitteilung von Demerest ... hat sich nach dem, was passiert ist, Ihre Meinung über den Policenverkauf geändert?“

„Bis jetzt noch nicht“, sagte Bakersfeld. „Jedenfalls müssen wir weitere Sicherungen einbauen.“

Farrow meldete sich. „Schneetisch an Mobil eins. Vier Pflüge und drei Planierraupen unterwegs. Was haben Sie denn vor?“ Bakersfeld überlegte sich seine Worte genau. Irgendwo im elektronischen Irrgarten unter dem Turm wurden sie auf Band aufgenommen. Er durfte keinen Fehler machen.

„Mobil eins an Schneetisch. Wenn der Versuch fehlschlägt, die 707 mit eigner Kraft herauszubekommen, sollen die Pflüge und Planierraupen die Maschine zur Seite schieben – um jeden Preis und so schnell wie möglich. Die Dreinull muß unbedingt in annähernd dreißig Minuten frei sein. Ich werde mit dem Turm abstimmen, wann die Räumfahrzeuge, falls es erforderlich wird, eingesetzt werden müssen.“

Farrow blieb einen Augenblick stumm. Dann sagte er: „Das möcht ich doch sicherheitshalber bestätigen.“ Er wiederholte die wesentlichen Punkte. Bakersfeld konnte sich vorstellen, wie er schwitzte.

„Mel“, fuhr Farrow fort, „Sie werden ja wohl wissen, wie die 707 dabei zugerichtet wird.“

„Sie muß weg“, sagte Bakersfeld heiser. „Ende.“

„Die geht doch in Stücke!“ rief Tomlinson atemlos. „Und die Gesellschaft und die Versicherung werden Sie auch in Stücke reißen!“

„Sollte mich nicht wundern“, sagte Bakersfeld. „Wenn die Herrschaften aber jetzt in der *Golden Argosy* säßen, würden sie mir vermutlich ein Loblied singen.“

„Ich tu's schon jetzt, Mel“, sagte Tanya weich. Sie langte zu ihm hinüber und drückte ihm die Hand.

Joe Patroni stampfte, um sich aufzuwärmen, mit den Füßen. Seit mehr als drei Stunden stand er hier fast ununterbrochen in Sturm und Kälte. Er war todmüde und infolge des Fehlschlags seiner Versuche völlig überreizt. Als er von Bakersfelds Absicht hörte, schlimmstenfalls mit den Schneepflügen und Planierraupen vorzugehen, wäre er beinah explodiert. Nur seine freundschaftlichen Gefühle für den Generaldirektor hielten ihn davon zurück – jeden anderen hätte er angebrüllt.

Er nahm die unangezündete, zerkaute Zigarre aus dem Mund und starrte Bakersfeld fassungslos an. „Fehlt Ihnen sonst noch was?“ stieß er hervor.

„Ja, eine Landebahn“, sagte Bakersfeld. Es war bedrückend – offenbar begriff niemand, daß die Dreinull um jeden Preis rechtzeitig frei sein mußte. Und war die *Golden Argosy* erst einmal sicher gelandet, behauptete bestimmt jeder – voran die Herren von der Inter-

continental –, auf der Zweifünf hätte sie genauso gut landen können. Er stand mit seinem Beschluß allein.

Mit aufblitzenden Blinklichtern rollten die Schneepflüge und Planierraupen auf der Dreinull an. Patroni warf seine Zigarre in den Schnee. „Ich werde Sie vor Ihrer Irrsinnstat bewahren, Mel", knurrte er. „Bringen Sie Ihre Spielsachen aus dem Weg. In einer Viertelstunde hab ich das Ding herausgeholt – vielleicht schon früher."

Im Donnern der anrückenden Räumfahrzeuge mußte Bakersfeld schreien, um sich verständlich zu machen. „Wollen uns mal über eins klar sein, Joe: sobald uns der Turm sagt, die Zeit ist um, dann hat sich's, dann gibt's keine Widerrede mehr, dann geh ich sofort mit den Räumfahrzeugen ran – bläuen Sie Ihren Leuten ein, daß sie rechtzeitig verschwinden müssen. Denken Sie daran, daß hier Menschenleben auf dem Spiel stehen!" Patroni nickte beklommen. Seine Selbstsicherheit schien nun doch einen Stoß bekommen zu haben.

Bakersfeld ging zu seinem Wagen zurück und rief den Turmchef an. „Wie lange ungefähr kann ich mit dem Einsatz der Pflüge und Planierraupen noch warten?" fragte er.

„Flug zwei wird schneller hier sein, als wir gedacht hatten. Nach Chicagos Schätzung kommt er in siebzehn Minuten in unseren Kontrollbezirk. Der Turm übernimmt ihn acht bis zehn Minuten vor der Landung. Die Maschine dürfte also spätestens um ein Uhr achtundzwanzig aufsetzen."

Bakersfeld blickte auf seine Uhr. Es war ein Uhr eins. Noch siebenundzwanzig Minuten.

„Über die Wahl der Landebahn muß spätestens fünf Minuten vor der Landung entschieden sein", sagte der Turmchef. „Danach liegt der Anflug fest und kann nicht mehr geändert werden."

Blieben also nur noch siebzehn Minuten. Bakersfeld brach der Schweiß aus. Sollte er es Patroni sagen? Lieber nicht – Patroni arbeitete mit seinen Männern wie besessen, er wollte ihn nicht stören.

„Mobil eins an Turm", sagte er ins Mikrophon. „Ich muß über den Stand der Dinge auf dem laufenden bleiben. Können Sie die Frequenz freihalten?"

„Tun wir bereits", sagte der Turmchef.

„Was geschieht denn jetzt?" fragte Tanya.

„Wir warten." Bakersfeld blickte starr auf seine Uhr. Eine Minute. Zwei Minuten. Draußen jagte Patroni hin und her, schrie Befehle, trieb die Leute an, die fieberhaft die Rinnen tiefer schaufelten. Die Räumfahrzeuge standen bereit. Wie die Geier, dachte Bakersfeld. Ein weiterer Mannschaftswagen jagte heran, die Männer sprangen herunter und eilten Patronis Leuten zu Hilfe.

„Als ich noch klein war", sagte Tomlinson, „waren hier fast nur Kornfelder und Kuhweiden. Es gab einen grasbewachsenen kleinen Flugplatz, den aber kein Mensch ernst nahm. Wenn man bedenkt, daß das noch gar nicht lange her ist . . ."

Tanya nickte. „Jemand hat mal gesagt, der Dienst in der Luftfahrt läßt ein Menschenalter länger erscheinen, weil sich alles so rasch ändert."

„Kann man von den Flughäfen aber nicht behaupten", sagte Tomlinson. „Da geht alles viel zu langsam, nicht wahr, Herr Bakersfeld?"

Bakersfeld riß sich von den Gedanken an die festgefahrene 707 los. „In der Luft war der Fortschritt immer schon schneller als auf dem Boden. Die ersten Flughäfen waren noch abgewandelte Bahnhöfe, und diese Bahnhofsidee sind wir bis heute nicht losgeworden. Auf den vielen bahnhofsartig angelegten Flughäfen müssen die Passagiere meilenweit laufen."

„Ist das nicht schon besser geworden?" fragte Tomlinson.

„Nur langsam. Einige Flughäfen hat man jetzt kranzförmig angelegt, mit Parkplätzen innen und Expreßrollsteigen zu den Flugzeugen. Los Angeles plant einen großen Flughafen draußen auf dem Wasser, Chicago eine künstliche Flughafeninsel auf dem Michigansee. Die American Airlines denken an eine mächtige hydraulische Hebebühne, die die Flugzeuge an übereinanderliegende Lade- und Entladerampen heranbringt. Aber die Koordinierung der Pläne fehlt. Es ist, als wollte sich jedermann mit einem selbstgebastelten Apparat an das Welttelephonnetz anschließen."

Das Funksprechgerät unterbrach ihn. „Bodenleitstelle an Mobil eins und City zwanzigfünf. Chicago schätzt die Übergabezeit des Flugs zwei an Anflugkontrolle Lincoln auf ein Uhr siebzehn."

Es war ein Uhr sechs. Flug zwei kam also noch eine Minute früher als vorausgesagt. Eine Minute weniger für Patroni. Nur noch elf Minuten zur Entscheidung über die gewaltsame Entfernung der 707. „Mobil eins", fragt die Bodenleitstelle, „hat sich die Lage auf der Dreinull geändert?"

„Nein, noch nicht."

Spielte er mit dem Feuer? Bakersfeld war versucht, die Räumfahrzeuge sofort einzusetzen, rief sich aber zur Ordnung. Noch bestand die Möglichkeit, daß Patroni es schaffte. Die Hilfsfahrzeuge vor der 707 verließen bereits die Dreinull. Patroni kletterte die Einstiegtreppe hinauf. Oben drehte er sich um und gestikulierte. Dann ging er hinein. Ein anderer Mann stürzte herbei und folgte ihm.

Die Tür schlug zu. Man rollte die Treppe weg.

„Da! Die Triebwerke!" rief Tanya.

Triebwerk drei stieß weißgrauen Rauch aus, zündete und kam auf Touren. Der Abgasstrom jagte die dichter werdende Rauchwolke nach hinten und wirbelte den Schnee auf. Jetzt wiederholte sich das am Triebwerk vier.

„Bodenleitstelle an Mobil eins" – der Anruf kam so jäh, daß Tanya zusammenzuckte. „Chicago berichtigt Übergabezeitpunkt auf ein Uhr sechzehn. In sieben Minuten." Noch eine Minute weniger.

Patroni hatte inzwischen als letzte die Triebwerke eins und zwei angelassen, die außerhalb des Bahnbereichs über dem tiefen Schneeschlamm lagen. Auf der Dreinull erschien vor der Maschine der Einwinker. Er hob beide Leuchtkellen über den Kopf. Alles klar! Die Triebwerke arbeiteten, doch liefen sie noch immer nicht auf Vollschub. Noch sechs Minuten. Worauf wartete Patroni?

„Dieses Warten ist unerträglich", stieß Tanya nervös hervor.

Da – Patroni gab Vollschub! Bakersfeld spürte die Kraft der aufbrüllenden Triebwerke in allen Fasern. Hinter der 707 schossen mächtige Schneewirbel in die Nacht.

Sein Blick flog auf die Uhr. Patroni hatte noch drei Minuten!

„Sie faßt nicht!" rief Tanya, sie starrte auf das Fahrwerk. „Sie bewegt sich nicht!" Und so war es. Die Maschine drückte vorwärts, aber sie bewegte sich nicht. Die Räumfahrzeuge schlossen auf. Ihre Warnlampen zuckten.

„Mobil eins" – die Stimme war scharf – „wie steht's jetzt mit der Dreinull?"

„Augenblick!" rief Bakersfeld. „Augenblick! Entscheiden Sie sich ja nicht schon für die Zweifünf! Auf der Dreinull kann sich die Lage jede Sekunde ändern!"

Er schaltete auf die Frequenz des Schneetischs, bereit, die Räumfahrzeuge einzusetzen ...

FÜR GEWÖHNLICH ließ die Hetzjagd im Turm nach Mitternacht etwas nach. Heute war es anders. Ständig hatte man mit der Start- oder Landefreigabe von Flugzeugen zu tun, die infolge des Schneesturms um Stunden verspätet waren. Die meisten Controller der Achtstundenschicht, die um Mitternacht endete, waren übermüdet nach Hause gegangen, einige aber hatte man rasch auf eine Schichtverlängerung bis zwei verpflichtet. Dazu gehörten der Turmchef, der Radardienstleiter Wayne Tevis und Keith Bakersfeld.

In den anderthalb Stunden, die seit dem aufwühlenden Gespräch mit seinem Bruder vergangen waren, hatte sich Keith durch das intensive Arbeiten am Radarschirm abgelenkt. Ununterbrochen hatte er – links neben sich einen Übergabecontroller – Ostanflüge unterwiesen. Tevis stieß sich unentwegt auf dem Rollschemel mit seinen Texasstiefeln von einem zum andern, doch ließ seine Energie jetzt, in der Überschicht, doch nach.

Bei Keith war eine Art Bewußtseinsspaltung eingetreten. Auf einer Ebene konzentrierten sich seine Gedanken auf den Luftverkehr, auf einer zweiten befaßten sie sich mit seinem Vorhaben. Sein Entschluß stand fest. Bald war seine Dienstzeit um, dann ging er hinaus und machte aller Qual ein Ende. Frau und Kinder? Er gehörte nicht mehr zu ihnen. Er gehörte zu den Toten, die beim Absturz der Beech Bonanza umgekommen waren. Jawohl, der Familie Redfern war er seinen Tod schuldig! War er vielleicht geistesgestört? Und wenn – es machte keinen Unterschied. So oder so mußte er zwischen Qual und Frieden wählen. Noch vor Tagesanbruch wollte er in den Frieden eingehen ...

Ohne daß er es sofort erfuhr, wurde sein Dienstleiter Tevis vom Turmchef über die Notlage der *Golden Argosy* unterrichtet, die eine Rückkehr des Flugzeugs erforderte. Zu dem kritisch gewordenen Problem der blockierten Dreinull sagte der Turmchef, man sei auf einer Sonderfrequenz ständig mit dem Cockpit der festgefahrenen Intercontinental-Boeing verbunden, könne also mit Patroni, sobald er dort erscheine, sprechen.

Tevis warf einen Blick auf Keith Bakersfeld. Wenn der Dienstplan nicht geändert wurde, fiel Keith die Aufgabe zu, die *Golden Argosy* von der Flugsicherung Chicago zu übernehmen und ihren Anflug zu leiten. „Soll ich Bakersfeld ablösen lassen?" fragte der Dienstleiter leise.

Der Turmchef zögerte. Während der Luftnotlage des Militärflugzeugs KC-135 hatte er Bakersfeld unter einem Vorwand aus dem Dienst gezogen, sich später aber gefragt, ob das richtig gewesen war. Man konnte einem, dessen Selbstvertrauen schon angeschlagen war, damit den Rest geben. Auch hatte er das unbehagliche Gefühl, durch die Unterbrechung des Gesprächs der Brüder auf dem Korridor etwas verdorben zu haben. Dazu kam, daß er, selbst übermüdet, mit den müden, überanstrengten Kollegen fühlte, die – wie Keith – von den Härten des Systems gezeichnet waren.

„Nein, nicht ablösen", sagte er leise. „Aber passen Sie gut auf ihn auf!"

Als Keith sah, wie die beiden die Köpfe zusammensteckten, vermutete er gleich, daß es sich um eine Luftnotlage handelte. Er wunderte sich, daß man ihn nicht sofort vom Dienst beurlaubte oder auf einen weniger wichtigen Posten setzte. Bestürzt hörte er, wie Tevis – tatsächlich ohne eine Dienstplanänderung anzuordnen – die Radarcontroller über die Luftnotlage der *Golden Argosy* informierte und sie anwies, auf das Erscheinen des Flugzeugs auf dem Radarschirm zu achten und ihm unbedingt Vorrang zu geben. Die Abflugkontrolle müsse unverzüglich den voraussichtlichen Anflugweg frei machen. Er trat zu Keith und berichtete ihm von dem Landebahnproblem. „Machen Sie sich rasch einen Plan zurecht und halten Sie sich daran, sobald Ihnen Chicago die Kontrolle übergibt. Alles andere nehmen wir Ihnen ab."

Keith nickte und legte sich sogleich ein Anflugschema zurecht. So etwas konnte man immer nur im Kopf machen, zum Skizzieren blieb keine Zeit.

Und gewöhnlich mußte man im letzten Augenblick noch improvisieren.

Gleich nach der Übergabe wollte er die Maschine auf die Dreinull leiten, aber mit so viel Spielraum, daß er sie notfalls ohne scharfe Kurven nach links auf die Zweifünf lenken konnte. Er hatte sie rund zehn Minuten unter Anflugkontrolle. Endgültiges über die Landebahn erfuhr er wahrscheinlich erst in den letzten fünf Minuten. Es kam bestimmt zu einer heiklen Situation, bei der allen Beteiligten – im Radarraum wie in der Luft – der Schweiß ausbrach. Aber es konnte gutgehen – gerade noch.

Inzwischen sickerte allerlei durch. Sobald es ihnen die Arbeit einen Augenblick erlaubte, raunten die Controller einander zu, was sie aufgeschnappt hatten – von der Explosion, von dem Loch im Heck, von den Verletzten, von der erschwerten Steuerung ... die Piloten brauchten die längste Landebahn, sonst gab es Bruch und Tote ... der Generaldirektor persönlich war auf der Dreinull, bereit, das Hemmnis mit Gewalt zu beseitigen ...

Bei Keith schnappte plötzlich etwas ein. Er wollte nichts damit zu tun haben! Es gab nichts, was er sich beweisen wollte, nichts, womit er noch etwas wettmachen konnte, auch wenn ihm jetzt alles gelang, und wenn es ihm nicht gelang, hatte er noch soundso viel weitere Menschen auf dem Gewissen!

Tevis nahm ein Telephongespräch entgegen und rollte sich zu ihm heran. „Der Alte hat eben die Meldung bekommen, daß die Trans America in drei Minuten in unsern Kontrollbezirk kommt."

Zwei Minuten verstrichen.

„Sie kommt!" sagte der Übergabecontroller an seiner Seite. Am Rand des Radarschirms erschien eine Doppelblüte, das Radarnotsignal der *Golden Argosy*.

Er wollte weg! Er konnte nicht mehr! Ein andrer sollte es übernehmen! Sein Blick flog zu Tevis herum. Der Dienstleiter stand mit dem Rücken zu ihm bei der Abflugkontrolle.

Er wollte schreien, öffnete den Mund – zu seinem Entsetzen kam kein Ton hervor. Er versuchte es noch einmal. Umsonst. Es war wie in seinen Alpträumen, wo ihm im entscheidenden Moment auch immer die Stimme versagte ... aber das war kein Traum, das war die Wirklichkeit! Panische Angst fiel ihn an.

Über seinem Radarschirm blinkte ein weißes Licht, ein Zeichen, daß die Flugsicherung Chicago auf dem direkten Draht anrief. Der

Übergabecontroller nahm den Hörer auf und schaltete den Telephonlautsprecher ein, damit Keith mithören konnte.

„Chicago an Lincoln. Trans America zwei liegt dreißig Meilen südöstlich von Ihnen auf Kurs zweiviernull."

„Verstanden. Wir haben ihn auf dem Schirm. Er soll sich auf unsere Frequenz einstellen."

Gleich darauf hörte man auf der Frequenz der Ostanflüge die rauhe Stimme des Flugkapitäns Demerest. „Trans America zwei an Lincoln Anflugkontrolle. Liegen in sechstausend Fuß auf Kurs zweiviernull."

Der Übergabecontroller sah Keith abwartend an. Keith starrte auf Tevis' Rücken.

„Lincoln Anflugkontrolle, wo bleiben Sie denn, verdammt!"

In Keith kochte es. Zum Teufel mit Tevis! Zum Teufel mit der Flugsicherung! Zum Teufel mit Mel und seiner selbstgerechten Überheblichkeit! Zum Teufel mit allem!

Er spürte den bestürzten Blick des Übergabecontrollers. Er saß in der Falle. Er schaltete sein Mikrophon ein. Ob seine Stimme jetzt ...? Ja, sie gehorchte.

„Lincoln Anflugkontrolle an Trans America zwei. Entschuldigen Sie die Verzögerung. Wir hoffen noch immer auf die Landebahn dreinull. In drei bis fünf Minuten wissen wir's."

„Verstanden, Lincoln", grunzte Demerest. „Halten Sie uns auf dem laufenden."

Keith riß sich zusammen. Die zweite Ebene seiner Gedanken war gesperrt. Nichts galt mehr als das Problem der *Golden Argosy.*

„Trans America zwei, Sie befinden sich fünfundzwanzig Meilen vor unserm Randkennzeichen. Beginnen Sie Sinkflug nach eigener Entscheidung. Gehen Sie in Rechtskurve auf Kurs zweisechsnull ..."

DIE BODENLEITSTELLE in der Glaskanzel über dem Radarraum meldete Generaldirektor Bakersfeld, daß sich Flug zwei nunmehr im Kontrollbezirk Lincoln befinde. Bakersfeld antwortete: „Die Räumfahrzeuge sind im Begriff, die Intercontinental-Boeing von der Dreinull wegzuschieben. Geben Sie Patroni Anweisung, sofort die Triebwerke abzuschalten und sich in Sicherheit zu bringen oder, wenn es dafür zu spät ist, sich einen Halt zu suchen." Der Turmchef gab die Weisung sofort auf einer anderen Frequenz an Patroni weiter.

KAPITEL 14

Patroni wusste selber, daß ihm die Zeit davonlief. Er hatte das Anlassen der Triebwerke bewußt bis zum letzten Augenblick hinausgeschoben, damit man die Vorarbeiten unter dem Rumpf des Flugzeugs so lange wie möglich fortsetzen konnte. Als er erkannte, daß er nicht länger warten durfte, prüfte er die Lage noch einmal mit einem raschen Blick.

Was er sah, erfüllte ihn mit Grausen. Das Fahrwerk war noch lange nicht so von Erde, Schlamm und Schnee befreit, wie es hätte sein müssen, und die Rinnen vor den Rädern noch bei weitem nicht so tief und breit, wie er es gewollt hatte. In fünfzehn Minuten wäre das zu schaffen, aber die blieben ihm nicht mehr.

Unlustig stieg er die Einstiegtreppe hinauf. „Alle Mann aus dem Weg!“ schrie er Ingram zu, dem Wartungsmeister der Intercontinental Lines. „Und dann brauch ich hier oben einen Mann, der sich auf die Instrumente versteht – den dünnsten, den Sie haben, wir müssen das Gewicht niedrig halten.“

Er ging ins Cockpit. Durch das Fenster sah er Bakersfelds gelben Rollfeldwagen. Mels Plan, die Intercontinental-Boeing notfalls gewaltsam beiseite zu schieben, hatte ihn empört. Ihm war es unfaßbar, daß man eine unversehrte Düsenmaschine zu einem Schrotthaufen machen wollte. In seinen Augen war sie ein Produkt fachlichen Könnens und Wissens, in das man viel Schweiß und viel Lust und Liebe gesteckt hatte. Wenn er irgend konnte, mußte er das Flugzeug retten.

Ein schmächtiger junger Mechaniker kam herein. „Wie heißt du, mein Sohn?“ fragte er, während er sich anschnallte.

„Rollman, Herr Patroni.“

Patroni gluckste. „Rollman ist gut, rollen wollen wir ja. Hoffentlich ist das ein gutes Omen.“

Der Mechaniker nahm den rechten Pilotensitz. Patroni blickte durch das linke Seitenfenster hinunter. Die Einstiegtreppe wurde weggerollt. Das Bordtelephon schnarrte. „Alles klar“, sagte Ingram.

„Alles klar bei uns?“ fragte Patroni. Der Mechaniker nickte. „Also dann – Anlaßschalter für Nummer drei auf Start!“ Rollman legte den Schalter um. „Klar für Maximalladedruck!“ rief Patroni ins Telephon.

Im Kompressor unten heulte die Preßluft auf. Patroni stellte den Schubhebel auf Leerlauf. Rollmans Blick überflog die Instrumente. „Nummer drei gezündet!" Das Triebwerkrauschen ging in ein gleichmäßiges Grollen über. In rascher Folge zündeten auch die anderen Triebwerke. Durch das Heulen des Sturms und der Motoren kam Ingrams Stimme über Funk. „Kompressor getrennt!"

„Gut so", schrie Patroni. „Dann weg mit euch!" Er sah Rollman an. „Festhalten und aufpassen, mein Sohn!" Er klemmte seine verbotswidrige Zigarre im Mundwinkel unternehmungslustig nach oben und schob, die Wurstfinger gespreizt, die vier Hauptschubhebel auf Mittelstellung. Der Lärm der vier Triebwerke wuchs an. Der Einwinker unten hob die Leuchtkellen. Patroni feixte. „Hoffentlich kann der gut rennen!"

Die Bremsen waren gelöst, die Landeklappen zur Erhöhung des Auftriebs leicht ausgefahren. Der Mechaniker hielt die Steuersäule zurückgezogen. Patroni stieß das Seitenruder hin und her, er hoffte die Maschine dadurch besser frei zu bekommen. Links unten sah er Bakersfelds gelben Wagen. Es ging jetzt um Minuten, vielleicht um weniger als eine Minute. Der Schub betrug mehr als fünfundsiebzig Prozent. Normalerweise wäre die Maschine dabei schon die Startbahn hinuntergejagt. Da sie es nicht konnte, schüttelte sie bedenklich, alle ihre Teile zerrten gegen den Widerstand der im Erdreich verankerten Räder vorwärts – man spürte die Neigung der Intercontinental-Boeing, sich auf die Nase zu stellen. Der Mechaniker streifte Patroni mit einem besorgten Blick. Der schnauzte die 707 an: „Wenn du jetzt nicht rauskommst, machen sie Hackepeter aus dir!"

Sie rührte sich nicht vom Fleck. Er nahm Gas weg und gab erneut Gas, vielleicht daß er sie dadurch freischaukeln konnte. Umsonst. Seine Zigarre war ausgegangen. Er schleuderte sie weg und griff nach einer neuen. Seine Brusttasche war leer. Er hatte die letzte weggeworfen. Fluchend legte er die Rechte wieder auf die Schubhebel und rückte sie weiter vor. „Komm jetzt, du Satansbiest!"

„Herr Patroni! Mehr verträgt sie nicht!" rief Rollman.

Ein jähes Knattern im Lautsprecher. Die Stimme des Turmchefs. „Bodenleitstelle an Patroni. Herr Bakersfeld läßt Ihnen sagen, die Zeit ist um, alle Triebwerke abstellen, wiederhole, alle Triebwerke abstellen!"

Patroni sah unten die Schneepflüge und Planierraupen anrücken. Nun, solange die Triebwerke liefen, konnten sie nicht angreifen. Er dachte an Bakersfelds Warnung – sobald uns der Turm sagt, die Zeit ist um, gibt's keine Widerrede mehr! Aber wer widerredete denn? Die Stimme im Lautsprecher, scharf: „Patroni, haben Sie verstanden? Bestätigen Sie!"

„Hören Sie nicht?" schrie Rollman. „Wir sollen abstellen!"

„Versteh kein Wort – zu laut hier!" schrie Patroni zurück.

Jeder erfahrene Wartungsmann wußte, daß man immer noch eine Minute mehr hatte, als die überängstlichen Gemüter am grünen Tisch einem sagten.

Alles in ihm schrie nach einer Zigarre. Vor Stunden hatte ihm der Turm eine Kiste Zigarren versprochen, wenn er die Intercontinental-Boeing noch in der Nacht von der Dreinull wegbrächte. „Muß zu 'ner Verabredung!" rief er Rollman zu. „Los jetzt, auf Biegen und Brechen!!" Mit einer ungestümen Bewegung schob er die Schubhebel bis zum Anschlag vor. Die Lärmwellen und Vibrationen wuchsen ins Unerträgliche. Überall im Cockpit blitzten Warnlampen auf. Rollman sagte später, es hätte wie das Aufblitzen auf einem Kugelspielautomaten ausgesehen. „Abgastemperatur siebenhundert!" schrie er bestürzt.

Der Lautsprecher befahl den beiden, sich unverzüglich in Sicherheit zu bringen. Patroni sagte sich, daß es dann ja wohl sein müsse. Er langte nach den Hebeln. In diesem Augenblick kam die 707 in Bewegung, zuerst langsam, dann schoß sie plötzlich in beängstigendem Tempo auf die Rollbahn zu. Der Mechaniker stieß einen Warnschrei aus. Patroni riß alle vier Hebel zurück. „Landeklappen raus!" Unten sah man undeutliche Gestalten davonstieben.

Kurz vor der Rollbahn war die Geschwindigkeit noch groß. Wenn man nicht genau einkurvte, rollte die 707 quer über die Betondecke in die hohen Schneehaufen auf der andern Seite hinein. In dem Moment, als die Reifen angriffen, trat Patroni auf die linke Bremse, steuerte das Bugrad nach links und stieß die Steuerbordschubhebel vor. Bremsen und Triebwerke taten ihre Wirkung, die Maschine flog im rechten Winkel scharf nach links herum. Sogleich nahm Patroni das Gas wieder weg und trat auf beide Bremsen. Die 707 rollte noch ein Stück, wurde langsamer, hielt.

Patroni lachte übers ganze Gesicht. Man stand genau in der Mitte der Rollbahn, die der Startbahn dreinull in gehörigem Abstand parallel lief. Die Dreinull war frei.

Noch während Tanya „Er hat's geschafft, er hat's geschafft!" jubelte, gab Bakersfeld dem Schneetisch bereits Anweisung, die Räumfahrzeuge abzuziehen. Seine Wut auf Patroni hielt an. Er konnte dem Mann wegen Gehorsamsverweigerung in kritischer Situation die allergrößten Schwierigkeiten machen, doch wußte er selber, daß er das nicht tat. Patroni hatte wieder einmal Dusel gehabt. Die Legenden, die ihn umrankten, waren um eine weitere Wundermär reicher geworden.

Die Räumfahrzeuge zogen bereits ab. Bakersfeld stellte die Turmfrequenz ein. „Mobil eins an Bodenleitstelle. Die Intercontinental-Boeing 707 ist von der Dreinull weg. Die Fahrzeuge haben die Bahn verlassen. Ich kontrolliere noch auf Hindernisse."

Er richtete den Suchscheinwerfer auf die Bahn. Manchmal ließen Arbeitertrupps irgend etwas liegen, Werkzeuge und Materialreste, eine Gefahr für ein startendes oder landendes Flugzeug. Doch zeigten sich jetzt im Suchlicht auf der unebenen Schneedecke keinerlei Fremdkörper.

Er sah den letzten Schneepflug an der nächsten Kreuzung abbiegen und folgte ihm mit erhöhter Geschwindigkeit. Als er den Pflug links überholt hatte, meldete er: „Bahn dreinull frei und betriebsklar!"

Flug zwei, die *Golden Argosy,* flog zehn Meilen entfernt fünfzehnhundert Fuß hoch in den Wolken. Nach einer kurzen Erholungspause saß Harris wieder am Steuer.

Der Anflugcontroller in Lincoln – Demerest kam die Stimme bekannt vor – hatte die Maschine auf ihrem Sinkflug bei mehrfachem Kurswechsel in sanften Kurven gehalten. Die beiden Piloten merkten, daß er sie geschickt auf eine Position brachte, von wo aus sie ohne schwierigere Manöver eine der beiden in Frage stehenden Landebahnen erreichen konnten. Jetzt war die endgültige Wahl fällig. Ihre Unruhe nahm zu.

Cy Jordan kam aus der Kabine, um das Gesamtlandegewicht unter Einbeziehung des noch vorhandenen Treibstoffs zu berechnen. Dann ging er in die erste Klasse zurück. Harris und Demerest besprachen das Trimmverfahren bei der Landung mit der klemmenden Höhenflosse.

Dann erschien Dr. Compagno. „Ich dachte mir, es wird Sie interessieren – Fräulein Meighen hält sich gut. Wenn man sie gleich nach der Landung ins Krankenhaus bringt, dürfte sie durchkommen."

Demerest war so ergriffen, daß er kein Wort hervorbrachte. Harris schaltete sich sofort ein. „Schönen Dank, Doktor. In ein paar Minuten sind wir da.“

In der Passagierkabine war alles vorbereitet. Die Verletzten hatte man auf ihrem Sitz angeschnallt. Bei Gwen Meighen wachte auf jeder Seite ein Arzt, bereit, sie bei der Landung gegen Stoß und Zug abzuschirmen. Den anderen Passagieren hatte man gezeigt, wie sie sich schützen mußten. Ada Quonsett, die jetzt doch ein bißchen Angst hatte, umklammerte die Hand des Oboisten.

Judy gab das Baby, das sie wieder auf den Schoß genommen hatte, der Mutter zurück. Von der Aufregung ringsum unberührt, lag es in seligem Schlummer.

Demerest verglich Jordans Landegewichtsberechnung mit der Anzeige des Gewicht-Fahrt-Rechners auf dem Instrumentenbrett. „Anfluggeschwindigkeit hundertfünfzig Knoten!“ rief er. Mit dieser Geschwindigkeit also sollte man bei dem hohen Gewicht und der klemmenden Höhenflosse über die Platzbegrenzung kommen! Bedrückt setzte Harris auf seinem Fahrtmesser die Warnmarke an. Demerest folgte seinem Beispiel. Selbst für die längste Landebahn war das bei diesem Wetter eine irrsinnige Landegeschwindigkeit – da die Fahrwerkbremsen auf der schneeglatten Landebahn nicht viel ausrichten konnten, mußte man nach dem Aufsetzen mit einem bedenklich langen Ausrollen rechnen. Unter die berechnete Geschwindigkeit zu gehen wäre jedoch selbstmörderisch gewesen, man hätte das Flugzeug nicht mehr abfangen können. Demerest griff nach dem Mikrophon. Bakersfelds Stimme kam ihm zuvor.

„Trans America zwei, kurven Sie rechts auf Kurs zweiachtfünf ein. Landebahn dreinull ist frei.“

„Höchste Zeit“, sagte Demerest und ließ einen Fluch der Erleichterung folgen. Er bestätigte die Meldung und ging mit Harris die Landeprüfliste durch.

Ein dumpfer Knall fuhr durch das Flugzeug – es war aber nur das Geräusch des ausfahrenden Fahrwerks. „Ich fliege flach an“, sagte Harris. „Wir setzen ganz vorn auf. Wir brauchen jede Handbreit von den Liegenschaften da unten.“

Demerest grunzte zustimmend. Seine Augen suchten nach einem ersten Schimmer der Flughafenlichter. Hundertfünfzig Knoten – und man wußte noch immer nicht genau, wie schwer das Flugzeug beschädigt war und in welchem Ausmaß sich der Schaden während des

unruhigen Fluges womöglich verschlimmert hatte. Das ganze Leitwerk konnte einem wegbrechen, und dann war's aus.

Harris steigerte die Sinkgeschwindigkeit von siebenhundert auf achthundert Fuß pro Minute. Er flog nach dem Instrumentenlandeverfahren an. Demerest spürte das verzweifelte Verlangen, Harris' Platz einzunehmen, und bei jedem andern hätte er das Kommando an sich gerissen.

Seine Gedanken wanderten in die Touristenkabine ... bleib mir am Leben, Gwen, gleich sind wir da ...

Wieder die Stimme Keith Bakersfelds: „Trans America zwei, Ihr Kurs und Ihr Sinkflug sind tadellos. Schneedecke auf der Dreinull mittel bis leicht. Wind Nordwest, dreißig Knoten. Sie haben natürlich Landevorrang."

Wenige Sekunden später kam man aus den Wolken heraus und sah die Landebahnfeuer in kurzer Entfernung vor sich.

„Lincoln Anflugkontrolle", meldete Demerest, „wir sehen die Landebahn."

„Verstanden, Flug zwei." Man hörte der Stimme an, daß der Sprecher aufatmete. „Jetzt übernimmt Sie der Turm. Schalten Sie auf seine Frequenz. Und viel Glück!" Demerest ließ den Mikrophonknopf zweimal knacken – die Kurzformel des Fliegers für „besten Dank".

„Landescheinwerfer an!" rief Harris mit frischer Stimme. „Landeklappen auf fünfzig Grad!“ Demerest folgte der Anweisung. Man kam jetzt schnell hinunter. „Vielleicht brauche ich Hilfe beim Seitenruder“, sagte Harris.

„Ist recht.“ Demerest stemmte die Füße auf die Ruderpedale. Bei verminderter Fahrt ließ sich das Ruder, da der Servomotor zerstört war, nur noch schwer betätigen – wie die Steuerung eines Wagens, bei dem die Servolenkung ausgefallen ist, nur noch viel schwerer. Nach der Landung mußte man wahrscheinlich zu zweit alle Kraft am Seitenruder aufwenden, um die Richtung einzuhalten.

Man jagte über die Platzbegrenzung. Die Landebahnfeuer zogen sich wie fern zusammenlaufende Perlschnüre hin. Auf jeder Seite der Bahn lag aufgetürmter Schnee, dahinter tiefe Finsternis. Harris flog so niedrig an, wie er es nur wagen konnte. Die Bodennähe machte die außergewöhnlich hohe Landegeschwindigkeit optisch deutlich. Die gut zwei Kilometer lange Bahn wirkte bestürzend kurz.

Harris fing die Maschine ab, ging in Horizontalflug und nahm allen Schub weg. Das Triebwerkgeräusch verebbte, an seine Stelle trat das Heulen des Fahrtwindes. Dicht vor der Landebahnschwelle nahm Demerest flüchtig die verschwommenen Umrisse der Hilfsfahrzeuge wahr, die hier aufgefahren waren, um dem landenden Flugzeug sofort zu folgen. Wir werden euch vielleicht brauchen, dachte er. Halte durch, Gwen.

Das Flugzeug setzte auf. Hart! Mit hoher Fahrt! Harris schaltete rasch die Störklappen ein und riß die Schub-Umkehrhebel hoch. Heulend gingen die Triebwerke auf stark bremsenden Gegenschub. Die Fahrt verlangsamte sich, doch als man schon drei Viertel der Bahn hinter sich hatte, war die Maschine noch immer zu schnell.

Das Flugzeug hatte Linksdrall. „Seitenruder rechts!“ rief Harris. Mit vereinten Kräften gelang es den Piloten, die Richtung zu halten. Schon aber sahen sie das Bahnende auf sich zukommen, dahinter einen Schneeberg und dahinter wie eine Höhle die Finsternis.

Harris trat mit aller Gewalt auf die Fußbremsen. Kreischen von Metall, Quietschen von Gummi. Die Finsternis schoß heran, das Flugzeug aber wurde endlich langsamer ... noch langsamer ... noch langsamer ... Knapp einen Meter vor dem Ende der Bahn kam die *Golden Argosy* zum Stehen.

KEITH BAKERSFELD blickte auf die Uhr des Radarraums. Noch eine halbe Stunde Dienst. Ach was. Er schob sich mit seinem Stuhl vom Radartisch weg, nahm das Kopfhörermikrophon ab, löste es aus dem Stromnetz, stand auf und warf einen Blick umher, den letzten Blick auf seine Arbeitsstätte.

„He! Was ist los?“ rief der Dienstleiter Tevis.

„Da, nehmen Sie’s – es wird ja ein andrer brauchen.“ Keith warf ihm das Kopfhörermikrophon zu und ging hinaus.

Hätt’st du schon vor Jahren tun sollen, sagte er draußen auf dem Korridor zu sich. Eine tiefe Erleichterung überkam ihn, ein Taumel, er war ganz benommen davon – was war das nur? – Daß er Flug zwei sicher heruntergeleitet hatte, nein, das war’s nicht, das hätte jeder andere da drin auch gekonnt. Und ungeschehen machen konnte es nichts, nicht einmal wettmachen, was er der Familie Redfern angetan hatte.

Und doch hatte in seinem jähen Ausbruch im Radarraum vielleicht etwas Läuterndes gelegen, die jähe, um fünfzehn Jahre verspätete Erkenntnis, daß er die Luftfahrt aus dem Grund seiner Seele haßte und immer gehaßt hatte.

Er trat in die Garderobe. Die Holzbänke. Das Schwarze Brett mit seinen vielen Zetteln. Er öffnete seinen Schrank und zog sich um. Im Fach lag noch allerlei. Nicht mehr wichtig. Nur eins war ihm wichtig – das Farbphoto von Natalie. Behutsam löste er es von der Innenseite der Metalltür ab ... Natalie im Bikini, Natalie lachend, Natalies Koboldgesicht, ihr flatterndes Haar ...

Er steckte das Bild ein. Dann stand er wie erstarrt. Ungewollt formte sich in ihm ein Entschluß. Er wußte nicht, ob er ihm gerecht werden konnte, wußte nicht, wie es morgen damit stand. Wenn es aber nicht ging, dann hatte er ja immer noch die Pillenschachtel in der Tasche. Fest stand, daß er jetzt nicht ins Gasthaus O’Hagan ging. Fest stand, daß er nach Hause ging.

Das eine war ihm klar – wenn es für ihn noch eine Zukunft geben sollte, mußte er aus seinem Beruf ausscheiden. Das war gewiß das Schlimmste daran – er wußte es von andern, die es getan hatten. Und mach dir klar, sagte er zu sich, es kommt immer wieder die Stunde, wo du an Lincoln zurückdenken mußt – und an Leesburg und alles. Dem entgehst du nicht. Die Erinnerung an die Familie Redfern wirst du nie los.

Konnte sich eine solche Erinnerung aber nicht vielleicht anpassen – an die fortschreitende Zeit, an die veränderten Umstände, an die Realitäten des Lebens? Laß die Toten ihre Toten begraben, mahnte die Bibel. Was geschehen, ist geschehen.

Ob er die Erinnerung an die vier Toten nicht auf ein stilles Leid eingrenzen und sich ganz den Lebenden widmen konnte, Natalie und den Kindern? Er wußte nicht, ob seine moralischen und physischen Kräfte dazu ausreichten. Immerhin, versuchen konnte er es.

Er fuhr mit dem Fahrstuhl nach unten. Auf dem Weg zum Parkplatz blieb er stehen. Einer plötzlichen Eingebung folgend, holte er die Pillenschachtel hervor und entleerte sie in den Schnee.

Von seinem Wagen, mit dem er noch auf der Rollbahn nahe der Dreinull stand, sah Generaldirektor Mel Bakersfeld, daß die *Golden Argosy* unverzüglich zum Hauptgebäude rollte; ihre Lichter bewegten sich rasch darauf zu. Im Funkgerät hörte er, wie die Bodenleitstelle andere Flugzeuge anwies, dem beschädigten Düsenriesen an den Roll- und Startbahnkreuzungen Vorfahrt zu geben. Flug zwei solle zum Flugsteig siebenundvierzig rollen, dort stünden Ärzte, Krankenwagen und Beamte der Trans America bereit. Bakersfeld sah die Lichter des Flugzeugs in das Lichtermeer des Hauptgebäudes eintauchen.

Die Kolonne der Hilfsfahrzeuge im Gebiet der Dreinull löste sich auf. Die Intercontinental-Boeing 707 hatte Patroni einem Mann übergeben, der sie zur Wartungshalle rollen sollte. Tanya und Tomlinson waren in Patronis Wagen umgestiegen. Tanya wollte rasch zum Flugsteig siebenundvierzig, wo man sie gewiß brauchte. „Bleibt es dabei, daß du zum Abendbrot kommst?“ hatte sie Mel beim Aussteigen leise gefragt.

„Natürlich, ich komme gern – wenn es nicht schon zu spät ist.“ –

Sie hatte sich eine Strähne ihres roten Haars aus der Stirn gestrichen und ihn mit ihren klaren, sprechenden Augen lächelnd angeschaut. „Es ist nicht zu spät, Mel.“

Tomlinson wollte die Besatzung der *Golden Argosy* interviewen, die Helden des Tages. Wahrscheinlich, sagte sich Bakersfeld, überschatteten die dramatischen Augenzeugenberichte morgen in der *Tribune* die weit prosaischeren Erklärungen über den erforderlichen Ausbau des Flughafens, die er Tomlinson gegenüber abgegeben hatte – vielleicht aber doch nicht ganz, Tomlinson war ein verantwortungsbewußter Journalist, er ergriff sicherlich die Gelegenheit, von den Sensationen des Augenblicks eindrucksvoll auf die ernsten Zukunftsprobleme überzuleiten.

Bakersfeld sah die Intercontinental-Boeing wegrollen. Anscheinend

war sie unbeschädigt, doch mußte sie, bevor man sie nach Acapulco starten ließ, unbedingt gründlich überprüft werden. Die Wartungsfahrzeuge folgten ihr.

So bestand für ihn eigentlich kein Grund mehr, nicht auch zurückzufahren. Doch fand er – zum zweitenmal in dieser Nacht – in der Einsamkeit des Rollfelds, wo man sich der wahren Fliegerei näher fühlte, einen Anreiz, noch ein wenig seinen Gedanken nachzuhängen. Hier draußen hatte er vor einigen Stunden das Vorgefühl nahenden Unheils gehabt, und wirklich hatte sich seine Ahnung bestätigt. Doch hatte es eine glückliche Fügung gewollt, daß außer Guerrero niemand bei dem Unglück ums Leben gekommen war und daß die Flughafenanlagen keine Schuld traf.

Immerhin hätte es auf dem Flughafen noch zu einer weit schlimmeren Katastrophe kommen können, und dies infolge der Mängel, die er immer wieder gerügt und vergeblich zu beheben gesucht hatte. Trotz der strahlenden Glas- und Chromfassade, trotz des rekordbrechenden Passagieraufkommens und trotz des anspruchsvollen Werbeworts ZENTRUM DES LUFTVERKEHRS war der Flughafen Lincoln veraltet. Schuld daran war, daß der Fortschritt der Luftfahrt alle Voraussagen übertroffen hatte. Wieder einmal hatten sich die „realistisch denkenden“ Fachleute geirrt, wieder einmal hatten die „Phantasten“ recht behalten.

Und so war es überall in der Welt. Man sprach so viel davon, daß das Flugzeug bei seiner zunehmenden Vervollkommnung bald für Menschen und Frachten das billigste Beförderungsmittel aller Zeiten sein werde; auf dem Boden aber hinkte die Entwicklung nach. Eine Stimme allein konnte daran nicht viel ändern, doch konnte jede Stimme, die aus Sachkenntnis und Überzeugung sprach, zu einer Änderung beitragen. Bakersfeld wollte das Seine dazu tun, er wollte fortfahren, Fraktur zu reden, wie er es heute getan hatte.

Als erstes mußte er eine Sondersitzung des Flughafenausschusses einberufen und diesmal auf einer festen Zusage zum Bau einer neuen Start- und Landebahn parallel zur Dreinull bestehen. Nichts konnte seiner Forderung mehr Nachdruck verleihen als das, was diese Nacht gelehrt hatte. Er wollte den Herren jetzt die Zähne zeigen. Und dafür sorgen, daß er die Stimme der öffentlichen Meinung für sich gewann – die einzige, auf die man in den Cliquen der Parteileute hörte.

Neue Start- und Landebahnen – und dann die großen Projekte, die man bisher nur am Rande erwähnt hatte: eine völlig neue Flughafenanlage; sinnreichere Abfertigungssysteme für Passagiere und Fracht; ein eigenes Rollfeld für die auf die Verkehrsluftfahrt zukommenden Kurz- und Senkrechtstarter. Sollte der internationale Flughafen Lincoln mit dem Düsenzeitalter Schritt halten können, so mußte man sich dranhalten. Und ein Flughafen war ja keineswegs ein Renommier- und Luxusobjekt. Fast jeder unterhielt sich selbst und verhalf obendrein vielen Menschen in der Stadt zu Arbeitsplätzen und Wohlstand.

Vielleicht, dachte Bakersfeld, hielt ihn der Kampf um den Boden-Luft-Fortschritt und die Verfolgung seiner wirtschaftswichtigen Ausbaupläne so in Atem, daß er seine persönlichen Sorgen weniger spürte. Wobei ihm einfiel, daß er Cindy anrufen und mit ihr seinen Auszug aus der Wohnung besprechen mußte. Wenig schön, dieser Auszug – hoffentlich waren Roberta und Libby dabei nicht zugegen. Am besten, er nahm sich, bis er eine Wohnung fand, ein Hotelzimmer. Daß es unausweichlich zu dem gemeinsamen Entschluß, sich scheiden zu lassen, hatte kommen müssen, war ihm jetzt klarer denn je. Durch ein ewiges Hinausschieben wäre nichts gewonnen, weder für ihn noch für Cindy, noch für die Kinder.

Und Tanya? Für eine feste Bindung war die Zeit noch nicht gekommen, doch sehnte er sich nach ihrer Nähe, ihrer Herzenswärme, ihrer Zärtlichkeit. Gewiß lag noch viel Schönes vor ihnen.

Er setzte seinen Wagen in Gang und lenkte ihn auf die Rollfeldringstraße in Richtung auf das Empfangsgebäude. Zu seiner Rechten sah er die Dreinull, auf die der Turm nun schon wieder einen ständigen Strom von Flugzeugen leitete. Eine Convair 880 der TWA schwebte an und setzte auf. Eine halbe Meile dahinter näherten sich die Landescheinwerfer einer anderen Maschine, und dahinter kurvte eine dritte ein.

Daß er die Lichter der dritten sehen konnte, machte ihm plötzlich bewußt, daß sich die Wolkenuntergrenze gehoben hatte. Es schneite nicht mehr. Im Süden wurde stellenweise der Nachthimmel sichtbar.

Der Sturm hatte sich gelegt.

Arthur Hailey

Es gab eine Zeit, wo Arthur Haileys Kinder nicht recht wußten, was sie von ihrem Vater halten sollten. Zwar stand er zu imponierend früher Stunde auf – um sieben – und betätigte sich vor dem Frühstück – mit Schwimmen und Laufen – als Sportsmann, danach aber hockte er den ganzen Tag oben in seinem Zimmer. „Wieso geht er nicht wie jeder andere Vater morgens zur Arbeit?“ wurden die Kinder auf dem Schulweg von Mitschülern gefragt. „Was tut er überhaupt?“ Janes beiläufige Bemerkung „Och, der sitzt eben da und schreibt Geld“ war zwar eindrucksvoll, ließ den Vater jedoch eher als gewerbsmäßigen Banknotenfälscher erscheinen.

Die Kinder fanden es aber sehr schön, einen Schriftsteller zum Vater zu haben, denn jedes seiner Bücher ist eine Art Familienprodukt. Sheila, Haileys reizende Frau, war jederzeit bereit, das Heim in Kalifornien für eine Weile zu verlassen, um irgendwo Tatsachenmaterial für ihn nachzuprüfen; Jane durfte vor der Schule in Papas Arbeitszimmer staubwischen; Steven bediente den Kopierapparat, und die Jüngste, Diane, redete jedenfalls mit, wenn die Familie beim Abendbrot das jüngste Kapitel des gerade werdenden Buches diskutierte.

Arthur Hailey braucht für jedes Buch drei Jahre: ein Jahr, um seinen Stoff zu sammeln und in sich aufzunehmen, sechs Monate für Planung des Aufbaus und der Handlungsführung und achtzehn Monate für die Niederschrift. Die Vorarbeiten führen Hailey manchmal um die halbe Welt. Er sucht immer nach Stoffen aus der Gegenwart – er findet nämlich, daß wir in der interessantesten Epoche der Menschheitsgeschichte leben. Mit seinem liebenswürdigen Wesen gewinnt er rasch das Vertrauen seiner Gesprächspartner, und schon während er Menschen bei ihrer Arbeit beobachtet und geduldig ihren technischen Erklärungen lauscht, formt sich in ihm ein Kapitel eines neuen Buchs.

Jedesmal, wenn er es dann halb fertig hat, glaubt er, es sei eine einzige Katastrophe. Und jedesmal zeigt ihm der spätere Erfolg, wie sehr er sich geirrt hat.

Arthur Haileys Art zu schreiben spiegelt eine seiner besten Eigenschaften wider: Er interessiert sich viel mehr für andere als für sich selbst. Seine Gabe, in die Umwelt, vor allem die Arbeitswelt fremder Menschen völlig einzutauchen, macht seine Bücher so ungeheuer lebendig. Als er seinen Roman „Räder" schrieb, riet ihm ein Betriebsleiter beim Gang durch eine Montagehalle nicht nur ein paar Minuten an den einzelnen Arbeitsplätzen zu verweilen, sondern mindestens eine halbe Stunde. Hailey wurde schon nach fünf Minuten so nervös, daß er sich nur mit Mühe zwingen konnte zu bleiben. Aber er blieb so lange, bis er die erbarmungslose Monotonie der Fließbandarbeit körperlich spürte.

Arthur Hailey ist in England geboren und besuchte dort die Schule. 1939 ging er zur britischen Luftwaffe, wurde Pilot und diente in Europa, im Nahen und im Fernen Osten. 1947 übersiedelte er nach Kanada. Dort arbeitete er zunächst als Kaufmann und in der Werbung, dann in einem Verlag, wo er auch seine Frau kennenlernte. Die Haileys wohnen jetzt auf den Bahamas, und ihre Kinder gehen in den Vereinigten Staaten zur Schule.

ICH KIM – WER DU?

Meine Tochter aus Saigon

Eine Kurzfassung des Buches von
FRANK W. CHINNOCK

Ins Deutsche übertragen von Bettina Berger und Heinz von Sauter
Deutsche Buchausgabe: »Ich Kim – wer du?« (Kim: A Gift from Vietnam)
Paul Zsolnay Verlag Gesellschaft m. b. H., Wien/Hamburg, 1970

Frank W. Chinnock hatte nur einen Blick auf die zweijährige Nguyen Thi Ninh geworfen, da war er schon fest entschlossen, daß weder die große Entfernung noch der Papierkrieg ihn hindern sollte, das Kind aus dem Waisenhaus in Saigon herauszuholen und vor den Schrecknissen des Vietnamkrieges und einer trostlosen Zukunft zu bewahren. Doch sein Idealismus wurde auf eine harte Probe gestellt, denn ihm als amerikanischem Bürger standen bei der Adoption eines vietnamesischen Kindes die unwahrscheinlichsten Schwierigkeiten im Wege. Volle achtzehn Monate sollte es dauern, bis die Chinnocks das kleine Mädchen in die Arme schließen konnten, das später „Kim" genannt wurde.

Doch damit hörten die Probleme nicht auf: die Chinnocks konnten sich mit dem zarten, verängstigten und pflegebedürftigen Kind zunächst nicht verständigen. Jeder einzelne in der Familie – Frank W. Chinnock selbst, seine Frau Jane und die drei Buben – mußte viel Geduld und Einfühlung aufbringen, um mit Kims unberechenbaren Reaktionen und ihrem asiatischen Temperament fertigzuwerden und sie die seltsamen Sitten ihrer neuen Welt zu lehren.

Dieser packende Bericht von dem unerschütterlichen, liebevollen Bemühen einer amerikanischen Familie, ein vietnamesisches Kind nicht nur auf dem Papier, sondern auch im Herzen zu adoptieren, ist ein beispielgebendes Zeugnis unserer Zeit.

1

AN EINEM KLAREN, warmen Apriltag des Jahres 1968 erhielten wir einen Brief, der viele unserer Fragen beantwortete. Er kam von Madame Lin Kieu aus dem Duc-Anh-Waisenhaus in Saigon und begann mit den Worten:

Lieber Herr Chinnock,
ich weiß, Sie viele Fragen und Wißbegier haben wegen Ninh. Ich will erzählen Ihnen von diese reizende Kind, erzählen Ihnen, wie sie gefunden zu uns und wie gut sie hat gehabt hier kleine Weile in unsere große Heim. Da geschah es in eine Nacht, es ist schon spät, ein Polizist, er kommt rasch zu unsere vordere Tor. Und auf seine starken Armen trägt er ...

Juli 1964

ALS DER POLIZIST sie fand, lag sie, die dünnen Beinchen von sich gestreckt, neben mehreren toten vietnamesischen Männern und Frauen am Rand einer zerschossenen Straße und brüllte zum östlichen Mond hinauf. Offenbar war hier eine Granate explodiert. Der Granatwerferüberfall des Vietkong auf die Offiziersunterkünfte am Ende der Straße war unerwartet und plötzlich gewesen.

Der Polizist wunderte sich, daß die Kleine unverletzt geblieben war. Und sie war so mager und ausgehungert, daß er sich fragte, wo sie die Kraft hernahm, so laut zu quäken. Als er sie aufhob, schlugen ihre winzigen Fäustchen nach seinem Kopf wie Mottenflügel gegen eine Glühbirne.

Was sollte er mit ihr tun? Er fühlte sich etwas unbehaglich, als er in voller Uniform und weißem Helm mit dem schreienden Kind auf den Armen im Sturmschritt die dunkle Straße hinuntereilte. Der

Tod war ihm vertraut, aber diesmal ging es um Leben, um ein lebendiges, hilfloses Geschöpf, das er in seinen ungeübten Armen trug.

Als das Duc-Anh-Waisenhaus in Sicht kam, atmete er erleichtert auf. Dort würden sie wissen, was mit ihr zu tun war. Ihr Geschrei schien schwächer zu werden. Ja. Sie wurde schläfrig, und er wiegte sie im Gehen. Eine junge Frau stand rauchend hinter dem Tor.

„Ah . . . Fräulein?"

Das glimmende Zigarettenende verschwand. „Ja, was gibt's?"

„Ich habe . . . da ist ein Kind . . ."

Grob wurde ihm seine Last abgenommen. „Idiot!" fauchte sie ihn an. „Wo haben Sie . . . wie kommen Sie zu ihr?"

Er war über ihre Barschheit erstaunt, aber so viele Leute waren neuerdings gereizt. „Ich . . . ich habe sie auf der Straße gefunden." Er erzählte der hitzköpfigen jungen Frau, was sich zugetragen hatte, aber sie wurde daraufhin nicht freundlicher.

„Gehen Sie!" kam der leise Befehl. „Wir werden jetzt für das Kind sorgen."

Seltsam betrübt über seinen Verlust, ging er fort. Er blickte nach dem Waisenhaus zurück. Vielleicht würde er wiederkommen, um sie zu besuchen – wenn sie noch lebte. Sie hatte so zerbrechlich gewirkt, mit ihrem vom Hunger aufgetriebenen Bauch. Wieder ein verwaistes Kind.

Im Duc-Anh-Waisenhaus trug die junge Schwester das jetzt verstummte Kind zur Leiterin, Madame Kieu. „Ein Polizist hat da wieder ein verlassenes Kind gebracht. Es ist in miserabler Verfassung. Oh, wann werden endlich keine Waisen mehr kommen?"

Die Leiterin, eine grauhaarige kluge Frau, musterte die Kleine: „Etwa sechs Monate alt, würde ich sagen. Legen Sie sie in ein Bettchen. Wir wollen sie Ninh nennen, Nguyen Thi Ninh*. Und wir müssen unser möglichstes tun, um sie durchzubringen."

Die junge Schwester, eine fromme Buddhistin, beugte gehorsam den Kopf. Aber sie hatte ihre Zweifel. Das „möglichste" zu tun war vielleicht nicht genug.

Katonah, New York, Januar 1966

Es GIBT JENE seltenen Augenblicke, in denen sich alles wie von

* Die Vietnamesen nennen Vor- und Nachnamen in umgekehrter Reihenfolge wie wir. Nguyen ist ein ziemlich häufig vorkommender Nachname, Thi und Ninh sind gebräuchliche Mädchennamen.

selbst zusammenfügt. Jemand sagt etwas, und Ah! geht einem ein Licht auf und erhellt alle dunklen Winkel in Kopf und Herz.

So ging es mir an einem Montag im Januar beim Mittagessen. Einer meiner besten Freunde erzählte gerade von seinen letzten Erfahrungen in Vietnam. Seit Monaten hatte der Gedanke an die Tragödie in Vietnam meine Frau Jane und mich, wie so viele andere auch, gequält. Für uns waren die Argumente beider Parteien – hier für die Rechtfertigung unserer Anwesenheit in diesem Land, dort für die Forderung einer sofortigen Beendigung des Krieges – logisch und überzeugend. Was uns so aufwühlte, waren die bedauernswerten Überbleibsel des Krieges, jedes Krieges, die Kinder. Es gab bereits Tausende von Kriegswaisen in Vietnam. Was sollte aus ihnen werden? Es mußte doch irgend etwas geben, was wir tun konnten.

Als dann mein Freund die Tragödie dieser Waisen schilderte, schoß es mir durch den Kopf: Vielleicht konnte ein Kind – ein verlorenes, verlassenes Kind, ohne Hoffnung und Zukunft – aus den Trümmern gezogen werden. Vielleicht konnten wir tatsächlich auf diese bescheidene Weise etwas tun – etwas Sinnvolles inmitten all der sinnlosen Zerstörung, ein Leben retten, um die vielen Tode sühnen zu helfen.

Am Abend saßen Jane und ich noch beisammen, um uns über die Ereignisse des Tages zu unterhalten.

„Ich fahre nach Vietnam", sagte ich ohne Einleitung, „und adoptiere ein Kind."

Ich werde Janes Antwort nie vergessen. Sie zeigte keine Spur von Erstaunen oder Bestürzung. Sie sagte nicht etwa: „Was redest du da?" oder „Du bist verrückt! Was soll das heißen?" Sie sah nur zu mir herüber und fragte ruhig: „Ja? Ein Mädchen, hoffe ich?"

„Natürlich", sagte ich, „ein Mädchen, ganz klar."

Jane starrte mich mit großen Augen an. „Es ist dir Ernst damit?" fragte sie. Sie dachte, gestand sie später, ich hätte es halb scherzhaft gemeint, und kein vernünftiger Mensch könne eine so verrückte Idee wirklich für durchführbar halten. Aber sie wollte mehr wissen, und so erzählte ich ihr von dem Bericht meines Freundes über die trostlose Lage der vietnamesischen Waisen und erklärte, daß ich hinfahren und ein solches Kind holen wolle.

Jane schwieg, und ich ließ sie in Ruhe nachdenken. Es war schließlich keine belanglose Augenblicksentscheidung, sondern es ging um eine schwerwiegende Verpflichtung. Doch vieles sprach dafür. Wir waren beide Einzelkinder gewesen und wußten, was es hieß, sich einsam zu fühlen. Vielleicht konnten wir wenigstens einem verwaisten vietnamesischen Kind Liebe, eine Familie und ein Heim geben. Auch hatten wir bereits drei Söhne: Chris war zwölf, Randy elf und Duncan sechs. Ein Mädchen würde für Jane eine willkommene Verbündete sein.

„Der Gedanke ist schon ein bißchen umwerfend", sagte sie schließlich. „Es ist nicht so leicht, einfach gleich ja dazu zu sagen."

„Sicherlich nicht. Ich habe auch keine Ahnung, ob es überhaupt möglich ist. Aber wenn ja, dann mußt vor allem du dir das Kind wünschen. Die Hauptverantwortung – wenn es klappen sollte – wird bei dir liegen. Denn du wirst die meiste Zeit mit ihr zusammen sein."

Jane nickte. „Ich habe gerade überlegt, ob ich dem gewachsen bin."

Ich lächelte. „Das ist meine geringste Sorge." Und das stimmte.

Sie war bald vierzig, sah aber zehn Jahre jünger aus. Mit ihrer schlanken Gestalt, ihrem kurzen blonden Haar, den klaren blaugrünen Augen und dem offenen, stets bereiten Lächeln war sie eine höchst attraktive Frau. Aber es waren nicht nur ihre äußeren Reize, die mich vor siebzehn Jahren angezogen hatten. Was die Menschen an ihr liebten, waren ihre Wärme, ihre Großzügigkeit und Hilfsbereitschaft. Sie war das ausgleichende Element in unserer Familie und wußte immer das rechte Wort im richtigen Augenblick.

Jetzt schwieg sie und runzelte nachdenklich die Stirn. „Ich habe einige persönliche Zweifel", gestand sie schließlich, „aber im ganzen finde ich den Gedanken immer faszinierender. Ein kleines vietnamesisches Mädchen würde eine völlig neue Welt eröffnen . . . Mein Gott! Abgesehen davon, daß es etwas Aufbauendes und Sinnvolles wäre, glaube ich, es könnte eine phantastische Aufgabe sein. Aber hältst du es wirklich für durchführbar?"

Und so begann alles. Es war aber nur der erste zaghafte Schritt eines, wie sich herausstellte, langen und entmutigend schwierigen Unternehmens. Die Kinder waren von der Idee begeistert, nur Chris, der Älteste, hatte einen Einwand: Er meinte, ob wir nicht lieber einen Jungen nehmen sollten, „dann wären wir beim Fußball zwei gegen zwei". Duncan war am aufgeregtesten. Nun würde er jemanden, der ihm im Alter näherstand, zum Spielen und „Herumkommandieren" haben und nicht mehr der Jüngste in der Familie sein.

Ich mußte vor allem herausfinden, ob das Ganze nicht vielleicht nur ein Wunschtraum war. Ich rief die Tante eines Freundes an, die eine Adoptionsvermittlung in New York leitete. „Ganz ausgeschlossen", war die Antwort. „In Vietnam sind noch nicht einmal Adoptionshilfsstellen eingerichtet."

„Kann ich nicht einfach hinfahren und mich selbst darum kümmern?"

„Mein lieber Herr, Sie machen sich keinen Begriff, wie kompliziert eine Adoption ist. Da gibt es Vorschriften, Bedingungen, Verfahren, Überprüfungen, gegenseitige Abstimmung... Das muß den Fachleuten überlassen bleiben."

Ähnliches hatte ich schon früher gehört. „Wenn es in Vietnam keine Fachleute gibt, müssen wohl wir Laien die Sache machen, so gut wir können."

„Sie werden sich die Zähne daran ausbeißen", sagte sie ziemlich heftig. „Überhaupt, warum muß es ein vietnamesisches Kind sein? Hier im Land sind doch genügend Kinder zu haben, oder etwa nicht?"

Dies war eine der Fragen, die man uns im Laufe der Zeit am häufigsten entgegenhielt. Eine mit uns befreundete Fürsorgerin war über das Ansinnen empört: „Bei den vielen Kindern hier, die dringend ein Heim brauchen, wollen Sie so weit fahren und so viel Geld ausgeben, um vermutlich erst nach Jahren, wenn überhaupt, zu einem Kind zu kommen?"

Es war mir wichtig, daß diese Frau und ihresgleichen unsern Wunsch verstanden, nicht einfach ein beliebiges kleines Mädchen zu adoptieren, sondern ein Leben zu retten, das dieser furchtbare Krieg getroffen hatte. „Wir sind der Ansicht", erklärte ich ihr, „daß Amerikaner in Vietnam ihr Leben in dem Glauben geopfert haben, es sei unsere Pflicht und Schuldigkeit, dort einzugreifen. Wir haben große Achtung vor der Hoffnung Amerikas, daß einst in der ganzen Welt die Völker in Freiheit leben werden, aber wir können uns der Verantwortung für die Kinder nicht entziehen, die in Vietnam leiden, ohne Hoffnung und Zukunft. Der einzelne kann so wenig tun, aber wir haben das Gefühl, wenn wir ein einziges kleines Leben retten könnten, wäre das etwas Sinnvolles. Mit der Aufnahme eines vietnamesischen Kindes in unsere Familie würden wir persönlich mithelfen, die Verpflichtungen unseres Landes zu erfüllen."

Manche Äußerungen waren noch unverblümter. Ein mit uns befreundeter Schriftsteller sagte: „Ihr seid wohl verrückt! Da drüben ist doch Krieg, mein Lieber! Außerdem glaube ich gar nicht, daß es ein so guter Gedanke wäre, ein asiatisches Kind in eine typisch amerikanische Umgebung zu bringen." Und eine Freundin Janes meinte, ich verlangte zuviel von ihr. Dieser Gedanke bedrückte mich.

Andere verstanden sofort. Dazu gehörte Walter Sherman, Vizedirektor des International Social Service – des ISS, wie es in Adoptionsfachkreisen kurz hieß –, mit dem ich mich eines Tages zum Essen traf. Aber er sah schwarz für unser Vorhaben. „Sie können sich einfach nicht vorstellen, wie viele Hindernisse vor Ihnen liegen. Das ISS ist die einzige Stelle, die überhaupt Leute drüben hat. Wir haben eine vietnamesische Fürsorgerin, ein Fräulein Quoi, und stundenweise zwei freiwillige Helferinnen, Frauen von Beamten der britischen Gesandtschaft. Aber wie Sie vielleicht wissen, befaßt sich das ISS nicht mit Einzelfällen; es ist eine Vermittlungsstelle, die ausländische Kinder nur für zugelassene Adoptionsbüros überprüft. Bisher ist es uns nicht gelungen, ein vietnamesisches Kind in einer amerikanischen Adoptionsvermittlung unterzubringen. Unser Apparat reicht einfach noch nicht aus. Sie sehen also, für eine Privatperson werden die Schwierigkeiten noch größer sein."

„Aber ist es überhaupt möglich?" fragte ich äußerst gespannt.

„Offen gestanden erscheint es mir fraglich. Aber ich bewundere Ihre Entschlossenheit. Vermutlich werden Sie die Sache weiterverfolgen, egal, was ich Ihnen sage. Deshalb – obwohl es gegen alle Regeln ist, weil Sie einige Vorschriften umgehen wollen, die unserer Meinung nach nicht umgangen werden sollten – wird Ihnen das ISS innerhalb gewisser Grenzen soweit wie möglich helfen. Frau Hutchinson, eine unserer freiwilligen englischen Helferinnen, und Fräulein Quoi haben bereits vietnamesische Waisen für britische Familien überprüft, darüber hinaus auch schon einige für den Zeitpunkt, da hiesige Adoptionsbüros sie übernehmen können. Lassen Sie mich wissen, wann Sie nach Vietnam fliegen, dann schreibe ich an Frau Hutchinson. Sie wird Ihnen eine Menge unnötiger Umwege ersparen."

„Das wäre eine große Hilfe, die ich sehr zu schätzen weiß."

„Noch ein kleiner Rat. Die ärztliche Beurteilung erfordert sechs bis zwölf Monate, und Sie würden eine Menge Zeit sparen, wenn Sie ein Kind aussuchen, für das die Überprüfung schon eingeleitet ist."

Er erhob sich, und ich schüttelte ihm dankbar die Hand. Er war der erste „Fachmann", der mich nicht für völlig verrückt hielt.

BEIM DURCHACKERN einer Menge einschlägiger Literatur während der nächsten Wochen wurde mir klar, was Sherman mit „Vorschriften umgehen“ gemeint hatte. Die Adoption ausländischer Kinder war früher eine relativ einfache Sache gewesen. Aber 1959 hatte eine weitreichende Bundesgesetzgebung unter anderem verfügt, daß die jeweiligen Adoptionsvorschriften der einzelnen Bundesstaaten erfüllt werden müßten, bevor von der Einwanderungs- und Einbürgerungsbehörde ein Visum ausgegeben werden könne. Im Staat New York gab es eine Vorschrift, wonach ein amtlich zugelassenes Adoptionsbüro für jedes Kind, das zur Adoption ins Land kam, haften mußte. Durch mein selbständiges Vorgehen umging ich dieses spezielle Hindernis.

Kompliziert wurde die Sache noch durch den Umstand, daß es in Vietnam keine Tradition gesetzlicher Adoptionen gab, bis 1960 Frau Nhu, die Schwester von Präsident Diem, ein Adoptionsverfahren nach französischem Muster eingeführt hatte. Doch Adoptionen über die Landesgrenzen hinaus kamen praktisch nicht vor. Jetzt gab es aber an die hunderttausend vietnamesische Kriegswaisen. Einige waren bei Verwandten oder andern Familien untergekommen, viele in Waisenhäusern, und etwa zweitausend trieben sich auf den Straßen herum. Außer ein paar religiösen Gruppen und einigen verantwortungsbewußten Privatleuten kümmerte sich kein Mensch um sie.

Immer wieder sagte man mir: „Als Einzelperson wird Ihnen in dem endlosen Papierkrieg und der bürokratischen Amtsmühle einfach die Puste ausgehen.“

Doch je entmutigendere Ratschläge ich erhielt, um so fester wurde mein Entschluß, es durchzusetzen – irgendwie. Ich sah keinen unüberwindlichen Grund, warum es mir nicht mit Hartnäckigkeit, fremder Hilfe und einer guten Portion Glück gelingen sollte, ein kleines Kind von einem Land ins andere zu bringen, ohne das Gefüge der internationalen Beziehungen zum Einsturz zu bringen.

Die meisten unserer engeren Freunde hatten Verständnis für unseren Plan. Einige äußerten sogar den sehnsüchtigen Wunsch, es uns gleichzutun. So kam ich auf eine weitere Wahnsinnsidee. Wenn ich schon die Reise machte, um ein Kind für uns zu adoptieren, warum konnte ich dabei nicht auch Kinder für andere Familien aussuchen, die sich eines wünschten? Ich schickte an die Mitglieder unserer Kirchengemeinde einen Brief und bot meine Dienste an.

Das Echo war überwältigend. Mehr als ein Dutzend Familien zeigten sich interessiert. Die Sache sprach sich herum, und ich erhielt unzählige Anrufe, sogar aus weit entfernten Bundesstaaten. Das

Unternehmen nahm einen solchen Umfang an, daß ich beschloß, nur zwei weitere Kinder für die meistinteressierten Familien auszuwählen.

Ich erbat mir von der Zeitschrift, bei der ich arbeitete, einen Monat Urlaub und erklärte dem Chefredakteur meine Pläne. Er sagte, er werde versuchen, mir eine Pressekarte zu verschaffen, damit ich in Vietnam militärische Verkehrsmittel – Jeep und Flugzeug – benutzen könne. Damals ahnte ich noch nicht, wie außerordentlich mir dies zustatten kommen würde, besonders bei meiner Suche nach einem geeigneten Stoff für eine Story aus Vietnam, die helfen sollte, die Kosten des Unternehmens zu decken.

Ich hielt es für ratsam, eine Liste der Adoptionsvorschriften des Bundes und auch meines Heimatstaates mitzunehmen. Ich rief einen Beamten des Einwanderungs- und Einbürgerungsamtes an und erfuhr, daß ihm noch nie eine Adoption aus Vietnam untergekommen war, so daß es keinen Präzedenzfall gab. Er konnte mir nur allgemeines Informationsmaterial über Einreisebestimmungen für ausländische Kinder schicken, die adoptiert werden sollten.

Eine Dame beim Amtsgericht bezweifelte stark, daß es mir möglich sein würde, den staatlichen Vorschriften zu genügen, sandte mir aber doch Unterlagen über „private Adoptionen". Soweit ich den juristisch-soziologischen Jargon verstand, schien eine private Adoption ohne Einschaltung eines Adoptionsbüros möglich. Unsere Hoffnung wuchs.

Walter Sherman vom ISS sandte mir ebenfalls einen Stapel Druckschriften. Ich stellte fest, daß trotz der schärferen bundesstaatlichen Vorschriften die allgemeinen Regelungen für Adoptionen aus dem Ausland lockerer schienen als die für inländische. Bei den letzteren bestanden die meisten Vermittlungsbüros auf bestimmten Bedingungen in bezug auf das Alter der Eltern, auf ethnische und religiöse Übereinstimmung, sorgfältigste Überprüfung von Kind und Eltern. Auch gab es da keine eigene Wahl des Kindes. Ganz offensichtlich betraf uns einiges davon nicht. Obwohl wir als zukünftige Eltern zweifellos überprüft werden mußten, konnte bei vietnamesischen Kindern eine Auslese bestenfalls oberflächlich erfolgen, und ich würde das Kind wählen können, das ich mir wünschte.

Über die Wahl des Kindes machten wir uns natürlich beide viele Gedanken. Eines Abends kam ein Freund von uns, ein Psychiater, zu uns zum Essen, und wir besprachen eingehend, worauf ich bei der Auswahl zu achten hatte. Er riet mir vor allem, nach einem Kind

Ausschau zu halten, das schon mit irgendeinem Erwachsenen – einer Tante, Großmutter oder anderen Frau, die seine Liebe erwiderte – guten Kontakt gehabt hatte. Ein Kind, das nur eine Anstaltsumgebung kannte, mochte zu ernsthaften Gemütsstörungen neigen. Zweitens, sagte er, solle ich ein Kind wählen, das mit seinen Altersgenossen gut und fröhlich spiele, nicht eines, das in sich gekehrt oder ausgesprochen feindselig sei. Da eine Intelligenzprüfung nicht durchführbar wäre, solle ich versuchen, das Kind in verschiedenen Situationen zu beobachten, um zu sehen, wie es auf alle möglichen Anreize reagiere. Die entscheidende Frage konnte er jedoch nicht beantworten. Wie unter so vielen eines auswählen? Wie ein Kind herausfinden, das zu uns paßte?

Mehrere Abende verbrachten wir auch mit den beiden andern Familien im Gespräch über Fragen wie diese: Wie konnte ich mich vergewissern, daß die Kinder, die ich auswählte, nicht zurückgeblieben oder gefühlsgestört waren? Würde die fremde Sprache ein wesentliches Hindernis sein? Aber darauf schien es keine Antworten zu geben.

Ich buchte einen Flug nach Saigon für den 19. März und rief Walter Sherman im ISS an. Er versprach mir, Frau Hutchinson sogleich vom Zeitpunkt meiner Ankunft zu verständigen. Das Packen war eine seltsame Sache. In New York war noch Winter, in Vietnam Hochsommer. Sporthemden und Leinenhosen schienen mir angebracht, dazu ein paar Anzüge. Was Hochsommer in Vietnam hieß, mußte ich erst noch erleben.

An einem kalten Samstagmorgen fuhr Jane mich zum Flughafen. Wir sprachen nicht viel. Wir hatten die halbe Nacht geredet. „Weißt du, ich habe immer noch gewisse Bedenken", hatte sie zugegeben. „Die Jungen sind alle in der Schule, und ich könnte jetzt wieder malen. Und nun soll ich meine freie Zeit wieder einem kleinen Kind opfern."

„Darüber habe ich wohl nicht genügend nachgedacht. Aber ich sagte ja von Anfang an, daß auch du dir dieses Kind wünschen mußt."

Sie schüttelte ungeduldig den Kopf. „So einfach ist das nicht. Ich habe so meine Sorgen, kannst du das nicht verstehen? Was wird es für Folgen haben, für die Jungen, für das Kind, für mich, für uns?"

„Natürlich verstehe ich das." Ich nahm sie in die Arme und fragte sanft: „Möchtest du, daß wir das Ganze abblasen?"

Sie zögerte so lange mit der Antwort, daß ich schon meinte, sie werde ja sagen, aber schließlich wich die Spannung von ihr. „Natürlich nicht", sagte sie lächelnd, „aber einer von uns beiden muß ein wenig realistisch sein. Sei du der Träumer und überlaß mir das Sich-Sorgen-Machen."

Jetzt war der Augenblick des Abschieds gekommen. Kurz vor dem Passieren der Sperre fragte ich sie: „Denkst du immer noch, daß ich das Richtige tue, daß ich nicht verrückt bin?"

„Du tust genau das Richtige", erwiderte sie prompt. „Und du bist nicht verrückt . . . na, vielleicht ein bißchen." Sie lächelte – ein wenig gezwungen. „Aber was macht das schon?"

„Du wirst mir fehlen."

Sie schlang die Arme um meinen Hals und flüsterte: „Mein Schatz, ich bin nicht halb so tapfer, wie ich tue. Du fährst so verflixt weit fort, mitten ins Kriegsgebiet, wo Menschen getötet werden." Sie blickte zu mir auf, und ihr Gesicht hatte einen flehenden Ausdruck. „Und du mußt doch eigentlich nicht wirklich?"

Ich sah in die angstvollen Augen meiner Frau und änderte beinahe – beinahe – meinen Entschluß. Was zum Teufel hatte ich vor? Ich konnte immer noch meinen Flugschein zurückgeben. Dann riß ich mich zusammen und dachte an die letzten Monate zurück. Es mußte getan werden. „Doch, meine Liebe", erklärte ich ihr, „ich muß."

Sie musterte mein Gesicht volle zehn Sekunden lang. „Frank, wir haben drei Kinder. Wenn dir nun etwas geschieht . . ."

Ich legte meinen Finger zart auf ihre Lippen. „Früher einmal", sagte ich, „sind wir übereingekommen, daß wir das Leben nicht ängstlich anpacken wollen. Es hat Zeiten gegeben, da mußten wir uns dieses Gelöbnis in Erinnerung rufen. Und dies ist nur eine weitere Prüfung, vielleicht etwas haariger, aber im Grunde das gleiche wie früher." Dann küßte ich sie lang, im voraus für die vielen Wochen, in denen ich es nicht konnte. Sie erwiderte den Kuß. „Ich muß jetzt gehen."

„Komm heil und gesund wieder, Liebling."

„Es wird alles gutgehen, mein Schatz, ich fühle es."

Da ich zu ihr zurückblickte, verfehlte ich die erste Treppenstufe zum Flugzeug hinauf, gelangte aber dennoch stolpernd hinein und zu meinem Platz. Jane spähte angestrengt zu den kleinen Fenstern hinauf. Ich winkte heftig, aber die Sonne spiegelte sich wohl im

Glas, so daß sie mich nicht sah, denn ihr Blick glitt, ohne anzuhalten, vorbei. Dann heulten die Triebwerke auf, und ich winkte ein wenig verloren meiner Liebsten zu, die sich gegen den Märzwind stemmte.

2

März 1966

Als ich am Samstag morgen vom Kennedy Airport in New York abflog, hatte es 13 Grad unter Null gehabt. Am Montag, bei meiner Ankunft auf dem Tansonhut Airport in Saigon, zeigte das Thermometer 46 Grad bei einer Luftfeuchtigkeit von 75 Prozent. Ich hatte buchstäblich das Gefühl, ein Dampfbad zu betreten, und innerhalb weniger Sekunden waren meine Kleider durchweicht. Ich dachte an die amerikanischen Soldaten, die in voller Kampfausrüstung in diesem Klima Krieg führen mußten.

Draußen vor dem Flughafengebäude machte sich ein schmächtiger, mit schwarzen Zähnen lächelnder Vietnamese an mich heran: „Sie wollen Saigon?“ fragte er in singendem Tonfall.

„Ja, kennen Sie das Hotel Caravelle?“

Er nickte. „Caravelle. Gut.“ Er nahm meinen Koffer, führte mich zu einem uralten Chevrolet, und als wir losfuhren, brachte der Fahrtwind durch die offenen Scheiben einige Erleichterung.

Wenn das erste, was mich in Saigon beeindruckt hatte, die Hitze gewesen war, so war das zweite der Verkehr. Es gab Autos von überallher – alte Chrysler und neue Triumphs, verbeulte Fords und Volkswagen mit abblätterndem Lack, schimmernde Pontiacs mit kleinen amerikanischen Wimpeln an der Antenne, und überall sah man amerikanische Militärfahrzeuge, Lastwagen, Jeeps und PKWs sowie Hunderte knatternder Motorräder. Kreuz und quer durch den langsamen Verkehrsstrom schlängelten sich Dreiräder, jene mit Pedalen oder kleinen Motoren betriebene Version der alten Rikschas, meist mit jungen Frauen in fließenden, leuchtendbunten *ao dai*. Es gab Hondas, Fahrräder und dazwischen Karren, gezogen von alten Männern oder Frauen mit Kulihüten. Reiche Geschäftsleute in weißen Sporthemden und makellosen Hosen saßen eingebildet in ihrem Mercedes mit Privatchauffeur, während zerlumpte Arbeiter und Bauern in Sandalen dahintrotteten oder auf den Seitenbrettern fahrender Wagen hockten. An größeren Kreuzungen versuchten Polizisten in weißer Uniform und weißem Helm eine gewisse Ordnung in das Chaos zu bringen. Aber das Menschengewimmel, das durch die Straßen von Saigon rollte und drängte und hastete, war so dicht, daß von der Fahrbahn nahezu nichts mehr zu sehen war.

Der Fahrer setzte mich beim Hotel Caravelle in einem südlichen Stadtteil ab. Man hatte mir gesagt, ich solle wenn möglich dort absteigen, und ich merkte bald, warum. Das Caravelle ist vermutlich das beste Hotel in Vietnam – gepflegt, modern und gut gehalten inmitten der allgemeinen Schäbigkeit von Saigon. Von den Franzosen nach dem Zweiten Weltkrieg erbaut, verfügte es über den einzigen Portier des Landes, über Martinis extra-dry und eine funktionierende Klimaanlage.

Nachdem ich ein Zimmer bekommen hatte, rief ich Frau Hutchinson in der britischen Gesandtschaft an. Ja, Walter Sherman hatte ihr bereits meinetwegen geschrieben. Ob ich vielleicht zum Mittagessen in ihr Haus auf dem Gesandtschaftsgelände kommen könne? „Es ist nur acht Häuserblocks vom Caravelle entfernt."

„Natürlich, mit dem größten Vergnügen." Ich kritzelte die Adresse auf einen Zettel – Dai-Lo-Thong-Straße 25.

Vom langen Flug ermüdet, ruhte ich mich in der Halle bis mittags, etwa eine Stunde lang, aus. Dann verließ ich das Hotel, und die Hitze traf mich wie ein Faustschlag. Sofort war ich in Schweiß gebadet und fühlte mich zerknittert und schmuddelig. Ich winkte ein Taxi herbei. „Dai-Lo-Thong-Straße fünfundzwanzig", sagte ich, „britische Gesandtschaft."

Der Fahrer nickte. Ich lehnte mich zurück und betrachtete das geschäftige Treiben. Daß dies eine Stadt inmitten des Kriegsgeschehens sein sollte, schien kaum glaublich, bis man die unvermeidlichen Nebenerscheinungen entdeckte: Schwarzhändler mit gestohlenen PX-Waren, Stacheldraht und Maschinengewehre um gewisse Gebäude, Hunderte von amerikanischen und südvietnamesischen Soldaten, die durch die Straßen schlenderten, und dazu anpreisende und lockende Rufe von allen Seiten: „Sie wollen kaufen?" – „Sie wollen Jungfrau?" Ich war betroffen von dieser Atmosphäre von Unverschämtheit und Habsucht. Alles drehte sich nur ums Geld und wie man es dem reichen, großzügigen amerikanischen Verbündeten aus der Tasche locken konnte.

Als wir eine ganze Weile gefahren waren, beugte ich mich vor und fragte: „Dai-Lo-Thong-Straße?"

Der Fahrer nickte. „Dai Lo Thong."

Noch nicht überzeugt, gab ich ihm den Zettel, auf dem ich die Adresse notiert hatte, und erhielt meine erste Lektion in vietnamesisch. Er warf einen Blick darauf und trat heftig auf die Bremse. „Dai Lo Thong", sagte er, sah mich mißbilligend an und riß den Wagen in einer scharfen Wendung herum. Ich hatte wohl die Worte nicht korrekt ausgesprochen.

Zehn Minuten später waren wir vor dem Haus der Hutchinsons auf dem Gesandtschaftsgelände. Frau Hutchinson war etwa fünfzig, eine hagere, freundliche und ungeheuer energische Frau. Sie lächelte zurückhaltend, und ihre Augen blickten forschend. Ihr Mann, ruhig, höflich und würdevoll, bat mich ins Eßzimmer. Wir setzten uns zu Tisch, ich entschuldigte mich wegen der Verspätung und erklärte das Mißverständnis mit dem Fahrer. Frau Hutchinson lachte herzlich. „Das passiert dauernd. Vietnamesisch ist eine sehr musikalische Sprache, wissen Sie. Ein bestimmter Tonfall am Anfang oder Ende eines Wortes kann seine Bedeutung ändern. Wenige Abendländer lernen es je."

Nach einem köstlichen Huhn mit Curry wurde sie sogleich ganz geschäftlich.

„Sicher wollen Sie gleich ein paar Waisenhäuser besuchen?"

„Ja, wenn es Ihnen nicht ungelegen kommt?"

„Nicht im geringsten. Ich stehe ganz zu Ihrer Verfügung."

Wir machten uns in einem Taxi auf den Weg. Frau Hutchinson war schon über zwei Jahre in Vietnam und beherrschte die Sprache genügend, um dem Fahrer Anweisungen zu geben. Unterwegs erzählte ich ihr genau, was ich vorhatte. Als ich fertig war, sagte sie: „Ich finde das großartig, was Sie da planen, aber ich muß Sie wohl warnen: Sie denken noch in amerikanischen Begriffen. In Vietnam gibt es keine so bestimmte Vorstellung von Zeit, wie man sie bei Ihnen hat. Sie sprechen davon, Ihren Plan in Wochen oder Monaten durchzuführen. Ich sage Ihnen voraus, daß es Jahre dauern wird."

„Jahre?" Ich fiel aus allen Wolken.

Sie nickte. „Mindestens zwei. Zunächst dauert die Überprüfung eines Kindes gewöhnlich ein Jahr."

„Warum so lang?"

„Hauptsächlich, weil das Auskurieren der Tb eine langwierige Geschichte ist."

„Tuberkulose? Ist die hier so verbreitet?"

Sie sah mich überrascht an. „Mein lieber Herr Chinnock, in Südostasien ist Tuberkulose an der Tagesordnung. In Ihrem Land ist es vielleicht gelungen, sie auszurotten, aber hier bringt sie noch immer vielen Menschen Siechtum und Tod."

„Das wußte ich nicht", sagte ich matt.

„Dann kann das Ausreisevisum sechs Tage oder sechs Monate dauern, je nachdem, wie die Kriegslage ist, wie die augenblickliche Regierung über die Amerikaner denkt und wie gut die Verdauung des Innenministers an diesem Tag gerade ist. Er muß nämlich jedes Ausreisevisum persönlich genehmigen."

„Und ich Anfänger habe von alldem nichts geahnt."

„Wie sollten Sie auch?" Ihr Lächeln war wohltuend verständnisvoll. In jäher Freude merkte ich, daß sie auf meiner Seite stand.

„Was kann man also machen?"

„An sich eine ganze Menge. Wir haben bereits mit der Auswahl und Überprüfung einer ganzen Reihe von Kindern begonnen, die aus den Waisenhäusern an das ISS zur Unterbringung im Ausland überstellt werden sollen. In Ihrem Fall werden wir versuchen, daß Ihnen das Kind direkt vom ISS freigegeben wird."

„Können wir dasselbe für die beiden anderen Familien tun?"

„Ja, aber da bin ich pessimistischer. Denn die einzigen Adoptionsvollmachten, die die Regierung hier bisher ausgab, liefen über vietnamesische Gerichte und gingen meistens an einen Angehörigen der amerikanischen Armee, der das Kind mit hinübernahm."

„Warum können wir es nicht ebenso machen?"

„Das wäre sehr schwierig. Nehmen wir an, wir überprüfen hier zwei Kinder, nehmen einen vietnamesischen Anwalt und erhalten schließlich die Genehmigung, daß Sie als Stellvertreter der Familien in den Vereinigten Staaten fungieren dürfen. Das kann ein Jahr oder länger dauern. Können Sie so lange bleiben?"

„Leider nein."

Sie nickte. „Dann ist da noch eine andere Schwierigkeit. Sobald die Adoption nach vietnamesischem Recht vollzogen ist, gehört das Kind Ihnen. Aber, läßt man es in Ihr Heimatland einreisen? Selbst wenn es uns gelingt, einen Bevollmächtigten vom Einwanderungs- und Einbürgerungsamt aus Guam oder Manila hierher zu bekommen, der dem Kind ein Einreisevisum garantiert, würde der Staat New York es nicht hineinlassen."

„Das ist schlimmer, als ich erwartet hatte", seufzte ich. „Es klingt ziemlich entmutigend."

Sie legte ihre Hand auf meinen Arm. „Sie sind doch nicht den ganzen weiten Weg hierhergekommen, um am ersten Tag die Flinte ins Korn zu werfen?“

Ich blickte in ihr freundliches, teilnehmendes Gesicht und wurde mir bewußt, wie glücklich ich mich schätzen konnte, sie als Verbündete zu haben. Was hatte ich denn erwartet? Daß die Mauern dieses Jericho auf mein erstes kümmerliches Tuten hin einstürzen würden? „Nein, natürlich werde ich nicht aufgeben.“

Die Waisenhäuser in Vietnam variieren, wie in allen Ländern, zwischen sehr gut bis fürchterlich. Und die entscheidenden Faktoren sind Personal und Geld, und zwar genau in dieser Reihenfolge. Die Waisenhäuser werden in der Hauptsache von vier Stellen betrieben: von der Regierung, von französischen katholischen Gesellschaften, von buddhistischen Gruppen und von privaten, auf Gewinn abzielenden Organisationen. Die schlechten Häuser sind nicht auf eine dieser Gruppen beschränkt; sie sind schlecht, weil sie ungeschultes und häufig gleichgültiges Personal haben. Selbst wenn diese Häuser über genügend Geld verfügen, sehen die Kinder halb verhungert aus und sind Erwachsenen gegenüber ungewöhnlich mißtrauisch. In Waisenhäusern dagegen, wo das Personal um seine Schützlinge besorgt ist, wirken die Kinder viel normaler und munterer.

Es war Schulzeit und die meisten älteren Kinder somit tagsüber nicht im Heim. Vorerst bekam ich also nur Babys bis Sechsjährige zu sehen. Manche dieser Kinder waren Waisen, andere waren von ihren arbeitenden Müttern ins Heim gegeben worden. Und wenn wir durch die Säle und Zimmer gingen, zeigte ich gelegentlich auf eine Kleine und fragte Frau Hutchinson: „Ist sie zu haben?“ Oft war die Antwort nein. Die eine hatte noch eine Mutter. Die andere war nicht gesund genug. Die dritte war seelisch ausgesprochen labil.

Manche Fälle waren herzzerreißend. Ich zeigte auf eine Fünfjährige mit einem hübschen, unschuldigen Gesichtchen. „Leider nein“, sagte Frau Hutchinson bekümmert, „sie leidet an einer angeborenen Syphilis.“

Ein anderes – reizendes, lächelndes – Mädchen wäre bestimmt zu haben gewesen, aber es gab ein tragisches Hindernis. Frau Hutchinson war überzeugt, daß die Regierung ihm nie ein Ausreisevisum genehmigen würde – die Eltern waren als „Verräter“ hingerichtet worden. Dann gab es Kinder mit Narben, Verbrennungen und eiternden Wunden, manchen fehlte ein Arm oder Bein.

In den guten Waisenhäusern umringten mich die Kinder lachend und schwatzend, wenn ich hereinkam. Frau Hutchinson erklärte mir: „Für diese Kleinen sind Sie ein Riese. Sie sind fast zwei Meter groß, und der Durchschnitt ist hier nur einssechzig. Dazu die weiße Haut und die runden Augen, das fasziniert sie." Es schien wirklich so. Ein paar rannten zum Spielen fort, drehten sich aber immer wieder zu mir um, zeigten auf mich und kicherten begeistert.

Ich fragte, warum allem Anschein nach viel mehr Jungen als Mädchen da seien. „Es gibt nur sehr wenig Mädchen, um die sich niemand kümmert", erwiderte Frau Hutchinson ernst. „Denn sehen Sie, ein Mädchen kann schon viel früher als ein Junge viel Geld einbringen; die Prostitution beginnt hier mit elf oder zwölf." Von da an betrachtete ich die kleinen Mädchen mit noch tieferem Mitgefühl.

Ich kam an diesem Abend gegen neun ins Caravelle zurück. Kurz bevor ich einschlief, dachte ich noch einmal: Welches Glück, daß ich Frau Hutchinson begegnet bin. Ich hatte in diesem fremden Land eine wirkliche Freundin gefunden.

An den folgenden Tagen besuchten „Hutch" – wie sie unbedingt genannt werden wollte – und ich noch ein Dutzend weitere Waisenhäuser. Schließlich suchte ich zwei bezaubernde Mädchen, Tam und Noch, für die beiden Familien in den Staaten aus. Beide waren freundliche, aufgeweckte, liebenswerte Kinder, aber keines von beiden hatte in mir den gewissen Funken überspringen lassen, der mir anzeigte, daß es *unser* Kind war.

Unterdessen hatte mir Hutch von einer erstaunlichen Amerikanerin, einer Frau Dr. Patricia M. Smith, erzählt, die seit sieben Jahren bei den Bergstämmen arbeitete, und ich hatte ein Gefühl, als könnte das die Story sein, nach der ich suchte, um einen Teil der Reisekosten hereinzubringen. Am Freitag sollte ich nach Pleiku fliegen, und von dort war mir Weiterbeförderung mit Militärhubschraubern nach Kontum im Bergland zugesagt.

Hutch versicherte mir, sie hätte das beste Waisenhaus von ganz Saigon für zuletzt aufgehoben. Nach meiner Rückkehr, sagte sie, würden wir es besuchen. Sie schien zu verstehen, daß ich zögerte, mich festzulegen. Ihre letzten Worte zu mir an diesem Donnerstag abend waren: „Machen Sie sich keine Sorgen, Frank, wir werden schon noch die Richtige finden. Sie wartet ja auch auf Sie."

Ich hoffte, daß sie recht hatte.

In Kontum interviewte ich Patricia Smith, eine hervorragende, von ihrer Arbeit besessene Ärztin aus Seattle im Staat Washington. Ihre Arbeit bei den Bergbewohnern gab eine großartige Geschichte ab, die ich später zu Hause an eine Zeitschrift verkaufte. Als ich nach Pleiku zurückkam, brachte mich ein Jeep zum Kommando der Militärhilfe in Vietnam, wo ich ein Zimmer in der Offiziersunterkunft erhielt. Später trank ich ein paar Glas Bier mit Leutnant Bill Masters vom Pressedienst, der alles für meine Fahrt nach dem Norden arrangiert hatte.

Die Bar war gestopft voll mit Offizieren, und eine Gruppe nebenan diskutierte über einen Flugzeugabsturz. Eines der Militärflugzeuge von Saigon hatte am Samstag auf dem Flugfeld von Pleiku im Morgennebel Bruchlandung gemacht; es hatte keine Überlebenden gegeben. Mir stockte der Atem, als ich das hörte. Ich hatte, um keine Zeit zu verlieren, den diensthabenden Feldwebel vom amerikanischen Amt für Öffentliche Angelegenheiten überredet, mir schon für Freitag abend einen Platz zu verschaffen, obgleich er mir sagte, die Samstagmorgen-Maschine fliege eine kürzere Route. Hätte ich diese genommen, wäre ich mit abgestürzt.

Vor meiner Abreise hatte ich Jane telegraphiert: Fliege morgen Pleiku wegen Interview mit Ärztin. Ich konnte damals nicht wissen, daß sie in den Morgennachrichten vom Absturz in Pleiku gehört und sich schrecklich gesorgt hatte, ob ich in dem Flugzeug gewesen war.

Ich dachte noch darüber nach, wie knapp ich davongekommen war, als die Tür des Klubraums aufgestoßen wurde und plötzlich alle verstummten. Ich wandte mich um und sah einen Offizier in schmutziger Fliegerkombination auf die Bar zugehen; alle machten ihm bereitwillig Platz. Er sah wie sieben- oder achtundzwanzig aus, ein hagerer, schmallippiger Mann mit kalten Augen. Wie gebannt sah ich zu, als der Barkellner fünf Whiskygläser vor ihn hinstellte und sie mit Scotch füllte. Feierlich kippte der Mann eines nach dem andern, warf einen Armeebon auf die Theke, machte kehrt und marschierte hinaus. Er hatte nicht ein Wort gesprochen.

„Wer zum Teufel war denn das?" fragte ich Bill Masters.

Er verzog das Gesicht. „Piloten von Bergungshubschraubern sind eigentlich nur zu fünfundzwanzig Einsätzen über Feindgebiet verpflichtet, dann werden sie ausgewechselt und in die Heimat geschickt. Dieser hier hat schon neunundachtzig hinter sich."

Drei Tage später kam er bei seinem einundneunzigsten Einsatz ums Leben.

Als ich später Bill Masters von meiner Absicht erzählte, ein vietnamesisches Mädchen zu adoptieren, meinte er: „Dann interessiert Sie vielleicht die Geschichte von dem kleinen vietnamesischen Mädchen und dem Feldwebel Horace Muldoon.“ Muldoon war siebenunddreißig, Berufssoldat und seit achtzehn Jahren bei der Armee. Niemand wußte viel über diesen großen stillen Mann, außer daß er einmal gesagt hatte, er habe keine lebenden Verwandten und die Armee sei das einzige Zuhause, das er je gekannt habe.

Einige Monate zuvor hatte die Erste Luftschwadron in Pleiku Meldung erhalten, daß eine Vietkong-Kompanie in ein Dorf, etwa drei Kilometer nördlich, eingedrungen sei. Die Kompanie von Feldwebel Muldoon war zusammen mit südvietnamesischen Soldaten eingesetzt worden, um wieder zu nehmen, was davon noch übrig war – und das war nicht viel gewesen. Der Terror und die Hinrichtungen des Vietkong im Verein mit der Artilleriebeschießung hatten den Ort praktisch dem Erdboden gleichgemacht.

Aber etwas fand Muldoon dort. Als er durch die Trümmer ging, entdeckte er neben den Leichen eines Mannes und einer Frau ein leise weinendes kleines Mädchen. Als er sich zu ihr hinunterbeugte, um sie aufzuheben, schlang sie die Ärmchen um seinen Hals und klammerte sich mit der ganzen Kraft ihres schmächtigen Körpers an ihn. In diesem Augenblick schlossen sich zwei einsame Menschen aneinander an.

Er nahm sie mit zurück nach Pleiku und brachte sie in ein nahe gelegenes Waisenhaus. Da es ein katholisches war und das Mädchen getauft werden sollte, bat Muldoon, ob sie nach seiner Mutter Kathleen heißen dürfe. Von da an war Muldoon seine ganze freie Zeit mit der kleinen Kathleen zusammen. Er brachte ihr etwas Englisch bei und nahm sie an Sonntagen zum Fluß mit, der an der Militärbasis vorbeifloß. Dort ließen sie Steine übers Wasser hüpfen oder zogen die Schuhe aus und planschten herum, oder sie saßen einfach am Ufer und unterhielten sich. Hauptsächlich redete Muldoon, denn irgendwie konnte er sich dem kleinen Mädchen gegenüber unbefangen und ohne Hemmungen ausdrücken.

Meistens erzählte er von Amerika, und Kathleen wurde nicht müde, von den riesigen Gebäuden zu hören, die fast so hoch waren wie die Wolken über Vietnam. Sie machten Pläne, gemeinsam nach Amerika zu fahren. Muldoon würde schon dafür sorgen – irgendeinen Weg finden, sie mitzunehmen.

Aber Muldoon sah seine Heimat nicht wieder. Etwa ein Jahr nachdem er Kathleen gefunden hatte, fiel er bei einem Einsatz.

Als Muldoons Vorgesetzter seine Sachen durchsah, fand er ein Testament, in dem Muldoon sein bißchen Habe zusammen mit seinen Ersparnissen – etwa fünfzehnhundert Dollar – und den zehntausend Dollar seiner Militär-Lebensversicherung Kathleen vermachte. Auch ein Brief an sie lag dabei:

> Liebe Kathleen, wenn Du diesen Brief liest, wirst Du wissen, daß ich nach Vietnam gekommen bin, um für immer hierzubleiben. Aber irgendwie scheint es nicht recht, daß Vietnam einen bekommt und Amerika einen verliert. Doch vielleicht können wir die Rechnung ein bißchen ausgleichen. Sicher weißt Du noch, daß wir eines Tages nach Amerika fahren wollten? Ich werde ja jetzt nicht mehr fahren, aber Du kannst es für uns beide tun. Sieh Du mit Deinen Augen für mich die Heimat wieder und höre mit Deinen Ohren ihre Laute. Ich hinterlasse Dir etwas Geld. Damit, so hoffe ich, kann das Waisenhaus eine amerikanische Familie finden, die Dich gern aufnimmt, so daß Du mit einer Mutter, einem Vater, mit Brüdern und Schwestern aufwächst. Ich hatte das nie, nun sollst Du es für mich mit haben. Und vergiß nicht, ich werde immer dasein, um Deine Hand zu halten.
>
> Mit meiner ganzen Liebe
> Fw Horace Muldoon

Kathleen wurde, wie mir Bill Masters erzählte, von einem Kameraden und seiner Frau adoptiert und sollte in wenigen Monaten in die Vereinigten Staaten fahren.

Aber das war nicht das Ende der Geschichte. Am nächsten Morgen kam Masters in mein Zimmer. „Haben Sie ein paar Minuten Zeit? Ich möchte Ihnen etwas zeigen."

Ich nickte, und er führte mich zu einem draußen wartenden Jeep. Wir fuhren etwa anderthalb Kilometer durch das flache, kühle, trokkene Land der Zentralebenen und gelangten schließlich zu einer großen Lichtung mit einem einstöckigen Betongebäude in der Mitte. Masters deutete auf eine Tafel: AN-TUC-KINDERHEIM. Darunter standen in kleineren Buchstaben die Worte: *Dieses Waisenhaus wurde finanziert und gebaut von den Angehörigen des 8. Pionierbataillons der Ersten Luftschwadron.*

„Manche Leute daheim werfen dem amerikanischen Soldaten vor, die Zivilisten wären ihm gleichgültig", sagte er. „Da sehen Sie, was der ‚gleichgültige' amerikanische Soldat die ganze Zeit hier draußen tut."

Wir traten ein. Alles war blitzsauber, hell und von Lachen erfüllt. Es gab Betten und Matratzen, aber sonst kaum Möbel. „Es ist eigentlich noch nicht fertig", erklärte Masters. „Wir sammeln noch Geld für die Einrichtung."

Nur etwa ein Dutzend Kinder zwischen vier und acht Jahren waren da, zu alt für meine Vorstellungen, dazu einige vietnamesische Frauen. „Wir haben auch noch kein richtiges Personal", sagte Masters, „nur ein paar Frauen, die abwechselnd die Kinder betreuen." Er winkte einem etwa achtjährigen Mädchen, und es kam langsam näher. „Dies ist's, was ich Ihnen eigentlich zeigen wollte. Das ist Kathleen."

Erstaunt betrachtete ich das schöne Kind mit dem glatten, schwarzen, schulterlangen Haar, das mich mit offenem Mund und dunklen Augen ernst musterte.

Masters griff nach ihrem Handgelenk und zeigte mir das silberne Identifizierungsarmband, das lose an ihrem dünnen Arm hing. Die Inschrift lautete: *Für Kathleen von Fw Muldoon.* Auf der andern Seite stand: *Werde glücklich in Amerika.*

„Wer hat dir das gegeben, Kathleen?" fragte ich und sah, wie sich ihr Mund schmerzlich schloß und die Augen schmal wurden.

„Muldu", sagte sie mit piepsender Stimme, „Muldu geben."

Und Leutnant Masters fügte wie geistesabwesend hinzu: „Feldwebel Muldoon wäre glücklich, wenn er wüßte, daß Kathleen nun wirklich nach Amerika kommt."

Noch am selben Nachmittag fuhr mich Masters zum Rollfeld. Als wir das Tor mit seinen Maschinengewehrständen passiert hatten, blickte ich auf das stacheldrahtgeschützte Lager zurück. Es machte einen so friedlichen Eindruck, als wäre das Ganze nur ein Kriegsspiel. Ich ahnte nicht, daß sechs Monate später Welle um Welle von Vietkong- und nordvietnamesischen Truppen gegen diesen Stacheldraht anstürmen, daß Hunderte von Granaten diese Baracken treffen und viele der Männer, die ich gesehen und mit denen ich gesprochen hatte, ums Leben kommen würden, darunter auch Bill Masters.

Wegen technischer Schwierigkeiten landeten wir erst lange nach Mitternacht in Saigon. Es war strenge Ausgangssperre und kein Taxi weit und breit zu sehen. Aber ich hatte Glück. Ein Jeep brachte einen der Soldaten aus meinem Flugzeug in die Stadt und nahm mich mit. Die Stille in den verlassenen Straßen war unheimlich. Dann bot sich uns ein Anblick, den ich nie vergessen werde. Ein riesiges Rudel Hunde kam uns entgegen – wenigstens fünfzig aller Rassen und Größen. Der Fahrer bremste den Jeep und machte ebenso große Augen wie ich. Es fiel mir ein, daß ich bei Tag in den Straßen keinen einzigen Hund gesehen hatte. Nun wußte ich, warum. Sie waren in ihren Verstecken geblieben, denn Hundefleisch gilt in Vietnam als Delikatesse. Aber bei Nacht hatten sie nichts zu fürchten.

Lautlos, ohne zu knurren oder zu bellen, kamen sie näher. Der Fahrer ließ plötzlich den Motor aufheulen, und die Hunde wichen zur Seite. Wir fuhren mitten hindurch, und ich konnte ihre glühenden Augen und gefletschten Zähne sehen. Schließlich erreichten wir das Caravelle, und ich ging dankbar in mein Zimmer und zu Bett.

UM NEUN weckte mich das Telephon; es war Hutch: „Heil zurück? Wollen Sie sich ausruhen oder lieber weiter Kinder ansehen?"

„Weiter Kinder ansehen bitte." Muldoons kleines Mädchen war mir noch frisch in Erinnerung.

„Gut. Ich hole Sie in etwa einer Stunde ab. Ich möchte gern, daß Sie sich noch das Duc-Anh-Waisenhaus ansehen. Es wird von der buddhistischen Bao-Dai-Sekte geleitet und hat wahrscheinlich das beste Personal hier in der Stadt."

Wir brauchten mit dem Taxi vom Hotel zum Duc-Anh-Waisenhaus etwa fünfzehn Minuten. Es war ein ziemlich neuer Betonbau, und wir kamen in einen großen kühlen Raum, in dem Dutzende von Kindern spielten. Die Leiterin, Madame Kieu, eine Vietnamesin mittleren Alters mit warmem, offenem Ausdruck, begrüßte uns auf französisch. Ein paar Kinder liefen schnatternd und lachend herbei, und Madame Kieu scheuchte sie freundlich fort. Hutch sagte etwas, aber der Sinn ihrer Worte entging mir, denn ...

Es gibt jene seltenen Augenblicke, in denen man spürt, daß etwas Außergewöhnliches vor sich geht. So geschah es mir an diesem klaren Morgen, als ich mich umwandte und das kleine Mädchen ganz allein an der Wand stehen sah, von der Verputz abbröckelte. Sie war etwa zwei Jahre alt, hatte kurzes schwarzes Haar und starrte mich mit den größten Augen, die ich je gesehen hatte, ernst und unverwandt wie eine Statue an. Sie sah, daß mein Blick auf ihr ruhte, wich ihm aber nicht aus, wie es die meisten vietnamesischen Kinder getan hätten. Statt dessen kam sie, ohne mich aus den Augen zu lassen, auf mich zugewackelt.

Sie kam ganz nah heran, bis ihr Gesicht nur wenige Zentimeter von meinem Hosenbein entfernt war. Dann legte sie den Kopf zurück und guckte mit herabhängenden Armen zu meiner großen Höhe hinauf. Sie sagte nichts, blieb weiter ganz ernst, griff nicht nach mir, musterte nur mit diesen unglaublich großen Augen mein Gesicht. Und plötzlich wußte ich es! Wußte – und hielt mich nur mühsam davor zurück, ihr übers Haar zu streichen. Aber dann wäre sie wohl wie ein Schmetterling davongeflattert. Es genügte, sie anzuschauen.

Eine unter so vielen ... Nach all dem Suchen, endlich und in einem Augenblick wußte ich es. Ich wandte mich an Hutch und hatte auf einmal schreckliche Angst, meine Frage zu stellen: „Ist sie zu haben?" brachte ich heiser heraus.

Hutch hatte die Szene gespannt beobachtet. Nun strahlten ihre Augen triumphierend: „Ich hatte schon so eine Vorahnung. Ja, Frank, sie ist zu haben. Ihre Überprüfung ist sogar schon eingeleitet."

Ich fragte: „Wie heißt sie?"

„Hier wird sie Nguyen Ninh genannt. Da man sie im Alter von sechs Monaten fand, kennt man ihren richtigen Namen nicht."

„Ninh." Der Name ging mir schwer von der Zunge. Ninh Chinnock. Mit sechs Monaten verlassen aufgefunden, dachte ich. Also genau das, wovor mich unser Freund, der Psychiater, gewarnt hatte – ein Anstaltskind. Die Kleine war fortgewackelt und spielte fröhlich und geräuschvoll mit andern Kindern. Ich beobachtete sie gebannt. Sie schien mit ihren Altersgenossen gut zu spielen, nach Ansicht unseres Psychiaters der zweite wichtige Punkt. Ich versuchte sie mir beim Spiel mit unsern Söhnen vorzustellen. Die beiden Welten schienen sehr weit voneinander entfernt. „Wollen Sie noch andere Kinder sehen?" fragte Hutch.

„Ich glaube nicht, das ist jetzt nicht mehr nötig."

„Sie sind also sicher, daß sie die Richtige ist?"

Meine Antwort kam ohne Zögern: „Ganz sicher. Ich weiß nicht, warum und wieso. Aber ich weiß es."

„Ich bin so froh." Sie lächelte warm und verständnisvoll.

„Würden Sie bitte Madame Kieu sagen, daß wir Ninh adoptieren und sie nach Amerika holen wollen?" Während Hutch für mich dolmetschte, musterte Madame Kieu mein Gesicht. Dann lächelte sie und murmelte etwas. Hutch erklärte: „Sie sagt, sie halte Sie für einen guten Mann. Sie sei glücklich, daß Ninh in einer Familie aufwachsen wird. Ihre Zukunft wäre hier nicht gut."

„Wann können wir die Einzelheiten besprechen?" fragte ich.

„Sofort", sagte sie prompt. Wir verabschiedeten uns, und ich sah mich nach Ninh um. Wieder stand sie abseits, regungslos, ernst. Ich winkte versuchsweise, aber sie winkte nicht zurück, sondern starrte mir nur mit ihren großen Augen unverwandt nach. Ich konnte ihren Blick förmlich im Rücken spüren, als ich hinausging.

An der Tür stand eine junge vietnamesische Pflegerin, die mich mit brennenden Augen feindselig anfunkelte. Dann drehte sie sich auf dem Absatz um und lief hinaus. Später erfuhr ich, daß ich ihr soeben etwas entrissen hatte, woran ihr ganzes Herz hing. Ninh war ihr Liebling gewesen.

Wieder in Hutchs Büro in der britischen Gesandtschaft, zählte ich die Dokumente auf, die nach den Vorschriften der Einwanderungsbehörde und nach denen des Staates New York erforderlich waren: Ninhs Geburtsurkunde, ein Freigabeschein vom Waisenhaus, ein ärztliches Attest, Photos, ein Bericht des Sozialfürsorgers, ein Ausreisevisum der vietnamesischen Regierung, ein Bericht über die Verhältnisse der Eltern, ein Bericht über das Kind selbst von der Leitung des Waisenhauses ...

Hutch seufzte tief. „Da Ninh verlassen aufgefunden wurde, können verschiedene dieser Dokumente nicht beigebracht werden. Wir bekommen eine Freigabe vom Waisenhaus, aber nur an das ISS, nicht an Sie. Das müssen Sie dann mit Walter Sherman regeln. Fräulein Quoi hat bereits einen Fürsorgebericht gemacht und wird das laufend weiter tun. Das ärztliche Attest und das Ausreisevisum werden einige Zeit brauchen, und die übrigen Dokumente müssen wir eben selbst anfertigen."

„Anfertigen?" fragte ich verblüfft.

Sie zog eine Schreibtischschublade auf und nahm eine Reihe von Holzstempeln heraus. „Es ist eine eigenartige Tatsache, daß alle Regierungen geneigt sind, Dokumente, besonders solche in fremden Sprachen, zu akzeptieren, wenn nur genügend recht farbige Stempel und Siegel darauf sind. Das verleiht ihnen anscheinend eine gewisse ...

hm ... Authentizität." Ich lachte, und sie zwinkerte mir bedeutungsvoll und unmißverständlich zu.

Als ich ging, versprach mir Hutch, so viele Dokumente wie nur möglich für mich zur Mitnahme in die Vereinigten Staaten zu besorgen. Die übrigen würde sie dann nachsenden. Ich sagte ihr, ich wolle noch eine Woche hier mit Schreiben verbringen, und dankte ihr für ihre große Geduld. Als ich schon an der Tür war, meinte sie: „Ich habe Ihnen ja gesagt, Frank, daß *sie* wahrscheinlich auch auf Sie gewartet hat."

Plötzlich fiel mir etwas ein: „Als wir im Waisenhaus waren, sagten Sie, Sie hätten so eine Vorahnung gehabt. Was meinten Sie damit?"

Sie überlegte einen Augenblick, die Arme verschränkt, dann sagte sie: „Ninh ist anders als ihre Altersgenossen. Ich vermutete, gerade Sie würden vielleicht diese Besonderheit erkennen und Gefallen daran finden."

„Inwieweit ist sie etwas Besonderes?"

„Für mich ist sie eine seltsame Mischung aus Liebesfähigkeit und äußerster Zurückhaltung – mit einem guten Teil Vorsicht. Sie werden merken, daß Sie sie so nehmen müssen, wie sie ist, und das ist für ihr Alter ziemlich ungewöhnlich."

„Ein bißchen ist mir das auch aufgefallen. Sie wirkt ziemlich erwachsen."

Hutch nickte lebhaft. „Sie ist die erwachsenste Zweijährige, die Fräulein Quoi und ich je gesehen haben. Aber das ist kein guter und natürlicher Zustand; Sie werden sie zu ihrem eigentlichen Alter zurücklenken müssen."

„Bei der Verschiedenheit der Sprache wird das eine recht schwierige Sache werden."

„Haben Sie gedacht, Sie bekommen sie mit eingebauten Garantien?"

„Nein", sagte ich langsam. „Vermutlich habe ich nur mit gewissen Verwicklungen nicht gerechnet." Nachdenklich ging ich fort. Ich war dankbar für meine Verbündeten zu Hause – eine außergewöhnliche Frau und Mutter und drei großartige Jungen. Gemeinsam würden wir es vielleicht schaffen.

Die nächste Woche verbrachte ich schreibend in der Kühle meines klimatisierten Hotelzimmers. Hutch rief jeden Tag an, um über die Fortschritte zu berichten.

Noch zweimal besuchte ich Ninh. Sie bemerkte meine Anwesenheit, kam mir aber nicht mehr entgegen und trippelte fort, sobald ich mich ihr näherte. Ich fragte mich, ob sie wohl ahnen konnte, daß ich sie aus ihrer gegenwärtigen Geborgenheit herausreißen wollte. Aber im übrigen war ich ganz beruhigt. Sie spielte unternehmungslustig mit ihren Kameraden, schlug zurück, wenn sie geschlagen wurde, und hütete eifersüchtig, was ihr gehörte. Sie aß mit Appetit, und ihre Stimmung konnte oft blitzartig umschlagen – von größter Wildheit in Schüchternheit, von Feindseligkeit in Zerknirschung. In allem, was sie tat, zeigte sich deutlich ihre Aufgewecktheit und rasche Auffassung. Nach Tisch schlief sie ruhig, nur manchmal wimmerte sie leise im Schlaf. Gelegentlich, wenn man ihr nicht ihren Willen ließ, bekam sie einen Koller und schrie wie am Spieß; dann war ich erstaunt, mit wieviel Geduld und Verständnis die vietnamesischen Frauen sie behandelten. Offenbar liebten sie ihren kleinen Schützling.

In meiner mitgebrachten Kamera hatte sich etwas verklemmt. So schickte ich einen vietnamesischen Straßenphotographen in die verschiedenen Waisenhäuser und ließ ihn Aufnahmen von Ninh und den für die beiden anderen Familien ausgesuchten Mädchen machen, wofür ich ihm den Gegenwert von zehn Dollar versprach. Die Bilder waren fürchterlich, aber sie genügten für die Anträge.

Einige Tage später überreichte mir Hutch beim Mittagessen verschiedene amtlich aussehende Dokumente, und die Stempel waren wirklich eindrucksvoll. „Hier haben Sie den Freigabeschein vom Waisenhaus an das ISS, den Bericht von Fräulein Quoi, den Bericht der Waisenhausleiterin und ein vorläufiges Attest vom Arzt.“ (Ninh war von den Würmern und dem Hautausschlag kuriert, an dem sie gelitten hatte, aber der von den USA geforderte Gesundheitszustand war noch nicht erreicht.) „Ein endgültiges Attest erhalten Sie später.“

„Was ist mit den Dokumenten für die andern beiden Kinder?“

Sie zögerte.

„Ich glaube, Sie sollten lieber abwarten, ob Sie und Ihre Frau es für das eine Kind durchsetzen. Wenn alles gutgeht, können wir immer noch die Überprüfungen der andern einleiten.“

Es tat mir leid für die beiden andern Familien, aber ich wußte nicht, was ich noch für sie hätte tun können. „Glauben Sie, daß ich mich hier irgendwie nützlich machen kann?“

„Nein. So lieb mir das wäre, sehe ich für Sie wirklich keinen Grund, noch länger hierzubleiben. Ich kann hier die Sache weiterbetreiben, während Sie sie an Ihrem Ende fördern. Wenn Sie noch mehr Papiere brauchen“ – sie lächelte –, „schreiben Sie mir nur.“

„Sie haben mir so sehr geholfen. Ich weiß nicht, wie ich Ihnen danken soll.“

Sie legte ihre Hand auf meinen Arm. „Ich habe es mit Freuden getan. Manchmal kommt mir alles so unpersönlich vor. Wir bekommen die Adoptiveltern der Kinder, die wir überprüfen, nie zu Gesicht. Daß ich jetzt einen der Väter kenne, macht meine Arbeit erst wirklich lebendig.“

Was für eine bemerkenswerte Frau, dachte ich, als ich am nächsten Tag vom Tansonhut Airport startete. Was für eine liebevolle, bemühte, mitfühlende Frau! Sie hätte es nicht nötig gehabt, etwas anderes zu tun, als die Gattin eines Gesandtschaftsangestellten zu sein. Aber Sie hatte es vorgezogen, sich der so hoffnungslos verlassenen Kinder Vietnams anzunehmen. Ohne ihren Beistand wäre meine Mission so gut wie sicher gescheitert. Ich war mit einem Traum nach Vietnam gekommen, und sie hatte mir geholfen, ihn Wirklichkeit werden zu lassen – bis zu diesem Punkt wenigstens. Ninh Chinnock! Ich hatte eine Tochter gefunden.

3

Es war Mitternacht, als mich Jane vom Flugplatz abholte. Wie sie mir später sagte, sah ich aus, als hätte ich einen Malariaanfall. Das war nicht verwunderlich, denn zwischen Hawaii und Los Angeles war mir furchtbar übel geworden. Als wir schließlich New York erreichten, hatten Schwindel, Schmerzen und Übelkeit allmählich nachgelassen, aber ich fühlte mich immer noch wackelig und schwach. Spätere Symptome – chronischer Durchfall, Mattigkeit, Gewichtsverlust – stellten meinen Arzt vor ein Rätsel, und er schickte mich zum Institut für Tropenkrankheiten in New York. Dort fanden die Ärzte bald heraus, was mir fehlte: Amöbenruhr. Sie verschrieben mir Tabletten, mit denen ich sie nach und nach los wurde, aber ich nahm dabei ganze vierunddreißig Pfund ab!

Während der Heimfahrt erzählte ich Jane alles über Nguyen Ninh.

„Nguyen Ninh“, wiederholte sie halblaut. „Ich habe viel darüber nachgedacht, seit du mir den Namen schriebst. Glaubst du, daß es ihr was ausmacht, wenn wir sie Kim nennen?“

„Kim", wiederholte ich, „Kim Chinnock. Ja, das gefällt mir. Und sie würde es damit später auch leichter haben."

„Spricht sie viel?" fragte sie.

„Sehr wenig. Meist nur eine Art vietnamesische Babysprache, wie man mir gesagt hat."

„Ist ihr Gesundheitszustand gut?"

„Ziemlich, und er wird noch besser werden."

„Aber ein Anstaltskind", sagte sie unglücklich. „Gerade das, wovor man uns gewarnt hat."

„Ich weiß, aber es scheint nicht sehr auf sie abgefärbt zu haben."

„Wie lang wird es deiner Meinung nach dauern, sie hierherzubekommen?"

„Ich denke, etwa sechs Monate, vielleicht weniger." Aber ich hatte immer noch eine Menge zu lernen.

Die Jungen waren über die Neuigkeit ebenso aufgeregt wie wir. Randy kündigte an, er werde sein Zimmer räumen und zu Chris ziehen. Wir haben vier Schlafzimmer in unserem weiträumigen alten Haus, und bis dahin hatte jedes Kind einen Raum für sich gehabt. Ich sagte Randy, es wäre vielleicht noch etwas verfrüht, aber er schüttelte den Kopf. „Wir müssen doch Kims Zimmer herrichten, ein bißchen mädchenhafter, die Wände gelb, mit Vorhängen und Puppen und so."

Die Augen des sechsjährigen Duncan leuchteten. „Kann ich ... vielleicht irgendwie auf sie aufpassen?"

„Sie wird sehr auf dich angewiesen sein", erklärte ich.

„Dann bin ich nicht mehr der Kleinste, sondern erwachsen", erwiderte Duncan.

Chris dachte praktischer, wie gewöhnlich. „Wie sollen wir sie denn verstehen, und wie kann sie mit uns sprechen?"

„Das wird noch ein Problem", gab ich zu. „Ich hoffe, daß ihr Jungen helfen könnt, es zu lösen."

Jane studierte Kims Photo lange. „Wieso hast du dich für sie entschieden?" fragte sie mit sonderbarer Stimme.

„Das war wohl so eine Art gegenseitiger Anziehung, nehme ich an. Es ist schwer zu erklären."

Sie betrachtete immer noch das Bild. „Ich muß sagen, ich hätte es wohl nicht fertiggebracht." Vielleicht hatte sie recht. Viele Frauen äußerten das gleiche Erstaunen, wie ich eine Wahl hatte treffen können. Männer andererseits nahmen die Tatsache ohne weiteres hin. Es war interessant, wie verschieden die Geschlechter reagierten.

Noch in derselben Woche suchte ich die Beamtin im Amtsgericht auf, mit der ich zuallererst gesprochen hatte, und brachte ihr meine farbenprächtig gestempelten Dokumente. „Die für das Kind scheinen in Ordnung", sagte sie, „aber von Ihnen und Ihrer Frau brauchen wir noch Geburtsurkunden, Trauschein, Finanzbericht von Ihrer Bank und zwei Gutachten über Ihre häuslichen Verhältnisse – eines von uns und eines von einem zugelassenen Adoptionsbüro." Sie gab mir eine Liste der staatlich zugelassenen Büros. „Vielleicht macht Ihnen eines davon ein Gutachten. Sobald Sie alles Nötige beisammenhaben, einschließlich eines Visums vom Einwanderungsbüro, werden wir einen Adoptionsvorbescheid ausstellen, daß Sie die staatlichen Vorschriften erfüllt haben."

Während der nächsten Tage rief ich mehr als dreißig Büros an. Der früheste Termin, den man mir für die Erstellung eines Gutachtens einräumen wollte, war April 1968 – in zwei Jahren! Verzweifelt rief ich Walter Sherman an. Konnte vielleicht das ISS einen Druck ausüben? Er sagte, er werde sehen, was sich tun lasse.

Dann lenkten mich andere Dinge vorübergehend von dem Problem ab. Nach zwölfjähriger Redaktionstätigkeit entschloß ich mich, wieder freier Schriftsteller zu werden. Mein Chef hatte Verständnis. Die Zeitschrift, bei der ich angestellt war, hatte gerade die Rechte an einem Buch erworben, aber es mußte noch sehr überarbeitet, d. h. durch neues Material ergänzt und umgeschrieben werden. Ob ich daran interessiert wäre? Ich sagte ja, und so begann meine neue Karriere.

Irgendwie hatte die Lokalzeitung von unseren Bemühungen, ein vietnamesisches Kind zu adoptieren, erfahren und schickte einen Reporter. Ob wir etwas dagegen hätten, für einen Artikel darüber interviewt zu werden? Und wir begingen den Fehler zu sagen, wir hätten nichts dagegen. Anderthalb Jahre lang riefen uns Leute an, die den Artikel gelesen hatten, ob wir das Kind schon hätten. Und unsere Antwort war immer: „Nein, noch nicht. Aber wir hoffen, bald." Immer die gleiche Antwort, immer die gleiche Enttäuschung.

Ein Beamter vom Einwanderungs- und Einbürgerungsamt sah meine aus Vietnam mitgebrachten Dokumente durch. „Da fehlt noch der staatliche Vorbescheid zur Adoption", sagte er, „und außerdem ein Gutachten über Ihre häuslichen Verhältnisse, unser eigener Überprüfungsbericht und eine Geburtsurkunde des Kindes."

„Eine Geburtsurkunde! Aber es wurde verlassen aufgefunden. Seine Eltern sind vermutlich tot. Wie um Himmels willen . . .?"

Aber er schüttelte den Kopf wie ein Roboter. „Es steht ausdrücklich hier auf Seite zweiundvierzig: eine Geburtsurkunde des Kindes ist erforderlich, bevor ein Einreisevisum ausgestellt werden kann."

Weitere Erklärungen waren nutzlos. Er war unnachgiebig, und so blieb nichts anderes übrig, als an Hutch zu telegraphieren. In zwei Tagen war ihre Antwort da: STEMPEL STETS BEREIT. GEBURTSURKUNDE UNTERWEGS. NIEDER MIT ALLEN REGIERUNGSBEAMTEN.

Anfang Juli 1966 rief endlich Walter Sherman wieder an. Seine Auskunft war nicht gerade die beste, aber auch nicht die schlimmste. Die Direktion des ISS hatte entschieden, daß in unserem Fall keine Ausnahme zu machen sei und man die Verantwortung für das Kind nicht übernehmen werde. Aber er hatte das Spence-Chapin-Adoptionsbüro in New York bewogen, den Fall zu übernehmen und das häusliche Gutachten durchzuführen – gleich nach Neujahr! Inzwischen werde das ISS mit seiner Überprüfung des Kindes in Vietnam fortfahren.

Jane machte sich hauptsächlich Gedanken, wie sich die Verzögerung auf Kim auswirken würde. „Die ganze Zeit im Waisenhaus", stöhnte sie. „Wenn wir sie dann endlich bekommen, ist sie vielleicht so apathisch und zurückgeblieben, daß sie womöglich Jahre brauchen wird, um diesen schlechten Start zu überwinden."

Aber es blieb uns nichts übrig, als zu warten. Wenn sich die Räder auch langsam drehten, es ging doch allmählich voran. Da waren telephonische Rückfragen zu erledigen, Empfehlungsbriefe zu beschaffen, Formulare auszufüllen, Fingerabdrücke einzusenden, und außerdem steckten Leute ein Jahr lang ihre Nase in jeden Winkel unseres Lebens. Zwei vollständige häusliche Überprüfungen wurden durchgeführt, eine vom Amtsgericht und eine von Spence-Chapin, bei denen unser Haus, „Kims Zimmer", unsere Kinder, die Nachbarschaft, unsere finanzielle Lage usw. genau untersucht wurden. Auch das Einwanderungs- und Einbürgerungsamt stellte Nachforschungen an, bei denen unseren Nachbarn etwa folgende Fragen gestellt wurden: „Sind die Chinnocks für die Zulassung von Rotchina zur UNO?" – „Haben sie je verlauten lassen, daß sie zum asiatischen Kommunismus positiv eingestellt sind?" – „Glauben Sie, das Kind könnte ein Vietkong sein?"

In einem Punkt gerieten wir in eine Sackgasse. Der Staat New York verweigerte den Adoptionsvorbescheid, solange das Einwanderungsvisum nicht vorlag. Beim Einwanderungsamt erklärte man rundweg: „Ohne Adoptionsvorbescheid kein Visum"; beide Seiten blieben eisern. In meiner Verzweiflung rief ich einen mit uns befreundeten Schriftsteller an, der einmal einen Artikel über einen ehemaligen Chef des Einwanderungs- und Einbürgerungsamtes geschrieben hatte, und erklärte ihm, in welcher Klemme ich war. „Hast du dort noch irgendeinen Einfluß?" fragte ich.

„Bis zum Chef hinauf", sagte er. „Ich werde mal ein paar Leute anrufen." Er erschien zuversichtlich, aber von meinem Optimismus war fast nichts mehr übrig. Eine Woche zuvor hatte uns das ISS mitgeteilt, daß sich die Situation in Vietnam verschlechtert habe. Der neue Innenminister sei nicht für Adoptionen ins Ausland. Sie wüßten nicht, ob ein Ausreisevisum jetzt noch erteilt werde. Allmählich begann ich daran zu zweifeln, ob Kim je zu uns kommen würde . . .

Februar 1967

DIE KLEINE lag in ihrem Bettchen auf dem Rücken, die Augen zur Decke gerichtet, und preßte die linke Faust ans Ohr. Von Zeit zu Zeit zuckte sie zusammen und weinte ein wenig, bis der Schmerz nachließ. Ein älterer vietnamesischer Arzt beugte sich über sie und zog sanft die Faust vom Ohr fort. Ein dünnes Rinnsal Eiter floß heraus, und als er seine Stablampe anknipste, konnte er sehen, daß das Innere des Gehörgangs entzündet war. Mit einem Tupfer und Alkohol reinigte er die empfindliche Stelle, so gut er konnte. Die junge Pflegerin neben ihm sah mit besorgtem Gesicht zu. Als sich der Arzt schließlich aufrichtete, sagte er: „Eine schlimme Infektion. Mit Penizillin wäre es eine Kleinigkeit. Ich werde mit den Mitteln, die ich habe, mein möglichstes tun. Aber –" Er hob bedauernd die Hände.

Kurz darauf ging die Pflegerin entschlossen zur Leiterin, Madame Kieu: „Ich verstehe nicht, warum wir Nguyen Ninh nicht ins amerikanische Krankenhaus bringen können", sagte sie. „Die Engländerin hat sie doch auch ein paarmal dorthin gebracht."

„Das war bei der Vorbereitung der Kleinen für den Amerikaner. Es ist nun über ein Jahr her, seit er abgereist ist, und wie ich höre, macht ihm sein eigenes Land große Schwierigkeiten. Jetzt, mit den neuen Bestimmungen hier, glauben sie nicht, daß er das Kind zur Adoption bekommt . . ."

„Und was tun wir nun?"

„Hoffen, daß die Medizin wirkt. Und beten. Sie hat bisher alles überstanden. Vielleicht wird ihr Lebenswille sie auch diesmal retten."

„Wenn sie nur bis nächsten Dienstag durchhält", flüsterte die Pflegerin. „Dann ist *Tet,* Neujahr."

„Tet", sagte Madame Kieu, „wo alle alten Schulden gelöscht werden. Ich hoffe, der Amerikaner hat bald Glück. Die Zeit läuft ihm davon – ihm und seiner Tochter."

Zwei Tage nachdem ich meinen Freund angerufen hatte, kam für uns der Durchbruch. Drei verschiedene Leute vom Einwanderungsamt riefen an und versicherten mir, man werde sich meiner Schwierigkeiten annehmen. Fünf Tage darauf wurde das Visum für Kim ausgestellt, und einen Monat später erhielt ich den Adoptionsvorbescheid vom Staat New York. Der Einfluß meines Freundes hatte Wunder gewirkt.

Es gab zwar immer noch einiges zu regeln, aber wir sahen schon Licht am Ende des Tunnels. Ein Fräulein Beard, das vom ISS mit unserem Fall betraut worden war, schickte uns zwei Berichte über Kim. Beide gaben an, daß sie, abgesehen von einer wiederaufgetretenen Ohrenentzündung, im allgemeinen bei guter Gesundheit war, wuchs, schon einige vietnamesische Worte sprechen konnte und sich den Umständen entsprechend normal entwickelte. Doch über die andern beiden Kinder kamen keine guten Nachrichten. Die Mutter des einen kleinen Mädchens war aufgetaucht und hatte ihr Kind zurückgefordert; das andere war sehr krank. Die beiden Familien hatten bereits beschlossen zu warten, ob unsere Adoption zustande kam, ehe sie irgend etwas in eigener Sache unternahmen, aber nun würden sie von vorn beginnen müssen.

Im Juli kam zur Abwechslung einmal eine gute Nachricht. Die vietnamesische Regierung gewährte Kim ein Ausreisevisum. „Die Überprüfung ist abgeschlossen", informierte uns Fräulein Beard, „aber üblicherweise muß ein Erwachsener gleichzeitig fünf Kinder begleiten, und die andern vier sind Chinesen aus Hongkong. Es wird noch eine Weile dauern, bis alle soweit sind." Sie meinte, es würde Oktober werden. Jane und ich konnten es kaum glauben. Kim kam wirklich!

In einer Mischung von Aufregung und Bangigkeit stürzte sich Jane in die Vorbereitungen. Sie richtete ihr eigenes Kinderbett neu her, hängte weiße Rüschenvorhänge auf und strich einen alten geerbten Schaukelstuhl in einem warmen Zinnoberrot an. Und endlich konnte sie, nach drei Jungen, Kleinmädchenkleider und Puppen kaufen.

Von Zeit zu Zeit unterrichtete uns Fräulein Beard telephonisch über den Fortgang unserer Angelegenheit, dann folgte ein langes unheilvolles Schweigen und schließlich am 1. Oktober ein Anruf. Die Ankunft hatte sich verzögert. Jetzt war sie für den 11. November angesetzt. „Ist das endgültig?“ fragte ich. „Ich möchte meiner Frau die Aufregung ersparen, wenn Sie nicht sicher sind.“

„Sie können sich darauf verlassen“, erwiderte Fräulein Beard.

Ich erzählte Jane die gute Neuigkeit und sah zu meinem Erstaunen, daß sich ihr Gesicht gequält verzog. Dann begriff ich plötzlich, daß ihr der Schreck in die Glieder gefahren war. Mit dem festen Ankunftsdatum war Kim nun zu einer Realität geworden.

„O Gott, sie kommt!“ brachte Jane endlich heraus. „Sie kommt wirklich und wahrhaftig.“ Sie erklärte, sie sei dem nicht gewachsen. Sie wisse, die Hauptverantwortung für Kim und für das Gleichgewicht in der Familie würde bei ihr liegen, und sie traue sich die Energie und Geduld nicht zu, damit fertigzuwerden. Wie würde es unsere Ehe beeinflussen? Wie auf die Jungen wirken? Würden sie eifersüchtig sein? Oder mit ihrer rauhen Art Kim erschrecken? Janes größte Sorge war, ob sie imstande sein würde, Kim wirklich gern zu haben. Sie hatte immer gedacht, sie könne jedes Kind lieben; plötzlich war sie nicht mehr so sicher.

Ich versuchte Jane zu beruhigen, was mir aber nur teilweise gelang. Zwei andere Leute hatten mehr Erfolg. Eine gute Freundin von Jane sagte einfach: „Jane, sie ist doch nur ein kleines Mädchen, genau wie andere kleine Mädchen. Du wirst schon mit ihr fertig. Beruhige dich nur, und sei ganz wie immer.“

Die andere war eine Fremde, die Jane eines Morgens anrief und sagte, sie hätte sich mit einem unserer Freunde unterhalten und verstehe Janes Sorge vollkommen. Sie und ihr Mann hätten vor zwei Jahren eine kleine Koreanerin adoptiert, und auch sie hätten drei Jungen, etwa gleichen Alters wie die unsern. Die beiden Frauen redeten und redeten, begierig, ihre Erfahrungen auszutauschen. Und als die andere sagte, nach anfänglichen Schwierigkeiten sei das Kind nun völlig aufgenommen und werde von der ganzen Familie geliebt, schwanden viele von Janes Befürchtungen.

Anfang November rief Fräulein Beard an und teilte uns mit, daß Fräulein Quoi mit Kim in wenigen Tagen von Saigon nach Hongkong reisen und dort übernachten werde. Eine chinesische Begleitperson würde dann Kim und vier andere Kinder nach Hawaii bringen, wo die ärztlichen Befunde von der Einwanderungsbehörde geprüft würden, bevor man die Einreise gestattete. Dann würde die Gruppe nach den Vereinigten Staaten fliegen, in Kalifornien und Chikago zwischenlanden und drei Tage später in New York ankommen – am 11. November um 10 Uhr vormittags. Der Traum sollte Wirklichkeit werden.

4

11. November 1967

Es war ein kalter, grauer Novembermorgen, als wir um sieben Uhr aufstanden. Von Anfang an lag Spannung in der Luft. Ich merkte an der Art, wie unsere Blicke sich trafen und rasch wieder auswichen, daß wir alle ähnliche Gefühle hatten. Janes Unruhe war am deutlichsten. Am Abend vorher hatte uns eine Fürsorgerin von Spence-Chapin telephonisch mitgeteilt, sie könne nicht mit uns zum Flugzeug kommen, werde aber an uns denken. Jane brach in Tränen aus. „Wenigstens ein Mensch, der sich darum kümmert, daß ich M-Mutter w-werde“, schluchzte sie.

Die Jungen waren alle aufgeregt, jeder auf seine besondere Weise. „Wozu die Eile?“ sagte Chris verächtlich. „Es ist noch haufenweise Zeit.“ Groß und schlank, mit blauen Augen, heller Haut und blondem Haar, sah Chris fast nordisch aus; doch sein Gesicht hatte eine Weichheit, die seine Empfindsamkeit verriet. Er war mit Lachen und Weinen rasch bei der Hand, und ich befürchtete, daß es ihm immer schwer werden würde, seine Gefühle nicht allzudeutlich zu zeigen. Ihn verstand ich wahrscheinlich am besten von meinen Söhnen, weil er mir in vieler Hinsicht so ähnlich war – eine in sich gekehrte Natur.

Der stämmige Randy mit seinem offenen Gesicht, der Hakennase, dem braunen Haar und den blitzenden schwarzen Augen war der leidenschaftlichste von den dreien. Nun war er ganz Ungeduld. „Kommt schon!“ drängte er. „Wir wollen endlich los!“ Er war der mitteilsamste von allen, immer der enttäuschteste, der ärgerlichste, der begeistertste, der teilnehmendste und der einfühlsamste. Er machte für Jane Kaffee, bevor er zur Schule ging, und ersetzte mich als Elektriker und Mechaniker im Haushalt.

Duncan hatte von seiner Mutter die blauen Augen, das flachsblonde Haar und die schlanke Gestalt. Als jüngster von drei Brüdern war er beim Spiel, beim Sport und in der Schule von einem unbändigen Ehrgeiz besessen und konnte es nicht vertragen zu unterliegen. Aber mit jüngeren Kindern war er geduldig, besonnen und liebevoll. Von Duncan vor allem erhofften wir uns Hilfe bei Kim.

Jane hatte bereits eine kleine Reisetasche für Kim gepackt – Spielzeug, Windeln und Keks – und kam nun langsam die Treppe herunter. Plötzlich blieb sie stehen, kreideweiß.

„Was ist denn los?“ Ich wußte genau, was los war.

„Ich hab solche Angst“, flüsterte sie. „Wenn sie nun nicht ... mit uns kommen will?“

„Freilich wird ihr alles seltsam vorkommen, aber wir werden es schon schaffen, Liebling.“

„Ich kann ja nicht einmal mit ihr sprechen.“ Ihre Stimme wurde schrill in plötzlicher Panik. „Ich kann ihr nicht einmal erklären, wo sie ist und was vor sich geht und wer wir sind.“

Jane war einem Nervenzusammenbruch nahe, und ich erkannte, daß ein rascher Aufbruch das beste war. „Liebling, die Jungen warten im Wagen. Wir müssen jetzt wirklich fahren.“

Zuerst reagierte sie nicht. Dann seufzte sie tief und nahm sich sichtlich zusammen. „Gut“, sagte sie, „gehen wir.“

Die Fahrt zum Flughafen schien an diesem grauen Novembertag ewig zu dauern. Dort erwartete uns Fräulein Beard in der Ankunftshalle der Trans World Airlines. „Sie haben sicher gedacht, dieser Tag würde nie kommen“, meinte sie lächelnd.

„Ich kann es immer noch nicht glauben“, sagte Jane und drehte nervös ihren Handschuh hin und her.

„Noch dreißig Minuten“, sagte Fräulein Beard mit einem Blick auf die Uhr, „und Sie haben Ihre neue Tochter.“

Ich fühlte Janes Hand nach der meinen tasten, und zum erstenmal war mir auch nicht ganz wohl. Die Leute in der Halle eilten in gewohnter Hast und Geschäftigkeit schweigend zu beiden Seiten an uns vorbei. Ich hätte sie am liebsten angeschrien. Sie waren so blind für das, was uns bewegte!

Als die Durchsage kam, daß das Flugzeug „soeben gelandet“ sei, rannten die Jungen an das riesige Fenster, das auf die Startbahn hinausging. Jane und ich folgten ihnen, und eine Sekunde lang fürchtete ich, es könnte etwas schiefgegangen sein und Kim sei nicht im Flugzeug. Als die Maschine vor dem Ausgang anlangte, brach die Sonne durch und tauchte den großen Vogel in hellen Silberglanz. Ein gutes Omen, dachte ich.

Ein paar Minuten später öffneten sich die beiden Türen, und unsere Augen glitten hin und her über die herausströmenden müden, zerknitterten Menschen von Orient und Okzident. Schließlich tröpfelten nur noch vereinzelt ein paar nach, dann kam niemand mehr. Kein kleines Mädchen! Welche Enttäuschung. Sie war nicht im Flugzeug. Plötzlich rief einer der Jungen: „Da ist sie!"

Aus dem rechten Ausgang kam eine Stewardeß und trug ein müdes, verstörtes, ernst blickendes kleines Mädchen mit kurzem schwarzem Haar und den riesengroßen schwarzen Augen, an die ich mich so lebhaft erinnerte. Sie hatte ein gestepptes Goldbrokatjäckchen und Sandalen ohne Strümpfe an. Ich staunte, wie groß sie war. Natürlich! Es war ja fast zwei Jahre her, daß ich sie gesehen hatte, und in wenigen Monaten würde sie vier werden.

Wir gingen auf die Stewardeß zu, die uns freundlich entgegenlächelte: „Sicher soll sie zu Ihnen", sagte sie. Sie erklärte, daß die Begleitperson mit den kleinen Chinesen beschäftigt sei und sie gebeten habe, Kim herauszubringen.

Wir standen nur da und starrten auf das kleine Mädchen. Dann sagte Fräulein Beard sanft zu Jane: „Möchten Sie nicht Ihre neue Tochter auf den Arm nehmen?"

Ich sah Jane zögern, zwischen Verlangen und Angst hin und her gerissen. Schließlich streckte sie die Arme aus und nahm Kim behutsam und zärtlich. Bei der ungewohnten Berührung stemmte sich Kim von Jane fort und blickte sie eine ganze Weile unverwandt an. Dann schlang sie mit einem halben Lächeln und einem Seufzer ihre Arme um den Hals meiner Frau und schmiegte sich fest an sie, als wüßte sie mit einem sechsten Sinn, daß das diejenige war, auf die sie immer gewartet hatte. Und auf Janes Gesicht stand ein Leuchten, ein unerhörtes Glück. Meine Augen wurden feucht bei dem Anblick.

Auf der Heimfahrt schlief Kim, den Kopf in Janes Schoß, auf dem Vordersitz ein. Wenn ich gelegentlich einen Blick auf sie warf, konnte ich es kaum glauben, daß sie nach dieser langen Zeit wirklich hier war. Jane hatte ihr Goldbrokatjäckchen aufgeknöpft, unter dem ein dunkelgrünes Samtkleid mit weißem Spitzenkragen hervorkam. Ihre angewinkelten nackten Beine waren sehr dünn, und ihr Gesicht war schmutzig und mit kleinen Pusteln übersät. Jane beugte sich über sie und schnüffelte, und ich sah, wie sie mißbilligend die Stirn runzelte.

„Es ist ihr Ohr", sagte sie. „Wie das riecht! Und das ganze Haar ist voll mit etwas, was wie Schuppen aussieht."

„Du solltest dir vom Doktor einen Termin für eine komplette Untersuchung geben lassen.“

„Habe ich bereits für nächste Woche.“

Die Jungen waren ungewöhnlich still, dauernd streckten sie ihre Köpfe über die Lehne des Vordersitzes und starrten auf die schlafende Kim hinunter. Schließlich sagte Duncan: „Das ist eine Wucht! Wann können wir die nächste adoptieren?“

Jane und ich sahen uns nur an.

Man hatte uns am Flugplatz Kims Papiere übergeben, und nun las Jane den Bericht des Waisenhauses über ihren Tagesablauf vor, über Essens-, Schlafens- und Spielzeiten. Das Essen, am Boden aus einer Schüssel verzehrt, hatte hauptsächlich aus Gemüse und Reis und manchmal etwas Fisch bestanden. Kim sprach ein wenig Vietnamesisch, und der Bericht enthielt einige wichtige Redewendungen, wie: „Hast du Durst?“ (Khat khong?), „Willst du etwas essen?“ (An khong?), „Mußt du auf die Toilette?“ (Em di tieu khong?). Sie war noch nicht sauber, stand im Bericht. Dann war da ihr Paß, ausgestellt auf Nguyen Thi Ninh, mit französischen und vietnamesischen Stempeln und schließlich noch dem Stempel der amerikanischen Einbürgerungsbehörde. Kim war mit amtlicher Genehmigung hier . . .

Wir kamen bei hellem Sonnenschein nach Hause, und es war anders als jedes Nachhausekommen bisher. Unser wunderschönes hundertfünfzig Jahre altes Haus, mit seinen ineinandergehenden großen Räumen, hat allen Stürmen getrotzt und steht seit Jahrzehnten im Schutz einer riesigen norwegischen Fichte mit gespaltenem Stamm, zweier Eschen und mehrerer hoher Föhren, die die Geräusche der nahen Überlandstraße dämpfen. Der knapp einen Hektar große Rasen ist ein weicher Teppich, der zum Barfußlaufen und Ballspielen wie geschaffen ist und im Frühling herrlich duftet. Der ganze Platz atmet Leben, und ich bin immer glücklich, wenn ich in diese Oase zurückkehre. Und an diesem Tag hoffte ich von ganzem Herzen, daß auch Kim ihn bald ihr Heim nennen und sich dort geborgen fühlen würde.

Aber das brauchte wohl seine Zeit. Als wir jetzt vor der breiten Veranda hielten, wachte Kim gerade auf. Für sie war das alles neu und ungewohnt, und sie klammerte sich fest an Janes Hand, als wir durch die Haustür eintraten.

Im Wohnzimmer musterte sie die Möbel, den Kamin, die Bücherregale, jeden einzelnen Gegenstand genau. Doch hatte sie, seit sie aus dem Flugzeug gestiegen war, noch keinen Laut von sich gegeben. Wie ein Kätzchen, das Wärme sucht, strebte sie in eine sonnige Ecke des Zimmers und kauerte sich dort nieder. Von Zeit zu Zeit hob sie den Kopf und blickte auf, aber wenn sie sah, wie wir sie alle anstarrten und nicht recht wußten, was wir tun oder sagen sollten, wandte sie sich rasch wieder ab.

Schließlich merkte Jane, wie verlegen wir sie machten. „Möchtest du etwas trinken?" fragte sie. „Milch?" Ein verständnisloser Blick war die Antwort.

„Trinken?" wiederholte ich. „Khat khong?" Sie reagierte nicht auf mein sicher falsch ausgesprochenes Vietnamesisch. Das überraschte mich nicht.

Jane hob ein imaginäres Glas an die Lippen und machte ein schlürfendes Geräusch. Und in dem teilnahmslosen Gesichtchen flackerte etwas wie Verstehen auf. Kim nickte. Jane nahm sie mit in die Küche, setzte sie an den Frühstückstisch und schenkte ihr Milch ein. Kim trank drei volle Gläser. Wir waren unbändig stolz auf sie – und auf uns. Wir hatten uns verständigt! Ich hatte plötzlich das Verlangen, sie hochzuheben, meine neue Tochter auf dem Arm zu halten. Aber als ich mich ihr näherte, setzte sie eine unzugängliche Miene auf und griff nach Janes Hand. Ich hielt sofort inne.

Langsam, langsam, sagte ich mir. Nichts überstürzen. Aber ich wunderte mich über ihre offenbare Angst vor mir.

Sie beobachtete uns scharf, wie ein flugbereiter Vogel. Der siebenjährige Duncan beruhigte schließlich ihre anfänglichen Ängste. Er nahm sie einfach bei der Hand und sagte: „Komm, Kim, komm mit."

Sie sträubte sich nicht, er führte sie die Treppe hinauf. Dabei sprach er langsam auf sie ein und erklärte ihr alles, was er tat. Sie kann nicht verstanden haben, was er sagte, aber die sanften Laute, die von diesem kleinen Jungen kamen, schienen sie zu beruhigen, und sie klammerte sich mit beiden Händen an seinen Arm. Mit uns im Gefolge, führte er sie in das helle Zimmer mit den Puppen, den Vorhängen und dem roten Schaukelstuhl. „Das ist dein Zimmer, Kim", sagte er. Sie sah ihn ernst an, den Kopf leicht zur Seite geneigt.

Geduldig versuchte er noch einmal. „Das" – sein Arm fuhr in die Runde – „ist dein Zimmer." Er zeigte auf sie. Sie schien zu verstehen, denn sie lächelte scheu und setzte sich auf den Boden.

Chris und Randy kamen mit verschiedenen Spielsachen an, aber sie schob sie alle weg. Sie hatte die Gewohnheit, Hand und Arm vors Gesicht zu halten und die Augen zu bedecken, wenn sie etwas nicht mochte oder nicht haben wollte. Jane hatte ihr eine große blonde Puppe in einem roten Kleid gekauft. Als sie sie ihr liebevoll überreichte, warf Kim sie auf den Boden. Sie wollte offenbar keine Geschenke oder Friedensangebote. Wieder standen wir der Situation hilflos gegenüber.

Und abermals fand Duncan die Lösung. Er brachte eine kleine Eisenbahn zum Aufziehen, drehte den Schlüssel und ließ sie im Zickzack über den blanken Fußboden sausen. Kim machte große Augen, lächelte, und als sie Janes heiteres Gesicht sah, lief sie hinter der Eisenbahn her und zog sie selbst wieder auf. Plötzlich rutschte Duncan, der sich zu schwungvoll umgedreht hatte, auf dem gebohnerten Holzboden aus und fiel mit einem Plumps hin.

Und Kim lachte! Stellen Sie sich, wenn Sie können, ein kleines dreijähriges Mädchen mit Marlene Dietrichs Stimme vor. So klang Kims Lachen – ein tiefes, kehliges, rauchiges Lachen, ansteckend und völlig unerwartet. Überrascht und geschmeichelt fiel Duncan abermals, jetzt absichtlich nach Kasperleart, mit dem entsprechenden Ächzen und Verrenken. Kim lachte wieder, und Chris und Randy begannen nun ebenfalls zu taumeln, zu stolpern und hinzufallen, wieder und immer wieder. Je wilder sie wurden, um so mehr Spaß machte es Kim. Bald lachten wir alle, und damit verschwand jede Befangenheit und Verkrampfung.

Jane hielt es für angebracht, Kim in ein Bad zu stecken. Kim schien zuerst ein wenig mißtrauisch, als Jane sie auszog und in das warme Wasser setzte, aber bald fand sie es herrlich und planschte sachte mit den Händen. Jane wusch ihr sorgfältig das Haar, und die „Schuppen“ verschwanden. Kim schien gut gebaut, aber sie war sehr mager und hatte einen aufgetriebenen Bauch, ein Zeichen von Unterernährung.

Duncan gesellte sich zu ihr in die Badewanne, und bald planschten und lachten sie gemeinsam. „Gaiee! Gaiee!“ rief Kim immer wieder mit ihrer rauhen Stimme.

Dann bekamen wir einen Vorgeschmack davon, was für ein temperamentvolles kleines Mädchen sie in Wirklichkeit war. Als Jane in der Überzeugung, sie müsse jetzt müde sein, ihr eine Windel anzulegen versuchte, wehrte sich Kim wie eine Wahnsinnige und riß sie jedesmal ebensoschnell wieder herunter, wie Jane sie ihr umtat. Es war nicht weiter wichtig, und so ließ es Jane bei einem Schlafanzug bewenden. Aber als sie aus dem Zimmer gehen wollte, begann Kim zu heulen. Dann erbrach sie sich plötzlich. Seltsamerweise beruhigte sie sich daraufhin und war in wenigen Minuten fest eingeschlafen.

Wir weckten sie ungern zum Abendessen, aber wir wollten gern ihren Tagesablauf dem unsern anpassen. Jane versuchte, ihr ein neues Kleid anzuziehen, doch Kim bestand auf ihrem vietnamesischen Kleid und den schmutzverkrusteten alten Sandalen. Da wir nicht wußten, womit sie aß, legten wir ihr ein Silberbesteck und ein paar Eßstäbchen hin. Das einfache Essen – Hackbraten, Reis und Gemüse – wurde aufgetragen, und Kim beobachtete stumm, wie wir aßen. Dann stürzte sie sich, nur ihre Finger gebrauchend, darauf und aß ihren Teller ratzekahl leer.

Sie schlang wie ein Tier, und wir konnten nur vermuten, wie heißhungrig sie gewesen sein mußte.

Nach dem Essen war für Kim offenbar Spielzeit. Sie begann um den Tisch in der Mitte unserer Küche herumzurennen und die Jungen immer hinterdrein. Plötzlich machte dann einer kehrt und lief anders herum, dann gab es einen großen Zusammenstoß, und wenn Kim hinfiel, ließ sie ihr unglaublich ansteckendes Lachen hören.

Wir gingen ins Wohnzimmer hinüber, und dort begann sie zur einen Tür hinaus- und zur andern hereinzurennen. Stürze hielten sie nur kurz auf und brachten sie zum Lachen. Aber als Chris den Fernsehapparat einschaltete, blieb sie mitten im Lauf wie angewurzelt stehen. Langsam, vorsichtig ging sie zu dem Apparat hin und starrte auf das Bild. Dann hob sie die Hand, schlug gegen den Bildschirm und rannte, vor Vergnügen quiekend, davon. War dies das scheue, zurückhaltende Kind, das wir erwartet hatten?

Um Mitternacht waren alle erschöpft – außer Kim. Sie wollte vom Zubettgehen nichts wissen. Wir dachten, es würde etwas nützen, wenn Duncan auf Kissen neben ihrem Bett schlief, aber da fing Kim an, ihn mit einer Plastikpuppe auf den Kopf zu hauen. Ich brachte Duncan in sein Zimmer, und für Jane begann der erste von vielen langen nächtlichen Kämpfen.

Erst wehrte sich Kim gegen die Windel – und gewann. Dann beobachtete sie uns, wie wir uns beide zum Schlafengehen fertigmachten, und folgte Jane überallhin. Jedesmal, wenn Jane sie in ihr Bett legte, sprang sie wieder heraus. Wir versuchten es mit Kissen am Boden, aber ohne Erfolg. Schließlich legte sich Jane neben sie ins Bett, aber schwupp, war sie wieder draußen und zur Tür hinaus, wo sie sich hinter dem Türpfosten versteckte. Lange stand sie dort ganz still, dann sank ihr der Kopf herab, und sie rutschte sachte zu Boden. Jane hob sie auf und trug sie ins Bett. Das Schlafbedürfnis hatte gesiegt. Kims erster Tag war vorüber.

Als wir endlich im Bett lagen, sagte Jane: „Großer Gott! Sie ist einfach unglaublich. Was für eine Energie, und so aufgeweckt."

„Habe ich gut gewählt?"

Sie lachte leise. „Eins muß man dir lassen, mein Schatz, du hast einen ausgezeichneten Geschmack bei der Wahl deiner Frauen." Nach einer Pause sagte sie ruhig: „Weißt du, ich werde mich nicht sorgen, wie alles gehen soll, sondern einfach jeden Tag neu anpacken und auskosten."

Ganz überwältigt von meiner neuen Tochter, lag ich im Dunkeln. Sie war so viel mehr, als ich mir erträumt hatte. Und doch wußte ich, daß wir bisher nur ihre Außenseite gesehen hatten. Wie war ihr innerstes Wesen? Wir konnten nur hoffen, daß es echt und ungetrübt war und daß sie uns eines Tages ins Herz schließen würde.

Beim Aufwachen am nächsten Morgen hörten wir Kim in ihrem Bettchen vor sich hin summen – es war ein leiser, eintöniger Singsang. „Irgendwie klingt es glücklich", sagte Jane. „Sie ist einmal wach geworden in der Nacht."

„Wirklich? Ich habe nichts gemerkt."

„Ich hörte so ein Kratzen an unserer Schlafzimmertür, und als ich nachsah, stand sie draußen, schlaftrunken und verwirrt und ... na ... irgendwie verlassen."

„Hat sie geweint?"

„Nein. Und als ich sie in ihr Bett trug und mich neben sie legte, schien sie ganz zufrieden und schlief wieder ein." Nach einer Pause sagte sie: „Sie hat uns akzeptiert, meinst du nicht?"

„Ja, alle, nur mich nicht", erwiderte ich betrübt.

Jane wurde nachdenklich.

„Ja. Das ist seltsam. Sie scheint sich beinahe vor dir zu fürchten. Das ist sicher nur, weil alles noch so neu, so ungewohnt ist. Du mußt ihr auch schrecklich groß vorkommen."

Jane ging nach Kim schauen, und ich machte mich daran, in der Küche unten den Koch zu spielen. Dabei fragte ich mich, wie wohl unser typisch amerikanisches Sonntagsfrühstück unserer neuen Tochter zusagen würde, die sich vorkommen mußte, als sei sie gerade auf einem anderen Planeten gelandet.

Als Jane und Kim in die Küche kamen, trug Jane einen Armvoll Bettwäsche. „Du hättest ihr Bett sehen sollen", sagte sie und rümpfte die Nase. „Von jetzt an werde ich auf Windeln bestehen – gleichgültig, wie sehr sie sich dagegen sträubt."

Die Jungen kamen einer nach dem andern angetrudelt, verschlafen, aber sofort hellwach, als sie Kim entdeckten. „He, Kim." – „Morgen, Kim. Wie geht's dir?" – „Hast du Hunger, Kim?" Aber ihr Gesicht blieb ausdruckslos, bis Duncan absichtlich hinfiel. Kim kicherte, und das Eis war wieder einmal gebrochen.

O Wunder über Wunder, sie mochte Pfannkuchen und verspeiste zehn Stück! Bisher schmeckte ihr offenbar alles, was wir ihr vorsetzten. Vielleicht weil sie so furchtbar hungrig gewesen war, so hungrig, wie es sich die meisten Amerikaner gar nicht vorstellen konnten. Möglicherweise hatte Kim in ihrem kurzen Leben noch nie genügend zu essen bekommen.

Nach dem Frühstück gingen die Jungen zum Telephon und riefen ihre Freunde an. Ich hörte Randy sagen: „Nee, Fußball mag ich heut nicht, ich bleib lieber hier in der Nähe ... Wenn einer eine neue Schwester gekriegt hat ... Na klar! Weißt du, woher sie kommt? Von Vietnam ... Wenn du rüberkommst, dann paß ein bißchen auf, sie versteht nämlich noch nicht viel ... Natürlich bring ich's ihr bei."

Bald wimmelte das Haus von den Freunden unserer Söhne – Jungen und Mädchen aller Größen zwischen fünf und fünfzehn. Die Jüngsten zeigten ihre Begeisterung über Kim am offensten. Sie bauten Türme aus Klötzchen, und Kim warf sie um. Wieder und wieder spielten sie dieses einfache Spiel, schütteten sich aus vor Lachen und wurden es nicht müde. Die Halbwüchsigen bemühten sich mehr, „Gelassenheit" zu wahren, aber offenbar empfanden sie dasselbe scheue Staunen. Für sie war die Kleine aus Vietnam mit ihrer braunen Haut, den schrägen Augen und seltsamen Lauten etwas vollkommen Fremdes. Doch sie lief umher, schnitt Gesichter, kicherte, nicht anders als irgendein kleines amerikanisches Mädchen. Wie wunderbar!

Jane und ich lernten daraus eine Menge. In unglaublich kurzer Zeit hatte dieses kleine Ding, das sich seiner Umgebung mit keinem Wort verständlich machen konnte, die einzig wirkliche Verständigungsart gefunden: echte Einfühlung. Sie konnte mit den andern Kindern empfinden und diese mit ihr, weil nichts von dem, was sie sich mitzuteilen hatten, von Verstellung oder Vorurteil getrübt war.

Später ging Kim hinüber ins Spielzimmer, wo sich ein paar Kinder um den Fernsehapparat drängten. Sie blieb eine Weile stehen und sah zu, dann ließ sie sich plötzlich neben Duncan niederplumpsen, legte ihren Arm um seine Schultern und lehnte ihren Kopf an ihn. Es war Kims erste liebevolle Geste gegen einen der Jungen, und ich lächelte glücklich.

An diesem Abend besuchte uns unser Freund, der Psychiater. Er beobachtete Kim beim Spielen und schien über ihr freies, offenes Wesen überrascht. Jane sagte: „Sie verhält sich doch überhaupt nicht wie das Produkt einer Anstaltserziehung."

„Offenbar war sie stark genug, das zu überwinden", erwiderte er. „Sie hat auch das Selbstvertrauen, das starke Naturen gewöhnlich besitzen."

„Das wird ihre Erziehung erschweren, meinen Sie nicht?" fragte Jane.

„Nur im Anfang, würde ich sagen, wenn ihr Wille direkt mit dem Ihren kollidiert und die Worte fehlen, um zu erklären und den Zusammenprall zu mildern."

„Und später? Wird es dann wirklich leichter werden?" fragte ich. „Sie scheint mir gegenüber im Augenblick ziemlich feindselig zu empfinden."

Er wurde nachdenklich. „Vertrauen ist der Schlüssel", erwiderte er. „Sobald sie überzeugt ist, daß Sie nicht wieder verschwinden oder uninteressiert sind, wird sie beginnen, Ihnen zu vertrauen. Und mit diesem Vertrauen wird das Gefühl der Sicherheit kommen."

Vertrauen ist der Schlüssel. Wie konnte ich es ihr einflößen, fragte ich mich. Jane hatte darin jedenfalls Erfolg. Als das Wochenende vorüber war und die Jungen wieder in die Schule gingen, wurde immer deutlicher, wie sehr Kim auf Jane angewiesen war. Sie folgte ihr überallhin, die Augen unverwandt auf Janes Gesicht geheftet, in dem Bemühen zu verstehen, was sie sagte. Es war, als versuchte Kim das Verstehen zu erzwingen, und nach und nach begann sie, elementare Worte wie: hinauf, hinunter, essen, Toilette, nein und ja zu verstehen. Auch versuchte sie Jane bei der Hausarbeit zu helfen.

Eines Tages war sie mit Jane draußen im Garten. Sie hatte einen Kinderrechen und harkte mit großer Energie Blätter zusammen, die sie in Körbe stopfte. Jane kniete auf der Erde und pflanzte Blumenzwiebeln. Ich stand am Küchenfenster und sah, wie Kim zu Jane

Oben: Kim mit Randy, Duncan und Chris; *unten links:* Kim mit Frank Chinnock; *unten rechts:* Kim mit Jane Chinnock.

hinübertrottete, die Arme um ihren Hals schlang und sie mitten auf den Mund küßte. Und ich sah, wie meine Frau das Pflanzholz fallen ließ, Kim in die Arme schloß, sie an sich drückte und ihr übers Haar strich.

Als Jane einige Minuten später hereinkam, leuchteten ihre Augen. „Hast du gesehen, was sie gemacht hat?"

„Ja."

„Ich glaube, sie ist eine sehr warmherzige kleine Person."

Ich nahm sie in die Arme. „Ich weiß, daß du eine bist, mein Schatz." Da merkte ich, daß Kim uns auseinanderzuzerren versuchte und mein Bein mit den Fäusten bearbeitete. Und ich verstand ihre Eifersucht sofort. Sie hatte endlich ihre Mutter gefunden. Scher dich weg, großer Kerl!

Es war unmöglich, Kims Reaktionen vorauszusagen. Als Jane sie nachmittags in ihren kleinen Kindersitz im Auto zu setzen versuchte, um einkaufen zu fahren, bäumte sich Kim mit dem ganzen Körper dagegen auf, schrie und strampelte, bis sie sich daraus befreit hatte. Die Fahrt mußte verschoben werden. Eine Stunde später schlug Jane vor, ich solle sie fahren, sie könne Kim auf den Schoß nehmen. Wir gingen wieder hinaus zum Wagen, und als ich die Tür öffnete, hopste Kim hinein, kletterte in den Kindersitz und faßte zufrieden nach der Stange. Hatte sie nur Zeit gebraucht, um diese für sie ganz neue Einrichtung zu akzeptieren?

Der Supermarkt mit seinen Lichtern, seinem Gewühl, seiner scheinbar unerschöpflichen Menge an Nahrungsmitteln war ein herrliches, aufregendes Erlebnis für Kim. Sie durfte auf dem Einkaufswagen fahren und streckte unentwegt ihre kleine Hand nach den Köstlichkeiten aus, die in solcher Fülle um sie ausgebreitet waren, und ein ums andere Mal rief sie staunend ahhh. Ihre kohlschwarzen Augen verfolgten gespannt, wie sich der Wagen zu füllen begann, wobei Jane ihr geduldig jedes einzelne Ding erklärte. „Das ist Seife, Kim, zum Händewaschen. Das ist Gemüse – zum Essen. Dies ist Fleisch für heute abend. Eiscreme für den Nachtisch." Und Kim schien zu verstehen.

Nur etwas trübte ihre Freude. Viele Leute machten ein großes Getue um sie, brachen in erstaunte Rufe aus, stellten Fragen, taten ihr schön. Aber als eine ältere Frau ihre Hand auf Kims Kopf legte, ließ Kim eine Art Fauchen hören, stieß die Hand der Frau fort und funkelte sie so feindselig an, daß die arme Frau unwillkürlich zurückprallte und nur noch „Du meine Güte!“ hervorstoßen konnte. Dann machte sie sich mit weit aufgerissenen Augen aus dem Staub und fragte sich gewiß, was für ein Teufelskind wir hätten.

In ungewohnten Situationen verlor Kim häufig die Beherrschung, gerade als wäre das bißchen Sicherheit, das sie in unserem Haus gefunden hatte, plötzlich ins Wanken geraten. Eines Tages nahm Jane sie mit, um ihr ein paar Schuhe zu kaufen. Die beiden betraten ein Schuhgeschäft, setzten sich, und Kim war neugierig wie immer, wenn sie etwas Neues erlebte. Der Verkäufer nahm freundlich und geduldig an ihrem Fuß das Maß, aber als er ihr einen Schuh anzog, riß sie ihn herunter und warf damit nach ihm. Er versuchte es nochmals, und plötzlich bekam Kim einen Wutanfall, warf sich auf den Boden, trat um sich, schrie und versuchte ihre Kleider herunterzureißen.

In diesem Augenblick bemerkte Jane eine Nachbarin mit ihrer kleinen Tochter, die dem Schauspiel entsetzt zusahen. „Warum sagen Sie ihr nicht einfach, sie soll den Unsinn lassen und still sein?“ fragte die Frau.

Jane schaute sie erstaunt an. Ihr Haar war zerrauft, und an ihrer Bluse fehlte ein Knopf. „Und in welcher Sprache soll ich das tun?“ fragte sie zurück – da traf Kims Faust sie auf den Mund.

Später erzählte mir Jane, wie die Geschichte endete: „Irgendwie gelang es mir, sie zu packen und mich aus dem Staub zu machen. Im Wagen schrie und strampelte Kim weiter, bis sich ihr mitten im Schreien die Blase entleerte. In wenigen Augenblicken war alles naß, und sie verstummte jäh. Ich sagte kein Wort zu ihr, fuhr nur ruhig nach Hause. Sie schielte immer wieder verstohlen zu mir herüber. Sie wußte, ich war sehr böse. Und ich glaube tatsächlich, sie schämte sich.“

An diesem Abend meinte Jane, ich solle Kim ins Bett bringen, aber die junge Dame wollte davon nichts wissen und schrie unentwegt: „Ma-ma, Ma-ma.“ Ich konnte nur dabeistehen und zusehen, wie Jane die Sache in die Hand nahm.

Kims eindeutige, unverhohlene Feindseligkeit war für mich traurig und unbegreiflich. Sie versteckte sich hinter Jane, sooft ich näher kam, oder hob abwehrend die Hände, als wolle sie mich von sich fernhalten. Sie lehnte jede liebevolle Geste von meiner Seite ab und ließ sich nicht von mir hochheben. Als ich es einmal doch tat, biß sie mich in die Hand. Hatte ihr früher einmal irgendein Mann Angst vor Män-

Kim widmete sich jeder Beschäftigung mit flammendem Eifer.

nern im allgemeinen eingeflößt? Oder erinnerte sie sich im Unterbewußtsein, daß ich derjenige war, der sie aus ihrer vertrauten Umgebung des Waisenhauses in eine fremde Welt verpflanzt hatte?

Kim wußte jedenfalls genau, was sie wollte oder nicht wollte. Ein energisches Kopfschütteln heißt auch in ihrer Sprache „nein". Wenn sie etwas haben wollte, stürzte sie darauf zu und ließ sich nicht davon ablenken. Doch mit dieser Entschlossenheit ging ein Anpassungsvermögen einher, die Fähigkeit, sich in die Gegebenheiten einzufügen. Schon hatte sie die Jungen richtig eingeschätzt und paßte sich ihrer jeweiligen Wesensart, ihren Fehlern und Eigenheiten an.

Diese kluge Anpassungsfähigkeit setzte uns in Erstaunen. Was für ein wunderbarer instinktiver Schutzpanzer für ihre Hilflosigkeit. Und im tiefsten war sie natürlich hilflos, ohne Verständigungsmöglichkeiten in einem fremden Land. Aber jede ihrer Handlungen zeigte, warum unter so vielen gerade sie überlebt hatte. Die Statistiken in Vietnam zeigen, daß nur die Hälfte der Kinder das sechste Lebensjahr erreicht. (Nach Schätzungen erreicht nur eines von fünf Kindern das Erwachsenenalter.) Kim hatte überlebt und damit ihren unbezähmbaren Willen zu überleben bewiesen.

Als ich aus dem Zimmer ging, schaute ich zurück und lächelte. Unsere Blicke trafen sich, und es schien mir, als sähe ich den Hauch eines Lächelns und als hebe sich ihre Hand zu einem kaum wahrnehmbaren Winken.

Vertrauen ist der Schlüssel. Irgendwo mußte ich ihn finden.

5

Da wir glaubten, daß Kim sich erst an ihre neue Umgebung und an uns gewöhnen sollte, bevor wir die Runde bei den Ärzten machten, hatten wir den Besuch beim Kinderarzt verschoben. Aber nach zehn Tagen konnten wir nicht länger warten. Kim brauchte schnellstens ärztliche und zahnärztliche Behandlung.

Am dringendsten war ihr Ohr, das zu eitern begonnen hatte. Wir gingen mit ihr zum Hals-Nasen-Ohren-Spezialisten, und er erklärte: „Sie hat eine große Perforation im Trommelfell, vermutlich als Folge einer schweren Infektion, die nicht ordentlich behandelt wurde. Ihr Hörvermögen ist bereits etwas reduziert, und wenn wir ihr jetzt nicht Antibiotika geben, wird sie auf diesem Ohr in einem Jahr taub sein."

Er gab uns für Kim Tabletten zum Einnehmen mit. Zuletzt sagte er eindringlich: „Es ist außerordentlich wichtig, daß kein Wasser in das linke Ohr kommt. Sie müssen es immer zustopfen, wenn sie badet, auch in der Wanne." Das war ein Problem, denn entweder planschte Kim beim Baden ausgelassen oder sie legte sich auf den Rücken und ließ ihr Haar auf dem Wasser treiben. „Bringen Sie sie in ein paar Tagen wieder her", fügte der Arzt hinzu, „dann wollen wir sehen, ob die starke Dosierung gewirkt hat."

Der Arzt gab Kim noch eine Spritze gegen die Infektion, und sie heulte vor Schreck und Entrüstung. Aber als die Schwester vor ihren Augen einen Ballon aufblies, hörte sie auf zu schreien, machte große Augen und griff nach dem Zauberding.

Als nächstes kamen die Zähne dran. Als Jane zum erstenmal Kim in den Mund schaute, erschrak sie und rief mich herbei. Die oberen Zähne waren fast schwarz, die unteren kaum etwas besser, und alle waren weich und halb verfault. Ganz sachte und vorsichtig versuchte ihr Jane die Zähne zu bürsten, aber das Zahnfleisch blutete, und Kim begann zu wimmern. Sie waren so empfindlich, daß Jane nichts übrigblieb, als sie sanft mit einem Finger und etwas Zahnpaste zu massieren. „Da ist über einem Zahn eine Schwellung im Zahnfleisch", sagte sie, „was kann das wohl sein?"

Der Zahnarzt äußerte sich ganz und gar nicht hoffnungsvoll. „Ihr Zahnfleisch ist in einem so schlechten Zustand, daß es von einem Spezialisten behandelt werden muß", sagte er. „Und die Zähne sind unglaublich – wachsweich und voller infektiöser Stellen. Ich kann da nichts plombieren. Diese Schwellung im Zahnfleisch ist ein Granulom, das heißt, daß der Zahn heraus muß." Er seufzte. „Ich kann nicht viel machen, höchstens ein wenig säubern."

Er gab sich alle Mühe, dies recht sanft zu tun, aber Kim schrie trotzdem. Er machte geduldig weiter und hörte erst auf, als Kim ihn mehrmals biß. „Geben Sie ihr doch erst einmal Vitamine und Fluortabletten", sagte er, als er seine Instrumente resigniert fortlegte. „Das täte dem Zahnfleisch gut und würde den Zerfall aufhalten. Und sie soll eine elektrische Zahnbürste auf der niedrigsten Geschwindigkeitsstufe benützen. Kommen Sie wieder her, wenn der Zahn mit dem Granulom gezogen ist."

„Glauben Sie, daß ihre zweiten Zähne im gleichen Zustand durchkommen werden?" fragte ich.

Er machte ein nachdenkliches Gesicht. „Das hängt von verschiedenem ab – von Zustand und Ernährung der Mutter während der Schwangerschaft, wieviel Dauerschäden Kim davongetragen hat und wie die Vitamine und Tabletten wirken, die wir ihr jetzt geben. Die Hauptfrage ist, ob wir noch rechtzeitig eingegriffen haben."

Während der ganzen gründlichen Untersuchung bei unserm Kinderarzt schrie Kim unaufhörlich, wand und wehrte sich, so daß ich sie schließlich festhalten mußte. Ohne sich um das Gebrüll zu kümmern, kommentierte der Arzt seine Untersuchung: „Sie hat irgendeine Hautinfektion gehabt. Keine Anzeichen eines Knochenbruchs. Sie ist sehr gut gebaut, aber ausgesprochen unterernährt. Wie ist ihr Appetit?"

„Gewaltig", sagte Jane.

„Das ist schön. Gute Ernährung wird wohl ihren Zustand bessern helfen."

Als wir das Sprechzimmer verlassen wollten, war Kim nicht von der Stelle zu bewegen. Nach dem, wie sie sich eben noch aufgeführt hatte, war uns das unerklärlich. Dann erschien die Sprechstundenhilfe, und wir verstanden. Kim wartete auf ihren Ballon. Als das Mädchen ihr einen gab, strahlte sie und blies ihn sofort auf. Dem Himmel sei Dank, daß es Ballons gab – sie halfen uns noch viele Arzt- und Zahnarztbesuche überstehen.

Der Kinderarzt hatte bei Kim zwei Hautteste auf Tb, außerdem Röntgenaufnahmen gemacht und gesagt, wir sollten sie innerhalb einer Woche wieder bringen oder früher, falls ihr Arm anschwoll. Innerhalb von zwei Tagen war er flammend rot geschwollen, und wir gingen wieder mit ihr hin. „Da ist kein Zweifel möglich. Das ist die positivste Reaktion, die ich je gesehen habe", sagte der Arzt grimmig.

„Hat sie Tuberkulose?" fragte ich besorgt.

„Keine aktive", sagte er einschränkend. „Ihre Aufnahmen zeigen Schatten in den Lungen, Herde, die aber verkapselt sind. Jedoch ist bei dieser Form der Reaktion eine latente Tb jedenfalls vorhanden. Sie muß sie sich zugezogen haben, nachdem die letzten Kontrollaufnahmen in Vietnam gemacht wurden, andernfalls hätte ihr das Einwanderungsbüro die Einreise verweigert."

„Sind Sie sicher, daß die Tb nicht aktiv ist?" fragte ich.

„Ja, sie scheint von selbst ausgeheilt zu sein. Aber wir wollen nichts riskieren. Sie muß mindestens ein Jahr lang täglich Tabletten einnehmen."

Bald nach dem Besuch beim Arzt wurde die ganze Familie von einer seltsamen Krankheit befallen. Wir saßen alle zusammen im

Wohnzimmer, da fiel mir plötzlich auf, daß wir uns einträchtig am Kopf kratzten.

„Daddy, ich habe eine Menge weiße Schuppen in den Haaren", sagte Chris.

„Kim hat sich dauernd am Kopf gekratzt", sagte ich zu Jane. „Ich frage mich . . . Schuppen können es wohl nicht sein?"

„Dann wären es jedenfalls die schlimmsten, die ich je gesehen habe."

Der Ohrenarzt gab uns am nächsten Tag die Erklärung. Nachdem er festgestellt hatte, daß Kims Ohr „entschieden besser" geworden war, fragte er: „Hat ihr Kinderarzt nichts über ihr Haar geäußert?"

„Nein", sagte Jane. „Aber wir haben uns schon gefragt . . . Ist etwas nicht in Ordnung?"

„Äh . . .", er zögerte. „Es ist mir höchst unangenehm, daß ich derjenige bin, der es entdeckt, aber ich glaube, ihr Haar ist voller Nissen – Läuseeier."

„Läuse, oh, nein!" rief Jane entsetzt und beugte sich über Kims Haar. Jetzt konnte sie die kleinen weißen, an den Haaren aufgereihten Tüpfelchen sehen, Hunderte an einer Strähne.

„Wie Sie wissen, übertragen sich Läuse im Handumdrehen", sagte er. „Unternehmen Sie sofort etwas dagegen, oder Ihre ganze Familie wird verseucht." Jane verriet nicht, daß es dazu schon zu spät war.

Dem Kinderarzt war es peinlich, daß er die Läuse übersehen hatte. Er erklärte, er bekomme sie in seinem Patientenkreis so selten zu sehen, daß er nicht daran gedacht habe, nachzuschauen. Er verordnete einen Staubkamm, Spezialseife und eine tägliche gründliche Kopfwäsche für uns alle.

Am Abend entdeckte Jane, daß Duncans Kopf ebenfalls ein Miniaturdschungel voll winziger Lebewesen war – die Nissen wurden schon zu Läusen. Wir brauchten Wochen, bis wir mit Waschen, schmerzhaftem Reiben und Auskämmen mit dem Staubkamm die Läuse endlich los waren.

Dann begann eine neue Epidemie – eine Kette von Aufregungen. Kims Wutanfälle machten uns in diesen ersten Wochen zunehmend Kummer, hauptsächlich weil wir sie nicht fragen konnten, was sie hatte und wie wir ihr helfen könnten. Die Wurzel dieser Ausbrüche war offenbar eine große Angst, verlassen zu werden, besonders von Jane, der sie ihr Vertrauen und ihre Liebe geschenkt hatte. Aber der erste Schritt mußte getan werden.

„Ich gehe für ein paar Minuten fort, Kim“, sagte Jane eines Abends und zog ihren Mantel an. Kim griff sofort nach dem ihren. „Nein, ich fahre nur Randy wohin. Du bleibst da.“

Als Jane auf die Tür zuging, wurde Kim rasend. Sie schrie, stieß Stühle um, warf sich zu Boden und trat um sich. „Kim, ich bin ja gleich wieder da.“ Als Jane hinausgehen wollte, sprang Kim auf und klammerte sich an ihre Beine. Energisch befreite sich Jane aus den kleinen Armen und schlüpfte hinaus. Nun begann Kim zu toben. Ihre Augen waren angstgeweitet. Mit aller Kraft versuchte sie, Jane zu folgen. Ich wollte sie festhalten, da biß und kratzte sie mich. Dann, als sie den Wagen abfahren hörte, ließ sie sich auf den Boden fallen, und es begann ein dreiaktiges Ritual abzurollen, das wir bald in allen seinen Phasen kennen sollten.

Zuerst kam die gewalttätige Phase – sie wälzte sich am Boden, trat um sich, schrie und schluchzte in Verzweiflung und Zorn, riß sich dabei die Kleider vom Leib und schleuderte sie wutentbrannt durchs Zimmer. Dann hörte sie plötzlich auf zu schreien und saß mit untergeschlagenen Beinen vollkommen still. So verharrte sie, wie eine Buddhastatue, mit ausdruckslosem Gesicht, halbgeschlossenen Augen, als hätte ihre Seele den Körper verlassen. Wenn ich sie ansprach, gab sie keine Antwort. Schließlich kehrte ihre Seele mit einem tiefen Seufzer zurück, und gleichzeitig entleerte sich ihre Blase, und sie blickte erstaunt hinunter. Dann begann sie erneut zu weinen, aber jetzt war es mehr ein leises, klägliches Wimmern.

Als Jane dann zurückkehrte, hellte sich Kims Gesicht auf, sie streckte ihr die Arme entgegen und sagte: „Mami.“ Ein ums andere Mal sagte Jane: „Ich bin wieder da, Kim. Jetzt ist alles gut.“ Und Kim konnte sich nur an sie klammern, ihr nasses Gesicht an ihre Schulter drücken und „Mami, Mami“ schluchzen.

Es war ein schmerzlicher, aber notwendiger Schritt. Kim mußte verstehen lernen, daß Jane kommen und gehen konnte, ohne daß die Erde barst, daß hier jemand war, der immer wieder zurückkehren und nicht verschwinden würde, wie vielleicht andere es getan hatten.

Schließlich fanden wir heraus, daß Kims Ausbrüche rascher aufhörten, wenn wir sie als normale Entwicklungserscheinungen nahmen und ihnen nicht allzuviel Beachtung schenkten. „Wenn du weinen willst, tu's nur“ oder „Ich würde dir gern helfen, aber ich kann nicht, wenn du weinst“ – irgend so ein ruhiges Wort schien am besten zu wirken.

Ließen wir uns aus der Ruhe bringen, trieben wir sie nur noch mehr in ihre Erregung hinein.

Aber auch dieser Zustand ging vorüber. Eines Tages sagte Jane: „Kim, ich gehe für eine Weile fort."

Kim blickte nur kurz von dem Bild auf, an dem sie gerade malte, und sagte: „Tschüs, Mami."

Das nächste Mal hielt Kim ihr sogar die Tür auf, und von da an lief sie ihr immer entgegen, wenn sie zurückkam. Natürlich war ich jedes Mal, wenn Jane fortging, zu Hause geblieben. Wir fragten uns, was wohl geschehen würde, wenn wir beide fortgingen und die Jungen in der Schule waren. Wir erfuhren es – ebenso wie unsere kummergewohnte Haushaltshilfe, Frau Myrtle Moore – an einem denkwürdigen Dienstag, als ich eine Verabredung in der Stadt hatte und Jane zum Mittagessen bei Freunden eingeladen war.

Am Abend erzählte mir Jane, daß Frau Moore sie, einem Zusammenbruch nahe, mitten während des Essens angerufen hatte.

„Frau Chinnock, kommen Sie lieber rasch nach Haus. Es ist wegen Kim. Sie ist einfach ganz abscheulich heute, der reinste Teufel oder was nicht noch. Zuerst hat sie getreten und nach Ihnen geschrien und irgendwas Schreckliches gebrüllt. Und als ich sie hochheben wollte, da ... da hat sie mich gebissen ... direkt in den Arm. Das sollten Sie sehen. Er ist ganz rot und geschwollen."

„Oh, das tut mir leid. Aber sie wird sich wohl bald wieder beruhigen", sagte Jane.

„Nein, glaub ich nicht. Sie hat ein Buch durchs Vorderfenster geworfen, und jetzt versucht sie, die Vorhänge runterzureißen. Kommen Sie rasch heim, sonst bleibt Ihnen vom Haus nicht viel übrig."

Unnötig zu sagen, daß Jane sich schleunigst auf den Heimweg machte. An diesem Nachmittag bekam Kim ihre ersten Hiebe. Als ich heimkam, war sie munter wie gewöhnlich, und erst als Jane mir alles erzählte, wurde mir restlos klar, was für eine kleine Tigerin wir aufzogen. „Und jetzt sieh sie dir nur an", sagte Jane, „wie vergnügt sie ist. Dabei war sie wütend, als ich sie verwichste; Gott sei Dank ist sie nicht nachtragend."

Dazu kamen die Nächte, die wir zu fürchten begannen.

„O Gott, hoffentlich schläft sie heute nacht durch", pflegte Jane zu sagen.

„Vielleicht ist es ein immer wiederkehrender böser Traum?" meinte ich.

Irgendwann in den frühen Morgenstunden ertönte plötzlich ein Schreckensschrei. Jane oder ich rannte dann in Kims Zimmer und fand sie kerzengerade im Bett sitzend, die Augen angstgeweitet, das Gesicht schweißüberströmt. Dabei stieß sie immer wieder ein und dasselbe Wort hervor, das wie „amu“ (dunkel) klang.

Oder aber sie kam herüber und stieß unsere Schlafzimmertür auf, wohl um sich zu vergewissern, daß wir noch da waren. Gewöhnlich ließ sich Kim, sobald ihr Jane gut zuredete, wieder ins Bett zurückbringen. Doch zuweilen war ihre Angst zu groß, dann beruhigte sie sich erst, wenn Jane sie zu sich ins Bett nahm.

Aber neben den Schwierigkeiten und Sorgen erlebten wir an Kim auch unsere helle Freude. Ihre Clownerien und Pantomimen zeigten uns in einer lebendigen Scharade, was sie fühlte, wünschte und wußte. Wenn sie das Bild eines schlafenden Babys sah, wurde sie selbst dieses Baby, bettete den Kopf auf ein Kissen und begann zu schnarchen. Wenn sie schaukeln meinte, wurde ihr ganzer Körper zur Schaukel. Obwohl sie ausgesprochen weiblich war, besaß sie auch eine innere Zähigkeit, die sie unbekümmert an den rauhen Spielen der Jungen teilnehmen ließ. Und dazu diese ungewöhnlich tiefe, rauhe Stimme, das sprudelnde Lachen, ihre fröhliche Spontaneität, mit der sie jedem entgegenkam – mit einer Ausnahme.

Ihre unverändert feindselige Haltung mir gegenüber war durch nichts zu durchbrechen, was ich auch tat. Ich hatte noch nicht einmal einen Namen. Jane war schon mit den verschiedensten Namen bedacht worden, Randy hieß „Wanny“, Duncan war „Gungan“ und Chris war „Prip“. Aber Daddy war ein Nichts, ein Schweigen, eine Null. Wenn Jane sie fragte: „Wer ist das, Kim?“ und auf mich zeigte, starrte Kim mich nur an und schüttelte den Kopf. Gegen meinen Willen wurde ich allmählich bedrückt.

Das kleine Mädchen, das ich gefunden und hierhergebracht hatte, konnte mich nicht akzeptieren.

Dann kam das Erntedankfest. Der Gottesdienst am Sonntag zuvor war Kims erstes öffentliches Auftreten unter unsern Bekannten. Jane hatte Kim ihr bestes rosa und orange gestreiftes Kleid, rosa Hut und rosa Mantel angezogen. Wir sind nicht übermäßig religiös, aber wir wollten wohl alle unsere Dankbarkeit für das wunderbare Geschenk aus Vietnam zum Ausdruck bringen.

An diesem Tag sprach der Pastor über die „Freuden der Entdeckung“, und wir fanden, er mußte wohl das Thema eigens für uns gewählt haben. Die Leute schauten andauernd zu uns und zu dem kleinen Mädchen herüber, von dem sie schon so viel gehört hatten, und schienen sichtlich gerührt, Kim nun inmitten ihrer neuen Familie zu sehen. Ich glaube, Kim gemahnte sie – und uns – nur um so deutlicher an die Tausende von Kindern, die noch in Vietnam waren und von denen viele lebenslangem Siechtum, Schmerzen, Armut oder Prostitution entgegengingen.

Bei Tisch waren wir dann unser neun – mein Onkel Chris und Tante Adele, die keine Kinder hatten und von ihrer neuen Großnichte entzückt waren, Janes Vater, schon recht greisenhaft und teilnahmslos, und die sechs Chinnocks. Es war ein denkwürdiges Mahl, geräuschvoll, fröhlich und mit viel Gelächter, wie solche Feste sein sollen. Wir waren uns alle sehr des neuen Wesens in unserer Mitte bewußt. Selbst Janes Vater, der bei diesem kurzen Ausflug aus dem Altersheim meist halb schlief, wandte sich einmal an Jane und murmelte: „Hübsch. Hübsches Kind."

Nach dem Essen lehnten wir uns zurück, satt, warm, zufrieden. Bei einem zufälligen Blick zum andern Ende des Tisches sah ich Kims Augen auf mich gerichtet. Aber anstatt wie sonst wegzuschauen, musterte sie mich weiter, genau wie sie es damals vor zwei Jahren im Waisenhaus getan hatte. Und dann, während sie mich immer noch anstarrte, begann sie zu lächeln.

Ich stand auf, ging zu ihr und nahm sie auf den Arm. Einen Augenblick lang machte sie sich steif, dann schlang sie ihren Arm um meinen Hals und flüsterte: „Ga-i, Ga-i."

Ich stand überwältigt da, unfähig zu sprechen, und blickte stolz in die Runde. „Ga-i" war nicht ganz „Daddy", aber ich hatte endlich einen Namen. Der Schlüssel war Vertrauen, und er war mir soeben geschenkt worden.

Die Wochen vergingen, und Kim blühte auf. Die ausdruckslose Maske, ihrer fortwährenden Befürchtungen und Ängste, alle ihre Abwehrreaktionen schwanden dahin. Ihr Lächeln, ihre Augen wurden immer beseelter. Ja, nun war die Zeit gekommen, zu lieben und geliebt zu werden.

An einem klaren, kalten Morgen sagte Jane: „Sie ist wirklich ein sehr leidenschaftliches kleines Mädchen."

Ich nickte. „Sie hat wohl bisher noch keine Gelegenheit gehabt, es zu zeigen."

„Oder sie hatte Angst, es zu zeigen.“

Wir sahen zu, wie Kim, fröhlich vor sich hin summend, fürsorglich ihre Puppe zu Bett brachte. „Sie hat ihre Angst ganz verloren“, sagte Jane, „und umarmen und küssen liebt sie sehr. Kaum zu glauben, wie sie sich verändert hat.“

Während der ersten Wochen hatte Kim nur vorsichtig auf jede Äußerung von Zuneigung reagiert, es sei denn, die Initiative ging von ihr aus. Aber immer häufiger ging sie zu Jane, umschlang ihre Beine und schmiegte sich an sie, bis Jane niederkniete, sie an sich drückte und küßte. Sie war ein zutiefst liebebedürftiges Geschöpf, das sich plötzlich mit herzlicher Zuneigung überhäuft fand. Vor dem Schlafengehen mußte Jane sie nun immer auf den Schoß nehmen, sich mit ihr auf dem Schaukelstuhl wiegen und ihr etwas vorsingen. Dann hörte ich vom Parterre aus meine Frau oben mit leiser Stimme alte Kinderlieder singen.

Wenn ich hin und wieder Kim zu Bett brachte, verlangte sie von mir das gleiche Ritual. So nahm ich sie, nachdem ich ihr den Pyjama angezogen hatte, im Schaukelstuhl auf den Schoß und sang ihr etwas vor. Und mein Lieblingslied – und bald auch das ihre – kam immer als letztes. Es endet:

... Papa kauft dir Pferd und Wagen,
und wenn das Pferdchen bricht das Beinchen,
bleibst du doch mein süßes Kleinchen.

Es dauerte nicht lang, da kannte Kim die Melodie und sang die letzte Zeile in schöner Harmonie mit: „Gok mein püpe leinken.“

Es kam aber auch vor, daß Kims Instinkt, der sie sonst schützte, sie aus Mangel an Erfahrung im Stich ließ. Als ich eines Abends von einer Besprechung mit meinem Verleger nach Hause kam, traf ich Jane bleich und zitternd an. Am Nachmittag hatte sie Kim zum erstenmal allein draußen spielen lassen, in der Meinung, ihr Dreirad, ihre Spielsachen und der Sandkasten würden sie auf unserem Grund halten. Schon nach fünf Minuten ging sie nachschauen, aber Kim war nirgends zu sehen. Jane lief durch den Garten, voller Angst in Richtung Straße spähend. Nichts! In diesem Augenblick bog ein Auto in unsere Zufahrt ein. Darin saß eine Bekannte – und eine schluchzende Kim.

„Um Gottes willen, was war denn passiert?“ fragte ich, als Jane bis hierher gekommen war.

Jane schluckte und schauderte noch nachträglich. „Kim ist direkt mitten auf der Straße gelaufen“, berichtete sie fast tonlos. „Ein Wagen hat sie ... hat sie beinahe ... überfahren! Aber die Dame am Steuer konnte gerade noch rechtzeitig bremsen, stieg aus und fand zu ihrem Erstaunen mitten auf einer amerikanischen Straße ein kleines asiatisches Mädchen, das kein Englisch verstand. Glücklicherweise kam gerade meine Bekannte vorbei. Sie wußte von Kim und reimte sich die Sache zusammen.“ Jane barg das Gesicht in den Händen. „Wie konnte ich nur so verantwortungs- und gedankenlos sein“, murmelte sie.

„Aber nein, du bist alles eher als verantwortungslos, mein Herz. So was kann passieren ... jedem.“ Das war das Beängstigende. Bei Kims Neugier und ständigem Entdeckerdrang mußte man mit derlei rechnen.

An einem kalten, trüben Tag Mitte Dezember erschien Kim plötzlich in meinem Arbeitszimmer und rief: „Ga-i, Ga-i.“ Dabei zeigte sie zum Fenster.

„Willst du hinaus, Kim?“ fragte ich.

„La“, nickte sie, „aup.“

Ich zog ihr das pelzgefütterte Jäckchen an, schlüpfte selbst in meinen Mantel und ging mit ihr zur Hintertür hinaus. Sie lief lachend voraus, blieb aber plötzlich stehen und legte die Hand an die Wange. Mit großen, erstaunten Augen sah sie zum Himmel auf. Es hatte leise zu schneien begonnen. Langsam hob sie die geöffneten Hände und starrte fast ehrfürchtig auf die Flocken, die sich darauf niederließen und langsam zergingen.

Natürlich! Sie war ja in einem Land aufgewachsen, wo die Temperatur nicht unter 20 Grad sinkt, und hatte noch nie Schnee gesehen! Dieses Bild, wie sie dastand, das Gesichtchen zum Himmel erhoben, die Augen geschlossen, die geöffneten Hände wie flehend hochgereckt, nahm mich völlig gefangen. Ein Bildnis der Verzückung! Und während ihr die winzigen Flocken auf Haar, Wangen und Lider sanken, lächelte sie selig.

Wenn sie mir nur hätte sagen können, was sie dachte! Aber damit hatte es noch gute Weile. Es war uns klar gewesen, daß die Sprache das große Problem sein würde, aber wir hatten nicht mit Kims Lernfähigkeit gerechnet. „Sie ist so eifrig, so aufmerksam“, sagte Jane, „gerade als hätte sie mit einemmal Dutzende von Antennen ausgestreckt, die alle auf das, was wir sagen, ausgerichtet sind. Wir ahnen ja nicht, wieviel sie davon versteht, aber glaub mir, sie registriert jedes Wort."

Klangähnliche Worte hatte sie bald geprägt – ihre Namen für die Jungen und uns und Worte des täglichen Lebens wie „Bag" (Bad), „Lik" (Licht), „Wape" (Wasser). Bett kam nur als Doppelwort vor, „Beg-gen", und als das Jahr sich seinem Ende näherte, gab es natürlich den „Kibaum" (Christbaum). Dabei kam ihr sehr zugute, daß wir eine außerordentlich gesprächige Familie sind, so daß sich ihr Ohr an die Sprache gewöhnen konnte. Und das Fernsehen trug ebenfalls dazu bei.

Wir beobachteten, wie sie manchmal ein Wort mit den Lippen zu formen versuchte, aber mit dem Aussprechen haperte es noch. In unserer Unkenntnis der vietnamesischen Sprache konnten wir manchmal unmöglich unterscheiden, ob die Worte, die sie bildete, Vietnamesisch oder Babysprache oder englische Versuche oder alles zusammen waren. Daß sie auch mit Französisch in Berührung gekommen war, zeigte sich eines Morgens, als sie ein Messer mit scharfem Senf ableckte und „Mon Dieu!" schnaufte.

In gewisser Weise war sie die Gefangene früherer Lauterfahrungen. Wir hatten sie herausgeholt, als sie gerade die ersten vietnamesischen Worte zu bilden begann, und der Übergang zu einer völlig neuen Sprache ging im Augenblick über ihre Kräfte. Vor allem konnte sie einfach gewisse Laute nicht aussprechen – S, Sch, J, D. So wurde aus Chris „Prip", aus Schule „Kule", aus ja „la" und aus Daddy bald „Gaggy".

Jane hatte mit ihr aus Kinderfibeln zu lernen begonnen, wobei sie ihr die Worte für die abgebildeten Gegenstände vorsprach, die Kim dann nachzusprechen versuchte. Manchmal war das Wort gerade noch erkennbar, oft geriet es aber ganz daneben. Es ging sehr langsam voran, doch einstweilen verständigte sich Kim mühelos durch die verschiedensten Gebärden und Laute. Freude und Glück lernte sie bald mit „wowi!" auszudrücken. Essen war genauso „wowi!" wie ein neues Kleid.

Als Weihnachten näher rückte, begann Kim aufmerksam und neugierig die Vorgänge im Haus zu verfolgen. Ihre Augen schienen ein eigenes Leben zu bekommen, wurden groß vor Staunen beim Anblick des Christbaums, fragend bei den geheimnisvollen Geräuschen in Keller und Dachboden und angesichts der überquellenden Wandschränke, die Mami ihr zu öffnen verboten hatte. Natürlich konnte sie keine

Ahnung haben, was ihre Brüder, die jetzt Ferien hatten, meinten, wenn sie zu ihr sagten: „Es ist bald Weihnachten, Kim“, oder „Wart nur, Kimmi, das Christkind wird dir eine Menge Spielsachen bringen.“

Am Heiligen Abend waren wieder Onkel und Tante aus der Stadt bei uns, und nach dem Essen bekam jedes der Kinder einen überdimensionalen Strumpf, um ihn „sorgfältig am Kamin aufzuhängen“. Kim war von dem ihren hingerissen und zog ihn, immerfort kichernd, wie einen richtigen Strumpf an. Später, als Freunde von uns mit ihren drei Kindern kamen, feierten wir nach alter Weise, wie so viele andere auch, diesen Abend mit Weihnachtsliedern, die ich auf dem Klavier begleitete. Kim saß neben mir am Klavier, und nur wenn die Aufregung sie überwältigte, sprang sie auf und tanzte aus reiner Freude umher.

Am späteren Abend saß Jane auf der Couch vor dem Kamin, die vier Kinder um sie herum, und las „Es war am Abend vor Weihnachten“ vor. Für die Jungen war es eine altvertraute Geschichte, für Kim dagegen ein seltsames neues Erlebnis. Aber irgendwie muß das Geheimnis und Wunder von Weihnachten sie erreicht haben. Denn als sie an diesem Abend, die Puppe fest an sich gedrückt, einschlief, war ihr Ausdruck so friedlich und heiter wie der eines Engels.

Am nächsten Morgen um acht gaben wir das Zeichen, und ein Gewirr von Armen und Beinen polterte die Treppe herunter und stürmte ins Wohnzimmer. Die Jungen rannten zu ihren Schätzen unterm Baum, und bald schallten Ausrufe der Überraschung und Freude durchs Haus.

Plötzlich merkten Jane und ich, daß Kim nicht dabei war. Verwirrt von der wilden Jagd, saß sie verloren auf dem Treppenabsatz in halber Höhe. Liebevoll versicherten wir ihr, daß wir sie bei uns haben wollten und daß dies auch ihr Morgen sei. Als sie die brennenden Kerzen am Baum und das Durcheinander von bunten Papieren und noch unausgepackten Geschenken sah, leuchteten ihre Augen. Jane gab ihr ein Paket, und sie riß es auf. Es war ein Puzzlespiel, und sie rief: „Oh! Oh!“ Dann brachten ihr die Jungen Geschenke über Geschenke. Sie machte eines nach dem andern auf und rief jedesmal: „Oh! Oh!“ Und schon kam das nächste. Sie nahm begeistert die Puppen, den Spielzeugherd, die Pfannen und Schüsseln und Bauklötze in Besitz, und ihre unverdorbene Freude wärmte uns das Herz, besonders wenn wir daran dachten, wie wenig ihr bisher gehört hatte.

Und dann gab es für uns alle noch eine Überraschung. Seit Wochen war Randy, wenn er von der Schule heimkam, im Keller verschwunden, aus dem bald geheimnisvolles Sägen und Hämmern herauftönte. Nun stand in einer Ecke ein riesiges, mit braunem Packpapier verhülltes Ding. Darauf war in großen roten Buchstaben geschrieben: FÜR KIM – VON RANDY. Jetzt führte er Kim hin und sagte: „Das ist ein Geschenk für dich."

Sie riß das Papier weg und starrte ehrfürchtig auf das große hölzerne Puppenhaus, das Randy für sie gebaut hatte. Sie wußte gleich, was es war, und holte sofort ihre Puppen. Bald lag in jedem Zimmer ein „Bebie". Den ganzen Tag ging Kim immer wieder hin und betrachtete Randys wunderbares Geschenk. Dazwischen machte sie sich Kleider und Hüte aus Weihnachtspapier und tanzte damit durchs Zimmer.

Drei Tage nach Weihnachten weckte uns wieder einmal mitten in der Nacht Kims Schreien. Es mußte wohl wirklich ein immer wiederkehrender böser Traum sein, vielleicht die Erinnerung an die Explosion einer Bombe oder Granate oder an ihre Mutter, als sie noch lebte und dann plötzlich und erschreckend verschwunden war. Der Angstzustand dauerte meist nur eine Minute, nicht länger, als bis unsere ihr jetzt vertrauten Gesichter sie beruhigt hatten. Ja sie beruhigte sich so rasch, daß wir geneigt waren, diese Anfälle nicht mehr so tragisch zu nehmen – bis dann der nächste kam.

Wir fragten unsern Freund, den Psychiater, und erhielten die wenig hilfreiche Antwort: „Das ist bei Kindern keineswegs ungewöhnlich oder unnatürlich. Bei Kim fällt es Ihnen auf, weil es bei ihr viel krasser auftritt als bei den andern. Aber es ist keine Seltenheit. Im Schlaf kann sich nämlich so eine Art Büchse der Pandora öffnen, und alle möglichen Dinge – Erinnerungen, Kränkungen, Ängste und Wünsche – werden frei. Wenn Kim aufwacht und zu schreien beginnt, heißt das nur, daß sie noch immer Angst hat und daß der Deckel der Büchse über ihren Erinnerungen und Ängsten noch nicht fest geschlossen ist."

Was nun wirklich in Kims Pandorabüchse war, würden wir nie erfahren. Wir konnten nur dasein, wenn sie aus dieser finsteren, beängstigenden Welt zurückkehrte, und versuchen, sie zu überzeugen, daß alles gut war, daß sie nun ganz zu uns gehörte, solange sie uns brauchte.

Im Januar waren Jane, Duncan und ich krank gewesen, und so luden uns Großpapa und Großmama (mein Stiefvater und seine zweite Frau) im Februar herzlich ein, sie in Florida zu besuchen. Ich beschloß also, daß wir Rekonvaleszenten zur Erholung nach Sarasota fahren sollten. Wir nahmen Kim mit und ließen Chris und Randy bei der zuverlässigen Pam, die auch sonst manchmal auf die Kinder aufpaßte.

Und es wurde auch für uns alle ein wirkliches Ausspannen. Nur wenige Stunden nachdem wir das eisige New York verlassen hatten, waren wir in Sarasota und standen bald darauf auf dem feinen Sand von Siesta Key, das blaugrüne Meer vor uns. Kim staunte bei dem Anblick, und wir vermuteten, daß sie wohl noch nie zuvor an einem Meeresstrand gewesen war. Die beiden Kinder zogen ihre Schuhe aus und liefen Hand in Hand zum Wasser. Obwohl es ein wenig frisch war und wir alle Pullover und lange Hosen trugen, watete Duncan bis zu den Knien hinein. Kim sah nicht lange zu, sondern krempelte auch ihre Hosen hoch und tat es ihm gleich. Immer wieder rannten sie hinein und heraus und schrien vor Vergnügen.

Kim stürzte sich mit Wonne auf alles Neue, was es in Florida gab. Zum erstenmal war sie mit Duncan allein. Er spielte mit ihr und beschützte sie – und er ertrug auch ihre Kratzbürstigkeit, ihren Eigensinn und ihre plötzlichen Ausbrüche. Nicht nur half er ihr, mehr Selbstvertrauen zu gewinnen, sondern wuchs auch selber innerlich und brachte es immer besser fertig, seine eigenen Wünsche zurückzustellen. Die beiden wurden unzertrennlich, der blonde Junge und das dunkle Mädchen, Bruder und Schwester.

Viele Leute in Florida sind auch Verpflanzte; vielleicht zeigten sie deshalb ihr Interesse an Kim unverhohlener als die meisten New Yorker. Ihre Reaktion war fast immer die gleiche. Wenn sie hörten, daß die Kleine aus Vietnam stammte, wurde ihr Ausdruck gerührt, und sie sagten meist: „Ach, das ist wunderbar!" – „Und Sie werden sie adoptieren?" – „Gott segne Sie." Wenn sie aber wie so viele sagten: „Hat das Mädchen Glück!", dann erklärten wir rasch, daß wir uns als die Beschenkten fühlten.

Es war erfreulich zu sehen, wie rasch sich Kim nach unserer Rückkehr aus Florida wieder in das gewohnte Leben hineinfand. Offenbar hatten ihr unsere Reise von zu Hause fort und unsere Rückkehr deutlich gemacht, daß sie für immer dorthin gehörte – sie ebenso wie wir. Sie war noch aktiver als zuvor und tat alles mit einer Konzentration, die für ihr Alter bemerkenswert war.

Sie war stundenlang damit beschäftigt, Bilder zu malen, und wenn Jane zu flicken hatte, versuchte Kim mit flammendem Eifer, selbst eine Nadel einzufädeln. Ohne daß man es ihr gezeigt hatte, handhabte sie eine Schere mit großem Geschick, und bald waren alle Räume mit Bildern geschmückt, die sie aus Zeitschriften ausgeschnitten und auf Zeichenpapier aufgeklebt hatte.

Damals entdeckte Kim auch das Telephon. Nach vier Uhr nachmittags hob ich selten ab, weil neun von zehn Anrufen für einen der Jungen waren. Eines Tages um fünf klingelte das Telephon einmal und war dann still, so daß ich annahm, es sei für eines der Kinder gewesen. Eine halbe Stunde später sah ich von meinem Schreibtisch aus Randy mit Büchern beladen durch den rückwärtigen Garten dahertrotten. Er kam keuchend in mein Arbeitszimmer und ließ sich in einen Stuhl fallen.

„Woher kommst du?“ fragte ich.

„Von der Bücherei“, japste er. Die Bücherei lag über anderthalb Kilometer hügelabwärts.

„Warum hast du denn nicht angerufen? Wir hätten dich doch holen können.“

Er grinste trübe. „Hab ich ja. Aber Kim hat abgehoben und wie eine Irre zu reden angefangen. Ich habe dauernd gerufen ‚Mami! Daddy! Kim, ich möchte mit Mami oder Daddy sprechen!‘ Aber sie hat einfach weiter ihr verrücktes Zeug geschwätzt und dann: peng! eingehängt!“ Er schüttelte verzweifelt den Kopf. „Und es war mein letzter Zehner.“

Zuerst lachte ich. Dann dachte ich plötzlich mit Schrecken, wie vielen von unsern Freunden oder meinen Geschäftspartnern es schon genauso ergangen sein mochte.

Im Laufe der Monate hatte sich Kims Gesundheitszustand gebessert. Sie wuchs, ihre Beine kräftigten sich, das schwarze Haar fiel lang und glänzend herab. Die latente Tb war nahezu völlig überwunden. Der eiternde Zahn war gezogen worden, und Zahnfleisch und Zähne sprachen zufriedenstellend auf eine kombinierte Behandlung mit elektrischer Zahnbürste, Tabletten und Ernährung an. Der Zahnarzt hoffte, daß die zweiten Zähne stark und gesund durchbrechen würden.

Auch im Sprechen machte sie Fortschritte. Sie konnte nun die meisten ihrer Gefühle und Wünsche in Worten ausdrücken oder durch klangähnliche Wortbildungen mit Gesten oder durch Lieblingswendungen, etwa: „Wie kommt as?“ und „Oh, sei still, verflixt“, letzteres langgezogen und von einem breiten Grinsen begleitet.

Ihre Neugier war unersättlich und trieb sie, überall herumzustöbern und alles zu erforschen. Eines Nachts, als wir von einer Veranstaltung zurückkamen, fragte mich Jane beim Schlafengehen: „Hast du mein Jadehalsband gesehen, das ich von Tante Sara bekommen habe? Ich kann es nicht finden.“ Sie kramte in ihrer „Juwelen“-Kassette, die hauptsächlich Modeschmuck enthielt. Dann erhellte ein vergnügtes Lächeln ihr Gesicht. „Vielleicht hat der kleine Kobold ...“

Sie ging in Kims Zimmer voraus und begann die Laden der Kommode zu untersuchen. In der kleinen Lade links unten war eine solche Ansammlung von Dingen, daß wir verblüfft hineinstarrten. Da waren das vermißte Halsband und eine fast neue Uhr, die Randy mir zur Reparatur auf den Schreibtisch gelegt hatte. Da waren vier Scheren, ein Feuerzeug, ein Dutzend alte Weihnachtskarten, ein Heft mit Rabattmarken und eine Menge Kugelschreiber. Als Schriftsteller habe ich immer viele herumliegen, konnte aber nie einen finden. Jetzt wußte ich, warum.

Jane und ich gruben tiefer und stießen auf meine Hundemarke aus dem Krieg, einen Bogen Briefmarken, eine ungeöffnete Rechnung – ich hatte sie nie zu sehen bekommen und daher auf eine Mahnung entsprechend reagiert –, ein Glas Erdnußbutter und zwei ganz verfaulte harte Eier. Beim Betrachten all dieser Gegenstände ging uns ein Licht auf. Es waren alles Dinge, von denen sie glaubte, daß sie uns wichtig, nötig oder gar unentbehrlich wären. Da war wieder einmal ihr starker Wille zu überleben am Werk gewesen.

Ich trat ans Bett. Da lag meine schlafende Tochter, die Arme auf dem Kissen ausgestreckt. Meine verängstigte Kleine! Schleppst hier alles mögliche zusammen, um deine Zukunft zu sichern! Irgendwie mußten wir sie davon überzeugen, daß sie keine weitere Sicherung mehr gegen die drohenden Schatten brauchte.

6

15. September 1968

DER SOMMER war vorbei – ein üppiger, strahlender, allzurasch verflogener Sommer. Für mich, der ich ein Buch fertigzustellen hatte, war es eine Zeit harter Arbeit gewesen. Aber, da es Kims erster Sommer mit uns war, auch eine Zeit der Freude und ständigen Entdeckungen.

Auch war es der Sommer des neuen Schwimmbeckens. Jane hatte von einer Großtante unerwartet Geld geerbt und es dazu benutzt, im Garten ein herrliches Fünf-mal-zwölf-Meter-Schwimmbecken anlegen zu lassen.

Die Jungen und ihre Freunde planschten und tauchten darin von früh bis spät. Aber im Hinblick auf Kim war das Becken ein Problem. Sie konnte nicht schwimmen, was *ihr* jedoch nichts ausmachte.

„Wowi!" sagte sie, als Jane ihr zum erstenmal die Bademütze aufsetzte – nachdem sie ihr den vom Arzt befohlenen Wattepfropfen ins Ohr gesteckt hatte – und ihr den orangefarbenen Schwimmgürtel umband. Er gab ihr ein wenig Auftrieb, trug sie aber nicht auf dem Wasser. Sie kannte keine Furcht, und Jane blieb ständig neben ihr und stützte sie von unten, während Kim die Schwimmbewegungen lernte. Nach etwa einer Woche nahm Jane ihr den Schwimmgürtel ab, damit Kim davon nicht zu abhängig wurde. Kim machte ein paar Schwimmstöße, hörte auf und versank wie ein Stein. Blubbernd kam sie wieder hoch, die Augen schreckgeweitet. Jane hob sie auf die Stufen, und dort saß sie lange Zeit und blickte nachdenklich aufs Wasser.

Allmählich machte sie die Schwimmbewegungen immer besser, und Jane stützte sie nur noch ganz wenig. Im Laufe der Wochen schaffte sie immer größere Strecken ohne Hilfe. Dann sagte sie eines Tages, ohne den Schwimmreifen umzuhaben, zu Jane: „Fort" und winkte sie beiseite. Jane ging ein paar Schritte zurück, und Kim schwamm mit mächtigem Geplansche auf sie zu.

Nach einer Woche schwamm sie quer übers Becken, dann die ganze Länge. Wenige Tage später sprang sie kopfüber vom Rand hinein. So schnell ging das.

Aber es gab für Kim in diesem Sommer auch einen Dämpfer. Eines

Nachmittags vergnügten sich die Jungen und ihre Freunde damit, sich gegenseitig ins Wasser zu stoßen. Ohne nachzudenken, packte Randy auch Kim und warf sie hinein.

Er wußte, sie konnte schwimmen, aber er hatte nicht daran gedacht, daß ihr Ohr nicht zugestopft war.

Zwei Tage später hielt sie sich wimmernd das Ohr; es lief wieder. Der Hals-Nasen-Ohren-Arzt war sehr ungehalten: „Ich sagte Ihnen doch, daß unter keinen Umständen ..." Wieder mußte sie eine große Dosis Penizillin bekommen. Noch bestand eine schwache Hoffnung, daß die Öffnung von selbst zuwachsen würde, aber jede neue Infektion verzögerte den Prozeß stark. Der Arzt sagte: „Wahrscheinlich werden wir eine Hauttransplantation auf das Trommelfell vornehmen müssen, wenn sie sieben oder acht ist."

Wir versuchten Randy zu trösten, der sich schreckliche Vorwürfe machte.

„Es war meine Schuld", sagte er, „ich Dummkopf!" Von da an fühlte er sich persönlich für Kims Ohrenschutz verantwortlich.

Kim besuchte ein Tageskinderlager und gewöhnte sich rasch an die neue Umgebung. Ihre Gruppenleiterin, eine kräftige Brünette namens Donna, gestand, daß sie mit Kim besonders geduldig sein müsse. „Ich spreche sehr langsam mit ihr, und ich glaube, sie versteht mich, aber sie schaut sich immer erst um, was die andern Kinder ihrer Gruppe machen, bevor sie es auch tut."

Fräulein Donna sagte, die andern Kinder hätten Kims fremdländische Herkunft gespürt. „Natürlich sehen sie, daß sie anders ist; aber sie lieben sie deshalb beinahe um so mehr. Beim Mittagessen geben sie ihr kleine Leckerbissen und sind ganz gerührt, wenn Kim darauf besteht, ihnen auch etwas abzugeben. Ein paar Kinder halten sich immer in ihrer Nähe. Ich glaube, sie haben alle das Gefühl, sie beschützen zu müssen."

Doch hatte Fräulein Donna den Eindruck, daß die Angst in Kims Leben immer noch eine große Rolle spielte. Sie erzählte mir: „Kim will von niemandem angefaßt werden, außer von mir und der anderen Gruppenleiterin. Wenn eines der Kinder sie anfaßt oder sie bei der Hand halten möchte, wird sie wild und ruft: ‚Nein'. Die Kinder merkten bald, daß sie bei ihr nicht weitergehen dürfen, und fanden sich damit ab." Eine von Kims Eigenschaften machte einen tiefen Eindruck auf Fräulein Donna. „Sie ist die ganze Zeit über so glücklich. Immer ist sie gern der Mittelpunkt und liebt es, wenn man sie fangen will und wenn sie einen zum Lachen bringen kann. Und sie hat so ein feines Empfinden für die Gefühle anderer. Manchmal, wenn ich müde und gereizt bin, kommt sie und macht Spaß, bis ich lache. Alle Kinder im Lager halten sie für etwas Besonderes, und ich auch."

MITTE JUNI fuhr Jane für eine Woche fort, um Randy im Ferienlager in Montana zu besuchen. Diesem Entschluß war ein quälendes Hin und Her von Überlegungen vorausgegangen; noch nie hatte sie sich so lange von Kim getrennt.

Im Flugzeug schrieb Jane in ihr Tagebuch:

Ich bin erleichtert und gleichzeitig ein bißchen traurig über Kims Reaktion auf mein Fortgehen. Ihre Gruppenleiterin Donna hat eingewilligt, bei uns zu wohnen, um auch nach dem Lager für Kim zu sorgen. Ich hatte eine schmerzliche Abschiedsszene erwartet, doch Kim hüpfte bei Donna auf und ab, die noch im Bett lag. Und als ich sie mit einem großen Kloß im Hals zum Abschied küßte, winkte sie fröhlich und sagte: „Tschüs, Mami."

Es gab meinem Herzen einen kleinen Stoß, als mir klar wurde, daß sie nie mehr so abhängig von mir sein würde wie am Anfang. Jetzt ist sie fähig, ihre Fühler auszustrecken und andere enge Freundschaften zu schließen. Ich war froh für sie und auch für mich, und doch empfand ich, das muß ich zugeben, die Loslösung als sehr schmerzlich, denn ich wußte nun, daß ich nicht mehr allein ihre Welt war.

Früher hatte Jane einmal geschrieben:

Meine ganze Angst, ob ich fähig sein würde, ein adoptiertes Kind zu lieben, ist längst geschwunden. Für mich ist sie wirklich meine Tochter. Meine Tochter. Schon der Klang dieser Worte macht mich froh ...

EINE DER erfreulichsten Seiten unseres Lebens mit Kim war die Art, wie die Jungen an der Aufgabe wuchsen. Jeden Tag bewiesen sie der kleinen Schwester ihre Zuneigung und ihre Bereitwilligkeit, mit ihr zu spielen und sie in alles, was sie unternahmen, einzubeziehen.

Kims Verhältnis zu jedem einzelnen ihrer Brüder war klar und bestimmt und zum Teil das Ergebnis von deren Bemühung und Verhalten. Chris war für sie der ganz große Bruder, der Beschützer.

Randy war der große Bruder, der sie huckepack trug, sie auf seinem Go-Kart aufsitzen ließ, sie durch Späße ablenkte und sie zu Bett bringen konnte, wenn wir ausgingen. Aber Duncan war ihr innig geliebter Gefährte, ihr Abgott, denn er war immer bereit, mit ihr zu spielen, und hatte durch alle ihre Ausbrüche und Anfälle von Eigensinn hindurch zu ihr gehalten. Sie folgte ihm überallhin, ahmte ihn in Benehmen und Ausdrucksweise nach, aß nur, was er aß, und ließ sich nur zu Bett bringen, wenn er auch zu Bett ging. Am Samstagvormittag fand man die beiden zusammengeringelt auf dem großen Lehnstuhl im Wohnzimmer, wo sie gebannt den Trickfilmen im Fernsehen folgten. Wenn Duncan mal einen Tag lang „Bauchi-Wehwehs" hatte, verwandelte sich Kim in eine Krankenschwester und bedachte ihn mit Ingwerbier und liebevollster Pflege. Sie schenkte ihm ihre Liebe ohne Vorbehalt, von ganzem Herzen.

Kim stand ihren Brüdern an Zähigkeit in keiner Weise nach. Es war erstaunlich, wie sich ein Jahr guter Ernährung auf ihre Gesundheit ausgewirkt hatte. Sie schien nicht umzubringen zu sein und war nie krank. Als wir alle im Haus die Grippe hatten, war sie die einzige, die sie nicht bekam.

Eines Nachmittags, nach einem Besuch beim Kinderarzt, fragte mich Jane:

„Weißt du, wieviel Kim im letzten Jahr gewachsen ist?"

„Es kommt mir nicht so gewaltig vor", erwiderte ich.

Sie warf mir einen vernichtenden Blick zu.

„Sie ist fünfzehn Zentimeter gewachsen und hat neun Pfund zugenommen. Das ist für ihr Alter doppelt soviel wie normal. Der Arzt war höchst zufrieden mit ihr."

Sie hatte natürlich auch Züge, die uns immer noch fremd waren, zum Beispiel ihr Stolz – das, was die Asiaten „Gesicht" nennen. Als sie sich einmal beim Abendessen darüber ärgerte, daß von der Speise, von der sie nachhaben wollte, nichts mehr da war, machte sie eine fahrige Armbewegung und rief: „Oh, verflixt!" Dabei traf sie Duncan schmerzhaft am Auge.

Mir platzte der Kragen. „Nein, Kim!" schalt ich sie. „Man schlägt niemanden. Das tut weh. Tu das nie wieder."

Sie saß mit zusammengepreßten Lippen und verschlossenem Gesicht da. Dann schob sie langsam ihren Stuhl zurück, rutschte hinunter und ging, ohne jemanden anzusehen, hinaus. Erst als sie außer Sicht war, brach sie in lautes Schluchzen aus. Das dauerte etwa eine Minute lang, dann hörte sie plötzlich auf, und wir sahen sie gelassen wieder hereinkommen und auf ihren Stuhl klettern. Sie sagte nichts, sah niemanden an, sondern aß einfach zu Ende. Sie hatte ihrem Protest und ihren verletzten Gefühlen Ausdruck gegeben, aber nicht direkt vor uns. Und so hatte sie ihr Gesicht gewahrt.

Mehr und mehr lernte sie jedoch, ihre wirklichen Gefühle zu zeigen, so überraschend diese gelegentlich auch waren. Eines Tages, als Jane zum Mittagessen ausging, führte Kim eine komplette Wiederholung ihrer früheren Szenen auf: Sie trat um sich, schrie, wälzte sich am Boden. Aber obwohl es genauso klang wie in den ersten Wochen, war es diesmal nicht Angst, und sie hatte keine schreckgeweiteten Augen. Sie war nur richtig wütend.

An manchem war sicherlich die dramatische Verpflanzung aus dem östlichen Milieu in ein ausgesprochen amerikanisches schuld. Wir hatten ja wirklich ihre Lebensweise, ihre Art, zu denken und die Dinge anzupacken, vollkommen verändert. Ich war sehr dankbar und froh, fühlte aber gleichzeitig eine große Verantwortung.

Auch ihre Erziehung war nun amerikanisch. Im September kam sie in den Kindergarten und stürzte sich mit Energie und Eifer in diese neue Erfahrung. Frühmorgens sprang sie aus dem Bett und sagte voll atemloser Erwartung: „Letz Kindegaten gen?“ Sie versäumte nicht einen Tag. Die einzige Schwierigkeit war, sie rechtzeitig hinzubringen, denn es zeigte sich, daß Kim eine Bummelantin war, die sich nie von etwas Interessantem losreißen konnte. Gelegentlich hörte ich, wie Jane explodierte: „Kim, ich versohl dir den Po, wenn du dich nicht endlich anziehst.“ Aber viele Kinder trödeln. Wir hatten es nun mit ganz gewöhnlichen Alltagsproblemen zu tun.

Doch immer bewahrte sich Jane ihren fabelhaften Sinn für Humor. „Es hat entschieden Vorteile, ein Mädchen im Haus zu haben“, sagte sie eines Abends, nachdem sie Kim ins Bett gebracht hatte. „Ich war es so verflixt müde, jeden Abend in die Toilettenschüssel zu fallen. Mit euch vier Männern im Haus war der Sitz immer hochgeklappt!“

WIR HATTEN in Westchester dieses Jahr einen besonders schönen Herbst – mit wunderbaren Farben und einer Frische der Luft, die man nach der sommerlichen Hitze als sehr wohltuend empfand. Mir blieben von diesen Wochen scharf gezeichnete Szenen in Erinnerung: meine vier Kinder beim Zusammenrechen der welken Blätter, Ballspiele, bei denen ich mit Kim auf dem Schoß Zuschauer war, Streifzüge mit ihr durch den Wald, wo alle Ecken und Winkel erforscht werden mußten.

Dann kam ein Tag, der für uns alle eine besondere Bedeutung hatte, der 11. November. Er war kalt, klar und sonnig. Den ganzen Morgen wanderte ich wie abwesend umher, bemüht, meine Gedanken und Gefühle zu ordnen, ohne je meine Tochter aus den Augen zu lassen. Es war genau ein Jahr her, daß Kim zu uns gekommen war.

Ein Jahr! Ich hätte nie gedacht, daß es an einem menschlichen Wesen solche Wunder wirken könnte. Abgesehen von ihrem aparten Äußeren und gelegentlichen Schwierigkeiten mit der Sprache, war sie fast ebenso amerikanisch wie die andern Kinder, mit denen sie spielte und in den Kindergarten ging. Und sie hatte sich innerhalb der Familie in einen Platz eingefügt, der genau für sie reserviert zu sein schien. Kim war ein lebender Beweis für die Regel der Natur, daß etwas Verwundetes oder Gebrochenes heilt, wenn man ihm Wärme gibt und Zeit läßt.

Zur Feier des Tages gingen wir an diesem Abend alle zusammen in ein Restaurant. Nach dem Essen kam die Kellnerin zu mir. „Der Herr dort in der Ecke", sagte sie, „möchte gern einen Nachtisch für Ihre Kinder bestellen."

Ich schaute hinüber und sah, daß ein Oberst in voller Uniform uns musterte. Ich rief: „Wollen Sie sich nicht zu uns setzen?" Er zögerte, dann stand er mit einiger Mühe auf. Er war etwa sechzig, hielt sich aber straff und gerade. Doch hinkte er leicht und stützte sich auf einen Stock, als er herüberkam.

„Möchten Sie nicht ein Glas Wein mit uns trinken?" fragte ich.

Er schüttelte den Kopf. „Nein, besten Dank. Aber ich würde gern Sie beide zu einem Likör und die Kinder zu einer Süßspeise einladen."

„Das ist reizend von Ihnen", sagte Jane. Die Kellnerin nahm die Bestellung entgegen. Dann fragte der Oberst: „Sind das alles Ihre Kinder?"

„Ja", sagte ich, „beinahe eine Basketballmannschaft."

„Auch – das kleine Mädchen?"

„Ja, das ist Kim." Als Kim ihren Namen hörte, sah sie mich an, und ich strich ihr liebevoll über den Kopf.

Er blickte kurz auf sie hinunter, dann fragte er leise: „Sie ist aus Vietnam, nicht wahr?"

„Ja." Ich erzählte ihm kurz von meiner Reise dorthin und wie ich Kim fand.

Als ich geendet hatte, wandte er sich ab und rieb sich unbeholfen die Augen. „Was für eine reizende Familie“, murmelte er.

„Waren Sie in Vietnam?“ fragte ich etwas verlegen.

„Nein. Ich bin nicht mehr aktiv. Zu alt dafür. Aber mein Sohn ist jetzt dort.“ Er konnte seinen Blick nicht von Kim abwenden. „Sie ist sehr hübsch. Ich wollte, mein Sohn könnte sie so als Teil Ihrer Familie sehen, so glücklich. Vielleicht würde ihm das helfen, vor sich selbst zu – zu rechtfertigen, daß er dort ist.“

„Es ist ein sehr problematischer Krieg“, sagte Jane sanft.

Er seufzte. „Ja, sehr problematisch. Aber haben Sie Dank, Dank dafür, daß Sie mir einen besseren Traum geschenkt haben. Vielleicht kann aus dem Ganzen doch noch etwas Gutes werden. Gott weiß, wie sehr ich das hoffe.“

„Das hoffen wir, weiß Gott, alle“, murmelte ich.

Als die Kinder an diesem Abend im Bett waren und Jane es sich mit einem Buch gemütlich gemacht hatte, setzte ich mich an meinen Schreibtisch und versuchte meine innersten Gefühle Kim gegenüber unter die Lupe zu nehmen. Und ich versuchte dabei ehrlich mit mir zu sein. Ich kam zu dem Schluß, daß ich mir tatsächlich selbst großartig vorkam, weil Kim ein so unglaublich liebevolles, herzgewinnendes Menschenkind war. Es gibt ja wirklich so wenig im Leben, worauf wir gewöhnlichen Sterblichen mit Stolz und Befriedigung zurückblikken können. Auf irgendeine unerklärliche Weise rechtfertigte Kim meine eigene Existenz.

7

Wieder einmal stand das Weihnachtsfest mit all seinem Zauber vor der Tür. Am Nachmittag des Heiligen Abends erhielten wir einen Anruf, über den wir uns mehr freuten als über jedes Geschenk. Eines der Elternpaare, die gleich von Anfang an für unsere Adoptionsidee begeistert gewesen waren, hatte sich inzwischen selbst bemüht und einen vietnamesischen Rechtsanwalt beauftragt, für es ein Kind auszuwählen und die Vorbereitungen für die Adoption bei den dortigen Gerichten zu betreiben.

Vor vier Tagen war unser Freund nach Vietnam geflogen, und heute, am Weihnachtsabend, erzählte uns seine Frau in überschwenglicher Freude, daß auch sie nun ein vietnamesisches Kind unter ihrem

Dach hätten – ein sechzehn Monate altes Mädchen! Wir fühlten uns beinahe als Paten.

Bald würde Kim nun auch rechtlich unsere Tochter sein, denn unser Rechtsanwalt hatte uns mitgeteilt, daß die gesetzliche Adoptionsformalität im Februar stattfinden werde. Wir hatten gewußt, daß es normalerweise ein Jahr von der Ankunft des Kindes an dauerte, bis die Adoption abgeschlossen war. Und nun wollten wir es so rasch wie möglich erledigen.

Denn rechtlich war Kim noch nicht in Sicherheit: Was sollte aus ihr werden, wenn uns irgend etwas zustieß?

Zwei Tage vor Weihnachten hatte ich ihr erzählt: „Kim, heute abend ist ein Ballettabend im Fernsehen – Tschaikowskis Nußknackersuite –, Tanz."

„Oh, Tanz!" rief sie und klatschte in die Hände. „Das gern hab!"

Wir wären nicht überrascht, wenn sie eines Tages zum Ballett ginge. Sie konnte alles nachahmen, was sie bei den graziösen Tänzerinnen sah: das Plié – die Kniebeuge – und die Pirouette mit erhobenen Armen, die klassische „Schan"-Haltung. Mit verzücktem Lächeln und geschmeidig fließenden Bewegungen wirbelte sie durchs Zimmer. Ein guter Freund, ein Ballettmeister, hatte Kim einmal beim Tanzen beobachtet und festgestellt: „Meiner Meinung nach ist sie eine der wenigen, die zum Tanzen geboren sind. Sie hat den Körperbau dafür, Balance, Temperament, Rhythmus, Zielstrebigkeit. Außerdem das, was wir ‚Stil' nennen, die Fähigkeit, in den verschiedenen Stellungen immer genau den richtigen Ausdruck zu haben, nie verkrampft auszusehen. Aber vor allem tanzt sie leidenschaftlich gern."

Wir wollen Kim in einer Ballettschule anmelden, aber wozu sie sich auch einmal entschließen wird – wir sind dankbar, daß sie es sich nun aussuchen kann. Sie wird nicht durch die Umstände gezwungen sein, zwischen trostlosen Alternativen zu wählen.

Ein paar Tage nach Weihnachten kam mit der Post ein Bericht von Kims Kindergarten. Wir hatten uns mit ihren beiden Gruppenleiterinnen schon einmal kurz über ihre Fortschritte unterhalten, waren aber auf deren schrankenlose Begeisterung nicht gefaßt. In dem Bericht hieß es unter anderem:

> Kim hat die erfreulichste, glücklichste Veranlagung von allen Kindern ihrer Gruppe. Sie hat sich sehr zufriedenstellend in die Gruppe und den ganzen Betrieb eingefügt. Sie ist lieb, voller Ein-

fälle, höflich, einfühlend und anhänglich. Sie kommt gern in den Kindergarten und zeigt ihre Freude auch.

Wir haben manchmal Schwierigkeiten, Kims Sprache zu verstehen. Sie kann kein S, F, R, Sch aussprechen, um nur einiges zu nennen. Aber sie versteht alles, was wir zu ihr sagen, und befolgt brav alle Anweisungen. Sie ist sehr empfindlich gegen Tadel und hat es nicht gern, kontrolliert oder wegen eines Fehlers gerügt zu werden.

Kim ist künstlerisch außerordentlich begabt und malt wunderhübsche Bilder. Ihre Farben sind zart, und manche ihrer Kompositionen sind sehr kompliziert angelegt. Die Darstellungen dieser Vierjährigen sind ganz orientalisch empfunden; sie anzusehen ist eine reine Freude.

Freundschaften schließt sie meistens mit älteren Kindern. Sie ist sehr beliebt. Sie kann sich jetzt auch besser beteiligen, kann sich aber auch still allein beschäftigen.

So war also Kim offenbar nicht nur für uns liebenswert; auch andere sahen ihre Aufgewecktheit und Sensitivität. Kurze Zeit später gewannen wir durch eine ganz andere Gegenüberstellung einen weiteren Einblick in Kims Entwicklung. Ein Ehepaar war kürzlich in unsere Nähe gezogen, und wir hatten es eines Sonntags zum Cocktail eingeladen. Wir waren sehr gespannt, sie kennenzulernen, denn der Mann war Vietnamese, lebte aber schon viele Jahre in Amerika.

Als sie kamen, spielte Kim draußen. Ich bat unsern Gast, sie vietnamesisch anzusprechen, wenn sie hereinkam. Er war überzeugt, sie würde ihre Muttersprache verstehen. „Schließlich hat sie drei Jahre dort gelebt“, meinte er.

Eine halbe Stunde später kam Kim ins Wohnzimmer, und der Mann kauerte sich gleich vor ihr nieder und sagte: „Chaō em (Ich begrüße dich). Em manh gioı (Wie geht es dir)? Em tên gı (Wie heißt du)?“

Kim blickte mich ratlos an. „Was sagt er?“ murmelte sie. Ich lächelte und deutete auf den Mann.

„Em tên gı?“ fragte er nochmals.

Aber sie gab keine Antwort, sondern runzelte nur hilflos die Stirn. Die Laute schienen sie vollkommen zu verwirren. Seit über einem Jahr hatte sie nun ausschließlich Englisch gehört; Vietnamesisch war offenbar vergangen und vergessen.

Unser Gast blickte zu uns auf und sagte: „Sie versteht nicht ein Wort von dem, was ich sage. Ich hätte es nicht für möglich gehalten."

„Wahrscheinlich hat sie damals überhaupt noch nicht viel Vietnamesisch gesprochen." Dann fügte ich hinzu: „Können Sie nach ihrem Äußeren sagen, aus welchem Teil des Landes sie stammt?"

„O ja, aus dem Süden", erwiderte er sogleich. „Man sieht es an ihrem Gesichtsschnitt."

Später, als wir ihm die ganze Geschichte erzählt hatten, fragte er: „Sie konnten nicht Vietnamesisch, als Sie sie Kim nannten?"

„Nicht ein Wort. Warum fragen Sie?"

„Das finde ich sehr interessant – und seltsam. Nachdem ich sie beobachtet habe und sehe, wie vollkommen glücklich Sie miteinander sind, glaube ich, daß Sie ihr den einzig zutreffenden Namen gegeben haben – ohne es zu wissen. Auf vietnamesisch heißt Kim soviel wie ‚Gold'."

Jane und ich blickten einander erstaunt an. Wenn Kim Gold bedeutete, hatten wir tatsächlich den richtigen Namen gewählt, denn wir waren ja so reich geworden durch unser vietnamesisches Kleinod.

NICHT LANGE danach rief Frau Doris Douglass von der Spence-Chapin-Agentur an und teilte uns mit, daß sie die Adoptionspapiere an unseren Anwalt geschickt habe: „Er muß sich jetzt nur noch bemühen, vom Gericht einen Termin für die gesetzliche Adoption vor dem Richter zu erhalten."

„Endlich!" sagte ich, gewaltig erleichtert.

„Übrigens", fuhr sie fort, „wird es Sie interessieren, daß Sie für uns ein Präzedenzfall geworden sind. Von jetzt an werden wir bei allen vietnamesischen Adoptionen auf den ‚Chinnock-Akt' verweisen."

„Sehr schmeichelhaft. Haben sich denn inzwischen noch mehr Leute dafür interessiert?"

„Eine ganze Reihe, aber wir können noch keine festen Zusagen machen."

„Wie ist die Einstellung drüben?"

„Darüber kann Ihnen Frau Eva Kelley vom ISS sicher besser Auskunft geben."

Ich dankte für ihre Hilfe und rief Frau Kelley an. Als ich sie fragte, wie schwierig es im Augenblick sei, ein vietnamesisches Kind zu adoptieren, antwortete sie vorsichtig: „Natürlich würde ich nie ein Ehepaar entmutigen, es zu versuchen, aber ich würde absolut klarstellen, daß es sehr viel Zeit erfordert – wenn es überhaupt glückt. Leider hat sich in puncto Adoptionen die Lage nicht gebessert, seit Sie dort waren.“

Ich erzählte ihr, was ein Angestellter des Büros für internationale Entwicklung mir gesagt hatte – daß die südvietnamesische Regierung keinen eindeutigen Kurs steuere. Würde sie offiziell die Adoption von vietnamesischen Kindern durch Ausländer gutheißen, käme das dem Eingeständnis gleich, daß sie selbst nicht mit dem Problem fertigwerde. Andererseits seien sich viele Politiker darüber klar, daß sie für die verlassenen Kinder ausländische Hilfe benötigten. Aus diesen Gründen habe die dortige Regierung noch nicht offiziell Stellung bezogen.

Ich fragte Frau Kelley, ob das ISS inzwischen einen Apparat für Adoptionen vietnamesischer Waisen nach Amerika habe aufbauen können.

Sie antwortete: „Wir haben bisher nur erreicht, daß einige zurückkehrende Soldaten vietnamesische Kriegswaisen adoptieren durften, aber sonst sind Einzeladoptionen noch sehr selten. Sie haben großes Glück gehabt, daß Sie es durchsetzen konnten.“

Dazu konnte ich nur im stillen amen sagen. Ich fragte mich, ob ich den Mut – und die blinde Halsstarrigkeit – aufgebracht hätte, das Wagnis zu unternehmen, wäre mir vorher bekannt gewesen, was ich nun wußte.

Dann kam an einem stürmischen Märztag des Jahres 1969 der große Augenblick. Zwei Wochen zuvor hatte unser Anwalt angerufen und gesagt: „Wir haben jetzt einen Termin für die Adoption: Mittwoch, den 12. März, beim Amtsgericht.“

Das Gerichtsgebäude mit seinen weißen Marmorstufen sah an diesem Mittwoch morgen unter dem grauen, kalten Himmel recht unfreundlich aus. Kim hielt uns an den Händen und schien uns die Treppe hinaufzuziehen, um sich in diese neue Erfahrung zu stürzen, wie sie es immer tat. „Wohin gen?“ fragte sie immer wieder, und wir wußten nicht, was wir antworten sollten.

Unser Anwalt erwartete uns im zweiten Stock. „Wir haben noch reichlich Zeit“, sagte er mit einem Blick auf die Uhr. „Etwa fünfzehn Minuten. Sie sind gerade bei einer Scheidung, dann kommen Sie.“

Ich sagte zu Jane: „Zuerst eine Scheidung, dann wir. Das hört sich so an, als spielte man nur irgendeine Nebenrolle in der allgemeinen menschlichen Komödie.“

Sie drückte meinen Arm. „Beruhige dich, mein Schatz, man merkt dir deine Nervosität an."

Wie recht sie hatte! Ihr merkte man nichts an, wenn sie überhaupt nervös war. Diesmal war sie die Gelassene.

Der Anwalt öffnete eine Tür und sagte: „Wir müssen hier warten."

In dem kahlen dunklen Vorzimmer saßen fünf oder sechs Paare, manche mit mehr als einem Kind. Ich war überrascht; ich hatte gedacht, unsere Adoption wäre ein außergewöhnliches Ereignis. Mit andern Adoptiveltern in einen Topf geworfen zu werden war irgendwie enttäuschend. Immer wieder ging die Tür zum Zimmer des Richters auf, eine vor Glück strahlende oder schluchzende Familie kam heraus, und ein anderes Paar wurde aufgerufen. Alle diese Leute auf den Entscheid eines einzigen Mannes warten zu sehen zerrte an meinen Nerven. Wahrscheinlich war ich einer der wenigen, die etwas mehr über ihn wußten.

Unserem Anwalt zuliebe hatte sich der Richter, ein hagerer, grauhaariger, etwa sechzigjähriger Mann, vor einer Woche bereit gefunden, mit mir zu Mittag zu essen. Wir unterhielten uns über den Adoptionsverlauf und über die gewaltige Zunahme von Adoptionen in den letzten zehn Jahren. Unsere sei die erste eines vietnamesischen Kindes, die er durchführe, sagte er. „Und ich hoffe, es wird nicht die letzte sein", fügte er hinzu.

„Haben Sie schon jemals Leute zu diesem Zeitpunkt abschlägig bescheiden müssen?" fragte ich.

Er schüttelte den Kopf. „Nein, meistens ist es ja dann nur noch eine reine Formalität. Die besseren Adoptionsbüros verstehen es wirklich sehr gut, die Heuchler, Neurotiker und Käuze herauszufinden. Sie würden nicht glauben, aus was für Gründen manche Leute ein Kind adoptieren wollen. Die überwiegende Mehrzahl wünscht sich natürlich ernsthaft ein Kind, gewöhnlich, weil sie kein eigenes haben können. Aber manche Leute haben andere Motive – etwa, weil sie damit ihre Ehe retten oder aber jemanden ins Haus bekommen wollen, an dem sie ihren Ärger und Mißmut auslassen können . . ."

Im Warteraum war jetzt außer uns nur noch eine Familie übrig. Als aus dem Zimmer des Richters ein Paar mit einem Baby herauskam, sagte eine freundlich lächelnde Frau hinter ihnen: „Herr und Frau Chinnock?"

Wir standen auf – da zupfte Kim Jane am Rock und sagte: „Toilette."

Jane machte ein langes Gesicht. Sie sah mich hilflos an, und ich konnte nur mit einem bedauernden Blick zu der grauhaarigen Frau hin die Achseln zucken. Sie lächelte warm und verständnisvoll. „Das macht doch nichts", meinte sie. „Wir können ebensogut Herrn und Frau Burrows als nächste drannehmen. Lassen Sie dem kleinen Fräulein nur Zeit."

Später kam sie wieder heraus und führte uns in das Zimmer des Richters. Neben einem großen rechteckigen Tisch stand ein hagerer, streng aussehender Mann, vermutlich der Gerichtsschreiber. Am Ende des Tisches saß der Richter. Er erhob sich, als wir eintraten. „Nett, Sie wiederzusehen", sagte er, und zu Jane gewandt: „Frau Chinnock, nicht wahr? Nehmen Sie bitte Platz."

Die Sekretärin des Richters setzte sich links neben ihn und begann Dokumente durchzublättern und sie dem Richter der Reihe nach vorzulegen: „... Geburtsurkunde, ärztliche Befunde, Bericht von Spence-Chapin, Einwanderungserlaubnis ...", bis er abwinkte.

„Ich weiß alles über Sie beide", sagte er und lächelte uns zu. „Auch was Sie getan haben." Er wandte sich an Kim. „Wie heißt du?"

Wie immer war Kim der Situation gewachsen. Sie lächelte ihn bestrickend an und sagte mit ihrer rauchigen Stimme: „Ich Kim – wer du?"

Der Richter lachte dröhnend.

„Kein Zweifel, sie hat sich wunderbar an Sie beide gewöhnt und ist sehr glücklich."

Es folgte ein langes Schweigen. Die Sekretärin legte dem Richter ein Dokument vor, und er kritzelte seine Unterschrift darunter. Dann räusperte er sich und sah uns an. „Mir bleibt nur noch zu sagen: Sie gehört Ihnen! Sie ist jetzt auch nach dem Gesetz Ihre Tochter."

Wir glaubten uns auf diesen Augenblick vorbereitet. Über ein Jahr hatten wir Kim nun schon bei uns und betrachteten sie bereits als unsere Tochter. Dennoch benahm uns diese Szene den Atem, und wir fühlten uns ergriffen und demütig. *Sie gehört Ihnen!* Die Augen wurden mir feucht. Jane hob Kim auf und drückte sie fest an sich. Und auf ihrem tränennassen Gesicht malten sich Staunen und Liebe. „Oh, Kim", hörte ich sie flüstern. „Mein liebes, liebes Kind."

Ich saß ganz benommen da, unfähig, mich zu bewegen. Endlich, drei Jahre nachdem ich sie gefunden hatte, nach all dem Zweifeln und Warten, gehörte Kim ganz zu uns – als unsere rechtmäßige Tochter.

Das ist das Ende der Geschichte, aber in Wirklichkeit nur ihr Anfang. Ich weiß, daß in den folgenden Jahren noch viele Probleme auftauchen, daß Krankheiten und Schmerz, Sorgen und Kummer durchzustehen sein werden. Wie jedes andere Kind wird Kim die schweren Lektionen lernen müssen, Gegebenheiten hinzunehmen, an sich zu arbeiten und an andere zu denken. Manche Leute werden sie wegen ihrer Hautfarbe oder dem Schnitt ihrer Augen ablehnen. Auch werden wahrscheinlich Zeiten kommen, in denen sie von Unsicherheit und Verzweiflung gepeinigt wird.

Aber Kim hat jetzt eine Familie, auf die sie sich verlassen und die sie lieben kann und von der sie geliebt wird. Vielleicht wird das ausreichen, um die Schatten zu bannen. Und für alle, die sich an ihr stoßen, wird es noch einmal so viele geben, die in ihr etwas ganz Besonderes sehen, und wenn alles gutgeht, wird eines Tages jemand kommen, der ihr seine Liebe und das Glück einer Ehe und eigener Kinder schenkt.

Als wir das Gerichtsgebäude verließen, sah Jane mich an und lächelte auf ihre wunderbare Art. „Nun gehört sie wirklich zu uns."

Ich lächelte zurück. „Ja, wirklich zu uns."

„Das Glück meint es sehr gut mit uns, Schatz." Und ihre Augen strahlten.

„Amen!"

Kim schaute zu uns auf und versuchte das ungewohnte Wort zu ergründen. „He, Mann?" sagte sie und grinste.

Wir lachten alle. Und wie ich so neben meiner Tochter ging, ihre Hand in der meinen, schien mir die Welt irgendwie kleiner, mehr im Einklang mit sich und fähiger zu überleben.

Frank W. Chinnock

Die beste Anregung für seine Arbeit, sagt der siebenundvierzigjährige Frank W. Chinnock, sind für ihn Unterhaltungen mit seinen Kindern. Sein Buch über die Bombe von Nagasaki schrieb er, um ihnen dieses furchtbare Ereignis anschaulich vor Augen zu führen und ihnen – und anderen jungen Leuten – die Welt, in der wir leben, verstehen zu helfen. Durch seinen Entschluß, nach Vietnam zu reisen und ein Kind zu adoptieren, ist vielen anderen amerikanischen Familien klargeworden, daß sie an der Verantwortung für die vietnamesischen Kriegswaisen mittragen. Als nächstes will Chinnock ein Buch über rauschgiftsüchtige Jugendliche schreiben.

Frank W. Chinnock hat sich sein Leben lang nicht recht zwischen zwei Berufswegen entscheiden können: der Musik und der Schriftstellerei. In New York geboren, studierte er an der Universität Princeton und legte 1949 am Konservatorium von Neuengland ein Musikexamen ab. Bereits im Jahr zuvor hatte er seine Frau Jane geheiratet, die damals Beschäftigungstherapeutin in Boston war.

Schon während seiner dreijährigen Militärzeit, die er in Deutschland verbrachte, betätigte sich Chinnock in seinen freien Stunden als Schriftsteller. 1955 trat er dann in die Redaktion des Reader's Digest ein, für den er zwölf Jahre lang arbeitete. In den letzten Jahren hat er sich wieder ganztägig dem eigenen Schreiben gewidmet – und natürlich seiner Familie.